E. T. A. Hoffmann

Der Sandmann

·

모래 사나이

창 비 세 계 문 학

62

•

모래 사나이

•

E. T. A 호프만

황종민 옮김

창비

일러두기
1. 이 책은 Reclam Universal-Bibliothek 시리즈의 E. T. A. Hoffmann, *Der goldne Topf* (1986), *Der Sandmann* (1991), *Klein Zaches genannt Zinnober* (1998), *Das Fräulein von Scuderi* (1969)를 번역 저본으로 삼았다.
2. 본문 중의 각주는 옮긴이의 것이다.
3. 원문에 독일어가 아닌 외국어로 표기된 부분은 각주에 라틴어는 '(라틴어)', 프랑스어는 '(프)', 이딸리아어는 '(이)'라고 표시하고 그대로 옮겼다.
4. 외국어는 가급적 현지 발음에 준하여 표기하되, 일부 우리말로 굳어진 것은 관용을 따랐다.

차례

•

황금 항아리
Der goldne Topf

현대의 동화

첫째 야경(夜警)[1]

대학생 안젤무스가 겪은 재수 없는 사건 — 파울만 교감의 연초와 금록색 뱀

    예수승천대축일[2] 오후 3시, 한 젊은이가 드레스덴의 슈바르체 성문[3]을 지나 내달리다가, 어느 몰골사나운 노파가 팔고 있던 사과와 케이크 광주리를 들이덮쳤다. 용케 으깨지지 않은 먹을거리가 사방으로 죄다 튀었고, 길거리 조무래기들은 허둥거리는 아저씨 덕에 날아든 횡재에 입이 헤벌어졌다. 노파가 사람 살리라고 비명을 지르자, 장사치 아낙네들이 케이크와 브랜디 좌판에서 몰려

---

1 Vigilie. 여기서는 장(章)을 뜻한다.
2 예수가 부활하여 하늘에 오른 것을 기념하는 날. 부활절 뒤 사십일째 날이다.
3 이 소설은 호프만이 드레스덴과 라이프치히에 살던 1813~14년에 쓰였다. 배경은 당시의 드레스덴으로, 소설에 나오는 장소는 오늘날에도 존재하거나(피르나 교외 지역, 슐로스 길, 크로이츠 교회, 노이마르크트 광장, 모리츠 가, 크로이츠 김나지움 등), 역사적으로 실재했다(슈바르체 성문, 링케 바트, 코젤 정원, 안톤 정원, 제 성문, 피르나 성문 등). 슈바르체 성문은 오늘날의 드레스덴 신시가지 서쪽 지역인 알텐드레스덴 성곽의 북서쪽 성문으로, 1632년 축조되어 1811년 철거되었다.

나와 젊은이를 둘러싸고 상스럽게 삿대질하며 욕지거리를 퍼부었다. 젊은이가 울화도 치밀고 창피도 하여 아무 말도 못하고 그리 두둑하지는 않으나마 돈지갑을 내밀자, 노파는 이를 욕심 사납게 낚아채 잽싸게 쑤셔 넣었다. 빙 둘러싼 구경꾼들 사이에 틈이 생기자마자 젊은이는 쏜살같이 달아났지만, 노파는 뒤통수에 대고 소리소리 퍼질렀다. "그래, 달려봐라 ― 죽도록 달려봐, 사탄의 자식아 ― 그래봐야 곧 크리스털 병에 떨어질 거야 ― 크리스털 병에!" 노파가 귀청 떨어지게 악악대는 소리에 뭔가 무시무시한 기운이 느껴져, 지나가던 행인도 놀라 멈춰 서고 구경꾼들 사이에 와자했던 웃음도 한순간에 사라졌다. ― 대학생 안젤무스(젊은이는 바로 이 사람이었다)는 노파의 해괴한 악다구니를 전혀 이해하지 못했지만 자신도 모르게 등골이 오싹해졌고, 사방에서 쏟아지는 호기심 어린 눈길을 떨치기 위해 걸음을 더욱 재촉했다. 말쑥하게 빼입은 무리를 헤치고 나갈 때, 도처에서 중얼거리는 소리가 들렸다. "가엾은 젊은이 같으니 ― 저런! ― 망할 놈의 노파 같으니!" 기묘하게도, 노파의 수수께끼 같은 욕지거리는 우스꽝스러운 사건을 왠지 비극적으로 바꾸어놓아, 구경꾼들은 방금까지 눈여겨보지 않던 젊은이를 이제 동정 어린 눈길로 지켜보았다. 젊은이는 마음속에 울분이 들끓는 탓에 잘생긴 얼굴에 표정이 한층 살아난데다가 체격마저 건장했으므로, 행동이 어수룩하고 옷차림이 형편없이 촌스러워도 아낙네들은 그다지 흉잡지 않았다. 젊은이가 걸친 청회색 연미복의 마름질을 보면 최신 유행이라고는 풍월만 얻어들은 재단사가 만든 듯했고, 알뜰하게 아껴 입은 검은색 공단 바지 때문에 선생 같은 인상이 풀풀 풍겼지만, 이런 차림새는 젊은이의 걸음새와 몸가짐에 도무지 어울리지 않았다. ― 대학생은 링케 바트[4]로 가는 가로수 길 끄트머리에 이르렀을 때 숨이 거의 멎을 지경이었다. 걸음을 늦출 수밖에 없었지만, 눈을 들 엄두를 내지는 못했다. 아직도 사과와 케이크가 빙글빙글 맴돌며 춤추는 듯 눈앞에 어른거렸기 때문이다. 지나가는 아가씨가 상냥하게 눈길을 건네도, 슈바르체 성문에서 구경꾼들이 고소하게 터뜨리던 웃음이 되비치는 듯 느껴질 뿐이었다. 이런 기분으로 링케 바트 어귀에 이르렀을 때, 명절옷을 차려입은 인파가 줄지어 밀려왔다. 관악기 연주가 안마당에서 울려 나왔고, 신명 난 구경꾼들은 갈수록 떠들썩해졌다. 가엾은 대학생 안젤무스는 눈물이 솟구칠 뻔했다. 예수승천대축일은 젊은이에게도 항상 특별한 가족 명절이었으므로, 천국 같은 링케 바트에서 기쁨을 함께 나누며 이왕이면 럼주를 섞은 커피 반잔과 독한 맥주 한병을 즐기고 싶었기에, 실컷 마셔보겠답시고 분수에 넘치는 돈을 지갑에 찔러 넣었던 것이다. 그런데 재수 없이 사과 광주리에 뛰어드는 바람에 이제 수중에 있던 돈을 다 빼앗겼다. 커피고, 맥주고, 음악이고, 곱게 차린 아가씨 구경이고 — 요컨대! — 꿈꾸었던 즐거움을 아무것도 이룰 수 없게 되었다. 젊은이는 슬그머니 어귀를 스쳐 지나, 때마침 인적이 끊긴 엘베 강 강변길로 접어들었다. 담벼락에서 뻗어 나온 딱총나무 아래 쉴 만한 풀밭이 눈에 띄자, 털썩 주저앉아 친분이 두터운 파울만 교감이 선물한 연초를 파이프에 다져 넣었다. — 바로 눈앞에 아름다운 엘베 강의 황금색 물결이 철썩철썩 출렁였고, 그 너머 찬란한 드레스덴에서는 휘황한 첨탑들이 대차고 당당하게 하늘을 찔렀다. 꽃

---

4 Lincke'sches Bad, Linkisches Bad. 정원 식당, 여름 극장, 연주회장 등을 갖춘 야외 유원지이자 최초의 야외 수영장 중 하나. 엘베 강 북쪽 강가(현재의 드레스덴 신시가지)에 있었다.

이 만발한 초원과 신록이 우거진 숲에 내려앉은 하늘에는 엷은 안개가 끼어 있었고, 짙은 어스름에 싸인 뾰족한 산봉우리들은 보헤미아의 경관을 아련히 보여주었다. 그렇지만 대학생 안젤무스는 침울하게 앞을 바라보며 담배 연기를 공중으로 내뿜다가 마침내 큰 소리로 역정 내며 이렇게 말했다. "정말이지 나는 재수 옴 붙은 놈이야! ─콩 임금[5]이 되어본 적도 없고, 홀짝 맞히기는 번번이 틀리고, 빵은 꼭 버터 바른 쪽으로 떨어뜨리고, 이런 처량한 일은 그렇다 치자고. 죽을힘을 다해 대학생이 되었는데 얼치기 대학생[6]으로 살아야 하다니 끔찍한 불운 아니야? ─새 코트를 입기 무섭게 촛농을 떨어뜨리거나 불쑥 튀어나온 못에 걸려 빌어먹을 구멍을 내질 않나, 추밀 고문관이나 귀부인에게 인사라도 건네려 하면 모자를 놓쳐 날리거나 매끄러운 바닥에 미끄러져 망신스럽게 엎어지질 않나. 할레[7]에 있을 때도 악마가 부추기는 대로 들쥐 떼[8]처럼 똑바로 걷다가 항아리를 밟아 깨뜨려 장날마다 3~4그로셴[9]씩 물어주지 않았어? 강의나 약속 장소에 제시간에 가본 적이 한번이라도 있어? 반시간 전에 출발해서 문 앞에 도착하여 문고리를 쥐어본들 무슨 소용이냐고. 정시를 알리는 종소리를 들으며 문을 열려고 하기가 무섭게 악마가 내 머리에 세숫대야 물을 끼얹었거나 막 뛰쳐

─────────────

5 예수공현대축일(1월 6일)에는 빵을 나누어주는 관습이 있었다. 그중 한조각에는 콩이 박혀 있었는데, 이 빵 조각을 받은 사람은 그날밤 임금 대접을 받았다.
6 대학이 있는 도시나 그 근처에 사는 대학생을 말한다. 이런 대학생은 업신여김을 당했다. 당시 독일 대학생들은 집에서 멀리 떨어진 여러 대학을 돌아다니며 공부하는 게 일반적이었다.
7 오늘날 독일 동부 작센안할트(Sachsen-Anhalt) 주에 있는 도시.
8 북극지방에 서식하는 들쥐는 떼 지어 다니며 장애물이 있어도 피하지 않는다.
9 옛 독일의 은화로서, 24그로셴이 1탈러였다.

나오는 사람과 부딪치게 만들어, 나는 끝없이 다투느라 때를 놓쳐 버리잖아. ─ 아! 아! 앞날의 행복에 대한 벅찬 꿈은 다 어디로 갔는지, 나는 이곳에서 추밀 비서관까지 출세할 수 있을 것이라 자신만만했는데! 하지만 내 액운 탓에 나를 끔찍이 아끼던 후견인들마저 등을 돌리지 않았어? ─ 내가 추천장을 들고 찾아간 추밀 고문관이 단발머리라면 질색한다는 것을 나는 알았지. 그래서 이발사에게 힘들겠지만 내 뒷머리에 단출한 변발[10]이라도 붙여달라고 했어. 하지만 처음 만나 절을 하자마자 재수 없게도 머리끈이 풀어졌고, 펄쩍펄쩍 맴돌며 킁킁거리던 불도그가 변발을 물더니 우쭐거리며 추밀 고문관에게 갖다 바치는 거야. 놀라서 쫓아가다가 추밀 고문관이 아침을 먹으며 업무를 보던 책상에 엎어지는 바람에 찻잔이며, 접시며, 잉크병이며 ─ 모래 통[11]이 쨍그랑 떨어지고, 코코아와 잉크가 방금 작성한 보고서에 흥건히 쏟아졌잖아. '여보게, 악마에 씌었나!' 분노한 추밀 고문관이 호통치며 나를 문밖으로 몰아냈지. ─ 파울만 교감이 서기직을 얻어주겠다고 약속했지만 그게 무슨 소용이야, 어디서나 액운이 나를 쫓아다니며 훼방을 놓으니! ─ 오늘만 해도 그래! ─ 예수승천대축일을 정말 기분 좋게 보내고 싶었어. 한번 화끈하게 즐기고 싶었다고. 나도 링케 바트에서 여느 손님처럼 도도하게 외칠 수 있었을 텐데. '웨이터 ─ 독한 맥주 한병 ─ 최상품으로!' 밤늦게까지 눌러앉아, 화려하게 차려입은 아리따운 아가씨들이 여기저기 모여 노는 곳에 찰싹 붙어 있을 수도 있었을 텐데. 용기가 생겨 아주 딴사람이 되었을 게 확실해. 어

─────────────────

10 가발에 붙인 변발은 절대주의 국가 관료의 신분 상징으로서, 자연스러운 상태를 나타내는 단발머리와 대비된다.
11 여기에 담긴 모래를 뿌려 잉크를 빨아들여 지웠다.

떤 아가씨가 '지금 몇시나 되었어요?' 아니면 '저 사람들은 무슨 곡을 연주하고 있나요?'라고 물으면, 잔을 넘어뜨리지도 벤치에 걸려 비트적거리지도 않고 예의 바르게 사뿐히 일어나 공손하게 절하며 한두걸음 앞으로 나아가, '기꺼이 말씀드리겠습니다, 아가씨, 저 곡은 「다뉴브 강의 아가씨」[12] 전주곡입니다' 아니면 '곧 6시를 칠 겁니다'라고 대답하기까지 했을 거야. ─ 그런다고 나를 나무랄 사람이 세상에 있겠어? ─ 천만에! 그럴 리가. 내가 상류사회의 세련된 말씨와 숙녀를 대하는 매너를 안다는 것을 과감히 보여주면 아가씨들은 늘 그렇듯 장난스럽게 미소 지으며 서로 마주 보았을 거야. 하지만 사탄 탓에 빌어먹을 사과 광주리에 뛰어들어, 이제 홀로 연초나 빨아야 하다니……" 대학생 안젤무스의 혼잣말은 여기서 끊겼다. 야릇한 스르륵 사르륵 소리가 바로 옆 풀밭에서 나는가 싶더니, 머리 위에 휘늘어진 딱총나무 가지와 이파리로 미끄러져 올라갔기 때문이다. 저녁 바람이 잎새를 흔드는 소리 같기도 했고, 새들이 작은 날개를 짓궂게 퍼덕거리며 가지에서 사랑을 나누는 소리 같기도 했다. ─ 곧이어 속삭이고 소곤대는 소리가 들리기 시작했는데, 꽃망울이 크리스털 방울처럼 가지에 매달려 잘랑이는 듯했다. 안젤무스는 귀 기울여 들었다. 그러자 도무지 영문은 모르겠지만, 소곤대고 속삭이고 잘랑이는 소리가 나직한 목소리로 변하여 바람에 흩날렸다.

"가지를 헤치고 ─ 이파리를 헤집고 ─ 가지 사이로 ─ 벙그는 꽃망울 사이로, 휘익휘익 구불구불 빙글빙글 움직이자 ─ 아우야 ─ 아우야 ─ 저녁 빛을 받으며 휙휙 뛰어보렴 ─ 잽싸게 날

---

12 페르디난트 카우어(Ferdinand Kauer, 1751~1831)가 작곡한, 당시 가장 인기 있던 오페라로 1799년 초연되었다.

래게 —— 위로 아래로 —— 저녁 햇살이 비치고 저녁 바람이 속삭인
다 —— 이슬이 구르고 —— 꽃망울이 노래한다 —— 혀를 날름거려 꽃가
지와 합창하자 —— 별이 곧 반짝일 거야 —— 내려가야 해. 가지를 헤
치고, 이파리를 헤집고, 구불구불, 빙글빙글, 휘익휘익, 아우야."

　뭐가 뭔지 알 수 없는 말은 이렇게 계속되었다. 대학생 안젤무스
는 생각했다. '이건 저녁 바람에 지나지 않아, 오늘은 제법 알아들
수 있는 말로 속삭이지만.' —— 하지만 그 순간 머리 위에서 크리스
털 종이 맑게 삼화음을 내며 잘랑거리는 듯한 소리가 들렸다. 눈을
들어 올려다보니, 금록색으로 반짝이는 실뱀 세마리가 가지를 친
친 감고 저녁 해를 향해 머리를 내밀고 있었다. 속삭이고 소곤대는
말소리가 또다시 들렸고, 실뱀들은 이파리와 가지를 헤치고 어루
만지듯 미끄러지며 오르내렸다. 실뱀들이 재빨리 몸을 놀릴 때면,
딱총나무가 진녹색 이파리 사이로 영롱한 에메랄드를 수없이 흩뿌
리는 듯했다. '이건 딱총나무에 비치는 저녁 햇빛이야.' 대학생 안
젤무스가 이렇게 생각하자마자 종이 다시 잘랑거리더니, 뱀 한마
리가 대학생을 향해 머리를 내려뜨린 모습이 보였다. 안젤무스는
온몸이 감전이라도 된 듯했고, 마음속이 떨렸다 —— 눈을 들어 올려
다보니 찬란한 청색 눈동자가 애틋이 동경하듯 자신을 내려다보고
있기에, 이제껏 알지 못했던 달콤한 행복과 쓰라린 고통으로 가슴
이 터질 것 같았다. 뜨거운 열망에 가득 차 아리따운 눈망울을 들
여다보자 크리스털 종이 사랑스레 화음을 이루며 더 크게 잘그랑
거렸고, 영롱한 에메랄드가 아래로 떨어져 자신을 에워싸더니 둘
레에서 수천의 작은 불꽃을 펄럭거리며 황금색 실올을 은은히 나
풀거렸다. 딱총나무가 가지를 흔들며 말했다. "네가 내 그늘에 누
웠을 때 내 향기가 너를 감쌌지만, 너는 내 말을 알아듣지 못했어.

사랑이 향기에 불을 지피면, 향기가 내 언어란다." 저녁 바람이 스쳐 지나가며 말했다. "나는 네 관자놀이에 감돌았지만, 너는 내 말을 알아듣지 못했어. 사랑이 숨결에 불을 놓으면, 숨결이 내 언어란다." 햇살이 구름 사이로 비치자 햇빛이 이글거리며 이렇게 말하는 듯했다. "나는 네게 달아오른 황금을 퍼부었지만, 너는 내 말을 알아듣지 못했어. 사랑이 햇볕에 불을 붙이면, 햇볕이 내 언어란다."

찬란한 눈동자를 들여다보면 볼수록, 동경은 더욱 뜨거워지고 열망은 더욱 끓어올랐다. 그러자 만물이 생기롭게 깨어나 꿈틀꿈틀 움직였다. 꽃송이와 꽃망울이 대학생 둘레에 향내를 내뿜었다. 꽃향기는 수많은 가녀린 목소리가 부르는 아름다운 노래처럼 느껴졌으며, 꽃 합창은 떠가는 황금색 저녁 구름에 실려 머나먼 나라까지 메아리쳤다. 하지만 마지막 저녁 햇살이 산 너머로 훌쩍 사라지고 어스름이 너울너울 땅에 내리자, 컬컬하고 나직한 목소리가 아득히 멀리서 외치는 듯 들려왔다.

"얘들아, 얘들아, 거기서 왜 이리 도란대고 속삭이는 거냐? ─ 얘들아, 얘들아, 산 너머 스러진 햇살을 누가 내게 찾아줄 거냐! ─ 실컷 햇볕을 쪼였거든, 맘껏 노래를 불렀거든 ─ 얘들아, 얘들아, 덤불과 풀밭을 헤집고 ─ 풀밭과 강물을 헤치고! ─ 얘들아, ─ 얘들아 ─ 내려 ─ 오 ─ 오너라 ─ 내려 ─ 오 ─ 오너라!"

먼 천둥소리처럼 우렁거리며 목소리는 잦아들었지만, 크리스털 종은 귀청 찢는 소리를 내며 산산이 깨졌다. 만물이 고요해졌고, 안젤무스는 실뱀 세마리가 은은하게 반짝이며 풀밭을 헤치고 강으로 미끄러져, 스르륵 사르륵 엘베 강에 뛰어드는 것을 보았다. 실뱀들이 사라진 물결에 초록색 불길이 화르르 치솟았고, 이 불길은 대각선 방향으로 도시를 향해 나아가며 빛나는 연기로 변했다.

둘째 야경

대학생 안젤무스가 주정뱅이나 미치광이 취급을 받은 사연 — 배를 타고
엘베 강을 건넌 사연 — 그라운 악단장[13]의 고난도 아리아 — 콘라디의
리큐어와 청동으로 변한 사과 장수 노파

"이 양반이 제정신이 아닌가봐!" 가족과 산책을 마치고 집으로
돌아가던 한 얌전한 여염집 아낙이 걸음을 멈추고, 대학생 안젤무
스의 정신 나간 짓을 팔짱 끼고 지켜보며 말했다. 젊은이가 딱총나
무 줄기를 끌어안은 채, 가지와 이파리에 대고 끊임없이 소리치고
있었기 때문이다. "오, 반짝반짝 빛나는 자태를 단 한번만 보여주
기를, 사랑스러운 황금색 실뱀들이여, 너희 종이 잘랑거리는 소리
를 단 한번만 들려주기를! 아리따운 청색 눈망울이여, 나를 단 한
번만 바라보기를, 단 한번만, 그러지 않으면 나는 고통과 동경에
불타 죽고 말 테니!" 그러면서 대학생은 정말 애처로이 땅이 꺼져
라 한숨짓고 신음하더니 열망과 조바심에 못 이겨 딱총나무를 흔

---

13 카를 하인리히 그라운(Karl Heinrich Graun, 1704~59). 프리드리히 대왕 시대
  궁정 악단장이자 베를린 관현악단장이었으며, 이딸리아풍의 수많은 오페라를
  작곡하기도 했다.

들어댔다. 하지만 딱총나무는 아무 대답 없이 나직한 소리로 들릴락 말락 이파리를 쇄쇄거리며 대학생 안젤무스의 고통을 자못 비웃는 듯했다. "이 양반이 제정신이 아닌가봐." 여염집 아낙이 이렇게 말했다. 안젤무스는 깊은 꿈에서 깨어났거나 차가운 얼음물을 뒤집어쓰기라도 한 듯, 정신이 번쩍 들었다. 어디에 와 있는지 이제야 다시 깨달았고, 기이한 허깨비의 홀림에 빠져서 혼잣말로 떠들어댄 것도 생각났다. 깜짝 놀라 아낙을 바라본 뒤, 이내 땅에 떨어뜨린 모자를 집어 들고 서둘러 그곳을 떠나려는 참이었다. 그사이 아낙의 남편이 가까이 다가와 팔에 안고 있던 아이를 풀밭에 내려놓은 뒤 지팡이에 몸을 기대고 놀란 표정으로 대학생에게 눈과 귀를 모았다. 사내는 대학생이 떨어뜨린 파이프와 담배쌈지를 집어 건네주며 말했다. "날도 어두운데 청승맞게 한탄하여 행인을 놀라게 하지 마시오. 과음을 했을 뿐, 멀쩡한 것 같은데 ─ 얼른 집에 가서 한잠 자시오!" 대학생 안젤무스는 몹시 부끄러워하며, 울먹울먹 아! 하고 한숨지었다. "자, 자," 여염집 사내가 말을 이었다. "신경 쓰지 마요, 아무리 착실한 사람도 이럴 수 있으니까. 예수승천대축일에 마음껏 즐기다보면 과음할 수도 있지요. 성직자도 이럴 수 있다니까 ─ 보아하니 신학생 같은데! ─ 그런데 내 파이프에 댁의 담배를 넣어도 괜찮겠소? 내 파이프에 담배가 떨어져서." 안젤무스가 파이프와 담배쌈지를 집어넣으려 할 때 사내는 이렇게 부탁했다. 그러고는 느릿느릿 꼼꼼하게 자신의 파이프를 닦은 뒤 느럭느럭 담배를 채워 넣기 시작했다. 여염집 아가씨 여럿이 가까이 다가와 여염집 아낙과 숙덕이더니 안젤무스를 훔쳐보며 키득거렸다. 젊은이는 뾰족한 가시덤불이나 홧홧한 바늘방석에 앉은 듯했다. 파이프와 담배쌈지를 돌려받자마자 냅다 뛰어 달아났다. 아까 보았던 경이로운 일은 뇌리에서 씻은 듯 사라지고 딱총나무 아래에서 갖은 정신 나간 소리를 시끄럽게 지껄인 것만 기억났다. 이일이 더욱더 끔찍하게 느껴졌던 것은, 자신이 혼잣말하는 사람이라면 오래전부터 마음속 깊이 질색했기 때문이다. "마음속에서 사탄이 지껄이는 걸세"라고 교장은 말하곤 했고, 안젤무스도 실제로 그렇게 믿었다. 예수승천대축일에 주정뱅이 신학생 취급을 받았다고 생각하니 견딜 수 없었다. 코젤 정원¹⁴ 근처 포플러 가로수 길로 접어들려는 참에, 누군가 부르는 소리가 등 뒤에서 들렸다. "안젤무스 군! 안젤무스 군! 대관절 어디로 그렇게 허겁지겁 달려가나!" 대학생은 두 발이 땅에 달라붙은 듯 멈춰 섰다. 새로운 불운이 곧바로 들이닥칠 게 틀림없다고 생각했기 때문이다. 목소리가 또다시 들렸다. "안젤무스 군, 돌아오게, 우리가 여기 강가에서 기다리고 있으니!" 이제야 대학생은 자신을 부른 사람이 친분이 두터운 파울만 교감이라는 것을 알아챘다. 엘베 강으로 돌아가니, 교감이 두 딸과 헤르브란트 서기관을 대동하고 곤돌라에 막 올라타려는 참이었다. 교감 파울만은 함께 배를 타고 엘베 강을 건넌 뒤 피르네어 교외¹⁵에 있는 자신의 집에서 저녁을 보내자고 권했다. 대학생 안젤무스는 초대를 선뜻 받아들였다. 온종일 자신을 쫓아다니는 액운에서 벗어날 수 있을까 싶어서였다. 일행이 배를 타고 강을 건널 때, 건너편 강가 안톤 정원¹⁶ 근처에서 불꽃이 터져 올랐다.

---

14 엘베 강 북쪽 강가(현재의 드레스덴 신시가지)에 있었다. 작센의 장군 프리드리히 아우구스트 폰 코젤(Friedrich August von Cosel, 1712~70)의 이름을 따서 명명되었다.

15 현재는 엘베 강 남쪽의 드레스덴 구시가지에 속한다.

16 엘베 강 남쪽 강가에 있었다. 안톤 정원, 코젤 정원, 링케 바트 모두 야외 유원지였다.

따다닥 쉬이익 폭죽이 드높이 치솟더니 빛나는 별이 되어 하늘을 수놓으며 수많은 빛살과 불꽃을 후드득 흩뿌렸다. 안젤무스는 노젓는 사공 옆에 앉아 생각에 잠겨 있다가, 하늘에서 후드득 흩날리는 불티와 불꽃이 물에 비친 것을 보고서 황금색 실뱀들이 물살을 헤치고 있다고 생각했다. 딱총나무 아래에서 봤던 희한한 일이 뇌리에 낱낱이 되살아났고 고통 어린 기쁨에, 가슴을 바들바들 떨게 했던 애끓는 열망에, 애틋한 동경에 다시금 사로잡혔다. "아, 너희가 다시 왔구나, 황금색 실뱀들이여, 노래를 불러라, 노래를! 너희가 노래하면 어여쁘고 사랑스러운 청색 눈동자가 또다시 나타날 거야—아, 너희는 물속에 있는 거지!" 대학생 안젤무스는 이렇게 말하며, 곤돌라에서 물로 당장 뛰어들려는 듯 와락 몸을 내던졌다. "이 양반이 악마에 씌었나?" 사공이 소리치면서 연미복 자락을 붙잡았다. 사공 옆에 앉아 있던 아가씨들은 놀라 비명 지르며 곤돌라 맞은편으로 피했고, 헤르브란트 서기관이 파울만 교감에게 뭔가 귀엣말을 하자 교감이 몇마디 대답을 했지만 대학생 안젤무스가 알아들은 말이라곤 이것뿐이었다. "이런 발작을—여지껏 눈치채지 못했소?" 곧이어 파울만 교감도 벌떡 일어나 진지하고 위엄 있게 정색을 짓더니, 대학생 안젤무스 옆에 앉아 손을 붙잡고 말을 건넸다. "괜찮은가, 안젤무스 군?" 대학생 안젤무스는 거의 정신이 나가 있었다. 마음속에 미친 듯 들썽거리는 갈등을 아무리 애써도 가라앉힐 수 없었기 때문이다. 황금색 실뱀들이 빛난다고 여겼던 것은 안톤 정원의 불꽃놀이가 되비친 것뿐임을 똑똑히 깨달았지만, 환희인지 고통인지 분간할 수 없는 여태 알지 못하던 느낌이 가슴에 저릿저릿 사무쳤다. 사공이 세차게 노를 휘젓자 물결이 철썩철썩 철렁철렁 노호하며 솟구쳤고, 이 울부짖음 가운데 은밀하게 소곤대고 속삭이는 소리가 들렸다. "안젤무스! 안젤무스! 우리가 늘 네 눈앞에 있는데 보이지 않니? — 어린 아우가 너를 다시 보고 있단다 — 믿으렴 — 믿으렴 — 우리가 있다는 걸 믿으렴." 안젤무스는 초록색 불빛 세줄기가 물에 되비치는 것을 본 듯했다. 아리따운 눈동자가 강물에서 내다보고 있지 않을까 싶어 사뭇 서글프게 물을 들여다봤지만, 근처 가옥의 불 켜진 창이 되비친 것뿐임을 알아챘다. 아무 말 없이 앉아 마음속 갈등과 맞싸우고 있을 때, 파울만 교감이 더욱 큰 소리로 말했다. "괜찮냐고, 안젤무스 군?" 대학생은 시르죽은 목소리로 대답했다. "아, 교감 선생님, 제가 방금 링케 바트 공원 담벼락 딱총나무 아래에서 눈을 빤히 뜨고 깨어 있는 상태로 어떤 특이한 일을 꿈꾸었는지 아신다면, 아, 제가 이렇게 얼빠져 있는 것을 못마땅하게 여기시지 않을 것입니다." "그래그래, 안젤무스 군," 파울만 교감이 말에 끼어들었다. "나는 자네를 언제나 건실한 젊은이라고 여겼네. — 하지만 꿈꾼다든지 — 빤히 뜬 눈으로 꿈꾼다든지 느닷없이 물로 뛰어들려 하는 것은 — 이렇게 말해서 미안하네만, 미치광이나 멍텅구리가 하는 짓일세!" 대학생 안젤무스가 친분이 두터운 교감의 꾸지람에 몹시 서글퍼하자, 파울만의 맏딸인 열여섯살의 예쁘고 꽃다운 아가씨 베로니카가 말했다. "사랑하는 아버지, 안젤무스 씨는 분명히 뭔가 특이한 일을 겪었을 거예요. 실제로는 딱총나무 아래에서 잠들어 갖은 맹랑한 일을 꿈꾸었고 그 꿈이 기억에 남아 떠오르고 있을 뿐인데도 내내 깨어 있었다고 믿고 있을지도 모르겠고요." "고귀하신 아가씨, 존경하는 교감 선생님," 서기관 헤르브란트가 말참견했다. "깨어 있는 채 꿈 같은 상태로 빠져들 수는 없는 것일까요? 저 자신이 실제로 그런 일을 겪었습니다. 어느날 오후 커피를 마시며 음식을 소화시키고 마음을 정리하는 동안 꿈꾸듯 멍하니 생각에 빠져 있었는데, 잃어버린 서류를 어디에 두었는지가 퍼뜩 영감처럼 떠올랐던 겁니다. 독일 서체로 쓰인 찬란하고 방대한 라틴어 문서[17]가 바로 어제만 해도 이런 식으로 제 빤히 뜬 눈 앞에서 빙글빙글 춤추었습니다." "원, 이보게 서기관," 파울만 교감이 대답했다. "자네는 언제나 시적인 성향이 있어. 그러면 낭만적 환상에 빠지기 십상이지." 하지만 대학생 안젤무스는 주정뱅이나 미치광이 취급을 당해 더없이 서글픈 처지에 누군가 자신을 감싸고 나서자 사뭇 기뻤다. 날이 제법 어두운데도 베로니카의 눈동자가 자못 아름답고 청색이라는 것을 난생처음 알아챘고, 이제 딱총나무에서 보았던 경이로운 눈망울은 생각도 나지 않았다.

딱총나무 아래서의 사건을 순식간에 씻은 듯 잊어버리자, 대학생 안젤무스는 마음이 홀가분하고 즐거워졌다. 흥겹고 신명 난 김에, 일행이 곤돌라에서 내릴 때 자신을 두둔해준 베로니카에게 손을 내밀어 부축까지 했고, 베로니카가 팔짱을 끼자 기다렸다는 듯 집까지 대동했는데, 솜씨도 세련되고 운수도 매우 좋아 단 한번 발이 미끄러졌을 뿐이었다. 이 일은 가는 길에 단 하나뿐인 진창에서 일어나, 베로니카의 하얀 드레스에 흙탕물을 살짝만 튀겼을 뿐이었다. 파울만 교감은 대학생 안젤무스의 기분이 좋아진 것을 알아챘다. 젊은이에게 다시 애정을 느끼며, 방금 꾸지람을 퍼부은 것을 사과했다. "그래!" 교감은 덧붙였다. "어떤 환영이 인간에게 나타나 사뭇 두렵게 하고 괴롭힐 수 있지. 하지만 그것은 육체의 질병이야. 그럴 때는 거머리가 즉효라네. 이 거머리를, 속된 말을 써서

---

17 라틴어 문서는 로마 서체(Antiqua)로 쓰여 있지, 독일 서체(Fraktur)로 쓰여 있을 수 없다. 따라서 서기관이 본 것은 환상에 지나지 않는다.

미안하이, 엉덩짝에 붙이기만 하면 된다는 것을 작고한 유명한 학자[18]가 입증한 바 있어." 대학생 안젤무스는 자신이 취하거나 미치거나 아팠는지 스스로도 정말로 알 수 없었지만, 거머리는 전혀 필요 없을 듯했다. 환영은 말끔히 사라지고, 갖은 친절을 다하여 어여쁜 베로니카의 환심을 사면 살수록 기분이 밝아졌기 때문이다. 간소한 식사를 마친 뒤 여느 때와 마찬가지로 음악을 연주했고, 대학생 안젤무스의 피아노 반주에 맞추어 베로니카가 밝고 맑은 목소리로 노래했다. "고귀하신 아가씨," 서기관 헤르브란트가 말했다. "아가씨 목소리는 크리스털 종소리 같군요." "그렇지 않아요!" 이 말이 대학생 안젤무스 입에서 자신도 모르게 튀어나오자, 다들 놀라고 당황하여 젊은이를 바라보았다. "크리스털 종은 딱총나무에서 경이롭게 잘랑거려요! 경이롭게!" 대학생 안젤무스는 들릴 듯 말 듯 낮은 목소리로 중얼중얼 말을 이었다. 그러자 베로니카가 손을 젊은이의 어깨에 얹고 말했다. "도대체 무슨 말씀을 하는 거예요, 안젤무스 씨?" 대학생은 금세 다시 쾌활해져 피아노를 치기 시작했다. 파울만 교감은 젊은이를 음울하게 바라보았지만, 서기관 헤르브란트는 악보를 악보대에 올려놓고 그라운 악단장의 고난도 아리아를 불러 모두를 매혹시켰다. 대학생 안젤무스는 여러 곡을 더 반주했으며, 그러면서 파울만 교감이 손수 작곡한 푸가 이중창을 베로니카와 함께 열창하여 모두를 더없이 흥겨움에 젖게 했다. 밤이 꽤 이슥해져 서기관 헤르브란트가 모자와 지팡이를 집어

---

18 계몽주의자 프리드리히 니콜라이(Friedrich Nicolai, 1733~1811)를 말한다. 엉덩이에 거머리를 붙여 환각 증세를 치료했다는 논문을 1799년 발표했다. 괴테도 『파우스트』(*Faust*) 1부 발푸르기스의 밤 장면에서 니콜라이를 '엉덩이 환상가'라고 조롱한다.

들자, 파울만 교감이 은밀하게 다가와 이렇게 말했다. "이보게, 친애하는 서기관, 자네가 착한 안젤무스 군에게 말하기로 하지 않았나? ── 알지, 우리가 아까 나눈 얘기 말일세……" "기꺼이 그렇게 하지요." 서기관 헤르브란트는 이렇게 대답하고 다들 빙 둘러앉자 지체 없이 말을 꺼냈다. "이 지역에 한 괴팍하고 기이한 노인이 사는데, 들리는 말로는 이런저런 신비학을 연구한다고 합니다. 하지만 실제로 그런 학문은 없으니까, 고서적을 연구하며 틈틈이 화학 실험을 하는 것이려니 생각합니다. 제가 말하는 사람은 다름 아니라 린트호르스트 추밀 문서관장입니다. 아시다시피 이 양반은 외딴 고가에 홀로 살고 있으며 근무를 마치면 장서실이나 화학 실험실에 틀어박혀 아무도 들어오지 못하게 하지요. 수많은 희귀 서적 외에 상당수의 원고를 소장하고 있는데, 그 일부는 아랍어나 콥트어[19]나 전혀 알려지지 않은 언어의 기이한 문자로 쓰여 있습니다. 이 양반은 원고를 능숙하게 필사할 사람을 구하고 있습니다. 펜으로 선을 그리는 데 일가견이 있어, 모든 글자를 원본대로 정확하게 양피지에 먹물로 옮겨 쓸 사람을 찾고 있는 것이지요. 자택에 따로 마련한 방에서 손수 감독하며 일을 시킬 텐데, 식사는 무료로 제공하고, 1탈러짜리 은화[20]를 일당으로 지불하고, 필사를 말끔히 마무리하면 사례를 두둑이 하겠다고 약속했습니다. 작업 시간은 매일 12시부터 6시까지입니다. 3시부터 4시까지는 휴식과 점심이고요. 여러 젊은이들에게 원고를 필사시켜보았지만 성에 차지 않아 능

---

19 고대 이집트어에서 파생한 언어이다. 콥트어를 기록하기 위해 개발된 콥트 문자는 그리스 문자 스물네자, 이집트 문자 일곱자로 구성되어 있다.

20 원문은 '1탈러 특별 은화'이다. 이는 함량 100퍼센트, 무게 29그램의 은화를 뜻한다. 당시 다른 1탈러짜리 은화는 무게가 사분의 일가량 덜 나갔다.

란한 필사자를 소개해달라고 저를 찾아온 것입니다. 친애하는 안젤무스 군, 그래서 나는 자네를 떠올렸네. 내가 알기로, 자네는 글씨를 깨끗이 쓸 뿐 아니라 펜으로 선을 깜찍하고 깔끔하게 그리니까. 그러니 이 어려운 시기에 어딘가 취직할 때까지 매일 1탈러 은화를 벌고 거기에다 사례까지 받고 싶다면, 내일 12시 정각에 문서관장을 찾아가게. 그 양반 집이 어딘지는 알겠지. ― 하지만 잉크를 쏟지 않도록 조심하게. 잉크가 사본에 떨어지면 두말없이 처음부터 다시 시작해야 하고, 원본에 떨어진다면 문서관장은 자네를 창밖으로 던져버릴 수도 있네, 성미가 불같거든!" 대학생 안젤무스는 서기관 헤르브란트의 제안에 떨 듯이 기뻤다. 글씨를 깨끗이 쓰고 펜으로 선을 잘 그릴 뿐 아니라 글자를 공들여 필사하는 일에 뜨거운 열정을 품고 있었기 때문이다. 따라서 후견인들에게 더없이 예의 바르게 감사를 표했고, 다음 날 정오에 늦지 않겠다고 약속했다. 밤새 대학생 안젤무스에게는 은화들이 반짝이는 모습만 눈에 보이고 사랑스레 짤랑대는 소리만 귀에 들렸다. ― 그렇다고 누가 이 가엾은 젊은이를 나무랄 것인가? 운명의 변덕 때문에 여러 소망을 빼앗겼고 동전 한푼도 쪼개 써야 했으며 청춘의 들끓는 욕망도 못내 단념해야만 했던 젊은이를! 이튿날 아침 젊은이는 연필, 까마귀 깃털 펜, 중국산 먹물을 끌어모았다. 문서관장이라도 이보다 좋은 필기 용품을 찾아낼 수는 없으리라 생각했기 때문이다. 문서장관의 소원을 채워줄 만한 능력이 있음을 보여주기 위해 무엇보다도 자신의 글씨 작품과 펜 소묘를 살펴서 챙겼다. 모든 준비가 순조롭게 진행되었으니, 행운이 특별히 따르는 듯했다. 넥타이는 단번에 제대로 매어졌고, 검은색 비단 스타킹에 솔기가 터지지도 올이 풀리지도 않았으며, 깨끗이 솔질한 모자가 먼지에 다시 떨어지지도 않았다. — 각설하고! — 정각 11시 30분에 대학생 안젤무스는 청회색 연미복과 검은색 공단 바지를 차려입고, 글씨 작품과 펜 소묘 두루마리를 호주머니에 넣고, 슐로스 길[21]의 콘라디 가게에 찾아가 최고급 리큐어를 — 한잔 — 두잔 들이켰다. 호주머니를 두드리며. 이곳이 아직은 비어 있지만 곧 은화들이 짤랑댈 거라고 생각했기 때문이다. 린트호르스트 문서관장의 고택이 있는 후미진 거리까지 가는 데 오래 걸리긴 했지만, 대학생 안젤무스는 12시 전에 집 문 앞에 이르렀다. 그곳에 멈춰 서서 커다랗고 아름다운 청동 문고리를 바라보았다. 하지만 크로이츠 교회[22] 탑시계의 마지막 타종 소리가 도시를 뒤흔들며 울려 퍼지자마자 문고리를 잡으려 했을 때, 청동 얼굴이 퍼렇게 달아오른 두 눈을 징그럽게 굴리며 입술을 실그러뜨리고 히죽이 웃음 지었다. 아! 이 얼굴은 슈바르체 성문의 사과 장수 노파였다! 얼굴은 축 늘어진 주둥이 안에 뾰족한 이를 맞부딪쳐 딱딱거리며 이렇게 악악거렸다. "이 멍청이야 — 멍청이야 — 멍청이야 — 기다려, 기다려! 왜 달아났어! 멍청이야!" 대학생 안젤무스는 소스라치게 놀라 비틀비틀 뒷걸음질했다. 문설주를 붙잡으려다가, 손으로 초인종 줄을 잡아당기고 말았다. 그러자 벨 소리가 귀청 떨어지게 갈수록 커지며, 고함치고 비웃는 듯 외딴집   전체에 메아리쳤다. "곧 크리스털 병에 떨어질 거야!" 대학생 안젤무스는 등골이 오싹해져 팔다리를 사시나무처럼 바들바들 떨었다. 초인종 줄이 아래로 떨어지더니 허여멀건 구

---

21 드레스덴 도심 알트마르크트(Altmarkt) 광장에서 북쪽 성곽으로 뻗은 길. 1572년 슐로스 길(Schlossgasse)이라 명명되었으며, 1858년 슐로스 가(Schlossstrasse)로 개명되었다. 빌헬름 콘라디(Wilhelm Conradi)의 제과점이 있었다.

22 알트마르크트 광장에 있는 교회.

렁이로 변하여 젊은이를 휘감고 갈수록 힘주어 똬리를 틀면서 온
몸을 짓눌렀다. 연한 팔다리가 으스러져 뚝뚝 부러졌고, 핏줄에서
피가 튀어나와 구렁이의 희멀건 몸뚱이에 배어들어 빨갛게 물들였
다. "죽여라, 죽여!" 젊은이는 끔찍한 두려움에 사로잡혀 비명을 지
른다고 질렀지만, 나직이 헐떡거렸을 뿐이었다. —— 구렁이가 머리
를 쳐들고 기다랗고 날카롭게 달아오른 청동 혀를 안젤무스의 가
슴에 대자, 살을 에는 듯한 고통에 생명의 동맥이 단박에 끊기며
젊은이는 의식을 잃었다. —— 다시 정신을 차려보니 추레한 침대에
누워 있었고, 파울만 교감이 눈앞에 서서 이렇게 말했다. "대관절
무슨 정신 나간 짓을 하는 건가, 안젤무스 군!"

셋째 야경

린트호르스트 문서관장의 가족사 ─ 베로니카의 청색 눈동자 ─
서기관 헤르브란트

"정신이 물을 내려다보았다오.[23] 그러자 물결이 출렁거리더니 물

23 "정신이 물을 내려다보았다오"는 "하느님의 영이 그 물 위를 감돌고 있었다"라
는 성서의 천지창조 신화를 연상시킨다. 정신과 물의 관계는 정신과 물질의 이
원성을 나타낸다. 물 아래에는 "시커먼 아가리를 벌리고 물살을 게걸스레 들이"
켜는 구렁이 있다. 정신적인 세력에 악마적인 세력이 대립하는 것이다. 이어지는
"이윽고 해가 어머니처럼 골짜기를 품에 안더니, 햇살을 홧홧한 팔처럼 내뻗어
골짜기를 끌어안고 보살피고 덥혔소"에서 해와 땅(골짜기, 언덕)의 관계도 이원
성을 보여준다. 햇빛이 땅에 비치자 골짜기에서 수많은 새싹이 움트고 언덕에서
는 불꽃나리가 피어난다. 해는 어머니로, 만물은 아기로 묘사된다. 이 관계를 방
해하려는 사악한 세력도 나타나, 구렁에서 안개가 피어올라 어머니의 얼굴을 가
리려 한다. 여덟째 야경에서, 해의 아들이라 불리는 포스포루스와 이 청년을 동
경하는 불꽃나리의 관계 역시 천상의 불과 지상의 생명이라는 이원성을 드러낸
다. 포스포루스의 키스를 받자 불꽃나리가 타오르고 불길에서 낯선 존재가 생겨
난다. "이 불타는 사념", 다시 말해 의식이다. 포스포루스와 불꽃나리 사이에 사
악한 세력을 상징하는 흑룡이 끼어들고, 흑룡은 낯선 존재를 붙잡아 다시 불꽃
나리로 변화시킨다. 하지만 남아 있는 의식이 불꽃나리를 괴롭힌다. 불꽃나리는
포스포루스와 합일하지도, 예전처럼 자연과 조화하지도 못한다. 포스포루스가

보라를 일으키며 콰르르르 구렁으로 쏟아졌고, 구렁은 시커먼 아가리를 벌리고 물살을 게걸스레 들이켰소. 화강암 봉우리들은 뾰족뾰족한 머리를 의기양양하게 치켜들고 골짜기를 지켰다오. 이윽고 해[24]가 어머니처럼 골짜기를 품에 안더니, 햇살을 홧홧한 팔처럼 내뻗어 골짜기를 끌어안고 보살피고 덥혔소. 그러자 황량한 모래땅에서 단잠 자던 수많은 새싹들이 깊은 잠에서 깨어나, 초록색 잎과 줄기를 내밀고 어머니 얼굴을 올려다보았소. 초록색 요람에서 방실거리는 아기처럼, 앙증맞은 꽃들도 꽃망울과 봉오리에서 쉬고 있다가 어머니 손길에 깨어나 수천가지 빛으로 몸치장을 했소. 어머니가 아기를 기쁘게 하려고 울긋불긋 물들여놓은 빛이었소. 하지만 골짜기 한가운데는 시커먼 언덕이 있었다오. 인간의 가슴이 애끓는 동경에 부풀 때 그러하듯, 언덕은 위아래로 들썩거렸소. ─ 구렁에서 안개가 피어올라 한데 뭉쳐 엄청난 구름을 이루더니 어머니의 얼굴을 가리려 심술을 부렸소. 하지만 어머니가 폭풍을 불러오자, 폭풍은 아래로 내려와 구름을 산산이 흩뜨렸소. 해맑은 햇살이 시커먼 언덕을 다시 어루만지자, 찬란한 불꽃나리가 기쁨에 넘쳐 피어나더니 아름다운 꽃잎을 아리따운 입술처럼 열고 어머니의 달콤한 입맞춤을 받아들였소. ─ 그때 한 반짝이는 빛이 골짜기에 걸어 들어왔다오. 청년 포스포루스[25]였소. 불꽃나리는 뜨거운 동경과 사랑에 사로잡혀 청년을 바라보며 애원했소. '영원히 나의 것이 되어주세요, 아름다운 청년이여! 나는 그대를 사랑하

흑룡을 물리친 뒤에야 불꽃나리는 이런 상태에서 풀려나고, 골짜기에 찬가가 울린다.

24 독일어에서 '해'(die Sonne)의 문법적 성(性)은 여성이다. 그래서 '어머니'로 의인화되어 있다.

25 Phosphorus. 화학원소 인(燐, Phosphor)에서 따온 이름이다.

28

고 그대가 떠나면 죽고 말 거예요.' 그러자 청년 포스포루스가 대답했소. '나는 영원히 그대의 것이 되고 싶소, 아름다운 꽃이여. 하지만 그러면 그대는 타락한 아이처럼 부모를 버리고, 친구를 알아보지 못하게 되오. 지금처럼 다른 꽃과 어우러져 기쁨을 누리는 데 만족하지 못하고 어느 꽃보다 더 위대하고 권세 있기를 바라게 되오. 그대의 온몸을 포근히 덥히는 동경이 수백의 빛살로 흩어져 그대를 괴롭히고 들볶을 것이오. 하나의 마음에서 수많은 마음이 생기기 때문이오. 내가 그대에게 던지는 불티가 달콤한 환희에 불을 붙이면, 그대는 뼈저린 고통을 겪으며 사라졌다가 낯선 모습으로 다시 태어날 것이오. — 이 불티는 사념이오!' '아!' 나리꽃이 한탄했소. '지금 내 안에 타오르는 열정으로 그대의 것이 될 수 없나요? 그대를 지금보다 사랑할 수 있을까요, 지금처럼 바라볼 수 있을까요, 그대가 나를 불태워 없애면?' 그러자 청년 포스포루스가 불꽃나리에게 키스를 했다오. 빛에 온몸이 휩싸인 듯 불꽃나리는 활활 타올랐고, 불길에서 낯선 존재가 솟구치더니, 재빨리 골짜기를 벗어나 끝없는 공간에 떠다녔소. 어릴 적 친구들이나 사랑하는 청년에게는 눈도 돌리지 않았소. 청년은 연인을 잃은 것을 슬퍼했다오. 청년이 외진 골짜기에 찾아온 것은 아름다운 나리꽃을 한없이 사랑했기 때문이었으니까. 청년이 서러워하자 화강암 봉우리들도 동정하듯 고개를 숙였소. 하지만 봉우리 하나가 품을 헤치고 날개 달린 흑룡을 내보냈다오. 용은 퍼덕퍼덕 날아와 말했소. '내 형제인 광석들은 저 안에 잠들어 있지만, 나는 늘 팔팔하게 깨어 있지. 자네를 도와줄까 해!' 용은 위아래로 훨훨 날아, 나리꽃에서 솟아 나온 존재를 마침내 붙잡더니 시커먼 언덕으로 옮겨 날개로 둘러쌌소. 그러자 이 존재는 다시 나리꽃이 되었지만, 남아 있는 사념 때문에 그 마음속이 갈가리 찢겼고, 청년 포스포루스에 대한 사랑 때문에 가슴 아리게 서러웠소. 나리꽃이 한숨을 내쉬자, 여느 때 나리꽃을 보고 기뻐하던 앙증맞은 꽃들이 독기를 맡은 듯 시들어 죽었소. 청년 포스포루스는 수많은 색으로 번쩍번쩍 빛나는 갑옷을 차려입고 용과 맞싸웠소. 용이 검은색 날개로 갑옷을 내리치자 쩽 소리가 울렸소. 엄청난 소리에 앙증맞은 꽃들이 다시 깨어나 알록달록한 새처럼 용 둘레를 나풀나풀 맴돌자, 용은 힘이 빠져서 꼬리를 내리고 땅 깊숙이 숨어들었소. 나리꽃이 풀려나자, 가없는 사랑의 애끓는 열망이 북받쳐 청년 포스포루스가 나리꽃을 끌어안았소. 꽃들과 새들과 우뚝 솟은 화강암 봉우리까지 기쁨에 겨워 찬가를 부르며 나리꽃을 골짜기의 여왕으로 받들었다오." "외람하지만, 이건 동방의 허황한 이야기군요, 존경하는 문서관장님!" 서기관 헤르브란트가 말했다. "저희가 부탁드린 것은, 여느 때 늘 그러셨듯 더없이 기이한 관장님 인생의 여행 경험이라든지, 그런 진실한 일을 이야기해달라는 것이었는데요." "도대체 무슨 소리를 하는 거요." 린트호르스트 문서관장이 대답했다. "여보시오, 내가 방금 이야기한 것은 여러분에게 들려줄 수 있는 가장 진실한 일이오. 따지고 보면 내 인생사의 일부이기도 하지. 나는 바로 이 골짜기 출신이오. 마침내 여왕으로 섬겨진 불꽃나리는 내 할머니의 — 할머니의 — 할머니셨고, 그러니까 나는 원래 왕손이라오." 좌중은 박장대소를 터뜨렸다. "그래, 마음껏들 웃으시오," 린뜨호르트스 문서관장이 말을 이었다. "내가 줄거리만 간추려서 이야기한 게 여러분에게는 얼토당토않고 정신 나간 소리처럼 들릴지 모르겠소만, 터무니없거나 한낱 비유인 것은 한마디도 없고, 말 그대로 사실이오. 하지만 나를 태어나게 해준 이 아름다운 사랑 이야기가 여러분 마음에 들지 않을 줄 알았더라면, 내 동생이 어제 찾아와서 전해주었던 이런저런 새로운 소식이나 들려주는 게 차라리 나았을 것을." "아니, 뭐라고요? 동생이 있으시다고요, 문서관장님? — 어디에 있나요 — 어디에 사나요? 그분도 왕실 관리인가요, 아니면 개인 학자인가요?" 사방에서 이렇게 물었다. "아니오!" 문서관장은 침착하고 차분하게 코담배를 들이마시며 대답했다. "동생은 악당 편에 붙어 용 수하에 들어갔다오." "뭐라고요, 존경하는 문서관장님?" 헤르브란트 서기관이 말참견했다. "용 수하라고요?" "용 수하라니요?" 사방에서 이 말이 터져 나와 메아리처럼 울려 퍼졌다. "그렇소, 용 수하에," 린트호르스트 문서관장이 말을 이었다. "될 대로 되라는 심사에서 그랬던 거요. 여러분도 알겠지만, 우리 아버지는 최근에 돌아가셨소. 고작 삼백팔십오년밖에 지나지 않았기 때문에 나는 아직도 상복을 입고 있소. 아버지는 내 동생이 몹시 탐냈던 찬란한 오닉스[26]를, 가장 아끼던 자식인 나에게 물려주었소. 우리는 아버지 장례식에서 이 일로 체면 사납게 다투었지. 그러자 고인이 참다 못해 벌떡 일어서서 못된 동생을 층계 아래로 내던졌소. 동생은 속이 뒤틀려 그 길로 용 수하에 들어간 거요. 지금은 뛰니스 근교의 편백나무 숲에 머물면서 한 유명하고 신비로운 석류석을 지키고 있소. 라플란드의 여름 별장으로 이사 온 악마 같은 마술사가 이 보석에 눈독을 들이고 있기 때문이지. 따라서 이 마술사가 정원에서 살라만더[27] 화단을 가꾸는 단 십오분 동안만, 동생은 자리를 떠나서 나일 강의 발원지에서 일어난 새 소식을 나에게 허

---

26 준보석의 일종으로 줄마노라고도 한다. 겹겹이 여러가지 빛깔의 줄이 져 있는 마노이다.

27 유럽 전설에 나오는 동물. 도마뱀 형태를 지녔으며, 불의 정령으로 여겨진다.

겁지겁 들려줄 수 있다오." 좌중은 또다시 박장대소를 터뜨렸지만, 대학생 안젤무스는 사뭇 섬뜩한 기분이 들었다. 린트호르스트 문서관장의 매섭고 정색한 두 눈을 바라보면, 자신도 영문을 모르게 가슴이 떨렸다. 더욱이 린트호르스트 문서관장의 컬컬하면서도 기이하게 쟁쟁거리는 목소리가 야릇하게 골수에 사무쳐 등골이 오싹해졌다. 헤르브란트 서기관은 젊은이를 까페에 데려온 원래 목적을 오늘은 이룰 수 없을 것 같았다. 린트호르스트 문서관장 집 앞 사건 뒤, 아무리 구슬려도 대학생 안젤무스에게 그 집을 또다시 찾아가게 할 수 없었다. 천운이 따랐기에 망정이지, 설령 죽지는 않았더라도 미칠 뻔했다고 대학생이 철석같이 믿었던 까닭이다. 마침 파울만 교감이 그 길을 지나던 참이었다. 안젤무스는 정신을 완전히 잃은 채 집 문 앞에 쓰러져 있었고, 한 노파가 케이크와 사과 바구니를 옆에 제쳐두고 대학생을 돌보고 있었다. 파울만 교감은 곧바로 가마를 불러 젊은이를 집으로 옮기게 했다. "세상 사람들이 저를 어떻게 생각해도 좋아요," 대학생 안젤무스가 말했다. "멍청이로 여기든 말든 ── 아무래도 상관없어요! ── 슈바르체 성문 마녀의 징그러운 얼굴이 문고리에서 저를 보고 히죽거렸어요. 그뒤에 일어난 일은 입에 담기도 싫어요. 만약 제가 기절에서 깨어나 망할 놈의 사과 장수 노파를 눈앞에 보았다면, (나를 돌보았다는 노파가 바로 그 노파였으니까요) 당장 심장이 마비되었거나 미쳐버렸을 거예요." 파울만 교감과 헤르브란트 서기관이 아무리 구슬리고 알아듣게 타일러도 아무 소용이 없었다. 청색 눈의 베로니카조차 자못 침울한 기분에 빠져든 젊은이를 다독일 수 없었다. 다들 젊은이가 정말로 정신이 병들었다고 여기고 마음을 다른 데로 돌릴 묘방을 궁리했다. 헤르브란트 서기관은 이렇게 말했다. 뭐니 뭐니 해도 린트호르스트 문서관장 집에 취직하여 원고를 베끼는 것이 특효일 겁니다. 그러자면 대학생 안젤무스를 린트호르스트 문서관장에게 자연스럽게 소개해야 했다. 헤르브란트 서기관은 문서관장이 거의 매일 저녁 어느 이름난 까페를 찾는다는 것을 알고 있었으므로, 돈은 자신이 낼 테니까 매일 저녁 그 까페에 함께 가서 맥주를 마시고 담배를 피우자고 대학생 안젤무스에게 제안했다. 그러다보면 대학생을 문서관장에게 소개하고 원고 필사 업무에 합의할 기회가 생길 것이라고 장담했다. 대학생 안젤무스는 이 권고를 더없이 고맙게 받아들였다. "저 젊은이의 제정신이 돌아오게 한다면, 친애하는 서기관, 하느님이 자네에게 상을 내릴 걸세." 파울만 교감이 말했다. "하느님이 상을 베푸실 거예요!" 베로니카는 두 눈을 경건하게 하늘로 쳐들고, 대학생 안젤무스는 제정신이 아닌 때에도 얼마나 잘생긴 젊은이인지 눈에 선하게 그려보며 맞장구쳤다. ── 린트호르스트 문서관장이 모자와 지팡이를 들고 까페 문밖으로 막 걸어 나가려는 참이었다. 헤르브란트 서기관이 대학생 안젤무스의 손을 잽싸게 붙들고, 문서관장의 앞을 막으며 말했다. "존경하옵는 추밀 문서관장님, 이 사람은 대학생 안젤무스로서 글씨와 그림에 비범한 재능을 발휘하여 관장님의 희귀한 원고를 필사하고 싶어합니다." "듣던 중 반가운 소리일세." 린트호르스트 문서관장은 불쑥 대답하고 삼각 예모를 머리에 눌러쓰더니, 헤르브란트 서기관과 대학생 안젤무스를 옆으로 밀치고 쿵쿵거리며 층계를 내려갔다. 서기관과 대학생은 어안이 벙벙하여 멈춰 서서, 문서관장이 눈앞에서 문을 부서져라 닫는 바람에 돌쩌귀가 덜컹거리는 것을 바라봤다. "거참 괴팍한 노인이네." 헤르브란트 서기관이 말했다. "괴이한 노인이네요." 대학생 안젤무스는 더듬거리며 맞장구쳤다. 한기가 핏줄을 타고 저릿저릿 흐르며 온몸이 조각상처럼 굳는 듯한 느낌이 들었다. 하지만 다른 손님들은 다 함께 웃으며 이렇게 말했다. "문서관장님은 오늘 또 눈에 띄게 기분이 안좋으시네요. 내일은 틀림없이 양처럼 순해져서 아무 말 없이 파이프의 담배 연기를 쳐다보거나 신문을 읽고 있을 거니까, 신경 쓰지마세요." '맞는 말이야,' 대학생 안젤무스는 생각했다. '그까짓 일에 왜 신경을 써야 하겠어! 내가 원고를 필사하고 싶다니까 문서관장은 듣던 중 반가운 소리라고 말하지 않았어? ─ 헤르브란트 서기관도 그렇지, 문서관장이 막 집으로 가려는 참에 도대체 왜 앞을막은 거야? ─ 그래그래, 추밀 문서관장 린트호르스트는 원래는 좋은 분이야. 놀랄 만큼 너그러워 ─ 희한한 말투가 기이할 뿐이지 ─ 그게 나에게 무슨 해가 되겠어? ─ 내일 12시 정각에 문서관장 집에 가겠어. 청동으로 변한 사과 장수 노파 수백명이 훼방 놓더라도.'

넷째 야경

대학생 안젤무스의 우울증 ── 에메랄드 거울 ── 린트호르스트 문서관장이
솔개가 되어 날아가고, 대학생 안젤무스가 아무와도 마주치지 않은 사연

자애로운 독자여, 그대에게 이렇게 물어도 되겠는가? 평소 몸에 붙은 모든 행동이 지긋지긋 넌더리 나고, 여느 때 무척 중요하고 가치 있게 생각했던 모든 일이 어리석고 쓸데없어 보이는 순간이, 그런 날이, 그런 주가 그대의 인생에 있었느냐고. 이럴 경우 그대는 어떻게 해야 할지, 무엇에 기대야 할지 막막했으리라. 엄격한 집에서 자란 겁 많은 아이처럼 영혼은 그 소원을 감히 말하지 못하지만, 어디선가 어느 때인가 속세의 모든 향락을 넘어 무언가 숭고한 소원을 성취해야 한다는 어렴풋한 느낌이 그대의 가슴에 퍼졌으리라. 흐릿하게 나타났다가 눈여겨보려 하면 스르르 사라지는 희부연 환몽처럼, 그대가 어디에 가든 어디에 있든 알 수 없는 무엇인가 그대를 맴돌기에, 이를 향한 동경으로 그대는 주위의 모든 것에 관심을 잃었으리라. 그대는 실연한 사람처럼 침울한 눈빛으로 느릿느릿 서성였고, 주위에서 왁실덕실 무슨 일을 벌이든 이제 속세

사람이 아닌 듯 고통도 기쁨도 느끼지 못했으리라. 자애로운 독자여, 그대가 언젠가 이런 기분을 느낀 적이 있다면, 몸소 겪은 체험으로 미루어 대학생 안젤무스가 어떤 증상에 빠져 있는지 잘 알 것이다. 지금까지 한 이야기에서 그대, 자애로운 독자의 눈앞에 대학생 안젤무스를 사뭇 생생하게 보여주었다면 더 바랄 게 없겠다. 필자는 이 젊은이의 더없이 기이한 이야기를 이 야경들에 기록하고 있는데, 보통 사람의 일상생활을 불가사의하게 만드는 유령같이 기묘한 내용이 아직 많이 남은 터라, 급기야 그대가 대학생 안젤무스도 린트호르스트 문서관장도 믿지 않을 뿐 아니라 지금도 드레스덴 거리를 활보하고 있는 파울만 교감과 헤르브란트 서기관 두 사람의 존재마저 부당하게 의심하지 않을까 자못 염려스러운 것이다. 자애로운 독자여, 찬란한 기적으로 가득 찬 마법의 왕국에서는 기적이 수없이 벌어져 달콤한 환희에 젖게도 하고 끔찍한 무서움에 떨게도 한다. 그뿐 아니라, 그곳에서는 근엄한 여신이 베일을 살짝 들어 올려 우리는 여신의 얼굴을 보았다고 믿는다 ― 그런데 여신의 근엄한 눈빛에 종종 은은한 미소가 비친다. 여신은 장난스레 골리는 것이다. 엄마가 사랑하는 아이를 어르듯, 갖가지 당혹스러운 마술로 우리를 놀리는 것이다 ― 영혼이 꿈 등에서 자주 보여주는 이러한 왕국에 그대가 들어와 있다면! 자애로운 독자여, 날마다, 이른바 소소한 일상의 주위를 돌아다니는 낯익은 모습들을 이 왕국에서 한번 찾아보라. 그러면 저 찬란한 왕국이 여느 때 그대가 생각했던 것보다 훨씬 가까이 있다는 사실을 깨달을 것이다. 그렇게 되기를 필자는 진심으로 바라며, 그러한 사실을 깨우쳐주고자 대학생 안젤무스의 희한한 이야기를 쓰고 있는 것이다. ― 각설하고, 앞서 말했듯 대학생 안젤무스는 저녁에 린트호르스트 문서관장을 만난 뒤로, 꿈꾸듯 멍하니 생각에 잠겨 일상생활에 무슨 일이 닥치는지 전혀 깨닫지 못했다. 알 수 없는 무엇인가 마음속에서 꿈틀거리며 환희 어린 고통을 일으키는 것을, 인류에게 더욱 숭고한 새로운 삶을 약속하는 동경을 일깨우는 것을 느꼈다. 호젓이 숲과 초원을 떠돌아다니고, 구차한 인생의 모든 구속에서 벗어난 양 마음에서 솟아나는 다채로운 환영만 들여다보며 자기 자신을 되찾을 수 있을 듯할 때 가장 행복했다. 그러던 어느날, 멀리 산책 갔다 돌아오는 길에 기이한 딱총나무를 지나게 되었다. 전번에 그 아래에서 마법에 걸린 듯 희한한 일을 그리 많이 보았던 바로 그 나무였다. 초록색 친근한 풀밭에 기묘하게 마음이 끌렸다. 하지만 거기 앉자마자, 전번에 한없이 황홀하게 바라보았으나 어떤 낯선 힘에 밀려 마음에서 내쫓겼던 모든 환영이 더없이 생생하게 다시 떠올라 마치 다시 한번 눈에 보이는 듯했다. 그뿐 아니라 아리따운 청색 눈동자는 딱총나무 줄기를 휘감고 있는 금록색 뱀의 것이며, 뱀이 날씬한 몸을 감을 때마다 크리스털 종이 찬란하게 반짝이고 잘랑거리며 젊은이를 환희와 기쁨에 넘치게 하는 게 틀림없다는 사실이 당시보다 더욱 똑똑히 느껴졌다. 그래서 예수승천대축일 때와 마찬가지로 딱총나무를 끌어안고 가지와 이파리에 대고 소리쳤다. "아, 어여쁜 초록색 실뱀이여, 한번만 더 구불구불 빙글빙글 친친 가지를 휘감아 네 모습을 보여주기를. ― 한번만 더 아리따운 눈동자로 나를 바라보기를! 아, 너를 사랑해, 네가 다시 돌아오지 않으면 나는 슬픔과 고통으로 죽고 말 거야!" 그러나 아무 목소리도 들리지 않았고, 딱총나무는 저번처럼 들릴락 말락 쏴쏴 가지와 이파리만 흔들었다. 하지만 대학생 안젤무스는 무엇이 마음속에서 꿈틀거리고 울렁거리는지, 무엇이 가슴을 갈가리 찢어 한없는 동경에 고통받게 하는지 이제 알 것 같았다. "내가 이러는 것은," 젊은이가 말했다. "영혼을 다 바쳐 죽을 때까지 너를 사랑하기 때문이야. 찬란한 황금색 실뱀이여, 네가 없으면 살아갈 수 없고, 너를 다시 보지 못하면, 내 마음의 연인으로 맞지 못하면, 절망하여 비참하게 죽고 말 것이기 때문이야 ― 하지만 너는 내 것이 될 것이고, 그러면 찬란한 꿈이 더욱 숭고한 새로운 세상을 보여주며 내게 약속한 모든 일이 이뤄질 것임을 나는 알아." 날마다 저녁이 되어 반짝이는 황금색 햇살이 나무 우듬지에만 뿌려질 때면, 대학생 안젤무스는 딱총나무 아래로 가서 이파리와 가지에 대고 가슴이 터져라 서글프게 소리쳐 어여쁜 연인, 금록색 실뱀을 불렀다. 한번은 평소처럼 이러고 있는데, 껑충하고 비쩍 마른 몸에 헐렁한 연회색 코트를 휘감은 한 남자가 느닷없이 눈앞에 나타나더니 커다랗고 이글거리는 두 눈으로 쏘아보며 이렇게 소리쳤다. "이보게, 이보게 ― 무엇 때문에 서글프게 훌쩍이나? ― 이보게, 이보게, 내 원고를 필사하고 싶어하는 안젤무스 군 아닌가." 대학생 안젤무스는 우레 같은 목소리에 자못 놀랐다. 예수대승천일 당시 "얘들아, 얘들아, 거기서 왜 이리 도란대고 속삭이는 거냐?"라고 외치던 바로 그 목소리였기 때문이다. 젊은이는 소스라치게 놀라 아무 말도 입 밖에 내지 못했다. "도대체 무슨 일인가, 안젤무스 군," 린트호르스트 문서관장이 말을 이었다. (연회색 코트를 입은 남자는 바로 문서관장이었다.) "딱총나무에게 무엇을 바라는 건가? 우리 집에 와서 일을 시작하겠다더니 왜 오지 않았는가?" 아닌 게 아니라 대학생 안젤무스는 그날 저녁 문서관장 린트호르스트의 집에 다시 찾아가겠다고 마음을 다지고도 아직 그럴 엄두를 내지 못하고 있었다. 하지만 전번에 연인을 앗아갔던 이 심술스러운 목소리가 지금 또다시 아름다운 꿈을 산산이 깨뜨리자, 절망감에 사로잡혀 냅다 소리쳤다. "저를 미쳤다고 생각하고 싶으시거든, 문서관장님! 그건 마음대로 하십시오. 하지만 예수승천대축일에 저는 여기 이 나무에서 금록색 실뱀을 — 아! 제 영혼의 영원한 연인을 보았습니다. 뱀은 크리스털 종을 찬란하게 잘랑거려 말을 건넸지요. 하지만 문서관장님, 관장님이 — 관장님이! 강 건너편에서 그토록 끔찍하게 소리치고 고함질러 불렀습니다." "무슨 말인가, 젊은 친구!" 린트호르스트 문서관장이 사뭇 야릇한 미소를 띠고 코담배를 들이마시며 말허리를 잘랐다. — 대학생 안젤무스는 그날 겪은 경이로운 사건을 처음부터 이야기할 수 있게 되자 마음이 가벼워지는 것을 느꼈다. 모든 일을 문서관장 탓으로 돌려도 괜찮을 듯한 기분이었다. 멀리서 우레같이 소리친 사람이 바로 문서관장이었으니 말이다. 젊은이는 정신을 가다듬고 이렇게 말했다. "예수승천대축일에 제가 어떤 불운을 겪었는지 낱낱이 말씀드리겠습니다. 그런 뒤 저를 두고 무슨 말을 하든, 어떻게 대하든, 어떻게 생각하든, 그건 마음대로 하십시오." 이제 실제로 젊은이는 사과 바구니에 재수 없이 뛰어든 것부터 금록색 뱀 세마리가 강을 건너 달아난 일까지 기묘한 사건을 빠짐없이 이야기하고, 사람들이 자신을 주정뱅이나 미치광이로 여겼다고 덧붙였다. "이 모든 일을," 대학생 안젤무스는 이렇게 말을 맺었다. "저는 두 눈으로 보았습니다. 제 가슴 깊은 곳에서는 저에게 말을 건네던 사랑스러운 목소리들이 아직도 쟁쟁 울립니다. 이 일은 결코 꿈이 아닙니다. 사랑과 동경 때문에 죽지 않으려면, 저는 금록색 뱀이 실제로 있다고 믿을 수밖에 없습니다. 존경하는 문서관장님, 미소를 흘리시는 걸 보니 관장님은 제가 상상이 지나친 나머지 이 뱀들을 지어냈다고 여기시는 것 같지만요." "천만에," 문서관장은 더없이 침착하고 차분하게 대답했다. "안젤무스 군, 자네가 딱총나무 아래에서 본 금록색 뱀은 다름 아니라 내 세 딸일세. 자네가 세르펜티나라고 하는 막내딸의 청색 눈동자에 흠뻑 빠진 것은 안 봐도 알겠네. 말이 나온 김에 말하자면, 그건 이미 예수승천대축일에 다 알았지. 집에서 책상에 앉아 있다가 도란대고 속삭이는 소리가 듣기 싫어 말괄량이 딸들에게 해도 이미 저물고 맘껏 노래도 부르고 실컷 햇볕도 쪼였으니 귀가하라고 소리친 걸세." 대학생 안젤무스는 진작부터 짐작했던 것을 조곤조곤 설명받는 듯한 기분이었다. 딱총나무며, 담벼락이며, 잔디밭이며 그밖에 자신을 에워싼 모든 것이 천천히 맴돌기 시작하는 듯 느껴졌지만, 정신을 모으고 무슨 말인가 하려 했다. 하지만 문서관장은 말을 꺼낼 틈을 주지 않고 왼손에서 장갑을 잽싸게 벗었다. 손에 낀 반지의 보석이 경이로운 불티와 불꽃을 뿜으며 번쩍였다. 문서관장은 이 보석을 대학생 눈앞에 들이밀며 이렇게 말했다. "여기를 보게, 친애하는 안젤무스 군. 이걸 보면 아마 기뻐할 걸세." 대학생 안젤무스는 보석을 들여다봤다. 오, 얼마나 경이로운가! 불타는 초점에서 뿜어 나오듯 보석에서 빛살이 사방팔방 뻗어 나갔고, 빛살은 서로 어우러져 밝게 빛나는 크리스털 거울을 이루었다. 이 거울에서 친친 서로 감았다가 산지사방 흩어진 뒤 빙글빙글 또 감으며 춤추고 뛰노는 금록색 실뱀 세마리가 보였다. 수없이 불티를 뿜으며 번쩍이는 날씬한 몸뚱이들이 서로 맞닿으면, 크리스털 종에서처럼 찬란한 화음이 울렸다. 한가운데 뱀은 동경과 열망이 북받치는 듯 거울 밖을 향해 머리를 내밀었는데, 청색 눈망울이 이렇게 묻는 듯했다. "제가 누구인지 아나요 — 제가 있다는 것을 믿나요, 안젤무스? — 믿음 속에만 사랑이 있답니다 — 사랑할 수 있겠나요?" "오

세르펜티나, 세르펜티나!" 대학생 안젤무스는 미친 듯 기뻐하며 소리쳤다. 하지만 린트호르스트 문서관장이 거울에 잽싸게 입김을 불자, 빛살이 후드득 전기를 일으키며 초점으로 도로 들어갔다. 손에서는 작은 에메랄드만 다시 반짝거렸고 문서관장은 장갑을 꼈다. "황금색 실뱀을 보았나, 안젤무스 군?" 린트호르스트 문서관장이 물었다. "보고말고요!" 대학생은 대답했다. "어여쁘고 사랑스러운 세르펜티나도요." "쉿," 린트호르스트 문서관장이 말을 이었다. "오늘은 이쯤해두세. 말이 나온 김에, 자네만 원한다면 우리 집에서 일해도 좋네. 내 딸들도 자주 볼 수 있을 거고. 아니, 내가 자네에게 그런 더없는 기쁨을 선사하겠네, 자네가 일을 착실히 한다면, 다시 말해 모든 글자를 원본대로 정확하고 깨끗하게 필사해준다면 말일세. 하지만 자네가 곧 찾아올 거라고 헤르브란트 서기관이 장담했는데도 자네는 우리 집에 오지 않았지. 나는 기다리느라 여러날을 허송했네." 린트호르스트 문서관장이 헤르브란트란 이름을 말하자마자, 대학생 안젤무스는 자신이 실제로 두 발을 땅에 디디고 있으며, 자신은 대학생 안젤무스이고, 눈앞에 서 있는 남자는 린트호르스트 문서관장이라는 자각이 새삼 들었다. 문서관장은 진짜 마술사처럼 경이로운 환영을 불러낸 게 언제였냐 싶게 시치미를 떼고 무덤덤한 어조로 말했다. 이는 왠지 오싹하게 들렸으며, 마르고 주름진 얼굴의 앙상한 눈구멍에 깊숙이 들어박힌 두 눈이 번득번득 뚫어지게 쏘아보자 소름마저 돋았다. 문서관장이 까페에서 기이한 이야기를 늘어놓았을 때 온몸에 감돌았던 바로 그 섬뜩한 느낌이 대학생을 다시금 세차게 사로잡았다. 가까스로 기운을 추스르고선, 문서관장이 또다시 "우리 집에 도대체 왜 오지 않았는가!"라고 묻자 집 문 앞에서 무슨 일이 일어났는지 빠짐없이 이야기했다. "친애하는 안젤무스 군," 대학생이 이야기를 마치자 문서 관장이 말했다. "친애하는 안젤무스 군, 나는 자네가 말하는 사과 장수 노파가 누구인지 알고 있네. 내게 갖은 심술을 부리는 고약한 여자지. 청동으로 변해 문고리 노릇을 하며 우리 집에 오는 귀한 손님을 쫓아내다니, 그런 못된 행동은 정말 참을 수 없군. 친애하는 안젤무스 군, 내일 정각 12시에 우리 집을 찾아오게. 또 히죽거리거나 깍깍거리는 것을 보거든, 수고스럽지만 이 리큐어를 몇 방울 코에 뿌리게. 그러면 곧바로 모든 게 해결될 걸세. 그럼 잘 있게, 안젤무스 군! 좀 서둘러야 해서, 함께 시내로 가자고 권할 수 없구면. ── 잘 있게! 내일 12시에 다시 봅세." 린트호르스트 문서관장은 대학생 안젤무스에게 황금색 액체가 든 작은 유리병을 건네주고, 그곳을 떠나 급히 걸음을 옮겼다. 어느새 어둠이 짙게 내려, 문서관장은 골짜기 아래로 걸어간다기보다 둥실둥실 떠가는 듯 보였다. 문서관장이 코젤 정원 근처에 이르렀을 때 바람이 헐렁한 코트를 부풀려 끝자락을 양쪽으로 흩날리게 하자, 이 옷자락이 한쌍의 커다란 날개처럼 허공에 펄럭거렸다. 놀라서 문서관장의 뒷모습을 바라보던 대학생 안젤무스의 눈에는, 큰 새가 나래를 활짝 펼치고 빠르게 날아가는 듯 보였다. ── 대학생이 이렇게 어둠을 들여다보고 있을 때, 연회색 솔개 한마리가 칼칼하게 울어젖히며 공중으로 치솟아 올랐다. 연회색으로 펄럭이는 물체는 걸어서 떠나는 문서관장이려니 내내 생각했는데 알고 보니 이 솔개였음이 분명하다는 것을 대학생은 이제야 알아챘다. 문서관장이 돌연 어디로 사라졌는지는 도대체 알 수 없었지만 말이다. "하지만 그 양반이 날아서 떠났을 수도 있어, 린트호르스트 문서관장이 말이야." 대학생 안젤무스는 혼잣말했다. "여느 때 매우 기이한 꿈에서나 보았던 머나먼 경이로운 세상의 모든 낯선 모습이, 이제는 내 깨어 있는 생생한 삶으로 걸어 들어와 나를 데리고 노는 것을 나는 보고 느끼고 있잖아. ― 하지만 그건 아무래도 좋아! 너는 내 가슴속에 살아서 불타고 있구나, 어여쁘고 사랑스러운 세르펜티나. 오로지 너만이 내 마음속을 갈가리 찢는 한없는 동경을 가라앉힐 수 있어. ― 아, 언제 네 아리따운 눈동자를 바라보게 될까 ― 사랑하는, 사랑하는 세르펜티나!" 대학생 안젤무스는 사뭇 크게 소리쳤다. "거참 천박하고 비기독교적인 이름일세."[28] 귀가하던 산책객이 옆을 지나며 낮은 목소리로 웅얼거렸다. 이 말에 대학생 안젤무스는 자신이 어디에 있는지 깨닫고, 서둘러 걸음을 옮겨 그곳을 떠나면서 속으로 이렇게 생각했다. '지금 파울만 교감이나 헤르브란트 서기관과 마주친다면, 정말 불운이 아닐까!' 하지만 두 사람 가운데 누구와도 만나지 않았다.

---

28 세르펜티나의 어원은 '뱀'이라는 뜻의 라틴어 serpens다.

다섯째 야경

궁정 고문관 안젤무스의 부인 — 키케로의 『의무론』[29] —
긴꼬리원숭이와 다른 건달 — 리제 노파 — 추분

"안젤무스 군은 도대체 어떻게 해볼 방법이 없어." 파울만 교감
이 말했다. "아무리 가르치고 아무리 타일러도 소용이 없어. 시키
는 대로 하려 들질 않아. 성공의 기반이라는 학교 성적은 최상인데
말이야." 하지만 헤르브란트 서기관은 능청스레 수수께끼같이 미
소 지으며 대답했다. "안젤무스에게 시간과 여유를 주시지요, 존
경하는 교감 선생님! 괴짜이기는 하지만 재주가 많답니다. 제가 많
다고 말하면, 그건 추밀 비서관이나 궁정 고문관까지 될 수 있다
는 뜻입니다." "궁정……" 교감은 더없이 놀라며 입을 떼었으나,
말이 목에 걸려 나오지 않았다. "쉿, 쉿," 헤르브란트 서기관이 말
을 이었다. "공연히 하는 소리가 아니라니까요! ─ 이틀 전부터 안

---

29 마르쿠스 툴리우스 키케로(Marcus Tullius Cicero, 106~43 BCE)의 『의무론』(De
Officiis)은 고대 윤리학의 대표적 저술로서, 특히 정치가가 일상생활에서 다해야
할 의무를 다루고 있다.

젤무스는 린트호르스트 문서관장 집에 가서 필사를 하고 있습니다. 문서관장은 어제저녁 까페에서 저에게 이렇게 말했어요. '나에게 건실한 젊은이를 소개했더군요, 서기관! ― 뭐가 되어도 될 겁니다!' 문서관장의 인맥을 생각해보십시오 ― 쉿 ― 쉿 ― 이 이야기는 일년 뒤에 하시지요!" 이렇게 말하고선 서기관은 연신 능청스럽게 웃으며 문밖으로 나갔고, 교감은 놀라움과 호기심에 말문이 막혀, 마술에라도 걸린 듯 의자에 꼼짝 않고 앉아 있었다. 하지만 이 대화는 베로니카에게 사뭇 깊은 인상을 남겼다. '나는 진작 알고 있었잖아,' 베로니카는 생각했다. '안젤무스 씨는 똑똑하고 상냥한 젊은이고, 큰 인물이 되리라는 것을 말이야. 안젤무스가 나를 정말 좋아하는지 알 수 있다면 좋으련만. ― 하지만 우리가 그날 저녁 배를 타고 엘베 강을 건널 때, 내 손을 두번이나 꼭 잡았잖아. 함께 이중창을 부르며 나를 뚫어지게 바라보는 눈길이 내 가슴까지 파고들었잖아. 그래그래! 안젤무스는 나를 정말 좋아해 ― 그리고 나는……' 베로니카는 어린 아가씨들이 그러듯 밝은 미래의 달콤한 꿈에 흠뻑 젖어들었다. 베로니카는 궁정 고문관 부인이 되어 있다. 슐로스 길이나 노이마르크트 광장[30]이나 모리츠 가(衛)의 화려한 저택에 산다 ― 최신 유행 모자와 새로 산 터키산 목도리가 옷맵시에 잘 어울린다 ― 우아한 네글리제를 입고 발코니에서 아침식사를 하며, 가정부에게 필요한 지시를 내린다. "그 요리를 망치면 안 돼요. 궁정 고문관께서 가장 좋아하는 음식이니!" 길을 지나던 멋쟁이 남자들이 흘금 올려다보며 말하는 소리가 또렷이 들린다. "여신처럼 아름다운 여자야, 궁정 고문관 부인은. 레이스 모

---

30 알트마르크트 광장과 엘베 강 사이에 있다. 이 광장에 프라우엔 교회(Frauenkirche)가 있으며, 가까이에 모리츠 가가 있다.

자가 어여쁜 매무새를 더없이 돋보이게 하는군!" Y 추밀 고문관 부인이 하인을 보내, 궁정 고문관 부인께서 오늘 링케 바트로 왕림할 수 있는지 문의한다. "매우 고맙지만, 너무 유감스럽게도, Z 대신 부인과 선약이 있다고 전하게." 그때 아침 일찍 출근했던 안젤무스 궁정 고문관이 들어온다. 최근 유행하는 옷을 차려입고 있다. "벌써 10시가 되었나." 금시계의 종소리를 듣고 젊은 아내에게 키스하며 고문관이 말한다. "잘 있었지, 여보, 당신에게 무엇을 가져왔게?" 놀리듯 말을 잇더니, 첨단 유행에 따라 만든 찬란한 귀걸이를 조끼 주머니에서 꺼내, 평소 달고 있던 흔해빠진 귀걸이 대신 걸어준다. "아, 예쁘고 깜찍한 귀걸이예요!" 베로니카는 사뭇 큰 소리로 소리친다. 하던 일을 손에서 내려놓고 의자에서 벌떡 일어나, 귀걸이를 비추어 보려 거울로 달려간다. "웬 법석이냐," 키케로의 『의무론』을 읽는 데 빠져 있다가 하마터면 책을 떨어뜨릴 뻔한 파울만 교감이 소리쳤다. "안젤무스처럼 발작을 일으키다니." 하지만 그 순간, 언제 뻔질나게 드나들었나 싶게 며칠이나 발걸음이 없던 안젤무스가 방에 들어왔고, 베로니카는 소스라치게 놀랐다. 안젤무스는 정말로 몰라보게 딴사람이 되었기 때문이다. 여느 때는 볼 수 없던 단호한 어조로, 자신이 완전히 새로운 인생길에 들어섰음을 확신하며, 웬만한 사람은 깨닫지도 못하는 찬란한 미래가 눈앞에 펼쳐져 있다고 말했다. 파울만 교감은 헤르브란트 서기관의 수수께끼 같은 말을 떠올리며 딸보다 훨씬 더 놀라서, 한마디도 입밖에 내지 못했다. 대학생 안젤무스는 린트호르스트 문서관장 집에서 하는 급한 일에 관해 몇마디 전하고서 베로니카의 손에 우아하고 세련되게 키스하더니 어느새 층계를 내려가 그곳을 떠났다. '벌써 궁정 고문관이 다 되었네.' 베로니카는 속으로 중얼거렸다.

'내 손에 키스하면서, 여느 때와 달리 미끄러지지도 발을 밟지도 않았어! ── 나에게 사뭇 상냥한 눈길을 던졌고 ── 나를 정말로 좋아하는 거야.' 베로니카는 아까 꾸었던 꿈에 다시 젖어들었다. 그런데 궁정 고문관 부인으로서 장차 가정생활을 보여주는 달콤한 환영 가운데 한 심술스러운 모습이 줄곧 끼어들어 비웃음을 날리며 이렇게 말하는 듯했다. "모든 게 어리석고 시시한 짓인데다가 거짓으로 꾸며낸 거야. 안젤무스는 궁정 고문관이 되지도 네 남편이 되지도 못해. 너를 사랑하지도 않아. 너는 눈동자가 청색이고, 몸매가 날씬하고, 손매가 곱지만 말이야." 그러자 베로니카의 가슴에 한기가 끼치더니 끔찍한 무서움이 치밀어, 레이스 모자를 쓰고 우아한 귀걸이를 단 자기 모습을 방금 그려보았을 때 베로니카를 감쌌던 푸근한 느낌을 산산이 깨뜨렸다. ── 베로니카는 솟구치는 눈물을 삼키며 큰 소리로 말했다. "아, 맞는 말이야, 안젤무스는 나를 사랑하지 않아. 나는 결코 궁정 고문관 부인이 되지 못할 거야!" "낭만적 공상에 빠졌군, 낭만적 공상에!" 파울만 교감은 이렇게 소리치고 모자와 지팡이를 집어 들더니 화를 내며 서둘러 자리를 떴다! "아버지까지 저러시다니." 베로니카는 한숨을 내쉬고, 열두 살짜리 동생에게 인정머리 없이 수틀만 붙들고 앉아 수바늘을 놀리고 있다고 성미부렸다.

어느새 3시가 가까워졌다. 방을 치우고 커피 테이블을 차릴 시간이었다. 오스터 씨네 딸들이 친구 베로니카에게 놀러 오겠다고 했기 때문이다. 하지만 베로니카가 캐비닛을 치울 때마다, 피아노에서 악보집을 빼내고 찬장에서 커피 잔과 주전자를 꺼낼 때마다, 물건들 뒤에서 아까 봤던 모습이 요괴처럼 뛰어나와 비웃음을 흘리고 거미같이 가는 손가락으로 훼방 놓으며 말했다. "네 남편이 되지 않을 거야, 네 남편이 되지 않을 거야!" 베로니카가 이것이고 저것이고 다 놓아두고 방 한가운데로 몸을 피하자, 이 모습은 엄청나게 부풀어 난로 뒤에서 기다란 코를 내밀고 으르렁그르렁거렸다. "네 남편이 되지 않을 거야!" "아무것도 들리지 않니? 아무것도 보이지 않니? 얘야!" 베로니카는 이렇게 소리치고 두려움에 벌벌 떨며 아무것도 만질 엄두를 내지 못했다. 프렌츠헨은 매우 진지하고 차분하게 수틀에서 눈을 들고 말했다. "오늘 도대체 왜 그러는데, 언니? 손에 잡히는 대로 아무렇게나 내던져서, 우지끈 와지끈 부서뜨리다니. 언니를 도와줘야 할까봐." 하지만 그때 아가씨들이 까르르 쾌활하게 웃으며 방에 들어오자, 그제야 베로니카도 자신이 난로 뚜껑을 괴물로 보고, 난로 문이 제대로 닫히지 않아 삐거덕거리는 소리를 으르렁거리는 말로 들었다는 것을 알아챘다. 그럼에도 가슴속 깊이 엄청난 무서움에 사로잡혀 평상심을 쉽사리 되찾을 수 없었고, 예사롭지 않게 곤두선 신경이 창백한 낯빛과 심란한 얼굴에 고스란히 드러나 친구들은 금세 낌새를 눈치챘다. 신나게 수다를 떨려다가 입을 딱 다물고는 도대체 무슨 일이 있었느냐고 다그치자, 베로니카는 자신이 이상한 생각에 젖어들었으며 평소의 자신답지 않게, 벌건 대낮에 느닷없이 유령에 대해 기이한 두려움에 휩싸였다고 털어놓을 수밖에 없었다. 이 방구석 저 방구석에서 땅딸한 회색 난쟁이가 튀어나와 놀려대고 비웃었다는 것을 얼마나 실감 나게 이야기하는지, 오스터 씨네 딸들은 흠칫흠칫 사방을 둘러보며 이내 섬뜩하고 으스스한 기분을 느꼈다. 그때 프렌츠헨이 모락모락 김 나는 커피를 들고 오자 세 친구들은 곧 정신을 차리고, 무슨 터무니없는 생각이냐며 스스로를 비웃었다. 앙겔리카(이것이 오스터 씨네 맏딸 이름이었다)는 군 복무 중인 장교와 약혼한 사이였는데, 약혼자가 오랫동안 소식이 없어서 죽거나 적어도 중상을 입었으려니 다들 여기고 있었다. 이 때문에 깊은 슬픔에 빠져 있던 앙겔리카가 오늘은 기분이 좋다 못해 잔뜩 들떠 있었다. 베로니카는 자못 의아한 생각이 들어, 도대체 왜 그러는지 대놓고 물었다. "이 아가씨야," 앙겔리카가 말했다. "내가 빅토어를 늘 마음과 생각에 품고 있지 않겠니? 바로 그래서 기분이 날아갈 것 같은 거야! ─ 아, 하느님 ─ 내 마음이 이렇게 벅차고 행복하다니! 그이 빅토어가 불굴의 용맹으로 수여받은 훈장을 가슴에 달고 기병 대위로 진급하여 돌아오는 모습을 나는 곧 보게 될 거야. 적군 경기병이 휘두른 군도를 맞고 치명상은 아니지만 오른팔에 중상을 입은 까닭에 그이는 편지를 쓸 수 없었어. 그이가 소속 연대를 떠나기 싫어한데다 체류지 이동이 잦은 탓에 나에게 소식을 전할 수 없었지. 하지만 오늘 저녁엔 부상이 다 나을 때까지 쉬라는 명령을 받을 거야. 그이는 내일 출발하여 이곳으로 올 것이고, 마차에 올라탈 때 기병 대위 진급 소식을 들을 거야." "하지만 앙겔리카," 베로니카가 끼어들었다. "벌써 이 일을 다 안단 말이야?" "나를 비웃지 마, 이 아가씨야," 앙겔리카가 말을 이었다. "하긴 비웃지 못하겠지, 그랬다가는 땅딸한 회색 난쟁이가 저기 거울 뒤에서 내다보며 너를 벌주려 들지 않겠니? ─ 아무튼, 나는 수수께끼 같은 일이 있다고 철석같이 믿어. 그런 일이 인생에서 자주 눈에 띌 뿐 아니라 손에 만져지는 듯하기 때문이야. 앞날을 내다보는 신통력을 타고났을 뿐 아니라 능수능란하게 구사할 줄 아는 사람이 있어. 이를 수상쩍거나 의심스럽게 여기는 사람도 있지만, 나는 그렇게 생각한 적이 한번도 없어. 이 도시에는 이런 신통력이 남다르게 뛰어난 노파가 있지. 여느 어중이떠중이 점술가처럼 카드나 납 용

액이나 커피 앙금 따위로 예언하는 게 아니라, 점 보러 온 사람과 함께 이런저런 준비를 한 뒤 밝게 윤나는 금속 거울에 갖은 형상과 모습이 기묘하게 뒤섞여 나타나면 노파는 점괘를 풀이하여 묻는 대로 대답해주는 거야. 어제저녁 이 노파에게 찾아가서 빅토어 소식을 들었는데, 점이 들어맞는다는 것을 나는 털끝만큼도 의심치 않아." 앙겔리카의 이야기는 베로니카의 마음에 불티를 던져, 노파에게 찾아가 안젤무스가 자신의 남편이 될지 물어봐야겠다는 생각에 불을 지폈다. 이 노파는 라우어 부인이라고 하는데 제 성문[31] 밖 으슥한 거리에 살며, 화요일, 수요일, 금요일에만 저녁 7시부터 이튿날 새벽까지 밤새워 문을 열고, 혼자 점 보러 오는 사람을 좋아한다는 것을 베로니카는 알아냈다. ── 때마침 수요일이라 베로니카는 오스터 씨네 딸들을 집까지 바래다준다는 구실을 붙여 노파를 찾아가기로 마음먹었고, 아닌 게 아니라 그렇게 했다. 신시가지에 사는 여자 친구들과 엘베 강 다리 앞에서 헤어지자마자, 제 성문 밖으로 날래게 달려 앞서 말한 으슥하고 좁다란 길에 곧 들어섰다. 그 끄트머리에 라우어 부인이 살고 있다는 붉은색 오두막집이 보였다. 집 문 앞에 다가서자, 섬뜩한 느낌이 들어 가슴이 떨리는 것을 주체할 수 없었다. 마음이 꺼림칙했지만 마침내 기운을 내어 초인종 줄을 잡아당기니 문이 열렸다. 어둠침침한 통로를 지나며, 앙겔리카가 일러준 대로 이층으로 통하는 층계를 더듬더듬 찾았다. "이곳에 라우어 부인이 살지 않으세요?" 휑한 복도에 대고 소리 질렀지만 인기척이 없었다. 대답 대신 야옹 소리가 길고 또렷이 울리더니, 커다란 검은색 수고양이가 등허리를 휘움히 세우고

---

31 알트마르크트 광장에서 남쪽으로 뻗은 제 길(Seegasse, 오늘날의 제 가Seestrasse) 끝에 있던 성문. 1821년 철거되었다.

동그랗게 말린 꼬리를 이리저리 흔들며, 위엄 있게 베로니카 앞을 지나 방문으로 걸어갔다. 두번째로 야옹 울자 문이 열렸다. "아, 누군가 했더니, 아기씨구먼, 벌써 오셨우? 들어와요 — 들어와!" 누군가 문으로 나오며 소리쳤고, 그 모습을 보고 베로니카는 마술에라도 걸린 듯 바닥에 붙박였다. 껑충하고 비쩍 마른 노파가 검은색 누더기를 걸친 꼴이라니! — 노파가 주절거리는 동안 뾰족한 주걱턱은 흔들거리고, 앙상한 매부리코에 덮인 합죽한 입은 실그러져 히죽거리고, 번득이는 고양이 눈은 불티를 튀기며 넓적한 안경 너머에서 껌벅거렸다. 머리에 둘러쓴 얼룩덜룩한 머릿수건에서 뻣뻣한 검은색 머리털들이 비죽비죽 솟았고, 크게 덴 흉터 두가닥이 왼쪽 볼에서 코까지 가로질러 그러잖아도 징그러운 얼굴을 소름 끼치게 만들었다. — 베로니카는 숨이 막혔고, 노파가 뼈만 남은 손으로 팔을 붙들어 방으로 잡아끌자 비명이라도 질러 답답한 가슴을 뚫으려 했으나 입에서는 깊은 한숨만 새어 나왔다. 방 안에서는 온갖 것이 꿈틀꿈틀 움직이고 있었다. 정신을 차릴 수 없게 뒤죽박죽으로 찍찍거리고 야옹거리고 깍깍거리고 삐악거렸다. 노파가 주먹으로 탁자를 치며 소리쳤다. "조용히 못해! 건달들아!" 긴꼬리원숭이가 찡얼거리며 천개天蓋가 높이 달린 침대로 올라가고, 기니피그는 난로 아래로 기어들고, 까마귀는 둥근 거울 위로 퍼드덕 날아갔다. 검은색 수고양이만 호통을 귓등으로도 안 듣는 듯, 방에 들어오자마자 뛰어올랐던 커다란 쿠션 의자에 차분히 앉아 있었다. — 주위가 조용해지자마자 베로니카는 기운을 되찾았다. 복도에서와 달리 방 안은 섬뜩하게 느껴지지 않았으며, 심지어 노파마저 더이상 흉측스럽게 보이지 않았다. 이제야 비로소 방 안을 둘러보았다! — 온갖 볼썽사나운 박제 동물이 천장에 주렁주렁 매달려 있는가 하면 난생처음 보는 희한한 기기가 바닥에 뒤죽박죽 널브러져 있었다. 벽난로에서는 파란 불이 감질나게 타다가 가끔가끔 노란색 불티를 튀기며 화르르 치솟았고, 그러면 위에서 휘잉휘잉 소리가 들리더니 찡그리며 웃는 듯한 인간 얼굴을 한 박쥐들이 징그럽게 이리저리 날아다녔다. 불길이 때로 높이 솟아 그을음 낀 벽을 핥기라도 하면, 가슴 찢어지게 울부짖고 흐느끼는 소리가 들려 베로니카는 두려움에 등골이 오싹해졌다. "미안해, 아기씨." 노파는 싱긋 웃고는 커다란 먼지떨이를 붙잡아 노구솥에 담가 적신 뒤 벽난로에 물을 뿌렸다. 그러자 불이 꺼지고 자욱한 연기에 뒤덮인 듯 방 안이 칠흑처럼 깜깜해졌다. 하지만 노파는 작은 방에 가서 금세 촛불에 불을 붙여 들어왔다. 베로니카에게 이제 짐승이나 기구는 보이지 않았다. 세간이 볼품없는 흔해빠진 방일 뿐이었다. 노파는 가까이 다가와 그르렁거리는 목소리로 말했다. "나에게 뭘 바라는지 다 알아, 아기씨. 그러니까, 안젤무스가 궁정 고문관이 되면 그 작자와 결혼하게 될지 알고 싶은 거지." 베로니카는 소스라치게 놀라 온몸이 얼어붙었지만, 노파는 말을 이었다. "아기씨가 집에서 아버지에게 모두 말했잖아, 커피 주전자를 눈앞에 두고. 내가 바로 커피 주전자였어, 나를 못 알아봤어? 아기씨, 내 말 들어! 안젤무스를 포기해, 안젤무스를, 못돼먹은 놈이야, 내 아이들 얼굴을 짓밟았어, 내 사랑하는 아이들을, 내가 팔아넘기더라도 사 간 사람 호주머니에서 다시 굴러 나와 내 바구니로 돌아오는 볼살 빨간 사과들을. 안젤무스가 그 늙은이와 한통속이 되어 어제 망할 놈의 웅황[32]을 내 얼굴에 뿌리는 바람에 하마터면 내 눈이 멀 뻔했어. 덴 흉터가 아

---

32 화학명은 삼황화이비소. 예전에 이 가루를 피부병이나 성병 치료에 사용했다.

직 보이지, 아기씨! 그놈을 포기해, 포기하라고! ── 그놈은 아기씨를 좋아하지 않아. 금록색 뱀을 사랑하니까. 궁정 고문관이 되지도 못해. 살라만더 소굴에 취직했으니까. 초록색 뱀과 결혼할 거야. 그놈을 포기해, 포기하라고!" 워낙에 마음이 굳세고 꿋꿋한 베로니카는 계집애 같은 무서움을 금세 벗어던지고 한걸음 뒤로 물러서며 진지하고 침착한 어조로 말했다. "할머니! 할머니가 앞날을 내다보는 신통력이 있다고 들었어요. 그래서 지나치게 호기심에 들뜨거나 호들갑을 부리는 것인지 모르겠지만, 사랑하고 존경하는 안젤무스가 훗날 제 남편이 될지 알고 싶었어요. 제 소원을 들어주기는커녕 얼토당토않고 정신 나간 소리를 지껄여 저를 놀려대려 든다면, 그건 옳지 않은 일이에요. 할머니가 다른 친구에게 점을 쳐주었다고 들었는데, 저에게도 그렇게 해주기를 저는 바랐을 뿐이니까요. 할머니는 제 마음 깊은 곳 생각까지 꿰뚫고 있으니, 지금 저를 괴롭히고 두렵게 하는 일을 밝혀주는 것은 누워서 떡 먹기일 거예요. 하지만 할머니가 선량한 안젤무스를 터무니없이 헐뜯고 나서니, 할머니 말을 듣고 싶은 마음이 싹 가셨어요. 안녕히 계세요!" 베로니카가 서둘러 자리를 뜨려는 참에 노파는 눈물짓고 흐느끼며 무릎을 꿇더니, 베로니카의 옷자락을 부여잡고 소리쳤다. "베로니카 아기씨, 아기씨를 품에 안아 돌보고 다독거렸던 노파 리제를 알아보지 못하겠우?" 베로니카는 두 눈을 믿을 수 없었다. 나이가 많이 들고 무엇보다 덴 흉터 때문에 얼굴이 뒤틀리기는 했지만, 여러 해 전 파울만 교감 집에서 가뭇없이 사라진 어릴 적 보모라는 것을 알아보았기 때문이다. 어느새 노파는 모습도 완전히 달라져 있었다. 볼썽사나운 얼룩덜룩한 머릿수건 대신 말쑥한 모자를 쓰고, 검은색 누더기 대신 예전 그대로 화사한 꽃무늬 저고리 차림이었다.

노파는 바닥에서 일어나, 베로니카를 두 팔로 안으며 말을 이었다. "내가 아기씨에게 말한 것이 정신 나간 소리처럼 들릴지 모르지만, 안타깝게도 사실이야. 안젤무스가 일부러 그러지는 않았지만 내게 여간 해코지를 한 게 아니야. 린트호르스트 문서관장 손아귀에 붙들려 그 집 딸과 결혼하려 하고. 문서관장은 내 철천지원수지. 그 자에 관해서라면 뭐든지 얘기해줄 수 있지만, 아기씨는 무슨 소린지 알아먹지 못하거나 소스라치게 놀랄 거야. 그자는 영험한 작자이지만, 나도 영험한 여자이니까 — 해볼 테면 해보라지! — 이제 보니 아기씨는 안젤무스를 정말 좋아하는군. 아기씨가 바라는 대로, 자못 행복하고 기쁘게 신방으로 들어갈 수 있도록 힘닿는 대로 도와줄게." "하지만 제발 말해주세요, 리제!" — 베로니카가 끼어들었다 — "쉿, 아기씨 — 쉿!" 노파가 말을 가로막았다. "아기씨가 무슨 말을 하려는지 알아. 내가 지금처럼 변한 것은 어쩔 수 없는 사정 때문이야. 달리 도리가 없어서라고. 자, 그럼! — 안젤무스를 초록색 뱀에 대한 어리석은 사랑에서 구해내고, 더없이 자상한 궁정 고문관으로 만들어 아기씨 품에 안겨줄 묘방이 있어. 하지만 아기씨도 도와야 해." "말만 하세요, 리제! 무슨 일이든 하겠어요. 저는 안젤무스를 매우 사랑하니까요!" 베로니카가 들릴 듯 말 듯 소곤거렸다. "나는 아기씨를 잘 알지." 노파가 말을 이었다. "담이 큰 아이였지. 잠재우려고 도깨비가 나온다고 해도 소용이 없었어. 그러면 도깨비를 보겠다고 눈을 부릅떴으니까. 촛불도 없이 칠흑 같은 골방으로 가는가 하면, 아버지의 이발 망또[33]를 뒤집어쓰고 이웃 아이들을 놀라게 하는 일도 자주 있었지. 자, 그럼! — 내 요술

---

33 가발에 가루분을 뿌릴 때 어깨에 쓰는 망또.

로 린트호르스트 문서관장과 초록색 뱀을 물리칠 마음이라면, 궁정 고문관 안젤무스를 아기씨 남편으로 삼을 생각이라면, 다음번 추분 밤 11시에 아버지 집에서 살금살금 기어 나와 우리 집에 오라고. 그러면 아기씨를 데리고 여기서 멀지 않은 들판에서 엇갈리는 십자로로 갈 거야. 필요한 것을 준비할 거고, 눈앞에 어떤 기묘한 일을 보게 되더라도 아기씨에게는 아무 해가 없을 거야. 그럼 아기씨, 잘 가, 아버지가 수프를 끓여놓고 기다리고 있을 테니." 베로니카는 서둘러 자리를 떴다. 추분 밤을 놓치지 않겠다고 결심을 다졌다. '왜냐하면,' 이렇게 생각했다. '리제의 말이 옳으니까. 안젤무스는 기묘한 사슬에 묶여 있어. 하지만 나는 그이를 거기서 풀어주고 영원히 내 것으로 만들 거야. 그이는 언제나 내 것이야, 궁정 고문관 안젤무스는.'

여섯째 야경

린트호르스트 문서관장의 정원에서 빈정대는 흉내지빠귀 몇마리 ──
황금 항아리 ── 영어 필기체 ── 괴발개발 ──
정령의 제후

"어쩌면," 대학생 안젤무스는 혼잣말했다. "끔찍한 허깨비를 보고 질겁했던 것은 콘라디 가게에서 순도 높은 독한 리큐어를 벌컥벌컥 들이마신 탓일지도 몰라. 그러니까 오늘은 정신을 말짱하게 차리고, 또다시 훼방을 놓으면 당하고만 있지는 않을 거야." 린트호르스트 문서관장 집에 처음 찾아갔을 당시 준비했던 것과 마찬가지로 펜 소묘와 글씨 작품, 먹, 뾰족하게 깎은 까마귀 깃털 펜을 챙겨 넣고 문밖으로 걸어 나가려는 참에, 린트호르스트 문서관장에게 받은 노란색 액체 유리병이 눈에 띄었다. 그러자 그동안 겪은 희한한 일이 생생하게 마음에 다시 떠오르고, 이루 말할 수 없는 환희와 고통이 절절히 가슴을 파고들었다. 안젤무스는 자신도 모르게 구슬픈 목소리로 소리쳤다. "아, 내가 문서관장 집에 가는 것은 너를 보기 위해서가 아닌가, 너, 어여쁘고 사랑스러운 세르펜티나!" 그 순간 세르펜티나의 사랑이야말로 자신이 맡아야 할 힘들고 위험한 일에 대한 보상이며, 그 일이란 다름 아니라 린트호르스트 문서관장의 원고 필사인 듯한 느낌이 들었다. ─ 전번에 그랬듯 집에 들어서자마자, 아니 그러기도 전에 온갖 기묘한 일이 닥칠지 모른다는 예감이 굳어졌다. 안젤무스는 콘라디의 리큐어 생각은 이제 잊고, 액체 유리병을 조끼 호주머니에 잽싸게 찔러 넣었다. 청동으로 변한 사과 장수가 히죽이 웃으려 든다면 문서관장이 일러준 대로 할 작정이었다. ─ 12시 종이 울려 안젤무스가 문고리를 잡으려 하자, 거기서 정말로 매부리코가 솟아오르고 고양이 눈이 번쩍거리는 것이었다. ─ 안젤무스가 두번 다시 생각할 여지 없이 액체를 고약한 얼굴에 뿌리자 얼굴은 순식간에 매끄럽고 반반해져 볼록하게 반짝이는 문고리가 되었다. 문이 열리고, 온 집 안에 사뭇 사랑스럽게 이런 종소리가 울려 퍼졌다. 딩동 ─ 젊은이 ─ 빨리 ─ 빨리 ─ 껑충 ─ 껑충 ─ 딩동. ─ 안젤무스는 아름답고 넓은 층계를 당당하게 걸어 오르며, 집 안에 퍼져 흐르는 희한한 향기를 코끝으로 즐겼다. 수많은 아름다운 방에서 어느 방을 노크해야 할지 몰라 복도에 멈춰서 망설이고 있자니, 린트호르스트 문서관장이 헐렁한 꽃무늬 실내 가운을 입고 안에서 나와 소리쳤다. "오, 안젤무스 군, 자네가 드디어 약속을 지켜서 반갑네. 나를 따라오게. 자네를 바로 작업실로 데리고 가야겠네." 이렇게 말하고 기다란 복도를 성큼성큼 걷더니, 다른 통로로 통하는 작은 옆문을 열었다. 안젤무스는 씩씩하게 문서관장을 쫓아갔다. 두 사람은 통로를 지나 홀 안으로 들어섰다. 홀은 차라리 화려한 온실에 가까웠다. 양쪽 벽에서 천장까지 온갖 희귀하고 경이로운 꽃이며, 기묘한 형태의 이파리와 꽃망울을 피운 아름드리나무가 빼곡했다. 마술처럼 눈부신 빛이 어디에나 비쳤지만, 창문이 보이지 않는 까닭에 어디서 들어오는지는 정작 알 수 없었다. 대학생 안젤무스가 덤불과 나무를 들여다보니 길고 긴 가로수 길이 저 멀리 아득히 펼쳐지는 듯했다. 울창한 편백나무 수풀의 짙은 그늘 아래 대리석 분수대가 은은히 빛나고 있었다. 여기에서 기묘한 조각상들이 솟아올라 크리스털 물살을 뿜어내면, 물살은 빛나는 불꽃나리의 꽃받침에 철벙철벙 떨어졌다. 경이로운 나무숲에서는 희한한 목소리가 수런거리고 두런거렸으며, 그윽한 향기가 남실거렸다. 문서관장은 사라지고, 안젤무스의 눈에는 불꽃나리가 이글이글 우거진 엄청난 덤불만 보였다. 이 광경과 마법의 정원의 달콤한 향기에 도취되어 안젤무스는 마술에라도 걸린 듯 붙박여 멈춰 섰다. 그때 곳곳에서 키득키득 웃는 소리가 들리더니, 가느다란 목소리로 놀려대고 비웃었다. "대학생님, 대학생님, 어디서 오셨어? 어쩌면 그리 말쑥하게 빼입으셨어, 안젤무스 씨? — 할머니가 궁둥이로 어떻게 달걀을 깼는지, 애송이 나리가 외출복 조끼에 어떻게 얼룩을 묻혔는지, 우리랑 수다나 떨지 않겠어? 아빠 찌르레기가 방금 불러준 새로운 아리아를 외울 수 있으시겠어, 안젤무스 씨? — 유리 가발을 쓰고 편지지 장화를 신고 있는 꼬락서니라니 정말 꼴불견이셔!" 사방에서 이렇게 소리치고 키득대고 놀려댔다 — 이 소리는 바로 옆에서 들렸는데, 그제야 대학생은 온갖 알록달록한 새가 머리를 맴돌며 깔깔대고 비웃는 것을 알아챘다. — 이 순간 불꽃나리 덤불이 가까이 다가왔다. 알고 보니 그것은 린트호르스트 문서관장이었다. 노란색과 빨간색 꽃무늬가 번쩍거리는 문서장관의 가운을 꽃 덤불로 착각했던 것이다. "미안하네, 친애하는 안젤무스 군," 문서관장이 말했다. "여기 세워두었군. 잠시 내 아름다운 선인장을 보러 갔네. 오늘밤에 꽃망울을 터뜨릴 거라서 — 그건 그렇고, 내 작은 정원이 마음에 드나?" "오, 하느님, 여기 있는 모든 것이 놀랄 만큼 아름답군요, 존경하는 문서관장님." 대학생이 대답했다. "하지만 알록달록한 새들이 저를 몹시 빈정거리고 있습니다!" "무슨 헛소리를 지껄였나?" 문서관장은 덤불에 대고 화내며 소리쳤다. 그러자 오동포동한 회색 앵무새가 퍼덕이며 날아오더니, 문서관장 옆의 도금양 가지에 내려앉아 휘움한 부리에 걸친 안경 너머로 문서관장을 유난히 진지하고 위엄 있게 바라보며 깍깍거렸다. "제 짓궂은 개구쟁이들이 또다시 멋대로 까분 것을 노엽게 생각지 마십시오, 문서관장님. 하지만 대학생님도 잘못이 있습니다, 왜냐하면……" "됐네, 됐어!" 문서관장이 늙은 앵무새의 말허리를 잘랐다. "그 말썽꾸러기들이라면 잘 알지. 자네가 잘 다잡아야 하네, 친구! ─ 이만 가세, 안젤무스 군!" 문서관장은 이국적으로 장식된 방을 여러개 더 지났다. 얼마나 빨리 걷는지 안젤무스는 따라가기 바빠서, 방방이 들어찬 기이한 형태의 번쩍거리는 가구나 그밖의 난생처음 보는 물건에 눈 돌릴 겨를이 없었다. 마침내 두 사람은 커다란 방으로 들어섰다. 문서관장이 눈길을 위로 들며 멈춰 선 덕에, 안젤무스는 이 방의 단아한 장식이 보여주는 놀라운 광경을 즐길 틈이 생겼다. 연청색 벽에서 우뚝한 종려나무의 금동색 줄기가 솟아 나와 에메랄드처럼 영롱하게 번쩍이는 엄청난 잎가지를 천장까지 휘늘어뜨렸다. 방 한복판 검은색 청동으로 만든 이집트 사자 세마리가 떠받친 반암 석반 위에는 단아한 황금 항아리가 놓여 있었는데, 안젤무스는 이를 한번 보자 도저히 눈을 뗄 수 없었다. 반들반들 윤나는 황금에 온갖 모습이 수없이 되비쳐 떠도는 듯했다 ─ 아! 딱총나무 옆에서 ─ 동경에 젖어 두 팔을 벌리고 있는 자신도 이따금 보였고 ─ 구불구불 오르락내리락하며 아리따운 눈동자로 자신을 내려다보는 세르펜티나도 있었다. 안젤무스는 미친 듯 기뻐하며 넋이 나가 있었다. "세르펜티나 — 세르펜티나!" 젊은이는 크게 소리 질렀다. 그때 린트호르스트 문서관장이 재빨리 몸을 돌려 말했다. "뭐라고 한 건가, 친애하는 안젤무스 군? — 내가 잘못 들은 게 아니라면, 자네는 내 딸을 부르려 한 것 같은데, 그 아이는 지금 우리 집의 저쪽 맞은편에 있는 자기 방에서 피아노 레슨을 받고 있다네. 이만 가세." 문서관장이 걸음을 옮기자 안젤무스는 거의 정신 없이 쫓아갔다. 아무것도 보지도 듣지도 못했다. 마침내 문서관장이 손을 덥석 잡더니 말했다. "이제 다 왔네!" 안젤무스는 꿈에서 깨어난 듯 정신이 들었고, 천장이 높고 책장으로 둘러싸인 방에 들어왔음을 알아챘다. 여느 장서실이나 서재와 전혀 다르지 않았다. 한복판에 책상이 있고 그 앞에 쿠션 안락의자가 놓여 있었다. "이곳이," 린트호르스트 문서관장이 말했다. "당분간 자네가 일할 방일세. 자네가 느닷없이 내 딸 이름을 불렀던 또다른 청색 장서실에서도 언젠가 일하게 될지는 아직 모르겠네만, — 자네에게 맡기려는 일을 내가 바라고 필요한 대로 해줄 능력이 있는지부터 먼저 확인시켜주었으면 하네." 대학생 안젤무스는 이제 한껏 기운을 내어, 자신의 뛰어난 재능으로 문서관장을 더없이 기쁘게 하리라 내심 흐뭇하게 자신하며 호주머니에서 소묘와 글씨를 꺼냈다. 문서관장은 첫번째 종이의 더없이 우아한 영어 필기체 글씨를 보자마자 야릇하게 미소 지으며 고개를 저었다. 종이를 한장 한장 넘길 때마다 이러한 행동을 되풀이하자 대학생 안젤무스는 피가 거꾸로 솟았고, 문서관장의 미소가 아예 비웃음과 업신여김으로 바뀌자 분통을 터뜨리며 소리 질렀다. "문서관장님은 제 변변찮은 재능이 별로 흡족하지 않으시군요?" "친애하는 안젤무스 군," 린트호르스트 문서관장이 말했다. "자네는 글씨를 아름답게 쓰는 데 정말 소질이 뛰어나네. 하지만 당분간 자네 솜씨보다는 노력과 당찬 의지에 더 기대를 걸겠네. 어쩌면 자네가 질 나쁜 필기 용품을 사용해서 그런지도 모르겠군." 대학생 안젤무스는 어디서나 빼어난 솜씨를 인정받았으며 중국산 먹물과 최고급 까마귀 깃털 펜을 사용했다고 말대답을 늘어놓았다. 그러자 린트호르스트 문서관장이 영어가 쓰인 종이를 내밀며 말했다. "자네 눈으로 보고 판단하게!" 자신의 글씨가 더없이 형편없는 것을 보고 안젤무스는 벼락이라도 맞은 듯 놀랐다. 획은 죄다 모가 나고, 힘은 잘못 들어가고, 대소문자는 들쑥날쑥했다. 그뿐 아니었다! 제법 가지런한 행도 가끔 있었지만 이마저 학생이 끼적거린 듯한 괴발개발이 망쳐놓았다. "게다가," 문서관장 린트호르스트가 말을 이었다. "자네 먹물은 오래가지 않아." 그러고서 손가락을 물컵에 담근 뒤 글자를 톡톡 두드리자, 글씨가 감쪽같이 사라졌다. 대학생 안젤무스는 괴물이 숨통을 죄는 듯한 느낌이 들었고 — 한마디도 입 밖에 낼 수 없었다. 다 버린 종잇장을 손에 쥐고 멍하니 서 있는데, 린트호르스트 문서관장이 껄껄 웃더니 이렇게 말했다. "당황하지 말게, 친애하는 안젤무스 군, 지금까지 서툴렀을지라도 여기 우리 집에서 능숙해질지 모르니까. 적어도, 자네가 지금까지 쓰던 것보다는 질 좋은 문방구를 이용할 수 있을 테니! — 자신 있게 시작하게!" 린트호르스트 문서관장은 장롱의 자물쇠를 열고 매우 독특한 냄새를 풍기는 검은색 액체며, 뾰족하게 깎은 기이한 색 펜이며, 유별나게 매끄럽고 새하얀 종이며, 마지막으로 아랍어 원고를 꺼내주더니, 안젤무스가 일하러 자리에 앉자마자 방을 떠났다. 대학생 안젤무스는 아랍어 문서를 필사해본 적이 여러번 있었으므로, 첫번째 임무는 그다지 어려워 보이지 않았다.

"내 아름다운 영어 필기체 문서에 괴발개발이 어떻게 끼어들었는지는 하느님과 린트호르스트 문서관장님만 알겠지만," 젊은이는 혼잣말했다. "내 손으로 쓴 게 아니라고 목숨 걸고 장담할 수 있어." 한 글자 한 글자 양피지에 산뜻하게 새겨질수록 용기가 생기고 아울러 솜씨도 늘었다. 아닌 게 아니라, 펜은 놀랄 만큼 놀리기 쉬웠고, 신비스러운 잉크는 눈부시게 새하얀 양피지에 칠흑같이 새까맣고 정갈하게 배어들었다. 부지런히 주의를 기울여 일하는 동안 이 호젓한 방이 점점 푸근하게 느껴졌다. 훌륭히 끝마치기를 바랐던 과제에 한결 익숙해졌을 무렵, 3시 종이 울리자 문서관장이 점심식사를 차려놓았으니 옆방으로 오라고 불렀다. 식사 동안 린트호르스트 문서관장은 눈에 띄게 기분이 밝아져, 대학생 안젤무스와 친분이 두터운 파울만 교감과 헤르브란트 서기관의 안부를 물었고, 특히 서기관에 얽힌 흥미로운 이야기를 많이 들려주었다. 여러해 묵은 라인산 포도주가 입에 착착 감겨, 안젤무스는 여느 때와 달리 말수가 많아졌다. 4시 종이 울리자 일어나 일하러 돌아갔고, 이렇게 시간을 잘 지키자 린트호르스트 문서관장은 흡족하게 여기는 듯했다. 아랍 문자 필사는 식사 전에도 잘 진행되었지만, 이제 작업이 훨씬 순조로이 이어져 외국 문서의 꼬불꼬불한 획을 얼마나 재빨리 손쉽게 베낄 수 있는지 안젤무스 스스로도 깨닫지 못할 정도였다. ─하지만 마음속 깊은 곳에서 어떤 목소리가 또렷하게 속삭이는 듯했다. "그녀를 마음에 품고 있지 않다면, 그녀를, 그녀의 사랑을 믿지 않는다면 이 일을 해낼 수 있을까?" 그러자 크리스털 종소리가 나직이, 나직이, 소곤대듯 방 안에 감돌았다. "저는 그대 곁에 ─곁에 ─곁에 있어요! ─그대를 도와줄게요 ─

용기를 내세요 — 꿋꿋이 버티세요, 사랑하는 안젤무스! — 저도 있는 힘을 다할게요, 그대가 제 것이 되도록!" 젊은이가 기쁨에 가득 차 소리에 귀 기울이자마자 처음 보는 글자가 점점 쉽게 이해되어 — 원본을 들여다보지 않아도 되었다. 글자가 양피지에 이미 흐릿하게 쓰여 있어 손에 익은 솜씨로 까맣게 덧칠만 하면 될 듯싶었다. 달콤하고 부드러운 숨결에 휘감긴 듯 사랑스레 다독이는 종소리에 감싸여, 젊은이는 작업을 계속했다. 6시 종이 울리자 린트호르스트 문서관장이 방에 들어왔다. 문서관장이 야릇하게 미소 지으며 책상에 다가오자, 안젤무스는 말없이 일어섰다. 문서관장은 대학생을 여전히 비웃고 놀리는 듯 바라보았으나, 필사본을 보자마자 미소가 사라지고, 모든 얼굴 근육을 움직여 엄숙하고 진지한 표정을 지었다. — 금세 딴사람으로 바뀐 듯 보였다. 여느 때는 번득이는 불꽃을 내뿜던 두 눈이 이제 한없이 너그럽게 안젤무스를 바라보았고, 핼쑥한 두 볼에 불그레 홍조가 돌았으며, 평소에는 비꼬듯 입을 질끈 다물고 있었으나 이제 선이 곱고 매력 있는 입술을 열어 지혜 넘치고 마음을 파고드는 말을 하려는 듯했다. — 풍모 전체가 한결 훤칠하고 근엄해 보였고, 낙낙히 주름져 가슴과 어깨를 감싼 헐렁한 가운이 제왕의 망또 같았으며, 오똑하고 시원한 이마에 흘러내린 고수머리에는 가느다란 황금 띠가 둘러져 있었다. "젊은이," 문서관장은 엄숙한 어조로 말을 꺼냈다. "젊은이, 자네가 꿈꾸기 전부터, 자네와 나의 더없이 사랑스럽고 성스러운 딸을 이어주는 비밀스러운 인연을 나는 속속들이 알고 있었네! — 세르펜티나는 자네를 사랑하네. 그 아이가 자네 것이 되면, 그 아이 소유의 황금 항아리를 필수 혼수품으로 자네가 받게 되면, 악독한 세력이 자아내는 불운의 실 때문에 기묘한 운명을 맞이할 걸세.

이에 맞서 싸워야 더욱 숭고하게 살며 행복을 누릴 수 있네. 악독한 기운이 자네를 들이덮칠 걸세. 마음을 다잡아 이런 시련을 이겨내야만 치욕이나 파멸을 면할 수 있네. 이곳에서 일하면서 자네는 수습 시절을 마치게 되네. 자네가 착수해야 했던 일을 굴하지 않고 계속한다면 믿음과 슬기가 생겨 머지않아 목표에 다다를 걸세. 그 아이를 마음속에 변함없이 간직하게, 자네를 사랑하는 그 아이를. 그러면 황금 항아리의 찬란한 기적을 보게 될 테고 영원히 행복해질 걸세. ─ 잘 가게! 나 문서관장 린트호르스트는 내일 12시에 작업실에서 자네를 기다리겠네! ─ 잘 가게!" 문서관장은 대학생 안젤무스를 문밖으로 살며시 밀어낸 뒤 문을 잠갔다. 안젤무스는 자신이 식사를 했던 방에 들어와 있다는 것을 깨달았고, 그곳의 하나뿐인 방문은 복도로 통해 있었다. 경이로운 사건에 정신이 얼떨떨하여 집 문 앞에 멈춰 서 있다가 머리 위에서 창문이 열리기에 올려다보았더니, 다름 아니라 린트호르스트 문서관장이었다. 여느 때 모습 그대로 노인은 연회색 코트 차림이었다. ─ 문서관장이 대학생에게 소리쳤다. "이보게, 친애하는 안젤무스 군, 무슨 생각을 그리 골똘히 하는 건가? 아랍 문자가 아직도 머리에 뱅뱅 도는 건가? 파울만 교감에게 가거든 안부 전해주고, 내일 정각 12시에 다시 오게. 오늘 보수는 자네 오른쪽 조끼 주머니에 들어 있네." 대학생 안젤무스는 아닌 게 아니라 1탈러 은화가 조끼 주머니에서 반짝이는 것을 보았지만, 전혀 기쁘지 않았다. "이 모든 일이 어떻게 될지 모르겠어." 젊은이는 혼잣말했다. "내가 정신 나가 헛생각이나 허깨비에 홀려 있다 할지라도, 내 마음속에는 사랑스러운 세르펜티나가 살아 숨 쉬고 있어. 세르펜티나를 떠나느니 차라리 죽어버릴 거야. 나는 잘 알거든. 내 마음속 생각은 영원하며, 어떤 악독한 기운도 이 생각을 바꿀 수 없다는 것을. 하지만 이 생각은 다름 아니라 세르펜티나의 사랑이 불어넣어준 것 아니겠어?"

일곱째 야경

파울만 교감이 파이프를 털어내고 잠자리에 든 사연—렘브란트와 지옥의
브뤼헐[34]—마법 거울과 병명을 모르는 질병에 대한 의사 엑슈타인의 처방전

　　마침내 파울만 교감이 파이프를 털어내며 이렇게 말했다. "이제
눈 붙이러 가야겠구나." "어서 주무세요." 아버지가 밤늦게까지 자
러 가지 않자 조바심 난 베로니카가 대답했다. 10시 종이 울린 지
이미 오래였다. 교감이 서재 겸용 침실로 들어가고 새근거리는 소
리로 프렌츠헨이 곤히 잠든 것을 확인하자마자, 잠자리에 드는 척
했던 베로니카는 살그머니, 살그머니 다시 일어나 옷을 주워 입고
망또를 두른 뒤 집 밖으로 빠져나갔다.—리제 노파의 집에 다녀
오고부터 베로니카의 눈앞에 안젤무스가 끊임없이 떠올랐다. 자신
도 모르는 어떤 낯선 목소리가 마음속에서 쉴 새 없이 이렇게 속닥

---

34 네덜란드 화가 렘브란트 하르먼스존 판레인(Rembrandt Harmenszoon van Rijn,
1606~69)과 소(小)피터르 브뤼헐(Pieter Brueghel the Younger, 1564~1638)을 가
리킨다. 두 사람은 회화에서 어두운 색조를 즐겨 사용했으며, 환상적이고 악마적
인 장면을 잘 그려 '지옥의 브뤼헐'이라는 별명을 얻었다.

거렸다. 안젤무스가 다가오지 않는 것은 누군가 적이 안젤무스를 옭아매고 있기 때문이야. 네가 신비스러운 마술로 사슬을 끊을 수 있어. 리제 노파에 대한 믿음은 날이 갈수록 깊어가고 섬뜩하고 으스스한 느낌은 무뎌져서, 노파와의 인연에서 기묘하고 희한하게 보였던 모든 일이 진기하고 낭만적으로 여겨질 뿐이었고 사뭇 마음이 끌리기까지 했다. 따라서 집에서 자신을 찾을지도 모르고 골치 아픈 일이 수없이 생길지도 모르지만, 추분에 모험을 감행하기로 마음을 굳게 다졌다. 이윽고 불길한 추분 밤이 닥쳤다. 리제 노파가 도와주고 감싸주겠다고 약속한 날이었다. 밤길을 나서겠다고 오래전부터 별러왔던 베로니카는 용기가 북받쳤다. 휘잉휘잉 공중에 몰아치며 작달비를 얼굴에 뿌리는 폭풍을 헤치고, 인적 없는 길을 쏜살같이 지났다.─크로이츠 교회 탑에서 11시를 알리는 종소리가 나직이 울려 퍼질 때, 베로니카는 온몸이 비에 젖어 노파의 집 앞에 서 있었다. "아이고, 아기씨, 아기씨, 벌써 왔어!─기다려, 잠깐 기다려!" 노파는 이층에서 내려다보며 소리치더니─그러기 무섭게 바구니를 챙겨 들고 수고양이를 데리고 문 앞에 나타났다. "가서 일을 시작해보자고. 이 일은 밤에 해야 제격이고 척척 되지. 밤에 해야 좋다니까." 이렇게 말하며 노파는 차디찬 손을 뻗어 오들거리는 베로니카를 붙잡더니 무거운 바구니를 건네 쥐여주고, 자신은 솥, 삼발이, 부삽을 꺼내 들었다. 두 사람이 들판으로 나갔을 때 비는 그쳤지만 바람은 더욱 거세져 공중에서 수천갈래 소리로 울부짖었다. 가슴 찢어지게 흐느끼는 무시무시한 소리가 먹장구름에서 내리 들려왔고, 구름은 날래게 달아나며 한데 뭉쳐 삼라만상을 칠흑 같은 어둠으로 휘감았다. 하지만 노파는 잰걸음을 재촉하며 귀청 떨어지게 소리쳤다. "불 밝혀라─불 밝혀, 아들아!"

그러자 파란 불줄기가 갈지자로 엇갈리며 앞길을 비추었다. 수고 양이가 불티를 후드득 흩뿌려 길을 밝히며 앞에서 경중경중 뛰고 있다는 것을 베로니카는 알아챘다. 폭풍이 한순간 잠잠해질 때마다, 겁에 질린 고양이가 내지르는 으스스한 비명이 들렸다. ― 숨이 멎을 것 같았다. 얼음장같이 차가운 발톱이 가슴속까지 파고드는 듯했다. 하지만 있는 힘을 다해 기운을 추스르고 노파에게 바싹 달라붙으며 말했다. "모든 일을 이뤄내야 해요, 어떤 어려움이 있더라도!" "그렇고말고, 아기씨!" 노파가 대꾸했다. "꿋꿋이 버티라고, 멋진 선물을 안길 테니, 안젤무스까지 얹어서!" 이윽고 노파가 걸음을 멈추고 말했다. "이제 다 왔어!" 땅에 구덩이를 파고 석탄을 붓고 삼발이를 세우고 솥을 걸었다. 노파는 이 모든 일을 하면서 희한한 몸짓을 지었고, 수고양이는 노파 둘레를 빙빙 돌았다. 꼬리에서 불티가 튀며 불의 원을 그렸다. 이내 석탄은 달아올랐고 잠시 뒤 삼발이 아래 파란 불꽃이 솟아올랐다. 베로니카가 노파의 지시대로 망또와 베일을 벗고 옆에 쭈그려 앉자, 노파는 두 손을 잡고 꽉 누르며 번득이는 눈으로 베로니카를 바라보았다. 노파가 바구니에서 꺼내 솥에 집어넣었던 ― 꽃인지 ― 금속인지 ― 약초인지 ― 짐승인지 가늠할 수 없는 기이한 물질이 끓어올라 부글댔다. 노파는 베로니카의 손을 놓고 쇠로 만든 국자를 잡아 달아오른 물질에 집어넣고 휘휘 저었고, 베로니카는 노파가 시키는 대로 솥을 뚫어지게 들여다보며 생각을 안젤무스에게 집중했다. 이제 노파는 반짝이는 금속과 베로니카가 정수리에서 뽑아준 고수머리 한 올, 그리고 오랫동안 끼고 있던 작은 반지를 또다시 솥에 던져 넣으며 밤하늘을 향해 알 수 없는 소리를 으스스 귀청 떨어지게 내질렀고, 수고양이는 끊임없이 내달리며 찡얼거리고 낑낑거렸다. ―

그대 자애로운 독자여, 그대가 9월 23일에 드레스덴으로 여행을 떠났으면 얼마나 좋았을까 필자는 바란다. 어스름이 내리자, 사람들은 그대를 마지막 역참에 붙들어두려 애썼지만 헛수고였으리라. 친절한 여관 주인은 폭풍우가 너무 거셀뿐더러, 추분 밤에 어둠발을 뚫고 여행하는 것은 으스스한 일이라고 타일렀지만, 그대는 아랑곳하지 않고 이렇게 제대로 짐작했으리라. '마부에게 팁을 1탈러만 얹어주면 늦어도 1시까지는 드레스덴에 도착할 거야. 그러면 '황금 천사' '투구' '나움부르크 시' 따위의 여관에서 잘 차려진 저녁식사와 푹신한 침대를 얻을 수 있을 거야.' 어둠을 뚫고 달리다가 그대는 저 멀리서 매우 희한하게 너울거리는 불빛을 보리라. 가까이 다가가자 불의 원이 보이고, 그 한가운데 높인 솥에서 자욱한 연기와 벌겋게 번쩍이는 빛살과 불티가 솟아나고 그 옆에 두 인물이 웅크리고 있는 것이 눈에 띄리라. 바로 이 불을 뚫고 지나가야 하는데, 말들은 히힝거리고 발을 구르며 뒷발로 버티리라 ─ 마부가 욕을 퍼붓고 기도를 하고 ─ 말등에 채찍질을 해도 ─ 말들은 꿈쩍도 하지 않으리라. ─ 그대는 자기도 모르게 마차에서 내려 몇 걸음 달려 나가리라. 이제 그대는 날씬하고 어여쁜 아가씨가 얄따란 하얀색 잠옷 차림으로 솥 옆에 꿇어앉아 있는 것을 똑똑히 보리라. 땋아 내린 머리가 폭풍에 산산이 풀어져, 치렁치렁한 밤색 머리털이 바람에 이리저리 나부끼리라. 천사처럼 아리따운 얼굴은 삼발이 아래 너울거리는 불길을 받아 눈부시게 빛나지만, 무서움 때문에 한기가 흘러들어 죽은 듯 창백하게 굳어 있으리라. 눈빛은 멍하고, 눈썹은 치올라가고, 입술은 엄청난 두려움에 질려 비명을 내지르려 벌어져 있으나 이루 말할 수 없는 고통에 짓눌린 가슴에서 소리가 터져 나오지 않는 것을 보고, 그대는 이 아가씨가 얼마나 오싹함과 무서움을 느끼는지 깨달으리라. 바들바들 떨며 앙증한 두 손을 모아 올린 모습은, 강력한 마법에 따라 곧 나타날 지옥의 괴물에게서 자신을 지켜달라고 기도하며 수호천사를 불러내는 듯하리라! ――아가씨는 대리석상처럼 꿈쩍하지 않고 꿇어앉아 있으리라. 맞은편에는 뾰족한 매부리코에 번득이는 고양이 눈을 가진 껑충하고 비쩍 마르고 누르칙칙한 노파가 땅바닥에 웅크리고 있으리라. 몸에 두르고 있는 검은색 망또에서 맨살에 뼈만 앙상한 팔을 내뻗어 지옥의 죽을 휘저으며 낄낄거리고, 휘잉휘잉 몰아치는 폭풍을 가르며 악악 소리 지르리라. ――자애로운 독자여, 그대가 여느 때는 두려움이나 무서움을 타지 않을지라도, 렘브란트나 지옥의 브뤼헐이 그린 광경이 눈앞에 펼쳐지는 것을 보고서는 등골이 오싹하여 머리털이 주뼛 섰으리라 필자는 믿는다. 하지만 그대는 지옥의 마수에 사로잡혀 있는 아가씨에게서 눈을 뗄 수 없었으리라. 감전이라도 된 듯 그대의 신경섬유에 전류가 짜르르 흐르면서, 불의 원의 신비스러운 힘에 맞서 싸워야겠다는 대담한 생각이 마음속에 번개처럼 빠르게 치솟았으리라. 이런 생각에 오싹함은 사라졌으리라. 아니 오싹함과 무서움을 자양분 삼아 이런 생각은 움텄으리라. 엄청난 두려움에 질린 아가씨가 간절히 기도를 올리는 수호천사가 바로 그대이므로, 곧바로 호주머니에서 권총을 꺼내 노파를 단박에 쏘아 죽여야 할 듯한 느낌까지 들었는지도 모르겠다! 하지만 그대는 이런 생각을 똑똑히 하면서도 "이봐요!"라거나 "거기 무슨 일이오!"라거나 "거기서 무슨 일을 벌이는 거요!"라고 목청 돋워 소리쳤으리라 ――마부가 요란스레 피리를 불자, 노파는 죽으로 빨려 들어가고 모든 것이 자욱한 연기 속으로 느닷없이 사라졌으리라. ――그러면 그대는 어둠속에서 마음 졸이며 아가씨를 찾았으리라. 그대가 이 아가씨를 찾아냈을지 나는 장담할 수 없지만, 그대는 노파의 주술을 깨뜨리고 베로니카가 분별없이 빠져든 마법 원³⁵의 마력을 풀어냈으리라. ── 자애로운 독자여, 그대도, 아니, 어느 누구도 폭풍우가 몰아치고 마녀가 마술 부리기 좋은 9월 23일 밤에 그 길을 말 타거나 걸어서 지나지 않았고, 베로니카는 엄청난 두려움에 빠져 일이 끝나갈 때까지 참고 있어야 했다. ── 사방에서 울부짖고 부르짖는 소리가, 온갖 역겨운 목소리가 왁시글덕시글 두덜거리고 종알거리는 소리가 들렸지만 눈을 질끈 감고 뜨지 않았다. 자신을 둘러싸고 있는 소름 끼치고 무시무시한 광경을 보았다가는 미쳐서 헤어나지 못하고 신세를 망칠지 모른다고 느꼈기 때문이다. 노파는 솥 젓기를 멈췄다. 연기가 갈수록 가늘어지더니 마침내 솥 밑바닥에는 알코올 불꽃만이 가물가물 타올랐다. 그러자 노파가 소리쳤다. "베로니카, 내 아기씨! 사랑하는 아기씨! 저 바닥을 들여다보라고! ── 뭐가 보이지 ── 뭐가 보이냐고?" 하지만 베로니카는 대꾸할 수 없었다. 온갖 형상들이 뒤엉켜 솥에서 뒤죽박죽 소용돌이치는 듯했다. 모습들이 점점 또렷해지더니, 대학생 안젤무스가 베로니카를 상냥하게 바라보고 손을 내밀며 솥 바닥에서 느닷없이 걸어 나왔다. 그러자 베로니카가 크게 소리쳤다. "아, 안젤무스! ── 안젤무스!" 노파가 솥에 달린 마개를 재빨리 열자, 달아오른 금속이 옆에 받쳐놓은 거푸집에 쉬이익 투두둑 흘러들었다. 이제 노파는 벌떡 일어나 사납고 소름 끼치는 몸짓으로

───────────────

35 마법 원(여기서는 불의 원)은 마법사가 실제로 그리거나 마음속으로 상상한 영역을 말한다. 이는 에너지 넘치는 성스러운 공간으로 마술사를 보호해준다고 여겨진다. 존 윌리엄 워터하우스(John William Waterhouse, 1849~1917)의 회화 작품 「마법 원」(1886)은 이 대목과 유사한 장면을 보여준다.

빙글빙글 휘돌며 깩깩 소리 질렀다. "일이 다 끝났다 ― 고맙다, 아들아! ― 망보느라 애썼다 ― 흠 ― 흠 ― 그놈이 온다! ― 물어 죽여라 ― 물어 죽여라!" 하지만 그때 어마어마하게 큰 독수리가 날개를 퍼덕거리며 내려앉는 듯 공중에 바람이 휘몰아치더니, 무시무시한 목소리가 호통쳤다. "이봐, 이봐! ― 건달들! 그쯤하고 ― 그쯤하고 ― 집으로 꺼져!" 노파는 울부짖으며 쓰러졌지만, 베로니카는 아뜩히 의식을 잃었다. ― 다시 정신을 차리고 보니 어느새 밝은 대낮이었고 자신은 침대에 누워 있었다. 프렌츠헨이 모락모락 김 나는 차를 들고 눈앞에 서서 말했다. "언니, 무슨 일이 있었는지 말해봐. 한시간 넘게 언니 앞에 서 있었는데 열에 들뜬 듯 의식을 잃고 드러누워 끙끙 앓기만 해서 우리는 걱정돼 죽을 뻔했어. 아버지는 언니 때문에 오늘 수업에도 못 갔어. 곧 의사 선생님을 모시고 올 거야." 베로니카는 말없이 차를 마셨다. 차를 들이켜는 동안 지난밤의 소름 끼치는 장면이 눈앞에 생생히 떠올랐다. '나는 가위눌려 무서운 악몽에 시달렸던 것뿐일까? ― 하지만 엊저녁 정말로 노파에게 갔는걸. 그뿐 아니라 9월 23일이었잖아? ― 아니야, 어제 몹시 앓아누워 갖은 헛것을 보았을 뿐일 거야. 자기가 리제라고 우기며 나를 놀려먹기만 한 괴이한 노파와 안젤무스만 내리 생각하다가 몸져누웠던 거야.' 프렌츠헨이 밖으로 나가더니, 비에 흠뻑 젖은 베로니카의 망또를 손에 들고 다시 들어왔다. "이것 좀 봐, 언니," 이렇게 말했다. "언니 망또가 어떻게 됐는지. 밤새 폭풍우가 몰아쳐 창문을 열어젖히고, 망또를 걸쳐놓은 의자를 넘어뜨렸어." 이 말에 베로니카는 가슴이 철렁했다. 악몽에 시달린 것이 아니라 실제로 노파 집에 갔던 것을 깨달았기 때문이다. 두려움에 등골이 오싹하여 팔다리를 사시나무 떨듯 했다. 바들바들 떨며 이불을 머리끝까지 뒤집어썼다. 하지만 그때 뭔가 딱딱한 것이 가슴을 누르는 감촉이 느껴져 손으로 만져봤는데, 무슨 메달인 것 같았다. 프렌츠헨이 망또를 들고 나간 사이 끄집어내니, 밝게 윤나는 작고 둥근 금속 거울이었다. "노파의 선물이야!" 베로니카는 활기차게 소리쳤다. 거울에서 불타는 빛살이 뿜어 나오더니 가슴속 깊이 배어들어 마음을 따사롭게 덥혀주는 듯싶었다. 언제 사시나무처럼 떨었냐는 듯, 이루 말할 수 없이 푸근하고 아늑한 느낌이 온몸을 감쌌다. 베로니카는 안젤무스를 떠올리지 않을 수 없었고, 안젤무스에게 생각을 모으면 모을수록 거울에서 안젤무스가 상냥하게 미소 지었는데, 마치 미니어처 초상화가 살아난 듯했다. 이제 그림을 보는 게 아니라 ― 그렇기는커녕! ― 대학생 안젤무스를 실제로 보는 듯한 느낌이 이내 들었다. 안젤무스는 천장이 높고 희한하게 장식된 방에 앉아 부지런히 무언가를 쓰고 있었다. 베로니카는 가까이 다가가 어깨를 두드리며 말하려 했다. "안젤무스 씨, 고개를 돌려보세요. 저예요!" 하지만 말을 꺼내지 못했다. 빛나는 불 고리가 대학생을 둘러싸고 있는 것 같았기 때문이다. 베로니카가 찬찬히 살펴보니, 불 고리는 단면에 금박을 입힌 두꺼운 책들에 지나지 않았다. 마침내 베로니카는 안젤무스의 눈을 들여다보게 되었다. 안젤무스는 베로니카를 바라보며 누군지 기억을 더듬는 듯하다가 이윽고 미소 지으며 말했다. "아! ― 당신이었군요, 친애하는 파울만 양! 하지만 당신은 왜 이따금 뱀 시늉하기를 좋아하지요?" 이 야릇한 말에 베로니카는 크게 웃음을 터뜨리지 않을 수 없었고, 그 바람에 깊은 꿈에서 깨어났다. 문이 열리고 파울만 교감이 의사 엑슈타인을 데리고 방에 들어오자, 베로니카는 작은 거울을 재빨리 감추었다. 의사 엑슈타인은 곧바로 침대로 다가오더니 깊은 생각에 잠겨 베로니카를 진맥한 다음 말했다. "이런! ─ 이런!" 그러자마자 처방전을 쓰고 다시 진맥하더니 또다시 말했다. "이런! 이런!" 그러고선 환자를 떠났다. 하지만 파울만 교감은 의사 엑슈타인의 말을 듣고도, 베로니카가 도대체 어디가 아픈 것인지 똑똑히 알 수 없었다.

여덟째 야경

종려나무 장서실— 불운한 살라만더의 운명— 검은 깃털이
사탕무와 교접하고, 헤르베르트 서기관이 술에 먹힌 사연

대학생 안젤무스가 린트호르스트 문서관장 집에서 일한 지 벌써 여러날 지났다. 이렇게 일할 때야말로 인생에서 가장 행복한 시간이었다. 사랑스러운 종소리와 세르펜티나의 격려에 늘 감싸여, 세르펜티나의 입김을 설핏설핏 느끼며, 생전 누려본 적 없는 푸근함에 젖어들어, 더없는 환희를 때로 맛보기까지 했다. 구차한 인생의 곤경과 자질구레한 걱정이 뇌리에서 씻은 듯 사라졌다. 밝은 햇살처럼 떠오르는 새로운 인생에서 더욱 숭고한 세상의 모든 경이를 이해했다. 예전에는 이러한 경이를 보면 깜짝 놀라다 못해 오싹하기조차 했었는데 말이다. 필사는 매우 빠르게 진행되었다. 오래전부터 잘 아는 획을 양피지에 긋기만 하면 될 뿐이며, 원본을 들여다보지 않아도 정확하게 베낄 수 있을 듯한 생각이 갈수록 더 들었다. — 식사 시간이 아니면 린트호르스트는 어쩌다 한번씩 모습을 비쳤을 뿐이지만, 안젤무스가 원고의 마지막 글자를 다 쓰면 그

즉시 여지없이 나타나 다른 원고를 건네주었으며, 검은색 막대기로 잉크를 젓고 다 닳은 펜을 뾰족한 새 펜으로 바꾸어준 뒤 곧바로 말없이 다시 자리를 떠났다. 어느날 12시 종이 울려 안젤무스가 층계를 올라와보니, 늘 드나들던 문은 닫혀 있고 린트호르스트 문서관장이 번쩍거리는 꽃무늬가 장식된 기묘한 가운 차림으로 다른 쪽에서 나타났다. 문서관장은 크게 소리쳤다. "오늘은 이쪽으로 들어오게, 친애하는 안젤무스, 우리는 바가바드기타[36]의 거장들이 기다리고 있는 방으로 가야 하니까." 문서관장은 통로를 지나, 처음 왔을 때와 똑같은 방과 홀을 거쳐 안젤무스를 데리고 갔다. ― 대학생 안젤무스는 정원의 경이로움과 화려함에 새삼스레 놀랐다. 하지만 짙푸른 덤불에 대롱거리는 여러 희귀한 꽃망울은 알고 보니 현란한 색채로 반짝이는 곤충이었다. 곤충들은 앙증한 날개를 파닥거리는가 하면, 뒤섞여 춤추고 빙글빙글 휘돌며 주둥이로 서로 애무하는 듯 보였다. 이와 반대로 장미색이나 하늘색 새는 실제로는 향기로운 꽃송이었다. 향기가 꽃받침에서 들릴 듯 말 듯 사랑스러운 소리를 내며 솟아올라 사방에 퍼졌다. 이 소리는 저 멀리 분수의 찰싹거림이며 우뚝한 덤불과 나무의 살랑거림과 어우러져 신비스러운 화음을 이루며 애끊는 동경을 드러냈다. 처음 왔을 때 대학생을 놀려대고 비웃었던 흉내지빠귀들이 또다시 머리 둘레를 파닥파닥 맴돌며 가느다란 목소리로 끊임없이 지저귀렸다. "대학생님, 대학생님, 서두르지 마셔 ― 구름을 올려다보지 마셔 ― 그

---

36 '성스러운 신의 노래'라는 뜻으로, 산스크리트 서사시 『마하바라타』(*Mahabharata*)의 일부를 이루는 교훈시이다. 호프만은 이 이름을 프리드리히 슐레겔(Friedrich Schlegel, 1772~1829)의 『인도인의 언어와 지혜에 관하여』(*Über die Sprache und Weisheit der Indier*, 1808)에서 발견했다.

러다가 코방아를 찧기 십상이니. ── 이봐요, 이봐요! 대학생님! ── 이발 망또를 두르셔 ── 수리부엉이 아저씨가 가발을 다듬어줄 테니." 안젤무스가 정원을 떠날 때까지 갖은 되지 않는 헛소리가 이렇게 쉴 새 없이 이어졌다. 마침내 린트호르스트 문서관장이 연청색 방으로 들어섰다. 황금 항아리가 얹혀 있던 석반은 사라지고 그 대신 보라색 벨벳을 덮은 책상이 방 한복판에 자리 잡고 있었는데, 그 위에 안젤무스의 눈에 익은 문방구가 준비되어 있었으며, 책상 앞에는 역시 보라색 벨벳을 씌운 안락의자가 놓여 있었다. "친애하는 안젤무스 군," 린트호르스트 문서관장이 말했다. "자네는 이미 여러 원고를 빠르고 제대로 필사하여 나를 매우 흡족하게 했네. 내 신뢰를 얻은 걸세. 하지만 더없이 중요한 일이 아직 남아 있네. 특이한 문자로 쓴 작품들을 옮겨 쓰는, 아니, 베껴 그리는 일이지. 이 책들은 여기 이 방에 보관하고 있고 이곳에서만 필사할 수 있다네. ── 그러니 자네는 앞으로 여기에서 일하게 될 걸세. 하지만 더없이 조심하고 주의하라고 말하고 싶네. 선을 한줄이라도 잘못 긋거나, 부디 그런 일이 없기를 바라네만 원본에 잉크를 한방울이라도 튀기면, 불행에 빠질 터이니." 안젤무스는 종려나무의 황금색 줄기에 자그만 에메랄드 이파리가 돋아나 있는 것을 보았다. 이 이파리 하나를 문서관장이 붙잡자, 안젤무스는 이파리가 실제로는 양피지 두루마리라는 것을 알아챘다. 문서관장은 두루마리를 풀어서 보기 쉽게 책상에 펼쳐놓았다. 안젤무스는 희한하게 뒤얽힌 글자에 적잖이 놀랐다. 이리 보면 초목을, 저리 보면 이끼를, 달리 보면 짐승을 묘사한 듯한 수많은 점이며 선이며 획이며 문양이 눈에 들어오자, 모든 것을 정확하게 베낄 수 있다는 용기가 잦아들 뻔했다. 어떻게 해야 하나 골똘히 생각에 빠졌다. "용기를 내게, 젊은이!" 문서관장이 소리쳤다. "자네가 변함없는 믿음과 진정한 사랑을 품고 있다면 세르펜티나가 도와줄 걸세!" 이 목소리가 쟁쟁하게 귀에 울렸다. 안젤무스가 흠칫 놀라 쳐다보자 문서관장은 처음 장서실에 들어왔을 때 그랬던 것처럼 제왕 같은 풍모로 눈앞에 서 있었다. 안젤무스는 경외심에 사로잡혀 무릎을 꿇어야 할 듯한 생각이 들었다. 하지만 그때 린트호르스트 문서관장이 종려나무 줄기를 기어올라 에메랄드 이파리 사이로 사라졌다. — 대학생 안젤무스는 정령의 제후가 자신과 이야기를 마치고 이제 서재로 올라가, 자신과 어여쁜 세르펜티나의 앞날에 관해, 몇몇 행성이 파견한 별빛 사절단과 의논하려는 것이려니 여겼다. '아니면,' 이렇게 짐작을 이어갔다. '나일 강 발원지에서 새 소식이 들어오거나 라플란드의 마법사가 찾아올지도 모르지 — 나는 이제 부지런히 작업에 몰두하는 게 좋겠어.' 그러면서 양피지 두루마리의 낯선 글자를 뜯어보기 시작했다. — 정원의 경이로운 음악이 귀에 흘러들며 달콤하고 사랑스러운 향기로 온몸을 감쌌다. 흉내지빠귀들이 키득거리는 소리도 들렸는데, 무슨 말을 하는지 알아들을 수 없었지만 그래서 오히려 다행이었다. 때때로 종려나무의 에메랄드 이파리가 쏴쏴거리는 듯했고, 그러면 안젤무스가 불운한 예수승천대축일에 딱총나무 아래에서 들었던 어여쁜 크리스털 종소리가 방 안에 햇살처럼 퍼지는 듯했다. 이러한 소리와 빛에 경이롭게 기운을 얻은 대학생 안젤무스가 양피지 두루마리의 제목에 마음과 생각을 더욱더 집중하자, 이 글자가 의미하는 바는 다름 아니라 살라만더와 초록색 뱀의 결혼에 관한 것이라는 느낌이 이내 마음 깊은 곳에서 우러났다. — 그때 크리스털 종이 맑게 삼화음을 내며 더 크게 잘그랑거렸다. "안젤무스, 사랑하는 안젤무스," 이런 소리가 이파리에서 새어 나와 바람에 실려 오더니, 오, 경이롭게도! 종려나무 줄기에서 초록색 뱀이 구불구불 내려왔다. "세르펜티나! 어여쁜 세르펜티나!" 안젤무스는 더없이 기뻐하며 미친 듯 소리쳤다. 눈여겨 살펴보니 사랑스럽고 아름다운 아가씨였다. 자신의 마음에 생생히 살아 있는 청색 눈동자에 애틋한 동경을 가득 담고 자신을 바라보며 다가오고 있었다. 이파리들이 내리 늘어져 벋어가는 듯했고, 줄기에서 가시가 불쑥불쑥 돋아났지만, 세르펜티나는 그 사이를 빙글빙글 구불구불 솜씨 좋게 헤집으며 바람에 나부끼는 오색영롱한 옷자락을 날씬한 몸매에 찰싹 달라붙게 휘감았으므로 옷자락이 종려나무의 삐죽한 가지나 가시에 걸리지 않았다. 세르펜티나가 의자에 나란히 앉아 안젤무스를 팔로 껴안고 잡아끌자 대학생은 아가씨의 입술에서 흘러나오는 숨결을 맡았고, 감전이라도 된 듯 아가씨의 체온을 느꼈다. "사랑하는 안젤무스," 세르펜티나가 말을 꺼냈다. "그대는 곧 제 것이 될 거예요. 믿음으로, 사랑으로 저를 얻을 거예요. 저는 그대에게 우리 두 사람을 영원히 행복하게 할 황금 항아리를 가지고 올 거예요." "오, 그대 어여쁘고 사랑스러운 세르펜티나," 안젤무스가 말했다. "내가 그대를 얻는다면, 그밖에 다른 모든 것은 아무래도 상관없어요. 그대가 나의 것이 된다면, 내가 그대를 처음 본 순간부터 나를 사로잡고 있는 모든 경이롭고 희한한 일 때문에 파멸해도 좋아요." "저는 잘 알아요," 세르펜티나가 말을 이었다. "아버지가 심심풀이 장난 삼아 그대 주위에 기이하고 경이로운 일을 일으키는데, 이 때문에 그대는 오싹함과 무서움을 느낀다는 것을 말이에요. 하지만 바라건대 이제 그런 일은 다시 일어나지 않을 거예요. 제가 지금 이 순간 여기에 온 것은, 사랑하는 안젤무스, 나의 아버지를 오롯이 이해하고 제대로 똑똑히 꿰뚫어 보기 위해서 그대가 꼭 알아야 할 모든 일을, 아버지와 나에 얽힌 모든 사연을, 마음을 다하여, 영혼을 다하여 속속들이 이야기하기 위해서이니까요."

안젤무스는 어여쁘고 사랑스러운 아가씨에게 온몸을 빙빙 친친 휘감겨 아가씨와 한 몸뚱이로만 꿈틀대고 움직일 수 있는 듯했고, 신경섬유에는 아가씨의 맥박만 놀뛰는 듯했다. 안젤무스는 아가씨의 말에 귀 기울였다. 한마디 한마디가 가슴속 깊이 울려 퍼지며, 환한 햇살처럼 천상의 환희를 마음속에 불붙였다. 안젤무스는 세르펜티나의 비할 데 없이 날씬한 몸을 끌어안았지만, 아가씨의 오색영롱한 옷감이 얼마나 반드럽고 매끄러운지 마치 아가씨가 잽싸게 몸을 빼내어 끊임없이 달아나는 듯 느껴졌고, 대학생은 그런 생각만 해도 온몸이 떨렸다. "아, 나를 떠나지 마세요, 어여쁜 세르펜티나," 자신도 모르게 이렇게 소리쳤다. "그대 없이는 살 수 없어요!" "오늘은 떠나지 않을 거예요," 세르펜티나가 말했다. "모든 일을 이야기하기 전에는. 그대는 나를 사랑하므로 이 일을 다 이해할 수 있겠지요. ─ 사랑하는 연인이여, 우리 아버지가 경이로운 살라만더 종족 후손이며, 아버지가 초록색 뱀과 사랑에 빠진 덕택에 내가 태어났다는 것을 알아두세요. 옛날 옛적 포스포루스라는 막강한 정령의 제후가 마법의 왕국 아틀란티스를 다스렸고, 원소의 정령들[37]이 이 왕을 섬겼어요. 어느날 포스포루스가 누구보다 총애하는 살라만더(바로 우리 아버지였어요)는 정원을 거닐었어요. 포스

---

37 반신적(半神的) 존재들로서, 파라켈수스(Paracelsus 1493~1541)의 『님프, 실프, 피그미, 살라만더와 기타 정령에 관한 책』(*A Book on Nymphs, Sylphs, Pygmies, and Salamanders and on the other Spirits*)에 따르면 불의 정령은 살라만더, 물의 정령은 님프/운디네, 공기의 정령은 실프, 흙의 정령은 피그미/그놈이다.

포루스의 어머니가 더없이 아름다운 빛을 베풀어 가없이 찬란하게 꾸며놓은 곳이었지요. 살라만더는 늘씬한 나리꽃이 부르는 자장가를 들었어요. '두 눈을 꼭 감으렴, 나의 연인 아침 바람이 너를 깨울 때까지.' 살라만더는 가까이 다가갔어요. 살라만더의 홧홧한 숨결이 닿자 나리꽃은 꽃잎을 벌렸고, 살라만더는 나리꽃의 딸인 초록색 뱀이 꽃받침에서 단잠 자고 있는 것을 보았어요. 그러자 살라만더는 아름다운 뱀을 향한 뜨거운 사랑에 사로잡혀, 나리꽃에게서 뱀을 훔쳐 갔어요. 나리꽃의 향기는 이루 말할 수 없는 슬픔에 젖어 온 정원을 헤매며 사랑하는 딸을 불렀지만 아무 소용이 없었지요. 살라만더가 뱀을 포스포루스의 궁성으로 데리고 가서 포스포루스에게 이렇게 간청했기 때문이에요. '저를 연인과 결혼시켜 주십시오. 이 뱀은 영원히 제 것이 되어야 합니다.' '어리석은 것, 무슨 소리를 하는 거냐!' 정령의 제후가 말했어요. '예전에 나리꽃은 내 연인이었고, 나와 함께 나라를 다스렸다. 하지만 내가 나리꽃에게 던진 불티 때문에 나리꽃이 불타 없어질 뻔했다. 오로지 내가 흑룡과 싸워 이긴 덕택에 나리꽃은 살아남았다. 흑룡은 땅의 정령들이 사슬에 묶어 지키고 있고, 나리 꽃잎은 불티를 품어 안아 간직할 수 있을 만큼 질겨졌다. 하지만 네가 초록색 뱀을 얼싸안으면 네 불기가 뱀의 몸뚱이를 불사르고, 새로운 존재가 순식간에 생겨나 너에게서 빠져나갈 것이다.' 살라만더는 정령의 제후의 경고를 귀담아듣지 않았어요. 애끓는 열망이 북받쳐 초록색 뱀을 끌어안자 뱀은 잿더미로 변했고, 그 속에서 날개 달린 존재가 태어나 공중으로 치솟아 올랐어요. 살라만더는 미친 듯 절망에 사로잡혔어요. 불길과 불꽃을 뿜으며 정원을 내달리고, 분통을 터뜨리며 사정없이 망가뜨렸어요. 더없이 아름다운 꽃송이와 꽃망울이 불타 떨어지고 꽃들의 흐느낌이 공중에 넘쳐흘렀지요. 격노한 정령의 제후가 분에 못 이겨 살라만더를 붙들고 이렇게 말했어요. '네 불길은 식었고 ─ 네 불꽃은 꺼졌고, 네 빛살은 어두워졌으니 ─ 땅의 정령들에게 떨어지라. 불의 원소에 다시 불이 붙어 네가 새로운 존재로 땅에서 불 뿜으며 치솟을 때까지, 땅의 정령들이 너를 놀려대고 비웃으며 붙잡아둘 것이다.' 가엾은 살라만더는 불꽃이 꺼져 땅속으로 떨어졌어요. 하지만 그때 포스포루스의 정원사로 일하던 나이 많은 땅의 정령이 부루퉁히 다가와 이렇게 말했어요. '전하, 살라만더에 대해서라면 소인보다 불만이 많은 사람이 어디 있겠습니까! ─ 살라만더가 태워버린 아리따운 꽃송이를 더없이 아름다운 색소로 꾸몄던 사람이 소인 아닙니까? 새싹을 정성껏 돌보고 가꾸며 여러 아름다운 물감을 아끼지 않았던 사람이 소인 아닙니까? ─ 하지만 저는 가엾은 살라만더도 측은하게 여깁니다. 전하, 전하도 종종 사랑에 사로잡혔지요. 살라만더는 사랑 때문에 절망하여 정원을 망가뜨린 것입니다. ─ 가혹한 처벌을 거두어주십시오!' '살라만더의 불꽃은 지금 꺼져 있다.' 정령의 제후가 말했어요. '언젠가 불행한 시대가 올 것이다. 자연의 언어는 타락한 인간 종족에게 더이상 이해되지 않을 것이다. 원소의 정령은 자신의 영역으로 내쫓겨 아득히 멀리서 들릴 듯 말 듯 인간에게 말할 것이다. 인간의 마음에 믿음과 사랑이 아직 깃들어 있던 때 인간은 경이로운 왕국에 살 수 있었지만, 조화로운 세계에서 벗어난 뒤에는 오로지 한없는 동경을 통해서만 이 왕국의 소식을 어렴풋이 들을 것이다. ─ 이 불행한 시대가 오면 살라만더의 불의 원소에 다시 불이 붙을 것이다. 그러나 살라만더는 오로지 인간으로만 새로이 태어나, 구차한 인생에 온몸으로 뛰어들어 곤경을 견뎌내야 할 것이다. 그렇지만 살라만더는 원초 상태를 기억할 뿐 아니라 자연 전체와 성스러운 조화를 이루고 살면서 자연의 경이를 이해하고, 형제 정령의 마법도 부릴 수 있을 것이다. 나리꽃 덤불에서 초록색 뱀을 다시 만난 뒤 결혼하여 딸 셋을 낳을 것이고, 딸들은 어머니를 닮아 뱀의 모습으로 인간에게 나타날 것이다. 봄철에 딸들은 진녹색 딱총나무에 매달려 크리스털 목소리를 사랑스레 잘랑일 것이다. 마음이 꽁꽁 닫힌 구차하고 초라한 시대에 뱀의 노래를 알아듣는 한 젊은이가 나타나리니, 실뱀 한마리가 아리따운 눈동자로 젊은이를 들여다보리니, 이 눈길은 속세의 짐을 벗어던진다면 머나먼 경이로운 왕국으로 당차게 치솟아 오를 수 있으리라는 예감을 젊은이에게 불붙이리니, 젊은이는 뱀을 사랑하여 자연의 경이에 대한 믿음뿐 아니라 이런 기적을 누리며 살 수 있다는 확신이 뜨겁고 생생히 움트리니, 그러면 뱀은 젊은이의 것이 될 것이다. 하지만 이런 젊은이 셋이 나타나 딸 셋과 결혼하기 전까지 살라만더는 괴로운 짐을 벗어던지고 형제에게 돌아갈 수 없을 것이다.' '전하, 바라옵건대,' 땅의 정령이 말했어요. '따님 셋이 신랑을 만나면 행복하게 살도록 선물을 주고 싶습니다. 따님들에게 소인이 가진 가장 아름다운 금속으로 만들었으며 다이아몬드에서 얻은 빛살로 윤을 내는 항아리를 선사하겠습니다. 그 광택에는 우리 경이로운 왕국이 자연 전체와 조화를 이루고 있는 지금의 모습이 눈부시고 찬란하게 되비칠 것입니다. 항아리 안에서는 결혼하는 순간 불꽃나리 한송이가 피어나고 그 영원히 시들지 않는 꽃망울은 시험을 이겨 낸 젊은이를 달콤한 향기로 감쌀 것입니다. 그러면 젊은이는 불꽃나리의 언어를, 우리 왕국의 경이를 이해하고 그 자신도 연인과 함께 아틀란티스에서 살게 될 것입니다.' 그대는 이제 알겠지요, 안젤무스, 제가 이야기한 살라만더가 바로 우리 아버지라는 것을 말이에요. 아버지는 고귀한 천성을 타고났지만 속세의 자질구레한 곤경에 시달려야 했고, 그래서인지 뭇사람을 심술궂게 놀려대며 고소해하지요. 이따금 아버지는 저에게 이렇게 말했어요. '당시 정령의 제후 포스포루스는 누구든 너나 네 자매들과 결혼하려면 어떤 정신적 성격을 갖추어야 한다고 못 박았단다. 이 성격을 가리키는 표현이 요새 하나 있기는 하지. 제멋대로 잘못 쓰이는 일이 너무 많기는 하지만 말이야. 흔히들 이 성격을 천진난만한 시적 심정이라 부른단다. ── 태도가 순박하기 그지없고 이른바 세상 물정에 깜깜하기 때문에 가는 곳마다 놀림받는 젊은이에게서 이런 심성을 찾아볼 수 있지.' 아, 사랑하는 안젤무스! ── 그대는 딱총나무 아래에서 제 노래를 알아들었어요 ── 제 눈길을 이해했어요 ── 그대는 초록색 뱀을 사랑해요. 그대는 저를 믿고 영원히 저의 것이 될 거예요! ── 아름다운 꽃이 황금 항아리에서 피어오르고, 우리는 하나가 되어 아틀란티스에서 벅차고 행복하게 살아갈 거예요! ── 하지만 흑룡이 살라만더와 땅의 정령과 소름 끼치는 싸움을 벌인 끝에 몸을 빼내 공중으로 휘익 달아났다는 사실을 그대에게 털어놓지 않을 수 없군요. 포스포루스는 용을 붙들어 다시 사슬에 묶었지만, 싸우는 동안 땅에 흩뿌려진 검은 깃털에서 악독한 망령들이 생겨나 도처에서 살라만더와 땅의 정령에게 맞서고 있어요. 사랑하는 안젤무스, 그대를 몹시 미워하며, 우리 아버지가 잘 아는 바에 따르면 황금 항아리에 눈독을 들이고 있는 노파가 있어요. 용의 날개에서 푸슬푸슬 떨어진 깃털과 사탕무가 교미하여 태어난 존재지요. 노파는 자신이 어떻게 태어났으며 어떤 힘이 있는지 알고 있어요. 잡혀 있는 용이 끙끙거리고 움찔거리며 여러 경이로운 별자리

운세를 노파에게 알려주기 때문이에요. 노파는 인간에게 속속들이 영향을 미치려고 갖은 수단을 다 부리고, 아버지는 살라만더의 가슴에서 뿜어져 나오는 불줄기로 노파와 맞싸우고 있어요. 노파는 해로운 풀이나 독 있는 짐승에 담겨 있는 온갖 사악한 기운을 긁어모은 뒤, 별자리 운세가 좋을 때 버무려 여러 사악한 허깨비를 불러내지요. 이 허깨비는 인간의 마음에 오싹함과 무서움을 불어넣고, 용이 싸움에 지면서 만들어낸 악령들의 힘에 인간을 무릎 꿇려요. 노파를 조심하세요, 사랑하는 안젤무스. 노파는 그대를 미워해요. 그대의 천진난만한 성스러운 심성이 노파의 여러 사악한 주술을 이미 깨뜨렸기 때문이에요. ── 저를 진실하게 ── 진실하게 ── 사랑하세요, 그러면 목표를 이룰 거예요!" "오, 나의 ── 나의 세르펜티나!" 대학생 안젤무스가 외쳤다. "내가 어떻게 그대를 떠날 수 있겠어요? 내가 어떻게 그대를 영원히 사랑하지 않겠어요?" 뜨거운 키스를 입술에 느끼며, 대학생은 깊은 꿈에서 깨어난 듯했다. 세르펜티나는 사라졌다. 6시 종이 울리자, 한 글자도 필사하지 않았다는 게 떠올라 마음이 무거워졌다. 문서관장이 무슨 야단을 칠지 근심이 가득하여 종이를 내려다보았다. 아, 이게 웬 기적인가! 신비스러운 원고는 말끔히 마무리되어 있었다. 글자를 눈여겨 들여다보니, 세르펜티나가 마법의 왕국 아틀란티스의 정령의 제후 포스포르스에게 총애받는 아버지에 관해 들려준 이야기를 베껴 쓴 것이란 생각이 들었다. 그때 린트호르스트 문서관장이 연회색 코트 차림에 모자를 머리에 쓰고 지팡이를 손으로 짚고 들어왔다. 문서관장은 안젤무스가 써놓은 양피지를 들여다보더니, 코담배를 한 움큼 들이마시고 미소 지으며 말했다. "내 이럴 줄 알았지! ── 자! 여기 1탈러 은화일세, 안젤무스 군. 이제 링케 바트로 가세 ── 나만 따라오게!"문서관장은 빠른 걸음으로 정원을 지나갔다. 새들이 지저귀고 찍찍거리고 지껄이는 소리가 뒤섞여 정원이 얼마나 시끄러운지, 귀가 먹먹해진 대학생 안젤무스는 거리로 나오자 하늘에 감사할 정도였다. 두 사람은 몇걸음 채 떼기도 전에 헤르브란트 서기관과 마주쳤고, 서기관은 선뜻 동행했다. 성문 밖에서 세 사람은 들고 온 파이프에 담배를 채웠다. 헤르브란트 서기관이 부싯깃 통을 두고 왔다고 투덜거리자, 린트호르스트 문서관장이 몹시 언짢은 듯 소리쳤다. "부싯깃 통이라! ── 불이라면 여기 원하는 만큼 있소!" 그러면서 손가락을 딱딱 튕기자, 손가락에서 커다란 불꽃이 끊임없이 솟아나 파이프에 금세 불을 붙였다. "화학 요술을 보게나." 헤르브란트 서기관이 말했다. 하지만 대학생 안젤무스는 자못 떨리는 마음으로 살라만더를 떠올렸다. ── 링케 바트에서 헤르브란트 서기관은 독한 맥주를 얼마나 많이 마셨는지, 여느 때는 착하고 말없는 이 사내가 고래고래 악쓰며 대학생 창가를 부르기 시작하더니, 아무나 붙들고 자기 친구냐 아니냐 끈덕지게 시비 걸다가 마침내는 대학생 안젤무스에게 떠메여 집으로 가야 했다. 린트호르스트 문서관장이 한참 전에 자리를 뜬 뒤였다.

아홉째 야경

대학생 안젤무스가 얼마간 제정신을 되찾은 사연 — 펀치 파티 —
대학생이 파울만 교감을 수리부엉이로 여기자 교감이 분노한 사연 —
잉크 얼룩 때문에 생긴 사달

    대학생 안젤무스는 온갖 희한하고 경이로운 사건을 나날이 겪
으며 평범한 생활에서 완전히 멀어졌다. 친구를 아무도 만나지 않
았고 아침에 눈을 뜨면 어서 12시가 되어 천국의 문이 열리기만
애타게 기다렸다. 하지만 린트호르스트 문서관장의 집에서 어여
쁜 세르펜티나와 마법의 왕국의 경이에 마음을 온통 쏟고 있으면
서도, 이따금 자신도 모르게 베로니카를 떠올리지 않을 수 없었
다. 그뿐 아니라 때로는 베로니카가 다가와 자신을 얼마나 마음 깊
이 사랑하는지, 허깨비에게 놀림당하고 비웃음받는 자신을 구해내
려 얼마나 애쓰는지 얼굴 붉히며 고백하는 듯 느껴지기도 했다. 가
끔은 어떤 낯선 기운이 난데없이 들이닥쳐 잊고 있던 베로니카에
게 꼼짝없이 끌고 가는 듯싶었고, 이 아가씨 몸에 꽁꽁 묶이기라도
한 듯 베로니카가 가자는 대로 따라가야 할 것 같았다. 세르펜티나
가 놀랄 만큼 아리따운 처녀의 자태를 처음 드러내고 살라만더와

초록색 뱀의 결혼에 관한 경이로운 비밀을 일러주었던 바로 그날 밤, 베로니카가 어느 때보다 더욱 생생히 눈앞에 떠올랐다. ──그랬다! ──대학생은 잠에서 깨어서야 비로소 꿈을 꾸었던 것뿐임을 똑똑히 깨달았다. 베로니카가 실제로 머리맡을 지켜 앉아 대학생의 가슴까지 아리도록 몹시 고통스러워하며 이렇게 하소연하고 있다는 확신이 들었기 때문이다. '당신은 정신 나가 헛것에 빠진 나머지 제 마음속 깊은 사랑도 마다하고 불행과 파멸로 내닫고 있어요.' 베로니카는 그 어느 때보다 더 사랑스러웠다. 베로니카 생각을 떨칠 수 없었으며 이러한 상태가 고통스럽게 느껴지자, 대학생은 이에서 벗어나고 싶어 아침 산책을 나갔다. 어떤 비밀스러운 마법의 힘에 이끌려 피르나 성문[38] 밖으로 나갔다. 옆길로 막 접어들려는 참에 파울만 교감이 뒤에서 쫓아오며 큰 소리로 외쳤다. "이보게, 이보게! ──친애하는 안젤무스 군! ──이 친구야! ──이 친구야! 도대체 어디에 틀어박혀 있기에 도무지 얼굴을 볼 수 없는가 ──베로니카가 자네와 함께 다시 한번 노래하기를 무척이나 바라고 있다는 건 아마 알겠지? ──이리 오게, 우리 집에 가려던 게 아닌가!" 대학생 안젤무스는 마지못해 교감을 따라갔다. 집에 들어서자 베로니카가 깨끗하고 정성 들인 옷차림으로 마중 나왔다. 파울만 교감은 눈이 휘둥그레져 물었다. "어라, 왜 이리 곱게 차려입었지? 손님이라도 기다린 거야? ──아무튼 내가 안젤무스 군을 데려왔다!" 대학생 안젤무스는 베로니카의 손에 예의 바르게 키스할 때 베로니카가 손을 살며시 맞대는 것을 느꼈고, 이 감촉이 홧홧한 불길처럼 온 신경섬유에 짜르르 흘렀다. 베로니카는 워낙에

---

38 현재의 피르나 광장에 있던 성문으로, 1821년 철거되었다.

성격이 밝고 매력 있었다. 파울만이 서재로 들어가자마자 갖은 아양과 장난으로 안젤무스를 얼마나 부추기는지, 대학생은 부끄러움도 잊어버리고 잔뜩 들뜬 아가씨를 잡으러 방 안을 뛰어다녔다. 그때 대학생은 서투른 몸가짐이 다시 도져 탁자에 부딪쳤고, 그 바람에 베로니카의 깜찍한 반짇고리가 아래로 떨어졌다. 안젤무스가 반짇고리를 주워 들자 뚜껑이 열리더니 작고 둥근 금속 거울이 반짝거리는 게 보여, 대학생은 사뭇 흥미롭게 거울을 들여다봤다. 베로니카도 등 뒤로 살그머니 다가와, 대학생의 팔에 손을 얹고 바싹 달라붙어 어깨 너머 거울을 바라보았다. 그러자 안젤무스는 마음속에서 싸움이 시작되는 듯 느껴졌다 ─ 생각과 ─ 영상이 ─ 린트호르스트 문서관장이 ─ 세르펜티나가 ─ 초록색 뱀이 ─ 번쩍거렸다가 다시 사라졌다 ─ 마침내 고요해지더니 뒤엉킨 생각이 남김없이 맞춰지며 정신이 뚜렷해졌다. 대학생은 자신이 자나 깨나 베로니카만 생각했을 뿐 아니라 어제 연청색 방에서 눈앞에 나타났던 모습도 바로 베로니카였고, 살라만더와 초록색 뱀의 결혼에 관한 환상적 전설은 자신이 베껴 쓴 것이지 말로 들은 것이 아님을 똑똑히 깨달았다. 자기 몽상에 스스로 놀라며, 이런 몽상에 빠진 것은 베로니카를 향한 사랑으로 마음속이 황홀해진데다가 정신을 몽롱하게 만드는 기이한 향기마저 감도는 린트호르스트 문서관장의 방에서 일한 탓이라 여겼다. 정신 나간 상상에 젖어 실뱀과 사랑에 빠졌다고 생각하고 고위직 추밀 문서관장을 살라만더로 여기다니, 헛웃음이 절로 터져 나왔다. "그래그래! ─ 그건 베로니카였어!" 큰 소리로 외쳤다. 고개를 돌려 베로니카의 청색 눈동자를 바로 들여다보니 사랑과 동경이 뿜어져 나오고 있었다. 두 사람의 입술이 포개져 불타는 순간 베로니카의 입술에서 나직하게 아!

소리가 새어 나왔다. "오, 나는 얼마나 행운아인가!" 대학생은 황홀하여 신음했다. "어제 꿈꾸었던 일이 오늘 이루어지다니." "궁정 고문관이 되면 나와 정말로 결혼할 거지요?" 베로니카가 물었다. "그러고말고요!" 대학생 안젤무스가 대답했다. 그때 문이 삐걱 열리더니 파울만 교감이 이렇게 말하며 방으로 들어왔다. "자, 친애하는 안젤무스 군. 오늘은 집에 갈 생각을 말게. 우리 집에서 수프를 들게. 그런 뒤 베로니카가 맛있는 커피를 대접할 걸세. 헤르브란트 서기관이 오겠다고 했으니 함께 마시세." "아, 존경하는 교감 선생님," 대학생 안젤무스가 대답했다. "저는 린트호르스트 문서관장 댁에 필사하러 가야 한다는 것을 모르십니까?" "이걸 보게, 이 친구야!" 파울만 교감이 회중시계를 내밀며 말했다. 시계는 12시 30분을 가리키고 있었다. 대학생 안젤무스는 린트호르스트 문서관장에게 가기에는 너무 늦었다는 것을 깨닫고 교감 뜻에 기꺼이 따르기로 했다. 하루 종일 베로니카를 바라보며 남몰래 눈길도 주고받고 손도 어루만지고 잘하면 키스까지 나누고 싶었기 때문이다. 이런 소망에 대학생 안젤무스는 가슴 부풀었고, 자신을 정말로 미치광이 멍텅구리로 만들어버릴지 모를 갖은 환상에서 곧 벗어나리라는 확신이 강해질수록 점점 마음이 푸근해졌다. 식사가 끝난 뒤 헤르브란트 서기관이 약속대로 나타났다. 커피를 마시고 어스름이 내리자 싱긋 웃더니 기분 좋게 손을 비비며 넌지시 말했다. 자신이 무언가를 가져왔는데, 서기관들이 페이지를 매기고 장과 절을 나누듯이 베로니카가 아름다운 손으로 그것을 버무린 뒤 제대로 모양을 내주면, 시원한 10월의 저녁에 모두 다 기쁨을 누릴 수 있으리라는 것이었다. "그렇다면 자네가 들고 온 그 수수께끼 같은 물건을 꺼내보게, 친애하는 서기관." 파울만 교감이 재촉했다. 그러자 헤르브란트 서기관은 저고리 호주머니에 손을 깊이 넣어 아라크주[39] 한 병, 레몬, 설탕을 차례차례 꺼냈다. 반시간이 채 지나기 전에 파울만의 식탁에서는 향기로운 펀치가 모락모락 김을 냈다. 베로니카가 술잔을 건네줬고 다들 아늑하고 쾌활하게 갖가지 이야기를 나누었다. 하지만 술기운이 오르자마자, 대학생 안젤무스의 머릿속에서는 최근에 보았던 경이롭고 희한한 영상이 모조리 되살아났다. ― 인광처럼 번쩍이는 꽃무늬 실내 가운을 입은 린트호르스트 문서관장이 보였고 ― 연청색 방, 황금색 종려나무가 보였고, 그뿐 아니라 세르펜티나가 실재한다고 믿어야 할 듯한 기분이 다시 들었다 ― 대학생의 마음속이 술렁거리고 끓어올랐다. 베로니카가 펀치 한잔을 건네줬다. 대학생은 술잔을 받으며 베로니카의 손을 살짝 건드렸다. '세르펜티나! 베로니카!' 이렇게 속으로 한숨지으며, 깊은 꿈에 빠져들었다. 하지만 헤르브란트 서기관이 매우 큰 소리로 외쳤다. "속을 알 수 없는 괴이한 노인이에요. 앞으로도 늘 그럴 거예요, 린트호르스트 문서관장은요. ― 그 양반이 만수무강하기를! 건배하세, 안젤무스 군!" 그러자 대학생 안젤무스는 꿈에서 화들짝 깨어나 헤르브란트 서기관과 잔을 부딪치며 말했다. "왜 그런가 하면, 존경하는 서기관님, 린트호르스트 문서관장님은 원래 살라만더이기 때문입니다. 이 살라만더는 초록색 뱀이 달아나자 화가 치밀어 정령의 제후 포스포루스의 정원을 망가뜨렸지요." "뭐가 ― 어쨌다고?" 파울만 교감이 물었다. "말씀드린 대로입니다." 대학생 안젤무스가 말을 이었다. "그래서 지금 왕립 문서관장이 되어 이곳 드레스덴에서 어린 딸 셋을 데리고 생활하고 있

---

39 쌀과 종려즙 등으로 만든 독한 술. 스리랑카, 인도네시아 등의 동남아시아에서 주로 제조된다.

습니다. 하지만 이 딸들도 금록색 실뱀에 지나지 않습니다. 딱총나무 밑에서 햇볕을 쏘이고 매혹적인 노래를 불러 젊은이를 유혹하지요, 세이렌처럼."

"안젤무스 군 ── 안젤무스 군," 파울만 교감이 소리쳤다. "머리가 돌았나? ── 도대체 무슨 엉터리없는 소리를 지껄이는 건가!" "이 친구 말이 맞습니다," 헤르브란트 서기관이 끼어들었다. "문서관장 그 양반은 빌어먹을 살라만더예요. 손가락을 튕겨 불꽃을 일으키지요. 손가락이 달아오른 부싯깃 같아서 코트에 불구멍을 낸다고요. ── 그래그래, 자네 말이 맞아, 안젤무스 아우, 이 말을 믿지 않는 자는 내 적이야!" 이렇게 말하며 헤르브란트 서기관이 주먹으로 식탁을 내리치자 잔들이 부딪쳐 쨍그랑거렸다. "서기관! ── 자네 돌았나?" 교감이 노발대발 소리쳤다. "대학생 양반, 대학생 양반, 자네는 또 무슨 헛소리를 지껄이는가?" "아!" 대학생이 말했다. "당신은 새에 지나지 않아요 ── 가발을 다듬어주는 수리부엉이라고요, 교감 선생님!" "뭐라고? ── 내가 새라고 ── 수리부엉이라고 ── 가발을 다듬는다고?" 교감은 분노에 휩싸여 소리쳤다. "이보게, 자네 제정신이 아니야 ── 제정신이 아니야!" "하지만 노파가 문서관장을 혼내줄 거예요." 헤르브란트 서기관이 소리쳤다. "그래요, 노파는 막강해요." 대학생 안젤무스가 끼어들었다. "비천한 태생이기는 하지만요. 아버지는 너덜너덜한 깃털 먼지떨이에 어머니는 더러운 사탕무니까요. 하지만 온갖 해로운 생물에서 ── 둘레에 널려 있는 독충에서 힘을 얻고 있지요." "비열하게 헐뜯지 마세요." 베로니카가 분노에 달아오른 눈으로 소리쳤다. "늙은 리제는 영험한 노파예요. 검은 고양이는 해로운 생물이 아니라 예의 바르고 교양 있는 젊은이고요. 노파의 친조카지." "그 고양이가 살라만더를 잡아먹을 수 있을까요, 수염을 그슬리거나 비참하게 타 죽는 일 없이?" 헤르브란트 서기관이 말했다. "아니요, 아니요!" 대학생 안젤무스가 외쳤다. "결코 그러지 못할 거예요. 그리고 초록색 뱀은 저를 사랑해요. 저는 심성이 천진난만하고 세르펜티나의 눈동자를 들여다보았거든요." "고양이가 뱀눈을 후벼 뽑을 거예요." 베로니카가 소리쳤다. "살라만더가 — 살라만더가 모두 다 물리칠 거야 — 모두 다!" 파울만 교감은 불같이 화내며 고함질렀다. "내가 정신병원에 있는 건가? 나도 정신 나간 것 아니야? — 내가 무슨 미치광이 같은 소리를 지껄이는 거지? — 그래, 나도 정신 나갔어 — 나도!" 그러고선 파울만 교감은 벌떡 일어나 머리에서 가발을 벗어 방 천장으로 내던졌다. 가발이 와지끈 박살 나 갈가리 풀리며 분가루가 사방에 흩날렸다. 대학생 안젤무스와 헤르브란트 서기관은 펀치 사발과 술잔을 붙잡아 환호작약하며 방 천장으로 던졌고, 그러자 사금파리들이 사방으로 쨍그랑 짤그랑 튀었다. "살라만더 만세 — 타도하라 — 노파를 타도하라 — 금속 거울을 깨부숴라, 고양이 눈을 캐내어라! — 작은 새야 — 공중의 작은 새야 — 에호이 — 에호이 — 에보에[40] — 살라만더!" 세 사람은 신들린 사람처럼 중구난방으로 이렇게 소리치고 고함쳤다. 프렌츠헨은 엉엉 울며 달아났고, 베로니카는 소파에 엎어져 슬픔과 고통에 훌쩍였다. 그때 문이 열리고 느닷없이 모든 게 고요해졌다. 회색 코트를 입은 한 땅딸막한 사내가 안으로 들어왔다. 얼굴에는 짐짓 기묘하게 위엄이 서려 있었고, 대문짝만 한 안경을 걸친 휘움한 코는 여태 본 여느 코보다 유별나 보였다. 게다가 가발은 얼마나 별스러

---

[40] 술의 신 바쿠스 축제에서 지르는 환성.

운지 차라리 깃털 모자에 가까웠다. "이보시오, 안녕들 하시오," 익살맞고 작달막한 노인이 깍깍거렸다. "여기 대학생 안젤무스 님이 계신가요? 삼가 린트호르스트 문서관장님의 안부 인사를 전합니다. 오늘 안젤무스 씨를 기다렸는데 허탕을 치셨답니다. 내일은 제시간에 늦지 않기를 정중히 부탁하신답니다." 이렇게 말하고 사내는 다시 문밖으로 나갔다. 이 위엄 있고 작달막한 노인이 실은 회색 앵무새라는 것을 이제 모두 알아챘다. 파울만 교감과 헤르브란트 서기관은 방이 떠나가라 웃음을 터뜨렸고, 그러는 사이 베로니카는 이루 말할 수 없는 서러움에 가슴이 찢어지는 듯 훌쩍이며 흑흑댔다. 하지만 대학생 안젤무스는 가슴속 깊이 무서움에 사로잡혀 미친 듯 정신없이 문을 박차고 거리로 뛰어나갔다. 어떻게 왔는지도 모르게 자신이 거처하는 다락방에 찾아들었다. 얼마 지나지 않아 베로니카가 차분하고 다정하게 다가와 이렇게 물었다. 왜 그렇게 만취해 저를 속상하게 했어요? 린트호르스트 문서관장 집에서 일할 때 또다시 환상에 빠지지 않도록 조심하세요. "잘 자요, 잘 자요, 내 사랑하는 친구." 베로니카는 나직이 소곤거리고 입술에 살포시 키스했다. 안젤무스는 팔로 베로니카를 껴안으려 했으나 꿈속의 모습은 사라져버렸고, 대학생은 원기를 되찾고 깨어났다. 그 자신도 이제 펀치 술주정에 못내 실소하지 않을 수 없었지만, 베로니카를 생각하자 사뭇 푸근한 감정에 감싸였다. "내가 터무니없는 망상에서 벗어난 것은," 이렇게 혼잣말했다. "오직 베로니카 덕택이야. ── 정말이지, 자신이 유리로 되어 있다고 믿는 사람이나 아니면 자신이 보리알이라는 환상에 빠진 나머지 닭 모이가 될까 두려워 방에서 나오지 못하는 사람[41]보다 나는 나을 게 없었어. 하지만 궁정 고문관이 되자마자 당장 파울만 양과 결혼하여 행복하게 살 거야." 정오가 되어 린트호르스트 문서관장의 정원을 지날 때였다. 모든 것이 예전에 왜 그토록 희한하고 경이롭게 보였던지 자못 놀라지 않을 수 없었다. 눈에 보이는 것이라고는 흔해빠진 화분, 갖은 종류의 제라늄, 도금양 덤불 따위뿐이었다. 예전에 자신을 놀려댔던 알록달록 번쩍이는 새들은 온데간데없고 참새 몇 마리만 이리저리 펄럭펄럭 날아다니다가 안젤무스를 보자 알 수 없는 소리로 듣기 싫게 짹짹거렸다. 연청색 방도 전혀 달라 보였다. 야한 청색이며, 꼴사납게 번쩍대는 이파리가 달린 종려나무의 이상스러운 황금색 줄기가 한순간이나마 어떻게 마음에 들 수 있었는지 이해되지 않았다. ── 문서관장은 몸에 밴 찬웃음을 머금고 대학생을 바라보며 물었다. "그래, 어제 펀치 맛이 어땠나, 친애하는 안젤무스 군?" "아, 분명 앵무새가 문서관장님께……" 대학생 안젤무스는 몹시 부끄러워하며 대답하다가 말꼬리를 흐렸다. 앵무새를 본 것도 술에 먹혀 헛것에 홀린 탓일지 모른다는 생각이 새삼 들었기 때문이다. "이보게, 나도 그 파티에 있었거든." 린트호르스트 문서관장이 끼어들었다. "자네 나를 보지 못했나? 자네들이 정신 나간 짓거리를 벌이는 통에 하마터면 크게 다칠 뻔했지. 헤르브란트 서기관이 펀치 사발을 붙잡아 천장으로 던지려던 참에 그 안에 앉아 있었으니까. 그래서 교감의 파이프 대통으로 부랴부랴 물러나야 했지.[42] 그럼 잘 있게, 안젤무스 군! ── 부지런히 일하게, 어제 결

  41 스위스 의사 요한 게오르크 치머만(Johann Georg Zimmermann, 1728~95)이 『고독에 관하여』(*Über die Einsamkeit*, 1784~85)라는 책에서 발표한 사례.
  42 파라켈수스 이래 살라만더는 불의 정령으로 알려졌으나, 호프만 시대에는 불타는 포도주로 여겨지기도 했다. 살라만더인 린트호르스트 문서관장이 펀치 사발에 앉아 있다가 파이프 대통으로 물러나고, 술잔에 들어가 자맥질을 하다가 불길 속으로 사라지는 것은 이러한 연유에서이다.

근했지만 1탈러 은화를 지불하겠네, 지금까지 착실히 일한 공일세!" "문서관장은 어떻게 이런 정신 나간 소리를 지껄일 수 있지." 대학생 안젤무스는 혼잣말하며 책상에 앉아, 문서관장이 평소처럼 눈앞에 펼쳐놓은 원고의 필사를 시작하려 했다. 하지만 양피지 두루마리에 쓰인 수많은 기이하고 꼬불꼬불한 획과 문양이 뒤죽박죽 뒤섞여 한시도 쉴 틈을 주지 않고 눈을 어지럽히는 탓에, 아무래도 모든 것을 정확하게 베낄 수 없을 듯했다. 양피지를 두루 살펴보니, 마치 대리석에 결이 알록달록 드러나거나 돌덩이에 이끼가 얼룩덜룩 뒤덮인 것 같았다. ──그래도 최선을 다하기 위해 기운차게 펜을 잉크에 담갔다. 잉크가 펜에서 나올 기미를 보이지 않자 조바심나서 펜을 털었는데 ──오, 맙소사! 펼쳐놓은 원본에 커다란 얼룩이 떨어졌다. 얼룩에서 파란 불줄기가 치지직 화르르 일더니 구불구불 뿌직뿌직 방을 가로질러 천장까지 치솟았다. 그러자 벽마다 연기가 뭉게뭉게 뿜어져 나오고, 이파리가 폭풍에 흔들리듯 쏴쏴 거리기 시작했다. 이파리 사이에서 번쩍거리는 바실리스크[43]들이 펄럭이는 불길에 싸여 아래를 쏘아보며 연기에 불을 지피자, 불덩이들이 따닥거리며 안젤무스를 둘러싸고 너울거렸다. 종려나무의 황금색 줄기들은 구렁이로 변하여 소름 끼치는 대가리들이 귀청 찢는 쇳소리를 내며 서로 부딪치고, 비늘에 뒤덮인 몸뚱이로 안젤무스를 휘감았다. "미치광이여! 뻔뻔스러운 죄의 댓가로 벌을 받을지어다!" 왕관 쓴 살라만더가 불꽃에 둘러싸여 눈부신 빛살처럼 뱀들 위에 나타나 무시무시한 목소리로 외쳤다. 이제 뱀들은 아가리를 벌리고 안젤무스를 향해 불길을 폭포처럼 내뿜었다. 불길은

---

43 유럽 신화에 나오는 동물로서 '뱀의 왕'이라고 여겨진다. 바실리스크는 이글거리는 눈으로 바라보거나 독성이 있는 숨결을 내뿜어 사람을 죽일 수 있다고 한다.

대학생 몸을 둘러싸고 흐르면서 뭉치고 다져져 딱딱하고 차가운 물질로 변하는 듯싶었다. 팔다리가 갈수록 짓눌려 오그라들며 뻣뻣해지자 안젤무스는 정신을 잃었다. 정신을 되찾았을 때는 꼼짝달싹할 수 없었고, 반짝이는 빛에 둘러싸여 손을 들거나 몸을 꿈틀해도 빛에 부딪치는 듯했다. ── 아! 대학생은 린트호르스트 문서관장 집 장서실 서가의 마개가 꽉 닫힌 크리스털 병에 갇혀 있었다.

열째 야경

유리병에 갇힌 대학생 안젤무스의 고뇌 — 크로이츠 김나지움[44] 학생들과
법관 시보들의 행복한 생활 — 린트호르스트 문서관장의 장서실에서
벌어진 싸움 — 살라만더의 승리와 대학생 안젤무스의 해방

자애로운 독자여, 당연한 말이겠지만, 필자는 그대가 유리병에
갇혀본 적이 있으리라고 생각지 않는다. 어떤 생생하고 뒤숭숭한
꿈에서 마술에 걸린 듯 그런 곤경에 빠진 적이 있는지는 모르지만
말이다. 혹시 그런 악몽에 시달린 적이 있다면, 가엾은 대학생 안
젤무스의 비참함을 사뭇 생생히 느낄 수 있을 것이다. 하지만 꿈을
꾼 적이 없더라도 상상력을 한껏 발휘하여 필자와 안젤무스를 위
해 잠시나마 크리스털 병에 갇혀보기를 바란다. — 그대는 눈부신
광채에 에워싸여 있다. 둘레에 보이는 모든 사물은 찬란한 무지개
색에 감싸여 빛난다 — 모든 것이 반짝이는 빛 속에서 떨리고 흔
들리고 웅웅거린다 — 그대는 꼼짝달싹 못 하고 떠 있다. 꽁꽁 얼

---

44 1300년경 설립된 드레스덴에서 가장 오래된 학교. 크로이츠 교회 합창단을 교
육하기 위해 세워졌으며, 오늘날에도 크로이츠 교회 소년 합창단원은 이 학교에
다닌다. "이딸리아 합창곡을 외울 필요도 없고"라는 말은 이러한 까닭에 나왔다.

어붙은 에테르 속에 갇혀 있는 듯하다. 이 에테르가 그대를 옥죄는 탓에 죽은 육체에 정신이 무슨 명령을 내려도 아무 소용이 없다. 천근 같은 무게가 갈수록 무겁게 가슴을 짓누른다 ― 비좁은 공간을 이리저리 떠다니던 희박한 공기마저 숨을 쉴 때마다 더욱더 엷어진다 ― 핏줄이 부풀어오른다. 소름 끼치는 두려움에 신경마다 갈가리 찢겨 죽음과 싸우며 움찔대고 피 흘린다. ― 자애로운 독자여, 유리 감옥에 갇혀 이루 말할 수 없는 고통에 시달리는 대학생 안젤무스를 가엾게 여기기를. 하지만 대학생은 죽음을 통해서도 이 고통에서 벗어날 수 없음을 느꼈을 것이다. 고통에 못 이겨 기절해 쓰러져도, 아침 햇살이 환하고 살갑게 방 안에 밀려들면 정신이 깨어나 고통이 새로이 시작되지 않았던가? ― 대학생은 팔다리를 꼼짝달싹할 수 없었다. 생각이란 생각은 죄다 유리병에 부딪치며 귀청 떨어지는 소리로 정신을 얼얼하게 했다. 여느 때는 마음속에서 정신이 하는 말이 들렸으나, 이제는 미친 듯한 부르짖음만이 먹먹히 울렸다. ― 대학생은 절망하여 소리 질렀다. "오, 세르펜티나 ― 세르펜티나, 이 지옥 같은 고통에서 나를 구원해주오!" 그러자 나직한 한숨이 대학생을 맴돌더니 초록색의 해맑은 딱총나무 이파리처럼 병 둘레에 내려앉는 듯한 느낌이 들었다. 소리가 멈추고, 눈부시게 현란한 빛이 사라지고, 숨통이 트여왔다. "내가 비참하게 된 것은 다 내 탓이 아닌지요, 아! 어여쁘고 사랑스러운 세르펜티나, 나는 그대에게 죄를 저지르지 않았나요? ― 비열하게도 그대를 의심하지 않았나요? 믿음을 잃어버림으로써, 나를 행복하게 만들 모든 것을 잃지 않았나요? ― 아, 이제 그대는 영영 나의 것이 되지 못할 거예요. 나는 황금 항아리를 잃어버려, 그 기적을 다시는 보지 못할 거예요. 아, 단 한번만이라도 그대를 보고 싶어요, 그대의 어여쁘고 달콤한 목소리를 듣고 싶어요, 사랑스러운 세르펜티나!" 대학생 안젤무스는 가슴이 찢어지는 듯 몹시 고통스러워하며 한탄했다. 그때 바로 옆에서 누군가 말했다. "당신이 무엇을 바라는지 도무지 알 수 없군요. 대학생 양반, 왜 그렇게 지나치게 한탄하시죠?" 대학생 안젤무스는 같은 서가의 바로 옆에 다른 병이 다섯개 놓여 있는 것을 알아챘고, 그 안에 크로이츠 김나지움 학생 셋과 법관 시보 둘이 들어 있는 것을 보았다. "아, 불행의 동반자들이여!" 이렇게 소리쳤다. "여러분은 어쩌면 그리 태연하고 그리 태평할 수 있습니까? 눈에 띄게 밝은 표정을 짓고 있으니. ─ 저와 마찬가지로 유리병에 꽉 갇혀 꼼짝달싹 못 하고, 뭔가 제대로 생각하려 하면 소음이 울려 퍼져 죽을 것 같고, 머릿속에서 매우 끔찍한 소리가 우릉거리고 휘잉거릴 텐데요. 하지만 여러분은 살라만더와 초록색 뱀의 존재는 분명 믿지 않겠지요." "당신은 헛소리를 하는 것 같군요, 대학생 양반." 크로이츠 김나지움 학생이 대답했다. "우리는 지금보다 잘 지낸 적이 없습니다. 온갖 기묘한 필사를 해준 댓가로 정신 나간 문서관장에게 1탈러짜리 은화를 받은 덕이지요. 우리는 이제 이딸리아 합창곡을 외울 필요도 없이 날마다 요제프 주점이나 다른 술집에 가서 독한 맥주를 마시고, 아리따운 아가씨의 눈을 들여다보고, 어엿한 대학생인 양 「가우데아무스 이기투르」[45]를 부르고, 천하태평하게 살 수 있지요." "이 친구들 말이 정말 맞습니다." 법관 시보 한명이 끼어들었다. "옆에 있는 동료도 마찬가지지만, 나는 1탈러 은화를 두둑이 받은 덕에 사무실에 틀어박혀 고달프게 서류나 작성하는 일에서 벗어나, 포도

---

45 18세기에 인기 있던 대학생 창가. 첫 줄이 '가우데아무스 이기투르'(gaudeamus igitur, 우리 즐기자)로 시작한다.

밭을 산책하면서 시간을 보내고 있습니다." "하지만 고귀하신 신사분들!" 대학생 안젤무스가 말했다. "여러분은 한 사람도 빠짐없이 유리병에 갇혀 있으며 이리저리 산책하기는커녕 꼼짝달싹 못한다는 것을 느끼지 못하십니까?" 그러자 크로이츠 김나지움 학생과 법원 시보가 큰 소리로 웃음을 터뜨리며 소리쳤다. "대학생이 제정신이 아니군! 유리병에 갇혀 있다고 생각하다니, 엘베 강 다리에 서서 강물을 들여다보고 있으면서 말이야. 이제 그만 갑시다!" "아," 대학생은 한숨지었다. "이 사람들은 어여쁜 세르펜티나를 한 번도 본 적이 없어. 자유가 무엇인지, 서로 믿고 사랑하며 사는 게 무엇인지 몰라. 어리석고 생각이 천박한 탓에 살라만더가 감옥에 처넣어도 억압받는다고 느끼지도 못해. 하지만 이루 말할 수 없이 사랑하는 *세르펜티나*가 구원해주지 않는다면 불행한 나는 치욕스럽고 비참하게 죽을 거야." 그때 세르펜티나의 목소리가 방에 떠다니며 속삭였다. "안젤무스! ─ 믿으세요, 사랑하세요, 소망하세요!" 한마디 한마디가 안젤무스의 감옥으로 햇살처럼 밀려들 때마다 크리스털 병은 그 힘에 못 이겨 부풀고, 안젤무스의 가슴은 꿈틀꿈틀 고동치기 시작했다! ─ 갇혀 있는 고통이 갈수록 줄어들었고, 세르펜티나가 아직 자신을 사랑하며 오로지 *세르펜티나* 덕택에 크리스털 병에 갇힌 것을 견뎌낼 수 있음을 알아챘다. 경박하기 짝이 없는 불행의 동반자들에게 이제 신경 쓰지 않은 채 마음과 생각을 어여쁜 세르펜티나에게만 집중했다. ─ 하지만 느닷없이 다른쪽에서 역겹게 중얼대는 소리가 나직이 들렸다. 이 중얼거림은 맞은편 작은 책상에 놓여 있으며 뚜껑 절반이 깨진 커피 주전자에서 나는 것임을 금세 똑똑히 알아챌 수 있었다. 눈여겨 바라보자 늙어빠지고 쭈글쭈글한 노파 얼굴의 볼썽사나운 이목구비가 갈수록 뚜렷해지더니, 금세 슈바르체 성문의 사과 장수 노파가 서가 앞에 모습을 드러냈다. 노파는 대학생에게 히죽이 웃어 보이며 귀청 떨어지게 소리쳤다. "이봐, 이봐! 애송이! ― 참고 견딜 만해? ― 크리스털 병에 떨어질 거야! ― 내가 진작 그렇게 예언하지 않았어?" "실컷 비웃고 놀려라, 망할 놈의 마녀 같으니." 대학생 안젤무스가 말했다. "모든 게 당신 탓이야. 하지만 살라만더가 당신을 붙잡을 거다, 이 더러운 사탕무야!" "오호, 오호!" 노파가 대꾸했다. "그렇게 뻐기지 마! 너는 내 아이들의 얼굴을 짓밟고 내 코에 화상을 입혔어. 하지만 나는 너에게 호감을 가지고 있어, 이 몹쓸 놈아. 너도 한때는 얌전한 젊은이였고, 내 아기씨가 너에게 호감을 품고 있기도 하니까. 하지만 내가 돕지 않는 한 너는 크리스털 병에서 결코 빠져나오지 못할 거야. 나는 네가 있는 곳으로 갈 수는 없어. 하지만 네 머리 바로 위 천장에 내 친척 들쥐가 사는데, 네가 서 있는 널빤지를 이 들쥐가 갉아서 두조각을 내면 너는 아래로 굴러떨어지고 나는 너를 앞치마로 받을 거야. 콧잔등이 깨져서 반반한 얼굴이 망가지지 않도록 말이야. 그러면 내가 너를 잽싸게 베로니카 양에게 데리고 갈 거야. 네가 궁정 고문관이 되면 결혼해야 할 아기씨에게 말이지." "나를 가만 놓아둬, 사탄의 피붙이야!" 대학생 안젤무스가 울분을 터뜨리며 소리쳤다. "당신이 지옥의 마술을 부려 나를 죄짓게 만든 탓에 나는 이제 죗값을 치러야 해. ― 하지만 나는 모든 것을 참을성 있게 견뎌낼 거야. 다른 곳에 갈 수는 없어. 어여쁜 세르펜티나가 나를 사랑과 위로로 감싸고 있으니까! ― 내 말을 잘 듣고 절망에나 빠지라고, 노파! 나는 당신의 힘에 맞설 테고, 영원히 세르펜티나만 사랑할 거야 ― 결코 궁정 고문관이 되지 않을 거야 ― 당신의 힘을 빌려 나를 죄짓도록 유인한 베로니카는 거들떠보지도 않을 거야! ─초록색 뱀이 내 것이 될 수 없다면 나는 동경과 고통에 싸여 몰락할 거야! ─꺼져 ─꺼져 ─이 비열한 흉물아!"그러자 노파는 방이 떠나가라 웃음을 터뜨리고 소리쳤다. "그렇다면 거기 갇혀서 뒈져라! 하지만 슬슬 일을 벌일 때구나. 여기서 따로 할 일이 있거든." 노파가 검은 망또를 벗어 던져 징그럽게 벌거벗고 서서 빙글빙글 맴돌자 이절판 고서들이 바닥에 떨어져 내렸다. 노파가 여기서 양피지들을 잡아 찢어 솜씨 좋게 재빨리 이어 붙인 뒤 몸에 두르자, 금세 희한하고 알록달록한 비늘갑옷을 입은 듯 보였다. 책상에 놓여 있던 잉크병에서 검은 수고양이가 불을 내뿜으며 뛰어나와 노파를 향해 울부짖자, 노파는 큰 소리로 환호하더니 고양이를 데리고 문밖으로 사라졌다. 안젤무스는 노파가 연청색 방으로 간 것을 알아챘고, 곧이어 치지직 화르르 불소리가 멀리서 들려왔다. 정원의 새들이 비명 지르고 앵무새가 깍깍거렸다. "살려줘 ─살려줘 ─도둑이야 ─도둑이야!"이 순간 노파가 방으로 다시 뛰어들어서는, 황금 항아리를 팔에 안고 소름끼치는 몸짓으로 공중에 사납게 소리 질렀다. "조심해라! ─조심해! ─아들아 ─초록색 뱀을 죽여라! 덮쳐, 아들아, 덮쳐!"안젤무스는 깊은 신음 소리를, 세르펜티나의 목소리를 들은 듯 느꼈다. 무서움과 절망에 사로잡혔다. ─온 힘을 다하여 신경과 핏줄이 터져라 힘껏 크리스털 병에 몸을 부딪쳤다 ─귀청 찢는 소리가 방에 울리더니, 문서관장이 번쩍거리는 꽃무늬 실내 가운 차림으로 문에 나타나 외쳤다. "이봐, 이봐! 건달, 정신 나간 허깨비 ─마녀 같으니 ─이리 와 ─이리!"그러자 노파의 검은 머리털이 가시처럼 곤두섰고, 시뻘건 눈동자에 지옥 불이 이글거렸다. 노파는 딱 벌린 아가리 속 날카로운 이빨을 부드득 갈면서 씩씩거렸다. "어서 ─

어서 꺼져 ─ 쉬이, 쉬이." 깔깔거리고 비웃고 놀리며 중얼대더니 황금 항아리를 꼭 껴안고 번쩍이는 흙덩이 몇움큼을 집어 문서관 장에게 던졌다. 하지만 흙덩이는 가운에 닿자마자 꽃으로 변해 떨어져 내렸다. 그러자 가운에 장식된 나리꽃이 펄럭거리며 불타올랐고, 문서관장이 화르르 불붙은 나리꽃을 마녀에게 던지자 마녀는 고통스럽게 울부짖었다. 하지만 노파가 껑충 뛰어오르며 양피지 갑옷을 흔드니 나리꽃은 불이 꺼지며 재가 되어 흩날렸다. "어서 덮쳐라, 아들아!" 노파가 깩깩 소리 질렀다. 고양이가 공중으로 뛰어올라 문가의 문서관장에게 휘익 덤벼들었지만, 회색 앵무새가 퍼덕거리며 마주 날아와 휘움한 부리로 목덜미를 물어뜯자 고양이 목에서 시뻘건 피가 쏟아져 내렸다. 세르펜티나가 이렇게 외치는 소리가 들렸다. "구해냈어! ─ 구해냈어!" 노파는 분노와 절망에 휩싸여 문서관장에게 달려들었다. 항아리를 내팽개치고 앙상한 손아귀의 기다란 손갈퀴로 문서관장을 할퀴려 했지만, 문서관장은 잽싸게 가운을 벗어 노파를 향해 던졌다. 그러자 양피지들에서 파란 불꽃이 화르르 일어나 치지직 불티를 튀기며 활활 치솟았다. 노파는 울부짖고 흐느끼며 떼굴떼굴 구르더니 항아리에서 흙덩이를 있는 대로 퍼내고 책에서 양피지를 잡히는 대로 잡아 뜯어 타오르는 불꽃을 끄려고 기를 썼다. 흙덩이와 양피지를 허겁지겁 몸에 끼웠자 불길이 사그라졌다. 하지만 이제 문서관장의 가슴속에서 치지직 파르르 불줄기가 솟아나는가 싶더니 노파를 향해 날아갔다. "자, 자! 끝장내자 ─ 살라만더에게 승리를!" 문서관장의 목소리가 방 안이 떠나가라 울려 퍼지자, 수많은 불줄기가 구불구불 불의 원을 그리며 깩깩거리는 노파를 에워쌌다. 앵무새와 고양이는 윙윙 횡횡 방을 이리저리 날아다니며 사납게 싸웠다. 마침내 앵무새가

고양이를 날개로 후려쳐 바닥에 쓰러뜨렸다. 발톱으로 찍어 눌러 움켜잡자 고양이는 고통에 못 이겨 소름 끼치게 울부짖으며 낑낑거렸고, 날카로운 부리로 고양이의 달아오른 눈알을 쪼아내자, 끓어오른 피거품이 뿜어져 나왔다. — 노파가 가운에 덮혀 바닥에 쓰러져 있던 자리에 연기가 뭉게뭉게 솟아오르더니 노파의 울부짖음이, 가슴 찢어지는 무시무시한 비명이 저 멀리 아득히 울려 퍼졌다. 코를 찌르는 악취를 풍기던 연기가 사라진 뒤 문서관장이 가운을 집어 드니 그 아래는 볼썽사나운 사탕무가 놓여 있었다. "존경하는 문서관장님, 여기 제가 물리친 적을 데려왔습니다." 앵무새가 부리에 물고 온 검은 털 한올을 문서관장에게 바치며 말했다. "수고 많았네, 친구." 문서관장이 대답했다. "여기에는 내가 물리친 적이 누워 있네. 뒤처리를 부탁하네. 오늘 가벼운 요깃거리로 코코넛 여섯 개과 새 안경을 주지. 보아하니 고양이가 뻔뻔스럽게도 자네 안경을 깨뜨렸구먼." "목숨이 다하도록 충성을 바치겠습니다, 존경하는 친구이자 후견인이시여!" 앵무새는 매우 만족스럽게 대답했다. 그러더니 사탕무를 부리에 물고서, 린트호르스트 문서관장이 열어준 창문 밖으로 퍼덕퍼덕 날아갔다. 문서관장은 황금 항아리를 붙잡고 큰 소리로 외쳤다. "세르펜티나, 세르펜티나!" 자신을 곤경에 빠뜨린 노파의 죽음에 이제 안젤무스는 매우 기뻐하며 문서관장에게 눈길을 던졌다. 하지만 이루 말할 수 없이 매력 있고 품위 있게 자신을 올려다보는 정령의 제후의 장엄한 풍모만 눈에 띌 뿐이었다. "안젤무스," 정령의 제후가 말했다. "자네가 믿음을 잃은 것은 자네 탓이 아닐세. 악독한 기운이 자네 마음에 파고들어 자네를 망가뜨리고 본성에서 벗어나게 하려 했기 때문이지. — 자네는 진실한 사랑을 입증했네. 자유의 몸이 되어 행복하게 살게." 안젤무

스의 마음속에 섬광이 번쩍이고, 크리스틸 종이 찬란하게 삼화음
을 내며 여느 때 들었던 것보다 힘차고 세차게 찰그랑거렸다 — 신
경섬유가 떨렸다 — 화음이 갈수록 우렁차게 방 안에 울려 퍼지자,
안젤무스를 에워싼 유리병이 산산이 깨지고, 대학생은 어여쁘고
사랑스러운 세르펜티나의 품에 떨어졌다.

열하나째 야경

집에서 정신 나간 일을 벌인 데 대한 파울만 교감의 언짢음 ──
헤르브란트 서기관이 궁정 고문관이 되어 한겨울 추위에
구두와 비단 양말만 신고 돌아다닌 사연 ── 베로니카의 고백 ──
모락모락 김 나는 수프 사발 옆에서의 약혼

　"친애하는 서기관, 어제 그 빌어먹을 펀치 기운이 어떻게 머리 끝까지 치솟아 우리가 갖은 어리석은 짓을 하게 되었는지 말해줄 수 있겠나?" 다음 날 아침 파울만 교감이 방으로 들어오면서 이렇게 말했다. 방 안에는 산산이 깨진 사금파리가 널브러져 있었고 한가운데는 가발이 처참하게 갈가리 풀어진 채 펀치에 둥둥 떠다녔다. 대학생 안젤무스가 문밖으로 뛰어나갔을 때 파울만 교감과 헤르브란트 서기관은 방 안을 갈지자로 비틀비틀 휘저으며 귀신 들린 듯 소리 지르고 머리를 맞부딪쳤다. 마침내 프렌츠헨은 곤드레만드레한 아버지를 간신히 침대에 옮겼고, 서기관은 녹초가 되어 소파에 주저앉았으며, 베로니카는 소파에서 일어나 침실로 달아났다. 헤르브란트 서기관은 파란색 손수건을 머리에 동여매고 있었는데, 몹시 창백하고 우울한 모습이었다. 서기관이 신음하듯 말했다. "아, 존경하는 교감 선생님, 베로니카 양이 맛깔나게 준비한 펀치 탓이 아닙니다, 아니라고요! — 이 모든 짓거리는 오로지 망할 놈의 대학생 탓입니다. 대학생이 오래전부터 제정신이 아니라는 것을 눈치채지 못하셨습니까? 미친 짓은 전염된다는 것을 모르셨습니까? — 죄송합니다만, 멍텅구리 하나가 멍텅구리 여럿을 낳는다는 옛말이 있습니다. 특히 한잔 걸치면 정신 나간 짓에 빠지기 쉽습니다. 그래서 자신도 모르게 허튼짓에 이끌려, 길잡이가 미친 줄도 모르고 그대로 따라 하는 것입니다. 교감 선생님, 믿으실지 모르겠지만, 저는 회색 앵무새를 생각하면 아직도 어질어질합니다." "아, 뭐라고?" 교감이 끼어들었다. "무슨 터무니없는 소리인가! — 그건 문서관장의 나이 많고 작달막한 조수였어. 회색 망또를 둘러쓰고 대학생 안젤무스를 찾으러 왔었지." "그럴지도 모르지요." 헤르브란트 서기관이 대답했다. "하여튼 제 기분이 몹시 좋지 않다는 것을 숨길 수 없군요, 밤새 기묘한 오르간 소리와 휘파람 소리가 그치지 않았거든요." "그건 나였네." 교감이 대답했다. "나는 코를 심하게 골거든." "하긴 그럴지도 모르겠군요." 서기관이 말을 이었다. "하지만 교감 선생님, 교감 선생님! — 제가 어제 술잔치를 마련한 데는 이유가 있었습니다. — 그런데 대학생 안젤무스가 모조리 망쳐놓았습니다. — 선생님은 모르시겠지만요 — 오, 교감 선생님, 교감 선생님!" 헤르브란트 서기관은 벌떡 일어나, 머리에 동여맨 손수건을 잡아 풀고, 교감을 얼싸안고, 뜨겁게 악수를 나누고, 가슴이 미어지는 듯 다시금 "오, 교감 선생님, 교감 선생님!" 하고 소리치더니, 모자와 지팡이를 챙겨 급하게 자리를 떠났다. "안젤무스란 놈을 이제 우리 집 문턱 안에 들이지 않겠어." 파울만 교감이 혼잣말했다. "그놈이 마음속 깊이 미친 것을 숨기고서 선량한 사람의 말짱한 정신마저 앗아가버린다는 걸 이제 똑똑히 깨달았어. 서기관도 맛이 갔어. ― 나는 아직까지는 버티고 있지만, 어제 만취했을 때 마구 문을 두드렸던 악마가 마침내 안으로 밀치고 들어와 농간을 부릴지 몰라. ― 그러니, 사탄아 물러가라! ― 안젤무스란 놈과 함께 꺼져라!" 베로니카는 침울해져 있었다. 한마디도 하지 않고 이따금 야릇하게 미소 지으며 혼자 있고 싶어했다. "저 애가 저러는 것도 안젤무스 탓이야." 교감은 부아가 치밀어 말했다. "어쨌거나 그놈이 발걸음하지 않으니 잘됐군. 그놈이 나를 무서워하는 걸 잘 알지 ― 그러니까 안젤무스, 그놈은 다시는 찾아오지 않을 거야." 파울만 교감이 사뭇 큰 소리로 마지막 말을 마치자 때마침 옆에 있던 베로니카가 눈물을 주르르 흘리며 한숨지었다. "아, 안젤무스가 여기에 어떻게 찾아올 수 있겠어요? 그 사람은 오래전에 유리병에 갇혔는데." "뭐라고 ― 어쨌다고?" 파울만 교감이 외쳤다. "아, 맙소사 ― 아 맙소사, 이 애도 벌써 서기관처럼 헛소리를 지껄이는구나, 곧 증세가 나타나겠어. ― 아, 이 망할 놈의 징글징글한 안젤무스!" 교감은 곧바로 의사 엑슈타인에게 달려갔고, 의사는 미소 지으며 이번에도 "이런, 이런!"이라고 말했다. ― 하지만 처방전을 써주지 않고, 방금 말한 몇마디에 지나가는 듯 이렇게 덧붙였다. "신경성 발작입니다! ― 저절로 나을 겁니다 ― 바람을 쐬고 ― 산책을 하고 ― 기분을 풀고 ― 극장에 가서 ―「새로운 행운아」―「프라하의 자매」[46]를 보면 ― 저절로 나을 겁니다.' '의사가 저렇게 말이 많은 적이 없었는데,' 파울만 교감은 생각했다. '제법 수다스럽군.' 안젤무스가 사라진 뒤 날이 가고 주가 지나고 달이 흐르는 동안 헤르브란트 서기관도 발걸음이

---

46 벤첼 뮐러(Wenzel Müller, 1767~1835)가 작곡한 오페레타들.

없더니, 2월 4일 최고급 옷감의 최신 유행 양복 차림에 구두와 비단 양말을 신고 한겨울 추위에도 커다란 생화 다발을 손에 들고서 낮 12시에 파울만 교감 방에 들어섰다. 교감은 말쑥하게 빼입은 친구의 모습에 적잖이 놀랐다. 헤르브란트 서기관은 엄숙하게 걸어와 예의를 다하여 교감을 얼싸안은 뒤 이렇게 말했다. "오늘 선생님의 사랑하는 소중한 따님 베로니카 양의 영명축일을 맞이하여 오래전부터 제 마음속에 품고 있던 생각을 숨김없이 털어놓고자 합니다! 제가 저고리 호주머니에 빌어먹을 펀치의 재료를 담아 왔던 운수 나쁜 밤, 저는 선생님께 기쁜 소식을 전하고 경삿날 축하 잔치를 벌이려 했습니다. 당시 이미 궁정 고문관으로 승진했다는 사실을 알고 있었지만 이제 국왕의 서명과 인장이 찍힌 임명장을 호주머니에 넣어 왔습니다." "아, 아! 헤르브란트 서…… 아니, 궁정 고문관." 교감이 말을 더듬거렸다. "존경하는 교감 선생님," 이제 궁정 고문관이 된 헤르브란트가 말을 이었다. "제 행복부터 완성시켜주십시오. 저는 오래전부터 베로니카 양을 남몰래 사랑했으며, 따님께서도 여러번 상냥한 눈길을 던져 저를 싫어하지 않음을 똑똑히 보여주었다고 자부하고 있습니다. 요컨대, 존경하는 교감 선생님! ─ 저 헤르브란트 궁정 고문관은 선생님의 사랑스러운 따님 베로니카 양에게 구혼하는 바입니다. 선생님께서 반대하지 않으신다면 바로 결혼식을 올리고 싶습니다." 파울만 교감은 화들짝 놀라 두 손으로 머리를 짚으며 소리쳤다. "이보게 ─ 이보게 ─ 이보게 ─ 서…… 아니, 궁정 고문관, 누가 이런 일을 짐작이나 했겠나! ─ 음, 베로니카가 정말로 자네를 사랑한다면 나로서는 반대할 이유가 없네. 딸아이가 지금 우울한 것도 어쩌면 자네를 남몰래 사랑하기 때문일지 모르지, 친애하는 궁정 고문관! 여자애들은 어찌나 변덕스러운지!" 바로 그때 베로니카가 요즘 늘 그렇듯 창백하고 심란한 모습으로 방 안에 들어왔다. 헤르브란트 궁정 고문관은 베로니카에게 걸어와 멋진 말로 영명축일을 축하하고 향기로운 꽃다발과 작은 선물 상자를 건네주었다. 베로니카가 상자를 열자 번쩍번쩍 빛을 뿜는 귀걸이 한쌍이 보였다. 베로니카는 두 볼에 빠르게 홍조가 번지고, 두 눈을 더욱 생기 있게 반짝이더니, 이렇게 소리쳤다. "어머나, 이럴 수가! 몇주 전에 달아보고 기뻐했던 바로 그 귀걸이예요!" "어떻게 그럴 수가!" 사뭇 당황하고 감정이 상한 궁정 고문관이 끼어들었다. "이 보석은 한시간 전에 슐로스 길에서 엄청난 돈을 주고 산 건데요?" 하지만 베로니카는 이 말을 귓등으로 흘리고, 어느새 거울 앞에 서서 앙증한 두 귀에 매단 보석이 얼마나 예쁜지 보고 있었다. 파울만 교감은 위엄 있는 표정과 진지한 목소리로 친구 헤르브란트가 승진했으며 청혼했다고 딸에게 알렸다. 베로니카는 궁정 고문관을 뚫어질 듯 바라보더니 말했다. "당신이 저와 결혼하고 싶어하는 것은 진작부터 알고 있었어요. ― 좋아요! ― 당신에게 저의 몸과 마음을 바칠 것을 약속드릴게요. 하지만 두분께 ― 아버지와 신랑 두분께 당장 말씀드려야 할 게 많아요. 제 마음과 생각을 짓누르고 있는 것이에요. ― 지금 당장 말해야 해요. 프렌츠헨이 방금 식탁에 올려놓은 수프가 식어도 어쩔 수 없어요." 교감과 서기관이 무슨 말인가 입 밖에 내려는 기색이 뚜렷한데도, 베로니카는 두 사람의 대꾸를 기다리지 않고 말을 이었다. "사랑하는 아버지, 안젤무스를 마음속 깊이 사랑했다는 제 말을 믿으실 수 있지요. 이제 본인이 궁정 고문관이 된 헤르브란트 서기관은 안젤무스도 그런 지위까지 출세할 수 있으리라 장담했었지요. 그때 저는 안젤무스 아니면 어느 누구도 제 남편으로 맞지 않겠다고 결심했어요. 하지만 낯설고 악독한 세력이 저에게서 안젤무스를 앗아가려는 듯했어요. 그래서 저는 예전에 제 보모였고 지금은 영험하고 위대한 마술사인 리제 노파에게 도움을 청했지요. 노파는 저를 도와 안젤무스를 제 손에 넘겨주겠다고 약속했어요. 우리는 추분날 자정에 십자로로 갔고, 노파는 지옥의 망령들을 불러냈어요. 검정 수고양이의 도움을 빌려 우리는 작은 금속 거울을 만들었어요. 저는 생각을 안젤무스에게 집중하며 거울을 들여다보기만 하면 그 사람의 마음과 생각을 지배할 수 있었어요. ── 하지만 이제 그 모든 일에 빠져든 것을 진심으로 후회해요. 저는 모든 사탄의 마술과 손을 끊겠어요. 살라만더가 노파에게 승리했고, 저는 노파의 비명을 들었지만 도울 길이 없었어요. 사탕무로 변한 노파를 앵무새가 먹어치우자마자, 제 금속 거울이 귀청 찢는 소리를 내며 깨졌어요." 베로니카는 반짇고리에서 두동강 난 거울과 고수머리 한올을 가져와 헤르브란트 궁정 고문관에게 건네주며 말을 이었다. "사랑하는 궁정 고문관님, 여기 동강 난 거울을 받으시고, 오늘밤 12시에 엘베 강 다리에 가서 십자가가 있는 곳에서 강물로 던지세요. 거기는 얼어붙지 않았으니까요. 하지만 고수머리는 진실한 마음으로 간직하세요. 다시 다짐하지만 저는 모든 사탄의 마술과 손을 끊고, 진심으로 안젤무스의 행복을 빌겠어요. 저보다 훨씬 아름답고 부유한 초록색 뱀과 가약을 맺었으니까요. 사랑하는 궁정 고문관님, 저는 착실한 아내가 되어 당신을 사랑하고 받들겠어요!" "아, 맙소사! ── 아, 맙소사!" 파울만 교감이 고통에 휩싸여 소리쳤다. "저 애가 미쳤군, 저 애가 미쳤어 ── 궁정 고문관 부인이 되기는 다 틀렸어 ── 저 애가 미쳤다고!" "천만의 말씀입니다." 헤르브란트 궁정 고문관이 끼어들었다. "베로니카 양이 짜증 나는 안젤무스에게 얼마간 호감을 가졌던 것은 잘 압니다. 다소 지나치게 흥분하여 영험한 노파에게 찾아갔을지도 모르지요. 이 노파는 제가 알기로 제 성문 밖에서 카드나 커피 앙금으로 점치던 여자입니다 ─ 바로 라우어 노파지요. 인간에게 악독한 영향을 미치기 쉬운 비밀스러운 마술이 실제로 있다는 것은 부인할 수 없습니다. 여러 고전에서도 그런 일화를 읽을 수 있고요. 하지만 살라만더가 승리하고 안젤무스가 초록색 뱀과 결혼했다는 베로니카 양의 말은 아마도 시적인 비유에 지나지 않을 겁니다 ─ 베로니카 양이 대학생과의 영원한 이별을 노래한 시라고나 할까요." "마음대로 생각하세요, 존경하는 궁정 고문관님!" 베로니카가 끼어들었다. "차라리 터무니없는 꿈이라고 생각하시든지요." "결코 그렇게 생각지 않을 것입니다." 헤르브란트 궁정 고문관이 대답했다. "안젤무스도 비밀스러운 세력에 사로잡혀 있음을 잘 알기 때문입니다. 이 세력은 대학생을 놀려대고 갖은 정신 나간 짓을 하게 합니다." 파울만 교감은 더이상 참지 못하고 버럭 소리 질렀다. "그만, 제발 그만! 우리가 망할 놈의 펀치를 또 과음한 건가, 아니면 안젤무스의 미친 짓이 우리에게 전염된 건가? 궁정 고문관, 자네는 또다시 무슨 헛소리를 하는 건가? ─ 사랑에 빠져 자네가 제정신이 아닌 것 같네. 하지만 결혼하면 금세 저절로 호전되겠지. 나아지지 않는다면 자네도 미쳐버린 건 아닐까 나는 불안해하고, 친애하는 궁정 고문관, 후손에게 부모의 고질병이 유전되지 않을까 걱정하게 될 거야. ─ 이제 행복한 혼약에 아버지로서 축복을 내리며, 자네들이 신랑 신부로 키스하는 것을 허락하네." 두 사람은 곧바로 키스했고, 식탁에 차려놓은 수프가 식기 전에 정식 약혼이 성사되었다. 몇주 지나지 않아 헤르브란트 궁정 고문관 부인은 예전에 꿈에서 보았던 그대로 노이마르크트 광장의 아름다운 저택 발코니에 앉아 미소 지으며 아래를 내려다보았다. 길을 지나던 멋쟁이 남자들이 손잡이 안경을 눈에 대고 올려다보며 말했다. "여신처럼 아름다운 여자야, 궁정 고문관 부인은!"

열둘째 야경

안젤무스가 린트호르스트 문서관장의 사위가 된 뒤 기사 영지로 이주하여
그곳에서 세르펜티나와 어떻게 살고 있는지에 관한 소식──결말

대학생 안젤무스가 어여쁜 세르펜티나와 백년가약을 맺고 이제 신비롭고 경이로운 왕국으로 이주했으며, 이곳이 희한한 예감에 가슴이 벅차 오래전부터 동경해온 고향임을 깨닫고서 무척 행복해했음을 필자는 얼마나 마음속 깊이 느꼈던가. 하지만 자애로운 독자여, 안젤무스가 누리는 찬란한 영화를 그대에게 어렴풋이라도 글로 전하려 갖은 애를 썼지만 아무 소용이 없었다. 어떻게 표현해도 빛이 바래는 것을 마지못해 인정할 수밖에 없었다. 필자는 자질구레한 일상에 초라하게 사로잡혀 있다고 느끼고, 못내 못마땅해 괴로워하다가 병이 들어 몽유병자처럼 헤매고 다녔다. 한마디로, 자애로운 독자여, 넷째 야경에서 그대에게 설명한 대학생 안젤무스의 상태에 빠진 것이다. 필자는 무사히 끝마친 열한장의 야경을 훑어보면서 열둘째 야경으로 피날레를 장식할 수 없으리라는 생각에 몹시 괴로워했다. 밤에 책상에 앉아 작품을 마무리하려 할

때마다 사뭇 음흉한 망령들(아마도 죽은 마녀의 친척이나 — 어쩌면 친조카들일지 모른다)이 번쩍번쩍 윤나는 금속 거울을 들이미는 듯했고, 거기에는 펀치에 만취한 헤르브란트 서기관처럼 창백해지고 밤잠을 설쳐 우울해진 필자 자신의 모습이 보였다. — 그러면 펜을 내던지고 서둘러 잠자리에 들어 행복한 안젤무스와 어여쁜 세르펜티나의 꿈이라도 꾸어보려 했다. 이렇게 몇날 며칠이 흘렀을 때 자못 뜻밖에도 린트호르스트 문서관장에게 서신을 받았는데, 거기에는 이렇게 쓰여 있었다.

귀하께서 예전에 대학생이었으며 지금은 시인이 된 제 착실한 사위 안젤무스의 희한한 운명에 관해 열한장의 야경을 썼으며, 마지막 열둘째 야경에서 안젤무스가 제 딸을 데리고 제가 아틀란티스에 소유하고 있는 아름다운 기사 영지로 이주해 행복하게 살고 있다고 이야기하는 데 몹시 애를 먹고 있다는 것을 알게 되었습니다. 귀하가 일반 독자에게 내 정체를 드러내는 것이 나는 그다지 내키지 않습니다. 추밀 문서관장으로서 업무를 추진하는 데 수많은 불편이 생길 뿐 아니라, 살라만더가 얼마만큼 합법적이고 구속력 있게 선서하고 국가 공복으로 복무할 수 있는가, 가발리[47]와 스베덴보리[48]에 따르면 원소의 정령은 전혀 믿을 수 없는 존재인데 살라만더에게 중대한 업무를 얼마만큼 맡길 수 있을 것인가 따위의 깊은 논의가 필요한 문제를 여러

----

47 프랑스의 아베 드 몽포꽁 드 비야르(Abbé de Montfaucon de Villars, 1635~73)는 『가발리 백작 혹은 신비한 학문에 관한 대화』(*Le comte de Gabalis ou Entretiens sur les sciences secrètes*, 1670)에서 원소의 정령들을 다루었다. 이 책은 1782년 독일어로 번역되었다.

48 에마누엘 스베덴보리(Emanuel Swedenborg, 1688~1772)는 스웨덴의 철학자이자 신비주의자로서 영계에 들어가 정령들과 대화를 나누었다고 주장했다.

고문관이 제기할 수도 있기 때문입니다.—더욱이 내가 갑자기 신명 나서 불줄기를 뿜어 가발이나 외출복을 태워버릴까 두려운 나머지 아무리 절친한 친구라도 나를 얼싸안기를 꺼릴 것입니다—하지만 이런 모든 우려에도 귀하의 작품 완성을 돕고 싶다고 나는 말씀드립니다. 나와 내 사랑하는 혼인한 딸아이(나머지 두 아이도 여의었다면 얼마나 좋겠습니까)를 칭송하는 내용이 많이 들어 있기 때문입니다. 그러므로 열둘째 야경을 쓰고 싶다면, 귀하의 빌어먹을 다섯 층계를 걸어 내려오십시오. 귀하의 다락방을 떠나 나에게 찾아오십시오. 귀하가 잘 아는 청색 종려나무 장서실에 안성맞춤의 필기 용품이 준비되어 있습니다. 귀하는 두 눈으로 본 것을 몇마디로 간추려 독자에게 전할 수 있습니다. 어떤 인생을 풍문만 듣고 장황하게 서술하는 것보다는 그게 나을 것입니다. 안녕히 계십시오.

귀하의 살라만더 린트호르스트

궁정 추밀 문서관장 배상

무뚝뚝하기는 하지만 호의가 엿보이는 린트호르스트 문서관장의 서신은 더없이 필자의 마음에 들었다. 이 기묘한 노인은 필자가 어떤 희한한 방법으로 사위의 운명을 알게 되었는지 꿰고 있는 게 확실해 보였지만, (자애로운 독자여, 필자는 비밀을 지킬 의무가 있는 터라 그 방법을 그대에게 밝힐 수는 없다) 필자가 염려했던 만큼 이를 못마땅하게 여기지는 않았다. 노인이 필자의 작품을 완성하는 것을 돕겠다고 먼저 손을 내민 것으로 보아, 자신이 정령 세계에서 얼마나 기이하게 살고 있는지 출판을 통해 알리는 데 내심 동의한다고 미루어 짐작할 수 있었다. '어쩌면,' 필자는 생각했다.'나머지 두 딸을 어서 혼인시키고 싶은 생각에서 그럴 수도 있지. 이 젊은이 저 젊은이의 가슴에 불티가 떨어져 초록색 뱀에 대한 동경을 불붙이면, 그 젊은이는 예수승천대축일에 딱총나무에서 뱀을 찾아낼 테니까. 안젤무스가 유리병에 갇히면서 겪은 불행을 타산지석으로 삼아, 어떤 의심이나 불신에도 빠지지 않으려 각별히 조심할 거야.'정각 11시에 필자는 책상 등을 끄고 린트호르스트 문서관장 집에 살그머니 찾아갔고, 문서관장은 복도까지 나와 필자를 맞이했다. "오셨구려 ─ 작가 선생! ─ 당신이 내 호의를 오해하지 않아서 다행이오 ─ 들어오시오!"이렇게 말하며 노인은 눈부시게 빛나는 정원을 지나 연청색 방으로 필자를 데리고 갔다. 그곳에는 안젤무스가 작업하던 보라색 책상이 놓여 있었다. ─ 린트호르스트 문서관장은 사라졌다가 손에 아름다운 황금 술잔을 들고 금세 다시 나타났는데, 이 잔에서 파란 불꽃이 화르르 치솟았다. "여기," 문서관장이 말했다. "당신의 친구 요하네스 크라이슬러 악단장[49]이 가장 좋아하는 음료를 가져왔소. ─ 불붙인 아라크주에 설탕을 약간 넣었소. 맛을 보시구려. 나는 곧 가운을 벗고, 재미 삼아서랄까, 당신이 책상에 앉아 두 눈으로 본 것을 글로 옮기는 동안 당신과 함께 있고 싶어서랄까, 술잔에 들어가 자맥질이나 하겠소." "원하시는 대로 하십시오, 존경하는 문서관장님." 필자는 대답했다. "하지만 제가 이 술을 마셔버리면, 문서관장님은……" "걱정하지 마시오, 친구." 문서관장은 이렇게 외치고 재빨리 가운을 벗

─────────

49 기괴하고 엉뚱한 악단장으로서, 호프만의 또다른 자아이다. 「크라이슬레리아나」(Kreisleriana, 1814) 「개 베르간차의 최근 운명에 관한 소식」(Nachricht von den neuesten Schicksalen des Hundes Berganza, 1814) 『수고양이 무어의 인생관』 (Lebensansichten des Katers Murr, 1820) 등의 작품에 등장한다.

더니 술잔에 들어가 불길 속으로 사라져 필자를 적잖이 놀라게 했다. ─ 필자는 주저하지 않고 불길을 후후 불며 술맛을 보았다. 기막힌 맛이었다!

———————

종려나무의 에메랄드 이파리가 아침 바람 숨결의 애무를 받듯 살랑살랑 쏴아쏴아 흔들리지 않는가? ─ 잠 깨어 일어나 기지개 켜더니, 아름다운 하프 음률이 아득히 멀리서 전해주는 경이를 신비롭게 속삭이는 듯하다! ─ 연청색이 벽에서 벗겨져 희부연 안개처럼 너울너울 떠다닌다. 하지만 눈부신 햇살이 안개에 비치자, 안개는 어린애처럼 기뻐하고 환호하며 빙글빙글 맴돌다가 종려나무 너머 까마득히 드높은 아치 천장까지 치솟는다. ─ 햇살이 갈수록 눈부시게 비치고 또 비치자, 마침내 밝은 햇빛을 받아 아득한 곳에 수풀이 나타나고 안젤무스가 필자의 눈에 보인다. ─ 불타는 히아신스와 튤립과 장미가 아름다운 꽃부리를 쳐들고, 꽃향기가 행복한 안젤무스에게 자못 사랑스럽게 소리친다. "거니세요, 우리 사이로 거니세요, 사랑하는 이여, 우리를 이해하는 그대여 ─ 우리의 향기는 사랑의 동경이에요 ─ 우리는 그대를 사랑하며, 영원히 그대의 것이에요!" 황금색 햇살이 불타며 애끓게 소리친다. "우리는 사랑에 불붙이는 불길이에요. ─ 향기는 동경이지만, 불길은 열망이지요. 우리가 그대의 가슴에 깃들어 있지 않나요?" 짙푸른 덤불이 ─ 우뚝한 나무가 바스락대고 쏴아거리며 말한다. "우리에게 오세요! ─ 행복한 이여! ─ 사랑하는 이여! ─ 불길은 열망이지만, 서늘한 그늘은 소망이지요! 우리는 그대의 머리를 다정스레 맴돌며 살랑거려요. 그대는 우리를 이해하니까요. 그대의 가슴에 사랑이 깃들어 있는 까닭에." 샘물과 분수가 졸졸거리고 보글거리며 말한다. "사랑하는 이여, 그렇게 빠르게 지나치지 말고 우리의 크리스털을 들여다보세요 — 그대의 모습이 우리 안에 깃들어 있답니다. 우리는 그대의 모습을 다정스레 간직하고 있어요. 그대는 우리를 이해했으니까!" 알록달록한 새들이 즐거이 입 모아 지저귀고 노래한다. "우리 노래를 들으세요. 우리 노래를 들으세요. 우리는 사랑의 기쁨, 환희, 희열이에요!" 하지만 안젤무스는 아득히 먼 곳에서 솟아오르는 찬란한 사원을 동경에 가득 차 바라본다. 아름다운 기둥은 나무처럼 보이고 기둥머리와 처마 돌림띠는 아칸서스[50] 이파리처럼 보이는데, 이 이파리가 경이롭게 엮이고 감기어 화려한 문양을 이룬다. 안젤무스는 사원으로 걸어가 마음 깊이 기뻐하며 다채로운 대리석과 경이롭게 이끼 낀 무늬로 덮인 계단을 바라본다. "아, 그렇지!" 안젤무스는 기쁨에 넘쳐 소리친다. "세르펜티나는 이제 멀리 있지 않지!" 그러자 세르펜티나가 매우 아름답고 고운 자태로 사원에서 걸어 나온다. 황금 항아리를 들고 있는데, 거기에는 찬란한 나리꽃이 피어올라 있다. 무한한 동경의 이루 말할 수 없는 환희가 아리따운 두 눈에 불탄다. 그런 눈으로 안젤무스를 바라보며 세르펜티나는 말한다. "아, 사랑하는 이여! 나리꽃이 꽃봉오리를 열었어요 — 우리의 더없는 소망이 이루어졌어요. 우리의 행복에 비길 만한 행복이 또 있을까요?" 안젤무스가 애끓는 열망에 불타 세르펜티나를 껴안자 — 나리꽃은 안젤무스 머리 너머로 빛살을 일렁이며 타오른다. 그러자 나무와 덤불이 더욱 큰 소리로 술렁거리고, 샘물은 더욱 밝고 기쁜 소리로 찰찰거리고 —

---

50 지중해 연안에서 자라는 식물. 이 잎 모양은 특히 코린트식 원형 기둥머리 장식에 사용되었다.

새와 ― 온갖 알록달록한 곤충은 공중에서 맴돌며 춤추어 ― 공중에서 ― 물에서 ― 땅에서 기쁨과 즐거움과 환호로 소란스럽게 사랑의 축제를 벌인다. ― 그때 덤불을 헤치고 사방에서 번쩍번쩍 섬광이 비친다 ― 다이아몬드가 번득이는 눈망울처럼 땅에서 내다보는 것이다! ― 샘물에서 분수가 물줄기를 드높이 뿜어 올리고 ― 희한한 향기들이 살랑살랑 날개짓하여 날아온다 ― 이는 원소의 정령들로서, 나리꽃에게 경배하며 안젤무스의 행복을 선포한다. ― 그러자 안젤무스가 고개를 든다. 머리는 휘황한 후광에 둘러싸인 듯하다. ― 눈빛일까? ― 말일까? ― 노래일까? ― 이런 소리가 들려온다. "세르펜티나! ― 그대에 대한 믿음과 사랑이 자연의 속살을 내게 보여주었어요! ― 포스포루스가 사념에 미쳐 불을 붙이기 전에 그대는 황금에서, 지상의 원초적 힘에서 피어오른 나리꽃을 내게 가져다주었어요 ― 나리꽃은 모든 존재의 성스러운 화음에 대한 깨달음이며, 이러한 깨달음 가운데 나는 더없는 행복을 영원히 누리며 살 거예요. ― 그래요, 나는 더없이 행복한 자로서 지고한 진리를 깨달았어요 ― 나는 그대를 영원히 사랑할 수밖에 없어요, 오 세르펜티나! ― 나리꽃의 황금색 빛살은 영원히 바래지 않을 거예요. 믿음과 사랑과 마찬가지로 깨달음은 영원하기 때문이지요."

―――――――

필자가 아틀란티스의 기사 영지에서 안젤무스를 실제로 보았다고 느낀 것은 살라만더가 마술을 부려 환영을 보여준 덕택이었을 것이다. 모든 것이 안개에 묻힌 듯 사라졌을 때, 이 환상이 사뭇 깔끔하고도 누가 봐도 필자가 쓴 게 분명하게, 보라색 책상에 놓인 종이에 적혀 있던 것도 멋진 일이었다. ─ 하지만 필자는 느닷없는 고통에 가슴이 에이고 찢기는 듯했다. "아, 행복한 안젤무스, 그대는 일상의 짐을 벗어던지고, 어여쁜 세르펜티나와 사랑을 나누며 힘차게 날개를 젓더니, 이제 아틀란티스의 기사 영지에서 환희와 기쁨을 누리며 살고 있구려! ─ 하지만 가련한 나는! ─ 이내 ─ 몇분 지나지 않아, 아틀란티스의 기사 영지는커녕 그런대로 아름다운 이 홀마저 떠나 내 다락방으로 가야 하오. 초라하고 구차한 인생이 내 마음을 옭아매고 수많은 불행이 짙은 안개처럼 내 눈길을 둘러싸, 나는 아마도 나리꽃을 결코 보지 못할 것이오." 그러자 린트호르스트 문서관장이 내 어깨를 가만히 두드리며 말했다. "조용히, 조용히, 작가 선생! 그렇게 한탄하지 마시오! ─ 방금 아틀란스에 몸소 가보지 않았소? 적어도 거기에 아담한 농가 한채를 선생 마음속의 시적 자산으로 장만하지 않았소? ─ 안젤무스의 행복이란 다름 아니라 시 속에서 사는 것 아니겠소? 모든 존재의 성스러운 화음이 자연의 더없이 깊은 비밀로서 드러나는 그런 시 속에 말이오."

모래 사나이
Der Sandmann

나타나엘이 로타어에게

　내가 오랫동안 — 정말 오랫동안 편지하지 않아 다들 몹시 염려
하고 있겠지. 어머니께서는 화나셨을 테고, 클라라는 내가 흥청망
청 사느라 내 가슴과 머리에 깊이 새겨져 있는 어여쁜 천사의 모습
을 완전히 잊었을 거라고 생각하겠지. — 하지만 그렇지 않아. 하
루도 한시도 모두를 잊은 적이 없고, 내 달콤한 꿈에는 어여쁜 클
라라가 상냥한 모습으로 나타나, 내가 너희에게 찾아가면 늘 그랬
듯 초롱초롱한 눈으로 아리땁게 미소 짓고 있어. — 아, 정신이 산
산이 흩어져 여태 아무 생각도 할 수 없었는데, 어떻게 편지할 수
있었겠니? — 무시무시한 일이 내 인생에 들이닥쳤어! — 소름 끼
치는 운명이 나에게 닥치리라는 불길한 예감이 나를 뒤덮고 있어.
어떤 밝은 햇살도 뚫고 지날 수 없는 시커먼 먹구름이 그림자를 드

리우듯 말이야. ─ 이제 어떤 일이 일어났는지 말해야겠지. 그래야 한다는 것을 잘 알지만, 그 생각만 하면 정신 나간 듯 웃음이 터져 나와. ─ 아, 내 사랑하는 로타어! 어떻게 이야기를 시작해야 할까! 며칠 전 내게 일어난 일이 정말로 내 인생을 끔찍하게 망가뜨릴 수 있다는 사실을 네가 어렴풋이라도 느낄 수 있으려면 말이야. 네가 여기 있다면, 네 눈으로 볼 수 있을 텐데. 하지만 지금은 나를 미쳐서 허깨비나 보는 인간으로 취급할 게 틀림없어. ─ 간추려 말할게. 내게 일어난 무시무시한 일이란, 그 끔찍한 인상을 지우려 아무리 애써도 소용없는데, 다름 아니라 며칠 전 그러니까 10월 30일 낮 12시에 한 청우계晴雨計 행상이 내 방으로 들어와서 물건을 사라고 한 거야. 내가 아무것도 사지 않고 층계 아래로 떠밀어버리겠다고 을러대자, 행상은 제 발로 걸어 나가더군.

이 사건이 중요한 것은 내 삶과 깊이 관련된 남모를 사연이 있기 때문이며, 그뿐 아니라 그 불길한 장사꾼이 틀림없이 내게 악독한 영향을 미치리라는 것은 너도 짐작할 수 있겠지. 실제로 그래. 나는 온 힘을 다해 정신을 가다듬고, 차분하고 참을성 있게 내 어린 시절 이야기를 하려고 해. 모든 일이 네 예민한 감각에 생생한 모습으로 똑똑히 떠오르도록 말이야. 이야기를 미처 꺼내기도 전에 네 웃음소리와 함께 클라라가 "정말이지 유치한 이야기야!"라고 말하는 소리가 들리는 것 같구나. ─ 웃어, 부탁이야, 마음껏 비웃어! ─ 제발 부탁이야! ─ 하느님 맙소사! 나는 머리털이 곤두서서는, 프란츠 모어가 하인 다니엘에게 그랬듯[1] 미칠 듯한 절망에 빠져 나를 비웃으

─────────────

1 프리드리히 실러(Friedrich Schiller, 1759~1805)의 희곡 『도적 떼』(*Die Räuber*)에 나오는 장면을 암시한다. 악한 프란츠 모어는 하인 다니엘에게 자신을 마구 비웃어 악몽에서 벗어나게 해달라고 부탁한다.

라고 너희에게 애원하는 듯하구나. ─ 이제 본론으로 들어갈게!

    ─ 우리 형제들은 점심식사 때 말고는 낮 시간에 아버지 얼굴을 거의 볼 수 없었어. 아버지는 일하느라 눈코 뜰 새 없이 바빴던 것 같아. 오래전부터 으레 저녁 7시면 저녁을 차렸는데, 저녁식사를 마치면 우리 모두는 어머니와 함께 아버지의 서재로 들어가 둥근 탁자에 둘러앉았지. 아버지는 파이프 담배를 피우며 큰 잔으로 맥주를 마시곤 하셨어. 때때로 우리에게 이런저런 신기한 이야기를 들려주셨는데, 이야기에 열중한 나머지 파이프에 불을 꺼뜨리기 일쑤였지. 그러면 나는 종이에 불을 댕겨 파이프에 붙여드렸어. 얼마나 즐거웠는지. 하지만 이따금 아버지는 우리 손에 그림책을 쥐여주고 안락의자에 뻣뻣이 앉아 말없이 담배 연기만 자욱이 내뿜었고, 우리 모두는 안개 속을 헤매는 듯했지. 그런 저녁이면 어머니는 몹시 슬퍼하셨고, 9시 종이 울리자마자 이렇게 말하곤 했어. "자, 얘들아! ─ 자러 가자! 자러 가자! 모래 사나이가 오는 소리가 벌써 들리네." 그러면 무겁고 느릿한 발걸음으로 층계를 터벅터벅 올라오는 소리가 실제로 들렸어. 틀림없이 모래 사나이였어. 한번은 나직하게 저벅이는 발소리가 유난히 오싹하게 느껴져서, 우리를 잠자리로 데려가는 어머니에게 물었어. "그런데 엄마, 아빠한테서 우리를 맨날 쫓아내는 저 나쁜 모래 사나이는 도대체 누구예요? ─ 도대체 어떻게 생겼어요?" "모래 사나이라는 건 없단다, 얘야," 어머니께서 대답하셨어. "너희가 졸음에 겨워, 누가 너희에게 모래라도 뿌린 듯 눈을 제대로 뜨지 못하길래 모래 사나이가 온다고 말한 거야." 어머니의 대답은 성에 차지 않았어. 우리가 무서워할까봐 모래 사나이는 없다고 하는 거라는 생각이 내 어린 마음에도 똑똑히 들었지. 나는 모래 사나이가 층계를 올라오는 소리를 늘

들었으니까. 모래 사나이가 우리 어린이와 무슨 상관이 있는지 더 알고 싶은 호기심에 못 이겨 마침내 내 막내 누이를 돌보는 보모 노파에게 물었어. 모래 사나이는 어떤 사람이에요? "이런, 나타나엘," 노파가 대답했어. "여태 그걸 몰라? 나쁜 사내란다. 자러 가기 싫어하는 어린애에게 다가와 모래를 한움큼 눈에 뿌리면, 눈알이 피투성이가 되어 머리에서 튀어나온단다. 그러면 눈알을 자루에 넣고 자기 새끼들에게 먹이려고 반달 나라로 들고 가지. 둥지에 앉아 있던 새끼들은 올빼미처럼 휘움한 부리로 말 안 듣는 어린애의 눈을 쪼아 먹는단다." 이제 잔인한 모래 사나이의 모습이 내 마음속 깊이 소름 끼치게 새겨졌어. 저녁에 층계를 저벅저벅 올라오는 소리가 들리자마자 나는 두려움과 무서움에 몸을 벌벌 떨었지. "모래 사나이야, 모래 사나이!"라고 울먹이며 외치는 소리 말고는 어머니는 어떤 말도 알아들을 수 없으셨어. 나는 곧장 침실로 달려가서는 밤새도록 모래 사나이의 무시무시한 환영에 시달렸어. ─ 모래 사나이라느니 그 새끼들의 둥지가 반달 나라에 있다느니 하는 유모의 말이 믿을 수 없는 이야기라는 것을 깨달을 만한 나이가 되어서도 모래 사나이는 나에게 무시무시한 유령으로 여겨졌어. 모래 사나이가 층계를 올라오는 소리뿐 아니라 아버지 서재 문을 세차게 열어젖히고 안으로 들어가는 소리까지 들리면 나는 오싹해지고 ─ 무서워졌어. 한동안 발길을 끊을 때도 있었지만, 그런 뒤에는 잇따라 여러번 찾아왔어. 이렇게 여러해 계속되었지. 나는 이 섬뜩한 유령에 도무지 익숙해질 수 없었고, 으스스한 모래 사나이의 모습은 내 마음속에서 빛바래지 않았어. 모래 사나이가 무슨 일로 아버지를 만날까 하는 상상에 갈수록 빠져들었지. 숫기가 모자라 아버지께 물어보지는 못했지만 스스로 ─ 나 스스로 비밀을 알아내고 기이한 모래 사나이를 보고 싶다는 욕망이 해가 갈수록 마음속에 움터 올랐어. 모래 사나이는 어린 마음에 쉽게 깃드는 경이와 모험의 세계로 나를 이끌었지. 나는 요괴, 마녀, 난쟁이 등에 관한 으스스한 이야기를 듣거나 읽는 것을 무엇보다 좋아했지만, 유별난 흥미를 느낀 건 언제나 모래 사나이였던지라 탁자든 장롱이든 벽이든 가리지 않고 백묵과 목탄으로 그 기이하고 징그러운 모습을 끼적거렸지. 열살이 되었을 때, 어머니는 나에게 아이들 방에서 나와 작은 침실을 쓰게 하셨어. 아버지 방에서 멀지 않은 복도에 붙은 방이었어. 여전히 우리는 9시 종이 울리고 정체 모를 손님의 발소리가 집 안에 들리면 얼른 침실로 물러가야 했지. 손님이 아버지 방으로 들어가는 소리가 내 침실까지 들렸고, 곧이어 집 안에 희한한 연기가 엷게 퍼지는 듯한 느낌이 들었어. 호기심이 솟구치며 어떻게든 모래 사나이를 한번 보고 싶다는 용기도 더욱더 샘솟았지. 어머니가 침실 앞을 지나가신 뒤 방에서 복도로 잽싸게 빠져나와본 적도 여러번 있었지만 아무것도 엿볼 수 없었어. 보일 만한 곳에 이르기 전에 언제나 모래 사나이가 문안으로 들어가버렸거든. 마침내 억누를 수 없는 충동에 휩싸인 나는 아버지 방으로 숨어들어 모래 사나이를 기다리기로 마음먹었어.

어느날 저녁, 아버지가 말이 없으시고 어머니가 슬퍼하시는 것으로 보아 모래 사나이가 오리라는 것을 알아챘어. 그래서 몹시 피곤한 척하면서 9시가 되기도 전에 방에서 나와 문 바로 옆의 구석에 몸을 숨겼지. 현관문이 삐걱 열리더니 복도를 지나 층계로 느릿느릿 터벅터벅 다가오는 발소리가 울렸어. 어머니는 동생들을 데리고 허둥지둥 내 앞을 지나가셨어. 살그머니 ─ 살그머니 나는 아버지 서재 문을 열었어. 아버지는 여느 때와 다름없이 문을 등지고 뻣뻣이 말없이 앉아 계셨고 내 기척도 알아채지 못하셨어. 나는 잽싸게 안으로 들어가 커튼 뒤에 숨었어. 문 바로 옆에 있는 아버지의 열린 옷장에 쳐진 커튼이었지. ── 가까이 ── 더욱 가까이 발소리가 울렸어 ── 헛기침을 하고 발로 바닥을 비벼대고 뭔가 웅얼대는 기이한 소리가 밖에서 들렸어. 두려움과 호기심에 가슴이 떨렸지. ── 바로, 바로 문 앞에서 발소리가 또렷이 들리고 ── 손잡이를 세차게 누르자 딸그락 문이 열렸어!

    ── 나는 가까스로 용기를 내어 조심스럽게 내다보았어. 서재 한가운데 모래 사나이가 아버지를 마주 보고 서 있었어. 등불이 모래 사나이의 얼굴을 환하게 비추었지! ── 모래 사나이는, 무시무시한 모래 사나이는, 이따금 우리 집에서 점심식사를 하던 늙은 변호사 코펠리우스였어!

아무리 소름 끼치는 모습이라도 내게 이 코펠리우스보다 더 끔찍한 무서움을 불러일으키지는 않았을 거야. ── 키가 훤칠하고 어깨가 떡 벌어진 사내, 머리통은 기괴할 정도로 크고 흙빛 얼굴에 잿빛 눈썹이 더부룩하고 그 아래서 매섭게 번득거리는 녹색의 고양이 눈과 윗입술을 덮고 있는 넓적한 주먹코를 생각해봐. 이따금 비뚤어진 입을 일그러뜨려 음흉한 웃음을 흘리는데, 그러면 볼에 불긋불긋한 검버섯이 보이고 앙다문 이 사이로 웅얼거리는 소리가 기이하게 새어 나오는 거야. 코펠리우스는 유행이 지난 잿빛 코트에 역시 한물간 조끼와 바지를 걸치고 검은색 양말과 작은 보석 버클이 달린 구두를 신고 있었어. 정수리만 가까스로 덮은 조막만 한 가발에, 말아 붙인 옆머리는 크고 벌건 귀 너머로 주뼛 솟았고, 뒷머리를 싸매 넣은 큼직한 머리 주머니[2]가 목덜미에서 비죽 튀어나와 주름진 스카프에 고정시킨 은색 고리가 드러나 보였지. 머리부터 발끝까지 역겹고 징그러운 모습이었지만, 무엇보다 우리 형제들이 질색했던 것은 우악스럽고 울퉁불퉁한 털북숭이 손아귀여서 코펠리우스가 만진 것이라면 정나미가 떨어질 정도였어. 코펠리우스도 이를 눈치채고, 자애로운 어머니께서 접시에 살며시 올려놓은 케이크라든지 달콤한 과일을 이런저런 구실을 붙여 만지작거리며 재미있어했지. 그러면 우리는 메스껍고 구역질이 나 맛있게 즐겨야 할 간식거리에 입도 못 댄 채 눈물을 글썽였어. 명절에 아버지께서 달콤한 포도주를 작은 잔에 따라줄 때도 똑같은 장난을 치더군. 재빨리 잔으로 손아귀를 뻗거나 퍼런 입술에 잔을 가져다 대고, 우리가 분을 못 참아 나직이 흐느끼면 정말 악마처럼 웃어댔어. 코펠리우스는 우리를 꼬마 짐승이라고 부르곤 했어. 코펠리우스가 있는 자리에서 우리는 숨소리도 내지 말아야 했고, 작은 기쁨마저 일부러 기어이 망치는 이 흉물스럽고 악독한 사내를 저주했지. 어머니도 우리와 마찬가지로 역겨운 코펠리우스를 싫어하시는 듯했어. 코펠리우스가 나타나면, 쾌활한 기분이나 밝고 거리낌 없는 태도를 잃고 슬프고 음울하게 정색하셨으니까. 아버지는 코펠리우스에게 굽실거리셨어. 아무리 무례하게 굴어도 참아야 하고 기분을 건드려서는 결코 안 되는 상전이라도 모시듯 말이야. 코펠리우스가 넌지시 눈치만 줘도 좋아하는 음식을 요리하고 진귀한 포도주를 대접했지.

이제 나는 이 코펠리우스를 보고, 다른 사람이 아니라 바로 이자

---

2 머리 주머니는 말을 탈 때 머리가 흩날려 방해가 되거나 헤어스타일이 망가지거나 가발 분가루가 겉옷에 묻지 않게 하기 위해 사용했다. 루이 14세 시대에 프랑스에서 유행했으며, 1710년경 프랑스와 바이에른의 군대에서 널리 쓰이다가 프랑스대혁명 이후 사라졌다.

가 모래 사나이라는 으스스하고 무시무시한 사실을 마음속 깊이 깨달았지. 모래 사나이는 보모의 이야기에 나오는 요괴가 아니었어. 어린애의 눈을 반달 나라의 올빼미 둥지에 있는 새끼에게 가져다주고 쪼아 먹게 한다는 요괴가 ─ 아니었어! ─ 가는 곳마다 슬픔을 ─ 곤경을 ─ 현세와 내세에 파멸을 불러오는 추악하고 유령 같은 괴물이었어.

나는 마술에라도 걸린 듯 붙박여 있었어. 발각되면 호되게 벌받을 것을 똑똑히 알면서도 그 자리에 선 채 커튼 사이로 머리를 내밀고 엿들었지. 아버지는 코펠리우스를 정중하게 맞이했어. "자! ─ 일을 시작합시다." 코펠리우스는 칼칼한 목소리로 그르렁거리며 말하더니 코트를 벗었어. 아버지도 말없이 음울한 표정으로 실내 가운을 벗고, 두 사람은 검은색 실험 가운을 입었지. 가운을 어디서 꺼내 왔는지는 미처 보지 못했어. 아버지는 벽장의 여닫이문을 열었는데, 여태 내가 벽장으로 알고 있었던 곳은 벽장이 아니라 작은 화덕이 놓인 컴컴하고 움푹한 굴이었어. 코펠리우스가 그 안에 들어가자 파란색 불길이 화덕에서 화르르 솟아올랐어. 갖은 희귀한 기구가 둘레에 놓여 있었지. 아, 하느님! ─ 불길을 굽어보고 있는 늙은 아버지는 전혀 딴사람 같았어. 순하고 선량한 이목구비가 소름 끼치고 진저리 나는 고통에 일그러져 추하고 역겨운 악마의 모습으로 변한 듯했지. 코펠리우스와 닮아 보였어. 코펠리우스는 벌겋게 달아오른 집게를 휘두르며 자욱한 연기 속에서 밝게 빛나는 덩어리들을 꺼내 부지런히 망치질했어. 사방에 사람 얼굴이 보이는 것 같았는데, 눈알이 없었어 ─ 그 대신 눈구멍만 끔찍스럽게 깊이 파여 있었지. "눈알을 내놔, 눈알을 내놔!" 코펠리우스가 먹먹히 울리는 목소리로 외쳤어. 나는 걷잡을 수 없는 무서움에 휩쓸려 비명을 지르고 숨어 있던 커튼 밖 바닥에 쓰러지고 말았어. 그러자 코펠리우스가 나를 붙잡더니 "꼬마 짐승! ── 꼬마 짐승!" 하고 이를 드러내며 으르렁거렸어! ── 나를 잡아채어 화덕에 던지자, 내 머리털이 불길에 그슬리기 시작했어. "이제 눈알이 생겼어 ── 눈알이 ── 어린애의 아름다운 눈알이야." 코펠리우스는 이렇게 중얼거리며, 불길에 손아귀를 넣어 벌겋게 달아오른 숯가루를 한움큼 집어 내 눈에 뿌리려 했어. 그러자 아버지가 애원하듯 두 손을 들고 소리쳤어. "선생님! 선생님! 제 아들 나타나엘의 눈을 뽑지 마세요 ── 제발 뽑지 마세요!" 코펠리우스는 귀청이 떨어져라 웃음을 터뜨리더니 소리쳤어. "자네 아들 눈을 놔두겠네. 평생 울고 싶은 만큼 울 수 있도록. 손과 발의 작동 방식이나 제대로 관찰해보자고." 이렇게 말하며 나를 우악스레 움켜쥐어 관절을 부러뜨리고, 손과 발을 잡아 뺐다가 이곳저곳에 다시 끼워 넣었어. "어디에도 딱 들어맞지 않아! 원래대로가 좋겠어! ──조물주가 제대로 만들었군!" 코펠리우스는 이렇게 식식거리며 속삭댔지만 주위가 시커멓게 어두워지고 신경과 온몸이 느닷없이 씰룩씰룩 움찔대더니 ── 이제 아무것도 느껴지지 않았어. 부드럽고 따사로운 숨결이 내 얼굴에 스치자 나는 죽음 같은 잠에서 깨어났어. 어머니가 나를 굽어보고 계셨어. "모래 사나이가 아직 여기 있나요?" 나는 더듬더듬 물었어. "아니, 애야, 오래전에, 오래전에 갔단다. 모래 사나이는 너를 해치지 않아!" 어머니는 이렇게 말씀하시고 다시 살아난 아들에게 입맞추고 껴안았어.

　너를 지루하게 할 이유가 없겠지, 사랑하는 로타어! 아직 말할 게 많이 남았는데, 장황하게 시시콜콜 이야기할 필요는 없겠지? 이렇게 간추려 말해도 충분할 거야! ── 훔쳐보다 발각되어 코펠리우스에게 괴롭힘을 당했다고 말이야. 두렵고 겁나서 온몸에 열이 펄펄 끓었고 여러주 동안 앓아누웠어. "모래 사나이가 아직 여기 있나요?" 이것이 내가 깨어나 처음 꺼낸 말이자, 병을 이기고 살아났다는 징표였어. ── 내 어린 시절의 가장 무시무시한 순간만 좀더 이야기해도 되겠지. 그러면 내게 모든 것이 흐릿해 보이는 까닭이 눈이 나빠서가 아니라 불길한 운명이 내 인생에 시커먼 구름 너울을 드리웠기 때문이며, 나는 죽어서야 이 너울을 찢을 수 있으리라는 사실을 너도 깨닫게 될 거야.

코펠리우스는 그뒤 다시는 오지 않았고, 마을을 떠났다는 소문도 돌았어.

일년쯤 지났을까. 우리는 오래전부터 늘 그랬듯이 저녁에 둥근 탁자에 둘러앉았어. 아버지께서는 매우 밝은 기분으로 젊은 시절 여행담을 재미있게 들려주셨지. 9시 종이 울리자 별안간 집 문 돌쩌귀가 삐걱거리더니, 느릿느릿 터벅터벅 복도를 지나 층계를 올라오는 발소리가 울렸어. "코펠리우스예요." 어머니가 해쓱해진 얼굴로 말씀하셨어. "그래요! ── 코펠리우스요." 아버지도 힘없고 갈라진 목소리로 대답하셨어. 어머니는 눈물을 쏟으셨어. "하지만 여보, 여보!" 이렇게 울부짖으셨어. "꼭 이래야 하나요?" "마지막이오!" 아버지가 대답하셨어. "코펠리우스가 우리 집에 오는 건 이번이 마지막이오, 약속하리다. 들어가요, 아이들을 데리고! ── 다들 들어가라 ── 잠자러 가야지! 잘 자거라!"

나는 무겁고 차가운 바위에 짓눌리는 기분이었어 ── 숨이 막혔지! ── 내가 꼼짝하지 않고 서 있자 어머니가 내 팔을 붙드셨어. "가자 나타나엘, 가자니까!" 나는 어머니 손에 이끌려 침실로 들어갔어. "괜찮아, 괜찮아, 잠자리에 들어라! — 자라 — 자라." 등 위에서 어머니의 목소리가 들렸어. 하지만 나는 이루 말할 수 없는 두려움과 불안감에 시달리느라 눈을 감을 수 없었어. 지긋지긋하고 징그러운 코펠리우스가 두 눈을 번득이며 내 앞에 서서 음흉하게 미소 짓는 모습, 그 모습을 떨쳐버리려 애썼지만 아무 소용 없었어. 어느덧 자정 무렵이었을 거야. 대포를 쏘는 듯 무시무시한 소리가 펑 하고 났어. 온 집이 떠나갈 듯 울렸고, 누군가 방문 앞을 우당탕 쿠당탕 지나가더니, 집 문이 쾅 닫혔어. "코펠리우스야!" 나는 무서워 소리치며 잠자리에서 뛰쳐나왔어. 그때 누군가 가슴이 찢어지는 듯 슬픔을 가누지 못하고 비명을 질렀어. 나는 아버지 방으로 내달렸지. 열린 문으로 숨 막힐 듯한 연기가 밀려왔지. 하녀가 외쳤어. "아, 주인님! — 주인님!" 연기가 뭉게뭉게 나는 화덕 앞 바닥에 아버지는 꺼멓게 타서 소름 끼치게 일그러진 얼굴로 숨진 채 쓰러져 계셨어 — 누이들은 아버지를 둘러싸고 울부짖고 훌쩍이고, 어머니는 그 옆에 까무러쳐 계셨지! "코펠리우스, 흉악한 사탄 같으니, 네가 아버지를 때려 죽였어!" 이렇게 고함치며 나도 정신을 잃었어. — 이틀 뒤 아버지를 입관했을 때 아버지의 이목구비는 살아생전과 마찬가지로 다시 선하고 온순한 모습이었어. 아버지가 악마 같은 코펠리우스에게 협력하셨지만 영원한 파멸에 빠지지는 않았으리라, 나는 마음속 깊이 깨닫고 위안을 얻었어.

폭발 사고는 잠들어 있던 이웃 사람들을 깨웠고, 이 사건에 관한 소문이 당국에까지 알려지자, 당국은 코펠리우스를 소환해 책임을 추궁하고자 했지. 하지만 코펠리우스는 이미 마을에서 종적을 감춘 뒤였어.

이제 너에게 말해줄게, 사랑하는 내 친구! 청우계 행상은 바로 그 흉악한 코펠리우스였어. 그러니 그 악독한 인간이 나타난 것을 무서운 재앙의 조짐이라 여기더라도 너는 나를 나무라지 못하겠지. 옷차림은 달랐지만 코펠리우스의 모습과 이목구비가 내 마음속 깊이 새겨져 있으니 잘못 보았을 리는 없어. 그뿐 아니라 코펠리우스는 이름조차 바꾸지 않았어. 들리는 말로는 삐에몬떼[3]에서 온 기술자 행세를 하며, 주세뻬 꼬뽈라라는 이름을 댄다고 하더군. 나는 이자와 맞싸워 아버지의 죽음에 복수하기로 작정했어. 결과가 어찌 되든 말이야.

어머니께는 이 소름 끼치는 괴물이 나타났다는 말을 꺼내지도 말아줘 ── 내 사랑하는 어여쁜 클라라에게 인사 전해줘. 마음이 좀더 진정되면 클라라에게도 편지할게. 그럼 안녕.

클라라가 나타나엘에게

당신이 나에게 편지하지 않은 지 정말 오래된 건 사실이지만, 그래도 나를 마음속 깊이 생각하고 있으리라 믿어. 얼마나 간절히 생각하고 있었으면, 지난번 로타어 오빠에게 보내는 편지 겉봉에 오빠 이름 대신 내 이름을 썼겠어. 반갑게 편지를 뜯었다가 "아, 내 사랑하는 로타어!"라는 말을 보고서야 내 편지가 아니라는 것을 알았지 ── 그때 편지를 그만 읽고 오빠에게 넘겨줬어야 했는데. 당신은 전에 이따금 나를 짓궂게 놀려대며 핀잔을 주었지. 내 마음이 어찌나 차분하고 여성스럽게 세심한지, 어떤 이야기에 나오는 여자처럼 집이 무너지려는 참에도 서둘러 탈출하지 않고 창문 커튼의 구겨진 주름부터 잽싸게 펴놓을 거라고 말이야. 그러니 당신의 편지 첫머리가 나에게 얼마나 깊은 충격을 주었는지, 말하지 않아도 당신은 알겠지. 숨조차 쉴 수 없었고 눈앞이 가물가물했어. ─ 아, 나의 사랑하는 나타나엘! 그렇게 무시무시한 일이 당신 인생에 일어나다니! 당신과 헤어져 두번 다시 만나지 못할 거라는 생각이 달아오른 비수처럼 내 가슴을 파고들었어. ─ 나는 읽고 또 읽었어! ─ 역겨운 코펠리우스를 묘사한 대목은 소름이 끼쳤지. 당신의 착한 아버지께서 얼마나 무시무시하게 생죽음을 당하셨는지 이제야 비로소 알게 되었어. 편지를 건네받은 로타어 오빠가 나를 진정시키려 애를 써도 소용이 없었지. 청우계 행상 주세뻬 꼬뽈라는 내가 가는 곳마다 불길한 그림자처럼 따라왔고, 털어놓기 사뭇 부끄럽기는 하지만 갖가지 기묘한 형태로 꿈속에까지 나타나는 바람에 나는 평소처럼 깊이 단잠을 이룰 수 없었어. 하지만 이튿날이 되자 모든 일이 다르게 생각되었어. 마음속 깊이 사랑하는 내 연인 나타나엘, 당신이 코펠리우스에게 해코지당하리라는 기이한 예감에 시달리고 있는데도 나는 여느 때와 다름없이 밝고 거리낌 없이 살아가고 있다고 혹시 로타어가 말하더라도 언짢게 생각지 마.

솔직하게 털어놓자면, 당신이 말한 무섭고 겁나는 일은 모두 당신의 마음속에서만 일어났고, 실제 외부 세계와는 아무 관련이 없어. 늙은 코펠리우스가 역겨운 것은 사실이지만, 당신의 어린 형제들이 코펠리우스를 징그러워하게 된 건 코펠리우스가 어린애를 싫어했기 때문이었어.

당신의 어린 마음이 보모의 이야기에 나오는 무시무시한 모래 사나이와 늙은 코펠리우스를 자연스레 연결 지었고, 그렇게 당신이 모래 사나이를 믿지 않을 나이가 되어서도 여전히 코펠리우스는 특히 어린이에게 위험한 유령 같은 괴물로 여겨진 거야. 그날밤 코펠리우스가 당신 아버지와 벌인 섬뜩한 일은 두 사람이 남몰래 연금술 실험을 한 것에 지나지 않아. 어머니께서는 이를 탐탁지 않게 여기셨을 거고. 엄청난 돈을 쓸데없이 허비하는데다가, 이런 실험을 하는 사람이 으레 그렇듯 아버지의 마음도 보다 깊은 지혜에 대한 헛된 갈망에 사로잡혀 가족에게서 멀어졌기 때문이지. 아버지께서는 분명히 자신의 부주의로 말미암아 목숨을 잃으셨고, 코펠리우스는 여기 아무런 책임이 없어. 한가지 털어놓자면, 화학 실험 도중에 순간적으로 인명을 앗아가는 그런 폭발이 일어날 수 있느냐고, 내가 어제 이웃집 약사에게 물어봤어. 약사는 "아, 그럼요"라고 대답했지. 그런 일이 어떻게 일어나는지 나름대로 장황하고 상세하게 설명하며, 발음도 희한하고 전혀 기억할 수도 없는 수많은 이름을 말해주었어. ─ 당신은 이런 나를 못마땅하게 여기며 이렇게 말할지도 모르지. "그런 차가운 마음속으로는 종종 보이지 않는 팔로 인간을 감싸주는 신비의 빛이 뚫고 들어갈 수 없어. 클라라는 세상의 알록달록한 껍질만 보고 기뻐하지. 유치한 어린애가 황금색으로 번쩍이는 과일을 보며 그 안에 치명적인 독이 들어 있는 줄도 모르고 좋아하는 것 같아."

아, 마음 깊이 사랑하는 나타나엘! 밝고 ─ 거리낌 없고 ─ 근심 없는 마음도 어두운 힘을, 우리 속에서 우리 스스로를 파멸시키려는 악독한 힘을 예감할 수 있다고 생각지 않는 거야? ─ 그렇지만 나같이 어리석은 소녀가 주제넘게도 우리 마음속에서 벌어지는 그러한 싸움에 관해 어떻게 생각하는지 말하려 드는 것을 이해해줘. ─ 결국 나는 적절한 말을 찾아내지 못할 것이고, 그러면 당신은 나를 비웃겠지. 미련한 말을 해서가 아니라, 말하는 요령이 모자란다고 말이야.

어떤 어두운 힘, 악독하고 음흉하게 우리 마음속에 실을 꿰어 넣고 이 실로 우리를 옭아매어, 그게 아니었다면 우리가 발을 들여놓지 않았을 위험한 파멸의 길로 끌고 가는 힘 — 만일 그러한 힘이 있다면, 그건 우리 마음속에서 틀림없이 우리 자신과 같은 모습을 띨 것이고, 심지어 우리 자신이 되어버릴 거야. 그럴 경우에만 우리가 이 힘을 믿고, 이 힘이 비밀스러운 일을 완수하는 데 필요한 자리를 내줄 테니까. 하지만 밝은 생활을 통해 우리 정신이 굳건히 다져져 있다면, 그런 까닭에 낯설고 악독한 세력의 정체를 언제나 알아챌 수 있으며 천성이나 소명이 이끄는 대로 인생길을 차분히 걸을 수 있다면, 그 섬뜩한 힘은 우리 자신을 그대로 빼닮은 모습이 되려고 헛수고를 하다가 스러지고 말 거야. 로타어 오빠도 이렇게 말했어. 어두운 마음의 힘에 스스로 굴복하면, 이 힘은 우리가 외부 세계에서 우연히 마주친 낯선 모습들을 종종 우리 마음으로 끌어들인다고. 이 모습들 속에서 어떤 정신이 우리에게 말을 건다고 기묘한 착각을 하지만, 사실 이 정신에 숨을 불어넣는 것은 우리 자신임이 틀림없다고. 우리 자신이 만든 환영이 그 내적인 친화력으로 우리 마음에 깊은 영향을 미쳐서 우리를 지옥에 떨어뜨리기도 하고 천국에 올려 보내기도 하는 거라고 말이야. —마음속 깊이 사랑하는 나타나엘! 당신도 눈치챘겠지. 나와 로타어 오빠는 어두운 힘과 세력이란 주제를 놓고 오래도록 이야기를 나누었어. 이제 어렵사리 요점만 간추려 적어놓고 보니 제법 깊이 있어 보이네. 로타어 오빠의 마지막 말은 나도 완전히 이해하지 못하고 그 생각을 짐작만 할 뿐이지만 모두 다 맞는 듯 느껴져. 부탁하는데, 흉물스러운 변호사 코펠리우스와 청우계 행상 주세뻬 꼬뽈라는 잊어버려. 이 낯선 인물들은 당신에게 아무 영향도 미칠 수 없다는 걸 확신하라고. 이들의 악독한 힘을 믿음으로써 악독한 일이 당신에게 정말로 일어날지 몰라. 당신 마음이 몹시 흥분했다는 게 편지에 구구절절 드러나고 당신의 그런 상태가 내 마음을 몹시 괴롭게 하기에 망정이지, 그러지 않았다면 모래 사나이 변호사와 청우계 행상 코펠리우스에 관해 농담이라도 할 수 있을 텐데. 기분을 밝게 가지라고 ── 밝게! ── 나는 수호천사처럼 당신을 찾아, 흉물스러운 꼬뽈라가 당신 꿈에 나타나서 괴롭히려들 때 큰 소리로 웃어 쫓아내기로 마음먹었어. 그 사람도, 그 볼썽사나운 손아귀도 나는 전혀 무섭지 않아. 그 사람은 변호사로 나타나 내 간식거리를 망칠 수도 없으며, 모래 사나이가 되어 내 눈을 해칠 수도 없을 테니까.

영원한 당신의 연인이, 마음속 깊이 사랑하는 나타나엘에게.

나타나엘이 로타어에게

너에게 보낸 편지를 클라라가 뜯어보았다니 영 기분이 좋지 않아. 내가 정신이 없어서 빚어진 일이기는 하지만 말이야. 클라라는 나에게 매우 깊이 있는 철학적 편지를 써 보내서는, 코펠리우스와 꼬뽈라는 오직 내 마음속에만 존재하며, 나 자신이 만든 환영으로서 내가 헛것이라는 것을 알아채자마자 먼지처럼 사라질 거라고 자세히 논증하더군. 클라라의 앳된 눈은 때로는 사랑스럽고 달콤한 꿈처럼 그렇게 초롱초롱하고 어여쁘게 미소 짓는데, 그 속에서 환하게 빛나는 정신이 그처럼 지적이고 식견 높은 분석까지 할 수 있다니 정말이지 믿을 수 없어. 클라라는 네 생각까지 끌어왔어. 너희가 나에 관해 이야기를 나누었다지. 너는 클라라가 모든 것을 세밀하게 검토하고 구별할 수 있도록 논리학을 가르치고 있는 것 같은데 ── 그러지 마! ── 그건 그렇고, 청우계 행상 주세뻬 꼬뽈라는 늙은 변호사 코펠리우스가 아닌 게 분명해. 나는 최근 이곳에 온 물리학 교수에게 강의를 듣고 있는데, 저 유명한 자연과학자 스빨란짜니[4]와 이름이 같고 이딸리아 출신이야. 이 교수는 꼬뽈라와 여러해 전부터 아는 사이더라고. 그뿐 아니라 꼬뽈라의 발음을 들으면 정말로 삐에몬떼 사람이란 걸 알 수 있어. 코펠리우스는 독일 사람이었거든. 별로 독일 사람답지는 않았던 것 같지만 말이야. 그래도 내 마음이 완전히 진정된 건 아니야. 너와 클라라는 여전히 나를 우울한 몽상가로 여기겠지만 코펠리우스의 빌어먹을 얼굴이 남긴 인상을 나는 떨쳐버릴 수 없어. 스빨란짜니 교수의 말로는 코펠리우스가 도시를 떠났다니 다행이지. 이 교수는 기인이야. 작달막하고 오동통한 사내로, 광대뼈가 튀어나온 얼굴에 코는 가늘고 입술은 두툼하고 실눈은 매섭지. 하지만 백문이 불여일견이라고, 호도비에츠키[5]가 베를린의 휴대용 달력에 그린 깔리오스뜨로[6]의 초

----

4 이딸리아 자연과학자 라짜로 스빨란짜니(Lazzaro Spallanzani, 1729~99)는 가톨릭 신부, 해부학자, 생리학자로서 유기체의 자연발생설을 부인했고 인공수정 연구에도 기여했다.

5 다니엘 니콜라우스 호도비에츠키(Daniel Nikolaus Chodowiecki, 1726~1801)는 폴란드 출신의 화가, 동판화가, 삽화가로『베를린 계보력』1789년 호에 깔리오스뜨로의 초상을 그렸다.

6 알레산드로 디 깔리오스뜨로 백작(Count Alessandro di Cagliostro, 1743~95), 일명 주세뻬 발사모(Giuseppe Balsamo)는 이딸리아의 탐험가, 마법사, 사기꾼이다.

상화를 한번 보는 게 훨씬 나을 거야. ── 스빨란짜니는 바로 그렇게 생겼거든. ── 얼마 전 나는 층계를 오르다가 평소에는 유리문을 빈틈없이 가리고 있던 커튼이 옆으로 빼꼼 열린 것을 보았어. 왜 그랬는지 모르겠지만, 호기심이 일어 안을 들여다보았지. 훤칠하고 늘씬하게 균형 잡힌 몸매의 여자가 화려한 차림으로 작은 탁자에 두 팔을 괴고 손을 모은 채 앉아 있었어. 문을 마주하고 있었기 때문에 천사같이 아름다운 얼굴이 훤히 보였지. 내 기척을 알아채지 못한 듯했고, 두 눈은 어쩐지 멍해서 혹시 시력이 없는 게 아닐까 생각될 정도였어. 눈을 뜨고 잠자는 듯 보였으니까. 나는 사뭇 섬뜩해져서 소리 죽여 살금살금 옆에 있는 강의실로 갔어. 나중에 알게 되었지. 내가 본 모습은 스빨란짜니의 딸 올림삐아인데, 왠지 모르겠지만 교수는 딸을 몰인정하게 가두어 어느 사내도 가까이 다가오지 못하게 한다는 거야. ── 뭔가 사정이 있겠지. 어쩌면 정신박약 따위의 장애가 있을지도 모르고. ── 난 왜 이 모든 일을 편지에 쓰고 있지? 만나면 훨씬 알기 쉽고 자세하게 이야기할 수 있을 텐데. 내가 이주 뒤에 너희를 찾아갈 생각이거든. 나의 귀엽고 사랑스러운 천사 클라라도 다시 만나야겠지.

그러면 클라라의 지독히 지적인 편지를 받고 언짢아졌던 기분도 (이렇게 털어놓지 않을 수 없군) 눈 녹듯 풀릴 거야. 그래서 오늘도 클라라에게는 편지 쓰지 않으려 해.

마음속 깊이 인사를 보내며.

* * *

자애로운 독자여, 아무리 기발한 이야기도 필자의 가엾은 친구인 젊은 대학생에게 일어났으며 필자가 그대에게 들려주고자 한 사건보다 더 희한하고 기묘하지는 않을 것이다. 친애하는 독자여! 그대는 체험한 적이 있는가? 무엇인가 그대의 가슴과 마음과 생각을 빼곡히 채우며 다른 모든 것을 밀어내는 것을? 그대의 가슴속은 펄펄 끓고, 피는 부글부글 불덩이가 되어 핏줄을 타고 치솟아 그대의 볼을 붉게 물들였으리라. 그대의 눈빛은 다른 사람에게는 보이지 않는 모습을 허공에서 붙잡으려는 듯 기이해지고, 그대의 말은 흩뜨려져 땅이 꺼질 듯한 한숨이 되었으리라. 그러자 그대 친구들이 물었으리라. "왜 그러나, 친구! 이봐, 무슨 일인가?" 그러면 그대는 마음속 모습을 생생한 색채와 명암으로 그려주고 싶어, 마땅한 첫마디를 찾으려 애썼으리라. 경이롭든, 훌륭하든, 무시무시하든, 재미있든, 으스스하든 지금까지 일어난 모든 일을 모조리 첫마디에 뭉쳐 넣어, 이 한마디로 모든 사람을 감전이라도 시켜야 할 듯 생각되었으리라. 하지만 입안에 맴도는 말은 한결같이 흐릿하고 싸늘하고 생기 없어 보였으리라. 그대는 말을 찾고 또 찾으며, 우물거리고 더듬거렸으리라. 친구들이 무심하게 던지는 질문은 얼음장같이 차가운 바람결처럼 밀려들어 그대 가슴속 불덩이를 꺼뜨리려 했으리라. 하지만 그대는 대담한 화가처럼 쓱쓱 거침없이 붓을 놀려 마음속 모습의 윤곽을 그린 뒤, 별로 힘들이지 않고도 갈수록 생생하게 색을 칠하게 되고, 여러 인물이 와실덕실 생동생동 살아나 친구들을 사로잡았으며, 그리하여 그대의 마음에서 솟아난 모습 한가운데 자신들이 자리 잡고 있음을 친구들 또한 보게 되었으리라! ─친애하는 독자여! 고백하건대, 젊은 나타나엘이 겪은 사건의 자초지종을 필자에게 물어온 사람은 아무도 없었다. 하지만 그대도 잘 알다시피 필자는 작가라는 기묘한 족속에 속해 있다.

이 족속은 방금 말한 바와 같은 모습이 마음속을 채우면, 주위에서 마주치는 사람뿐 아니라 온 세상 사람이, "무슨 일이에요? 이야기 좀 주겠어요?"라고 채근하는 듯한 기분이 들기 마련이다 —— 그래서 나타나엘의 불운한 인생에 관해 말하고 싶은 생각이 내게도 불같이 치밀어 오르는 것이다. 이 인생의 경이롭고 희한한 사건이 필자의 마음을 가득 채우고 있는 까닭에, 그뿐 아니라, 오 나의 독자여! 손쉬운 일은 아니지만, 그대가 기묘한 사건에 처음부터 귀 기울이게 해야 하는 까닭에, 필자는 나타나엘의 이야기를 뜻깊고 —— 참신하며 인상 깊게 시작하려 애쓰는 것이다. "옛날 옛적에" —— 어떤 이야기에서든 가장 훌륭한 첫머리이지만 너무 밋밋하다! "지방 소도시 S에 아무개가 살았다" —— 어쨌든 차근차근 클라이맥스로 나아가므로 약간 낫다. 아니면 거두절미하고 본론으로 들어갈 수도 있다. "'썩 꺼져버려!' 청우계 행상 주세뻬 꼬뽈라를 보자마자 대학생 나타나엘은 노여움과 무서움에 사로잡힌 사나운 눈초리로 소리쳤다" —— 대학생 나타나엘의 사나운 눈초리에서 뭔가 익살스러움이 느껴진다고 생각했을 때는, 필자는 아닌 게 아니라 이렇게 썼었다. 하지만 이 이야기는 전혀 우스꽝스럽지 않다. 마음속 장면의 찬란한 색채를 어렴풋이라도 비쳐줄 듯한 말이 필자에게는 한마디도 떠오르지 않았다. 그래서 첫머리를 아예 쓰지 않기로 마음먹었다. 친애하는 독자여! 고맙게도 친구 로타어가 내게 건네준 편지 세통을 내 마음속 모습의 윤곽이라 생각하시길. 나는 이야기를 풀어가며 이 모습에 조금씩 색을 칠해보려 한다. 어쩌면 솜씨 좋은 초상화가처럼 여러 인물을 그려내어 그대가 실제 인물을 알지도 못하면서 빼닮았다고 여길 뿐 아니라, 심지어 그 인물을 두 눈으로 자주 본 적이 있는 듯 느끼게 할 수 있을지도 모르겠다. 그러면 오,

나의 독자여! 그대는 실제 인생보다 더 기묘하고 희한한 것은 없으며, 시인은 이 인생을 광택 없는 거울에 비친 듯 흐릿하게밖에 그려낼 수 없다고 생각하게 되리라.

처음부터 알아두면 좋을 내용을 좀더 똑똑히 깨닫도록, 이 편지들에 관해 보충 설명을 해야겠다. 나타나엘의 아버지가 죽자마자, 나타나엘의 어머니는 먼 친척의 자녀이며 이 친척 역시 죽은 탓에 고아로 남은 클라라와 로타어를 집에 받아들였다. 클라라와 나타나엘은 서로 뜨겁게 좋아했고, 세상 누구도 이에 반대하지 않았으므로 두 사람은 약혼했다. 그런 뒤 나타나엘은 마을을 떠나 G에 있는 대학으로 진학했다. 마지막 편지를 보낸 그곳에서 나타나엘은 유명한 물리학 교수 스빨란짜니 교수의 수업을 듣고 있다.

이제 필자는 편안하게 이야기를 계속할 수 있을 것 같다. 하지만 문득 클라라의 모습이 눈앞에 생생하게 떠오른다. 클라라가 어여쁘게 미소 지으며 바라볼 때마다 늘 그러하듯, 필자는 눈길을 다른 데로 돌릴 수 없다. ─사실 클라라를 아름답다고 말할 수는 없었다. 직업상 아름다움에 일가견이 있는 자들은 한결같이 그렇게 평가했다. 그렇지만 건축가들은 클라라의 몸매가 완벽한 비례를 이루고 있다고 칭송했다. 화가들은 목, 어깨, 가슴의 선이 너무도 순결하다고 여기면서도 바또니의 마리아 막달레나[7]를 연상시키는 경이로운 머리털에 마음을 빼앗겼고, 그 그림에 나오는 듯한

─────────────
7 이딸리아 화가 뽐뻬오 지롤라모 바또니(Pompeo Girolamo Batoni, 1708~87)의 대표작 「참회하는 막달레나」를 말한다. 호프만은 이 작품을 드레스덴 미술관에서 보고 경탄했으며 1798년 8월 26일 친구 테오도어 고틀리프 폰 히펠(Theodor Gottlieb von Hippel, 1775~1834)에게 보낸 편지에서 이렇게 썼다. "한가지만 더 말하자면 (…) 나는 바또니의 「막달레나」에 매혹되었어." 이 작품은 1945년 2월 13일 드레스덴 공습 때 파괴되었다.

피부색을 두고 끝없이 수다를 떨었다. 진짜 몽상가였던 화가 한 사람은 뚱딴지같게도 클라라의 눈을 라위스달[8]이 그린 호수에 비유했다. 구름 한점 없이 새파란 하늘, 수풀과 꽃밭, 온갖 생명이 알록달록 생동하는 풍요로운 경치가 거기 비치는 듯하다는 것이다. 시인과 음악가는 한술 더 떠서 이렇게 말했다. "호수라니 ── 비친다니! ── 우리가 소녀를 바라볼 때마다 그 눈빛에서 경이로운 천상의 노래와 소리가 햇살처럼 퍼져 나와, 우리 가슴속 깊이 파고들어 가슴속 모든 감정을 흔들어 깨우지 않소? 그런데도 우리가 정말 슬기로운 노래를 전혀 부르지 못한다면, 그것은 우리가 쓸모없는 존재이기 때문이오. 우리가 소녀 앞에서 목청을 뽑으려 하면, 소리가 제멋대로 뒤죽박죽 뒤섞여 튀어나오는데도 그것도 노래랍시고 부르려 하면, 클라라의 입가에 엷은 미소가 맴돌지요. 이를 보면 우리가 어떤 존재인지 알 수 있소." 실제로 그랬다. 클라라는 밝고 거리낌 없고 천진난만한 아이처럼 상상력이 넘치면서도, 웅숭깊고 여자답게 상냥한 마음과 명료하고 분별력 있는 지성을 지니고 있었다. 몽상가나 환상가는 클라라를 만나면 곤욕을 치렀다. 워낙에 말수가 적어서 몇마디 꺼내지 않지만, 반짝이는 눈빛과 비웃는 듯한 엷은 미소로 이렇게 얘기하는 듯싶었다. 사랑스러운 분들이여! 여러분은 어떻게 덧없고 흐릿한 허상을 생동하는 진짜 모습으로 여기라고 내게 강요할 수 있나요? ── 이 때문에 클라라는 많은 사람에게 차갑고 감정 없고 고지식하다는 핀잔을 들었으나, 인생을 밝고 깊이 있게 바라보는 사람이라면 다정하고 지적이고 천진난만한 이 소녀를 더없이 사랑했다. 하지만 그 누구보다 클라라를 사랑한

---

8 네덜란드 출신의 풍경화가 야코프 이사크스존 판라위스달(Jacob Isaakszoon van Ruisdael, 1629~82)을 말한다.

사람은, 열정과 환희에 넘쳐 학문과 예술을 파고든 나타나엘이었다. 클라라도 마음을 다 바쳐 연인을 의지했기에 나타나엘이 클라라 곁을 떠났을 때 두 사람의 인생에는 처음으로 먹구름이 그림자를 드리웠다. 나타나엘이 마지막 편지에서 로타어에게 약속한 대로 정말로 고향에 있는 어머니 방에 나타났을 때, 클라라는 얼마나 반가워하며 나타나엘의 품에 뛰어들었던가. 모든 게 나타나엘이 생각했던 대로 되었다. 클라라를 다시 보는 순간 변호사 코펠리우스도 클라라의 지적인 편지도 생각나지 않았고, 언짢았던 기분도 말끔히 풀렸다.

하지만 나타나엘이 친구 로타어에게 보낸 편지에서 역겨운 청우계 행상 꼬뽈라의 모습이 사뭇 악독하게도 자신의 인생에 들이닥쳤다고 한 것은 틀린 말이 아니었다. 다들 그렇게 느꼈다. 나타나엘이 완전히 딴사람이 되었음이 돌아온 지 며칠 되지 않아 밝혀졌기 때문이다. 나타나엘은 음울한 몽상에 빠지는가 하면, 전에는 볼수 없었던 희한한 행동을 곧잘 벌였다. 모든 것을, 인생 전체를 꿈과 예감이라 여겼다. 누구나 자신이 자유롭다고 착각하지만 사실인간은 어두운 힘이 잔인하게 가지고 노는 장난감일 뿐이며, 이에 저항하는 것은 부질없는 짓이니 운명이 정해주는 대로 직수굿이따라야 한다고 줄곧 말했다. 예술과 학문의 창조가 자유의지에 따라 이루어진다고 믿는 것은 어리석은 생각이라고 주장하기까지 했다. 창작을 하려면 영감이 필요한데, 영감은 자신의 마음속에서 솟아나는 게 아니라 우리 밖에 있는 더욱 숭고한 기운의 영향으로 생긴다는 것이었다.

지적인 클라라는 이러한 신비주의적인 이야기를 더없이 질색했지만, 무슨 말로 반박해도 소용없을 것 같았다. 자신이 커튼 뒤에서 엿듣던 순간 사악한 기운이 자신을 사로잡았는데 코펠리우스가 바로 그 사악한 기운이며, 이 역겨운 악마가 결국은 두 사람의 사랑과 행복을 무시무시하게 깨뜨릴 것이라고 주장할 때만, 클라라는 매우 정색하고 이렇게 말했다. "그래, 나타나엘! 당신 말이 옳아. 코펠리우스는 사악하고 악독한 기운이야. 생생한 모습으로 인생에 들이닥치는 악마처럼 그가 무시무시한 일을 일으킬 수도 있겠지. 하지만 그건 당신이 코펠리우스를 마음과 생각에서 몰아내지 않을 때만이야. 당신이 코펠리우스를 믿기 때문에 코펠리우스가 존재하고 영향력을 행사하는 거야. 오직 당신의 믿음 탓에 코펠리우스의 힘이 생기는 거라고." 클라라가 악마 같은 존재는 오직 나타나엘의 마음속에 있을 뿐이라고 말하면, 나타나엘은 버럭 화를 내며 악마와 그 무시무시한 힘에 관한 신비주의 이론을 끄집어내려 했다. 하지만 클라라는 짜증을 내며 아무 말이나 주워섬겨 말을 끊음으로써 나타나엘의 화를 잔뜩 북돋곤 했다. 나타나엘은 차갑고 감수성 없는 마음으로는 이러한 비밀을 이해할 수 없다고 생각했지만 자신이 클라라를 그런 열등한 부류로 여기고 있음을 똑똑히 깨닫지는 못했고, 그래서 클라라에게 그 비밀을 가르치려는 노력을 그치지 않았다. 이른 아침 클라라가 식사 준비를 도울 때면 나타나엘이 클라라 곁에 서서 갖은 신비주의 서적을 읽어주었고, 그러면 클라라는 이렇게 간청했다. "하지만 사랑하는 나타나엘, 당신이야말로 내 커피에 해로운 영향을 미치는 사악한 기운이라는 핀잔을 듣고 싶은 거야? ― 당신 뜻대로 모든 것을 내팽개쳐둔 채 당신이 책을 읽는 동안 당신 눈만 들여다보고 있어야 한다면, 커피는 끓어넘쳐 화덕으로 쏟아지고 아무도 아침식사를 못하게 될 거야!" 나타나엘은 책을 탁 덮고 화가 치밀어 방으로 달려 들어갔다. 예전에 나타나엘은 매력 있고 흥미로운 이야기를 쓰는 솜씨가 뛰어나, 클라라는 마음속 깊이 즐거워하며 이 이야기에 귀를 기울이곤 했다. 하지만 이제 나타나엘의 이야기는 음울하고 난해하고 두서없었다. 클라라는 나타나엘의 기분을 상하게 할까봐 아무 말도 하지 않았으나, 나타나엘은 클라라가 자신의 이야기에 별로 감흥을 느끼지 못한다는 것을 눈치챘다. 무엇보다도 클라라는 지루한 것을 배겨내지 못했다. 정신이 나른해서 견딜 수 없다는 내색이 눈빛과 말씨에 묻어났다. 나타나엘의 이야기는 아닌 게 아니라 몹시 지루했다. 나타나엘은 클라라의 차갑고 고지식한 마음에 짜증이 더해갔고, 클라라는 나타나엘의 어둡고 음울하고 지루한 신비주의가 못마땅하여 견딜 수 없었다. 두 사람은 깨닫지도 못하는 사이에 마음이 점점 멀어졌다. 나타나엘 스스로 인정하지 않을 수 없었듯 흉물스러운 코펠리우스의 모습이 상상 속에서 색이 바랜 터라, 코펠리우스를 자신의 이야기에 으스스한 운명의 요괴로 등장시키려 해도 생생한 색채로 그려내기가 종종 힘들었다. 마침내 나타나엘은 코펠리우스가 자기 사랑의 행복을 깨뜨릴 것이라는 음울한 예감을 소재로 시를 써야겠다고 생각했다. 그래서 자신과 클라라를 진실한 사랑으로 맺어진 연인으로 묘사했지만, 어떤 시커먼 손아귀가 두 사람의 인생에 밀고 들어와 두 사람 사이에 어떤 기쁨이라도 움트라치면 모조리 잡아 뽑으려 한다는 듯한 생각이 이따금 들었다. 마침내 두 사람이 결혼식 예단에 섰을 때, 무시무시한 코펠리우스가 나타나 클라라의 어여쁜 눈을 만지고, 눈알은 나타나엘의 가슴으로 튀어 피에 젖은 불똥처럼 이글이글 타오른다. 코펠리우스가 나타나엘을 붙들어 너울거리는 불의 원 속으로 던져넣자, 불의 원이 회오리처럼 빠르게 소용돌이치며 나타나엘을 윙윙 횡횡 휩쓸어간다. 태풍이 바다 물결에 모질게 채찍질을 퍼부어 마치 시커먼 거인이 허연 머리털을 날리며 사납게 대들듯 물보라가 치솟을 때 바로 그렇게 횡횡거리리라. 하지만 이 사나운 횡횡거림 속에서 클라라의 목소리가 들린다. "내 모습이 보이지 않아? 코펠리우스가 당신을 속였어. 당신 가슴에서 불탄 것은 내 눈이 아니야. 그건 당신 심장의 뜨거운 핏방울이야 ── 나는 눈이 있잖아. 나를 잘 봐!" 나타나엘은 생각한다. 클라라구나, 나는 영원히 클라라의 것이야. ── 이런 생각이 불의 원 속으로 거세게 밀고 들어가 원을 멈춰 세우자, 횡횡거리는 소리가 시커먼 구렁으로 나직이 잦아든다. 나타나엘은 클라라의 눈을 들여다본다. 하지만 클라라의 눈에서 나타나엘을 상냥하게 바라보는 것은 바로 죽음이다.

이런 시를 쓰는 동안 나타나엘은 차분하고 침착했다. 한줄 한줄 갈고 다듬었고, 운율법에 얽매여 모든 운이 깔끔하고 듣기 좋게 들어맞을 때까지 쉬지 않았다. 하지만 마침내 시를 완성하고 혼자서 큰 소리로 낭독했을 때, 오싹함과 무서움에 걷잡을 수 없이 사로잡혀 소리 질렀다. "이 으스스한 목소리는 누구의 것이지?" 하지만 이내 처음부터 끝까지 매우 잘 쓴 시처럼 여겨졌고, 이 시로 클라라의 차가운 마음에 불을 지펴줘야 할 듯 생각되었다. 무엇 때문에 그래야 하는지, 또 클라라에게 으스스한 모습을 보여주며 두 사람의 사랑을 깨뜨릴 무시무시한 운명이 닥칠지 모른다고 겁을 주면 도대체 무슨 일이 일어날지는 똑똑히 생각해보지 않았다. 나타나엘과 클라라 두 사람은 어머니의 작은 정원에 앉아 있었다. 나타나엘이 사흘 동안 시를 쓰느라 바빠서 꿈이나 예감으로 클라라를 괴롭히지 않았던 터라 클라라는 기분이 매우 밝았다. 나타나엘도 예전처럼 활기차고 즐겁게 재미있는 일들을 이야기했으므로 클라라는 이렇게 말했다. "이제 당신은 다시 내 것이 되었군. 우리가 흉물스러운 코펠리우스를 몰아냈다는 걸 잘 알겠지?" 그제야 비로소 나타나엘은 클라라에게 읽어주려 했던 시가 호주머니에 들어 있다는 생각이 떠올랐다. 곧바로 종이를 꺼내 낭독하기 시작했다. 클라라는 늘 그랬듯 지루한 이야기려니 짐작하여 참고 견딜 요량으로 차분히 뜨개질하기 시작했다. 하지만 먹장구름이 갈수록 시커멓게 솟아오르자 뜨개질하던 양말을 내려놓고 나타나엘의 눈을 뚫어지게 들여다봤다. 나타나엘은 자신의 시에 넋을 홀랑 뺏겨 마음속 깊은 열정으로 볼이 붉게 물들었으며, 눈물이 하염없이 쏟아져 나왔다. ─ 마침내 낭독을 끝마치고 기진맥진하여 신음을 흘렸다 ─ 클라라의 손을 잡고는 슬픔을 가누지 못해 한숨 쉬었다. "아! ─ 클라라 ─ 클라라!" 클라라는 나타나엘을 살포시 가슴에 끌어안고, 나직하기는 하지만 천천히 진지하게 말했다. "나타나엘 ─ 마음속 깊이 사랑하는 나타나엘! ─ 얼토당토않고 ─ 어처구니없고 ─ 제정신이 아닌 그 동화 따위는 불 속에 던져버려." 그러자 나타나엘은 벌컥 화내며 일어나 클라라를 밀쳐내고 말했다. "이 생명 없는 망할 놈의 자동인형 같으니!" 나타나엘이 자리를 박차고 나가자, 마음에 깊이 상처를 받은 클라라가 쓰라린 눈물을 쏟으며 "아, 이 사람은 나를 사랑한 적이 없어. 나를 이해하지 못하잖아"라고 큰 소리로 흐느꼈다. ─ 로타어가 정자에 들어와, 클라라는 무슨 일이 일어났는지 이야기하지 않을 수 없었다. 마음을 다해 누이를 사랑하는 로타어의 마음속에 클라라의 하소연 한마디 한마디가 불티처럼 떨어졌다. 환상에 빠져 있는 나타나엘을 보며 오랫동안 내심에 품어왔던 못마땅함에 불이 붙자 분노가 활활 타올랐다. 나타나엘에게 달려가 사랑하는 누이에게 어처구니없는 행동을 했다며 막 말을 섞어 나무라자, 나타나엘도 발끈하여 대들었다. 환상에 빠져 제정신이 아닌 얼간이라는 말을 듣자마자 야비하고 천박한 속물이라고 맞받아쳤다. 결투는 피할 수 없었다. 다음 날 아침 정원 뒤에서 그곳 대학생들의 관습대로 날카로운 플뢰레로 싸우기로 결정했다. 두 사람은 말없이 노려보며 이리저리 서성거렸다. 언성 높여 다투는 소리를 들은데다가 새벽녘에 플뢰레를 가져오는 펜싱 선생을 본 클라라는 무슨 일이 일어날 것인지 예감했다. 클라라가 정원 문으로 뛰어들어온 것은 로타어와 나타나엘이 결투 장소에 도착하여 음울하게 입을 다문 채 막 코트를 벗어 던지고 이글거리는 눈에 피에 굶주린 살기를 띠고서 서로 공격하려던 참이었다. 클라라는 흐느끼며 목청껏 소리쳤다. "이 야만스럽고 무시무시한 인간들! ─ 서로 공격하느니 차라리 나를 당장 찔러 죽여. 연인이 오빠를, 아니면 오빠가 연인을 살해한다면 내가 어떻게 이 세상에서 목숨을 부지할 수 있겠어!" 로타어는 칼을 아래로 내리고 말없이 땅을 내려다보았고, 나타나엘은 가슴이 찢어지는 듯한 서글픔과 함께, 옛날 찬란했던 어린 시절의 아름다운 나날에 어여쁜 클라라에게 느꼈던 사랑이 마음속에 모두 되살아나는 것을 느꼈다. 그는 칼을 손에서 떨어뜨리고 클라라의 발치에 몸을 던졌다. "나를 용서해주겠어, 마음 깊이 사랑하는 나의 하나뿐인 클라라! ─ 나를 용서해, 마음 깊이 사랑하는 나의 형제 로타어!" 친구가 몹시 괴로워하자 로타어도 마음이 미어졌다. 화해한 세 사람은 하염없이 눈물을 쏟았고, 영원한 사랑과 우정을 지키며 헤어지지 않기로 맹세했다.

　나타나엘은 자신을 짓누르던 무거운 짐에서 벗어났으며, 자신을 사로잡았던 어두운 힘과 맞싸워 파멸에 빠질 뻔했던 스스로를 오롯이 구해낸 기분이었다. 사랑하는 친구들과 행복하게 사흘을 더 보낸 뒤 나타나엘은 G로 돌아갔다. 그곳에서 일년 더 머문 다음 영구히 고향으로 돌아올 생각이었다.

어머니에게는 코펠리우스와 관련된 일이라면 한마디도 꺼내지 않았다. 어머니도 나타나엘과 마찬가지로 남편의 죽음을 코펠리우스 탓이라 여겼으며, 그래서 코펠리우스만 생각하면 무서움에 떤다는 것을 잘 알았기 때문이다.

* * *

나타나엘은 얼마나 놀랐던가. 자신의 셋방으로 들어가려고 보니, 집이 홀랑 불타버리고 잿더미 속에 외벽만 덩그러니 솟아 있었다. 화재는 아래층에 살던 약사의 실험실에서 일어나 위층으로 번졌지만 나타나엘의 용감하고 민첩한 친구들이 위층에 있는 나타나엘의 방으로 제때 뛰어들어 책이며 원고며 기구를 꺼내 왔다. 모든 짐을 그대로 다른 집으로 옮기고 방 한칸을 잡아놓아, 나타나엘은 이제 이 방으로 바로 입주했다. 스빨란짜니 교수의 방이 맞은편이라는 사실에 별로 신경이 쓰이지 않았고, 창밖을 내다보면 올림삐아가 종종 홀로 앉아 있는 방이 똑바로 보이므로 그 이목구비까지 분명하고 뚜렷하게 볼 수는 없어도 자태는 똑똑히 분간할 수 있다는 것을 알았을 때도 별다른 생각이 들지 않았다. 그러다가 올림삐아가 언젠가 유리문을 통해 보았을 때와 똑같은 자세로 종종 몇시간씩 아무 일도 하지 않고 작은 탁자에 앉아 이쪽을 뚫어져라 바라보고 있다는 것을 마침내 눈치채게 되었다. 나타나엘은 이보다 아름다운 몸매는 본 적이 없다고 자인하지 않을 수 없었다. 물론 클라라를 마음속에 간직하고 있었으므로 딱딱하고 뻣뻣한 올림삐아에게 아무런 관심을 두지 않았고, 이따금 책 너머로 아름다운 조각상을 보듯 흘금 눈요기하는 정도가 고작이었다. ─나타나엘이 클라라에게 편지를 쓰고 있는 참에 누군가 나직이 문을 두드렸고, 들어오라고 말하기가 무섭게 문이 열리더니 꼬뿔라가 역겨운 얼굴을 들이밀었다. 나타나엘은 마음속 깊이 벌벌 떨리는 것을 느꼈다. 하지만 스빨란짜니가 고향 사람 꼬뿔라에 관해 했던 말이며 자신이 모래 사나이 코펠리우스에 관해 연인에게 굳게 다짐했던 말을 떠올리자 어린애처럼 유령을 두려워하는 것이 부끄럽게 느껴져 온 힘을 다해 정신을 가다듬고 되도록 부드럽고 침착하게 말했다. "청우계 안 삽니다, 아저씨! 그냥 가세요!" 하지만 꼬뿔라는 방 안으로 성큼 들어오더니 메기입을 일그러뜨려 흉물스럽게 웃고는 기다란 잿빛 눈썹 아래 실눈을 매섭게 번득거리며 말했다. "아, 청우계가 아냐, 청우계가 아냐! ─알흠다운 눈깔도 있어 ─알흠다운 눈깔!" 나타나엘은 무서워 소리쳤다. "정신 나간 인간, 어떻게 눈알을 판다는 말이에요? ─눈알 ─눈알을?⋯⋯" 하지만 이 순간 꼬뿔라는 청우계를 옆으로 밀어놓고 코트의 낙낙한 호주머니에 손을 집어넣어 손잡이 달린 안경과 보통 안경을 꺼내 탁자에 올려놓았다. "자 ─자 ─안경 ─코에 걸치는 안경 ─이거시 내 눈깔 ─알흠다운 눈깔이야!" 이렇게 말하며 점점 더 많은 안경을 꺼내자, 안경이 탁자를 온통 뒤덮고 기묘한 빛을 내며 번쩍이기 시작했다. 수많은 눈알이 눈빛을 번득이고 씰룩씰룩 움찔대며 나타나엘을 뚫어지게 올려다봤다. 나타나엘은 탁자에서 눈길을 돌리지 못했다. 꼬뿔라가 더욱더 많은 안경을 늘어놓자, 이글대는 눈빛이 갈수록 사납게 솟아나 뒤섞이며 핏빛 빛줄기를 나타나엘의 가슴에 쏘아댔다. 나타나엘은 무서움에 정신 나가 소리쳤다. "그만! 그만, 무시무시한 인간아!" 탁자가 안경으로 온통 뒤덮였는데도 안경을 더 꺼내려고 호주머니에 손을 집어넣는 꼬뽈라의 팔을 붙잡았다. 꼬뽈라는 역겹게 킬킬거리며 살며시 팔을 빼내고는 이렇게 말했다. "아! ─ 당신에겐 필요없군 ─ 하지만 여기 알흠다운 망원경이 있어." 안경을 끌어모아 쑤셔 넣고는 코트 옆 주머니에서 크고 작은 망원경을 한무더기 꺼냈다. 안경이 치워지자마자 나타나엘은 매우 침착해졌다. 클라라의 말마따나 무시무시한 유령은 자신의 마음속에서 생겨났을 뿐이며, 꼬뽈라는 더없이 정직한 기술자이자 안경사일 뿐 코펠리우스의 빌어먹을 분신이나 귀신일 리가 없음을 깨달았다. 게다가 지금 꼬뽈라가 탁자에 올려놓은 망원경들은 전혀 이상한 점이 없었고, 안경처럼 섬뜩한 느낌도 주지 않았다. 소동을 부려 미안한 마음에, 나타나엘은 이제 무언가를 정말 사야겠다고 마음먹었다. 매우 아름답게 만든 소형 휴대용 망원경을 집어 들고 시험 삼아 창밖을 내다봤다. 사물을 이처럼 깨끗하고 뚜렷하고 똑똑하게 바로 눈앞에 보여주는 망원경은 평생 만져본 적이 없었다. 자기도 모르게 스빨란짜니의 방을 들여다봤다. 올림뻬아는 여느 때와 다름없이 작은 탁자에 두 팔을 괴고 두 손을 모은 채 앉아 있었다. ─ 이제야 비로소 나타나엘은 올림뻬아의 더없이 아름다운 이목구비를 볼 수 있었다. 다만 두 눈만이 희한할 정도로 멍하고 생기 없어 보였다. 하지만 망원경으로 더욱더 자세히 들여다보자, 올림뻬아의 두 눈에서 달빛이 보얗게 솟아나오는 것 같았다. 그제야 시력에 불이 붙은 듯, 눈빛이 갈수록 생기 있게 타올랐다. 나타나엘은 마술에라도 걸린 듯 창가에 붙박여 천사처럼 아름다운 올림뻬아를 하염없이 바라봤다. 헛기침을 하고 발로 바닥을 비벼대는 소리에, 나타나엘은 깊은 꿈에서 깨어난 듯 정신이 들었다. 꼬뽈라가 등 뒤에 서 있었다. "금화 세닢 ─ 3두카트⁹야." 안경사를 까맣게 잊고 있던 나타나엘은 부르는 대로 얼른 값을 치렀다. "안 그래? ─ 알흠다운 망원경 ─ 알흠다운 망원경이지!" 꼬뽈라가 역겹고 칼칼한 목소리로 음흉하게 웃으며 물었다. "그래요 그래, 그렇다고요!" 나타나엘이 짜증스럽게 대답했다. "잘 있어, 젊은 친구!" 꼬뽈라는 나타나엘을 흘금흘금 기이하게 곁눈질하며 방을 떠났다. 층계를 내려가며 크게 웃는 소리가 들렸다. '그래,' 나타나엘은 생각했다. '나를 비웃고 있군. 소형 망원경을 너무 비싸게 산 게 틀림없어 ─ 너무 비싸게!' 이렇게 나직이 중얼거리는데, 죽어가는 사람의 가쁜 숨소리가 방 안에 으스스하게 울려 퍼지는 듯했다. 나타나엘은 두려움에 잔뜩 질려 숨을 멈췄다. ─ 하지만 그런 숨소리를 낸 것이 다름 아닌 자신임을 나타나엘은 잘 알고 있었다. "클라라가," 이렇게 혼잣말을 했다. "나를 허깨비나 보는 얼빠진 인간으로 취급해도 마땅해. 꼬뽈라에게 망원경을 너무 비싸게 샀다는 공연한 생각에 빠져 아직까지 기이할 정도로 두려움에 떨다니, 바보 같은 짓이야 ─ 이런 바보 같은 짓은 어디에도 없을 거야. 내가 왜 이러는지 나도 모르겠군." 나타나엘은 이제 책상에 앉아 클라라에게 보낼 편지를 끝마치려 했다. 하지만 창밖을 내다보니 올림삐아가 아직도 건너편에 앉아 있는 것이 눈에 띄었다. 저항할 수 없는 힘에 이끌린 듯 자리를 박차고 일어나 꼬뽈라의 망원경을 집어 들고 올림삐아의 홀릴 듯한 자태에서 눈을 떼지 못했다. 그러고 있는데 친구이자 동급생인 지크문트가 스빨란짜니 교수의 강의를 들으러 가자고 불렀다. 올림삐아를 처음 봤던 운명의 유리문은 커튼에 빈

---

9 중세 이후 유럽에서 널리 통용되던 금화이다.

틈없이 가려져 있어, 나타나엘은 유리문으로 올림삐아를 들여다볼 수 없었다. 다음 이틀 동안 창가를 떠나지 않고 꼬뽈라의 망원경으로 줄곧 건너편 창문을 바라봤지만 방 안에 올림삐아는 보이지 않았다. 셋째 날에는 창문마저 커튼이 쳐졌다. 한없이 낙담에 빠지고 동경과 뜨거운 열망에 이끌려, 나타나엘은 문밖으로 달려 나갔다. 올림삐아의 자태가 허공에 어른거리고, 덤불에서 튀어나오고, 드맑은 시냇물에 어려 빛나는 커다란 눈으로 나타나엘을 바라보았다. 클라라의 모습은 마음속에서 말끔히 사라지고, 나타나엘은 오직 올림삐아만 생각하며 자못 큰 소리로 울먹이며 한탄했다. "아, 그대 나의 드높고 찬란한 사랑의 별이여, 그대는 뜨자마자 금세 기울어 나를 깜깜한 절망의 밤에 홀로 남겨두려는가!"

나타나엘이 방으로 돌아오는 길에 보니, 스빨란짜니의 집이 시끌벅적 야단법석이었다. 문을 열어 갖가지 기구를 집 안에 들여놓았고, 이층 창문을 떼어낸 채 하녀들이 커다란 빗자루로 구석구석 부지런히 쓸고 털었고, 안에서는 목수와 도배장이가 뚝딱뚝딱 망치질했다. 나타나엘은 몹시 놀라 길에 멈춰 섰다. 지크문트가 웃으면서 다가와 이렇게 물었다. "음, 노교수 스빨란짜니를 어떻게 생각해?" 나타나엘이 잘라 말했다. 교수를 잘 알지 못하는데 무슨 할 말이 있겠어. 이 조용하고 음울하던 집 안이 왜 이리 미친 듯 법석대고 부산한지 몹시 놀라울 뿐이야. 그러자 지크문트가 이런 말을 전해주었다. 스빨란짜니가 내일 음악회와 무도회를 곁들인 성대한 파티를 열려고 해. 대학 사람 절반을 초대했다지. 오랫동안 뭇사람 눈에 띄지 않게 꼭꼭 숨겨왔던 딸 올림삐아를 처음으로 선보일 것이라는 소문이 파다하다고.

나타나엘은 뒤늦게 초대장을 발견하고, 가슴을 두근거리며 정해진 시간에 교수 집을 찾아갔다. 벌써 마차들이 모여들어 있었고, 화려하게 장식된 홀에는 촛불이 은은히 빛났다. 화려한 옷차림의 손님으로 북적거렸다. 올림삐아는 호화롭고 세련되게 차려입고 나타났다. 아름다운 얼굴과 몸매는 누구에게나 경탄을 자아냈다. 등이 희한하게 구부정하고 허리가 말벌처럼 잘록한 것은 코르셋 끈을 너무 졸라맨 탓인 듯했다. 걸음새와 몸가짐이 일정하고 딱딱하여 자못 눈에 거슬렸지만, 손님 앞에 나서려니 얼어붙은 탓이라고들 여겼다. 음악회가 시작되었다. 올림삐아는 능란한 솜씨로 피아노를 연주하며, 맑디맑다 못해 귀청 찢는 유리종 같은 목소리로 고난도의 아리아를 불렀다. 나타나엘은 넋을 잃었으나 맨 뒷줄에 서 있었던데다 눈부신 촛불 때문에 올림삐아의 이목구비를 제대로 볼 수 없었다. 그래서 남몰래 꼬뽈라의 망원경을 꺼내 아름다운 올림삐아를 바라보았다. 아! ─ 올림삐아가 동경에 가득 차 자신을 건너다보고 있으며, 마음속에 파고들어 불을 지피는 그 애정 어린 눈빛 속에서 한음 한음이 비로소 선명히 살아나고 있음을 나타나엘은 알아챘다. 기교 넘치는 룰라드[10]는 사랑에 빠져 행복해진 마음이 내지르는 환성 같았다. 이윽고 까덴짜[11] 뒤에 긴 뜨릴로[12]가 홀이 떠나가라 요란스레 울려 퍼지자, 홧홧한 두 팔에 덥석 붙들린 듯 감정을 억제할 수 없었던 나타나엘은 고통과 기쁨에 못 이겨 큰 소리로 외치고 말았다. "올림삐아!" 모두 고개를 돌려 나타나엘을 바라보았고, 웃음을 터뜨리는 사람들도 있었다. 교회 오르간 연주자

---

10 두 주요음 사이에 삽입된 빠른 장식음을 말한다.
11 악곡이 끝나기 직전 독주자가 반주 없이 기교를 부려 화려하게 즉흥적으로 연주하는 부분을 말한다.
12 으뜸음과 그 이도 위의 도움음이 떨듯이 반복적으로 나타나는 장식음을 말한다.

는 전보다 더 험상궂은 표정을 지었지만, 이렇게 말했을 뿐이다. "그만, 그만!" 음악회가 끝나고 무도회가 시작되었다. '올림삐아와 춤을! ─올림삐아와!' 이것이 나타나엘이 바라고 원하는 목표였다. 그러나 파티의 여왕에게 춤을 청할 용기를 낼 수 있을까? 그래도! ─어찌 된 영문인지 자신도 모르게, 무도회가 시작되자마자 나타나엘은 아무에게도 춤 신청을 받지 못한 올림삐아 곁에 바싹 다가서 있었고, 몇마디 제대로 건네지도 못하고 올림삐아의 손을 붙잡았다. 손은 얼음장같이 차가웠다. 으스스한 죽음의 한기에 나타나엘은 몸서리쳤다. 올림삐아의 눈을 뚫어지게 들여다보자, 그 눈이 사랑과 동경에 가득한 눈빛으로 마주 보았다. 순간 차가운 손에 맥박이 놀뛰고 생명의 피가 뜨겁게 흐르기 시작하는 듯했다. 나타나엘은 마음속 사랑과 욕망이 더욱 달아올라, 아름다운 올림삐아를 얼싸안고 날듯이 춤추며 돌았다. ─예전에는 박자를 잘 맞추어 춤을 잘 춘다고 생각했는데, 올림삐아가 유달리도 규칙적인 리듬으로 춤추는 까닭에 나타나엘은 때때로 자세가 몹시 흐트러졌고, 자신에게 얼마나 박자 감각이 없는지 금세 깨달았다. 하지만 다른 여자와는 춤추고 싶지 않았으며, 올림삐아에게 다가와 춤을 청하려는 남자는 그게 누구든 죽여버리고 싶었다. 그러나 그런 일은 두번밖에 없었고 놀랍게도 올림삐아는 그뒤로 춤이 시작될 때마다 혼자 앉아 있었으므로, 올림삐아를 이끌고 계속 춤추러 나갈 수 있었다. 나타나엘이 아름다운 올림삐아 말고 다른 데로 눈길을 돌릴 수 있었다면 이런저런 고약한 다툼이나 싸움을 피할 수 없었을 것이다. 이 구석 저 구석에서 소리 죽인 웃음이 키득키득 새어 나왔는데, 왜 그러는지는 모르겠지만 이는 젊은이들이 호기심 어린 눈길로 아름다운 올림삐아를 지켜보며 터뜨리는 웃음임이 틀림없었기 때문이다. 춤과 거나하게 마신 포도주에 취하여 나타나엘은 여느 때와 달리 숫기가 생겼다. 올림삐아에게 다가앉아 손을 덥석 잡고 열정에 불타는 말로 사랑을 고백했다. 나타나엘도 올림삐아도 이해할 수 없는 말이었다. 어쩌면 올림삐아는 이해했을지도 모른다. 나타나엘의 눈을 뚫어지게 들여다보며 잇따라 이렇게 한숨지었으니까. "아 — 아 — 아!" 그러자 나타나엘이 말했다. "오, 눈부시고 천사 같은 여인이여! — 사랑의 천국에서 비치는 빛줄기여 — 내 온 존재가 되비치는 웅숭깊은 마음이여" 따위의 말이었다. 하지만 올림삐아는 연신 이렇게 한숨지을 뿐이었다. "아, 아!" 스빨란짜니 교수는 행복한 남녀 곁을 여러번 지나치며 만족스러운 미소를 사뭇 야릇하게 흘렸다. 완전히 별천지에 올라가 있던 나타나엘에게 문득 지상의 스빨란짜니 교수 집이 어두워진 듯한 느낌이 들었다. 주위를 둘러보니 자못 놀랍게도 텅 빈 홀에 촛불 두개만이 내리 타며 꺼져가고 있었다. 음악회와 무도회는 끝난지 오래였다. "헤어져야 한다니, 헤어져야 한다니." 나타나엘은 낙담하여 사뭇 드세게 소리치고, 올림삐아의 손에 키스하고, 얼굴을 숙여 올림삐아의 입에 가져다 댔다. 얼음장같이 차가운 입술이 달아오른 입술에 닿아왔다! — 올림삐아의 차가운 손을 만졌을 때처럼, 마음속 깊이 오싹함에 사로잡혔다. 죽은 신부의 전설[13]이 느닷없이 떠올랐다. 하지만 올림삐아가 나타나엘을 힘껏 끌어안았고, 나타나엘이 키스를 하는 동안 올림삐아의 입술이 따뜻해지며 생기가 도는 듯했다. — 스빨란짜니 교수는 텅 빈 홀을 천천히 거닐었다. 발소리가 나직이 울렸고, 너울거리는 그림자에 둘러싸인 모습

---

13 신부가 뱀파이어가 되어 나타난다는 전설을 말한다. 괴테(Goethe, 1749~1832)의 담시 「코린트의 신부」(Die Braut von Korinth, 1798)가 이런 내용을 담고 있다.

은 오싹하고 유령 같아 보였다. "나를 사랑해요 ─ 나를 사랑해요, 올림삐아? ─ 한마디만 해줘요! ─ 나를 사랑해요?" 나타나엘은 이렇게 속삭였지만, 올림삐아는 자리에서 일어서며 이렇게 한숨지을 뿐이었다. "아 ─ 아!" "그대, 나의 어여쁘고 눈부신 사랑의 별이여," 나타나엘이 말했다. "그대는 내 가슴에 떠올라 빛나면서 마음속을 영원히 밝혀줄 거예요!" "아, 아!" 올림삐아는 이렇게 대답하며 떠나갔다. 나타나엘이 뒤따라가자, 올림삐아는 교수 앞에 멈춰 섰다. "자네는 내 딸과 매우 활기 있게 이야기를 나누더군." 교수가 미소 지으며 말했다. "자, 자, 친애하는 나타나엘 군, 내 수줍음 많은 딸과 이야기하고 싶거든 언제든지 우리 집에 찾아오게." 환하게 빛나는 천국을 오롯이 가슴에 품고 나타나엘은 그곳을 떠났다. 스빨란짜니의 파티는 그뒤 며칠 동안 화젯거리가 되었다. 교수가 갖은 준비를 다해 성대하게 꾸미려 했지만 익살쟁이들은 온갖 해괴하고 망측했던 일을 들추어냈고, 특히 뻣뻣하고 말없는 올림삐아를 흉보았다. 생김새는 반반해도 하는 짓은 천치라고 우겨대며, 아마 이런 이유 때문에 스빨란짜니가 딸을 오랫동안 숨겨둔 것 같다고 넘겨짚었다. 이런 말을 들을 때면 나타나엘은 마음속에 열불이 끓었지만 입을 다물었다. 본인들이 천치인 까닭에 올림삐아의 웅숭깊고 아름다운 마음을 알아보지 못한다는 것을 이자들에게 일러줘봐야 무슨 소용이 있을까 생각되었던 것이다. "나타나엘, 말 좀 해줘," 어느날 지크문트가 물었다. "너같이 슬기로운 친구가 어떻게 건너편에 있는 밀랍 얼굴에, 저 나무 인형에게 홀딱 반했는지 말이야." 나타나엘은 벌컥 화를 내려다가 얼른 생각을 가다듬고 대답했다. "너야말로 말 좀 해봐, 지크문트. 네 눈길은, 네 예민한 감각은 평소에는 모든 아름다움을 똑똑히 알아보면서, 올림삐아의 천사 같은 매력은 어째서 알아채지 못하는지 말이야. 바로 그 때문에 네가 나의 연적이 되지 않았으니 천만다행이기는 해. 그렇지 않으면 너든 나든 한 사람은 피 흘리며 쓰러져야 했을 테니." 지크문트는 친구의 마음을 눈치챘는지 약빠르게 말을 바꿔, 누가 누구를 사랑하든 그걸 시비하면 안 되겠지,라고 한 뒤 이렇게 토를 달았다. "그렇지만 기묘하게도 우리 대다수는 올림삐아에 대해 거의 같은 생각을 품고 있어. 우리 눈에 올림삐아는 — 기분 나쁘게 듣지 마, 나타나엘! — 희한할 만큼 뻣뻣하며 감정이 없는 듯 보였어. 몸매나 얼굴이 균형 잡혀 있는 건 사실이야! — 아름답다고 말할 수도 있을 거야. 눈에 생기가 돈다면, 다시 말해 시력이 어렴풋이라도 있다면 말이야. 걸음새는 기이할 만큼 일정하고, 어떤 몸놀림이든 태엽 감은 기계장치로 작동되는 것 같잖아. 연주에서든 노래에서든, 노래하는 기계가 아무 감정 없이 거북할 만큼 정확하게 박자를 맞추고 있는 듯하고, 춤에서도 마찬가지야. 사뭇 섬뜩하게 느껴져서 우리는 올림삐아를 상대하고 싶지 않았어. 생명 있는 존재인 척하고 있지만 뭔가 남모를 사연이 있는 듯 보였어." 지크문트의 말을 듣고 나타나엘은 마음이 쓰라렸다. 하지만 이에 휩쓸리지 않고 못마땅한 마음을 다스리며 매우 정색하고 이렇게 말했을 뿐이었다. "너희같이 차갑고 고지식한 인간에게는 올림삐아가 섬뜩해 보일지 모르지. 시적인 영혼은 시적인 마음에만 드러나 보이는 법이니까! — 올림삐아의 애정 어린 눈빛은 오직 나에게만 떠올라 내 마음과 생각을 샅샅이 비추지. 오직 올림삐아의 사랑 속에서만 나는 나 자신을 되찾을 수 있어. 올림삐아가 다른 천박한 자들처럼 진부한 말로 수다를 떨지 않는 게 너희에게 못마땅할 수도 있어. 몇마디밖에 하지 않는 것은 사실이지. 하지만 이 몇마디야말로 마음속

세계가 사랑으로 가득 차 있을 뿐 아니라, 영원한 피안을 내다보며 정신적 삶을 고결하게 인식하고 있음을 보여주는 상형문자라고. 그래도 너희들은 아무 말도 알아듣지 못하니, 무슨 말을 해도 소용없겠지." "하느님의 가호를 빌겠어, 나타나엘." 지크문트가 매우 부드럽다 못해 애처롭게 말했다. "하지만 내가 보기에 너는 잘못된 길에 들어선 것 같아. 언제든 나를 찾아와, 뭔가 일이 — 아니야, 더이상 말하지 않겠어!……" 차갑고 고지식한 지크문트가 자신을 진정으로 걱정해주는 듯한 생각이 불현듯 들어, 나타나엘은 지크문트가 내민 손을 붙잡고 진심 어린 악수를 나누었다.

나타나엘은 여태껏 사랑했던 클라라라는 여자가 이 세상에 있다는 것을 까맣게 잊었다 — 어머니도 — 로타어도 — 모두 기억에서 사라졌다. 오직 올림삐아만을 위해 살았다. 날마다 몇시간이고 올림삐아 곁에 앉아 자신의 사랑과 생생히 타오르는 상호 교감, 영혼의 친화력에 관해 장광설을 늘어놓으면, 올림삐아는 마음을 쏟아 귀 기울였다. 나타나엘은 언젠가 써두었던 글을 책상 구석구석에서 모조리 꺼내 왔다. 시, 환상동화, 공상소설, 장편소설, 중편소설, 거기에 온갖 쏘네트[14], 스딴짜[15], 깐쪼네[16]까지 무턱대고 내리갈겨 수효는 나날이 늘어갔고, 이 모든 글을 올림삐아에게 몇시간이고 계속해서 지칠 줄 모르고 읽어주었다. 이렇게 훌륭한 경청자를 만난 적도 일찍이 없었다. 올림삐아는 수를 놓거나 뜨개질을 하지도 않았고, 창밖을 내다보지도 않았고, 새에게 모이를 주지도 않

---

14 두개의 사행 연과 두개의 삼행 연으로 이루어진 십사행 시를 말한다.
15 여덟개의 단장 운각 행으로 이루어진 이딸리아의 연 형식을 말한다.
16 이딸리아 르네상스 시대에 유래한 시 형식을 말한다. 넷에서 열두개의 동일하게 구성된 연과 마지막 한개의 짧은 연으로 이루어져 있다.

앗고, 강아지나 고양이와 장난치지도 않았고, 종잇조각 따위를 만지작거리지도 않았고, 나직이 헛기침하여 하품을 감추려 들지도 않았다 —— 한마디로! —— 꼼짝달싹하지 않은 채 몇시간이고 연인의 눈을 뚫어져라 빤히 들여다보았고, 이 눈빛은 갈수록 더 달아오르며 생기가 돌았다. 이윽고 나타나엘이 자리에서 일어나 손과 입에 키스할 때만 "아, 아!"라고 신음했고 —— 그런 다음 "잘 자요, 내 사랑!"이라고 덧붙였다. "오, 그대 눈부신 영혼이여, 그대 웅숭깊은 마음이여," 나타나엘은 방으로 돌아와 외쳤다. "오직 그대에게만, 오직 그대 한 사람에게만 나는 이해받고 있어요." 자신과 올림삐아의 마음에 날이 갈수록 더욱 뚜렷이 울려 퍼지는 경이로운 화음을 생각하면 마음속 깊은 환희로 온몸이 떨렸다. 자신의 작품이나 문학적 재능에 관해 올림삐아가 마음속 깊은 곳에서 말하는 듯 느껴졌다. 그뿐 아니라 올림삐아의 목소리는 다름 아닌 자신의 마음속에서 울려 나오는 것 같았다. 그럴 수밖에 없는 것이, 앞에서 소개한 몇마디 말고는 올림삐아는 말을 한 적이 없기 때문이다. 나타나엘도 정신이 맑고 말짱한 때는, 이를테면 잠에서 깨어난 아침에는 올림삐아가 활기가 없고 말수가 적다는 것을 떠올렸지만, 그럴 때면 이렇게 말했다. "말이란 게 뭐야 —— 말이란 게! —— 올림삐아의 천사 같은 눈이 지상의 어떤 언어보다 더 많은 것을 말해주고 있잖아. 천국의 아이가 지상의 가련한 생활이 쳐놓은 비좁은 울타리 안에 갇힐 수 있을까?" 스빨란짜니 교수는 딸과 나타나엘의 교제에 매우 기뻐하는 듯했다. 나타나엘에게 호의를 숨김없이 드러냈고, 마침내 나타나엘이 올림삐아와 결혼하고 싶다고 넌지시 귀띔하자, 얼굴에 미소를 가득 띠고 이렇게 말했다. 그건 전적으로 딸의 자유로운 선택에 맡기겠네. —— 이 말에 용기를 얻은 나타나엘은 가슴에 불타는 열망을 품고 바로 다음 날 올림삐아에게 찾아가 이렇게 간청하기로 마음먹었다. 당신의 어여쁘고 애정 어린 눈빛은 영원히 나의 것이 되고 싶다고 오래전부터 말해왔지요. 이제 그 생각을 망설이지 말고 솔직하게 말로 표현해주세요. 나타나엘은 고향에서 떠나올 때 어머니가 주신 반지를 찾아 뒤졌다. 온 힘을 다해 새로운 인생을 싹틔우고 꽃피우겠다는 정표로 올림삐아에게 건네주기 위해서였다. 클라라와 로타어의 편지가 손에 걸렸지만 무덤덤히 치워두었다. 반지를 찾아내자 주머니에 집어넣고 올림삐아 집으로 달려갔다. 층계와 복도를 지날 때부터 기묘한 소음이 들려왔다. 스빨란짜니의 서재에서 울려 나오는 듯했다. ─ 발 구르는 소리 ─ 쨍그랑 소리 ─ 밀치는 소리 ─ 문에 부딪치는 소리, 그 사이로 욕설과 저주가 들렸다. 놓으라고 ─ 놓으라고 ─ 비열한 놈아 ─ 흉악한 놈아! ─ 거기 몸과 인생을 다 바쳤다고? ─ 하하하하! ─ 약속이 틀리잖아 ─ 내가, 내가 눈알을 만들었어 ─ 기계장치는 내가 만들었지 ─ 멍청한 놈아, 그것도 기계장치냐 ─ 빌어먹을 개 같은 머저리 기계공아 ─ 꺼지라고 ─ 사탄아 ─ 그만 ─ 돌팔이 인형공 ─ 악마 같은 짐승아! ─ 그만 ─ 꺼져 ─ 놓으라고! ─ 이렇게 뒤죽박죽 고래고래 악을 쓰는 목소리는 스빨란짜니와 소름 끼치는 코펠리우스의 것이었다. 나타나엘은 이루 말할 수 없는 두려움에 사로잡혀 방 안으로 뛰어들었다. 교수는 웬 여자 인형의 어깨를 붙잡고 이딸리아인 꼬뽈라는 다리를 붙들고, 이리저리 끌고 당기며 서로 빼앗으려 드세게 싸우고 있었다. 나타나엘은 이 인형이 올림삐아인 것을 알아보고, 무서움에 깊이 빠져들어 주춤 뒤로 물러섰다. 분노의 불길에 휩싸인 나타나엘은 사납게 싸우는 두 사람에게서 연인을 빼앗으려 했다. 그 순간 꼬뽈라가 엄청난 힘으로 몸을 홱 돌리며 인형을 교수 손에서 잡아채더니, 그 인형으로 교수를 무섭게 내리쳤다. 교수는 비틀비틀 뒷걸음질하여 시약병, 증류기, 플라스크, 유리 실린더가 놓여 있는 탁자에 나자빠졌다. 기기가 와르르 쏟아져 쨍그렁하고 산산조각 났다. 이제 꼬뽈라는 인형을 어깨에 떠메고 으스스하고 귀청 떨어지게 웃으며 자리를 떠나 층계 아래로 사라졌다. 인형의 볼썽사납게 축 늘어진 발이 나무 계단에 부딪혀 달가닥거리는 소리가 울려 퍼졌다. ──나타나엘은 얼어붙어 멈춰 섰다 ──올림삐아의 죽은 듯 창백한 밀랍 얼굴에는 눈알이 없었고 그 자리에 구멍만 시커멓게 파여 있는 것을 너무도 똑똑히 보았던 것이다. 올림삐아는 생명 없는 인형이었다. 스빨란짜니는 바닥에서 나뒹굴었다. 사금파리에 머리, 가슴, 팔을 찔려 피가 샘솟듯 흘러나왔다. 그렇지만 안간힘을 다해 이렇게 말했다. "쫓아가 ──쫓아가, 뭘 꾸물거리는 거야? ──코펠리우스 ──코펠리우스가 내 가장 훌륭한 자동인형을 빼앗아갔어 ──이십년이나 걸려 만든 건데 ──몸과 인생을 다 바쳤는데 ──기계장치 ──언어 ──동작 ──다 내 거야 ──눈알 ──그 눈알을 훔쳐갔어. ──망할 놈 ──빌어먹을 놈 ──쫓아가 ──올림삐아를 데려와 ──여기 눈알이 있네!······" 그때 나타나엘은 피투성이 눈알 한쌍이 바닥에 떨어져 자신을 빤히 올려다보고 있는 것을 보았다. 스빨란짜니가 다치지 않은 손으로 눈알을 붙잡아 나타나엘을 향해 던지자, 눈알은 나타나엘의 가슴팍에 명중했다. ──그 순간 광기가 나타나엘을 달아오른 발톱으로 움켜잡더니, 마음과 생각을 갈가리 찢으며 가슴속 깊숙이 파고들었다. "휘이 ──휘이 ──휘이! ──불의 원아 ──불의 원아! 돌아라 불의 원아 ──신나게 ──신나게! ──나무 인형아, 휘이, 아름다운 나무 인형아, 돌아라 ──" 이렇게 말하며 나타나엘은 교수에게 달려

들어 목을 짓눌렀다. 교수는 하마터면 목 졸려 죽을 뻔했다. 하지만 소동에 놀라 뛰어 들어온 많은 사람이 사납게 날뛰는 나타나엘을 떼어내고 교수를 구한 다음 곧바로 상처를 싸매었다. 기운이 센 지크문트도 미쳐 날뛰는 나타나엘을 제지할 수 없었다. 나타나엘은 계속해서 무시무시한 목소리로 "나무 인형아 돌아라"라고 외치며 불끈 쥔 주먹을 휘둘렀다. 여럿이 우르르 덮쳐 마침내 나타나엘을 바닥에 쓰러뜨리고 묶어서 제압할 수 있었다. 나타나엘의 말소리는 무시무시한 짐승 같은 울부짖음으로 바뀌어갔다. 소름 끼치는 광기에 휩싸여 날뛰는 가운데 나타나엘은 정신병원으로 실려 갔다.

자애로운 독자여, 불행한 나타나엘에게 그뒤 무슨 일이 있었는지 이야기를 계속하기 전에, 숙련된 기술자이자 자동인형 제작자인 스빨란짜니는 어찌 되었는지 그대가 궁금해할지 모르니 스빨란짜니는 부상에서 완전히 회복되었음을 일러둔다. 하지만 스빨란짜니는 대학을 떠났다. 나타나엘 사건이 물의를 빚었을 뿐 아니라, 교양 있는 차 모임(올림삐아는 여기에 참석하여 인기를 모았다)에 살아 있는 사람이 아니라 나무 인형을 끌어들인 것은 도저히 용납할 수 없는 사기 행각이라는 여론이 퍼졌기 때문이다. 법률가들은 이는 치밀한 사기로서 일반 대중을 기만했을 뿐 아니라 (아주 영리한 대학생들 말고는) 아무도 눈치채지 못하도록 매우 교묘히 날조했으므로 엄벌에 처해야 한다고까지 여겼다. 하긴, 이제 와서는 모두들 이럴 줄 알았다며 수상하게 보였던 온갖 사실을 근거로 내세우려 했지만, 이들은 워낙에 터무니없는 단서만 들이댔다. 이를테면 한 세련된 차 모임 참석자는 올림삐아가 예의에 어긋나게도 하품보다 재채기를 더 자주 했다고 말했는데, 이런 일을 도대체 누가 수상쩍게 여길 수 있었겠는가? 이 세련된 신사는 말하기를, 재채기는 숨겨진 태엽 장치가 자동으로 감기는 소리였으며 그럴 때마다 끼익끼익 소리가 들렸다고 했다. 문학과 수사학 교수는 코담배를 한줌 들이마시고 담배통을 닫은 뒤 헛기침하고 엄숙하게 말했다. "존경하는 신사 숙녀 여러분, 문제의 핵심을 알아채지 못하겠습니까? 모든 것은 알레고리입니다 ─ 은유의 연장이지요! ─ 제 말 이해하십니까? ─ 지혜로운 사람에게는 이 정도 말로 충분하겠지요!" 하지만 존경받는 많은 신사들은 이 말을 듣고도 안심하지 않았다. 자동인형 사건은 이들의 마음에 깊숙이 뿌리내렸고, 인간 형상을 한 것이라면 질색하는 불신 풍조도 은근히 생겨났다. 사랑하는 사람이 나무 인형이 아니라는 것을 확인하기 위해 연인에게 채근하기도 했다. 엇박자로 노래하거나 춤춰봐요. 책을 읽어줄 때는 수를 놓거나 뜨개질하거나 강아지와 장난쳐요. 무엇보다 듣고 있지만 말고 정말 생각하고 느끼는 것을 알 수 있도록 가끔 말도 하고요. 관계가 다져지고 애정이 깊어지는 연인도 많았지만, 조용히 헤어지는 연인도 있었다. "정말이지 인형이 아니라고 장담할 수 없으니까"라고 이 사람 저 사람이 말했다. 차 모임에서는 수상쩍게 보이지 않으려고 하품은 수없이 하는 한편 재채기는 결코 하지 않았다. ─ 스빨란짜니는 앞서 말했듯, 인간의 사교 모임에 자동인형을 끌어들인 사기 혐의 수사를 피하기 위해 도시를 떠나야 했다. 꼬뿔라도 사라졌다.

나타나엘은 깊고 무시무시한 꿈에서 깨어난 듯했다. 눈을 뜨자, 이루 말할 수 없는 행복감이 천국처럼 아늑하고 푸근하게 온몸에 흐르는 것을 느꼈다. 나타나엘은 고향 집의 자기 방 침대에 누워 있었다. 클라라가 나타나엘을 굽어보았고, 그 옆에 어머니와 로타어

가 서 있었다. "드디어, 드디어, 오 마음 깊이 사랑하는 나의 나타나
엘 — 이제 중병이 나았어 — 이제 다시 나의 것이 되었어!" 이렇
게 클라라는 마음속 깊이에서 우러나는 말을 하며 나타나엘을 껴
안았다. 나타나엘은 서글픔과 기쁨에 휩싸여 맑고 뜨거운 눈물을
쏟으며 깊이 신음했다. "나의 — 나의 클라라!" 엄청난 곤경에 처
했을 때 친구 곁을 변함없이 지켜줬던 지크문트가 방 안에 들어왔
다. 나타나엘이 손을 내밀었다. "나의 진실한 친구, 나를 버리지 않
았구나." 광기는 흔적 없이 사라졌고 나타나엘은 어머니, 연인, 친
구들의 정성 어린 간호를 받아 이내 기운을 되찾았다. 그러는 사
이 행운이 집안에 찾아들었다. 아무도 돈 한푼 기대하지 않았던 나
이 많은 구두쇠 큰아버지가 죽으면서 어머니에게 적지 않은 재산
뿐 아니라 도시 근교의 살기 좋은 지역에 있는 농장까지 물려주었
다. 어머니와 나타나엘은 클라라와 로타어와 함께 그곳으로 이사
하기로 했고 나타나엘은 클라라와 결혼할 생각이었다. 나타나엘
은 어느 때보다 더 선량하고 천진난만해졌으며, 클라라의 천사같
이 순수하고 눈부신 마음을 이제야 비로소 알아보았다. 누구도 나
타나엘에게 과거를 일깨우는 말은 넌지시라도 내비치지 않았다.
다만 지크문트와 헤어질 때 나타나엘은 이렇게 말했다. "하느님이
함께하시기를, 지크문트! 나는 잘못된 길에 들어섰으나 때마침 한
천사가 나를 찾아와 밝은 길로 이끌었지! — 아, 그것은 클라라였
어!……" 지크문트는 나타나엘이 더이상 말하지 못하게 막았다. 마
음속 깊이 상처를 줄지 모를 기억이 너무 선명하고 생생하게 떠오
를까 염려해서였다. — 행복한 네 사람이 농장으로 이사할 때가 되
었다. 이들은 한낮에 도시의 거리를 돌아다녔다. 이런저런 물건을
샀는데, 시청의 높은 탑이 장터에 엄청난 그림자를 드리웠다. "아!"

클라라가 말했다. "저 위에 한번 올라가서 저 멀리 있는 산맥을 구경해요!" 말이 떨어지기 무섭게 그렇게 했다. 나타나엘과 클라라 두 사람은 탑으로 올라갔고, 어머니는 하녀를 데리고 집으로 갔으며, 로타어는 많은 계단을 오르기 싫어 아래서 기다리기로 했다. 두 연인은 팔짱을 끼고 탑 꼭대기 전망대의 회랑에 서서 안개 낀 숲과 그 너머 거대한 도시처럼 우뚝 솟은 푸른 산맥을 바라보았다.

"저기 이상한 작은 잿빛 덤불[17]을 봐요, 꼭 우리에게로 걸어오고 있는 것 같아요." 클라라가 말했다. ─ 나타나엘은 자기도 모르게 옆 호주머니를 더듬었고, 꼬뻴라의 망원경을 꺼내 옆을 바라보니 ─ 클라라가 망원경 앞에 서 있었다! ─ 나타나엘의 맥박과 핏줄이 씰룩씰룩 움찔댔다. 죽은 듯 창백한 얼굴로 클라라를 바라보기가 무섭게 희번덕거리는 눈알에서 불길이 치솟고 불티가 튀더니, 나타나엘은 사냥개에 쫓기듯 소름 끼치게 울부짖었다. 그런 뒤 껑충껑충 뛰어오르고 간간이 으스스 웃으며 귀청 찢어지게 소리쳤다. "나무 인형아 돌아라 ─ 나무 인형아 돌아라." 그러고선 엄청난 힘으로 클라라를 붙잡아 아래로 내던지려 했지만, 클라라는 두려움에 질려 절망하면서도 안간힘을 다해 난간을 움켜잡았다. 로타어는 나타나엘이 미쳐 날뛰는 소리와 클라라가 두려움에 질려 내지르는 비명을 들었다. 소름 끼치는 예감이 머리를 스치자마자 층계를 뛰어올랐지만, 이층 층계 문이 잠겨 있었다 ─ 클라라의 비명은 더욱 크게 울려왔다. 노여움과 두려움에 제정신을 잃은 로타어가 몸을 문에 부딪치자 마침내 문이 열렸다 ─ 클라라의 목소리는 점점 가늘어졌다. "도와줘요 ─ 구해줘요 ─ 구해줘요……" 목

<hr>

17 이는 코펠리우스의 더부룩한 잿빛 눈썹을 연상시킨다.

소리가 허공에서 희미하게 사라졌다. "클라라가 죽었구나 ─ 미치광이에게 살해당했구나." 로타어가 소리쳤다. 회랑 문도 닫혀 있었다. ─ 절망에 빠지자 엄청난 힘이 솟구쳐, 로타어는 문을 부숴 넘어뜨렸다. 하느님 맙소사 ─ 클라라는 미쳐 날뛰는 나타나엘에게 붙들려 회랑 너머 허공에 떠 있었다 ─ 한 손으로 철제 난간을 겨우 움켜잡고 있을 뿐이었다. 로타어는 번개처럼 빠르게 누이를 가로채 안으로 끌어당기면서, 눈 깜짝할 새 주먹을 불끈 쥐어 미치광이의 얼굴을 후려쳤다. 나타나엘은 비척비척 물러서며 다 잡은 먹잇감을 손에서 놓았다.

로타어는 기절한 누이를 두 팔에 안고 층계를 뛰어 내려갔다. ─ 클라라는 목숨을 구했다. ─ 이제 나타나엘은 미친 듯 회랑을 빙빙 돌고 껑충껑충 뛰어오르며 소리쳤다. "불의 원아 돌아라 ─ 불의 원아 돌아라." 사나운 외침을 듣고 인파가 몰려들었다. 이들 사이에 키가 헌칠한 변호사 코펠리우스가 우뚝 모습을 드러냈다. 코펠리우스는 도시에 도착하여 곧장 시장으로 들어오던 참이었다. 군중이 미치광이를 제압하기 위해 위로 올라가려 하자, 코펠리우스가 웃으며 말했다. "하하 ─ 기다려요. 곧 제 발로 내려올 테니." 그러면서 다른 군중과 함께 위를 올려다봤다. 나타나엘은 몸이 얼어붙은 듯 느닷없이 멈춰 섰다. 몸을 아래로 굽히더니 코펠리우스를 알아보고선 귀청이 떨어지게 비명을 질렀다. "하! 알흠다운 눈깔 ─ 알흠다운 눈깔." 그러고선 난간 너머로 몸을 던졌다.

나타나엘이 머리가 산산조각 나 돌 포장길에 쓰러져 있는 사이, 코펠리우스는 인파 속으로 사라졌다.

여러해 뒤 클라라를 먼 지방에서 봤다고 누군가 전한다. 클라라는 한 상냥한 남자와 손을 맞잡고 아름다운 시골 저택 문 앞에 앉아 있었고, 부부 앞에는 아들 둘이 즐겁게 놀고 있었다고 한다. 이로 미루어 클라라는 평화로운 가정에서 행복을 찾았다고 짐작할 수 있으리라. 클라라의 밝고 쾌활한 마음씨에 어울리는 이러한 행복을, 마음속이 갈가리 찢긴 나타나엘은 결코 안겨주지 못했으리라.

키 작은 차헤스, 위대한 치노버
Klein Zaches, genannt Zinnober

1장

키 작은 불구아[1]—큰일 날 뻔한 신부의 코—파프누티우스 제후가 나라에 계
몽 정치를 도입하고 로자벨베르데 요정이 수녀원에 들어온 사연

평화로운 마을에서 멀지 않은 길 언저리, 가난에 찌든 누더기 차
림의 농사꾼 아낙네가 땡볕에 달구어진 땅바닥에 퍼질러 누워 있
었다. 배고픔에 시달리고 목마름에 허덕이며 다 죽어가던 불행한
아낙네는, 숲의 나무와 덤불 아래를 헤치고 힘들게 주워 모아 바구
니에 수북이 쌓아 올린 마른 땔감 무게에 못 이겨 쓰러졌고 숨이
목에 찼으므로 이제 죽는구나, 낙 없고 비참한 인생이 별안간 끝나
는구나, 생각할 수밖에 없었다. 하지만 땔감 바구니를 등덜미에 붙
들어 맸던 밧줄을 이내 안간힘을 다해 풀고, 때마침 가까이 있는
풀밭으로 기신기신 몸을 움직였다. 그러고선 큰 소리로 탄식을 터
뜨렸다. "하필이면," 아낙네는 이렇게 한탄을 늘어놓았다. "하필이
면 나와 내 가엾은 남편에게만 온갖 곤경과 갖은 비참함이 닥쳐야

---

1 Wechselbalg. 미신에 따르면 사악한 정령들이 바꿔치기한 흉측한 기형아를 말
한다.

하나? 아무리 진땀 흘리고 뼛골 빠지게 일해도 늘 가난에서 벗어나지 못하고 배고픔을 달랠 만한 벌이도 없는 사람이 온 마을에 우리 말고 누가 있지? ─ 삼년 전 남편이 앞뜰을 파다가 땅에 묻힌 금덩어리를 발견했을 때, 마침내 행운이 우리 집에 굴러들었구나, 이제 좋은 날이 오겠구나, 하고 우리는 생각했어. 하지만 어떻게 되었지? ─ 도둑이 돈을 훔쳐 가고, 우리 눈앞에서 집과 헛간이 불타고, 밭의 곡물은 우박으로 짓뭉개지고, 우리 가슴에 고통이 가득 차다 못해 철철 넘치게 할 심산인지 하늘은 우리에게 이 키 작은 불구아를 형벌로 내렸으니, 나는 이 아이를 낳아 온 마을의 치욕과 조롱거리가 되었지. ─ 성 라우렌시오 축일[2]에 이 아이는 두살 반이 되었는데도 거미 다리로 서지도 걷지도 못하고, 말하기는커녕 고양이처럼 으르렁대고 야옹거리니. 하지만 이 박복한 기형아는 먹성만큼은 적어도 여덟살은 된 더없이 튼튼한 사내아이 못지않아, 그런데도 몸집은 전혀 자라지 않지만 말이야. 우리가 고통과 참담한 곤경에 시달리며 이 아이를 먹여 키워야 하는 것을 보고 하늘이 이 아이와 우리를 가엾게 여기기를. 이 키 작은 엄지 난쟁이[3]는 갈수록 더 많이 먹어대고 마셔대겠지만 평생토록 일은 하지 않을 테니! 아니야, 아니야. 이건 한 여편네가 이 세상에서 견뎌낼 수 있는 고통을 넘어섰어. ─ 아, 죽을 수만 있다면 ─ 죽을 수만 있다면!" 이러면서 가엾은 아낙네는 눈물짓고 흐느끼기 시작했고, 그러다가 마침내 고통에 사로잡혀 기진맥진 잠들었다. ─ 아낙네는 이년 반 전에 낳은 역겨운 불구아 때문에 한탄할 만도 했다. 언뜻 보면 희

---

2 8월 10일.

3 프랑스 작가 샤를 뻬로(Charles Perrault, 1628~1703)나 독일의 그림(Grimm) 형제가 수집한 동화 등에 등장하는 키가 엄지만 한 인물.

한하게 우글쭈글해진 나뭇조각처럼 생긴 것이 알고 보니 키가 두 뼘도 안되는 기형의 사내아이였는데, 이 아이는 바구니를 가로질러 누워 있다가 아래로 기어 내려와 이제 풀밭에서 으르렁대며 뒹굴었다. 머리가 두 어깨 사이에 깊이 묻혀 있고, 등이 있을 자리에 호박 비슷한 혹이 났으며, 가슴 바로 아래 개암나무 회초리만큼 가느다란 다리가 매달려 있어 사내아이는 쪼개진 무⁴처럼 보였다. 건성으로 스쳐보면 얼굴에서 눈에 띄는 게 별로 없지만, 꼼꼼히 들여다보면 푸수수한 검은색 머리털 사이로 툭 튀어나온 길고 뾰족한 코와 작고 까맣게 반짝이는 두 눈이 보였고, 말이 나온 김에 말하자면 특히 얼굴이 사뭇 쭈글쭈글하게 깊이 주름진 탓에 작은 맨드레이크 뿌리⁵가 드러난 듯했다.

방금 말했듯, 이제 아낙네가 근심에 젖어 깊은 잠에 빠지고 그 아들이 그 옆으로 바싹 굴러 내렸을 때, 근처 수녀원에 사는 귀부인 로젠쉰 수녀⁶가 때마침 산책에서 돌아오며 이 길로 접어들었다. 수녀는 걸음을 멈추었고, 천성이 경건하고 동정심이 많은 까닭에 눈앞에 펼쳐진 비참한 광경을 보고 사뭇 가슴이 미어졌다. "오, 하느님 맙소사," 수녀가 이렇게 입을 열었다. "이 땅에 슬픔과 곤경이

---

4 셰익스피어(William Shakespeare, 1564~1616)의 『헨리 4세』(*Henry IV*) 2부 3막 2장 끝부분에서 폴스타프는 섈로 판사를 "쪼개진 무"(forked radish)라고 조롱하며, "창녀들은 그 녀석을 '맨드레이크'라고 불렀지"(whores called him 'mandrakes')라고도 말한다.

5 가짓과에 속하는 식물로서, 그 뿌리는 인간과 형태가 매우 흡사하고, 예로부터 마력이 있다고 여겨졌다.

6 여기서 편의상 'Damenstift'를 '수녀원'이라, 'Stiftsfräulein(Stiftsdame)'을 '수녀'라 번역했다. 이 수녀원의 수녀들은 종신서원을 하지 않은 채 계율을 지키며 살아간다. 이런 점에서 종신서원을 한 수녀(Nonne)들이 사는 수녀원(Kloster)과 다르다.

얼마나 넘치는지요! ─ 불행한 아낙네 같으니! ─ 이 아낙네는 죽지 못해 살아가고 있구나. 힘에 부치게 일하다가 배고픔과 걱정에 못 이겨 쓰러져 있는 거야. ─ 내가 얼마나 변변찮고 무력한지 이제야 비로소 뼈저리게 느껴져! 아, 마음껏 도움을 줄 수 있다면 좋으련만! ─ 하지만 나는 능력이 아직 남아 있어. 사악한 운명에게 빼앗기고 짓밟히지 않은 얼마 안 되는 재능이나마 아직 사용할 수 있어. 이를 있는 대로 남김없이 쏟아부어 슬픔을 가라앉히겠어. 내가 돈을 마음대로 줄 수 있다 할지라도, 가엾은 아낙네여, 자네에게 도움이 되기는커녕 오히려 사태를 더욱 악화시킬 것이야. 자네와 자네 남편 둘 다 재물 복이 없는 걸 어쩌겠나, 재물 복이 없는 사람은 금덩어리도 호주머니에서 빠져나가지. 이런 사람은 돈이 어떻게 새가는지도 모르고, 돈 때문에 엄청나게 역정만 나게 되고, 돈이 더 흘러들어올수록 더 가난해지지. 하지만 어떤 가난이나 곤경보다도 자네 마음을 괴롭히는 것은, 자네가 평생토록 짊어져야 할 사악하고 섬뜩한 짐 덩어리처럼 자네에게 달라붙어 있는 키 작은 요괴를 낳은 일이야. ─ 키가 크다든지 ─ 잘생겼다든지 ─ 힘이 세다든지 ─슬기롭다든지, 이 사내아이가 그렇게 될 수 없는 걸 어쩌겠어, 하지만 아이에게 도움을 줄 다른 방법이 아마 있을 거야."
이러면서 수녀는 풀밭에 쪼그려 앉아 키 작은 아이를 품에 안았다. 사악한 맨드레이크는 몸부림치고 버둥거리고 으르렁대며 수녀의 손가락을 물어뜯으려 했지만, 수녀는 "가만, 가만, 귀여운 풍뎅이야!"라고 말하며 손바닥으로 살며시 가볍게 이마에서 목덜미까지 아이의 머리를 쓰다듬었다. 이렇게 매만지자 키 작은 아이의 푸수수한 머리털이 가다듬어져 가르마가 생기고 이마에 달라붙으며 귀엽고 부드러운 곱슬머리가 비쭉한 어깨와 곱사등까지 찰랑거렸다.

키 작은 아이는 차츰 잠잠해지더니 마침내 깊이 잠들었다. 그러자 로젠쇤 수녀는 아이를 엄마 바로 옆 풀밭에 조심스레 내려놓고 호주머니에서 취각제[7] 병을 꺼내 아낙네에게 각성수를 뿌린 뒤 총총걸음으로 자리를 떠났다.

아낙네는 이내 깨어났고, 경이롭게 생기를 되찾아 기운이 넘치는 기분이었다. 식사를 푸짐히 했거나 포도주를 마음껏 들이켠 듯했다. "아유," 아낙네는 이렇게 소리 질렀다. "한소끔 잤다고 이렇게 마음이 편안해지고 기분이 좋아지다니! ─ 하지만 해가 곧 서산을 넘어가려 하니 이제 서둘러 집에 가야겠군!" 그러고선 바구니를 들려 했지만 안을 들여다보니 키 작은 아이는 없었고, 바로 이때 아이가 풀밭에서 몸을 일으켜 징얼징얼 깩깩거렸다. 엄마는 두리번거리며 아이를 찾다가 놀라 손뼉 치며 소리쳤다. "차헤스[8] ─ 키 작은 차헤스, 도대체 누가 그새 네 머리를 이렇게 예쁘게 빗겨주었니? ─ 차헤스 ─ 키 작은 차헤스, 곱슬머리가 너에게 얼마나 귀엽게 어울리는지, 몹시도 역겹고 추악한 어린애가 아니기라도 한 듯싶구나! ─ 자, 이리 온, 이리 온! ─ 바구니 안으로!" 아낙네는 아이를 붙들어 땔감 위를 가로질러 눕히려 했으나, 키 작은 차헤스는 다리를 버둥거리며 엄마에게 히죽 웃어 보이고 또렷이 들리게 야옹거렸다. "싫어요!" "차헤스! ─ 키 작은 차헤스!" 아낙네는 기쁨에 정신이 홀랑 나가 외쳤다. "도대체 누가 그새 네게 말을

---

7 강한 냄새가 나는 물질이 포함되어 기절했을 경우 정신을 깨우는 용도로 쓰였다. 17~18세기에 널리 사용되었다.

8 Zaches는 Zacharias(차하리아스)의 약칭으로, 아마도 낭만주의 작가 차하리아스 베르너(Zacharias Werner, 1768~1832)를 암시하는 듯하다. 치노버(Zinnober)는 진사(辰沙)라는 광물로 수은과 유황의 화합물이며 진홍색을 띤다. '보잘것없는 것, 어리석은 짓'이라는 뜻도 있다.

가르쳐주었니? 자! 이렇게 예쁘게 머리를 빗고 이렇게 얌전히 말을 하는 걸 보니, 아마 걸을 수도 있겠구나." 아낙네는 바구니를 등에 짊어지고 키 작은 차헤스는 엄마의 앞치마에 매달려서, 두 사람은 마을로 향했다.

두 사람이 사제관을 지나가게 되었을 때, 마침 신부는 금발 곱슬머리의 매우 예쁘장한 세살배기 막내아들을 데리고 문간에 서 있었다. 아낙네가 무거운 땔감 바구니를 짊어지고 앞치마에 키 작은 차헤스를 매단 채 다가오는 것을 보고, 신부는 아낙네에게 소리쳤다. "안녕하시오, 리제 부인, 잘 지내셨소 ― 등짐이 너무 무거워 더 걸음을 옮기지 못할 것 같구려. 이리 와서 우리 문 앞의 이 벤치에 앉아 쉬어 가구려. 하녀가 부인에게 시원한 마실 것을 가져다드리리다!" 두번 권하기도 전에 리제 부인은 바구니를 내려놓고 막 입을 열어 고귀한 신부에게 갖은 슬픔과 곤경을 하소연하려는 참이었다. 엄마가 느닷없이 몸을 돌리자 키 작은 차헤스가 균형을 잃고 신부의 발치에 나동그라졌다. 신부는 재빨리 몸을 굽혀 키 작은 아이를 들어 올리며 이렇게 말했다. "이봐요, 리제 부인, 리제 부인, 부인은 매우 예쁘장하고 더없이 사랑스러운 아들을 두었구려. 이렇게 경이롭게 예쁜 아이를 갖는 것은 진정 하늘의 축복이지요." 그러고선 아이를 팔에 안아 어루만졌는데, 버릇없는 엄지 난쟁이가 흉측하게 으르렁대고 야옹거리며 고귀한 신부의 코를 물어뜯기까지 하려는 것을 전혀 알아채지 못하는 듯 보였다. 리제 부인은 어안이 벙벙하여 신부 앞에 서서 눈을 크게 뜨고 신부를 멍하니 바라보았다. 이 말을 어떻게 생각해야 할지 알 수 없었다. "아, 신부님," 아낙네는 울먹이는 목소리로 마침내 말을 꺼냈다. "신부님 같은 목자께서는 가엾고 불행한 여편네를 조롱하지 않으시겠지요. 도대체 무슨 영문에서인지 하늘이 이 여편네에게 이 역겨운 불구아를 형벌로 내렸지만요!" "무슨 소리를," 신부는 매우 정색하고 대답했다. "무슨 정신 나간 소리를 하는 거요, 부인! 조롱이라니 ─ 불구아라니 ─ 하늘의 형벌이라니 ─ 부인이 무슨 말을 하는지 이해할 수 없구려. 부인이 귀여운 아들을 마음속 깊이 사랑하지 않는다면 틀림없이 부인이 눈먼 탓이라는 것만은 잘 알겠소. ─ 나에게 뽀뽀하련, 얌전하고 키 작은 아이야!" 신부는 키 작은 아이를 껴안았지만, 차혜스는 "싫어요!"라고 으르렁대며 또다시 신부의 코를 덥석 물려 했다. "못된 녀석 같으니!" 리제가 깜짝 놀라 소리쳤다. 하지만 이때 신부의 아들이 이렇게 말했다. "아, 아버지, 아버지는 마음씨 좋고 아이들에게 잘해주니, 틀림없이 어느 아이에게나 마음속 깊이 사랑받을 거예요!" "오, 들어보시오," 신부는 기쁨으로 눈을 반짝이며 소리쳤다. "리제 부인, 부인에게 그토록 미운털이 박힌 부인의 사랑스러운 차혜스, 이 귀엽고 슬기로운 아이가 하는 말을 들어보시오.⁹ 이 아이가 아무리 귀엽고 슬기롭다 해도 부인이 이 아이를 제대로 키우지 못하리라는 것을 나는 벌써 알아챘소. 들으시오, 리제 부인, 장래가 촉망되는 부인 아이의 양육을 내게 맡기시오. 찢어지게 가난한 부인 집에 아이는 짐만 될 뿐이고, 아이를 내 아들처럼 기를 수 있다면 나에게는 기쁨이 될 것이오!"

리제는 깜짝 놀라 제정신을 차릴 수 없었고, 거듭하여 이렇게 소리쳤다. "하지만, 신부님 ─ 친애하는 신부님, 신부님이 키 작은 요

---

9 신부의 아들이 "아, 아버지, 아버지는……"이라고 말하지만, 신부의 귀에는 키 작은 차혜스가 "아, 신부님, 신부님은……"이라고 말하는 것으로 들린다. 원문의 독일어 '파터'(Vater)는 '신부님'이란 뜻도 '아버지'라는 뜻도 있다.

괴를 맡아 기르시겠다는 게, 제가 불구아 때문에 겪는 곤경에서 벗어나게 해주시겠다는 게 정말 진담인가요?" 하지만 부인이 자기 맨드레이크의 역겨운 흉측함을 신부에게 흉보면 흉볼수록, 부인은 정신 나가 눈이 멀었으니 이런 훌륭한 신동을 선물받는 천운을 누릴 자격이 전혀 없소,라고 신부는 열띠게 주장했고, 마침내 몹시 발끈하여 키 작은 차헤스를 팔에 안고 집 안으로 들어가더니 안에서 문을 걸어 잠갔다.

이제 리제 부인은 사제관 문 앞에 석상처럼 굳은 채 멈춰 서서, 이 모든 일을 어떻게 생각해야 할지 알 수 없었다. "도대체," 부인은 혼잣말했다. "고귀한 신부님께 무슨 일이 있었기에, 우리 키 작은 차헤스에게 홀딱 반해 이 아둔한 작다리를 귀엽고 슬기로운 아이로 여기는 거지? ― 자! 하느님이 신부님을 도와주시기를. 내 어깨에서 짐을 벗겨 스스로 짊어지셨으니, 어떻게 지고 갈지는 알아서 하시겠지! ― 아유, 땔감 바구니가 얼마나 가벼워진 거야, 키 작은 차헤스가 앉아 있지 않고 더없는 걱정까지 사라졌으니!"

그러면서 리제 부인은 등덜미에 땔감 바구니를 지고 즐겁고 흥겹게 길을 걸어 떠났다! ― 필자가 지금 입을 꾹 다물고 있더라도 자비로운 독자여, 로젠쇤 수녀, 일명 로젠그륀쉔[10]에 얽힌 자못 특별한 사연이 틀림없이 있으리라 그대는 예감할 것이다. 다름 아니라 수녀가 머리를 쓰다듬고 머리털을 가다듬은 일이 신비로운 효과를 발휘하여, 마음씨 좋은 신부가 키 작은 차헤스를 아름답고 영리한 아이로 여기고 곧바로 친자식처럼 받아들인 것이기 때문이다. 하지만 친애하는 독자여, 그대는 통찰력이 뛰어나더라도 잘못

10 로젠쇤 수녀, 로젠그륀쉔, 로자벨베르데와 같은 상이한 이름은 부인이 이중적 존재로 수녀이자 요정임을 드러낸다.

된 짐작에 빠질 수 있으며, 신비로운 수녀에 관해 곧바로 자세히 알아보려고 페이지를 훌쩍 건너뛰느라 이야기를 제대로 즐기지 못할 수도 있다. 그러느니 차라리 필자 자신이 이 고귀한 귀부인에 관해 아는 사실을 모조리 곧바로 이야기해주는 편이 나을 것이다.

로젠쉰 수녀는 자태는 날씬하고, 몸매는 균형 잡히고 위엄 있으며, 성격은 당당하고 결기 있었다. 얼굴은 첫눈에도 완벽하게 아름답다고 말할 수밖에 없었지만, 곧잘 그러듯 물끄러미 정색하고 앞을 바라볼 때는 특히 섬뜩한 인상마저 자아내었다. 이는 무엇보다 자못 특별하고도 기이한 이맛살이 두 눈썹 사이에 잡혀 있었기 때문이다. 수녀에게 정말 이런 이맛살이 생길 수 있을까 사뭇 궁금해질 정도였다. 하지만 때로는, 특히 맑고 화창한 날씨에 장미가 만발하면 수녀의 눈빛이 어찌나 상냥하고 아리따운지, 누구든 달콤하고 뿌리칠 수 없는 마법에 사로잡힌 듯 느낄 정도였다. 필자가 자비로운 수녀를 보는 기쁨을 누렸던 처음이자 마지막 기회에 수녀의 생김새는 최고의 완벽한 전성기에, 변곡선의 최절정에 이르러 있었으며, 따라서 바로 이런 절정기에 수녀를 보게 되고, 곧 스러질지 모를 경이로운 아름다움에 자못 놀라게 되는 엄청난 행운을 얻었다고 필자는 생각했다. 하지만 잘못된 생각이었다. 마을의 가장 나이 든 노인들은 이렇게 장담했다. 기억이 닿는 때부터 자비로운 수녀를 알고 있었소. 이 귀부인은 생김새가 달라진 적이 한번도 없이 늙지도, 젊지도, 미워지지도, 고와지지도 않고 지금 그대로요. 그러니까 시간은 수녀에게 아무 힘도 미치지 못하는 듯했고, 이 사실부터 많은 사람에게는 신기하게 여겨졌다. 곰곰이 생각하면 누구나 놀랄 수밖에 없을 뿐 아니라 마침내 그 신기함에 빠져들어 전혀 헤어날 수 없는 또다른 많은 사건이 잇따라 일어났다. 수녀에게서 드러난 첫번째 매우 뚜렷한 특징은 수녀의 이름에 들어 있는 꽃[11]과의 친밀성이었다. 세상 누구도 수녀만큼 훌륭하게 눈부신 수천잎의 장미를 기를 수 없었을 뿐 아니라, 아무리 형편없고 말라빠진 가시라도 수녀가 땅에 심으면 장미꽃이 만발하여 화려하게 피어났다. 그밖에 수녀는 홀로 숲에서 산책하며 나무, 덤불, 샘물, 개울물에서 울리는 것 같은 경이로운 노랫소리와 큰 소리로 대화를 나누는 게 분명했다. 그랬다, 한 젊은 사냥꾼이 엿들은 바에 따르면, 한번은 수녀가 더없이 빽빽한 덤불숲 한가운데 서 있는데 이 나라 텃새가 전혀 아니며 깃털이 알록달록하고 번쩍거리는 희한한 새들이 둘레에 날아다니며 수녀를 어루만지더니 흥겹게 노래하고 지저귀며 수녀에게 온갖 즐거운 일을 조곤조곤 이야기하는 듯 보였고, 수녀도 이를 듣고 웃으며 기뻐했다는 것이었다. 이 때문에 로젠쇤 수녀는 수녀원에 들어오자마자 이 지역 모든 주민의 이목을 끌게 되었다. 귀부인의 수녀원 입소는 제후의 명령이었던 터라, 수녀원 근처 영지 소유자이자 수녀원 관리관이었던 프레텍스타투스 폰 몬트샤인 남작[12]은 아무 이의도 제기하지 못했다. 하지만 남작은 끔찍스러운 의혹에 시달렸다. 뤽스너의 마상 무술 대회 책[13]이나 다른 연대기에서 로젠그륀쇤 가문을 아무리 찾아보려 해도 찾

---

11 Rosenschön은 '장미처럼 아름다운'이라는 뜻이다.

12 라틴어 praetextatus는 '벨벳 토가 차림의'란 뜻이며, 독일어 Mondschein은 '달빛'이란 뜻이다. 라틴어 단어와 낭만적이고 시적인 독일어 단어를 결합시켜 우스꽝스러운 효과를 자아내고 있다.

13 게오르크 뤽스너(Georg Rüxner)가 1530년 출간한 『마상 무술 시합 책』(*Thurnierbuch*)에는 마상 무술 시합에 참여한 기사의 수, 제후나 기사의 문장, 시합이 열린 도시의 문장, 참여 기사가 수록되어 있었고, 당시 사람들은 이 책을 일종의 귀족 가문 계보 편람으로 활용했다.

을 수 없었기 때문이다. 이런 까닭에 남작이 32대조 가계도가 없는 부인의 수녀원 입소 자격을 의심한 것은 당연했고, 결국은 몹시 낙담에 빠져 두 눈에 눈물을 반짝이며 이렇게 간청했다. 로젠그륀쉰이란 이름을 로젠쉰으로라도 제발 바꿔주시오. 로젠쉰이란 이름은 그래도 있을 듯하고 조상도 있을 법하니 말이오. ── 부인은 남작이 바라는 대로 해주었다. ── 수모를 당한 프레텍스타투스는 아마도 원한에 못 이긴 나머지 조상이 없는 수녀를 이런저런 식으로 헐뜯어 험한 뒷말이 생겨나게 했고, 이는 갈수록 점점 더 마을에 퍼졌다. 숲에서의 신비스러운 대화에는 별달리 수상쩍은 점이 없었으나, 갖은 미심쩍은 상황이 잇따라 생겨나며 입에서 입으로 퍼져 수녀의 정체가 의심쩍게 보였기 때문이었다. 마을 이장의 아내인 아네 원장은 대담하게도 이렇게 주장했다. 수녀가 창문 밖으로 크게 재채기할 때마다 온 마을의 우유가 시어지는 게 틀림없어요. 이 사실이 확인되자마자, 무시무시한 일이 일어났다. 교사 아들 미헬이 수녀원 부엌에서 군것질 삼아 구운 감자를 먹다가 수녀에게 들켰는데, 수녀는 미소 지으며 소년에게 손가락질했다. 그러자 뜨거운 구운 감자가 항상 입안에 들어 있기라도 한 듯 소년의 입이 벌어진 채 닫히지 않았고, 그뒤로 소년은 차양이 앞으로 널찍이 튀어나온 모자를 쓰고 다녀야 했다. 그러지 않으면 불쌍한 소년의 입에 비가 들이닥쳤기 때문이다. 수녀는 불과 물에 말을 걸고, 비바람과 우박 실은 구름을 불러오며, 요정 머리[14]를 땋을 줄 아는 게 이내 확실해

---

14 요정 머리, 일명 '폴란드 머리'는 헝클어져 끈끈하게 달라붙은 머리털을 말한다. 머리의 표피가 손상되고 진피가 노출되어 머리털이 서로 달라붙는 질병 증상을 가리키기도 하고, 포도주와 설탕을 섞은 물 또는 왁스를 사용하여 머리털이 들러붙게 만든 헤어스타일을 뜻하기도 한다. 전설에 따르면 요정이나 요괴가 이 머리를 땋을 수 있다고 한다.

보였다. 뿔 사이에 파란 불길을 드높이 번쩍이는 엄청나게 큰 사슴벌레를 앞세우고 수녀가 빗자루를 타고 공중을 헤치며 씨잉 날아가는 것을 한 목동이 한밤중에 오싹함과 무서움에 떨며 보았다고 증언하자 아무도 이 말을 의심치 않았다.──이제 다들 소동에 빠져들어 마녀를 물리치려 했고, 마을 재판관들은 다름 아니라 이런 판결을 내렸다. 수녀를 수녀원에서 불러와 물에 빠뜨려서 전래의 마녀 판별 시험[15]을 거치게 하라. 프레텍스타투스는 이 모든 일을 허락하고 미소 지으며 혼잣말했다. "몬트샤인처럼 유서 깊은 명문 혈통도 아니고 조상도 없는 상민들은 이렇게 되는 거야." 몹쓸 짓을 당할 것을 알게 되자 수녀는 도읍으로 피신했고, 프레텍스타투스 남작은 이내 이 나라 제후의 내각이 보낸 명령서를 받았다. 마녀는 없노라고 남작에게 통보하며, 수녀의 수영 실력을 보고 싶다는 주제넘은 욕심을 부린 죄를 물어 마을 재판관들을 감옥에 집어넣을 것과, 로젠쉰 수녀를 나쁘게 여기면 엄한 체형에 처하겠다고 그밖의 농사꾼 부부들에게 알릴 것이 명령된 서한이었다. 마을 주민들은 자신들의 행동을 되짚어보았고, 형벌을 받을까 두려워 그 뒤로는 수녀를 좋게 생각했으며, 이는 마을이나 로젠쉰 수녀 모두에게 더없이 유익한 결과를 가져왔다.

제후의 내각에서는 로젠쉰 수녀가 다름 아니라 당시 세계적으로 유명했던 로자벨베르데 요정이라는 것을 잘 알고 있었다. 이 일에는 다음과 같은 사연이 있었다.

---

[15] 마녀 판별 시험에는 여러가지가 있었다. 차가운 물 시험에서는 마녀라고 의심되는 여자를 물에 빠뜨려 가라앉으면 마녀가 아니라 여겼고, 물 위로 떠오르면 마녀라고 처형했다. 뜨거운 물 시험에서는 끓는 물에 담긴 반지나 돌 따위를 손으로 집게 하여 손이 화상을 입으면 마녀라고 판정했다. 그밖에도 불 시험, 눈물 시험, 바늘 시험, 저울 시험 등이 있었다.

프레텍스타투스 폰 몬트샤인 남작의 영지가 있고, 로젠쇤 수녀가 살고 있으며, 요컨대 필자가 그대 친애하는 독자에게 자세하게 이야기하려 하는 모든 사건이 일어난 작은 제후국보다 더 평화로운 나라는 드넓은 이 세상 어디에도 없었다.

높은 산줄기에 둘러싸이고, 숲은 짙푸르고 향기로우며, 초원에 꽃이 만발하고, 강물은 솨솨 흐르고, 분수는 즐거이 찰찰거리고, 더욱이 도시는 전혀 없이 평화로운 마을에 이따금 궁전만 외따로 서 있었으므로 이 작은 나라는 경이롭고 호화로운 정원과 비슷했고, 그 안에서 주민들은 인생의 모든 고달픈 짐을 벗고 즐거이 산책하는 듯했다. 데메트리우스 제후가 나라를 다스린다는 것은 누구나 알았지만, 정부가 있다는 것은 아무도 전혀 느끼지 못했고, 다들 이에 자못 만족했다. 모든 행동의 완벽한 자유, 아름다운 경관, 온화한 날씨를 사랑하는 사람이라면 이 제후국보다 더 살기 좋은 곳을 찾을 수 없었고, 그래서 잘 알다시피 따뜻함과 자유로움을 무엇보다 중시하는 여러 빼어난 착한 요정들도 다른 이들에 끼어 이곳에 정착하게 되었다. 아마도 이러한 요정들 덕택에, 거의 모든 마을에서, 특히 숲 속에서 더없이 즐거운 기적이 매우 자주 일어났으며, 이러한 기적의 환희와 희열에 감싸여 누구나 신비스러운 일을 철석같이 믿었지만 부지불식간에 그랬던 까닭에 즐겁고 건전한 국가 시민으로 살 수 있었다. 지니스탄[16]에서처럼 자유로이 마음대로 살았던 착한 요정들은 훌륭한 데메트리우스에게 영생을 베풀고 싶

---

16 『지니스탄 혹은 요정 및 정령 동화 선집』(*Dschinnistan oder auserlesene Feen-und Geistermärchen*)은 독일 작가 크리스토프 마르틴 빌란트(Christoph Martin Wieland, 1733~1813)가 일부는 번역하고 일부는 창작하여 출간한 동화집 가운데 하나다. 호프만에게 지니스탄은 요정의 왕국을 뜻했다.

었으리라. 하지만 이는 요정들의 능력을 벗어나는 일이었다. 데메트리우스는 세상을 떠났고 젊은 파프누티우스[17]가 정권을 이어받았다. 파프누티우스는 선친의 생전부터 은밀히 마음속으로 근심을 키워왔으니, 선친이 백성과 국가를 더없이 심각할 만큼 돌보지 않고 내버려두었다고 생각해서였다. 국가 경영을 결심하자마자 제후는 언젠가 자신이 산 너머 여관에 지갑을 두고 왔을 때 6두카트를 빌려주어 큰 곤경에서 구해준 시종 안드레스를 제국 총리대신으로 임명하였다. "나는 통치를 하려 하노라, 친구여!"[18] 파프누티우스는 대신에게 소리쳐 말했다. 안드레스는 주군의 눈빛에서 마음속 생각을 읽어내고 발치에 엎드려 엄숙히 말했다. "전하! 위대한 시대의 서종이 울렸습니다! ― 전하의 영도로 제국은 캄캄한 혼돈에서 벗어나 은은히 빛나며 솟아오를 것입니다! ― 전하! 여기 더없이 충성스러운 신하가, 가엾고 불행한 수천 백성의 목소리를 가슴과 목에 담아 간청합니다! ― 전하! ― 계몽 정치를 도입하옵소서!"[19] 파프누티우스는 대신의 숭고한 생각에 뼈저리게 감동했다. 대신을 일으켜 가슴에 열렬히 끌어안고 흐느끼며 말했다. "대신 ― 안드레스 ― 나는 그대에게 6두카트를 ― 더 많은 것을 ― 나의 행운을 ― 나의 제국을 빚지고 있구나! ― 오, 충성스럽고 현명한 시종

----

17 파프누티우스(Paphnutius), 푸톨로메우스 필라델푸스(Ptolomäus Philadelphus), 바르자누프(Barsanuph), 프로스퍼 알파누스(Proper Alpanus)란 이름은 요한 게오르크 치머만이 쓴 『고독에 관하여』에서 차용한 것이다.

18 1661년 3월 10일 섭정 마자랭 추기경(Cardinal Mazarin, 1602~61)이 사망하자 루이 14세가 "본인이 통치하려(gouverner moi-même) 하노라"라고 말한 사실을 암시한다.

19 프리드리히 실러의 희곡 『돈 카를로스』(Don Carlos) 3막 10장에서 포사 후작이 펠리페 2세에게 "사상의 자유를 베풀어주십시오"라고 전언하는 장면을 암시한다.

이여!"

파프누티우스는 '이 시간부터 계몽 정치가 도입되었도다, 누구든 이에 따라야 하노라'라는 포고령을 대문자로 인쇄하여 골목골목 붙이게 하려 했다. "경애하는 전하!" 하지만 안드레스는 이렇게 소리쳤다. "경애하는 전하! 그러시면 안 됩니다!" "어떻게 해야 하오, 친구?" 파프누티우스는 이렇게 묻고는 대신의 단춧구멍을 붙들더니 내각 회의실로 끌고 들어가 문을 잠갔다.

"아시겠지요," 안드레스는 제후 맞은편의 작고 낮은 의자에 앉아 말을 꺼냈다. "아시겠지요, 자비로운 전하! ── 계몽 정치를 알리는 전하의 제후 포고령은 예상치 못한 일에 부딪쳐 효력을 발휘하지 못할지 모릅니다, 가혹해 보일지라도 꼭 필요한 현명한 조처를 병행하지 않으면 말이지요. ── 계몽 정치를 추진하기 전에, 즉 삼림을 벌목하고, 하천에 선박을 운항할 수 있게 하고, 감자를 재배하고, 마을 학교를 개선하고, 아까시나무와 포플러를 식목하고, 청소년에게 아침 찬가와 저녁 찬가를 이중창으로 끝까지 부르게 하고, 대로를 건설하고, 우두 접종[20]을 시행하기 전에, 위험한 사상을 가진 자들이 이성에 귀 기울이지 않고 어리석은 행동으로 백성을 현혹하지 못하도록 이들을 국가에서 모조리 추방해야 합니다 ── 전하는 『천일야화』[21]를 읽으셨지요, 경애하는 전하. 돌아가신 선친 전하께서 묘지에서 편하게 영면하시도록 하늘이 도우시기를 바라옵지만, 선친 전하께서는 그런 불길한 책을 애호하시어, 전하께서 아직 목마를 타시고 황금색 생강 과자를 먹을 나이에 그런 책을 손

---

20 우두 접종은 계몽주의자 볼떼르(Voltaire, 1694~1778)의 주장에 따라 18세기 말부터 시행되었다.

21 『천일야화』(*Les mille et une nuits*)는 1704년 유럽에 최초로 출간되었다.

에 쥐여준 것을 제가 알고 있습니다. 그래서 이제! ─ 이 전혀 종잡을 수 없는 책에 나오는 이른바 요정을 전하께서는 알고 계시겠지만, 자비로운 전하, 이 위험한 요정들이 수없이 이곳 전하의 나라, 전하의 궁전 가까이에 정착하여 갖은 불법을 자행하고 있는 것은 분명 모르실 것입니다." "뭐라고? ─ 무슨 말을 하는 거요? ─ 안드레스! 대신! ─ 요정이라니! ─ 여기 내 나라에?" 이렇게 소리치며, 제후는 창백하게 질려 의자에 털썩 주저앉았다. "진정하십시오, 자비로운 전하." 안드레스가 말을 이었다. "진정하셔도 됩니다. 우리는 현명함을 발휘하여 곧 계몽 정치의 적들과 맞서 싸울 것입니다. 그렇습니다! ─ 저는 이자들을 계몽 정치의 적이라 일컫습니다. 이들은 돌아가신 선친 전하의 자비를 악용하여 우리 국가를 칠흑 같은 어둠에 빠뜨린 장본인이기 때문입니다. 이들은 경이로운 요술로 위험한 영업을 벌이고 시문학의 이름으로 은밀히 해독을 유포하여 백성이 계몽 정치에 따르는 것을 철저히 불가능하게 합니다. 이들은 경찰에 대항하는 주제넘은 습성이 있으므로 문화국가에서도 용납될 수 없습니다. 이 파렴치한 자들은 이를테면 퍼뜩 생각이 떠오르기가 무섭게, 비둘기나 고니나 심지어 날개 달린 말[22]이 끄는 수레에 올라타 공중에서 유람하기를 서슴지 않습니다. 이제 저는 묻사오니, 자비로운 전하, 합리적인 통관세를 입안하고 도입해보아야 무슨 소용이 있겠습니까? 분별없는 시민에게 비과세 물품을 마음 내키는 대로 굴뚝 안으로 던져줄 수 있는 자들이 국가에 있다면 말입니다. ─ 따라서 자비로운 전하, ─ 계몽 정치를 선포하자마자 요정을 쫓아내십시오! ─ 요정 궁전을 경찰로 포

───────────────────────

22 그리스 신화에서 날개 달린 말 페가수스는 시의 상징이다.

위하고, 요정들의 재산을 모조리 압수하고, 이 방랑자들을 추방하여 고국으로 보내십시오. 자비로운 전하, 전하께서 읽은 『천일야화』에 나오다시피, 요정들의 고국은 지니스탄이라는 작은 나라지요." "그 나라에 우편 마차도 가는가, 안드레스?" 제후가 이렇게 물었다. "현재는 가지 않습니다." 안드레스가 대답했다. "하지만 계몽 정치가 도입되면 그곳으로 가는 당일 속달 마차[23]를 설치하여 이익을 얻을 수 있을 것입니다." "하지만 안드레스," 제후가 말을 이었다. "요정들에 대한 우리의 조처를 가혹하다고 생각지 않겠는가? ― 방자해진 백성이 투덜거리지 않겠는가?" "거기에도," 안드레스가 말했다. "거기에도 대책을 마련해두었습니다. 요정을, 자비로운 전하, 모조리 지니스탄으로 쫓아 보내는 것이 아니라, 요정 몇몇은 나라에 남겨두되 계몽 정치를 해칠 수 있는 모든 수단을 빼앗을 뿐 아니라, 적합한 방법을 사용하여 이들을 계몽된 국가의 유용한 구성원으로 개조하는 것입니다. 이들이 건실한 결혼 생활을 하려 들지 않으면, 엄격한 감시 아래 무슨 유용한 일이든 해야 할 것입니다. 전쟁이 나면 군대를 위해 양말을 꿰맨다든지 말입니다. 유념하십시오, 자비로운 전하, 자신들 가운데 요정들이 돌아다니게 되면 백성은 이내 요정들을 전혀 믿지 않게 될 것이며, 이것이 가장 좋은 일입니다. 얼마간의 투덜거림은 모두 저절로 가라앉을 것입니다. ― 말이 나온 김에 요정의 용품을 어떻게 할지 말씀드리자면, 이것들은 제후 국고에 귀속됩니다. 비둘기와 고니는 제후 주방에 진상하고, 날개 달린 말은 길들여 유용한 가축으로 만들어볼 생

---

23 1754년 베를린과 포츠담 사이에 설치된 당일 속달 마차는 신속한 배달로 쎈세이션을 일으켰다. 이 마차는 처음에는 하루에 한번, 곧이어 하루에 두번 왕복했으며, 26킬로미터의 거리를 네시간에 주파했다.

각이며, 그 날개는 잘라 마구간 사료로 제공할 것입니다. 우리는 계몽 정치를 도입하면서 마구간 사육도 시작할 것이니까요."

대신의 진언에 파프누티우스는 더없이 만족했고, 이튿날 이미 결정한 모든 일이 빠짐없이 실행되었다.

계몽 정치 도입을 알리는 포고령이 골목골목 나붙었고, 동시에 경찰이 요정 궁전에 진입하여 전재산을 압류하고 요정을 체포하여 이송했다.

어찌 된 일인지 도무지 모르겠지만, 로자벨베르데 요정만은 계몽 정치가 도입되기 몇시간 전에 낌새를 알아채고 그 잠시를 이용하여 고니를 풀어주고, 마법 장미 덤불과 다른 귀중품을 치워놓았다. 자신은 나라에 머물도록 선정되었으며 아무리 탐탁지 않더라도 결정에 따라야 한다는 것을 알았기 때문이다.

파프누티우스도 안드레스도 도대체 그 영문을 알 수 없었던 것은, 지니스탄으로 추방된 요정들이 지나치리만큼 기뻐하는데다 전재산을 남기고 떠나야 하는데도 티끌만큼도 미련을 두지 않는다고 거듭하여 장담하는 일이었다. "어쩌면," 파프누티우스는 분개하며 말했다. "어쩌면 지니스탄이 내 나라보다 훨씬 근사한 국가일지도 모르겠구나. 요정들은 나뿐 아니라 내 포고령과 이제 번창시키려 하는 계몽 정치를 싸잡아 비웃고 있도다."

제국의 지리학자가 역사학자와 함께 불려와 이 나라에 관해 상세히 보고해야 했다.

두 학자는 이렇게 의견을 모았다. 지니스탄은 문화도, 계몽 정치도, 학문도, 아까시나무도, 우두도 없는 비참한 나라이며 실제로는 아예 존재하지 않습니다. 인간에게나 국가에나 아예 존재하지 않는다는 것보다 더 나쁜 일이 있을 수 있겠습니까?

파프누티우스는 안도감이 들었다.

로자벨베르데 요정의 외딴 궁전이 있던 아름답고 꽃에 덮인 수풀이 벌목되고 파프누티우스가 이웃 마을의 모든 농투성이에게 시범 삼아 몸소 우두를 접종한 뒤였다. 제후가 안드레스 대신과 함께 숲을 지나 궁성으로 돌아올 때, 요정은 숲길에서 제후를 기다렸다. 그러고선 갖은 말재주와 특히 경찰에게는 숨겼던 섬뜩한 요술을 부려 제후를 몹시 궁지에 몰아넣었고, 이에 제후는 이렇게 간곡히 사정했다. 수녀원에라도 입소하는 게 어떻겠는가. 온 나라에 하나밖에 없으므로 가장 좋은 수녀원이노라. 이곳에서는 계몽 정치에 신경 쓰지 않고 마음대로 행동해도 좋도다.

로자벨베르데 요정은 이 제안을 받아들였고, 이렇게 하여 수녀원에 들어왔으며, 앞서 이야기했듯 이곳에서 로젠그륀쉔 수녀라 이름 지었다가, 프레텍스타투스 폰 몬트샤인의 간절한 요청에 따라 로젠쉔 수녀로 이름을 바꾸었다.

2장

학자 프톨로메우스 필라델푸스가 여행에서 마주친 미지의
종족 ─ 케레페스 대학 ─ 대학생 파비안의 머리에 승마화가
날아오고 모슈 테르핀 교수가 대학생 발타자어를 차 모임에 초대한 사연

세계적으로 유명한 학자 프톨로메우스 필라델푸스가 세상을 여행하며 친구 루핀에게 보낸 허물없는 편지에는 아래와 같은 기이한 구절이 들어 있다.

"자네 잘 알지, 친애하는 루핀, 이 세상에 한낮의 불타는 땡볕만큼 내가 겁내고 꺼리는 것이 없다는 것을 말이야. 땡볕이 육체의 기운을 녹초가 되게 하고 정신을 흩뜨려 늘어지게 하는 바람에, 모든 생각이 뒤죽박죽되어 이미지가 흐리마리해지고, 내 영혼에서 뚜렷한 모습 한조각이라도 붙잡으려 아무리 애써도 소용없지. 이런 까닭에 나는 뜨거운 계절에는 대개 낮에 휴식을 취하고 밤에 여행을 계속하는 터라, 어제도 밤에 여행하고 있었다네. 마부는 칠흑 같은 어둠을 헤매다가 올바른 편안한 길에서 벗어나 뜻하지 않게 대로로 접어들었네. 이 길에서는 마차가 심하게 덜컹거려 나는 안에서 이리저리 부딪치는 바람에 머리가 혹투성이가 되어 호두가

가득한 자루 비슷하게 되었지만, 워낙 깊은 잠에 곤히 빠져 있던 탓에 끔찍한 충격을 받고 마차에서 튕겨 나와 단단한 길바닥에 떨어졌을 때야 비로소 정신이 들었네. 햇빛이 내 얼굴에 환하게 비쳤고, 내 바로 앞에 놓인 차단목 사이로 번듯한 도시의 높은 탑들이 보이더군. 대로 한가운데 박힌 큰 돌에 부딪쳐 끌채뿐 아니라 마차의 한쪽 뒷바퀴까지 부러진 판이라 마부는 몹시 한탄하며 나에게는 거의, 아니, 아예 신경 쓰지 않는 듯했네. 나는 화가 치밀었지만 현자답게 이를 억누르고 좋은 말로 이렇게 타일렀지. 이 빌어먹을 악당 같으니, 당대에 가장 유명한 학자 프톨로메우스 필라델푸스가 궁둥방…… 을 찧고 앉아 있는 게 보이지 않아? 끌채나 바퀴는 그대로 내버려두지그래. 자네 잘 알지, 친애하는 루핀, 내가 사람의 마음에 얼마나 큰 영향력을 미치는지 말이야. 그래서 마부는 당장 한탄을 그치고, 통행세 징수원의 도움을 빌려 나를 일으켜 세웠지. 사고가 이 징수원의 초소 앞에서 일어났거든. 나는 다행히 별다른 상처를 입지 않아 천천히 길을 따라 걸을 수 있었고, 마부는 부서진 마차를 질질 끌고 힘들게 뒤에서 따라왔네. 하지만 저 멀리 아득히 보였던 도시 성문 가까이 이르자, 몹시 기이한 태도와 희한한 차림[24]의 사람들과 수없이 마주쳐, 내가 깨어 있는 건지 아니면 기막히고 얄망궂은 몽상이 나를 이상하고 환상적인 나라로 옮겨놓은 건지, 눈을 비비고 살펴봐야 할 정도였지. ─도시 성문에서 나오는 것을 보았으니 당연히 도시 주민이려니 여겼던 이자들은 기다랗고 통이 매우 넓은 바지를 입고 있었네. 값비싼 옷감, 벨벳, 코듀로이, 고운 모직, 울긋불긋 섞어 짠 리넨 따위를 일본풍으로 재단

....
24 옛 독일풍의 대학생 옷차림으로 민족주의적이고 선동적인 성향을 상징한다.

하여 만들었으며, 레이스나 예쁜 리본과 끈을 달아 화려하게 장식한 것이었네. 그 위에 걸친 어린애나 입을 듯한 코트는 얼마나 작은지 아랫배도 가리지 못했네. 대개 환하게 밝은 색이었고 검은색은 거의 없었지. 머리털은 빗지 않아 자란 그대로 제멋대로 어깨와 등에 흘러내렸고, 머리에 작고 희한한 모자를 쓰고 있었네. 어떤 자들은 터키인이나 요새 그리스인 방식으로 목살을 훤히 드러냈고, 다른 자들은 목과 가슴에 하얀색 리넨 칼라를 둘렀는데, 친애하는 루핀, 이는 자네가 우리 조상들의 초상화에서 아마 보았을 셔츠 칼라와 거의 비슷하게 생겼더군. 이자들은 다들 매우 젊은 듯 보였지만 말소리는 낮고 걸걸하고, 움직임은 어설프고, 어떤 자들은 몽당수염이라도 난 듯 코밑이 검실검실했네. 또 어떤 자들의 짧은 코트 뒷자락에서 비어져 나온 기다란 담뱃대에는 커다란 비단 장식 술이 드리워져 있었지. 몇몇은 이 담뱃대를 끄집어내어 작거나 — 약간 큼직하거나 — 때로는 매우 커다랗고 기이하게 생긴 대통을 끼우더니 끝이 뾰족한 물부리를 입에 물고는 훅훅 불어대며 담배 연기 구름을 솜씨 좋게 뿜어 올렸네. 다른 자들은 적을 향해 나아가기라도 하려는 듯 번쩍이는 넓적한 칼을 손에 들었고, 또다른 자들은 가죽이나 양철로 만든 통을 어깨에 걸치거나 등에 매달고 있었네. 자네 상상할 수 있지, 친애하는 루핀, 나는 내 앞에 어떤 새로운 일이 닥치든 꼼꼼히 살펴보아 지식을 넓히려 하는 성격인지라, 걸음을 멈추고 이 희한한 자들에게서 눈길을 떼지 않았으리라는 것을 말이야. 그러자 이자들은 내 둘레에 모여들어 세상이 떠나가게 외치기 시작했네. '속물 족속이야 — 속물 족속이야!' 그러고선 끔찍하게 웃음을 터뜨렸네. 나는 역정이 치밀었지. 친애하는 루핀, 수천년 전에 당나귀 턱뼈로 맞아 죽은 족속[25]의 후손으로 여겨지는 것보다 더 치욕스러운 일이 위대한 학자에게 있을 수 있겠나? 나는 타고난 품위를 잃지 않고 정신을 가다듬어, 나를 둘러싼 희한한 종족에게 큰 소리로 이렇게 말했지. 나는 여기가 문명국이기를 바라오. 경찰과 법원에 찾아가 내가 당한 부당함에 복수하겠소. 그러자 다들 엉두덜거렸네. 그때까지 담배를 피우지 않던 자들도 주머니에서 담뱃대를 꺼내어 다들 짙은 연기 구름을 내 얼굴에 내뿜었고, 그제야 알아챘지만 이 구름은 몹시 참을 수 없는 냄새를 풍기며 내 감각을 마비시켰네. 그러고서 이들은 나에게 일종의 저주를 퍼부었는데, 얼마나 소름 끼치는 말을 하던지 자네에게는 차마 옮길 수가 없군. 나 자신도 그걸 생각하면 뼛속까지 오싹해지니까. 마침내 이들은 큰 소리로 비웃음을 터뜨리며 떠나갔는데, '채찍으로' 따위의 악담이 공중에서 멀어져가는 듯 느껴졌어! — 이 모든 일을 함께 듣고 함께 보았던 마부는 두 손을 마주 비비며[26] 말했지. '나리, 이제 지나간 일은 지나간 일로 하고, 저 도시에 절대 들어가지 마십시오! 흔히들 말하듯, 어느 개도 나리께 빵 한조각 얻어먹으려 하지 않을 것이며, 언제 나리께 위험이 닥칠지 모릅니다. 후려갈긴……' 나는 이 우직한 자의 말허리를 자르고, 되도록 빨리 걸음을 옮겨 가까운 마을로 향했네. 그리하여 이 마을에 하나밖에 없

---

25 '속물'의 어원은 '필리스티아인'(Philister)이다. 필리스티아인은 구약성서에서 하느님의 선민인 이스라엘인의 최대의 적으로 묘사되었는데, 17세기 대학생의 은어에서는 정신적 선민인 대학생들의 공적(公敵)인 도시 위병이나 경찰을 가리키는 말로 바뀌었다. 그런 이후에는 대학 도시에 사는 '소견이 좁은 세속적 시민, 속물'이라는 뜻으로 사용되었다. 구약성서 판관기 15장 15절에는 "마침 거기에 죽은 지 얼마 안 되는 당나귀의 턱뼈가 하나 있었다. 삼손은 그것을 집어 들고 휘둘러서 (필리스티아인을) 천명이나 죽이고는"이라는 말이 나온다.

26 '두 손을 마주 비비다'는 절망하거나 공포스러워 어쩔 줄 몰라하는 행동을 가리킨다.

는 여관의 외딴 방에 들어앉아 자네에게 편지 쓰고 있는 걸세, 친애하는 루핀, 이 모든 일에 관해 말이야! ─ 나는 있는 힘을 다해 저 도시에 사는 이상하고 야만적인 종족과 관련한 소식을 수집할 생각이네. 이들의 관습이며 ─ 인습이며 ─ 언어 따위에 관해 매우 희한한 이야기를 이미 많이 들었고, 자네에게 모든 것을 들은 대로 전하려 하네……"

오, 친애하는 독자여, 그대는 알아차렸으리라, 위대한 학자라 할지라도 인생에 흔해빠진 현상을 알지 못하고, 세상 누구나 아는 사실에 관해 더없이 기이한 몽상에 빠져들 수 있다는 것을. 프톨로메우스 필라델푸스는 더없이 희한한 모험을 했다고 머릿속에 상상을 펼치고 이 일에 관해 친구에게 편지했을 때, 자신이 대학에서 공부했으면서도 대학생들을 전혀 알아보지 못했고, 유명한 케레페스 대학 바로 옆에 붙어 있다고 널리 알려진 호흐야콥스하임 마을에 들어앉아 있다는 것도 알아채지 못했다. 선량한 프톨로메우스는 즐겁고 신나게 들판을 거닐며 놀러 다니는 대학생들과 마주치자 소스라치게 놀랐던 것이다. 한시간 일찍 케레페스에 도착하여 자연학 교수 모슈 테르핀의 집 앞에 발길이 닿았더라면, 얼마나 큰 두려움에 휩싸였겠는가? ─ 수백명의 대학생이 교수 집에서 몰려나와 와자지껄 논쟁 따위를 벌이며 학자를 에워쌌을 텐데, 그러면 이 북새통과 부산함에 관해 학자의 머릿속에는 더욱 기이한 몽상이 떠올랐으리라.

모슈 테르핀의 강의는 케레페스 전체에서 수강생이 가장 많았다. 모슈 테르핀은 방금 말했듯 자연학 교수였고, 왜 비가 오고 천둥이 울리고 번개가 치는지, 무슨 까닭에 낮에는 해가, 밤에는 달이 비치는지, 풀은 어떻게 왜 자라는지를 삼척동자도 이해할 수 있게 설명했다. 자연 전체를 작고 귀여운 편람에 요약해둔 까닭에 편람을 자유자재로 활용하며, 무슨 질문을 해도 서랍에서 꺼내듯 이 편람에서 대답을 꺼낼 수 있었다. 교수가 명성을 쌓기 시작한 것은, 어둠은 무엇보다도 빛이 부족하여 생긴다는 사실을 많은 물리학 실험을 통해 보란 듯이 증명하면서였다. 그뿐 아니라 능숙한 솜씨로 이 물리학 실험을 요술로 바꿀 줄 알았으며 재미있는 주문까지 읊조렸기에 학생이 물밀듯이 몰려들었다. ── 자애로운 독자여, 그대는 유명한 학자 프톨로메우스 필라델푸스보다 대학생들을 더 잘 알고 있는데다 이 학자처럼 몽상에 젖어 두려워하는 일이 없을 터이므로, 모슈 테르핀 교수가 막 강의를 끝마쳤을 때 교수 집 앞으로 그대를 안내하도록 허락해주기 바란다. 몰려나온 대학생 가운데 한 학생이 곧바로 그대의 눈길을 사로잡는다. 스무서너살의 늘씬한 젊은이가 보이는데, 까맣게 반짝이는 두 눈에서 활기차게 생동하는 마음속 정신이 막힘없이 말을 건네는 듯하다. 온통 핼쑥한 얼굴에 꿈꾸듯 고인 슬픔이 마치 베일처럼 불타는 눈빛을 가리기에 망정이지, 그러지 않는다면 눈길은 당차다고까지 말할 수 있을 것이다. 커트 벨벳[27]으로 장식한 검고 고운 모직 코트는 거의 옛날 독일풍으로 재단되었고, 깜찍하고 눈부시게 새하얀 레이스 칼라며 아름다운 밤색 곱슬머리에 눌러쓴 베레모는 코트에 안성맞춤이다. 이러한 옷차림이 대학생에게 해사하게 잘 어울린 까닭은, 태도 전체로 보나 단정한 걸음이나 자세로 보나 그윽한 용모로 보나 대학생이 정말 아름답고 경건한 옛날 사람인 듯 보이고, 따라서 흔히들 그러듯 요즘의 유행에 대한 분별도 그 모범에 대한 안목도 없이 이

---

27 표면의 고리 모양 털을 자른 듯한 효과를 낸 벨벳을 말한다.

를 시시콜콜 흉내 내면서도 그러지 않는 척 내숭 떠는 것이라 전혀 생각할 수 없기 때문이다. 첫눈에 그대 친애하는 독자의 마음에 들었을 이 젊은이는 다름 아니라 대학생 발타자어이고, 예의 바르고 재산 많은 부모의 아이로 태어나, 경건하고 ─ 지혜롭고 ─ 부지런하며 ─ 오, 독자여, 필자는 집필에 착수한 이 기이한 이야기에서 이 대학생에 관해 많은 이야기를 하려고 한다.

발타자어는 늘 그러듯 진지하고 생각에 골똘히 빠진 채 모슈 테르핀 교수의 수업에서 빠져나와, 펜싱 연습장으로 가는 대신 성문 쪽으로 걸었다. 케레페스에서 수백걸음도 채 떨어지지 않은 아늑한 수풀로 들어가기 위해서였다. 외모나 생각 모두 생기가 넘치는 해사한 학생인 친구 파비안이 뒤따라 달려와 성문 바로 밖에서 발타자어를 따라잡았다.

"발타자어!" 파비안은 크게 소리쳤다. "발타자어, 글쎄, 또다시 숲으로 들어가 우울증에 젖은 속물처럼 외로이 헤매고 다닐 거야? 야무진 학생들은 고귀한 펜싱을 착실하게 연마하고 있는데! ─ 부탁이야, 발타자어, 바보 같고 으스스한 행동은 그만두고, 여느 때 그러했듯 쾌활함과 즐거움을 되찾으라고. 이리 와! ─ 몇판 연습하고, 그래도 나가고 싶다면 나도 따라나설게."

"잘되라고 하는 말이라," 발타자어가 대답했다. "잘되라고 하는 말이라, 파비안, 네가 마귀 들린 사람처럼 가는 곳마다 나를 쫓아다니며 너는 전혀 상상치 못하는 많은 기쁨을 내게서 앗아가는데도, 너를 나무랄 수가 없구나. 너는 외로이 거니는 사람을 보기만 하면 누구든 우울증에 젖은 바보로 여기고 이 사람을 멋대로 주무르며 치료하려 드는 희한한 족속인 걸 어쩌겠니. 한 간신이 고귀한 햄릿 왕자를 그렇게 취급했듯이 말이야. 간신이 피리를 불 줄 모른다고 말하자, 햄릿 왕자는 이 소인배에게 야무지게 레슨을 해주었지.[28] 나는 그런 레슨으로 너를 귀찮게 하고 싶지 않지만, 친애하는 파비안, 말이 나온 김에 말하자면 진심으로 부탁하건대, 플뢰레든 에뻬든 네 고귀한 펜싱을 하려거든 다른 친구를 찾아보고 나는 편안히 내 길을 가도록 놓아줘." "어림없지, 어림없어," 파비안이 웃으며 소리쳤다. "그렇게 어물어물 빠져나가지 못해, 내 소중한 친구! ─ 네가 나와 함께 펜싱장에 가지 않겠다면, 내가 너와 함께 수풀로 가겠어. ─ 진정한 친구라면 네 우울한 기분을 풀어줘야 하거든. 이리 와, 친애하는 발타자어, 이리 와, 달리 할 일이 없다면."

그러면서 친구의 팔짱을 끼고 함께 힘차게 걸음을 옮겼다. 발타자어는 이를 악다물고 화를 삭이며 어두운 표정으로 침묵을 지켰고, 파비안은 쉬지 않고 즐겁고 흥겨운 일들을 이야기했다. 쉴 새 없이 흥미로운 이야기를 할 때면 빠지는 법이 없는 엉터리없는 일이 많이 끼어 있었다.

이들이 향기 나는 숲의 서늘한 그늘로 마침내 들어오자, 덤불이 그리움 넘쳐 한숨짓듯 속삭거리고, 쏴쏴거리는 개울물의 경이로운 멜로디와 숲에 사는 새 떼의 노랫소리가 저 멀리 퍼지다가 산에서 되울리며 메아리쳤다. 발타자어는 느닷없이 걸음을 멈추더니, 나무와 덤불을 사랑스럽게 껴안고 싶기라도 한 듯 두 팔을 활짝 펼치며 이렇게 소리쳤다. "아, 이제 다시 기분이 좋아졌어! ─ 이루 말할 수 없이 좋아졌어!" 파비안은 다른 사람의 말을 이해하지도 못하고 뭘 어떻게 해야 할지 알지도 못하는 사람처럼 어안이 벙벙하여 친구를 바라보았다. 그러자 발타자어가 파비안의 손을 잡고 환

---

28 셰익스피어의 『햄릿』(*Hamlet*) 3막 2장에서 햄릿은 길든스턴에게 피리 연주법을 가르쳐주며, 자신을 피리보다 다루기 쉽다고 여기고 바보 취급하느냐고 따진다.

희에 가득 차 소리쳤다. "그렇지 않니, 친구? 너도 기분이 날아갈 듯하지? 이제 너도 숲에서 맛보는 외로움[29]의 행복한 신비를 이해 하지?" "네 말을 완전히 이해할 수는 없지만, 친구," 파비안이 대답 했다. "여기 숲에서 산책하는 것이 네 몸에 좋다는 뜻이라면, 너와 생각이 완전히 같아. 나도 기꺼이 산책할 거야. 분별 있고 유익한 대화를 나눌 수 있는 좋은 일행과 함께라면 더더욱 좋겠지! ― 이 를테면 우리 모슈 테르핀 교수와 함께 들판을 걷는다면 얼마나 즐 거울까? 교수는 어떤 나무든 풀이든 다 알지. 이름이 무엇이며, 어 떤 종류에 속하는지 잘 알아. 바람과 날씨까지 꿰고 있는데다……" "그만해!" 발타자어가 소리쳤다. "부탁인데, 그만해! ― 여기 이런 위안거리가 있기에 망정이지, 그렇지 않다면 나를 미치게 할 수도 있는 말을 너는 입에 올렸어. 교수가 자연을 설명하는 방식은 내 마 음을 갈가리 찢어놓거든. 그보다 오히려 광인을 보는 듯한 섬뜩한 오싹함에 등골이 서늘하다고 할까. 이 광인은 자신이 조종하는 꼭 두각시를 어루만지는 주제에 왕이자 지배자라도 된 듯 머저리 같 은 어리석음에 젖어, 왕비로 맞을 신부의 목이라도 껴안고 있는 줄 착각하고 있지. 교수의 이른바 실험은 신성한 피조물을 역겹게 조 롱하는 듯 느껴져. 자연에서 그 숨결이 불어와 우리 마음속 깊은 곳 에서 더없이 오묘하고 성스러운 예감을 불러일으키는 이 피조물 을 말이야. 이 멍청이의 불장난도 손을 한번 데면 끝나리라는 생각 이 들기에 망정이지, 때로 나는 교수의 안경이며 시약병이며 잡동 사니 모두를 박살 내고 싶은 유혹에 빠진다고. ― 알겠니, 파비안,

---

29 독일 낭만주의 작가 루트비히 티크(Ludwig Tieck, 1773~1853)의 예술 동화 「금 발의 에크베르트」(Der Blonde Eckbert)에 나오는 시의 마지막 말로, 독일 낭만주 의의 핵심 개념 가운데 하나다.

네가 보기에 내가 어느 때보다 더 우울하고 사람을 피하는 듯할지 모르겠지만, 모슈의 강의를 듣다보면 이런 감정이 나를 두렵게 하고 내 마음을 짓누른다는 걸 말이야. 그러면 집들이 내 머리 위에서 무너져 내리는 듯한 기분이 들고, 이루 말할 수 없는 두려움에 나는 도시 밖으로 달아나는 거야. 하지만 여기에, 여기에 오자마자 내 마음은 달콤한 평안으로 가득 차지. 꽃이 만발한 잔디밭에 누워 저 멀리 파란 하늘을 올려다보면 머리 위에서, 환호하는 숲 저 너머로 황금색 구름이 흘러가거든, 행복한 기쁨이 넘치는 머나먼 세상의 경이로운 몽상처럼! ── 오, 파비안, 그러면 나 자신의 가슴에서 신비로운 영혼이 깨어나고, 이 영혼이 덤불이며 ── 나무며 숲의 개울 물결과 신비스럽게 말을 주고받는 소리를 나는 듣게 되지. 그러면 말로 표현할 수 없는 희열이 달콤하고 서글픈 두려움을 일으키며 내 온몸을 꿰뚫고 흐르는 거야!" "이봐," 파비안이 소리쳤다. "이봐, 이제 또다시 서글픔이니, 희열이니, 말하는 나무니, 개울물이니 하는 타령을 끝없이 늘어놓는군. 너의 모든 시행에는 귀에 제법 솔깃하게 들리고 쏠쏠하게 음미할 만한 산뜻한 내용이 넘쳐나지, 숨은 사연을 더 깊이 캐보지 않으면 말이야. ── 하지만 말해봐, 나의 친애하는 우울증 환자여, 모슈 테르핀의 강의가 진짜로 끔찍하게 네 마음을 상하게 하고 화나게 한다면, 말해봐, 도대체 왜 강의마다 들어가며, 왜 한 강의도 놓치지 않는지, 물론 그럴 때마다 몽상가처럼 눈을 감고 말없이 멍하니 앉아 있기는 하지만." "그건," 발타자어가 대답했다, "그건 내게 묻지 말아줘, 친애하는 친구! ── 알 수 없는 힘이 아침마다 나를 모슈 테르핀의 집으로 끌고 가니까. 나는 고통이 닥칠 것을 예감하면서도 이를 뿌리치지 못하고 불길한 운명에 휩쓸리는 거야!" "하하 ── 하하," 파비안이 환하게 웃음을 터뜨렸다. "하하하 ─ 얼마나 예민하고 ─ 얼마나 시적이고, 얼마나 신비스러운지! 너를 모슈 테르핀의 집으로 끌고 가는 알 수 없는 힘은 아름다운 칸디다[30]의 군청색 눈에 숨어 있잖아! ─ 네가 교수의 귀여운 딸에게 홀딱 반한 건 다들 오래전부터 알고 있었어. 그래서 네가 몽상에 빠져 바보 같은 태도를 보여도 너그러이 받아 주는 거지. 사랑에 빠지면 그러기 마련이니까. 너는 상사병의 첫 단계에 빠져 있으니, 다 늦은 청년기에 온갖 희한한 익살극을 벌여야 할 거야. 나를 비롯해 많은 다른 친구는 다행스럽게도 큰 구경거리가 되는 일 없이 학교 다닐 때 다 끝마친 일이지. 하지만 내 말을 믿어, 내 사랑스러운 친구여……"

그러면서 파비안은 다시 친구 발타자어의 팔짱을 끼고 함께 빠르게 걸음을 옮겼다. 덤불숲에서 나와 숲 한가운데를 지나는 넓은 길로 막 들어섰을 때였다. 멀리서 말 한마리가 기수 없이 먼지구름을 일으키며 달려오는 것이 파비안의 눈에 띄었다. "이봐, 이봐!" 파비안은 하려던 말을 멈추고 이렇게 소리쳤다. "이봐, 이봐, 저기 빌어먹을 말이 날뛰어 달아나며 기수를 떨어뜨렸나봐 ─ 저 말을 붙들고 숲에서 기수를 찾아야겠어." 그러면서 길 한가운데를 가로막았다.

말은 점점 더 가까이 다가왔는데, 양쪽 옆구리에는 기마화 한켤레가 허공에서 위아래로 흔들렸고, 안장에는 무언가 새까만 것이 꿈틀꿈틀 움직이는 듯했다. 파비안 바로 앞에서 위 ─ 워 하는 소리가 길고 째지게 울리는가 싶더니, 그 순간 기마화 한켤레가 파비안 머리 둘레에 날아오고 작고 희한한 검은 몸체가 파비안 다리 사

---

30 '하얀, 밝은, 솔직한'을 뜻하는 라틴어 candidus와 '천진한, 순진한, 무구한'을 뜻하는 프랑스어 candide에서 따온 이름이다.

이로 굴러왔다. 덩치 큰 말이 우뚝 멈춰 서서 목을 길게 내밀고 코를 쿵쿵거리며 작다란 주인의 냄새를 맡자, 이자는 모래에서 뒹굴다가 마침내 힘겹게 몸을 일으켰다. 키 작은 작다리는 머리가 두 어깨 사이에 깊이 묻혀 있고 가슴과 등에 혹이 났으며 짤따란 몸뚱이에 붙은 거미 다리는 어찌나 긴지, 흉측한 얼굴을 새겨놓은 사과에 포크를 꽂아놓은 듯 보였다. 이 희한하고 키 작은 요괴가 눈앞에 서 있는 것을 보자, 파비안은 큰 소리로 웃음을 터뜨렸다. 하지만 키 작은 사내는 땅에서 작은 베레모를 집어 들어 고집스레 눈썹까지 눌러쓰더니 사나운 눈초리로 파비안을 뚫어지게 쏘아보며 거칠고 칼칼한 어조로 물었다. "이게 케레페스로 가는 길이 맞소?" "예, 신사님!" 발타자어는 자상하고 성의 있게 대답하며, 기마화를 주워 모아 키 작은 사내에게 건네주었다. 키 작은 사내는 기마화를 신으려 갖은 애를 썼지만 아무 소용 없었다. 계속해서 고꾸라지고, 모래에서 끙끙거리며 뒹굴었다. 발타자어는 두 기마화를 모아서 똑바로 세우고는 키 작은 사내를 가볍게 들어 올렸다가 사뿐히 내려놓으며, 가는 두 발을 그에 비해 너무 무겁고 헐렁해 보이는 신발에 집어넣어주었다. 키 작은 사내는 한 손으로 옆구리를 짚고 다른 손으로 베레모를 누르며 우쭐거리는 태도로 "그라티아스[31], 신사!"라고 소리치더니 말 쪽으로 걸어가 고삐를 잡았다. 등자에 발을 딛거나 덩치 큰 짐승에 기어오르려 갖은 수를 썼지만 아무 소용이 없자, 발타자어는 여전히 성의 있고 자상하게 그리로 걸어가 키 작은 사내를 등자에 올려주었다. 키 작은 사내는 너무 과격하게 올라탄 모양이었다. 말 위에 앉는가 싶더니 반대쪽으로 다시 떨어졌

---

31 (라틴어) gratias. '고맙습니다'라는 뜻.

기 때문이다. "그렇게 흥분하지 마시고, 친애하는 므시외[32]!" 파비안이 다시금 떠나갈 듯 웃음을 터뜨리며 소리쳤다. "악마나 당신의 친애하는 므시외지," 키 작은 사내는 옷에서 먼지를 털어내며 분통을 터뜨렸다. "나는 대학생이오. 당신도 대학생이라면, 내 얼굴에 대고 얼간이처럼 웃음을 퍼붓는 것은 나에 대한 모욕이오. 내일 케레페스에서 나와 결투해야 할 것이오." "맙소사," 파비안은 웃음을 그치지 못하고 소리쳤다. "야무진 학생일세, 결기도 넘치고 대학생 관례도 잘 아는 친구야." 그러면서 버둥거리고 몸부림치는 키 작은 사내를 번쩍 들어 말 위에 앉혔고, 말은 키 작은 주인을 태우자마자 흥겹게 히힝거리며 달려 나갔다. ── 파비안은 옆구리를 잡고 웃다가 하마터면 숨까지 막힐 뻔했다. "잔인한 짓이야," 발타자어가 말했다. "저기 키 작은 기수처럼 자연에게 끔찍하게 버림받은 사람을 비웃다니. 저자가 정말 대학생이라면 너는 결투를 해야 해. 대학생 관례에 완전히 어긋나기는 하지만 권총을 써야겠지. 저자는 플뢰레도 에뻬도 다룰 수 없으니까." "몹시 정색하고," 파비안이 말했다. "몹시 정색하고, 몹시 음울하게 너는 모든 일을 생각하는구나, 친애하는 친구, 발타자어여. 기형아를 비웃을 생각은 전혀 없었어. 하지만 말해봐. 저런 물렁뼈 같은 엄지 난쟁이가 말 목 너머도 넘어다보지 못하는 주제에 말에 올라타도 되겠어? 가느다란 발을 저렇게 빌어먹게 헐렁한 신발에 집어넣어도 되겠어? 수많은 레이스와 장식 털과 장식 술이 달린 꽉 끼는 꾸르뜨까[33]를 입고, 저렇게 신기한 벨벳 베레모를 써도 되겠어? 저렇게 거들먹거리며 제멋

─────────

32 (프) monsieur. '신사' '나리'라는 뜻.

33 뽈란드어와 러시아어 등에서 코트를 뜻하며, 원래는 나폴레옹전쟁 당시 뽈란드군이 입었던 제복 상의를 말한다.

대로인 태도를 보여도 되겠어? 저렇게 야만스럽고 칼칼한 목소리를 내도 되겠어? ─이런 모든 짓을 하고도 타고난 얼간이라고 비웃음당하지 않을 수 있겠냐는 말이야! ─어쨌든 나는 성안으로 가야겠어, 저 기사 차림을 한 대학생이 버젓한 말에 올라타고 입성할 때 벌어질 소동을 지켜봐야겠거든! 오늘은 너하고 할 말이 없으니까! ─잘 있어!" 곧바로 파비안은 숲을 지나 달음질쳐 도시로 돌아갔다. ─발타자어는 넓은 길을 떠나 우거진 덤불숲으로 들어가서 거기 이끼 낀 자리에 주저앉아, 더없이 쓰라린 감정에 사로잡혀 헤어나지 못했다. 어여쁜 칸디다를 정말 사랑하는 것은 사실일 테지만, 발타자어는 이 사랑을 깊고 은밀한 신비처럼 아무도 모르게, 심지어 자기 자신도 모르게 영혼 깊숙이 감춰왔었다. 그런데 파비안이 이렇게 숨김없이, 이렇게 경솔하게 비밀을 입에 올리니, 우악스러운 손이 성녀의 초상화에서 발타자어 자신은 만질 엄두도 못내던 베일을 뻔뻔스레 신명 나서 잡아떼는 듯하고, 성녀가 자신에게 화내는 듯싶었다. 그뿐 아니라 파비안의 말은 자신의 기질 전체를, 더없이 달콤한 몽상을 역겹게 조롱하는 것 같았다.

"그러니까," 발타자어는 짜증이 북받쳐 소리 질렀다. "그러니까 너는 나를 사랑에 빠진 머저리로 여기는 거지, 파비안! ─한시간이나마 아름다운 칸디다와 한 지붕 아래 있고 싶어 모슈 테르핀의 강의에 달려가고, 연인에게 바치는 처량한 시행을 떠올리기 위해 숲에서 외로이 떠돌다 이를 더욱 가련히 적어 내리고, 어리석게도 매끈한 나무껍질에 사랑하는 이름을 새겨 넣어 나무를 망가뜨리고, 소녀 앞에서는 한마디도 또박또박 입에 올리지 못한 채 그저 한숨 쉬고 신음하고 경련하듯 울상 지을 뿐이고, 소녀가 가슴에 들고 있던 시든 꽃이나 소녀가 잃어버린 장갑 한짝을 맨가슴에 품고 다니는 ── 요컨대, 철부지처럼 수천가지 바보짓을 저지르는 멍청이로 여기는 거지! ── 파비안, 그래서 너는 나를 놀리고, 그래서 모든 학생은 나를 비웃고, 그래서 나뿐 아니라 내 마음속에 펼쳐진 세상까지 조롱거리가 되겠지. ── 그리고 어여쁜 ── 사랑스럽고 눈부신 칸디다도……"

이 이름을 입 밖에 내자 달구어진 비수가 가슴을 꿰찌르는 듯했다. ── 아! ── 발타자어의 마음속 목소리가 이 순간 또렷이 속삭였다. 너는 실제로 칸디다를 보러 모슈 테르핀의 집에 가고, 연인에게 바칠 시를 짓고, 활엽수에 연인의 이름을 새기고, 연인 앞에서는 아무 말 못해 한숨짓고 신음하고, 연인이 잃어버린 시든 꽃을 가슴에 품고 다니잖아. 그러니까 파비안이 나무랄 만한 모든 바보짓에 정말 빠져 있는 셈이야. ── 이제야 비로소 발타자어는 똑똑히 느꼈다. 너는 아름다운 칸디다를 이루 말할 수 없이 사랑하지만, 매우 희한하게도 더없이 순수하고 마음속 깊은 사랑이 외부 생활에서는 사뭇 머저리 같은 모습으로 나타나고 있어. 아마도 자연이 인간의 모든 활동에 심어놓은 오묘한 아이러니 때문이겠지. 발타자어는 옳게 생각했을지 모르지만 이 때문에 몹시 짜증 내기 시작한 것은 옳지 않았다. 여느 때 자신을 감싸던 몽상이 사라지고 숲의 노랫소리가 조소와 조롱처럼 들리자, 대학생은 달음질쳐 케레페스로 돌아갔다.

"발타자어 군 ── 몽 셰르[34] 발타자어." 누군가 대학생을 소리쳐 불렀다. 발타자어는 눈길을 들고 마법에라도 걸린 듯 걸음을 멈추었다. 모슈 테르핀 교수가 딸 칸디다의 팔을 잡아 이끌며 다가오고 있었던 것이다. 석상처럼 굳은 대학생에게 칸디다는 타고난 성

──────────
34 (프) mon cher. '나의 사랑하는'이라는 뜻.

격대로 명랑하고 상냥하고 스스럼없이 인사했다. "발타자어 ─ 몽셰르 발타자어," 교수가 소리쳤다. "아닌 게 아니라 자네는 내 수강생 가운데 가장 부지런하고 가장 마음에 드는 학생이야! ─ 오, 나의 친애하는 친구여, 나는 눈치채고 있네, 자네는 자연과 그 모든 기적을 사랑한다는 걸, 내가 거기에 홀딱 빠져 있듯이 말이야! ─ 틀림없이 수풀에서 식물채집을 했겠지! ─ 뭔가 유익한 것을 발견했나? ─ 자! ─ 서로 좀더 트고 지내자고. ─ 우리 집에 들르게 ─ 언제든 환영일세 ─ 함께 실험을 해도 되고 ─ 내 공기펌프 보았나? ─ 자! ─ 몽 셰르 ─ 내일 저녁 우리 집에서 친교 모임이 열린다네. 차와 버터 빵을 먹고 마시고 재미있는 이야기를 나누며 즐길 걸세. 자네같이 소중한 사람이 참석하면 더욱 좋겠네 ─ 자네는 매우 매력 있는 젊은이를 알게 될 걸세. 내가 특별히 추천받은 젊은이지 ─ 봉수아르,[35] 몽 셰르 ─ 잘 가게, 친애하는 친구 ─ 오르부아르[36] ─ 다시 보세! ─ 내일 강의에는 올 거지? ─ 자 ─ 몽셰르, 아디외[37]!" 발타자어의 대답은 듣지도 않은 채, 모슈 테르펀 교수는 딸을 데리고 떠나갔다.

발타자어는 당황하여 두 눈을 들 엄두도 내지 못했지만 칸디다의 눈길이 가슴을 꿰뚫고 불타듯 칸디다의 숨결이 느껴지자 온몸 깊숙이 달콤하게 몸서리가 일었다.

짜증이 씻은 듯 사라지고 환희에 가득 차, 발타자어는 어여쁜 칸디다가 가로수 길을 지나 사라질 때까지 그 뒷모습을 지켜보았다. 그런 뒤 천천히 숲으로 되돌아가, 어느 때보다 더 경이로운 몽상에

---

35 (프) bonsoir. '안녕히 가십시오'라는 뜻의 작별 인사.
36 (프) au revoir. '다시 봅시다'라는 뜻의 작별 인사.
37 (프) adieu. '안녕히 가십시오'라는 뜻의 작별 인사.

젖었다.

3장

파비안이 무슨 말을 해야 할지 몰라 말문이 막힌 사연 ── 칸디다와 물고기를
먹는 게 금지된 아가씨들 ── 모슈 테르핀의 문학 차 모임 ── 젊은 공자

파비안은 지름길로 숲을 가로질러 달리며, 먼저 떠나간 키 작고
기이한 작다리를 앞지를 수 있으리라 생각했다. 잘못된 생각이었
다. 덤불숲에서 나오자마자 저 멀리 또다른 늠름한 기사가 키 작은
사내를 길동무 삼더니, 이제 두 기사가 케레페스 성문 안으로 들어
가는 모습이 보였기 때문이다. "음!" 파비안은 혼잣말했다. "저 난
쟁이 똥자루가 덩치 큰 말을 타고 나보다 먼저 당도하더라도, 저
녀석이 도착하여 일으킬 소동을 놓칠 만큼 내가 늦지는 않을 거야.
저 희한한 녀석이 정말 대학생이라면 사람들은 '날개 달린 말'[38]로
가라고 일러줄 것이고, 거기서 녀석은 워 ── 워! 하고 째지게 소리
지르며 멈추겠지 ── 기마화를 앞으로 내동댕이친 다음 자신도 나
동그라지고, 학생들이 웃으면 사납고 제멋대로 굴겠지 ── 자! 그러

---

38 여기서는 여관 이름으로 사용되고 있다.

면 기막힌 익살극이 완성되는 거야!"

　도시에 도착한 파비안은 '날개 달린 말'로 가는 길에서 큰 소리로 웃는 얼굴들을 마주치리라 기대했다. 하지만 그렇지 않았다. 모두 침착하고 근엄하게 지나갔다. '날개 달린 말' 앞 광장에 모여든 여러 대학생도 마찬가지로 엄숙하게 이리저리 거닐며 서로 이야기를 나누었다. 파비안은 키 작은 사내가 적어도 여기에는 도착하지 않았음이 틀림없다고 확신했으나, 여관 문 앞에 눈길을 던지자 단박에 알아볼 수 있는 키 작은 사내의 말이 마구간으로 이끌려 가는 것이 보였다. 파비안은 가장 먼저 마주친 아무 친구에게나 달려가 이렇게 물었다. 무척 희한하고 기이한 작다리가 말을 타고 오지 않았어? ── 파비안에게 질문을 받은 친구도, 대학생이라 주장하는 엄지 난쟁이와 파비안 사이에 일어난 이야기를 들은 다른 친구도, 도대체 무슨 소리를 하는지 알아듣지 못했다. 다들 크게 웃으면서도 이렇게 장담했다. 네가 설명하는 작자는 당도한 적 없어. 하지만 십분 전쯤 매우 늠름한 기사 두 사람이 아름다운 말을 타고 '날개 달린 말' 여관에 내렸지. "방금 마구간으로 이끌려 간 말을 둘 가운데 한 기사가 타고 있었어?" 파비안이 물었다. "그래," 한 친구가 대답했다. "그래. 그 말에 탔던 기사는 키는 약간 작았지만, 체격이 앙증맞고 이목구비가 상큼하고 곱슬머리가 어디서도 볼 수 없을 만큼 아름다웠어. 그런데다 더없이 뛰어난 기수임을 보여주었지, 우리 제후의 수석 마부처럼 날렵하고 단정하게 말에서 뛰어내렸으니까." "그러면서," 파비안이 소리쳤다. "그러면서 기마화를 잃어버리고 너희 발치로 굴러오지 않았어?" "천만에!" 다들 한목소리로 대답했다. "천만에! ── 무슨 생각을 하는 거야, 친구! 키 작은 사내가 얼마나 야무진 기사인데!" 파비안은 무슨 말을 해야 할지 몰라 말문이 막혔다. 그때 발타자어가 길을 걸어 내려왔다. 파비안은 발타자어에게 달려가 잡아끌며 이렇게 이야기했다. 우리가 성문 밖에서 마주쳤고 말에서 떨어졌던 키 작은 작다리가 여기에 방금 도착했는데, 누구나 이 작다리를 앙증맞은 체구의 아름다운 사내이자 더없이 뛰어난 기사로 여기고 있어. "알겠지," 발타자어는 정색하고 태연하게 말했다. "알겠지, 친애하는 친구 파비안, 자연에게 버림받은 불행한 인간에게 누구나 너처럼 인정 없이 조롱하며 덮쳐들지 않는다는 걸 말이야." "하지만 맙소사," 파비안이 말허리를 잘랐다. "여기서 내가 말하는 건 인정 없이 조롱했느냐가 아니라, 뭐나 다름없이 생겼고 키가 3피트밖에 되지 않는 작달막한 녀석을 앙증맞고 아름다운 사내라고 부를 수 있냐는 거라고." 키 작은 대학생의 체구와 외모에 관한 한 발타자어 역시 파비안의 말이 옳다고 할 수밖에 없었다. 다른 대학생들은 키 작은 기사가 해사하고 앙증맞은 사내라고 장담했지만, 파비안과 발타자어는 이자보다 더 흉측스러운 엄지 난쟁이를 본 적이 없다고 계속해서 주장했다. 이런 견해 차이는 좁혀지지 않았고, 다들 매우 의아해하며 뿔뿔이 흩어졌다.

늦저녁이 닥치자, 두 친구는 함께 집으로 향했다. 그때 발타자어 자신도 영문을 모르게 이런 말이 입 밖에 새어 나왔다. 모슈 테르핀 교수와 마주쳤는데 교수가 나를 내일 저녁 자기 집으로 초대했어. "이봐, 넌 행운아야!" 파비안이 소리쳤다. "넌 행운아야! — 거기서 너의 연인, 예쁜 마드무아젤 칸디다를 보고, 듣고, 이야기를 나누겠군!" 발타자어는 또다시 기분이 몹시 상하여 파비안을 뿌리치고 떠나려 했다. 하지만 곰곰이 생각한 뒤 걸음을 멈추고 역정을 억누르며 이렇게 말했다. "네 생각이 옳을지 몰라, 친애하는 친구. 너는 나를 사랑에 빠진 어리석은 머저리로 여기는데, 나는 정말 그럴지도 모르지. 하지만 이 어리석음은 내 마음을 찌르는 고통스러운 상처야. 무심코 건드리면 더욱 얼얼하게 아파오며, 온갖 미친 짓을 하도록 나를 부추길 수 있는 상처라고. 그러니 친구, 나를 정말 사랑하거든, 내 앞에서 칸디다란 이름을 입 밖에 내지 말아줘!"

"너는," 파비안이 대꾸했다. "사랑하는 친구 발타자어, 너는 이 일을 또다시 끔찍이도 비극적으로 여기는구나, 하긴 네 상황에서 다르게 반응하리라 기대할 수는 없지. 하지만 너와 온갖 불쾌한 다툼에 빠지지 않기 위해, 너 자신이 그럴 빌미를 주지 않는 한 칸디다라는 이름을 입에 올리지 않겠다고 약속할게. 오늘은 이 말만 하겠어, 네가 사랑에 빠져 온갖 좌절을 겪을 게 벌써 눈에 선해. 칸디다는 매우 예쁘고 훌륭한 소녀지만, 우울하면서 꿈꾸는 듯한 너의 기질과는 전혀 어울리지 않아. 너는 칸디다와 가까워지면, 이 소녀의 스스럼없고 명랑한 기질에 네가 어디서나 그리워하는 시적인 것이 부족하다고 여기게 될 거야. 온갖 기이한 몽상에 빠져들 것이고, 끔찍한 아픔을 겪는다고 상상하며 절망에 몸부림친 나머지 모든 일이 요란스럽게 끝장날 거야. ─ 말이 나온 김에 말하자면, 나도 너와 마찬가지로 내일 교수 집에 초대받았어. 교수는 아주 멋진 실험으로 우리를 즐겁게 해주겠지! ─ 그럼 잘 가, 굉장한 몽상가여! 잘 자, 내일처럼 중요한 날을 앞두고도 잘 수 있다면!"

그러고선 파비안은 곰곰이 생각에 빠진 친구를 떠나갔다. ─ 칸디다와 발타자어가 감정에 치우쳐 갖은 불행한 순간을 맞을 수 있다고 파비안이 짐작한 데는 그럴 만한 까닭이 있었다. 두 사람의 성격과 기질에는 아닌 게 아니라 그럴 조짐이 충분히 엿보였던 것이다.

칸디다가 사뭇 가슴을 파고들듯 빛나는 두 눈과 도톰한 장미색 입술을 가진 매우 예쁜 소녀라는 사실은 누구라도 인정할 수밖에 없었다. 말이 나온 김에 말하자면 소녀가 거의 환상적으로 기이하게 많을 줄 알았던 아름다운 머리털이 금색에 가까웠는지 갈색에 가까웠는지는 기억나지 않지만, 희한하게도 오래 바라보면 바라볼수록 이 머리털이 점점 짙은 색으로 변했던 것만은 뚜렷이 생각난다. 소녀는 몸집이 홀쭉하고 날씬하고 몸놀림이 가벼웠고, 쾌활하게 인생을 즐기는 일행에 둘러싸여 있을 때면 특히 상냥하고 아리땁기 그지없었으며, 몸에 매력이 이렇게 한껏 넘치는 까닭에 어쩌면 손발 크기가 더 자그맣고 앙증맞았으면 좋았을 것이라는 사실은 다들 기꺼이 눈감아주었다. 칸디다는 괴테의 『빌헬름 마이스터』, 실러의 시, 푸케[39]의 『마법 반지』를 읽기는 했지만 무슨 내용인지 거의 다 잊어버렸다. 피아노를 제법 잘 연주하여 때로 반주하며 노래하기도 했고, 최신 프랑세즈[40]와 가보뜨[41] 춤을 추었으며, 빨랫감 쪽지를 곱고 또박또박한 글씨로 썼다. 이 사랑스러운 소녀를 굳이 흠잡자면, 약간 내리깔린 목소리로 말하고, 허리를 너무 꽉 졸라매며, 새 모자를 사면 너무 오래 기뻐하고, 차를 마시며 케이크를 너무 많이 집어먹는다는 것이었다. 물론 꿈에 젖은 시인들에게야 예쁜 칸디다의 다른 많은 점도 마음에 차지 않았지만, 이런 시인들의 요구란 여간 꾀까다로운 게 아니다. 먼저 자신들이 무슨 말이든 입 밖에 내면, 아가씨가 몽유하듯 황홀해하고 깊이 한숨짓고 눈

---

39 프리드리히 드 라 모테 푸케(Friedrich de la Motte Fouqué, 1777~1843)는 독일 낭만주의 작가로서 『운디네』(*Undine*, 1811), 『마법 반지』(*Zauberring*, 1813) 등의 작품을 남겼다.

40 8분의 6박자의 프랑스 사교춤.

41 17~18세기에 프랑스에서 유행한 4분의 4박자 또는 2분의 2박자의 경쾌한 춤.

동자가 돌아가고, 때로는 살짝 기절하거나 잠시 눈멀기까지 하여[42] 가장 여성다운 여성성의 최고 단계를 보여주기를 기대한다. 그런 다음 아가씨 자신의 마음속에서 울리는 멜로디에 따라 시인의 노래를 부르고, 이 때문에 당장 가슴앓이를 하며 스스로 시행을 쓰지만, 시어가 우러나오면 매우 수줍어해야 한다. 이 아가씨가 매우 얇고 향기로운 종이에 고운 글씨로 시행을 써서 시인의 손에 쥐여주면 시인 자신도 황홀해져서 병이 생기며 시인의 이런 행동을 전혀 나무랄 수 없더라도 말이다. 한술 더 떠, 소녀가 웃거나 먹거나 마시거나 유행에 따라 깜찍하게 옷을 입는 것을 여성다운 다소곳함에 어긋난다고 여기는 금욕적 시인들도 있다. 이 시인들은 처녀들에게 귀걸이 차는 것과 물고기 먹는 것을 금지한 성 히에로니무스[43]와 거의 비슷하다. 처녀들은 살짝 익힌 채소만 먹고, 항상 배고프되 배고픔을 느끼지 않고, 바느질이 형편없는 거친 옷으로 몸매를 뒤덮어 가리고, 진지하고 핼쑥하고 슬퍼하고 약간 지저분한 여자를 친구로 삼아야 한다고 명령한 그 성인 말이다!

칸디다는 기질이 속속들이 명랑하고 스스럼없었으므로, 뼈 없는 유머를 가볍고 즐겁게 주고받는 대화를 가장 좋아했다. 무슨 익살스러운 일에든 사뭇 깔깔대고 웃었고, 기다리던 산책을 궂은 날씨 탓에 망치거나 아무리 조심해도 새 목도리에 얼룩이 생겼을 때를 빼고는 한숨 쉬는 법이 없었다. 정말 그럴 만한 까닭이 있는 경우에는 마음속 깊숙한 감정을 드러냈지만, 그렇다고 얄팍한 감상에

---

42 독일 소설가 장 파울(Jean Paul, 1763~1825)의 소설 『거인』(*Titan*)에서 여주인공 리아네는 몹시 흥분한 나머지 일시적으로 눈이 먼다.

43 에우세비우스 소프로니우스 히에로니무스(Eusebius Sophronius Hieronymus, 347경~420)는 고대 로마교회의 성서학자이자 교부로, 금욕주의를 설파했다.

빠지지는 않았다. 그러므로 친애하는 독자여, 그대나 필자는 꿈에 젖은 시인이 아니니 이 소녀가 사뭇 마음에 들 것이다. 발타자어는 그렇지 않기 십상이겠지만! —— 몽상이라면 질색하는 파비안이 얼마나 제대로, 아니면 틀리게 예언했는지는 곧 밝혀질 것이다.

발타자어는 더없는 불안감과 이루 말할 수 없는 달콤한 두려움 때문에 밤새 잠들지 못했으니, 이는 지극히 당연한 일이었다. 연인의 모습에 흠뻑 젖어들어 책상에 앉아 아름다운 운율의 산뜻한 시행을 꽤 많이 내리썼고, 이 시행에서 진홍색 장미에 대한 나이팅게일의 사랑[44]을 신비스럽게 이야기하여 자신의 상황을 묘사했다. 모슈 테르핀의 문학 차 모임에 이 시행을 들고 가서, 언제든 기회만 생기면 칸디다의 가슴을 예기치 않게 울릴 생각이었다.

파비안은 약속한 시간에 친구 발타자어를 데리러 와, 발타자어가 어느 때보다 더 멋지게 차려입은 것을 보고 살짝 미소 지었다. 더없이 고운 브뤼셀식 레이스로 만든 요철 칼라를 둘렀고, 소매를 길게 튼 짧은 코트는 커트 벨벳으로 만든 것이었다. 그밖에 굽이 높고 뾰족하며 은색 장식 술이 달린 프랑스식 장화를 신고, 더없이 고운 해리海狸 가죽으로 만든 영국식 모자를 쓰고, 덴마크식 장갑을 끼고 있었다. 이렇듯 완벽히 독일풍으로 차려입었는데, 이 옷차림이 발타자어에게 대단히 잘 어울리는 데는 머리털을 아름답게 말고 짧은 콧수염을 가지런히 빗질한 것도 한몫했다.

모슈 테르핀의 집에서, 완전히 옛날 독일 처녀처럼 차려입은 칸디다가 언제나 그랬듯 눈길이나 말씨로 보나 태도 전체로 보나 상냥하고 아리땁게 다가오자 발타자어는 환희에 몸을 떨었다. '나의

---

44 장미와 나이팅게일은 페르시아의 하피즈(Hafis, 1315경~90경)가 쓴 사랑 서정시의 주요 모티프였다. 나이팅게일은 시인을, 장미는 연인을 상징한다.

더없이 어여쁜 아가씨여!' 칸디다가, 사랑스러운 칸디다가, 모락모락 김나는 차 한잔을 손수 가져다주자, 발타자어는 마음 깊은 곳에서 한숨을 토했다. 칸디다는 반짝이는 두 눈으로 대학생을 바라보며 이렇게 말했다. "여기 럼주와 마라스키노주[45], 츠비바크[46], 호밀 흑빵이 있어요, 친애하는 발타자어 씨. 손 가는 대로 마음껏 드세요!" 그렇지만 럼주, 마라스키노주, 츠비바크, 호밀 흑빵을 보거나 집기는커녕, 감격에 젖은 발타자어는 마음속 깊은 사랑의 고통스러운 서글픔에 가득 차 어여쁜 처녀에게서 시선을 떼지 못하고, 영혼 깊숙한 곳에서 방금 느껴진 바를 쏟아낼 말을 찾으려 애썼다. 그러나 그때 헌칠하고 체구가 건장한 사내인 미학 교수가 우악스러운 손아귀로 대학생을 뒤에서 붙들어 돌려세우는 바람에 대학생은 예의에 어긋날 만큼 많은 찻물을 바닥에 흘렸고, 그러자 미학 교수는 방이 떠나갈 듯한 목소리로 소리쳤다. "친애하는 루카스 크라나흐[47]여, 알량한 술을 들이켜지 마시오, 독일인의 위를 깡그리 망가뜨릴 뿐이니까 ── 저기 다른 방에 우리 용감한 모슈가 귀중한 라인 강 포도주의 아름다운 병들을 세워놓았으니, 당장 가서 포도주를 즐겨봅시다!" 미학 교수는 불운한 젊은이를 질질 끌고 갔다.

하지만 모슈 테르핀이 옆방에서 키 작고 매우 희한한 난쟁이 한 사람을 손으로 이끌며 두 사람에게 다가오더니 크게 소리쳤다. "여

---

45 보스니아 헤르체고비나 남서부의 달마티아 지방에서 나는 시큼한 야생 버찌 마라스카(marasca)를 원료로 만든 무색의 리큐어.
46 '두번 구운 빵'이란 뜻. 밀가루, 달걀, 설탕 따위의 재료로 만들며 한번 구운 뒤 얇게 썰어 다시 구운 바삭바삭한 빵이다.
47 루카스 크라나흐(Lucas Kranach, 1472~1553)는 르네상스 시대 독일 화가이자 판화가이다. 이딸리아의 르네상스의 영향에서 벗어나 독일의 후기 고딕 양식을 회복시켰다. 여기서는 '고상한 독일인'을 뜻한다.

기, 신사 숙녀 여러분, 더없이 진기한 재능을 타고났으며 여러분의 호의와 경의를 불러일으키기에 부족함이 없는 젊은이를 소개합니다. 젊은 치노버 씨는 어제야 우리 대학에 도착하여 법학을 공부하려 생각하고 있습니다!" 파비안과 발타자어는 성문 밖에서 자신들에게 내달려 오다가 말에서 떨어졌던 키 작고 기이한 작다리를 첫눈에 알아보았다.

"내가," 파비안이 발타자어에게 나직이 말했다. "내가 입으로 불어 쏘는 화살이나 구두장이 송곳으로 이 맨드레이크에게 결투를 신청해야 할까? 이 끔찍한 적수와 맞서서 다른 무기를 사용할 수는 없으니."

"부끄러운 줄 알아," 발타자어가 대답했다. "부끄러운 줄 알아, 이 버림받은 사내를 조롱한 것 말이야. 너도 들었지만, 이 사내는 더없이 희한한 재능이 있어. 자연은 이 사내에게 신체적 장점을 베풀지는 않았지만, 이렇게 정신적 가치로 보상해준 거야." 그리고선 키 작은 사내 쪽으로 몸을 돌려 말했다. "친애하는 치노버 씨, 어제 말에서 떨어져 심하게 다치지는 않으셨겠지요?" 하지만 치노버는 손에 들고 있던 작은 지팡이를 등 뒤로 짚고 발돋움하여 발타자어의 허리띠에 거의 닿을 만큼 몸을 세우고는 고개를 목 뒤로 젖히더니, 사납게 번득이는 눈으로 올려다보며 저음으로 희한하게 그르렁거렸다. "무슨 말을 하려는 건지, 무슨 소리를 하는지 저는 모르겠습니다, 신사! 말에서 떨어져요? —제가 말에서 떨어지다니요? —저는 역사상 가장 훌륭한 기수이며, 말에서 떨어지기는커녕 흉갑 기병들과 더불어 자원 출정하여[48] 장교와 병사에게 승마

---

48 대(對)나폴레옹 전쟁 출정(1813/14~15)을 말한다.

와 마술馬術을 가르쳤다는 것을 모르시는 것 같군요! ── 음, 음 ── 말에서 떨어지다니 ── 제가 말에서 떨어지다니요!"그러고선 급히 몸을 돌렸지만, 짚고 있던 지팡이가 미끄러지는 바람에 이 키 작은 사내는 비틀비틀하더니 발타자어의 발치에 엎어졌다. 발타자어는 키 작은 사내에게 손을 내밀어 부축해 일으키려다가 뜻하지 않게 머리를 건드렸다. 그러자 키 작은 사내가 내지르는 째지는 소리가 온 홀에 메아리쳤고 손님들은 화들짝 놀라 자리에서 화다닥 일어났다. 다들 발타자어를 둘러싸고 도대체 왜 그리 끔찍스러운 비명을 질렀느냐고 중구난방으로 물었다. "내 말을 언짢게 생각지 말게, 친애하는 발타자어." 모슈 테르핀 교수가 말했다. "하지만 이건 자못 지나친 장난이었어. 누군가 이 방에서 고양이 꼬리를 밟은 듯 여기게 하고 싶었던 모양이군!""고양이라고, 고양이라고요 ── 고양이를 치워요!" 신경이 예민한 한 부인이 소리치며 기절했고, "고양이라고 ── 고양이라고!" 이렇게 외치며 이 짐승이라면 칠색 팔색 하는 몇몇 노신사가 문밖으로 달음질쳤다.

기절한 부인에게 자신의 취각제 한 병을 다 쏟아부은 칸디다는 발타자어에게 나직이 말했다. "발타자어 씨, 못되고 째지는 야옹 소리로 무슨 난리를 일으키는 거예요!"

발타자어는 자신에게 왜들 이러는지 도무지 알 수 없었다. 부아나고 부끄러워 얼굴이 숯불처럼 달아오른 채 한마디도 입 밖에 낼 수 없어, 그렇게 끔찍하게 야옹거린 것은 키 작은 치노버 씨였지 자기가 아니었다고 말하지 못했다.

모슈 테르핀 교수는 젊은이가 엄청나게 당황한 것을 알아챘다. 친절하게 다가와 이렇게 말했다. "자, 자, 친애하는 발타자어 군, 침착하게. 나는 모든 것을 보았네. 자네는 바닥에 엎드려 손발을 짚고 껑충거리며, 괴롭힘에 약이 오른 고양이를 기막히게 흉내 냈지. 여느 때 같으면 그런 자연과학적 장난이 매우 마음에 들겠지만, 여기는 문학 차 모임일세……" "하지만," 발타자어가 버럭 소리쳤다. "친애하는 교수님, 그건 제가 아니었습니다." "됐네 — 됐어." 교수가 대학생의 말허리를 잘랐다. 칸디다가 두 사람에게 다가왔다. "위로해주렴." 교수가 딸에게 말했다. "네가 착한 발타자어를 위로해주면 좋겠구나. 이 모든 난리가 벌어진 데 몹시 당황해하고 있으니."

마음씨 착한 칸디다는 불쌍한 발타자어가 어쩔 줄 몰라하며 눈을 내리깔고 앞에 서 있는 게 진심으로 가엾게 여겨졌다. 대학생에게 손을 내밀고 아리땁게 미소 지으며 속삭였다. "고양이 때문에 그렇게 끔찍이 놀라다니 정말 우스꽝스러운 사람들이지요."

발타자어는 칸디다의 손에 열렬히 입을 맞추었다. 칸디다는 천사 같은 두 눈으로 그윽하게 발타자어를 바라보았다. 대학생은 황홀하여 가장 높은 천상으로 날아오를 듯했고 이제 치노버와 고양이가 생각나지 않았다. —소란이 가라앉고 정적이 다시 찾아들었다. 차 테이블에는 신경이 예민한 부인이 앉아 츠비바크 몇 개를 럼주에 적셔 먹으며 이렇게 장담했다. 이런 간식거리는 사악한 힘에 위협받던 마음을 상쾌하게 하지요. 갑작스러운 놀라움 뒤에는 그리움에 젖은 기대가 찾아드는 법이에요.

문밖에서 다리 사이로 고양이가 달아나는 것을 보았다는 두 노신사도 마음을 진정하고 돌아와 다른 신사들과 마찬가지로 도박 테이블을 찾았다.

발타자어, 파비안, 미학 교수와 몇몇 젊은이가 여자들 옆에 앉았다. 치노버 씨는 발받침을 가까이 당겨 이것을 밟고 소파로 올라왔

고, 이제 두 여자 사이 한가운데 끼어 앉아 우쭐하고 번득이는 눈
길로 사방을 두리번거렸다.

발타자어는 진홍색 장미에 대한 나이팅게일의 사랑을 노래한
시를 들고 앞으로 나서야 할 순간이 드디어 찾아왔다고 믿었다. 그
래서 젊은 시인들이 으레 그러듯 적잖이 쑥스러워하며 이렇게 말
했다. 지겨움과 지루함을 불러일으킬까 저어하지 않아도 된다면,
존경하는 여러분께서 마음씨 좋고 너그럽게 들어주시리라 바라도
된다면, 제가 예술의 여신에게 영감을 얻어 최근 창작한 시를 낭독
하고 싶습니다.

여자들은 도시에서 일어난 새 소식을 모두 주고받았고, 소녀들
은 총장 집에서 최근 열린 무도회가 어땠는지 실컷 지껄이고 최신
유행 모자의 표준 형태가 무엇인지까지 다 따져보았으며, 남자들
은 적어도 두시간은 지나야 음식이나 음료가 다시 나오리라 생각
하던 터였으므로, 한목소리로 발타자어에게 재촉하기를 손님들에
게 이 굉장한 즐거움을 아낌없이 선사하라고 했다.

발타자어는 깨끗이 정서한 원고를 꺼내 읽었다.

자신의 시어가 진정한 시인의 마음에서 기운차고 생기 있게 정
말로 흘러나오자, 발타자어는 스스로 더욱더 열광에 빠졌다. 낭독
은 점점 격정에 넘쳐 고조되며 사랑하는 마음속의 들끓는 열정을
드러냈다. 나직한 한숨에 ── 여자들의 ── 숱한 나직한 신음에 ──
"훌륭해요 ── 뛰어나요 ── 위대해요"라는 남자들의 숱한 탄성에,
자신의 시가 모두를 사로잡았음을 깨닫고 발타자어는 환희에 몸을
떨었다.

마침내 낭독을 마쳤다. 다들 소리쳤다. "이런 시가! ── 이런 생각
이 ── 이런 환상이 ── 이렇게 아름다운 시행이 ── 이런 운율이 있

다니 ─ 고맙습니다 ─ 고맙습니다, 친애하는 치노버 씨, 이렇게 위대하게 즐거움을 안겨주시다니."

"뭐라고요? 어쨌다고요?" 발타자어가 소리쳤다. 하지만 아무도 대학생을 거들떠보지 않고 치노버에게 몰려갔고, 치노버는 키 작은 수칠면조처럼 으스대며 역겨운 소리로 드르렁거렸다. "천만에 요 ─ 천만에요 ─ 이거라도 즐기셨기 바랍니다! ─ 어젯밤에 아주 급하게 갈겨쓴 보잘것없는 것입니다!" 하지만 미학 교수가 외쳤다. "뛰어난 ─ 위대한 치노버! 소중한 친구여, 자네는 나 다음으로 지금 이 세상 최고의 시인이구려! ─ 내 가슴에 안기시오, 아름다운 영혼이여!" 그러고선 키 작은 사내를 소파에서 번쩍 들어 껴안고 입 맞추었다. 치노버는 몹시 성깔 있게 굴었다. 가는 다리로 교수의 불룩한 배를 마구 걷어지르며 꽥꽥거렸다. "놔줘 ─ 놔줘 ─ 아파 ─ 아파 ─ 아파! 눈알을 뽑아버리겠어 ─ 코를 물어뜯어 두동강 내겠어!" "제발," 교수는 키 작은 사내를 소파에 내려앉히며 소리쳤다. "제발, 귀여운 친구여, 지나치게 겸손을 부리지 마시오!" 모슈 테르핀도 이제 도박용 테이블에서 가까이 다가와 치노버의 작은 손을 잡고 악수한 뒤 정색하고 말했다. "뛰어나오, 젊은이! ─ 드높은 창조력이 그대에게 영감을 불어넣고 있다는 소문이 요란하거나 과장된 것이 아니었구려." "누가," 이제 미학 교수가 감격에 흠뻑 젖어 다시 소리쳤다. "여러분 아가씨 가운데 누가 순수한 사랑에 관한 마음속 깊은 감정을 시로 표현한 훌륭한 치노버 씨에게 키스로 보답하겠소?"

그러자 칸디다가 일어서더니 두 볼을 빨갛게 붉힌 채 키 작은 사내에게 다가와 무릎을 꿇고는 퍼렇고 추악한 입술에 키스했다. "그래," 이제 발타자어가 느닷없이 광기에 사로잡힌 듯 외쳤다. "그래,

치노버 ─ 위대한 치노버, 너는 나이팅게일과 진홍색 장미에 관한 뜻깊은 시를 지었고, 그렇게 훌륭한 보답을 받을 만해!"

그러고선 파비안을 옆방으로 끌고 들어가 이렇게 말했다. "나를 똑바로 보고 솔직히 터놓고 말해봐. 내가 대학생 발타자어가 맞는지, 네가 정말 파비안인지, 우리가 모슈 테르핀의 집에 있는지, 꿈속에 있는지 ─ 정신이 나갔는지 ─ 내 코를 잡아당기거나 내 몸을 뒤흔들어봐, 내가 이 빌어먹을 주술에서 깨어나도록!"

"어떻게 너는," 파비안이 대답했다. "칸디다가 키 작은 녀석에게 키스했기로서니, 어떻게 너는 질투에 눈이 뒤집혀 그렇게 정신 나간 행동을 할 수 있니. 키 작은 녀석이 낭독한 시가 진짜로 빼어났다는 것을 너 자신도 인정해야 해." "파비안," 발타자어가 더없이 놀라는 표정으로 소리쳤다. "무슨 말을 하는 거야?" "그렇잖아," 파비안이 말을 이었다. "그렇잖아, 키 작은 녀석의 시는 빼어났어. 이 사내가 칸디다의 키스를 받는 것을 나는 시샘하지 않아. ─ 이 희한한 난쟁이에게는 아름다운 외모보다 더 가치 있는 온갖 것이 숨어 있는 듯해. 외모만 해도 이제는 처음만큼 그렇게 역겹게 느껴지지 않아. 시를 읽는 동안 마음속 깊은 열광이 이목구비에 아름답게 우러나, 이 사내는 상큼하고 늘씬한 젊은이인 듯하거든, 키는 테이블에 닿지도 않지만 말이야. 쓸데없는 질투심은 내버리고 시인 대 시인으로 사귀어보라고!"

"뭐?" 발타자어가 화가 치밀어 외쳤다. "뭐라고? ─ 손아귀로 목을 졸라 죽이고 싶은데 이 빌어먹을 불구아와 사귀기까지 하라고?"

"이렇게 제정신을 잃다니. 하지만 홀 안으로 돌아가자. 박수갈채가 떠나갈 듯 들리는 것을 보니 틀림없이 뭔가 새로운 일이 벌어지고 있는 것 같아."

발타자어는 아무 생각 없이 친구를 따라 홀 안으로 들어갔다.

두 사람이 안으로 들어가서 보니, 모슈 테르핀 교수가 무슨 물리학 실험인가를 하다가 기구를 아직 손에 들고 놀라서 멍해진 얼굴로 한가운데 서 있었다. 손님들은 모두 키 작은 치노버 둘레에 모여 있었고, 치노버는 지팡이를 짚고 발돋움해 서서는 우쭐한 눈빛으로 사방에서 쏟아지는 박수갈채를 즐기고 있었다. 교수가 다시 매우 산뜻한 요술을 부리자 손님들은 교수 쪽으로 몸을 돌렸다. 그러나 요술이 끝나자마자 다들 또다시 키 작은 사내를 둘러싸고 소리쳤다. "훌륭해요 — 뛰어나요, 친애하는 치노버 씨!"

마침내 모슈 테르핀마저 키 작은 사내에게 달려가 다른 사람보다 열배는 더 큰 목소리로 소리쳤다. "굉장해요 — 뛰어나요, 친애하는 치노버 씨!"

손님 가운데는 대학에서 공부하던 젊은 그레고어 공자가 있었다. 공자는 보기 드물게 늘씬한 체격이었으며, 행동은 고결하고 자연스럽기 그지없어 더없이 고상한 상류사회에서 몸에 밴 습관과 고귀한 혈통이 뚜렷하게 드러났다.

그레고어 공자는 치노버 곁을 떠나지 않고 치노버를 더없이 훌륭한 시인이자 솜씨 좋은 물리학자로 드높이 찬양했다.

나란히 선 두 사람은 희한한 대조를 이루었다. 훤칠하고 늘씬한 그레고어와 대비되어, 코를 높이 치켜들고 가는 다리로 몸도 가누지 못하는 작다란 난쟁이는 기이해 보이기까지 했다. 모든 여자의 눈길이 한곳으로 쏠렸으나, 공자가 아니라 발돋움하여 일어섰다가 가라앉기를 거듭하며, 데까르뜨의 꼬마 악마[49]처럼 오르락내리락

---

49 일명 '데까르뜨의 잠수부'(Cartesian diver)는 액체와 공기가 채워진 빈 용기를 말하며 액체 속의 압력을 측정하기 위한 실험 기구나 장난감으로 사용된다. 르

허청거리는 키 작은 사내에게였다.

　모슈 테르핀 교수가 발타자어에게 다가와 말했다. "나의 애제자에 대해, 나의 친애하는 치노버에 대해 어떻게 생각하나? 이 사내에게는 많은 비밀이 숨어 있네. 이제 자세히 살펴보니 이자에게 도대체 어떤 사연이 있을지 짐작이 가는군. 이자를 기르고 나에게 추천한 신부는 이자의 혈통에 관해 매우 신비스럽고도 두루뭉술하게 말했지. 하지만 고결한 예의범절과 고상하고 자연스러운 행동을 보게나. 틀림없이 제후의 혈족이거나 어쩌면 왕의 아들일지도 모르네!" 이때 식사가 차려졌다는 말이 들려왔다. 치노버는 서투르게 비틀비틀 칸디다에게 다가가, 어설프게 손을 붙잡고 식당으로 이끌고 갔다.

　불행한 발타자어는 머리끝까지 부아가 치밀어 깜깜한 밤으로 달려 나가 사나운 비바람을 뚫고 집으로 돌아갔다.

　네 데까르뜨(René Descartes, 1596~1650)가 만들었다고 전하지만, 실제로는 이딸리아인 라파엘로 마조띠(Raffaello Magiotti, 1597~1656)가 1648년 최초로 발명했다. 한쪽 끝에 구멍이 뚫린 작은 튜브에 물과 공기를 채워, 물을 가득 채운 페트병 따위에 띄운다. 페트병을 누르면 그 압력이 튜브 안의 공기에 전해져 공기의 부피가 줄어들면서 더 많은 물이 튜브 안에 들어오며, 그리하여 튜브는 가라앉는다. 페트병에서 손을 떼면 외부 압력이 없어져 튜브는 다시 솟아오른다. 이러한 원리를 이용하여 만든 장난감이 '데까르뜨의 악마'이다.

4장

이딸리아인 바이올린 연주자 스비오까가 치노버 씨를
콘트라베이스 안에 던져 넣겠다고 위협하고, 풀허 시보^{試補}가 외교부에
임용되지 못한 사연 ─ 세관이며, 집안일을 위해 남겨둔 기적에
얽힌 사연 ─ 지팡이 손잡이로 마법에 걸린 발타자어

발타자어는 인적 끊긴 외딴 숲에서 우뚝 솟은 이끼투성이 바위에 앉아 골똘히 생각에 잠긴 채 저 아래 깊은 곳을 내려다보았다. 아래서는 개울이 거품을 일으키며 돌덩어리와 빽빽이 우거진 덤불숲을 헤치고 흘렀다. 먹구름이 밀려와 산 너머로 가라앉았고, 나무와 개울이 쏴아거리는 소리가 나직이 칭얼거리듯 울렸으며, 간간이 솔개가 칼칼하게 울어젖히며 다옥한 덤불숲에서 드넓은 공중으로 치솟더니 도망치는 구름을 뒤쫓듯 날았다.

숲의 경이로운 노랫소리에서 자연의 달랠 길 없는 탄식이 들리는 듯, 이러한 한탄에 젖어 자신도 틀림없이 몰락할 듯, 자신의 인생 전체에 더없이 깊고 이겨낼 수 없는 고통의 감정만 들어찬 듯 발타자어에게 느껴졌다. 서글픔에 못 이겨 가슴이 터질 듯했고, 두 눈에서 눈물이 주룩주룩 쏟아질 때면, 숲 개울의 정령이 자신을 올려다보며 물결에서 눈처럼 새하얀 두 팔을 내뻗어 서늘한 밑바닥

으로 잡아끄는 듯싶었다.

그때 아득히 먼 곳에서 맑고 경쾌한 뿔피리 소리가 공중을 헤치며 날아오더니 다독거리듯 가슴에 내려앉았고, 그러자 마음속에서 그리움이 깨어나며 달콤한 희망도 함께 생겨났다. 대학생은 주위를 둘러보았다. 뿔피리 소리가 계속 울리자, 숲의 짙푸른 그림자가 이제 슬프게 느껴지지 않았고, 바람이 쇄아거리는 소리가, 덤불숲이 속삭이는 소리가 이제 한탄하듯 들리지 않았다. 발타자어는 이렇게 입을 열었다.

"그래," 자리에서 벌떡 일어나 반짝이는 눈빛으로 먼 곳을 바라보며 소리 질렀다. "그래, 아직 희망이 모두 사라진 건 아니야! ── 어떤 음산한 비밀이, 어떤 사악한 마술이 내 인생에 들이닥쳐 모든 것을 훼방하지만, 나는 이 마술을 깨뜨릴 거야. 그러다 죽는 한이 있더라도! 가슴이 터질 듯한 감정에 휩쓸리고 사로잡혀 어여쁘고 사랑스러운 칸디다에게 내 사랑을 고백했을 때, 칸디다의 눈빛에서 행복을 보지 않았어? 칸디다의 손을 잡으며 행복을 느끼지 않았어? ── 하지만 우라질 키 작은 요괴가 나타나자마자, 모든 사랑이 요괴에게 쏠리고 있어. 칸디다는 빌어먹을 기형아에게서 두 눈을 떼지 못하고, 이 어설픈 젊은이가 다가오거나 손을 붙잡기까지 하면 그리움에 가득 찬 한숨을 가슴에서 내쉬는 거야. ── 이 젊은이에게는 뭔가 신비스러운 사연이 있는 게 틀림없어. 내가 엉터리없는 옛날이야기를 믿는다면, 이 젊은이가 주술을 부리고 흔히들 말하듯 사람을 홀릴 수 있다고 장담할 거야. 자연에게 철저히 버림받은 기형의 난쟁이를 다들 조롱하고 비웃더니 이 키 작은 녀석이 대학에 들어오자 우리 가운데 누구보다 더 지혜롭고 박식하고 늘씬한 대학생이라고 부르짖는데, 정신 나간 짓 아니야? ── 내가 무슨 말을 하는 거지? 나도 거의 그렇게 느끼잖아. 나도 치노버가 영리하고 해사한 듯 종종 생각하잖아. ―마술이 내게 힘을 미치지 못하는 건 칸디다가 있을 때뿐이야. 그럴 때면 치노버는 미련하고 역겨운 맨드레이크에 지나지 않지. ―어쨌든! ―나는 사악한 힘에 맞서 싸우겠어, 뭔가 예기지 않은 힘이 사악한 요괴에 맞설 무기를 내 손에 쥐여주리라는 어렴풋한 예감이 마음속 깊이 들어차고 있어!"

발타자어는 케르페스로 돌아가는 길에 접어들었다. 가로수 길을 따라 걷다가 큰길에서 짐을 잔뜩 실은 작은 여행 마차를 보았는데, 그 안에서 누군가 하얀 손수건을 상냥하게 흔들고 있었다. 가까이 다가가보니, 세계적으로 유명한 바이올린의 명인 빈첸쪼 스비오까씨였다. 뛰어나고 감정이 풍부한 연주 때문에 발타자어는 명인을 매우 높이 평가했으며 이년 전부터는 레슨도 받고 있었다. "잘됐네," 스비오까가 마차에서 뛰어내리며 소리쳤다. "잘됐어, 친애하는 발타자어 군, 나의 소중한 친구이자 제자여, 잘됐네, 자네를 여기서라도 만나 정답게 작별 인사를 나눌 수 있게 됐으니."

"뭐라고요?" 발타자어가 말했다, "뭐라고요? 스비오까 선생님, 케레페스를 떠나시려는 것은 아니겠지요? 여기서는 다들 선생님을 섬기고 존경하며, 아무도 선생님 없이 살 수 없는데요."

"그래," 마음속 화가 있는 대로 치민 나머지 얼굴이 붉으락푸르락하여 스비오까가 대답했다. "그래, 발타자어 군, 주민들이 하나같이 정신 나가 거대한 정신병원처럼 변해버린 도시를 나는 떠나는 걸세. ―자네는 어제 들판을 걷느라고 내 연주회에 오지 않았지. 거기 있었다면 내가 미친 관객에게 밀려나지 않도록 나를 도와줄 수 있었을 텐데."

"무슨 일이, 도대체 무슨 일이 있었습니까?" 발타자어가 소리쳤다.

"나는," 스비오까가 말을 이었다. "비오띠[50]의 가장 어려운 협주곡을 연주했네. 이 연주는 나의 자랑이요, 나의 기쁨이야. 자네는 나의 이 곡 연주를 들을 때마다 열광하지 않은 적이 없었지. 이렇게 얘기할 수 있을 걸세. 어제 나는 기분이 ― 그러니까 아니마[51]가 더할 나위 없이 들떠 있었다고, 영혼이 날아오를 듯했다고 말일세. ― 그러니까 스삐리또 알라또[52]였다고 말할 수 있겠지. 드넓은 세상 천지의 어느 바이올린 연주자도, 심지어 비오띠 자신도 내 연주를 흉내 내지 못했을 걸세. 연주를 마치자 열화같이 ― 그러니까 푸로레[53]하며 박수갈채가 터졌네, 예상했던 대로였지. 바이올린을 겨드랑이에 끼고 더없이 정중하게 감사 인사를 하려고 나는 앞으로 나섰네. ― 하지만! 무엇을 보고 무엇을 들어야 했단 말인가! ― 다들 나는 거들떠보지도 않고, 홀 구석으로 몰려가 이렇게 외쳤네. '브라보 ― 브라비시모[54], 위대한 치노버! ― 이런 연주가 ― 이런 자세가 ― 이런 표현이 ― 이런 기량이 있다니!' 나는 그리로 달려갔네, 관객을 헤치고 나아갔네! ― 세뼘 크기의 기형아 녀석이 거기 서서 역겨운 목소리로 이렇게 가르랑거리더군. '천만에요, 정말 천만에요, 능력 닿는 대로 연주했을 뿐입니다. 물

---

50 조반니 바띠스따 비오띠(Giovanni Battista Viotti, 1753~1824). 이딸리아의 바이올린 연주가이자 작곡가.

51 (이) anima. '영혼' '정신'이라는 뜻.

52 (이) spirito alato. '날개 달린 영혼'이라는 뜻.

53 (이) furore. '열광'이라는 뜻.

54 '브라비시모(bravissimo)'는 이딸리아어 감탄사 '브라보'(bravo)의 강조형이다. 여성에게는 '브라바'(brava), '브라비시마'(bravissima)를 쓴다.

론 이제 저는 유럽과 그밖의 알려진 세계에 걸쳐 가장 위대한 바이올린 연주자이지만요.' '빌어먹을,' 나는 외쳤네, '연주한 게 누구야! 나야, 아니면 저기 있는 가련한 인간이야!' 키 작은 녀석이 '천만에요, 천만의 말씀입니다'라고 계속 드르렁거리길래 나는 이자에게 달려들어 두 손아귀로 꽉 붙들었네. 그러자 다들 나에게 덮쳐들어 웬 시샘에 질투에 시기냐고 정신 나간 소리를 지껄이지 뭔가. 그사이 누군가 '이런 작곡을 하다니!'라고 소리치자 다들 한목소리로 따라 고함쳤네. '이런 작곡을 하다니 ― 위대한 치노버! ― 숭고한 작곡가!' 나는 아까보다 더 화가 치밀어 이렇게 외쳤네. '다들 미쳤소? ― 마귀 들렸소? 이 협주곡은 비오띠가 작곡한 것이오, 내가 ― 내가 ― 세계적으로 유명한 빈첸쪼 스비오까가 이 곡을 연주했고!' 하지만 이들은 이제 나를 꽉 붙잡더니, 이딸리아인이 미쳐서 ― 그러니까 라비아[55]에 걸려서 희한한 발작을 보인다고 말하더니 나를 억지로 옆방으로 끌고 가 병자처럼, 광인처럼 취급했네. 씨뇨라[56] 브라가찌가 안으로 달려와 기절해 쓰러지기까지도 오래 걸리지 않았네. 나와 똑같은 신세가 되었던 걸세. 아리아를 마치자마자 홀이 '브라바 ― 브라비시마 ― 치노버'로 떠나갈 듯했고, 이 세상에 치노버만 한 여가수는 없다고 다들 외치자, 치노버는 빌어먹게도 '천만에요 ― 천만에요!'라고 다시 드르렁거렸네. ― 씨뇨라 브라가찌는 고열에 들떠 침상에 드러눕자마자 바로 숨졌네. 나는 정신 나간 구경꾼들에게서 도망쳐 목숨을 구했지. 잘 있게, 친애하는 발타자어 군! ― 씨뇨리노[57] 치노버를 혹시 보거든 이렇게 말해

---

55 (이) ràbbia. '광견병' '분노'라는 뜻.

56 (이) signóra. 기혼 여성의 성이나 이름 앞에 붙이는 호칭.

57 (이) signorino. 미혼 남성의 성이나 이름 앞에 붙이는 호칭.

주면 좋겠네. 내가 공연하는 연주회에는 어디든 얼씬도 하지 말라고, 그러지 않으면 그자의 벌레 다리를 기필코 붙잡아 콘트라베이스 울림구멍으로 던져 넣을 거라고. 평생 원하는 대로 협주곡을 연주하고 아리아를 부를 수 있도록 말일세. 잘 있게, 친애하는 발타자어 군, 바이올린 연습을 게을리하지 말게나!" 그러고서 빈첸쪼 스비오까는 깜짝 놀라 몸이 굳어버린 발타자어를 껴안더니 마차에 올라탔고, 마차는 빠르게 떠나갔다.

"내 짐작이 맞았지," 발타자어는 혼잣말했다. "내 짐작이 맞았어. 섬뜩한 요물, 치노버는 주술을 부리고 사람을 홀리는 거야." 이때 한 젊은이가 달음질쳐 지나갔다. 햄쑥하고 ─ 낭패하여 얼굴에 광기와 절망이 어려 있었다. 발타자어는 가슴이 철렁 내려앉았다. 이 젊은이가 잘 아는 친구라는 것을 알아채고서 빠르게 뛰어 숲으로 따라갔다.

스무 ─ 서른걸음도 채 가지 않아 풀허 시보가 눈에 띄었는데, 시보는 커다란 나무 아래 걸음을 멈추더니 하늘로 눈길을 들고 이렇게 말했다. "아니! ─ 이 치욕을 더는 참지 않겠어! ─ 인생의 모든 희망이 사라졌어! ─ 무덤만 눈앞에 보일 뿐 ─ 잘 있어 ─ 인생아 ─ 세상아 ─ 희망아 ─ 연인아."

그러고선 시보는 절망에 가득 차 가슴에서 권총을 꺼내 이마에 가져다 댔다.

발타자어는 번개처럼 빠르게 시보에게 달려가 권총을 손에서 낚아채 멀리 내던지고 소리쳤다. "풀허! 맙소사, 무슨 일이야, 뭐 하는 거야!"

시보는 몇분간 제정신을 되찾지 못하고 반쯤 기절하여 잔디밭에 쓰러져 있었다. 발타자어는 곁에 앉아 풀허가 절망하는 이유를 알지 못한 채 힘닿는 대로 위로의 말을 건넸다.

　도대체 무슨 무시무시한 일이 일어났기에 자살을 하겠다는 음울한 생각이 들었느냐고 발타자어는 시보에게 골백번 물었다. 마침내 풀허는 한숨을 길게 내쉬더니 말을 꺼냈다. "친애하는 친구 발타자어, 너는 내 절박한 사정을 알고 있지? 외무부에서 임용 공고를 낸 추밀 발행관[58] 직책에 내가 모든 희망을 걸었다는 것을 알지? 얼마나 열정을 바쳐 얼마나 부지런히 이를 준비했는지 알지? 나는 내 논문을 제출했고 대신이 이를 격찬했다는 말을 듣고 매우 기뻤어. 오늘 오전 면접시험에 가면서 얼마나 자신에 넘쳤는지! ─ 방에서 키 작은 기형아 녀석을 보았는데, 이름이 치노버라는 이 녀석을 너도 아마 알 거야. 시험을 주관한 참사관이 상냥하게 다가오더니 이렇게 말했어. 당신이 원하는 직책에 치노버 씨도 지원했으니 두 사람을 함께 시험하겠소. 그러고선 귓속말로 나직이 속삭였어. '경쟁자를 두려워할 필요가 없소, 친애하는 시보, 키 작은 치노버가 제출한 논문은 형편없으니!' 시험이 시작되었고 참사관이 무슨 질문을 해도 나는 막힘없이 대답했어. 치노버는 도대체 아는 게 아무것도 없더군. 대답은커녕 아무도 이해할 수 없는 소리를 또렷이 들리지도 않게 드르렁거리고 꽥꽥거렸고, 가는 다리를 성깔 있게 버둥거리다가 높은 의자에서 여러번 굴러떨어져 나는 녀석을 다시 일으켜 올려야 했지. 나는 기뻐 가슴이 떨렸고, 참사관이 키 작은 녀석에게 상냥한 눈길을 던지는 것을 보며 더없이 신랄한 아이러니라 생각했어. ─ 시험이 끝났어. 어느 누가 내 놀라움을 설명할 수 있을까? 번개가 느닷없이 나를 내리쳐 땅속 깊숙

─────────────

58 여기서 '발행관'은 판결문 따위를 작성하여 발행하는 관리를 말한다. '추밀'은 우스꽝스러운 효과를 자아내려 붙인 말이다.

이 처박는 듯했어. 참사관이 키 작은 녀석을 얼싸안고 이렇게 말했으니까. '굉장한 인재구려! ─ 이런 학식이 ─ 이런 지혜가 ─ 이런 통찰력이 있다니!' 그러고선 나에게는 이렇게 말하는 거야! '당신은 나를 철저히 속였소, 풀허 시보 ─ 아는 게 아무것도 없구려! 게다가 ─ 내 말을 언짢게 생각지 마시오 ─ 이렇게 객기를 부려 시험에 응시하다니 이는 모든 예의범절에 어긋나는 짓이오! ─ 당신이 의자에 앉아 몸을 가누지도 못하고 굴러떨어지는 바람에 치노버 씨는 당신을 일으켜 세우기까지 해야 했소. 외교관은 매우 절도와 분별이 있어야 하오. ─ 잘 가시오, 시보!' 나는 모든 게 기막힌 속임수라고 생각했어. 대담하게 대신을 찾아갔지. 대신은 내게 이렇게 알려왔어. 자네는 어찌 감히 나에게까지 찾아와 귀찮게 할 수 있는가? 시험에서 그랬듯이 객기를 부리며 말일세 ─ 나는 이미 모든 일을 알고 있네. 자네가 절박히 얻고자 했던 직책은 이미 치노버 씨에게 주어졌네! ─ 뭔가 지옥의 힘이 모든 희망을 내게서 앗아갔으니, 불길한 운명의 제물이 될 목숨이라면 내 손으로 목숨을 바치고 싶어! 나를 내버려둬!"

"절대로 안 되지," 발타자어가 소리쳤다. "먼저 내 말부터 들어!"

발타자어는 케르페스 성문 밖에서 치노버와 처음 마주친 일부터 모슈 테르핀의 집에서 키 작은 사내에게 벌어진 일이며 빈첸쪼 스비오까에게 방금 들었던 일까지, 치노버에 관해 알고 있는 모든 것을 이야기했다. "너무 확실한 사실은," 그런 뒤 이렇게 말했다. "그 불길한 기형아의 모든 행동에 뭔가 신비스러운 힘이 숨어 있다는 거야. 내 말을 믿으라고, 풀허 친구 ─ 뭔가 지옥의 마술이 작용하고 있다면, 이 마술에 불굴의 의지로 맞서 싸우는 것이 중요해. 용기만 있다면 승리는 확실해. ─ 그러니까 낙담하지 말고, 너무 성급히 결심하지 마. 힘을 합쳐 키 작은 주술사를 퇴치하자고!"

"주술사!" 시보가 열광하며 소리쳤다, "주술사야. 키 작은 녀석은 젠장 빌어먹을 주술사가 확실해! ── 하지만 발타자어 친구, 우리에게 도대체 무슨 일이 생긴 거지? 우리가 꿈꾸고 있는 거야? ── 주술이라니 ── 마술이라니 ── 이런 건 오래전에 지나간 일 아니야? 파프누티우스 대제후가 여러해 전에 계몽 정치를 도입하고 온갖 정신 나간 짓이나 갖은 이해할 수 없는 일을 나라에서 몰아내지 않았어? 그런데 이런 망할 놈의 짓거리가 밀반입되었다고? ── 맙소사! 곧바로 경찰과 세관에 신고해야겠어! ── 아니, 아니 ── 우리가 불행하게 된 것은 다들 정신이 나갔거나 아니면, 그럴까봐 걱정인데, 엄청난 뇌물을 받은 탓일 거야. ── 망할 놈의 치노버는 무진장하게 부자거든. 이자가 최근 조폐청 앞에 서 있을 때 모두 손가락으로 이자를 가리키며 이렇게 소리쳤으니까. '저 키 작고 해사한 사내를 보게! ── 저 안에서 만드는 모든 반짝이는 금화가 저 사람 것이라네!'"

"진정해," 발타자어가 대답했다. "진정해, 시보 친구, 요괴는 금화로 수작을 부린 게 아니야. 뭔가 다른 게 뒤에 숨어 있다고! ── 파프누티우스 제후가 모든 백성과 후손의 평안과 풍요를 위해 계몽 정치를 도입한 것은 사실이지만 많은 경이로운 일, 이해할 수 없는 일이 남아 있었어. 집안일을 위해 약간의 근사한 기적을 남겨두었다는 말이야. 이를테면 볼품없는 씨앗에서 드높은 아름드리나무뿐 아니라 온갖 종류의 과일과 곡식이 자라나 우리 배를 채우게 해주지. 울긋불긋한 꽃과 곤충의 꽃잎과 날개에는 더없이 찬란한 색채가 칠해져 있고, 더없이 신기한 글자가 담겨 있기까지 해. 누구도 이게 유화인지 구아슈화인지 수채화인지 알지 못하고, 어떤 명필 서예가도 이 장식 필기체를 베끼기는커녕 읽지도 못하지! 오! 시보, 너에게 털어놓건대, 내 마음속에서는 이따금 진기한 일이 벌어져! ── 담뱃대를 치워놓고 방 안에서 서성거리면 어떤 희한한 목소리가 이렇게 속삭이지. 너 자신도 기적이야, 마음속에서 소우주가 마법을 부리며 너에게 갖은 기막힌 장난을 부추기는 거야. ── 하지만 시보, 그러면 나는 밖으로 걸어 나가 자연을 들여다보고, 꽃이며 하천이 내게 건네는 말을 빠짐없이 귀담아듣고, 천상의 행복한 기쁨에 젖어들지!"

"너는 고열에 들떠 헛소리를 하고 있어!" 풀허가 소리쳤다. 하지만 발타자어는 아랑곳하지 않고 열렬한 그리움에 사로잡힌 듯 멀리 두 팔을 뻗었다. "귀 기울여봐," 발타자어가 소리쳤다. "오, 시보, 숲에 저녁 바람이 쏴아거리면 천상의 음악이 울려 퍼지는 데 귀 기울여봐! ── 샘물이 노랫소리를 더욱 드높이는 게 들리지? 덤불이며 꽃이 사랑스러운 소리로 함께 노래하는 게 들리지?"

시보는 발타자어가 말하는 음악을 들으려 귀를 쫑긋 세웠다. "진짜로," 이렇게 입을 열었다. "진짜로 숲에 소리가 울려 퍼지는군, 평생 들었던 것 가운데 가장 아리땁고 찬란하며, 내 마음속 깊숙이 파고드는 소리가. 하지만 이런 노랫소리를 내는 것은 저녁 바람도, 덤불도, 꽃도 아니야. 그보다는 누군가 멀리서 유리 하모니카[59]에서 가장 낮은 음을 내는 종을 문지르는 듯 여겨지는데."

풀허의 말이 옳았다. 점점 가까이 울려오며 더욱 우렁차게 커지는 화음은, 엄청나게 크고 세게 울리기는 했지만 유리 하모니카 소

---

59 1761년 벤저민 프랭클린(Benjamin Franklin, 1706~90)이 발명한 악기. 페달을 밟아 회전시키는 수평축에 크기가 다른 유리 종을 여러개 겹쳐 끼우고 유리 종 가장자리를 젖은 손으로 문질러 소리를 낸다.

리와 정말 비슷했다. 두 친구가 계속 걸음을 옮기자, 눈앞에 장관이 펼쳐졌다. 마법에 홀린 듯, 두 친구는 깜짝 놀라 몸이 굳어 ── 걸음을 멈추고 ── 그 자리에 붙박였다. 멀지 않은 곳에서 한 사내가 숲을 가로질러 천천히 마차를 타고 왔다. 거의 중국풍 옷차림이었으나, 아름다운 날개 깃털을 꽂은 펑퍼짐한 베레모를 머리에 쓰고 있었다. 마차는 번쩍이는 크리스털로 만든 입 벌린 조개 같았고, 높은 양쪽 바퀴는 같은 쇳물로 만든 듯 보였다. 바퀴가 구를 때마다 두 대학생이 멀리서부터 들었던 찬란한 하모니카 소리가 울려 나왔다. 황금색 마구를 채운 숫눈처럼 새하얀 유니콘 두마리가 마차를 끌었고, 마부석에는 마부 대신 순은색 꿩이 황금색 고삐를 부리에 물고 앉아 있었다. 그 뒤에 앉은 황금 풍뎅이는 가물거리는 날개를 퍼덕거려 조개 안의 경이로운 사내에게 찬바람을 보내고 있는 듯했다. 사내는 두 친구 곁을 스쳐 지나며 상냥하게 고갯짓했다. 이 순간 사내가 손에 들고 있는 기다란 지팡이의 번쩍이는 손잡이에서 빛살이 발타자어에게 뿜어져 나왔고, 그러자 발타자어는 가슴 깊이 불칼에 찔린 듯한 느낌에 깜짝 놀라 움찔하며 아! 하고 나직이 신음했다.

사내는 발타자어를 바라보고 미소 지으며 아까보다 더 상냥하게 손짓했다. 마법의 마차가 유리 하모니카의 여운을 잔잔히 남기며 빽빽한 덤불숲으로 사라지자마자, 발타자어는 희열과 환희에 정신이 홀랑 나가 친구의 목을 끌어안고 소리쳤다. "시보, 우리는 구원되었어! ── 저 사람이 치노버의 비열한 마술을 깨뜨릴 분이야!"

"나는 모르겠어," 풀허가 말했다. "내가 지금 어떤 기분인지, 깨어 있는지 꿈꾸고 있는지 나는 모르겠어, 하지만 알 수 없는 희열이 온몸에 사무치고 위안과 희망이 내 영혼에 되돌아왔다는 것만큼은 확실해."

5장

바르자누프 제후가 라이프치히 종달새[60]와 단치히 골트바서[61]를
아침식사로 먹고, 캐시미어 바지에 버터 얼룩을 묻히고, 치노버 추밀 비서관을
추밀 특별 고문관으로 승진시킨 사연 ── 프로스퍼 알파누스 의사의 그림책 ──
문지기가 대학생 파비안의 손가락을 물어뜯고, 파비안이 옷자락이
질질 끌려 조롱받은 사연 ── 발타자어의 도주

치노버 씨는 외교부에서 추밀 발행관으로 임용되었는데, 이 외
교부의 대신이 마상 무술 대회 책과 연대기에서 로자벨베르데 요
정의 가계도를 찾아보려 헛수고했던 프레텍스타투스 폰 몬트샤인
의 후손이었음을 이제 감출 필요가 없겠다. 대신은 이름이 선조와
똑같이 프레텍스타투스 폰 몬트샤인으로, 더없이 세련된 교양에
더없이 올바른 예절을 보였고, '이'와 '가'를, '을'과 '를'을 혼동하

---

60 독일 라이프치히에서는 종달새를 향초와 달걀과 함께 구운 뒤 과자에 넣어 먹
었다. 1720년 한해에만 사십만마리의 라이프치히 종달새가 별식으로 팔렸다고
한다. 1876년 라이프치히 지역에서 종달새 포획이 금지된 뒤, 종달새 대신 아몬
드, 견과, 버찌를 넣은 과자가 '라이프치히 종달새'(Leipziger Lerche)라는 특산품
으로 판매되고 있다.

61 1598년부터 폴란드 그단스크(독일어명 단치히)에서 뿌리와 약초를 원료로 생
산하던 리큐어를 말한다. 가장 큰 특징은 22~23캐럿의 황금 가루가 안에 떠 있
다는 것이다.

는 법이 없었으며, 프랑스어 문자로 서명하기도 했지만 대체로 또 박또박한 글자를 썼고, 특히 날씨가 궂을 때면 이따금 몸소 일하기 까지 했다. 파프누티우스 대제후의 뒤를 이은 바르자누프 제후는 대신을 애지중지했다. 대신은 무슨 질문을 해도 막힘없이 대답했 고 휴식 시간에는 제후와 함께 볼링을 쳤으며, 금전 거래와 관련한 모든 일에 통달했고, 가보뜨 춤이라면 따라올 자가 없었다.

마침 프레텍스타투스 폰 몬트샤인 남작이 제후를 아침식사에 초대하여 라이프치히 종달새와 단치히 골트바서를 대접하던 때였 다. 제후는 몬트샤인의 집에 들어오면서 현관홀에 있는 여러 말쑥 한 외교관 가운데 키 작은 치노버가 있는 것을 보았다. 치노버는 지팡이로 몸을 받치고 두 눈을 번득이며 제후를 쏘아보더니, 더이 상 신경 쓰지 않고 식탁에서 방금 몰래 들고 온 구운 종달새를 입 에 욱여넣었다. 키 작은 사내를 보자마자 제후는 자비롭게 미소 지 으며 대신에게 말했다. "몬트샤인! 그대의 집에 이렇게 키 작고 해 사하고 지혜로운 사내가 있다니! ── 그대가 얼마 전부터 내게 제출 하는 뛰어난 문체의 아름다운 보고서를 작성한 게 이자가 확실한 가?" "물론입니다, 자비로운 전하," 몬트샤인이 대답했다. "하늘은 더없이 재치 있고 솜씨 좋은 일꾼을 제 부서로 보내주셨습니다. 이 름은 치노버라고 합니다. 이 훌륭한 젊은이를 특별히 추천하오니 전하의 후의와 자비를 베풀어주십시오, 경애하는 전하! ── 제 부 서로 온 지 며칠 되지 않았습니다." "바로 그런 까닭에," 이번에는 한 해사한 젊은이가 다가오더니 이렇게 말했다. "바로 그런 까닭 에 전하께 아뢰옵기 황송하오나, 제 키 작은 동료는 아직 아무 문 서도 발송하지 않았습니다. 제후 전하, 전하께서 흡족하게 여겨주 신 보고서는 제가 작성한 것입니다." "무슨 소리를 하는 건가!" 제후가 진노하여 호통쳤다. ─ 치노버는 제후에게 바싹 다가와 종달새를 먹으며 탐욕스럽고 게걸스럽게 쩝쩝거리고 있었다. ─ 그 젊은이는 실제로 보고서를 작성한 자였다. 하지만 "무슨 소리를 하는 건가!"라고 제후는 소리쳤다. "그대는 펜에 손도 대지 않았지 않은가? ─ 그대가 내게 바싹 붙어 종달새를 먹는 바람에 내 새 캐시미어 바지에 벌써 버터 얼룩이 묻었고 이걸 보고 내가 화가 머리끝까지 치미는데도, 그대는 이처럼 무례하게 쩝쩝거리다니! ─ 이 모든 행동은 그대가 어떤 외교관의 직무에도 전혀 부적합함을 보여주고도 남는도다! ─ 당장 귀가하여 내 눈앞에 다시 나타나지 마라, 내 캐시미어 바지 얼룩을 지울 쓸모 있는 구슬을 가져오는 게 아니라면. ─ 그거라도 가져오면 아마 나에게 자비를 베풀 기분이 생길 것이노라!" 그러고선 치노버에게 이렇게 말했다. "그대 같은 젊은이는, 소중한 치노버여, 국가의 자랑이며 명예롭게 표창받을 자격이 있도다! ─ 그대를 추밀 특별 고문관으로 임명하노라, 친애하는 젊은이여!" "은혜에 감사드립니다," 치노버는 마지막 한입을 꿀꺽 삼키고 두 손으로 입을 닦으며 가르랑거렸다. "은혜에 감사드립니다. 저에게 적격인 임무를 수행하겠습니다."

"솔직한 자신감은," 제후는 목소리를 높여 말했다. "솔직한 자신감은 고귀한 정치가라면 분명히 갖추고 있는 정신적 능력을 입증하는 것이도다!" 이런 명언을 늘어놓으며 제후는 골트바서를 한모금 들이켰다. 대신이 직접 따라준 이 술은 입맛에 썩 잘 맞았다. ─ 신임 고문관은 제후와 대신 사이에 앉아야 했다. 믿을 수 없을 만큼 많은 종달새를 먹어치웠고 말라가[62]와 골트바서를 가리지 않고

─────────────────────

62 스페인 남서부 말라가 지방에서 생산되는 달콤한 디저트용 포도주.

들이켰으며, 이 사이로 가르랑거리고 크르렁거렸고, 뾰족한 코가 식탁까지 닿지도 않았으므로 가는 손과 다리를 마구 바쁘게 움직였다.

아침식사가 끝나자 제후와 대신 두 사람은 소리쳤다. "이자는, 이 추밀 특별 고문관은 천사 같은 젊은이로고!"—"너는," 파비안이 친구 발타자어에게 말했다. "너는 매우 즐거워 보여, 너의 눈길은 특별한 불빛에 빛나는 듯해. — 행복하다고 느끼니? — 아, 발타자어, 너는 아마 아름다운 꿈을 꾸고 있구나. 하지만 너를 꿈에서 깨울 수밖에 없어. 그게 친구의 의무야!"

"왜 그래, 무슨 일이 있었어?" 발타자어가 당황하여 물었다.

"그래," 파비안이 말을 이었다. "그래! — 너에게 말해주지 않으면 안 돼! 침착해, 친구! — 유념해, 이 세상에 이보다 더 고통스러운 재앙도 없겠지만 이보다 더 극복하기 쉬운 일도 없을 거야! — 칸디다가……"

"맙소사," 발타자어가 놀라 외쳤다. "칸디다라니! — 칸디다가 어떻게 되었어? — 세상을 떠났어 — 죽었어?"

"침착해," 파비안이 계속 말했다. "침착해, 친구! — 칸디다는 죽지 않았어, 하지만 너에게는 죽은 거나 마찬가지야! — 키 작은 치노버가 추밀 특별 고문관이 되었고, 아름다운 칸디다와 약혼한 것이나 다름없으며, 어찌 된 영문인지 모르겠지만 칸디다가 치노버에게 홀딱 반해 있다고 말들 하는 걸 알아둬."

파비안은 발타자어가 이제 절망에 가득 차 야단스럽게 울고불고하며 저주를 퍼부으리라 생각했다. 그럼에도 불구하고 발타자어는 차분히 미소 지으며 이렇게 말했다. "그게 전부라면 나를 슬프게 할 만한 재앙은 없어."

"칸디다를 이제 사랑하지 않니?" 파비안이 매우 놀라 물었다.

"사랑하지," 발타자어가 대답했다. "천사 같은 아이를, 훌륭한 소녀를 오로지 젊은이의 가슴에만 불붙을 수 있는 열정을 다해, 열광을 바쳐 사랑하지! 나는 알고 있어 ─ 아, 나는 알고 있어, 칸디다가 나를 다시 사랑할 것이며 비열한 마술이 칸디다를 휘감고 있을 뿐이라는 걸 말이야. 나는 곧 이 주술의 굴레를 곧 풀 거야, 가엾은 칸디다를 홀리는 요괴를 곧 없앨 거야."

발타자어는 숲에서 희한한 마차를 타고 오던 경이로운 사내를 만난 일을 친구에게 자세하게 이야기했다. 이 마법사의 지팡이 손잡이에서 뿜어져 나온 빛살이 가슴에 닿자마자, 치노버는 난쟁이 주술사에 지나지 않으며 이 마법사가 주술을 깨뜨릴 수 있을 거라는 확신이 마음속에 들었다고 말을 맺었다.

"하지만," 친구가 말을 마치자 파비안이 소리쳤다. "하지만 발타자어, 너는 어떻게 그렇게 기이하고 정신 나간 생각에 빠질 수 있니? ─ 네가 마법사라고 생각한 사내는 다름 아니라 도시에서 멀지 않은 시골 저택에 사는 프로스퍼 알파누스[63] 의사야. 의사에 대해 더없이 기이한 소문이 퍼져 있으며, 다들 의사를 제2의 깔리오스뜨로[64]라고까지 여기고 싶어하는 게 사실인데, 이렇게 된 데는 의사 자신도 책임이 있어. 신비스러운 어둠에 몸을 감추고, 자연의

<hr>

63 셰익스피어의 『템페스트』(*The Tempest*)에 나오는 마법사 프로스페로(Prospero)를 연상시키며, 이 희곡에 나오는 기형아 캘리밴(Caliban)은 키 작은 차헤스의 원형으로 볼 수 있다.

64 알레산드로 디 깔리오스뜨로(Alessandro di Cagliostro, 1743~95). 본명은 주세뻬 발사모(Giuseppe Balsamo). 이딸리아의 신비주의자, 연금술사, 여행가로 유명하다. 타고난 사기꾼으로 영향력 있는 인물들의 신뢰를 얻어 이를 이용하는 데 능란했다.

더없이 오묘한 신비에 통달하여 미지의 세력을 지배하는 사내인 척하기 좋아하는데다가, 더없이 기묘한 착상을 떠올리거든. 이를테면 의사의 마차는 매우 희한하게 만들어져 있어서, 친구, 너처럼 활활 불타는 환상에 젖은 사람은 이에 혹하여 이 모든 것을 어떤 기막힌 동화에 나오는 모습으로 여기기 십상이지. 잘 들어! ── 의사의 무개 마차는 조개 모양이고 온통 은도금되어 있고, 마차가 달리면 자동으로 연주되는 손풍금이 두 바퀴 사이에 달려 있어. 네가 순은색 꿩으로 본 것은 키 작고 하얀 제복을 입은 마부였던 게 확실하고, 황금 풍뎅이의 앞날개로 본 것은 활짝 펼친 파라솔의 천이었던 게 분명해. 하얀색 말 두필에 커다란 뿔을 끼워 넣은 것은 환상적으로 보이게 만들려고 그런 거야. 말이 나온 김에 말하자면, 알파누스 의사가 들고 다니는 아름다운 등나무 지팡이 맨 위에는 찬란하게 번득이는 크리스털 손잡이가 달려 있는데, 이 크리스털의 기이한 작용을 놓고 수많은 환상적인 이야기나 거짓말이 퍼져 있지. 크리스털의 빛살을 맨눈으로 보면 안 된다는 둥, 의사가 빛살을 얇은 베일로 덮어서 똑바로 바라볼 수 있게 되면 마음속 깊이 품고 다니는 사람의 모습이 오목거울에 비친 듯 밖으로 나타난다는 둥 말이야." "진짜로?" 발타자어가 친구의 말허리를 잘랐다. "진짜로 그렇게들 말한다고? ── 프로스퍼 알파누스 의사 선생을 두고 그밖에 또 무슨 말을 하지?"

"아," 파비안이 대답했다. "정신 나간 익살이나 장난을 주워섬기고 싶지 않으니 그런 건 묻지 마. 너는 알지, 건전한 이성에 따르지 않고 엉터리없는 옛날이야기에 나오는 이른바 기적을 아직도 고스란히 믿는 허황한 사람이 있다는 걸 말이야."

"솔직히 털어놓자면," 발타자어가 말을 이었다. "나 자신을 이

건전한 이성이 모자라는 허황한 사람 축에 넣을 수밖에 없구나. 은
도금한 나무는 투명하게 반짝이는 크리스털이 아니야. 손풍금은
유리 하모니카처럼 울리지 않고, 순은색 꿩은 마부가 아니며, 파라
솔은 황금 풍뎅이가 아니야. 내가 만났던 경이로운 사내는 네가 말
하는 프로스퍼 알파누스 의사가 아니었거나, 혹은 이 의사가 더없
이 비범한 신비를 정말 마음대로 다루고 있는 거야."

"음," 파비안이 말했다. "네 희한한 망상을 치료하려면 프로스퍼
알파누스 의사에게 바로 데려가는 게 가장 좋겠다. 그러면 이 의사
선생이 매우 평범한 의사이며, 순은색 꿩과 황금 풍뎅이와 함께 유
니콘을 타고 유람하지 않는다는 걸 너 스스로 깨달을 테니."

"너는," 발타자어가 눈을 환하게 번쩍거리며 대답했다. "친구,
너는 내 영혼이 마음속 깊이 바라는 소원을 말해주었어. — 바로
출발하자."

이내 두 대학생은 알파누스 의사의 시골 저택이 한가운데 들어
서 있는 정원의 닫힌 격자문 앞에 이르렀다. "안으로 어떻게 들어가
지?" 파비안이 말했다. "문을 두드리면 될 것 같은데." 발타자어는
이렇게 대답하고 자물쇠 바로 옆에 붙은 금속 문고리를 붙잡았다.

문고리를 들어 올리자마자 발아래에서 웅웅거리는 소리가 우렛
소리처럼 들리기 시작했는데, 이는 땅속 깊숙한 곳에서 울려 퍼지
는 듯했다. 격자문이 천천히 열리자 두 사람은 안으로 들어가 길고
넓은 가로수 길을 따라 걸으며 그 사이로 저택을 바라보았다. "여
기서," 파비안이 말했다. "여기서 뭔가 비범한 것이, 마법 같은 것
이 느껴져?" "내 생각에는," 발타자어가 대답했다. "격자문이 열린
방식부터 사뭇 범상치 않았어. 여기 있는 모든 것이 얼마나 경이롭
고 얼마나 마법 같은 인상을 주는지 몰라. — 여기 이 정원의 가로

수처럼 수려한 나무가 주변에 있을까? —— 그뿐 아니라 어떤 나무나 어떤 덤불은, 줄기가 번쩍이고 이파리가 에메랄드색이어서 미지의 외국 품종인 듯 보여."

파비안은 두 사람이 걷는 동안 크기가 유별난 개구리 두마리가 격자문에서부터 양쪽에서 펄쩍거리며 따라오는 것을 알아챘다. "아름다운 정원에," 이렇게 소리쳤다. "이런 기생동물이 있다니!" 그러고선 몸을 굽혀 돌멩이를 집어 들어 까불거리는 개구리들에게 던지려 했다. 두마리는 덤불숲으로 뛰어들어 번쩍이는 인간의 눈으로 파비안을 바라보았다. "기다려, 기다려!" 파비안이 소리치며 한마리를 겨누고 던졌다. 그 순간 길섶에 웅크리고 있던 작고 흉측한 암컷이 개굴거렸다. "무뢰한 같으니! 이곳 정원에서 땀 흘려 일해 밥벌이해야 하는 선량한 사람에게 돌을 던지지 마!" "그만둬, 그만." 발타자어는 깜짝 놀라 중얼거렸다. 개구리가 노파로 변한 것을 똑똑히 보았기 때문이다. 덤불숲을 흘깃 보니, 다른 개구리는 이제 키 작은 난쟁이로 변하여 잡초를 뽑느라 바빴다.

시골 저택 앞에는 널따랗고 아름다운 잔디밭이 펼쳐져 있었고, 거기서 유니콘 두마리가 풀을 뜯는 동안 더없이 아름다운 화음이 공중에 울려 퍼졌다.

"보이지, 들리지?" 발타자어가 말했다.

"내 눈에 보이는 것이라고는," 파비안이 대답했다. "풀을 뜯어 먹는 흰말 두마리뿐이고, 공중에 울려 퍼지는 음악은 아마도 어딘가 걸려 있는 에올리언하프[65] 소리 같은데."

아담한 크기의 단층 시골 저택의 멋지고 소박한 건축양식은 발

---

[65] 바람을 받으면 줄이 울려 저절로 소리 나는 현악기.

타자어를 매혹시켰다. 발타자어가 초인종 줄을 잡아당기자마자 문이 열리더니 타조같이 생겼으며 온통 황금색으로 번뜩이는 커다란 새가 문지기처럼 나와 두 친구를 맞았다.

"보라고!" 파비안이 발타자어에게 말했다. "기막힌 제복의 하인을 한번 보라니까! ─나중에 팁을 집어주려 할 때, 이 녀석은 그걸 조끼 주머니에 찔러 넣을 손은 있겠지?"

그러고선 타조에게 몸을 돌리더니, 부리 아래 목가슴에 화려한 자보[66]처럼 솟아난 번쩍거리고 보송보송한 깃털을 붙잡고 이렇게 말했다. "우리가 왔다고 의사 선생에게 가서 알리게, 멋쟁이 친구!" 하지만 타조는 "크르르" 하더니 ─파비안의 손가락을 물어뜯었다. "우라질!" 파비안이 외쳤다. "이 친구는 알고 보니 빌어먹을 새인 것 같군!"

그 순간 안쪽 문이 열리더니, 의사가 몸소 두 친구에게 다가왔다. ─키 작고 마르고 핼쑥한 사내였다! ─머리에 작은 벨벳 모자를 썼고 그 아래 기다란 곱슬머리가 아름답게 흘러내렸으며, 황토색의 치렁치렁한 인도풍 예복 차림에 끈 달린 빨간색 단화를 신었는데, 단화에 덧댄 게 알록달록한 털가죽인지 반짝거리는 깃털인지는 알 수 없었다. 얼굴은 침착하고 마음씨 좋아 보였지만, 가까이서 꼼꼼히 들여다보면 유리 케이스 같은 이 얼굴에서 더 작은 얼굴이 내다보고 있는 듯 느껴졌다.

"지켜보고 있었네." 프로스퍼 알파누스가 이제 상큼하게 미소 지으며 나직하고 살짝 늘어진 목소리로 말했다. "창문에서 지켜보고 있었지. 여보게들, 친애하는 발타자어 군, 적어도 자네만큼은 나에

─────────────

66 상의의 옷깃에서 가슴으로 늘어지는 레이스 장식.

게 찾아오리라는 것을 진작에 알고 있었네.──나를 따라오게!"

프로스퍼 알파누스는 천장이 높고 사방에 하늘색 커튼이 쳐진 둥그런 방으로 두 친구를 데리고 갔다. 돔 천장에 뚫린 창문을 통해 빛이 흘러들어 대리석 탁자에 빛살을 던졌다. 윤기가 반지르르하고 스핑크스가 받치고 있는 이 탁자는 방 한가운데 놓여 있었다. 그밖에 기이한 것은 방 안에서 전혀 찾아볼 수 없었다.

"무엇을 도와줘야 하겠나?" 프로스퍼 알파누스가 물었다.

그러자 발타자어는 침착성을 되찾고 키 작은 치노버가 케레페스에 처음 나타났을 때부터 일어났던 일을 간추려 이야기하고서, 프로스퍼 알파누스 의사야말로 치노버의 사악하고 역겨운 마술을 막아줄 자비로운 마법사라는 확신이 마음속에 들었다고 힘주어 말을 맺었다.

프로스퍼 알파누스는 깊은 생각에 잠겨 말없이 멈춰 서 있었다. 몇분이 흐른 뒤 정색한 표정과 낮은 목소리로 말을 꺼냈다. "자네가 이야기해준 모든 일에 따르면, 발타자어, 키 작은 치노버에게 특별하고 비밀스러운 사연이 있는 게 틀림없네.──하지만 적을 물리치려면 먼저 적을 알아야 하네. 결과가 생기지 않게 하려면 원인을 알아야 하는 법이지.──키 작은 치노버는 다름 아니라 맨드레이크라고 짐작되네. 바로 알아보세."

그러고서 프로스퍼 알파누스는 방 천장 사방에 내려뜨려진 비단 끈 한가닥을 잡아당겼다. 커튼 한자락이 스르륵 벌어지며 표지가 온통 금으로 도금된 이절판 서적[67]들이 보였고, 히말라야삼나무로 만든 깜찍하고 대기처럼 가벼운 층계가 아래로 펼쳐졌다. 프로

---

67 A3 크기 정도의 대형 서적.

스퍼 알파누스는 이 층계를 걸어 올라 가장 높은 줄에서 이절판 서적 한권을 꺼내어 반짝이는 공작 깃털로 만든 커다란 총채로 조심스레 먼지를 떨어낸 뒤 대리석 탁자에 놓았다. "이 저서는," 그러고선 이렇게 말했다. "뿌리 난쟁이를 다루지. 이 안에 뿌리 난쟁이가 빠짐없이 그려져 있네. 아마도 자네의 사악한 치노버를 그 가운데서 찾을 수 있을 걸세. 그러면 치노버는 우리 손아귀에 들어오는 셈이지."

프로스퍼 알파누스가 책을 펼치자 두 친구는 깔끔한 색채로 장식된 수많은 동판화를 보게 되었는데, 여기에는 더없이 신기하고 기묘한 형태의 난쟁이들이 보기 드물 만큼 사납게 찡그린 얼굴로 그려져 있었다. 그런데 프로스퍼가 종이에 그려진 한 난쟁이를 만지자마자, 이 난쟁이가 살아나 뛰어나오더니 홀쩍홀쩍 껑충껑충 장난스럽게 대리석 탁자를 돌아다니며 손가락을 딱딱 튕기고, 가는 곱장다리로 더없이 아름다운 삐루에뜨[68]와 앙트르샤[69]를 하고, 이에 맞춰 크르르, 크와와, 피르르, 파프프 노래 불렀다. 프로스퍼가 난쟁이의 머리를 잡고 책 속으로 도로 집어넣자 난쟁이는 이내 매끈하고 평평하게 펴지며 다시 알록달록한 그림이 되었다.

이런 식으로 책에 있는 모든 그림을 살펴보았지만, 발타자어는 "이게 그 녀석이에요, 이게 치노버예요!"라고 외치려 할 적마다 매우 아쉽게도 자세히 들여다보면 그 난쟁이가 치노버가 아님을 깨닫지 않을 수 없었다.

"기이하기 짝이 없군." 책을 다 넘겨본 뒤 프로스퍼 알파누스가

---

68 (프) pirouette, 한발로 딛고 서서 몸을 회전시키는 발레 동작.
69 (프) entrechat, 높이 뛰어올라 발뒤꿈치를 여러번 교차시키며 맞부딪치는 발레 동작.

말했다. "하지만," 이렇게 말을 이었다. "치노버는 어쩌면 땅의 정령일지도 모르지. 한번 알아보세."

그러면서 다시금 매우 날렵하게 히말라야삼나무 층계로 껑충 뛰어오르더니, 다른 이절판 서적을 꺼내 깔끔하게 먼지를 닦은 뒤 대리석 탁자에 올려놓고 펼치며 이렇게 말했다. "이 저서는 땅의 정령을 다루니, 아마도 이 책에서 치노버를 찾아낼 수 있을 걸세." 두 친구는 다시금 깔끔한 색채로 장식된 수많은 동판화를 보았는데, 여기에는 역겹고 흉측한 황갈색 요괴들이 그려져 있었다. 프로스퍼 알파누스가 요괴들을 만지자마자, 요괴들은 울먹이고 꽥액꽥액 슬퍼하며 마지못해 느릿느릿 기어 나와 대리석 탁자에서 으르렁대고 끙끙거리며 굴러다녔고, 마침내 의사는 요괴들을 책 속으로 다시 밀어 넣었다.

이 가운데서도 발타자어는 치노버를 찾지 못했다.

"기이하군, 매우 기이해." 의사는 이렇게 말하고 말없이 생각에 빠져들었다.

"풍뎅이 왕일 리는 없겠지." 의사는 이렇게 말을 이었다. "풍뎅이 왕일 리는 없어, 내가 확실히 아는 바에 따르면 지금 다른 일로 바쁘거든. 거미 원수도 아니야, 흉측하기는 하지만 지혜롭고 솜씨 좋아 혼자 힘으로 살아가니까. 다른 사람이 한 일을 가로채지 않고 말이야. ── 기이하군 ── 매우 기이해."

의사가 몇분간 다시 침묵하자, 온갖 경이로운 노랫소리가 때로는 각각의 음으로 때로는 우렁차게 커지는 화음으로 사방에서 울려 퍼지는 게 또렷이 들렸다. "선생님은 언제 어디서나 매우 산뜻한 음악을 듣고 계시는군요, 친애하는 의사 선생님." 파비안이 말했다. 프로스퍼 알파누스는 파비안에게는 아랑곳하지 않는 듯, 발타자어만 뚫어지게 바라보며 두 팔을 뻗더니 눈에 보이지 않는 물방울을 뿌리기라도 하는 것처럼 손가락 끝을 발타자어를 향해 움직였다.

마침내 의사는 발타자어의 두 손을 잡고 상냥하면서도 진지하게 말했다. "이원성 법칙에 따른 심리적 원리가 더없이 순수하게 협화음을 내야만 지금 내가 벌이려는 작업에 유리할 거야. 나를 따라오게!"

두 친구는 의사를 따라 방을 여러개 지났는데, 이 방들은 몇몇 희한한 짐승이 책 읽고 ─ 글 쓰고 ─ 그림 그리고 춤추는 것 말고는 기이한 점이 전혀 없었다. 여닫이문이 양쪽으로 열리며 두 친구가 두꺼운 커튼 앞에 이르자, 프로스퍼 알파누스는 이들을 칠흑 같은 어둠속에 남겨두고 커튼 뒤로 사라졌다. 커튼이 스르륵 벌어지자 두 친구는 길동그란 홀 안에 들어온 듯싶었고, 홀 안은 마법에라도 걸린 듯 희붐했다. 네 벽을 바라보니 샘물과 냇물이 찰찰 흐르는 끝없이 짙푸른 수풀과 꽃밭에 눈길이 빨려드는 듯 느껴졌다. 알 수 없는 향기를 머금은 신비스러운 기운이 너울너울 떠다니며 하모니카의 달콤한 소리를 이리저리 나르는 듯싶었다. 프로스퍼 알파누스는 브라만[70]처럼 새하얀 옷차림으로 나타나 홀 한가운데 커다랗고 동그란 크리스털 거울을 세우더니 그 위에 꽃 더미를 던졌다.

"이리 오게." 프로스퍼 알파누스가 나직하고 엄숙하게 말했다. "이 거울 앞으로 오게, 발타자어, 자네의 생각을 칸디다에게 똑바로 모으게 ─ 칸디다가 시간과 공간에 현존하는 이 순간 자네에게 나타나기를 온 영혼을 다해 바라게……"

---

70 인도의 카스트에서 최고 계급의 승려.

발타자어가 시키는 대로 하는 동안, 프로스퍼 알파누스는 등 뒤에 서서 두 손으로 발타자어 둘레에 원을 그렸다.

몇초가 채 지나지 않아 푸르스름한 기운이 거울에서 흘러나왔다. 칸디다가, 어여쁜 칸디다가 활기에 가득 차 사랑스러운 자태로 나타났다. 하지만 칸디다 옆에, 바싹 옆에 역겨운 치노버가 앉아 칸디다의 손을 잡더니 입 맞추었고 ── 칸디다는 팔로 요괴를 감싸고 어루만졌다! ── 발타자어는 크게 비명을 지르려 했으나, 프로스퍼 알파누스가 두 어깨를 세게 붙들자 가슴에서 비명이 멎었다. "침착하게," 프로스퍼가 나직이 말했다. "침착하게, 발타자어! ── 이 지팡이를 들고 키 작은 사내를 때리게. 하지만 그 자리에서 움직이지는 말게." 발타자어는 그렇게 하면서, 키 작은 사내가 몸을 비틀고 거꾸러지더니 바닥에서 구르는 것을 보고 기뻐했다! ── 발타자어가 분에 못 이겨 앞으로 뛰어나가자 그 모습이 안개처럼 흐릿하게 흩어졌고, 프로스퍼 알파누스는 정신 나간 발타자어를 완력으로 붙들어 말리며 크게 소리쳤다. "멈추게! ── 마법 거울을 깨뜨리면 우리 모두 길을 잃게 돼! ── 밝은 곳으로 돌아가세." 두 친구는 의사가 시키는 대로 홀을 떠나 옆에 붙은 밝은 방으로 들어왔다.

"다행이야," 파비안이 한숨을 길게 내쉬며 소리쳤다. "정말 다행이야, 우리가 망할 놈의 홀에서 빠져나와서 말이야. 후텁지근한 공기 때문에 가슴이 막히는 것 같았어. 거기다가 내가 마음속 깊이 질색하는 엉터리없는 요술이라니."

발타자어가 대꾸하려는 참에 프로스퍼 알파누스가 들어왔다. "이제," 이렇게 말했다. "이제 확실해, 기형아 치노버는 뿌리 난쟁이도 아니고 땅의 정령도 아닌 평범한 인간이네. 하지만 비밀스러운 마법의 힘이 작용하고 있어. 그것을 알아내는 데 아직 성공하지 못했고, 바로 그 때문에 도와줄 수도 없다네. ── 곧 다시 찾아오게, 발타자어. 앞으로 어떻게 해야 할지는 그때 가서 생각해보세. 잘 가게!"

"그러니까," 파비안이 의사에게 바싹 다가서며 말했다. "선생은 마법사이지요, 의사 선생? 선생은 무슨 마술로도 키 작고 비천한 치노버를 도저히 퇴치할 수 없는 거지요? ── 선생은 알록달록한 그림이며 꼭두각시며 마법 거울이며 온갖 그로떼스끄한 잡동사니를 보여주었지만, 내가 선생을 정말 대단한 협잡꾼으로 여긴다는 것을 잘 아시지요? ── 사랑에 빠져 시행을 쓰는 발타자어에게는 갖은 헛소리를 믿게 만들 수 있겠지만, 나는 속아넘어가지 않을 겁니다! ── 나는 계몽된 인간이고 기적 따위는 전혀 인정하지 않으니까요!"

"마음대로 생각하게." 프로스퍼 알파누스는 어느 모로 보나 그렇게 웃을 거라고 믿을 수 없을 만큼 큰 소리로 껄껄대고 웃으며 이렇게 대답했다. "자네 마음대로 생각해. 하지만 ── 나는 마법사는 아닐세, 근사한 마술을 부릴 줄은 알지만!" "비글레프의 『마법』[71] 따위나 봤겠지!" 파비안이 소리쳤다. "이제 선생은 우리 모슈 테르핀 교수를 명인으로 여기고, 선생 스스로를 교수와 견주어서는 안 됩니다. 이 정직한 교수는 모든 일이 자연법칙에 따라 일어난다는 것을 보여주며, 의사 선생, 선생처럼 신비로운 법석은 전혀 부리지 않거든요. ── 그럼, 저는 삼가 떠나겠습니다!"

"이보게," 의사가 말했다. "자네들은 화를 풀지 않고 내게서 떠

---

71 요한 크리스티안 비글레프(Johann Christian Wiegleb, 1732~1800). 독일의 화학자이자 약제사로서, 화학과 약학이 현대 과학으로 발전하는 데 기여했다. 1782년 『자연 마법 강의』(Unterricht in der natürlichen Magie)에는 자동인형이 설명되어 있으며 호프만은 이 책을 높이 평가했다.

날 작정인가?"

그러면서 어깨에서 손목까지 파비안의 두 팔을 몇번 쓸어내리자, 파비안은 매우 기묘한 기분이 들어 불안하게 소리쳤다. "무엇을 하는 거요, 의사 선생!" "잘 가게, 이보게들," 의사가 말했다. "발타자어 군, 자네는 곧 다시 오게. ─ 이내 도울 방법을 찾을 걸세!"

"팁은 못 주겠군, 친구." 문밖으로 나가는 길에 파비안은 황금색 문지기에게 소리치며 자보를 움켜잡았다. 하지만 문지기는 다시 "크르르"거리기만 하더니, 또다시 파비안의 손가락을 물어뜯었다.

"짐승 같은 놈!" 파비안은 이렇게 소리치고 달음질쳐 달아났다.

개구리 두마리가 잊지 않고 두 친구를 격자문까지 친절하게 바래다주었고, 격자문은 다시 나직이 우렛소리 내며 열렸다가 닫혔다. "정말," 발타자어는 큰길에서 파비안의 뒤를 따라가며 말했다. "정말 모르겠군, 친구, 네가 오늘 이렇게 끔찍하게 기다란 뒷자락과 이렇게 짧은 소매가 달린 희한한 코트를 입은 이유가 뭔지 말이야."

파비안은 짧은 코트 뒷자락이 땅까지 늘어난 반면, 여느 때는 넉넉히 길었던 소매가 줄어들어 팔꿈치까지 올라온 것을 알아채고 깜짝 놀랐다.

"맙소사, 이게 무슨 꼴이야!" 이렇게 소리치며, 파비안은 소매를 잡아당기고 어깨 자락을 밀어 내렸다. 이는 효과가 있는 듯 보였으나, 성문을 지나갈 때쯤 다시 소매가 줄어들어 올라오고 코트 뒷자락은 늘어났다. 아무리 잡아당기고 밀어 내려도 소매는 금세 어깻가로 높이 올라붙어 파비안의 맨팔이 드러났고, 옷자락은 금세 점점 길게 늘어나 뒤에서 질질 끌렸다. 지나가는 사람마다 걸음을 멈추고 목청껏 웃어젖혔고, 길거리 조무래기들은 신이 나서 환호하며 떼로 몰려와 기다란 옷에 올라타 파비안을 넘어뜨렸다. 파비안이 다시 몸을 일으켰을 때 옷자락은 한조각이라도 줄어들기는커녕! ─더 길어져 있었다. 웃음, 환호, 함성은 점점 더 커져만 갔고, 마침내 파비안은 정신이 절반쯤 나가 문이 열린 아무 집에나 뛰어들었다. ─그러자마자 옷자락도 사라졌다.

발타자어는 파비안이 희한한 마법에 걸린 것에 놀랄 겨를이 없었다. 풀허 시보가 발타자어를 붙잡고 외딴길로 잡아끌더니 이렇게 말했기 때문이다. "어떻게 너는 이곳을 떠나지 않고 아직 여기서 얼씬거릴 수 있니? 대학 수위가 체포 영장을 들고 너를 추적하고 있는데." "뭐라고, 무슨 소리를 하는 거야?" 발타자어는 소스라치게 놀라 물었다. "네가," 시보가 말을 이었다. "네가 질투의 광기에 사로잡혀 모슈 테르핀의 집에 침범하여 주거권을 침해했고, 약혼녀와 함께 있는 치노버에게 덮쳐들었으며, 기형아 엄지 난쟁이를 반죽음이 되도록 두들겨 팼다는 거야." "당치도 않은 소리!" 발타자어가 외쳤다. "나는 종일 케레페스에 없었어. 파렴치한 거짓말이야." "오, 진정해, 진정해." 풀허가 말허리를 잘랐다. "파비안이 정신이 나가서 옷자락이 끌리는 옷을 입으려는 허튼 생각을 한 게 그나마 다행이야. 지금은 아무도 너를 지켜보지 않으니까! ─치욕스럽게 체포당하지 않도록 어서 도망쳐. 뒷일은 우리가 처리할게. 이제 네 집에 가면 안 돼! ─나에게 열쇠를 줘, 필요한 것은 다 부쳐줄게. ─호흐야콥스하임으로 떠나!"

그러면서 시보는 발타자어를 잡아끌어 외딴 골목을 지나 성문을 통해 호흐야콥스하임 마을로 떠나보냈다. 유명한 학자 프톨로메우스 필라델푸스가 대학생이라는 미지의 종족에 관해 기이한 책을 집필하고 있던 마을이었다.

6장

치노버 추밀 특별 고문관이 정원에서 머리를 빗고 잔디밭에서 이슬로
목욕한 사연 ── 녹색 반점 맹호 훈장 ── 무대의상 재단사의 기발한
묘안 ── 로젠쉰 수녀가 손수 커피를 따라 마시고 프로스퍼 알파누스가
수녀에게 우정을 약속한 사연

　모슈 테르핀 교수는 온통 희열에 젖어 있었다. "우리 집에," 이
렇게 혼잣말했다. "우리 집에 친애하는 추밀 특별 고문관이 학생으
로 들어온 것보다 더 운 좋은 일이 내게 일어날 수 있을까? ── 내
딸과 결혼할 거야 ── 내 사위가 될 것이고, 이 사람을 통해 나는 경
애하는 바르자누프 제후의 총애를 얻어 나의 사랑하는 치노버 군
이 걸어 오른 사다리에 따라 오를 거야. ── 내 딸 칸디다가 키 작은
친구에게 홀딱 반할 수 있다니, 이건 나 자신에게도 종종 영문 모
를 일로 보이는 게 사실이야. 대개 여자들은 특수한 정신적 재능
보다 잘생긴 외모를 더 보는 법이거든. 이 특별한 난쟁이는 이따금
보면 썩 해사하다기보다는 ── 거의 ── 꼽추처럼 ── 조용 ── 쉿 ──
쉿 ── 벽에도 귀가 있으니 ── 이 사람은 제후의 총신이고 갈수록
승진할 거야 ── 높이높이 승진하고 내 사위가 될 거야!"
　모슈 테르핀의 말은 옳았다. 칸디다는 키 작은 사내에게 더없이

분명하게 애정을 드러냈고, 치노버의 희한한 주술에 홀리지 않은 누군가 추밀 특별 고문관은 사실 불길하고 기형인 요물이라고 일러주기라도 하면, 자연이 치노버에게 베푼 그림같이 아름다운 머리털을 보라고 당장에 받아쳤다.

하지만 칸디다가 이렇게 말하면 풀허 시보는 누구보다 의뭉하게 미소 지었다.

시보는 치노버가 가는 곳마다 뒤를 밟았으며, 추밀 비서관 아드리안이 이 일을 있는 힘을 다해 도와주었다. 이 추밀 비서관은 치노버의 마술 때문에 하마터면 외교부에서 쫓겨날 뻔했던 바로 그 젊은이로, 얼룩이 말끔히 지워지는 구슬을 바친 덕택에 제후의 진노를 풀 수 있었다.

추밀 특별 고문관 치노버가 사는 집은 매우 아름다웠지만 이에 딸린 정원은 한층 더 아름다웠으며, 빽빽한 덤불숲에 둘러싸인 한가운데 풀밭에는 더없이 찬란한 장미가 만발해 있었다. 아흐레에 한번씩 동틀 녘 치노버가 살며시 일어나 힘든 것을 마다 않고 하인들 도움 없이 옷을 입은 뒤 정원에 내려가 이 풀밭을 둘러싼 덤불숲으로 사라지는 것이 눈에 띄었다.

풀허와 아드리안은 뭔가 비밀이 있음을 예감하고, 치노버가 아흐레 전에 풀밭을 찾았다는 것을 한 종자에게서 알아낸 어느날 밤 대담하게 정원 담장을 넘어 덤불숲으로 숨어들었다.

동트자마자 키 작은 사내가 다가오는 게 보였다. 이슬에 젖은 줄기와 덤불에 코를 부딪쳐가며 꽃밭 한가운데를 가로지른 탓에 치노버는 훌쩍거리고 푸푸거렸다.

키 작은 사내가 장미 만발한 풀밭에 다다르자 바람이 달콤한 소리를 내며 덤불을 스쳤고 장미 향기는 더욱 짙게 퍼졌다. 베일을 쓰고 어깨에 아름다운 날개를 단 귀부인이 나풀나풀 내려와 장미 덤불 한복판에 놓인 깜찍한 의자에 앉더니, "이리 오렴, 나의 사랑스러운 아이야"라고 나직이 말하며 키 작은 치노버를 품에 안아 등까지 흘러내린 그 기다란 머리털을 황금색 머리빗으로 빗겨주었다. 그러자 키 작은 사내는 기분이 매우 좋은 듯했다. 작은 두 눈을 깜박이며 가는 다리를 길게 뻗고 마치 수고양이처럼 으르렁대고 웅얼거렸다. 오분쯤 지난 뒤 마법에 싸인 부인이 키 작은 사내의 가르마를 손가락으로 다시 한번 쓰다듬자 풀허와 아드리안은 치노버의 머리에 가늘고 불꽃색으로 빛나는 줄이 있는 것을 볼 수 있었다. 이제 부인이 말했다. "잘 있으렴, 나의 사랑스러운 아이야! ─ 될 수 있는 대로 현명하게 행동해라, 현명하게!" 키 작은 사내는 이렇게 대답했다. "안녕히 가세요, 엄마. 저는 매우 현명하게 처신하고 있으니까, 그렇게 여러번 말씀하실 필요 없어요."

부인은 천천히 몸을 일으켜 공중으로 사라졌다.

풀허와 아드리안은 깜짝 놀라 몸이 굳었다. 하지만 치노버가 그곳을 떠나려 할 때 시보가 뛰어나가 크게 소리쳤다. "안녕하신가, 추밀 특별 고문관 나리! 이봐, 머리를 예쁘게도 빗었군!" 치노버는 두리번거리다가 시보를 보자마자 재빨리 달아나려 했다. 하지만 가는 다리로는 뛰는 것도 서투르고 힘도 없었던 탓에 발이 걸려 웃자란 풀밭에 쓰러지더니 풀잎에 뒤덮였고, 이슬을 온통 뒤집어 쓴 채 그대로 엎어져 있었다. 풀허가 뛰어가 일으켜 세웠지만, 치노버는 풀허에게 이렇게 가르랑거렸다. "이보시오, 여기 내 정원에는 어떻게 들어온 거요? 지옥으로 꺼지시오!" 그러고선 있는 힘을 다해 깡총거리며 집 안으로 달음질쳐 들어갔다.

풀허는 발타자어에게 편지를 보내 이 경이로운 사건을 알리며 마법에 싸인 키 작은 요괴를 한층 눈여겨 살펴보겠다고 약속했다. 자신에게 벌어진 일 때문에 치노버는 낙담한 듯했다. 부축받아 침실로 들어간 뒤 신음하고 끙끙거렸으며, 치노버가 갑자기 병에 걸렸다는 소식이 몬트샤인 대신과 바르자누프 제후의 귀에 금세 들어왔다.

바르자누프 제후는 곧바로 시의를 키 작은 총신에게 보냈다.

"경애하는 추밀 특별 고문관," 시의는 진맥하며 이렇게 말했다. "고문관께서는 국가를 위해 헌신하고 계십니다. 과중한 업무로 병상에 누우셨고, 끊임없는 번민 때문에 지금 겪으시는 이루 말할 수 없는 고통이 생겨났습니다. 안색은 창백하고 초췌해 보이며, 소중한 머리에서는 끔찍하게 고열이 납니다! ─이런, 이런! ─설마 뇌염은 아니겠지요? 국가의 안녕을 염려하느라 이러한 일이 벌어지다니, 이럴 수가요! ─ 한번 보겠습니다!" 풀허와 아드리안이 치노버의 머리에서 발견했던 붉은색 줄을 시의도 아마 보았을 것이다. 시의는 멀찌감치서 몇번 손을 놀려 기를 넣으려 하고, 여러차례 숨결을 불어넣은 뒤, 환자가 야옹거리고 지저귀는 기척을 보이자[72] 손을 뻗어 느닷없이 머리를 만지려 들었다. 그러자 치노버는 분노에 들끓어 펄쩍 뛰어오르더니 작고 뼈만 앙상한 손을 들어 자신을 굽어보고 있던 시의의 따귀를 온 방이 울릴 만큼 호되게 후려갈겼다.

"무슨 짓을 하려는 거요!" 치노버가 외쳤다. "나에게 무슨 짓을

---

[72] 시의는 독일 의사 프란츠 안톤 메스머(Franz Anton Mesmer, 1734~1815)가 창안한 생체 자기 치료법을 사용하고 있다. 이 치료법은 인간 질병이 생체 자기의 순환장애 때문에 발생한다고 전제하며, 치료사는 손 너비만큼 거리를 두고 환자의 질환 부위를 쓰다듬어 생체 자기 정체를 제거한다. 그밖에 숨결 불기 등도 이 치료법에 사용되었다.

하려고 내 머리를 간질이는 거냐고! 나는 아픈 데 없이 멀쩡하오. 아무 탈 없이 멀쩡하다고. 곧바로 일어나 대신이 주재하는 회의에 가겠소. 꺼지시오!"

시의는 깜짝 놀라 부리나케 달아났다. 하지만 바르자누프 제후에게 자신이 겪은 일을 이야기하자, 제후는 기뻐하며 이렇게 소리쳤다. "국가 공무에 이렇게 열의를 보일 수가! ─ 행동이 이렇게 품위 있고 고상할 수가! ─ 이런 인간이, 치노버 같은 자가 있을 수가!"

"나의 친애하는 추밀 특별 고문관," 프레텍스타투스 폰 몬트샤인 대신은 키 작은 치노버에게 이렇게 말했다. "자네가 병에도 아랑곳하지 않고 회의에 오다니 얼마나 훌륭한가. 내가 카카투크 궁정과의 중요 사안에 관한 외교 각서를 ─ 손수 작성했으니, 자네가 그걸 제후께 낭독해주었으면 하네. 자네의 재치 있는 낭독은 문서 전체에 활기를 불어넣을 것이고, 제후께서는 내가 문서 작성자라는 것을 알아차리실 걸세." 하지만 프레텍스타투스가 탁월함을 과시하는 데 이용하려 했던 이 문서를 작성한 사람은 다름 아닌 아드리안이었다.

대신은 키 작은 사내와 함께 제후에게 갔다. 치노버는 대신에게 건네받은 외교 각서를 호주머니에서 꺼내 읽기 시작했다. 하지만 제대로 읽기는커녕 알아들을 수 없는 소리만 웅얼거리며 그르렁대자, 대신이 치노버의 손에서 문서를 잡아채 손수 읽었다.

제후는 사뭇 기쁜 듯 보였고, 격찬을 보내며 거듭하여 외쳤다. "아름답소 ─ 적절하오 ─ 훌륭하오 ─ 완벽하오!"

대신이 낭독을 마치자마자 제후는 키 작은 치노버에게 걸어가서 치노버를 높이 들어 올려 녹색 반점 맹호 큰별 훈장을 단 자신의 가슴에 껴안더니, 눈물을 주룩주룩 흘리고 더듬더듬 흐느끼며 말했다. "이럴 수가! ── 이런 인물이 ── 이런 인재가! ── 이런 열성이 ── 이런 애국이 ── 지나칠 만큼 ── 너무 지나칠 만큼!" 그러고선 한결 침착하게 덧붙였다. "치노버! ── 그대를 대신으로 승진시키노라! ── 조국에 애정과 충정을 바치기를 ── 바르자누프 제후가의 충복이 되어 영광과 ── 총애를 누리기를." 그러더니 역정 치민 눈빛으로 대신에게 몸을 돌리며 이렇게 말했다. "친애하는 몬트샤인 남작, 얼마 전부터 그대 능력이 눈에 띄게 줄고 있도다. 그대 영지에 가서 쉬면 나아질 것이노라! ── 물러가라!"

몬트샤인 남작은 떠나가며, 알아들을 수 없는 말을 이 사이로 중얼거리고 번득이는 눈빛으로 치노버를 쏘아보았다. 치노버는 늘 그랬듯 지팡이로 등을 받치고 발끝으로 높이 발돋움한 채 우쭐하고 당돌하게 두리번거렸다.

"나는," 이제 제후가 말했다. "친애하는 치노버, 나는 그대의 훌륭한 공적을 적절히 표창해야겠도다. 내가 수여하는 녹색 반점 맹호 훈장을 받으라!"

제후는 시종에게 훈장 어깨띠를 서둘러 가져오라고 한 뒤 이를 치노버에게 둘러주려 했으나, 치노버의 체격이 기형인 탓에 어깨띠가 때로는 볼품없이 위로 올라가고 때로는 보기 싫게 아래로 늘어져 제자리에 두를 수 없었다.

제후는 국가의 안녕에 관계된 일이라면 사안을 가리지 않고 철저히 정확을 기했다. 어깨띠에 달린 녹색 반점 맹호 훈장[73]은 볼기뼈와 꼬리뼈 사이, 꼬리뼈에서 비스듬히 16분의 3인치 위에 자리

---

[73] 치노버는 어깨띠 아랫부분에 달린 훈장과 가슴에 차는 별 훈장을 수여받는다.

잡아야 했다. 하지만 이렇게 할 방도가 없었다. 시종, 시동 셋, 제후까지 달려들었으나, 무슨 수를 써도 소용없었다. 어깨띠는 제멋대로 이리저리 미끄러졌고, 치노버는 짜증 내며 꽥꽥거렸다. "왜 이리 끔찍하게 내 몸 여기저기를 만지작거리는 거요! 이 시답잖은 것을 아무 데나 둘러주시오, 어차피 나는 대신이고 앞으로도 그럴 거니까!"

"도대체," 제후는 이제 진노하여 말했다. "도대체 훈장 위원회는 무엇하러 있는가, 어깨띠에 관한 이렇게 기막힌 규정 때문에 내 뜻을 이루지 못하고 있는데 말이다. ─ 참으라, 친애하는 치노버 대신! 곧 처리될 것이노라!"

제후의 명령에 따라 이제 훈장 위원회가 소집되고, 철학자 두명과 북극에서 돌아와 마침 이 나라를 지나가던 자연과학자 한명[74]까지 위원회에 동참하여, 치노버 대신에게 녹색 반점 맹호 훈장 어깨띠를 어떻게 하면 더없이 솜씨 좋게 둘러줄 수 있는지 협의할 참이었다. 이 중요한 협의에 필요한 기운을 아껴두기 위해 모든 위원은 한주 동안 아무 생각도 하지 말되, 이를 더욱 잘 실천하면서 국가 공무에도 계속 참여하기 위해 이 기간에는 회계 업무에만 전념하라는 지시를 받았다. 훈장 위원, 철학자, 자연과학자가 회의를 개최할 궁전 앞 도로에는 지혜로운 현자들이 마차의 쩔그럭거리는 소리에 방해받지 않도록 지푸라기가 두껍게 깔렸고, 같은 이유로 궁전 근처에서 북을 치거나 곡을 연주하거나 심지어 큰 소리로 말하

---

74 이 자연과학자는 호프만이 「키 작은 차헤스」를 집필하던 1818년 10월 말 세계여행에서 돌아온 아델베르트 폰 샤미소(Adelbert von Chamisso, 1781~1838)를 모델로 삼고 있다. 호프만은 자연과학에 정통한 샤미소에게 매우 흉측한 원숭이에 관해 자문을 구했다고 한다. 샤미소는 『페터 슐레밀의 기이한 이야기』(*Peter Schlemihls wundersame Geschichte*, 1814)로 유명한 독일 낭만주의 작가이다.

는 것까지 금지되었다. 궁전에서도 다들 두꺼운 펠트 신발을 신고 살금살금 돌아다녔으며, 손짓으로만 생각을 주고받았다.

꼭두새벽부터 늦은 저녁까지 회의는 한주 동안 계속되었지만, 어떤 결정도 내릴 수 없었다.

제후는 안절부절못하며, 거듭하여 사람을 보내 제발 뭔가 쓸 만한 묘안을 강구하라는 말을 전했다. 하지만 그래도 아무 소용 없었다.

자연과학자는 있는 힘을 다해 치노버의 체형을 연구하고, 등에 난 혹의 높이와 너비를 재어 더없이 정확한 계산 결과를 훈장 위원회에 제출했다. 무대의상 재단사를 위원회로 불러 조언을 구하자고 마침내 제안한 것도 자연과학자였다.

이 제안은 매우 희한하게 여겨지기는 했지만, 모든 위원이 두려움과 곤경에 처해 있었던 터라 만장일치로 받아들여졌다.

무대의상 재단사 케스 씨는 매우 재간 있고 잔꾀 많은 사내였다. 어려운 상황을 듣고 자연과학자의 계산 결과를 훑어보자마자, 훈장 어깨띠를 제자리에 둘러줄 수 있는 더없이 훌륭한 방안을 내놓았다.

가슴과 등에 단추를 몇개 달아 훈장 어깨띠를 거기 끼우자는 것이었다. 이 방법은 큰 성공을 거두었다.

제후는 기뻐하며 녹색 반점 맹호 훈장을 이제 거기 달린 단추 수에 따라[75] 여러 등급으로 구분하자는 훈장 위원회의 상소를 승인했다. 두 단추 — 세 단추 녹색 반점 맹호 훈장 따위로 말이다. 치노버 대신은 스무개의 찬란한 단추가 달린 훈장을 받았으며, 매우 특별

75 제복마다 단추를 하나씩 떼어내도록 지시한 어느 헤센 방백(方伯)의 절약 정책을 풍자한다.

한 이 표창은 다른 누구도 기대할 수 없었으니, 단추 스무개가 필요했던 것은 치노버의 기이한 체형 탓이었기 때문이다.

재단사 케스는 황금 단추 두개가 달린 녹색 반점 맹호 훈장을 받았으며, 기발한 묘안을 떠올리기는 했지만 제후에게 형편없는 재단사로 여겨져 옷을 주문받지 못하였으므로 명예 추밀 최고 의상관으로 임명되었다.

프로스퍼 알파누스는 생각에 잠겨 시골 저택 창문에서 정원을 내려다보았다. 발타자어의 별점을 쳐서 키 작은 치노버와 관련된 많은 것을 알아내느라 꼬박 밤새운 뒤였다. 아드리안과 풀허가 정원에서 엿보았던 날 키 작은 사내에게 일어난 일이 가장 중요했다. 프로스퍼 알파누스가 호호야콥스하임으로 출발하기 위해 유니콘들에게 조개 마차를 끌고 오라고 막 소리치려던 참에, 마차 한대가 쩔그럭거리며 가까이 오더니 정원 격자문 앞에 멈춰 섰다. 수녀원의 로젠쉰 수녀가 의사 선생님과 면담하고 싶어한다는 전갈이 왔다.[76] "어서 오시라고 전해라." 프로스퍼 알파누스는 이렇게 말했고, 곧 수녀가 안으로 들어왔다. 기다란 검은색 드레스에 귀부인처럼 베일을 쓴 차림이었다. 프로스퍼 알파누스는 희한한 예감에 사로잡혀 지팡이를 들고 손잡이의 번득이는 빛살을 수녀에게 던졌다. 수녀 둘레에서 천둥 번개가 치는 듯하더니, 수녀는 속이 비치는 하얀색 예복 차림에 반짝이는 잠자리 날개를 어깨에 달고, 하얀색과 붉은색 장미를 머리털에 꽂고 서 있었다. "자, 자." 프로스퍼가 이렇게 속삭이며 지팡이를 실내 가운 안쪽으로 밀어 넣자마자, 귀

---

76 로자벨베르데 요정과 프로스퍼 의사의 마술 대결은 셰익스피어 『한여름밤의 꿈』(*A Midsummernight's Dream*)에서 요정의 왕 오베론과 왕비 티타니아의 다툼을 연상시킨다.

부인은 다시 아까 옷차림으로 변해 있었다.

프로스퍼 알파누스는 상냥한 태도로 수녀에게 자리를 권했다. 로젠쉰 수녀가 이렇게 입을 열었다. 의사 선생님의 시골 저택에 찾아와, 재능 있고 자비로운 현자라고 온 지역에서 칭송받는 선생님과 친분을 터야겠다고 오래전부터 생각하고 있었어요. 가까이 있는 수녀원의 늙은 수녀들이 병치레가 잦은데도 아무 도움도 받지 못하는데, 이 수녀원에 왕진을 와달라는 부탁을 틀림없이 들어주시겠지요? 프로스퍼 알파누스는, 자신은 진료를 그만둔 지 오래되었지만 필요하다면 수녀들에게만큼은 특별히 왕진을 가겠다고 정중하게 대답한 뒤, 로젠쉰 수녀 당신께서는 편찮은 곳이 없는지요, 하고 물었다. 수녀는 새벽 공기에 추위를 타고 가끔 팔다리가 류머티즘으로 움찔거리는 것을 느끼지만, 지금은 아무 탈 없이 몸 성하다고 장담하고선 대수롭지 않은 이야기로 넘어갔다. 프로스퍼가 아직 이른 아침이니 커피를 한잔하시겠냐고 묻자, 로젠쉰은 수녀라면 그런 것을 결코 사양하지 않는다고 말했다. 커피가 들어왔다. 그런데 프로스퍼가 아무리 따르려 애써도, 커피가 주전자에서 흘러나오기만 할 뿐 찻잔은 그대로 비어 있었다. "이런, 이런," 프로스퍼 알파누스가 미소 지었다. "못된 커피군요. ─ 친애하는 수녀님, 손수 커피를 따르시겠습니까?"

"기꺼이 그러지요." 수녀는 이렇게 대답하고 주전자를 붙잡았다. 하지만 이번에는 주전자에서 한방울도 쏟아지지 않는데도 찻잔이 차고 또 차더니 커피가 넘쳐 탁자로, 수녀의 드레스로 흘러내렸다. ─ 수녀가 주전자를 얼른 내려놓자마자, 커피는 가뭇없이 사라졌다. 프로스퍼 알파누스와 수녀 두 사람은 이제 잠시 말없이 희한한 눈빛으로 마주 보았다.

"선생님은," 수녀가 말을 꺼냈다. "의사 선생님, 선생님은 제가 들어올 때 분명 매우 흥미로운 책을 읽고 계셨는데요."

"아닌 게 아니라," 의사가 대답했다. "이 책에는 기이한 내용이 들어 있습니다."

그러고선 눈앞 탁자에 놓여 있던 금도금된 표지의 작은 책을 펼치려 했다. 하지만 아무리 애써도 소용없었다. 타닥타닥 큰 소리를 내면서 책은 계속 다시 덮였다. "이런, 이런," 프로스퍼 알파누스가 말했다. "귀하신 수녀님, 수녀님이 이 고집스러운 녀석을 다뤄보시겠습니까?"

의사는 수녀에게 책을 건네주었고, 수녀가 책을 만지자마자 책은 저절로 펼쳐졌다. 하지만 낱장이 모조리 떨어져 엄청난 크기로 커지더니 방 안에서 퍼덕퍼덕 날아다녔다.

수녀는 깜짝 놀라 뒤로 물러섰다. 의사가 억지로 책을 덮자 낱장은 모조리 사라졌다.

"그런데," 이제 프로스퍼 알파누스가 잔잔히 미소 지으며 말했다. "그런데 친애하는 자비로운 수녀님, 우리는 왜 이런 알량한 탁상 요술로 시간을 허비하고 있지요? 우리가 지금까지 벌인 것은 시시한 탁상 요술에 지나지 않습니다, 좀더 수준 높은 단계로 넘어갈까요?" "이만 가야겠어요!" 수녀는 이렇게 외치고 자리에서 몸을 일으켰다.

"오," 프로스퍼 알파누스가 말했다. "제 허락 없이는 마음대로 그러실 수 없습니다, 자비로운 수녀님. 수녀님은 이제 제 힘에 철저히 지배받고 있으니까요."

"선생님의 힘에," 수녀가 발끈하여 소리쳤다. "선생님의 힘에 지배받고 있다고요, 의사 선생님? ─ 어리석은 망상이에요!"

그러고선 비단 드레스를 펼치더니 더없이 아름다운 신선나비[77]로 변해 방 천장으로 떠올랐다. 그러자 프로스퍼 알파누스도 다부진 사슴벌레로 변해 위잉위잉 휘잉휘잉 뒤를 쫓았다. 신선나비는 기진맥진하여 너풀너풀 아래로 내려오더니 작은 생쥐로 변해 바닥에서 달음질쳤다. 하지만 사슴벌레가 회색 고양이로 변해 야옹거리고 씩씩거리며 뒤쫓아 뛰었다. 생쥐는 다시 반짝이는 벌새로 변하여 치솟았고, 그러자 온갖 희한한 소리가 시골 저택 둘레에 솟아나고 갖가지 경이로운 곤충이 웅웅거리며 몰려오더니, 숲에서 찾아온 희한한 새 떼와 함께 창문을 황금색 그물처럼 둘러쌌다. 로자벨베르데 요정이 아주 찬란하고 숭고한 빛살을 내뿜으며, 번쩍이는 하얀색 예복 차림에 번득이는 다이아몬드 허리띠를 둘러차고, 검은색 곱슬머리에 하얀색과 붉은색 장미를 꽂고, 난데없이 방 한가운데 나타났다. 그 앞에 마법사가 황금 실로 수놓은 가운을 입고, 번쩍이는 금관을 머리에 쓰고, 불꽃을 내뿜는 손잡이가 달린 지팡이를 손에 들고 서 있었다.

로자벨베르데가 마법사에게 다가가는데, 요정의 머리털에서 황금색 머리빗이 떨어지며 대리석 바닥에 부딪쳐 유리로 만든 것인 듯 산산이 깨졌다.

"아이고 이런! ──아이고 이런!" 요정이 소리쳤다.

순식간에 로젠쇤 수녀는 기다란 검은색 드레스 차림으로 다시 변해 커피 탁자에 앉아 있었고, 프로스퍼 알파누스는 수녀와 마주 앉았다.

"제가 생각하기에," 프로스퍼 알파누스가 중국제 찻잔에 더없이

---

77 짙은 붉은 갈색이며 뒷면은 검은 갈색을 띤다. 독일어와 영어에서는 각각 '상복나비'(Trauermantel) '신부나비'(mourning cloak)라고 불린다.

눈부시게 김나는 모카커피를, 이번에는 아무 방해도 받지 않고 따라주며 매우 침착하게 말했다. "제가 생각하기에, 자비로운 수녀님, 우리 두 사람이 서로를 어떻게 여기고 있는지 이제 충분히 알게 된 것 같습니다. ─ 수녀님의 아름다운 머리빗이 단단한 바닥에 떨어져 깨져 유감입니다."

"제가 서투르게 행동해서 그렇게 됐을 뿐이에요." 수녀는 커피를 맛있게 호로록 마시며 대답했다. "이 바닥에는 무엇이든 떨어뜨리지 않도록 조심해야겠군요. 제가 잘못 알고 있는 게 아니라면, 이 대리석에 더없이 경이로운 상형문자가 씌어 있으니까요, 많은 사람에게는 흔한 대리석 무늿결로 보이겠지만요."

"낡아빠진 부적일 뿐입니다, 자비로운 수녀님." 프로스퍼가 말했다. "이 대리석은 낡아빠진 부적에 지나지 않습니다."

"그런데 친애하는 의사 선생님," 수녀가 소리쳤다. "우리가 일찍이 서로를 알지 못하고, 살아오면서 단 한번도 마주치지 않은 것은 어찌 된 일이지요?"

"친애하는 수녀님, 서로 다른 교육을 받은 까닭에," 프로스퍼 알파누스가 대답했다. "서로 다른 교육을 받은 까닭에 그렇게 된 거지요! 수녀님은 지니스탄에서 유망한 소녀로 풍부한 천성과 타고난 재능을 마음껏 발휘할 수 있었던 데 반해, 저는 불쌍한 대학생으로 피라미드에 갇혀 괴팍한 영감태기이지만 아는 건 우라지게 많은 조로아스터 교수[78]의 강의를 들었습니다. 존엄한 데메트리우스 제후 정부 때 이 자그맣고 평화로운 나라에 제 거처를 정했지요."

---

78 조로아스터는 차라투스트라의 다른 이름으로, 조로아스터교의 창시자로 알려져 있다. 선과 악이 세계에서 투쟁하지만 최후의 심판에서 결국 선이 승리한다고 설파하였다.

"어떻게," 수녀가 물었다. "파프누티우스 제후가 계몽 정치를 도입했을 때 어떻게 추방되지 않았나요?" "추방이라뇨!" 프로스퍼가 대답했다. "오히려 저는 제 정체를 철저히 숨길 수 있었지요. 제가 발표한 온갖 저술에서 계몽 정치와 관련하여 매우 독특한 학식을 증명하려 애써서 말입니다. 천둥과 번개는 제후의 허락 없이는 절대로 치지 않으며, 좋은 날씨와 풍년이 드는 것은 비천한 백성이 들판에서 밭을 갈고 씨를 뿌리는 동안 제후와 귀족이 회의실에 틀어박혀 매우 지혜로운 논의를 하는 덕택일 뿐임을 입증했거든요. 파프누티우스 제후는 당시 저를 추밀 계몽 정치 사무총장으로 임명했지만, 난리가 지난 뒤 저는 위장을 그치고 이 귀찮은 직책을 홀가분하게 벗어던졌습니다. ─저는 남몰래 나름대로 유용한 일을 했습니다. 그러니까 우리가, 자비로운 수녀님, 저와 수녀님이 참으로 유용하다고 일컫는 일을요. ─친애하는 수녀님, 수녀님은 잘 아시지요, 계몽 정치 경찰이 들이닥칠 것이라고 수녀님에게 경고한 게 바로 저였다는 것을 말입니다. ─수녀님이 방금 보여주신 산뜻하고 귀여운 요술을 부릴 수 있도록 해준 게 바로 저라는 것도요. ─오, 맙소사! 이 창문에서 내다보십시오! ─수녀님이 느긋이 거닐며 덤불숲, 꽃, 샘물에 사는 상냥한 정령들과 이야기를 나누던 이 정원을 알아보지 못하겠습니까? ─저는 제 학식을 이용하여 이 정원을 구해냈습니다. 정원은 옛날 데메트리우스 시대와 똑같은 상태입니다. 바르자누프 제후는 다행스럽게도 마법을 별로 염려하지 않습니다. 너그러운 제후라 누구나 원하는 대로 마법을 부리도록 허용하지요, 눈에 띄지만 않고 세금만 제대로 내면 말입니다. 그래서 저는 여기에서 행복하고 걱정 없이 살고 있습니다, 친애하는 수녀님, 수녀님이 수녀원에서 그렇게 살고 있듯이요!"

"의사 선생님," 수녀는 눈물을 쏟으며 소리쳤다. "의사 선생님, 이런 말씀을 해주시다니요! ─ 이런 것까지 일깨워주시다니요! ─ 맞아요, 저는 더없는 기쁨을 누리던 이 수풀을 잘 알아요! ─ 의사 선생님! ─ 제가 고마워해야 할 일이 이렇게나 많은 고귀하신 선생님! ─ 그런 분이 제가 보살피는 키 작은 아이를 그렇게 가혹하게 박해하실 수 있나요?"

"친애하는 수녀님," 의사가 대답했다. "수녀님은 타고난 선량함에 휩쓸려 수녀님의 재능을 미천한 자에게 낭비하셨습니다. 수녀님이 아무리 마음씨 좋게 도와주어도 치노버는 키 작고 기형인 말썽꾸러기에 지나지 않으며, 앞으로도 그럴 것입니다. 황금색 머리빗이 깨졌으므로 이 골칫덩어리는 이제 완전히 제 손아귀에 들어와 있습니다."

"가엾게 여겨주세요, 오, 의사 선생님!" 수녀가 간청했다.

"하지만 여기를 보시겠습니까?" 프로스퍼 알파누스는 자신이 친 발타자어의 별점을 수녀 앞에 내놓으며 말했다.

수녀는 안을 들여다보더니 매우 고통스러워하며 소리쳤다. "그렇군요! ─ 그러기로 되어 있다면, 운명의 힘에 따라야겠지요. ─ 가엾은 치노버!"

"친애하는 수녀님, 인정하십시오." 의사가 미소 지으며 말했다. "여성은 종종 더없이 진기한 일을 하기를 매우 좋아하고, 퍼뜩 착상이 떠오르면 끈질기고 악착같이 이 일에 매달리며, 다른 사람에게 무슨 고통을 안기든 아랑곳하지 않는다는 것을 인정하세요! ─ 치노버는 비운을 맞이하여 죗값을 치러야 하지만, 그런 뒤에도 분에 넘치는 영예를 누릴 것입니다. 그렇게 하여 저는 수녀님의 능력과 자애와 덕성을 기리고자 합니다, 매우 귀하시고 자비로운 수녀님!"

"친애하는 훌륭하신 선생님!" 수녀가 소리쳤다. "항상 제 편으로 남아주세요!"

"언제까지나," 의사가 대답했다. "제 우정은, 당신에게 보내는 마음속 깊은 애정은, 어여쁜 요정이여, 결코 사라지지 않을 것입니다. ─살아가다 무슨 미심쩍은 일이 생기거든 안심하고 저에게 찾아오십시오 ─오, 커피 생각이 나면 언제라도 저희 집에 오십시오."

"안녕히 계세요, 더없이 고귀한 마법사님, 당신의 후의와 이 커피를 결코 잊지 않겠어요!" 수녀는 이렇게 말하고 마음속 깊이 뭉클함을 느끼며 몸을 일으켜 떠났다.

프로스퍼 알파누스가 수녀를 격자문까지 바래다주는 동안 숲의 온갖 경이로운 노랫소리가 더없이 아름답게 울려 퍼졌다.

문 앞에는 수녀의 마차 대신 유니콘이 끄는 의사의 크리스털 조개 마차가 서 있었고, 그 뒤에서 황금 풍뎅이가 번쩍이는 날개를 펼치고 있었다. 마부석에는 순은색 꿩이 앉아 황금색 고삐를 부리에 물고 영리한 두 눈으로 수녀를 바라보았다.

마차가 찬란한 소리를 울리며 향기로운 숲을 지나 쏴아 달려가자, 수녀는 한없이 눈부셨던 요정 생활의 가장 행복했던 시절로 돌아간 듯 느꼈다.

7장

호호야콥스하임 마을에 숨어 있던 발타자어는 케레페스에서 풀허 시보가 보낸 편지를 받았다. "친애하는 친구 발타자어, 우리의 일은 갈수록 꼬여가고 있어. 우리의 적, 역겨운 치노버는 외교부 대신이 되었고 스무 단추 녹색 반점 맹호 대훈장을 수여받았어. 제후의 총신으로 올라서서 원하는 대로 모든 일을 관철하고 있지. 모슈 테르핀 교수는 정신이 홀랑 나갔어. 미련하게 우쭐거리며 거만을 부리고 있어. 장래 사위의 주선으로 정부에서 자연부 총무처장 직책을 맡았거든. 교수에게 두둑한 수입과 쏠쏠한 부수입을 안겨다주는 직책이야. 총무처장 자격으로 국가 검인 달력에 적힌 일식과 월식, 일기예보를 검사하고 교정하며, 특히 도읍과 주변 지역의 자연을 연구하지. 이러한 업무 덕택에 제후의 산림 지역에서 더없이 희한한 새나 진기한 짐승을 공납받는데, 그 천성을 연구한다며 구워 먹어보는 거야. 그뿐 아니라 이제 사위에게 헌정한답시고 포도주는 왜 물과 다른 맛이 나며 다른 작용을 하는지에 관한 논문을 집필하고 있어. (적어도 그런 척은 하고 있어.) 모슈 테르핀이 논문을 쓰기 위해 날마다 제후의 포도주 곳간에서 보낼 수 있도록 치노버가 힘을 썼지. 교수는 오래 묵은 라인 강 포도주 반[ᵘ] 옥스호프트[79]와 샴페인 수십병을 연구에 소모했고, 이제 알리깐떼 포도주[80] 통에 손대고 있어. ─ 곳간지기는 두 손을 마주 비비고 있지! ─ 너도 알다시피 세상에 둘도 없는 미식가인 교수는 이렇게 식도락을 즐기고 있어. 교수로서는 세상에서 가장 편안한 인생을 즐기는 셈일 거야. 우박이 밭을 망가뜨리는 바람에 갑자기 들판에 나가 제후의 소작인들에게 우박이 내린 이유를 설명해야 하는 경우만 아니라면 말이야. 미련한 농투성이들이 학식을 약간이나마 갖추면 앞으로는 이런 재해에 대비할 줄 알게 되고, 이런 일이 생길 때 농사꾼 자신에게 책임이 있는데도 막무가내로 소작료 탕감을 요구하지 않을 테니까.

치노버 대신은 너에게 심하게 구타당한 분을 삭이지 못하고 있어. 복수를 맹세하더군. 너는 케레페스에는 얼씬도 하지 말아야 해. 나도 집요하게 추적당하고 있어. 날개 달린 부인이 대신의 머리를 빗겨주는 것을 엿보았으니까. ─ 치노버가 제후의 총애를 받는 한 나는 제대로 된 직위를 얻을 수 없을 거야. 액운을 타고났는지, 나는 전혀 뜻하지 않은 곳에서 기형아와 맞부딪치게 되었는데 이것이 내게 언제나 불길한 결과를 가져오고 있어. 최근 대신은 정장에 긴 칼, 별 훈장, 훈장 어깨띠 차림으로 동물학 전시실에 찾아와서, 평소

79 옛 부피 단위로 지역별로 편차가 크지만 대략 148~288리터를 가리킨다.
80 스페인 남부 발렌시아 지방에 있는 알리깐떼에서 생산되는 포도주.

그러듯 지팡이를 짚고 발끝을 들고 발돋움하여 더없이 희한한 아메리카 원숭이들이 들어 있는 유리 진열장 앞에 서 있었지. 전시실을 돌아보던 낯선 구경꾼들이 다가오더니 누군가 키 작은 뿌리 난쟁이를 보고 크게 고함쳤어. '이봐! ─ 이렇게 사랑스러운 원숭이가! ─ 이렇게 귀여운 짐승이! ─ 전시실 전체의 자랑이군! ─ 이봐 이 예쁜 원숭이는 이름이 뭐야? 어떤 나라에서 온 거지?'

그러자 전시실 관리인이 치노버의 어깨를 만지며 매우 정색하고 말했어. '그래요, 매우 아름다운 표본이지요. 뛰어난 브라질산으로, 이른바 미케테스 베엘제부브 ─ 시미아 베엘제부브 린네이 ─ 니제르, 바르바투스, 포디스 카우다퀘 아피체 브룬네이스[81] ─ 고함원숭이예요.'

'이보게,' ─ 이제 키 작은 사내가 씩씩거리며 관리인에게 말했어. '자네는 미쳤거나 완전히 마귀 들린 것 같군. 나는 베엘제부브 카우다퀘 ─ 고함원숭이가 아니야. 나는 치노버야, 치노버 대신이며 스무 단추 녹색 반점 맹호 훈장 기사야!' ─ 나는 거기서 멀리 떨어져 있지 않았고 ─ 당장 내 목이 날아간다 해도 도저히 참을 수 없었기에 ─ 껄껄 웃음을 터뜨렸어.

'자네도 거기 있나, 시보?' 치노버는 주술사처럼 두 눈을 붉은색으로 이글이글 번득이며 나에게 드르렁거렸지.

어찌 된 일인지 영문을 모르겠지만, 낯선 구경꾼들은 치노버를 여태 보았던 것 중에 가장 아름답고 희한한 원숭이로 줄곧 여기며

---

81 미케테스 베엘제부브는 남아메리카에 사는 원숭이 종류를 가리킨다. '시미아 베엘제부브 린네이 ─ 니제르, 바르바투스, 포디스 카우다퀘 아피체 브룬네이스'는 '린네의 베엘제부브 원숭이 ─ 검은색이고, 수염 달리고, 발과 꼬리 끝이 적갈색'이라는 뜻으로, 우스꽝스럽게 지어낸 라틴어 학명이다. '린네'는 생물 분류학의 창시자인 스웨덴의 칼 본 린네(Carl von Linné, 1707~78)를 말한다.

호주머니에서 개암나무 열매를 꺼내 먹이려 들었어. 치노버는 이 제 분노에 정신이 홀랑 나가 숨도 제대로 들이쉬지 못했고, 가는 다리도 말을 듣지 않았어. 종자를 불러 자신을 팔에 안고 마차로 데려가라고 해야 했지.

왜 이 일이 내게 한가닥 희망을 주는지 나 자신도 설명하지 못하 겠어. 이는 키 작고 주술 부리는 요물이 겪은 첫번째 수모였어.

최근 이른 새벽에 치노버가 매우 낭패한 모습으로 정원에서 나 왔다는 것만큼은 확실해. 날개 달린 부인이 나타나지 않은 게 틀림 없어. 치노버의 아름다운 곱슬머리는 이제 옛말이 되었거든. 머리 털이 푸수수 등으로 흘러내린 것을 보고 바르자누프 제후는 이렇 게 말했다고 해. '몸치장을 너무 게을리하지 말게, 친애하는 대신, 내 이발사를 보내주겠노라!'—그러자 치노버는 이발사가 오면 창문 밖으로 내던지겠다고 매우 정중하게 말했어. '사심 없는 영혼 이로고! 그대 뜻을 이길 수 없도다.' 제후는 이렇게 말하며 펑펑 울 었다지.

잘 지내, 친애하는 발타자어! 모든 희망을 버리지 말고, 붙잡히 지 않도록 잘 숨어 있어!"

친구가 보낸 편지를 읽고 발타자어는 무척 절망하여 숲 속 깊숙 이 달려 들어가 큰 소리로 탄식을 터뜨렸다.

"내가 희망을 품어야 할까?" 이렇게 소리쳤다. "희망이 모두 사 라지고 별이 모두 가라앉고 어스레한—어스레한 밤이 낙담한 나 를 에워싸는데, 아직도 내가 희망을 품어야 할까? 불길한 운명이 여!—나는 내 인생에 들이닥쳐 모든 것을 망가뜨린 암흑의 힘 에 무릎 꿇고 있어.—프로스퍼 알파누스가 구원해주리라 기대 하다니 미친 생각이지. 의사는 나를 지옥의 요술로 유혹하고, 거울에 비친 모습에 구타를 퍼부으라 하고선 이를 치노버의 진짜 등에 쏟아지게 하여 나를 케레페스에서 몰아냈는데 말이야. 아, 칸디다! ― 내가 이 천사 같은 아이를 잊을 수 있다면! ― 하지만 사랑의 불꽃이 내 마음속에서 어느 때보다 더 힘차고 거세게 타오르는구나! ― 달콤하게 미소 지으며 그리움에 가득 차 나를 향해 두 팔을 뻗는 연인의 어여쁜 자태가 어디를 가든 눈에 아른거리는구나! ― 알고말고! ― 네가 나를 사랑한다는 것을, 어여쁘고 사랑스러운 칸디다여. 너를 둘러싸고 있는 비열한 마술에서 너를 구해낼 수 없다니, 나는 절망에 빠져 고통스럽게 죽을 듯하구나! ― 배신자 프로스퍼! 내가 무슨 해를 끼쳤기에 이렇게 잔인하게 나를 우롱하는가!"

어스름이 짙게 깔리고 숲의 모든 색채가 스러지며 희부옇게 변했다. 특이한 광채가 나무와 덤불을 헤치고 불타는 저녁놀처럼 빛나는가 싶더니, 곤충 수천마리가 쏴쏴 날개 저으며 공중으로 웅웅 솟아올랐다. 빛나는 황금 풍뎅이들이 이리저리 날아다녔고, 그 사이에서 알록달록하게 치장한 나비들이 팔락거리며 향기로운 꽃가루를 둘레에 흩뿌렸다. 쏴쏴거림과 웅웅거림은 잔잔하고 달콤하게 속삭이는 음악이 되어 갈가리 찢긴 발타자어의 가슴을 다독거리며 달래주었다. 머리 위에서 광채가 더욱 환하게 빛살을 뿜으며 번득였다. 눈을 들어 올려다보니, 놀랍게도 프로스퍼 알파누스가 떠돌며 다가오는 것이 아닌가. 의사는 더없이 눈부신 색채로 번쩍이는 잠자리처럼 생긴 경이로운 곤충을 타고 있었다.

프로스퍼 알파누스는 젊은이에게 내려와 곁에 앉았고, 그러는 사이 잠자리는 덤불숲으로 날아올라 숲 전체에 울려 퍼지는 노래를 함께 불렀다.

의사가 손에 들고 있던 경이롭게 빛나는 꽃으로 젊은이의 이마를 건드리자마자, 발타자어의 마음속에서 삶의 의욕이 생생하게 불타올랐다.

"자네는," 프로스퍼 알파누스가 이제 잔잔한 목소리로 말했다. "자네는 나에게 부당한 짓을 하고 있네, 친애하는 발타자어. 내가 자네 인생을 훼방하는 마술을 정복해낸 순간에, 자네의 치유에 도움이 될 모든 것을 마련하여 한시바삐 자네를 찾아 달래주기 위해 내 찬란한 애마에 올라타 달려오는 순간에, 자네는 나를 잔인한 배반자라고 욕하다니. ― 하지만 사랑의 고통보다 더 쓰라린 것은 없고, 사랑과 그리움에 절망하는 마음만큼 안절부절못하는 것도 없지. ― 자네를 용서하겠네. 나도 이천년쯤 전에 발자미네라고 하는 인도의 공주와 사랑에 빠져 절망한 나머지 나의 가장 절친한 친구였던 마법사 로토스의 수염을 잡아 뽑았고, 그래서 비슷하게 복수를 당하지 않으려고 자네가 보다시피 나는 수염을 기르지 않으니까. ― 하지만 이 모든 일을 장황하게 이야기하기에 여기는 그리 적당치 않은 장소겠지. 사랑에 빠진 사람은 누구든 자신의 사랑만 이야기할 가치가 있다고 여기며, 이에 관해서만 듣고 싶어하니까. 시인이라면 누구든 자신의 시만 듣기 좋아하듯이 말일세. 그럼 본론으로 들어가세! ― 치노버는 가난한 농사꾼 아낙네에게 버림받은 기형아이며 원래 이름은 키 작은 차헤스라는 것을 알아두게. 허영심에 못 이겨 치노버라는 버젓한 이름을 달고 다닐 뿐일세. 로젠쇤 수녀는, 다름 아니라 그 유명한 로자벨베르데 요정이니까 사실은 요정이라 불러야겠지. 이 수녀가 키 작은 요괴를 길에서 발견했네. 자연은 의붓어미처럼 키 작은 아이를 내팽개쳤지만 수녀는 이 아이에게 희한하고 신비로운 재능을 선물하여 모든 것을 보상해줄 수 있으리라 믿었지. 이 아이가 있는 데서 어떤 다른 사람이 무슨 뛰어난 일을 생각하거나 말하거나 실행하든, 모든 게 이 아이가 한 일로 생각되고, 그뿐 아니라 교양 있고 지혜롭고 재치 있는 인물 모임에서도 이 아이가 교양 있고 지혜롭고 재치 있다고 받아들여지며, 경쟁하는 동종同種 가운데 언제나 가장 완벽한 개체로 여겨지도록 말일세.

이러한 기이한 마법은 키 작은 녀석의 가르마를 덮고 불꽃색으로 빛나는 머리카락 세 올에 들어 있었네. 이 머리카락을 매만질 때마다, 아니, 머리를 건드리기만 해도 키 작은 녀석은 틀림없이 고통스러웠을 뿐 아니라 죽는 것 같았을 거야. 이 때문에 요정은 가늘고 푸수수하게 타고난 머리털을 두껍고 상큼한 곱슬머리로 바꾸어 아래로 찰랑거리게 하여 키 작은 사내의 머리도 보호하고 아울러 이 붉은색 줄도 감추어 마법을 북돋웠네. 아흐레에 한번씩 요정이 손수 키 작은 녀석에게 황금색 마법 빗으로 머리를 빗겨주었고, 이 빗질은 마법을 깨뜨리려는 모든 노력을 무산시켰지. 하지만 착한 요정이 나에게 찾아왔을 때 나는 영험한 부적을 몰래 밀어 넣어, 바로 그 머리빗을 깨뜨리게 했네.

이제 이 불꽃색 머리카락 세 올을 잡아 뽑기만 하면 다 끝나네, 그러면 치노버는 예전처럼 다시 보잘것없이 될 거야! ─ 자네에게, 친애하는 발타자어, 이 마법을 깨뜨리는 일을 맡기겠네. 자네는 용기와 능력과 솜씨가 있으니, 이 일을 제대로 해낼 거야. 이 작고 잘 연마된 안경을 들고 가게. 키 작은 치노버를 발견하여 가까이 다가가 이 안경으로 머리를 꼼꼼히 들여다보면, 키 작은 녀석의 머리에 붉은색 머리카락 세 올이 덮여 있는 게 훤히 보일 걸세. 녀석을 꽉 잡고, 녀석이 째지게 고양이처럼 울어젖히더라도 아랑곳하지 말

고, 머리카락 세올을 한번에 잡아 뽑아 당장 불태우게. 반드시 한
번에 뽑아 단박에 불태워야 하네, 그러지 않으면 머리카락이 갖가지
위험스러운 작용을 일으킬 수도 있으니. 그러니까 머리카락을 솜
씨 있게 꽉 붙잡아야 하며, 불길이나 불빛이 가까이 있을 때 키 작
은 녀석에게 덮쳐들어야 한다는 데 각별히 주의를 기울이게."

"오, 프로스퍼 알파누스!" 발타자어가 소리쳤다. "저는 선생님
을 믿지도 않았는데 이러한 친절과 아량을 분에 넘치게 누리고 있
습니다! 이제 제 고통이 끝나고 모든 천상의 행복이 저에게 황금색
문을 열어주리라는 것을 얼마나 가슴속 깊이 느끼는지요!"

"나는," 프로스퍼 알파누스가 말을 이었다. "나는, 발타자어, 순
수한 가슴속에 그리움과 사랑을 품고 있는 자네 같은 젊은이를 사
랑하네. 이런 젊은이의 마음속에서는 나의 고향이자 신성한 기적
에 가득 찬 머나먼 나라에서 울리는 찬란한 화음이 여전히 메아리
치거든. 마음속 깊이 음악을 타고난 행복한 인간이야말로 시인이
라 일컬을 만한 유일한 사람이지. 많은 사람이 아무 더블베이스나
손에 들어 이리저리 켜보고, 자신의 손아귀에서 현들이 낑낑거리
며 어수선하게 찍찍거리는데도 이를 자신의 마음속에서 울려 나오
는 찬란한 음악으로 생각하여 매우 욕을 먹고 있지만 말일세. ──
자네에게는, 친애하는 발타자어, 이따금 자네에게는 졸졸거리는
샘물이, 쏴쏴거리는 나무가 하는 말이 이해되는 듯하고, 그뿐 아
니라 불타는 저녁놀이 알아들을 수 있게 말을 거는 듯 느껴진다는
것을 나는 알고 있네. ── 그렇네, 친애하는 발타자어! ── 이런 순
간 자네는 자연의 경이로운 노랫소리를 정말로 알아듣는 것이라
네. 더없이 오묘한 자연의 경이로운 조화에서 생겨난 신성한 소리
가 자네의 마음속에서 울리는 것일세. ── 자네는 피아노를 치니까,

오, 시인이여, 한 음을 짚으면 이와 비슷한 음이 따라 울린다는 것을 알 걸세. ── 이런 자연법칙은 상투적인 비유에 그치는 게 아닐세! ── 그렇네, 오, 시인이여, 자네는 많은 이가 생각하는 것보다 훨씬 훌륭한 시인이네. 자네는 마음속 음악을 펜과 잉크로 종이에 옮겨 그 시들을 많은 이에게 읽어주었지. 그 시들이 그리 뛰어난 것은 아니네. 하지만 자네는 내 눈앞에서 벌어졌던 진홍색 장미에 대한 나이팅게일의 사랑 이야기를 장황하지 않고 정확하게 묘사하여 사실적 문체로 수작을 만들었네. ── 그건 매우 산뜻한 작품이야……"

프로스퍼 알파누스가 말을 멈추자, 발타자어는 무척 놀라 휘둥그레진 눈으로 의사를 바라보았다. 자신이 지금까지 쓴 것 가운데 가장 환상적이라 생각하는 시를 프로스퍼는 사실적인 시라고 말하다니, 이에 대해 무슨 말을 해야 할지 몰라 말문이 막혔다.

"아마도," 프로스퍼 알파누스가 상큼한 미소로 얼굴을 환하게 밝히며 말을 이었다. "아마도 내 말에 자못 놀랄 테지. 나의 많은 언행이 자네에게는 희한하게 여겨질 테지. 하지만 유념하게, 모든 분별 있는 사람의 판단에 따르면 나는 동화에나 나올 법한 인물이고, 친애하는 발타자어, 자네도 알다시피 이런 인물은 기이하게 행동하며 마음 내키는 대로 정신 나간 소리를 지껄일 수 있지. 더욱이 이 모든 말 뒤에 쉽게 무시할 수 없는 진실이 숨어 있다면 말일세. ── 하지만 각설하고! ── 로자벨베르데 요정은 기형아 치노버를 열성을 다해 돌보았네, 친애하는 발타자어, 자네가 지금 정성스레 내 보살핌을 받듯이 말일세. 그러니 내가 자네에게 해주려 생각한 일을 귀담아듣게. ── 마법사 로토스가 어제 나를 찾아왔네. 수많은 안부뿐 아니라, 발자미네 공주의 수없는 한탄도 들고 왔지.

공주는 잠에서 깨어나 우리의 첫 애송시였던 저 찬란한 시, 차르타 바데[82]의 달콤한 운율을 들으며 그리움에 젖어 나를 향해 두 팔을 뻗고 있다네. 내 오랜 친구 유지[83] 대신도 북극성에서 내게 상냥하게 손짓하고 있지. ── 나는 머나먼 인도로 떠나야 하네! ── 내가 남겨두고 떠날 영지는 다른 사람이 아닌 자네 소유로 넘기고 싶네. 내일 케레페스로 가서 공식 증여 증서를 작성하도록 하고, 이 문서에서 나는 자네 백부라고 하겠네. 치노버의 마술이 풀리자마자 모슈 테르핀 교수에게 찾아가 자네가 비옥한 영지와 상당한 재산의 소유자라 말하고 아름다운 칸디다와 결혼하게 해달라고 청하면, 교수는 무척 기뻐하며 모든 것을 허락해줄 걸세. 하지만 이게 다가 아닐세! ── 자네가 칸디다와 함께 내 시골 저택에 들어오면 자네 결혼의 행복은 탄탄히 다져질 걸세. 아름다운 나무 뒤 텃밭에서는 살림에 필요한 모든 게 영글 것이네. 더없이 탐스러운 과일뿐 아니라 주변에서 찾아볼 수 없는 더없이 매끈한 배추와 실하고 맛있는 채소가 자랄 것이야. 자네 아내는 양상추든 아스파라거스든 언제나 만물을 얻을 걸세. 부엌은 냄비가 절대 끓어넘치지 않도록 꾸며지고, 자네가 식사 시간에서 한시간이 지나도록 오지 않더라도 음식은 절대 상하지 않을 걸세. 카펫이나 의자나 소파 커버에는 아무리 솜씨가 서투른 하인이라도 얼룩을 묻힐 수 없을 것이고, 도자기나 유리잔도 아무리 깨뜨리려 애쓰며 아무리 단단한 바닥에 내던지더라도 절대 부서지지 않을 것이네. 끝으로 자네 아내가 빨래를 시킬 때면, 사방에서 비가 오고 천둥 번개가 치더라도 집 뒤의 넓은 풀밭은 언제나 더없이 맑고 화창할 날씨일 것이네. 요컨대, 친애

──────────

82 Chartah Bhade. 고대 인도의 시.
83 당나라 초기의 명장이었던 위지공(尉遲恭, 585~658)을 가리키는 듯하다.

하는 발타자어, 자네가 어여쁜 칸디다 곁에서 방해받지 않고 편안하게 가정의 행복을 누릴 수 있도록 손써놓을 걸세.

하지만 이제 집으로 돌아가 내 친구 로토스와 함께 곧 떠날 준비를 시작할 때가 된 것 같군. 잘 있게, 친애하는 발타자어!"

그러고선 프로스퍼가 휘파람을 한두번 불자마자, 잠자리가 웅웅거리며 날아왔다. 의사는 잠자리에 고삐를 걸고 안장에 올라탔다. 하지만 위로 떠오르자마자 갑자기 멈추더니 발타자어를 돌아보았다.

"하마터면," 이렇게 말했다. "자네 친구 파비안을 잊을 뻔했군. 장난기가 동해 그 친구의 건방진 행동을 너무 심하게 벌했네. 이 통에 그 친구를 달래줄 물건이 들어 있네."

프로스퍼 알파누스는 발타자어에게 윤기가 반지르르한 거북이 모양의 작은 통을 건네주었고, 발타자어는 이를 호주머니에 집어넣었다. 호주머니에는 치노버의 마술을 깨뜨리기 위해 프로스퍼에게 받은 작은 손잡이 안경도 들어 있었다.

이제 프로스퍼 알파누스가 덤불숲을 헤치고 퍼덕퍼덕 떠나가는 동안, 숲의 노랫소리는 더 크고 더 아리땁게 울려 퍼졌다.

발타자어는 더없이 달콤한 희망에 젖어 마음속에 희열과 환희를 가득 품고 호흐야콥스하임에 돌아왔다.

8장

파비안이 긴 코트 자락 때문에 종파주의자이자 선동가로 여겨진 사연—
제후가 벽난로 열 가리개 뒤로 가서 자연부 총무처장을 해임한 사연—
모슈 테르핀의 집에서 치노버가 도주한 사연—모슈 테르핀이 나비를 타고
달려 나가 황제가 되고 싶어했다가 잠자러 간 사연

이른 새벽녘 길과 도로에 아직 인적이 뜸할 때 발타자어는 케레
페스로 숨어들어 친구 파비안에게 당장 달려갔다. 방문을 두드리
자, 병들고 힘 빠진 목소리가 이렇게 소리쳤다. "들어오시오!"

햄쑥하고—일그러지고, 희망 없이 고통만 가득한 얼굴로 파비
안은 침대에 누워 있었다. "제발," 발타자어가 소리쳤다. "제발—
친구! 말해봐!—네게 무슨 일이 있었어?"

"아, 친구," 파비안이 힘들게 몸을 일으키며 갈라진 목소리로 말
했다. "나는 끝장났어, 완전히 끝장났어. 분명히 알겠어. 복수심에
불타는 프로스퍼 알파누스가 내게 빌어먹을 주술을 걸어 나를 파
멸로 몰아넣은 거야."

"어떻게 그런 말을?" 발타자어가 물었다. "마술, 주술, 너는 여
느 때는 그런 것을 믿지 않았잖아?" "아," 파비안이 울먹거리는 목
소리로 말을 이었다. "아, 나는 이제 모든 것을 믿어. 마법사며, 마

녀며, 땅의 정령이며, 물의 정령이며, 생쥐 왕이며, 맨드레이크 뿌리며 ─ 네가 믿기 바라는 모든 것을. 이런 일에 나처럼 목덜미를 짓밟힌다면 누구라도 두 손 들 거야! ─ 우리가 프로스퍼 알파누스 집에서 나왔을 때 내 코트에 벌어졌던 지옥 같은 소동을 기억하지? ─ 그래! 그 정도로 그쳤더라면! ─ 내 방 좀 둘러봐, 친애하는 발타자어!"

발타자어가 휘둘러보니 사방 벽에 온갖 모양, 갖은 색상으로 재단한 프록코트, 오버코트, 쿠르타가 수없이 보였다. "뭐야," 발타자어는 소리쳤다. "옷 가게라도 차릴 생각이야, 파비안?"

"조롱하지 마," 파비안이 대답했다. "조롱하지 마, 사랑하는 친구! 이 모든 옷가지를 나는 최고로 유명한 재단사들에게 맞추었어. 내 코트에 내린 불길한 저주에서 벗어나게 해주리라 희망하면서. 하지만 소용없었어. 내 몸에 딱 맞는 더없이 아름다운 코트를 입은 지 단 몇분도 지나지 않아 소매는 어깨로 밀려 올라오고 뒷자락은 4미터나 늘어나 꼬리처럼 따라왔어. 절망한 나머지 나는 이 세상만큼 기다란 어릿광대 소매가 달린 재킷을 주문했지. '밀려 올라와라, 소매야,' 나는 생각했어. '실컷 늘어나라, 뒷자락아, 그러면 모든 게 적당해질 테니.' 하지만! ─ 몇분도 지나지 않아 모든 다른 코트와 같은 꼴이 되었어! 아무리 유능한 재단사가 온갖 기술과 능력을 발휘해도 망할 놈의 마법을 이겨낼 수 없었어! 내가 모습을 비친 곳마다 조소와 조롱을 받은 것은 물론이지. 하지만 어쩔 수 없이 끈질기게 되풀이해 이런 빌어먹을 코트 차림으로 나타나자 별의별 지탄까지 받게 되었어. 가장 가벼운 비난은 여자들이 나를 한없이 허영기 많고 꼴불견이라고 손가락질하는 거였어. 저 사람은 아마도 맨팔을 매우 멋지다고 생각하나봐. 예절도 모르고 기어이 민소매 차림으로 나다니니 말이야. 하지만 신학자들은 이내 나를 종파주의자라고 매도했어. 내가 소매 종파인지 뒷자락 종파인지를 두고 논쟁을 벌이기는 했지만, 두 종파 모두 의지의 완전한 자유를 주장하고 주제넘게도 원하는 사상을 펼치려 하므로, 둘 다 매우 위험하게 여겨야 한다는 점에서 의견 일치를 보았지. 외교관들은 나를 막된 선동가라고 생각했어. 이들은 이렇게 주장했어. 저자는 기다란 뒷자락을 이용하여 백성들 사이에 불만을 조장하고 정부에 반항하도록 사주하고 있는 것으로 보아, 짧은 소매를 표지로 삼는 비밀결사 회원임이 분명하오. 짧은 소매 회원들의 흔적이 이따금 발견된 지는 이미 오래되었는데, 이들은 곳곳에서 어느 국가에나 해로운 시문학을 도입하려 애쓰고 제후의 무오류성을 의심하므로, 예수회원[84]들만큼이나, 아니, 그보다 더 경계해야 하오. 각설하고! ── 일이 갈수록 심각해지자, 학장이 나를 불렀어. 코트를 입으면 어떤 불상사가 닥칠지 뻔했으므로 조끼 차림으로 찾아갔지. 이에 학장은 발끈했어. 내가 자신을 조롱한다고 생각하고 내게 이렇게 퍼부어댔어. 한주 안에 제대로 된 단정한 코트를 입고 찾아오게. 그러지 않으면 가차 없이 퇴교 처분하겠네. ── 그 기한이 끝나는게 오늘이야! ── 오, 나는 얼마나 불행한가! ── 오, 우라질 프로스퍼 알파누스!"

"그만!" 발타자어가 소리쳤다. "그만해, 친구, 나에게 영지를 선사해준 나의 소중하고 사랑하는 백부를 욕하지 마. 백부는 너를 전혀 나쁘게 생각지 않아, 네가 백부에게 건방을 떤 일에 대해 백부

---

84 1773년 교황 끌레멘뜨 4세의 탄압으로 폐지된 예수회 교단은 1814년 교황 삐우스 7세의 명령으로 재건되었다. 예수회원들은 민주화 추구에 맞서기 위한 동맹 세력으로 여겨졌다.

가 너무 심한 벌을 주었다는 것은 나도 인정할 수밖에 없지만 말이야. ─하지만 내가 도움 되는 것을 가져왔어! ─백부가 너에게 보낸 이 작은 통이 네 모든 고통을 끝내줄 거야.”

그러면서 발타자어는 프로스퍼 알파누스에게 받은 거북이 모양의 작은 통을 호주머니에서 꺼내 낙담한 파비안에게 넘겨주었다.

“도대체,” 파비안이 말했다. “도대체 이 시답잖은 허섭스레기가 나에게 무슨 도움이 되겠어? 거북이 모양의 작은 통이 내 코트의 형태에 무슨 영향을 미칠 수 있겠어?” “나도 모르지.” 발타자어가 대답했다. “하지만 나의 사랑하는 백부는 나를 속일 리도 없고 속이지도 않을 거야. 나는 백부의 말이라면 철석같이 믿어. 그러니 통을 열어봐, 사랑하는 파비안. 그 안에 무엇이 들어 있는지 보자.”

파비안이 통을 열자 ─통 안에서 더없이 고운 모직으로 멋지게 만든 검은색 프록코트가 솟아 나왔다. 파비안과 발타자어 두 사람은 깜짝 놀라 크게 탄성을 지르지 않을 수 없었다.

“와, 이제 알겠어요!” 발타자어가 감격하여 소리쳤다. “와, 이제 알겠어요, 나의 프로스퍼, 나의 소중한 백부! 이 코트는 몸에 맞을 거야. 모든 마법을 풀어줄 거야.”

파비안은 당장 코트를 입었고, 발타자어의 짐작은 정말 맞아떨어졌다. 이 아름다운 옷보다 파비안에게 딱 맞았던 옷은 지금까지 한벌도 없었으며, 소매가 밀려 올라온다든지 뒷자락이 늘어난다든지 하는 일은 있을 수도 없었다.

파비안은 기쁨에 정신이 홀랑 나갔고, 새로 입은 잘 맞는 코트 차림으로 곧바로 학장에게 달려가 모든 오해를 해결하기로 했다.

발타자어는 프로스퍼 알파누스와의 사이에서 일어난 일과, 의사가 기형아 엄지 난쟁이의 비열한 몹쓸 짓을 끝낼 방법을 일러주었다는 사실을 친구 파비안에게 속속들이 이야기했다. 파비안은 모든 의심증이 말끔히 사라져 전혀 다른 사람이 되었으므로, 프로스퍼의 넓은 아량을 드높이 칭송하며 치노버의 마술을 깨는 일을 돕겠다고 발 벗고 나섰다. 그 순간 발타자어는 친구인 풀허 시보가 매우 우울하고 기운 없이 모퉁이를 막 돌아 다가오고 있는 것을 창문을 통해 보았다. 파비안은 발타자어가 시키는 대로 머리를 창문 밖으로 내밀고 손짓하며 곧바로 이리로 올라오라고 소리쳐 불렀다.

풀허는 들어오자마자 "이렇게 멋진 코트를 입다니, 친애하는 파비안!"이라고 소리쳤다. 파비안은 발타자어가 자초지종을 알려줄 거라고 말하고, 학장에게로 떠났다.

발타자어가 일어났던 모든 일을 이제 시보에게 속속들이 이야기하자, 시보는 이렇게 말했다. "이제야말로 역겨운 요괴를 해치울 때가 되었군. 오늘 치노버가 칸디다와 엄숙히 약혼식을 치를 텐데, 허영기 많은 모슈 테르핀이 성대한 피로연을 마련하여 제후까지 초대했다는 것을 알아둬. 바로 이 피로연이 열릴 때 교수의 집으로 쳐들어가 키 작은 녀석을 들이덮치자고. 사악한 머리카락을 당장 불태울 수 있는 불꽃은 홀의 촛대에 넉넉히 있을 테니까."

두 친구가 이야기를 더 주고받으며 많은 계획을 약속했을 즈음, 파비안이 기쁨에 환해진 얼굴로 돌아왔다.

"코트의 능력이," 이렇게 말했다. "거북이 모양의 통에서 솟아나온 코트의 능력이 훌륭하게 입증되었어. 내가 학장실에 들어가자마자, 학장은 만족하여 미소 지었어. '허,' 나에게 이렇게 말했지. '허! ─ 친애하는 파비안, 자네가 희한한 잘못된 길에서 되돌아왔다는 것을 알겠군! ─ 자! 자네 같은 열혈한은 극단에 휩쓸리기 쉽지! ─ 자네의 행동을 종교적 광신으로 생각한 적이 나는 한번도 없네 ─ 그보다는 애국심을 잘못 이해하거나 ─ 고대 영웅을 본받아 비범한 일을 하고 싶은 성향 때문이었겠지. ─ 그래, 이건 받아들이겠네, 이렇게 아름답고 잘 맞는 코트라니! ─ 도량 넓은 젊은이가 이렇게 잘 맞는 소매와 뒷자락이 달린 이런 코트를 입으면 국가에 행운이요, 세계에 행운이네. 변함없이, 파비안, 변함없이 이러한 덕성, 이러한 착실한 신념을 지키게, 거기서 진실한 영웅의 위대함이 싹트는 법이니!' 학장은 두 눈에 눈물을 반짝이며 다가와 나를 껴안았어. 코트가 솟아 나왔던 거북이 모양의 작은 통을 나는 이 코트 호주머니에 넣어두었는데, 나 자신도 영문을 모르게 이 통을 꺼냈어. '실례하겠네,' 학장은 엄지손가락과 집게손가락 끝을 모으며 말했지. 연초가 안에 들어 있는지 알지도 못하면서 나는 통을 열었어. 학장이 손가락을 집어넣고 연초를 들이마시더니, 내 손을 붙잡고 힘껏 악수하며 두 뺨에 눈물을 흘리더군. 그러고는 깊이 감동하여 이렇게 말했어. '고결한 젊은이! ─ 훌륭한 코담배일세! ─ 나는 모든 것을 용서했고, 다 잊었네. 오늘 오후에 우리 집에서 식사하세!' 알겠지, 친구들, 내 모든 고통은 끝났어. 오늘 우리가 치노버의 마술을 깨뜨리지 못할 리가 없을 텐데, 그러면 너희도 앞으로 행복해질 거야!"

수백개의 촛불로 밝혀진 홀에 키 작은 치노버는 진홍색으로 수놓은 코트에 스무 단추 녹색 반점 맹호 훈장 어깨띠를 두른 차림으로 옆구리에 긴 칼을 차고, 겨드랑이에 깃털 모자를 끼고 있었다. 그 옆에는 어여쁜 칸디다가 신부 화장을 한 모습으로 아름다움과 젊음을 환하게 빛내고 있었다. 치노버는 칸디다의 손을 잡아 이따금 입에 갖다 대면서 역겹게 히죽거리고 미소 지었다. 그럴 때마다 칸디다는 두 볼에 발그레 홍조를 띠고, 마음속 깊은 사랑이 어린 눈길로 키 작은 사내를 건너보았다. 이는 자못 오싹한 광경이었지만, 치노버의 마술이 모두를 눈멀게 한 탓에 칸디다가 비열하게 주술에 빠져 있어도 이에 분노하며 키 작은 주술사를 붙들어 벽난로 불에 집어 던질 생각을 아무도 하지 않았다. 하객들은 예의 바르게 거리를 두고 원을 이루며 신랑 신부 주위에 모여들었다. 바르자누프 제후만이 칸디다 옆에 서서 그윽하고 자비로운 눈길을 주위에 던지려 애쓰고 있었지만 아무도 이를 거들떠보지 않았다. 다들 신랑 신부에게 눈길을 모은 채 치노버의 입술만 바라보았고, 치노버가 이해할 수 없는 몇마디를 이따금 그르렁거릴 때마다 하객들은 더없이 경탄하며 나직이 아! 소리를 터뜨렸다.

약혼반지를 교환하는 차례가 되었다. 모슈 테르핀이 번쩍이는 반지들이 놓인 쟁반을 들고 원 안으로 들어와 목청을 가다듬었다 ─ 치노버는 발끝으로 되도록 높이 발돋움하여, 약혼녀의 팔꿈치에 거의 닿도록 키를 높였다. ─ 다들 호기심에 가득 차 있을 때 ─ 느닷없이 낯선 목소리가 들리더니 홀 문이 활짝 열리고 발타자어가 쳐들어온다, 풀허와 ─ 파비안과 함께! ─ 이들은 원을 헤집고 들어온다 "뭐야, 이 낯선 사람들은 뭘 원하는 거야!" 다들 뒤죽박죽되어 소리친다.

바르자누프 제후는 깜짝 놀라 "폭동이다 ─ 반란이다 ─ 근위병!"이라 외치고 벽난로 열 가리개 뒤로 뛰어든다. ─ 모슈 테르핀은 치노버의 코앞까지 밀고 들어온 게 발타자어인 것을 알아보고 소리친다. "학생! ─ 자네 미쳤는가 ─ 제정신인가? ─ 어떻게 감히 여기 약혼식에 쳐들어올 수 있는가! ─ 여러분 ─ 하객 ─ 하인, 저 무뢰한을 문밖으로 쫓아내시오!"

하지만 발타자어는 어떤 일에도 전혀 신경 쓰지 않고, 프로스퍼에게 받은 손잡이 안경을 꺼내더니 이 안경으로 치노버의 머리를 뚫어지게 쏘아본다. 벼락에 맞기라도 한 듯 치노버가 고양이처럼 째지게 울어젖히자 온 홀이 떠나갈 듯하다. 칸디다는 기절하여 의자에 쓰러지고, 좁은 원을 이루고 있던 하객들이 뿔뿔이 흩어진다. — 불꽃색으로 빛나는 머리카락 줄이 눈앞에 뚜렷이 보이자 발타자어는 치노버에게 달려들어 — 꽉 붙들고, 치노버는 가는 다리를 버둥거리고 몸부림치며 할퀴고 물어뜯는다.

"움켜잡아 — 움켜잡아!" 발타자어가 소리친다. 그러자 파비안과 풀허가 키 작은 사내를 붙잡아 꼼짝달싹 못 하게 하고, 발타자어는 붉은색 머리카락을 단단히 조심스레 붙잡아 한번에 잡아 뽑아 벽난로로 뛰어가 불에 던진다. 머리카락이 탁탁 불타오르더니 엄청나게 크게 쾅 소리가 울리고, 다들 꿈에서라도 깨어난 듯하다. — 키 작은 치노버는 바닥에서 힘들게 몸을 일으켜 세우고, 욕하고, 꾸짖고, 이렇게 명령한다. 국가 수석 대신을 맡은 더없이 성스러운 인물을 폭행한 뻔뻔스러운 난동꾼을 즉각 붙들어 감옥에 깊숙이 처넣으라. 하지만 하객들은 서로서로 묻는다. "키 작은 원숭이 같은 녀석이 어디서 난데없이 나타난 거야? — 이 키 작은 요괴는 무엇을 원하는 거야?" 엄지 난쟁이가 쉬지 않고 날뛰고 가는 다리로 바닥을 구르며 "나는 치노버 대신이다 — 나는 치노버 대신이야 — 스무 단추 녹색 반점 맹호 훈장이 보이지 않느냐!"라고 간간이 계속해서 소리치자, 다들 미친 듯 웃음을 터뜨린다. 모두 키 작은 사내를 에워싸고, 사내들은 치노버를 들어 올려 공놀이하듯 서로에게 던진다. 훈장 단추가 하나씩 하나씩 몸에서 떨어지고 — 모자도 — 긴 칼도, 신발도 없어진다. — 바르자누프 제후는 벽난로 열 가리개 뒤에서 나와 소동 한가운데로 들어온다. 그러자 키 작은 사내가 칼칼하게 소리친다. "바르자누프 제후 —— 전하 —— 전하의 대신 —— 전하의 총신을 구해주십시오! —— 살려주십시오 —— 살려주십시오 —— 국가가 위기에 처해 있습니다 —— 녹색 반점 맹호가 —— 이럴 수가 —— 이럴 수가!" 제후는 키 작은 사내에게 사나운 눈길을 던지고 문 쪽으로 급하게 걸음을 옮긴다. 모슈 테르핀이 길을 막자, 제후는 교수를 붙잡아 구석으로 끌고 가더니 노여움에 번득이는 눈으로 말한다. "그대는 무엄하게도 제후에게, 이 나라의 주인에게 시답잖은 희극을 보여주려 하는가? —— 그대의 딸과 나의 고귀한 대신 치노버의 약혼에 나를 초대하였는데, 내 대신은커녕 그대가 빛나는 옷으로 둘러싸놓은 역겨운 기형아만 여기서 보았도다. —— 교수, 알아두라, 이것은 나라에 반역하는 익살극이도다. 그대가 정신병원에나 가야 할 매우 어리석은 얼뜨기만 아니라면, 나는 이런 짓을 엄격히 처벌할 터인데. —— 그대를 자연부 총무처장 직위에서 해임하니 내 곳간에서 하던 모든 연구를 이제 중단하기 바라노라! —— 잘 있으라!"

그러고선 급히 떠나갔다.

하지만 모슈 테르핀은 분노에 바들거리며 키 작은 사내에게 뛰어가 길고 푸수수한 머리털을 붙잡더니 치노버를 데리고 창문 쪽으로 달려갔다. "떨어져버려!" 교수는 이렇게 외쳤다. "떨어져버려, 파렴치하고 비열한 기형아 같으니. 나를 이렇게 수치스럽게 속여넘기고, 내 인생의 모든 행복을 앗아가다니!"

키 작은 사내를 열린 창문 아래로 밀어버리려 했으나, 그 자리에 있던 동물 전시실 관리인이 번개처럼 뛰어들더니 키 작은 사내를 붙잡아 모슈 테르핀의 손아귀에서 낚아챘다. "멈추세요." 관리인이 말했다. "멈추세요, 교수님, 제후의 재산에 손대지 마세요. 이건 기형아가 아니라 박물관에서 도망 나온 미케테스 베엘제부브, 시미아 베엘제부브랍니다." "시미아 베엘제부브 — 시미아 베엘제부브!" 떠나갈 듯한 웃음 가운데 사방에서 이런 소리가 울려 퍼졌다. 하지만 관리인은 키 작은 사내를 팔에 안고 눈여겨보자마자 짜증내며 소리 질렀다. "아니, 이게 뭐야! — 이건 시미아 베엘제부브가 아니라, 막되고 흉측한 뿌리 난쟁이야! 웩! — 웩……"

그러면서 키 작은 사내를 홀 한가운데로 던졌다. 하객들이 큰 소리로 조소를 터뜨리는 가운데 키 작은 사내는 끽끽거리고 크르렁대며 문을 지나 층계 아래로 달려 내려가 — 자신의 하인 누구에게도 눈치채이지 않고 집으로 떠나갔다.

이 모든 일이 홀에서 벌어지는 동안 발타자어는 전시실로 들어갔다. 기절한 칸디다가 그리로 실려 가는 것을 보았기 때문이다. 칸디다의 발치에 엎드려 두 손을 자신의 입술에 가져다 대고 더없이 달콤한 애칭을 다 동원해 연인을 불렀다. 마침내 칸디다가 길게 한숨을 쉬며 깨어나더니 발타자어를 바라보고 매우 기뻐하며 소리쳤다.

"드디어 왔군요 — 드디어, 나의 사랑하는 발타자어! 아, 저는 그리움과 사랑의 고통에 거의 죽을 뻔했어요! — 언제나 나에게는 나이팅게일의 노랫소리가 울려 퍼지고, 이에 감동하여 진홍색 장미는 가슴에서 피를 쏟아내지요."

이제 칸디다는 모든 일을, 주위의 모든 일을 잊고 이렇게 이야기했다. 사악하고 역겨운 꿈에 내가 빠져들었어요. 흉측한 요괴가 내 가슴에 달라붙었고, 달리 방도가 없으므로 이 요괴에게 사랑을 베풀어야 할 듯 생각되었어요. 요괴는 변장에 능해 발타자어 당신처럼 보였어요. 당신을 사뭇 생생하게 떠올릴 때마다, 요괴가 발타자어 당신이 아닌 줄 알면서도 바로 당신을 위해서 요괴를 사랑해야만 할 듯한 느낌이 다시 영문 모르게 들었어요.

발타자어는 그러잖아도 흥분한 칸디다의 마음을 온통 혼란에 빠뜨리지 않도록 조심하며, 될 수 있는 대로 많은 일을 설명해주었다. 그런 뒤 사랑하는 연인 사이에서 늘 그러기 마련이듯, 영원한 사랑과 믿음을 수천번 약속하고 수천번 다짐했다. 그렇게 두 사람은 서로 얼싸안고, 마음속 깊은 애정을 다해 열렬히 가슴에 끌어안고, 가장 높은 천상의 온갖 희열과 갖은 환희에 감싸여 있었다.

모슈 테르핀이 두 손을 마주 비비고 한탄하며 안으로 들어오자 풀허와 파비안도 따라오며 쉬지 않고 교수를 위로했지만 아무 소용 없었다.

"아니야!" 모슈 테르핀이 소리쳤다. "아니야, 나는 결딴난 인간이야! ─ 정부의 자연부 총무처장도 아니지. ─ 제후의 곳간에서 연구도 못하지 ─ 제후의 진노를 샀지 ─ 적어도 다섯 단추 녹색 반점 맹호 훈장에 빛나는 기사가 되려고 생각했는데. ─ 다 끝났어! ─ 고귀한 치노버 대신 각하가 뭐라고 말하겠나, 내가 막된 기형아, 시미아 베엘제부브 카우다 프레헨실리[85]니, 이따위 것을 각하로 착각했다는 말을 들으면 말이야! ─ 맙소사, 각하에게도 미운 털이 박힐 거야! ─ 알리깐떼를! ─ 알리깐떼를!"

"하지만 친애하는 교수님," 친구들이 이렇게 위로했다. "존경하는 총무처장님, 치노버 대신은 이제 없다는 데 유념하십시오! ─ 교수님은 전혀 잘못 생각하지 않았습니다. 기형아 작다리가 로자벨베르데 요정에게 얻은 마법으로 교수님뿐 아니라 우리 모두를

---

85 (라틴어) Simia Belzebub cauda prehensili. '꼬리 감는 베엘제부브 원숭이'라는 뜻.

속인 겁니다!"

이제 발타자어는 지금까지 일어났던 모든 일을 처음부터 이야기했다. 교수는 귀 기울이고 귀담아듣더니, 발타자어가 이야기를 마치자 이렇게 소리쳤다. "꿈이야 ─ 생시야! ─ 마녀라니 ─ 마법사라니 ─ 요정이라니 ─ 마술 거울이라니 ─ 교감交感이라니 ─ 이런 허튼소리를 믿으라고……"

"아, 친애하는 교수님," 파비안이 말허리를 잘랐다. "교수님이 저처럼 소매가 짧고 뒷자락이 긴 코트를 잠시만 입는다면 이 모든 것을 당장 믿고 기쁨을 누리게 될 것입니다!"

"그래," 모슈 테르핀이 소리쳤다. "그래, 그렇고말고 ─ 그래! ─ 주술 부리는 요괴가 나를 속였어 ─ 나는 발을 딛고 서 있는 게 아냐 ─ 지붕으로 떠오르지 ─ 프로스퍼 알파누스가 나를 데리러 오고 ─ 나는 나비를 타고 달려 나가고 ─ 로자벨베르데 요정이 ─ 로젠쇤 수녀가 내 머리를 빗겨주고, 나는 대신이 ─ 왕이 ─ 황제가 될 거야!"

그러면서 방 안을 빙글빙글 뛰어다니며 외치고 환호하자 다들 교수가 제정신인지 염려했다. 마침내 교수는 기진맥진하여 안락의자에 쓰러졌다. 칸디다와 발타자어가 교수에게 다가왔다. 자신들이 얼마나 마음속 깊이 그 무엇보다도 서로를 사랑하며 서로 없이는 살 수 없는지 말했고, 이 말이 사뭇 서글프게 들린 까닭에 모슈 테르핀은 정말 글썽글썽 눈물지었다. "모든 걸," 교수는 흐느끼며 이렇게 말했다. "모든 걸 너희 바라는 대로 해라, 아이들아! ─ 결혼해라, 서로 사랑해라 ─ 함께 굶주리겠지, 나는 칸디다에게 줄 지참금이 한푼도 없으니……"

염려 마세요, 발타자어가 미소 지으며 이렇게 말했다, 굶주리는 일은 결코 없을 것임을 내일 교수님께 확신시켜드릴 수 있을 것입니다, 프로스퍼 알파누스 백부께서 저를 위해 충분히 손써놓았으니까요.

"그렇게 하게나," 교수가 힘 빠진 목소리로 말했다. "그럴 수 있다면 그렇게 하게나, 친애하는 사위. 하지만 내일 다시 오게. 내가 미치지 않으려면, 내 머리가 터지지 않으려면 곧바로 침실에 가야겠으니!"

교수는 정말 당장 떠나갔다.

9장

치노버 대신의 마차는 밤을 거의 꼬박 새워 모슈 테르핀 교수 집 앞에서 대신을 기다렸지만 아무 소용 없었다. 하객들은 마부에게 각하는 틀림없이 이미 오래전에 피로연을 떠났을 거라고 거듭하여 장담했지만, 마부는 그럴 리는 전혀 없다고, 각하가 비바람을 뚫고 걸어서 집으로 달려가지는 않았을 거라고 대답했다. 마침내 모든 촛불이 꺼지고 문이 닫히자 마부는 빈 마차를 끌고 떠나와야 했고, 대신의 집에 들어오자마자 종자를 깨워 대신이 도대체 어떻게 집에 왔느냐고 물었다. "각하께서," 종자가 마부에게 귀엣말로 나직이 대답했다. "각하께서 어제 늦저녁에 도착한 것은 확실히 맞아요 — 침실에 들어가 주무시고 계세요. — 하지만! — 오 나의 친애하는 마부! — 어떻게 — 어떤 몰골로 왔는지! — 모든 것을 속속들이 이야기해주겠어요 — 하지만 입 밖에 내면 안 돼요 — 내가 깜깜한 복도에 있었다는 것을 각하께서 아시면 나는 끝장이에요! ─ 해고될 거예요. 각하는 키가 작기는 하지만 몹시 사납고 쉽게 흥분하고 화가 치밀면 제정신이 아니니까요. 어제만 해도 막된 생쥐가 방자하게도 각하의 침실을 가로질러 뛰어가려 하자 번쩍이는 긴 칼을 빼 들고 끝까지 쫓아갔다니까요. ─ 그건 그렇고! ─ 저녁에 내가 반코트를 걸치고 트릭 트랙[86]을 한판 하러 포도주 주점으로 아주 슬그머니 빠져나가려던 참이었어요. 그때 층계에서 무언가 벅벅 질질 나에게 다가오더니 깜깜한 복도에서 내 다리 사이를 지나 바닥에 절퍼덕 쓰러지며 째지게 고양이처럼 울어젖혔어요. 그러고선 꿀꿀거렸고요, 그러니까 ─ 맙소사 ─ 마부! ─ 입 밖에 내면 안 돼요, 고결한 양반, 그러면 나는 날아가요! ─ 이리 가까이 다가오세요 ─ 그러고선 꿀꿀거렸어요. 그러니까 주방장이 송아지 다리를 태우거나 그밖에 나랏일 마음에 들지 않으면 우리 자비로운 각하께서 꿀꿀거리곤 했듯 말이에요."

종자는 손나팔로 입을 가리고 마부의 귀에 마지막 말을 속삭였다. 마부는 흠칫 뒤로 물러서서 미심쩍은 표정으로 소리쳤다. "그럴 리가!"

"그래요," 종자가 말을 이었다. "복도에서 내 다리 사이로 지나간 것은 의심할 바 없이 우리 자비로운 각하였어요. 자비로운 각하께서 방을 지날 때마다 의자를 끌어와 한 방씩 문을 열고 마침내 침실로 들어가는 소리가 이제 똑똑히 들렸어요. 뒤따라갈 엄두를 내지는 못했지만, 몇시간 지나지 않아 침실 문 가까이 살금살금 다가가 귀 기울였지요. 친애하는 각하께서는 중대한 사안을 추진할 때 늘 그렇듯 안에서 드르렁거리고 있었어요. ─ 마부! '하늘과 땅

86 주사위를 던져서 하는 보드게임의 일종.

에는 우리의 지혜로 상상할 수 있는 것보다 더 많은 일이 있다네.' 이런 대사를 우울증에 젖은 왕자가 말하는 것을 언젠가 연극에서 들은 적이 있어요. 왕자는 검은 상복을 입고 다니고, 잿빛 판지로 몸을 뒤덮은 사내를 매우 두려워했지요.[87] ─ 마부! ─ 어제 무언가 놀라운 일이 일어나 각하께서 집으로 달려오신 거예요. 제후께서 교수 집에 왕림하셔서 아마도 이런저런 생각을 말씀하셨을 거예요 ─ 몇가지 근사한 개혁안 따위를요 ─ 그러자 대신께서 곧바로 이 문제에 파고드신 거예요. 약혼식장에서 달려 나와, 국가의 안녕을 위한 작업에 착수하고 계신 거예요. ─ 드르렁거리는 데서 이 사실을 바로 알 수 있지요. 중대하고 획기적인 일이 일어날 거예요! ─ 오, 마부 ─ 어쩌면 우리는 모두 길든 짧든 다시 변발[88]을 길러야 할지도 모르지요! ─ 하지만 소중한 친구여, 아래로 내려가 충직한 하인의 의무를 다하여 문에서 엿들어보자고요. 각하께서 아직 편안히 침대에 누워 마음속 생각을 가다듬고 계시는지."

종자와 마부 두 사람은 문으로 살금살금 다가가 귀 기울였다. 치노버가 드르렁대고 쿨쿨거리고 푸푸거리는 더없이 기이한 소리가 들렸다. 두 하인은 경외심에 말없이 서 있다가 종자가 감동하여 말했다. "우리 자비로운 대신께서는 위대한 인물이세요."

----

87 셰익스피어의 『햄릿』 1막 5장의 내용이다. 우울증에 걸려 검은 상복을 입고 다니는 왕자란 햄릿을, 잿빛 판지로 몸을 뒤덮은 사내란 갑옷으로 완전무장 하고 나타난 햄릿 아버지의 유령을 가리킨다. 햄릿이 마셀러스와 호레이쇼에게 유령을 본 사실을 말하지 않겠다고 맹세하라고 하자, 유령도 땅속에서 맹세하라고 다그친다. 이를 듣고 신기해하는 호레이쇼에게 햄릿은 "하늘과 땅에는, 호레이쇼, 우리네 철학으로는 꿈도 꾸지 못하는 일들이 많다네"라고 말한다.

88 프랑스대혁명 이후 구체제의 유물로 여겨졌던 프로이센군의 변발을 가리킨다. 1817년 바르트부르크 축제에서는 변발한 타래가 프로이센의 억압의 상징으로 불에 던져졌다.

꼭두새벽부터 대신의 집 아래층에서 떠들썩한 소동이 일었다. 한 농사꾼 노파가 오래되어 빛바랜 나들이옷을 꾀죄하게 차려입고 집 안에 들이닥쳐 자기 아들 키 작은 차혜스에게 곧장 데려다달라고 수위에게 성화 부렸다. 수위는 이렇게 일러주었다. 이 집에는 스무 단추 녹색 반점 맹호 훈장 기사인 치노버 대신 각하가 살고, 하인 가운데 키 작은 차혜스라는 이름을 가지거나 가졌던 자는 아무도 없소. 그러자 노파는 미친 듯 마구 외쳤다. 스무 단추 훈장 대신 치노버가 내 사랑하는 아들, 키 작은 차혜스예요. 노파가 외쳐대고 수위가 떠나갈 듯 욕설하는 소리에 온 집 안에서 하인들이 모여들었고 소란은 갈수록 커졌다. 각하의 아침 휴식을 이렇게 뻔뻔스럽게 방해하는 두 소란꾼을 떼어놓으려 종자가 내려왔을 때, 하인들은 다들 노파를 미쳤다고 여기고 집 밖으로 쫓아냈다.

이제 노파는 맞은편 집의 돌계단에 주저앉아 흐느끼며 한탄했다. 저 안에 있는 막돼먹은 하인들이 마음 깊이 사랑하는 내 아들, 대신으로 출세한 키 작은 차혜스에게 나를 들여보내주지 않아. 수많은 구경꾼이 노파 둘레에 차츰차츰 모여들었고, 노파는 이들에게 되풀이하여 말했다. 치노버 대신은 다름 아니라 어릴 적 키 작은 차혜스라고 불리던 내 아들이에요. 마침내 구경꾼들은 노파를 미쳤다고 여겨야 할지, 아니면 그 말이 정말 근거 있다고 생각해야 할지 가늠할 수 없었다.

노파는 치노버의 창문에서 눈을 떼지 않았다. 느닷없이 깔깔깔 웃음을 터뜨리고 손뼉 치며 큰 소리로 환호했다. "저기 있구나 ― 저기 있어, 내 마음 깊이 사랑하는 아들 ― 내 키 작은 꼬마 요괴 ― 안녕, 키 작은 차혜스! ― 안녕, 키 작은 차혜스!" 구경꾼 모두가 쳐다보니, 키 작은 차혜스가 눈에 띄었다. 차혜스는 수놓은 진홍색 코트 차림에 녹색 반점 맹호 훈장 어깨띠를 바닥까지 늘어지게 두르고 창문 앞에 서 있었는데, 온몸의 몸매가 커다란 유리창에 똑똑히 비쳤다. 그러자 구경꾼들은 자못 배꼽 잡고 웃어대며 왁자지껄 외쳤다. "키 작은 차헤스 — 키 작은 차헤스! 와, 잘 차려입은 키 작은 원숭이 좀 봐 — 기막힌 기형아 — 뿌리 난쟁이 — 키 작은 차헤스! 키 작은 차헤스!" 구경꾼들이 도대체 무엇 때문에 배꼽 잡고 웃어대고 환호하는지 보려고 수위와 치노버의 하인 모두가 달려 나왔다. 하지만 주인 나리를 보자마자, 구경꾼들보다 더 미친 듯 웃음을 터뜨리며 더 못되게 외쳐댔다. "키 작은 차헤스 — 키 작은 차헤스 — 뿌리 난쟁이 — 엄지 난쟁이 — 맨드레이크!"

대신은 거리에서 벌어지는 미친 소동이 다름 아니라 자신을 향한 것이라는 것을 이제야 알아챈 듯 보였다. 창문을 열어젖히고 노여움에 번득이는 눈으로 내려다보더니, 분노에 못 이겨 외치고 날뛰고 희한하게 껑충거리며 — 호위병과 — 경찰을 불러 — 감옥이나 성채에 가두겠다고 위협했다.

하지만 각하가 날뛰면 날뛸수록 소란과 웃음은 갈수록 커졌고, 구경꾼들이 돌 — 과일 — 채소, 그밖에 손에 잡히는 아무것이나 들고 불행한 대신에게 던지기 시작하는 바람에 — 대신은 안으로 숨어야 했다!

"하느님 맙소사!" 종자가 깜짝 놀라 소리쳤다. "자비로운 각하의 창문에서 저 키 작고 역겨운 요괴가 내다보았어 — 저게 뭐야? — 키 작은 주술사가 어떻게 방에 들어갔지?" — 그러면서 달음질쳐 올라갔지만, 전과 마찬가지로 대신의 침실 문은 단단히 잠겨 있었다. 종자는 나직이 두드려보았다! — 아무 대답이 없었다!

어찌 된 일인지 영문을 모르겠지만, 구경꾼들이 소리 죽여 이렇게 수군거리기 시작했다. 저 위에 사는 키 작고 우스꽝스러운 요괴는 정말 키 작은 차헤스야, 차헤스는 치노버라는 버젓한 이름을 달고 다니며 갖은 파렴치한 사기와 기만으로 출세한 거야. 목소리가 갈수록 커지고 커졌다. "키 작은 짐승을 끌어 내려라──끌어 내려라──키 작은 차헤스에게서 대신 정복을 벗겨라──감옥에 가두어라──시장에서 돈을 받고 구경시켜라──몸에 금박지를 붙여 아이들에게 장난감으로 주어라!──올라가자──올라가자!" 그러고선 구경꾼들은 집으로 몰려들었다.

종자는 절망에 가득 차 두 손을 마주 비볐다. "반란입니다──소요입니다──각하──문을 여십시오──피신하십시오!" 이렇게 외쳤지만 아무 대답 없이 나직이 끙끙거리는 소리만 들릴 뿐이었다.

집 문이 부서지고 구경꾼들은 사납게 웃으며 층계를 쿵쿵 걸어 올라왔다.

"목숨이 위태롭습니다." 종자가 이렇게 말하고 온 힘을 다해 침실 문으로 달려가 몸을 부딪치자, 문이 철그렁 쩔그럭 돌쩌귀에서 떨어져 나왔다.──각하도──치노버도 찾을 수 없었다!

"각하──자비로운 각하──반란이 난 게 들리지 않으십니까?──각하──자비로운 각하──하느님 제 불경을 용서하소서, 악마가 각하를 도대체 어디에 숨긴 거야? 각하, 어디에 계시나이까?"

종자는 몹시 절망하여 방마다 찾으며 외쳤다. 하지만 아무 대답도, 아무 소리도 없었고 대리석 벽에서 조롱하듯 메아리만 울렸다. 치노버는 가뭇없이, 소리 없이 사라졌다.──밖은 조용해져 있었다. 한 아낙네가 내리깔린 목소리로 구경꾼들에게 말을 건네는 소리를 듣고서 창문으로 내다보니, 구경꾼들이 서로 나직이 중얼거리고 창문 쪽으로 미심쩍은 눈길을 던지며 차츰차츰 집에서 떠나는 게 보였다.

"반란이 가라앉은 듯하군." 종자가 말했다. "이제 자비로운 각하께서 은신처에서 나오시겠지."

대신이 아마도 침실에 있으리라 짐작하며 종자는 그리로 돌아갔다.

사방을 샅샅이 둘러보니, 대신이 제후의 선물이라고 애지중지하여 항상 화장실 바로 옆에 세워놓았던 아름다운 순은제 요강 밖으로 매우 작고 가는 다리가 솟아나 있는 것이 보였다.

"맙소사 ─ 맙소사!" 종자는 놀라 외쳤다. "맙소사! ─ 맙소사! ─ 내가 전혀 잘못 본 게 아니라면, 저기 가는 다리는 치노버 대신 각하, 나의 자비로운 나리의 것이야!" 그리로 다가가 내려다보고는 놀라움에 온몸이 오싹하여 몸서리쳤다. "각하 ─ 각하 ─ 맙소사, 거기 아래 깊은 곳에서 무엇을 ─ 무엇을 하고 계십니까?"

하지만 치노버가 잠잠히 있었으므로 종자는 각하가 위험에 빠져 있으며 격식 따위를 차릴 때가 아님을 알아차렸다. 치노버의 가는 다리를 움켜잡고 ─ 뽑아 올렸다! ─ 아, 죽어 있었다 ─ 키 작은 각하는 죽어 있었다! 종자가 큰 소리로 울부짖기 시작하자 마부와 하인들이 득달같이 달려왔으며, 누군가 제후의 시의를 부르러 달려 나갔다. 그동안 종자는 깨끗한 수건으로 가엾고 불행한 나리의 몸에서 물기를 닦아낸 다음, 나리를 침대에 눕히고 비단 이불로 덮어 작고 쭈글쭈글해진 얼굴만 보이게 했다.

이제 로젠쇤 수녀도 안으로 들어왔다. 어떻게 그랬는지 도무지 모르겠지만, 수녀는 구경꾼들부터 진정시킨 뒤였다. 수녀는 세상을 떠난 치노버에게 걸어왔고, 키 작은 차헤스의 생모인 리제 노파가 뒤따라왔다. ─ 치노버는 아닌 게 아니라 살아생전 어느 때보다 죽어서 더 해사해 보였다. 작은 두 눈은 감겨 있었고, 코는 새하얬으며, 입은 잔잔한 미소를 머금어 살짝 실그러졌고, 특히 짙은 갈색의 더없이 아름다운 곱슬머리가 아래로 찰랑거렸다. 수녀가 키 작은 사내의 머리를 쓰다듬자, 순간 붉은색 줄이 은은한 광채로 빛났다.

"오!" 수녀는 기쁨에 두 눈을 반짝이며 소리쳤다. "오, 프로스퍼 알파누스! ── 위대한 명인, 당신 말대로 되었군요! ── 치노버는 비운을 맞이하여 갖은 치욕을 끼친 죗값을 치렀군요!"

"아," 리제 노파가 말했다. "아, 사랑하는 하느님, 이 사람은 제 키 작은 차헤스가 아닌 것 같아요, 이렇게 귀여운 모습이었던 적은 한번도 없었으니까요. 도시로 온 게 아무 부질 없는 짓이에요. 수녀님은 제게 올바르게 충고하지 않았어요."

"투덜거리지 마요, 노파." 수녀가 대답했다. "내 충고를 제대로 따르지 않았잖아요. 나보다 앞서 이 집에 들이닥치지 말라고 했는데, 그랬더라면 모든 게 훨씬 잘되었을 거예요. ── 다시 말하지만, 저기 죽어서 침대에 누워 있는 키 작은 사내는 당신 아들, 키 작은 차헤스가 확실히 맞아요!"

"그렇다면," 노파는 두 눈을 반짝이며 소리쳤다. "저기 있는 키 작은 각하가 정말 내 아이라면 여기 사방에 둘러서 있는 아름다운 물건 모두를, 저택 전체와 그 안의 가재 전부를 제가 상속받겠지요."

"아니요," 수녀가 말했다. "그건 모두 다 끝난 일이에요. 당신은 돈과 재산을 얻을 수 있는 때를 그만 놓쳤어요. ── 당신은, 내가 애초에 예언했듯, 당신은 재물복이 없는 걸 어쩌겠어요."

"그렇다면," 노파는 두 눈에 눈물이 그렁그렁하여 말을 이었다. "그렇다면 적어도 제 가엾은 키 작은 난쟁이를 앞치마에 담아 집으로 들고 가는 것은 괜찮겠지요? ── 우리 신부님은 예쁜 박제 새와 다람쥐를 수없이 가지고 계세요, 신부님께 제 키 작은 차헤스를 박제해달라고 하겠어요. 붉은색 코트에 넓은 어깨띠를 두르고 커다란 별 훈장을 가슴에 달고 저기 누워 있는 그대로, 아이를 장 위에 세워놓고 영원히 기억할 거예요!"

"그건," 수녀는 부아를 간신히 참으며 소리쳤다. "그건 정말 아둔한 생각이에요, 절대 안 될 말이에요!"

그러자 노파가 흐느끼고 탄식하고 한탄하기 시작했다. "도대체," 이렇게 말했다, "제 키 작은 차헤스가 드높은 지위와 엄청난 부귀를 얻은 게 제게 무슨 득이 되나요? ― 아이가 제 곁에 있었더라면, 제가 그저 가난하게 길렀더라면, 저 우라질 순은제 요강에 빠지지 않았을 테고, 아직 살아 있을 테고, 저는 아이에게서 기쁨과 행복을 누렸을 거예요. 제가 아이를 땔감 바구니에 담아 지고 다니면 행인들은 동정심이 일어 상당히 많은 동전을 던져주었을 거예요, 하지만 이제는……"

현관홀에서 발소리가 들리자 수녀는 노파를 내보내며 이렇게 일렀다. 아래로 내려가 문 앞에서 기다려요, 당신의 모든 곤경과 비참함을 단박에 끝낼 확실한 방법을 나가는 길에 알려주겠어요.

이제 로자벨베르데는 다시금 키 작은 사내에게 바싹 다가가 깊은 동정심에서 우러난 부드럽고 떨리는 목소리로 말했다.

"가엾은 차헤스! ― 자연의 의붓자식! ― 나는 항상 네가 잘되기를 바랐어! ― 내가 어리석었던 거지. 너에게 선사한 아름다운 겉모습이 네 마음속을 환하게 비추어, 이렇게 말해줄 목소리를 일깨울 것으로 생각했으니. '실제의 너는 사람들이 보는 너와 달라. 너는 몸도 성치 않고 깃털도 나지 않았으면서 다른 사람의 날개에 올라타 출세하고 있는 거야. 그러니 이 사람 못지않게 되려고 노력하라고!'—하지만 마음속 목소리는 깨어나지 않았어. 너의 게으르고 생기 없는 정신은 눈을 떠 일어나지 못했고, 너는 어리석고 막돼먹고 성깔 있는 짓을 그치지 않았어 — 아! — 네가 키 작은 왈패일지언정 터럭만큼만 덜 거칠었더라면 치욕스러운 죽음을 피했을 텐데! — 프로스퍼 알파누스가 손써놓은 덕택에, 너는 죽어서도 다시 해사해 보이는구나, 살아생전에 내 힘을 빌려 예쁘게 보였듯이 말이야. 작은 풍뎅이나 — 잽싼 생쥐나 날랜 다람쥐로 다시 태어난 너를 또 볼 수 있다면 얼마나 기쁠까! — 편히 잠들어라, 키 작은 차헤스!"

로자벨베르데가 방을 떠날 때, 제후의 시의가 종자와 더불어 안으로 들어왔다.

"맙소사," 시의는 죽은 치노버를 보고 아무 소생술도 소용없으리라 확신하며 이렇게 말했다. "맙소사, 종자, 이게 어찌 된 일이오?"

"아," 종자가 대답했다. "아, 시의님, 반란 아니면 혁명으로, 뭐라고 부르든 그게 그거지만요, 저 밖 현관홀에서 끔찍한 광란과 소요가 일었어요. 각하께서는 목숨을 잃을까 두려워 틀림없이 화장실로 피신하려다 미끄러져 그만……"

"그러니까," 시의는 감동하여 엄숙하게 말했다. "대신은 죽음이 두려워 죽기까지 한 것이군![89]"

문이 벌컥 열리더니 바르자누프 제후가 창백한 얼굴로 달려 들어왔고, 더 창백한 얼굴의 시종 일곱이 뒤따라왔다.

"그게 사실인가, 그게 사실인가?" 제후는 소리치다가 키 작은 시

---

[89] 독일 낭만주의 작가 프리드리히 슐레겔의 비극 『알라코스』(Alarcos, 1802)에 나오는 표현으로, 바이마르에서 초연할 때 이 대목에 관객이 크게 웃음을 터뜨리자 괴테는 못마땅하게 생각했다.

신을 보자마자 놀라 뒤로 물러서더니 두 눈을 하늘로 향하고 한없이 고통스러운 표정으로 말했다. "오, 치노버!" ── 시종 일곱이 제후를 따라 소리쳤다. "오, 치노버!" 그러고서 제후가 하는 대로 호주머니에서 손수건을 꺼내 눈에 가져다 댔다.

"이런 손실이," 잠시 뒤 제후가 소리 없이 흐느끼기 시작했다. "국가에 이런 만회할 수 없는 손실이! ── 스무 단추 녹색 반점 훈장을 나의 치노버만큼 그렇게 품위 있게 달고 다닐 자를 어디서 찾는다는 말인가? ── 시의, 그대는 이 인물을 죽게 하면 안 되노라! ── 말해보라 ── 어떻게 된 것인지, 어떻게 이런 일이 일어날 수 있는지 ── 무엇이 원인인지 ── 이 뛰어난 자가 왜 죽었는지!"

시의는 키 작은 사내를 매우 주의 깊게 살펴보고, 맥박이 뛰던 이곳저곳을 진맥하고, 머리를 쓰다듬고, 목청을 가다듬은 뒤 말을 꺼냈다. "자비로운 전하, 제가 수박 겉핥기식으로 설명해도 된다면, 대신은 숨이 완전히 멎은 탓에 죽었으며 숨이 멎은 것은 숨을 들이쉴 수 없었기 때문이고 숨 쉴 수 없었던 것은 대신이 오줌에, 체액에 뛰어들었던 까닭이라 아뢸 수 있습니다. 대신은 이렇게 유머러스하게 죽었다고 아뢸 수 있겠지만,[90] 저는 이렇게 겉만 건드리는 것을 싫어하며, 이 모든 것을 알량한 신체적 원리로 설명하려는 성향을 멀리합니다. 어떤 일의 자연스럽고 뒤바꿀 수 없는 원인이란 오로지 심리적 영역에만 있는 법이니까요. ── 자비로운 제후전하, 솔직하게 아뢰게 해주십시오! ── 대신에게 죽음의 첫 싹이 움튼 것은 바로 스무 단추 녹색 반점 훈장 때문이었습니다."

"뭐?" 제후는 노여움에 이글이글 번득이는 눈으로 시의를 노려

---

90 독일어 Humor에는 '체액'과 '유머'라는 두가지 의미가 있다. '체액'(Humor)에 뛰어들었으므로 '유머러스하게'(humoristisch) 죽었다는 주장이다.

보며 소리쳤다. "뭐라고? ── 무슨 말을 하는 건가? ── 고인이 국가의 안녕을 위해 그렇게 우아하고 그렇게 품위 있게 달고 다니던 스무 단추 녹색 반점 맹호 훈장이? ── 그게 고인의 사망 원인이라고? ── 그걸 나에게 증명해보라, 그러지 않으면 ── 시종들이여, 그대들은 어떻게 생각하는가?"

"시의는 증명해야 하옵니다, 시의는 증명해야 하옵니다, 증명해야 하옵니다, 그러지 않으면……" 시종 일곱이 창백한 얼굴로 소리치자 시의는 말을 이었다.

"경애하옵고 자비로운 제후 전하, 제가 증명하겠사오니 그러지 않으면이라는 말씀은 거두어주십시오! ── 이 일은 이렇게 서로 관련되어 있습니다. 어깨띠에 달린 무거운 훈장, 특히 등의 단추가 등뼈의 신경절에 악영향을 끼쳤습니다.[91] 아울러 별 훈장은 횡격막과 위 창자간막 동맥 사이의 신경절과 신경섬유로 이루어진 기관을 짓눌렀습니다. 이는 복강 신경얼기라고 불리며, 신경얼기란 미로같이 얽힌 조직에서 가장 눈에 띄는 기관이지요. 이 두드러진 기관은 뇌신경계와 매우 긴밀한 관계를 맺고 있으며, 신경절이 내리눌리면 뇌신경계에도 해로운 것은 두말할 나위도 없습니다. 그런데 뇌신경계가 원활히 전달해야 모든 신호가 한 초점에 완벽하게 집중되어 표현됨으로써 의식이, 인격이 생겨날 것 아닙니까? 생명 작용이란 신경절계와 뇌신경계, 이 두 영역의 활동이 아닙니까? ── 자! 각설하고요, 이렇게 신경절이 내리눌리는 바람에 심리적 유기체의 기능에 장애가 일어났습니다. 먼저, 고통스럽게 훈장을 달고 다님으로써 아무 인정도 받지 못한 채 국가에 헌신한다는 음울한

---

91 육체와 영혼의 상호관계에 대한 당시 의학계의 연구에 호프만은 깊은 관심을 보였다.

생각 따위가 들었으며, 상태는 갈수록 악화하더니, 신경절계와 뇌신경계가 철저히 부조화에 빠진 나머지 마침내 의식이 완전히 정지하고 인격을 완전히 포기하기에 이르렀습니다. 이러한 상태를 우리는 **죽음**이라 일컫습니다. ── 그렇습니다, 자비로운 전하! ── 대신은 인격을 포기했으므로, 액운의 요강에 뛰어들었을 때 이미 완전히 죽어 있었습니다. ── 그러므로 신체적 원인이 아니라 한없이 깊은 심리적 원인이 대신의 죽음을 부른 것입니다."

"시의," 제후는 짜증 내며 말했다. "시의, 그대는 반시간 내내 지껄이고 있지만, 내가 한마디라도 알아들은 게 있다면 나는 천벌 받을 것이노라. 신체적이니 심리적이니 하는 게 무슨 말인가?"

"신체적 원리는," 시의가 다시 입을 열었다. "순수한 생장 활동에, 반면 심리적 원리는 인간 유기체에 영향을 미칩니다. 인간 유기체는 정신에서만, 사고력에서만 생존의 추진력을 얻으니까요."

"여전히," 제후가 더없이 짜증 내며 소리쳤다. "여전히 나는 그대를 이해하지 못하겠노라, 윤뚝뚝이여!"

"제 말은," 의사가 말했다. "제 말은, 전하, 신체적 원리는 식물에서 그러하듯 사고력 없이 순수한 생장 활동에만 적용되지만, 심리적 원리는 사고력과 관련된다는 것입니다. 사고력이 이렇게 인간 유기체의 현저한 특징이므로 의사는 사고력부터, 정신부터 진료해야 하며, 육체는 정신이 명령을 내리자마자 이에 순종해야 하는 하인으로 여기면 됩니다."

"오호!" 제후가 소리쳤다. "오호, 시의, 그 이야기는 그만하라. ── 내 육체나 치료하라, 내 정신은 성가시게 하지 말고. 나는 정신이 불편하다고 느낀 적이 한번도 없으니. 도대체, 시의, 그대는 종잡을 수 없는 소리만 늘어놓는구나. 내가 대신의 시신 옆에 서서 가슴이 미어지고 있지 않았다면, 나는 그대부터 해고했을 터이노라! —자, 시종들이여! 여기 고인의 관 안치대에서 눈물을 약간 흘린 뒤 식사하러 가자."

제후는 손수건을 눈에 가져다 대고 흐느꼈고, 시종들도 똑같이 따라 한 뒤 모두 떠나갔다. 리제 노파가 보기 드물게 아름다운 황금색 양파 몇줄을 팔에 들고 문 앞에 서 있었다. 제후의 눈길이 때마침 양파에 떨어졌다. 제후는 걸음을 멈추었다. 고통이 사라진 얼굴에 온화하고 자비로운 미소를 띠우며 이렇게 말했다. "평생 이렇게 아름다운 양파는 본 적이 없도다. 이 양파는 틀림없이 맛이 더없이 훌륭할 것이노라. 이 물건은 파는 건가, 친애하는 노파?"

"그러하옵니다," 리제는 무릎을 깊이 굽혀 절하며 대답했다. "그러하옵니다, 자비로운 전하, 양파를 팔아 입에 풀칠하며 근근이 살아가고 있습니다! —양파는 진짜 꿀처럼 달콤합니다. 드셔보시겠습니까, 자비로운 전하?"

그러면서 가장 탐스럽고 윤기 나는 양파 한줄을 제후에게 건네주었다. 제후는 양파를 받아 들고 입맛을 다신 뒤 이렇게 소리쳤다. "시종들! 누가 주머니칼이 있거든 나에게 건네달라." 칼을 받자 양파 껍질을 정갈히 깔끔히 벗겨 속을 살짝 맛보았다.

"이렇게 맛있을 수가, 이렇게 달콤할 수가, 이렇게 향긋할 수가, 이렇게 홧홧할 수가!" 제후는 환희에 두 눈을 번쩍이며 소리쳤다. "고인이 된 치노버가 내 앞에 서서 나에게 손짓하며 이렇게 속삭이는 듯 느껴지는구나. '사세요—이 양파를 드세요, 제후 전하—국가의 안녕을 위해 필요합니다!'" 제후는 금화 몇닢을 리제 노파 손에 쥐여주었고, 시종들도 양파를 줄줄이 남김없이 호주머니에 밀어 넣어야 했다. 그뿐이 아니었다! —오로지 리제만이 제후의 아침식사에 양파를 진상하게 하라고 명령했다. 이리하여 치노버의 생모는 부자는 되지 못했지만 모든 곤경과 비참에서 벗어났으니, 마음씨 착한 로자벨베르데 요정이 이렇게 되도록 노파를 도운 것이 확실했다.

치노버 대신의 영결식은 지금까지 케레페스에서 거행되었던 가장 성대한 장례식으로 손꼽혔다. 제후와 모든 녹색 반점 맹호 훈장 기사들이 깊이 애도하며 장의차를 뒤따랐다. 종이란 종이 모두 울렸고, 제후가 불꽃놀이를 위해 거금을 들여 장만했던 예포 두문이 조포를 여러차례 발사했다. 시민이 ─ 백성이 ─ 다들 슬피 울며 이렇게 한탄했다. 국가가 가장 훌륭한 기둥을 잃었어요, 치노버만큼 깊은 지혜, 넓은 도량, 온화한 성격, 국가 안녕을 위한 지칠 줄 모르는 열성을 가진 인물이 국정을 담당하는 것을 다시는 보지 못할 거예요.

아닌 게 아니라 손실은 만회할 수 없었다. 스무 단추 녹색 반점 맹호 훈장이 몸에 딱 맞을 대신을, 고인이 된 잊을 수 없는 치노버 뒤에 또다시 찾을 수 없었기 때문이다.

종장

작가의 서글픈 부탁 ─ 모슈 테르핀 교수가 마음을 진정하고, 칸디다가 결코
짜증 내지 않게 된 사연 ─ 황금 풍뎅이가 프로스퍼 알파누스 의사에게 무언가
속삭이고, 의사가 작별을 고하고, 발타자어가 행복한 결혼식을 올린 사연

친애하는 독자여, 그대를 위해 이 이야기를 쓰고 있는 작가가 이
제 그대에게 작별을 고해야 할 때가 되자, 서글픔과 두려움이 닥쳐
온다. ─ 작가는 키 작은 치노버의 기이한 행동에 관해 아는 게 아
직 많고도 많을 것이며, 마음속에서 우러난 충동을 뿌리치지 못하
고 이 이야기를 썼듯이, 친애하는 독자여, 그대에게 모든 것을 마저
이야기하고 싶다는 생각이 간절했을 것이다. 하지만! ─ 아홉장章
에서 일어난 모든 사건을 되돌아보니 기이하고, 기막히고, 분별 있
는 이성에 거슬리는 일이 그 안에 이미 많이 들어 있으며, 이런 것
을 더 쌓아 올리면, 친애하는 독자여, 그대의 너그러움을 너무 믿
은 나머지 그대를 완전히 등지게 할 위험이 있으리라고 작가는 느
낄 것이다. 작가는 '종장'이라는 말을 쓸 때 느닷없이 가슴을 옥죄
었던 서글픔과 두려움에 싸여 그대에게 부탁하거니와, 시인은 몽
상이라 일컫는 유령 같은 정신에서 영감을 얻어 희한한 모습들을

만들었으며, 이 정신의 기묘하고 변덕스러운 기질에 어쩌면 너무 깊이 빠져 있는지도 모르겠지만, 그대는 이 모습들을 사뭇 명랑하고 스스럼없는 기분으로 지켜볼 뿐 아니라 친하게 사귀어보기 바란다. ― 아무쪼록 시인과 변덕스러운 영혼, 이 둘 때문에 토라지지 말기를! ― 친애하는 독자여, 그대가 이따금 이런저런 구절을 읽으며 마음속 깊이 미소 지었다면, 이 이야기의 작가가 그대에게 느끼게 해주고 싶었던 기분에 그대는 잠겼던 것이며, 그러면 작가는 자신의 많은 몽상을 그대가 너그러이 받아줄 거라고 믿게 된다!

사실 이 이야기는 키 작은 치노버의 비극적 죽음으로 끝맺을 수도 있었다. 하지만 슬픈 영결식 대신 즐거운 결혼식으로 끝나는 편이 더 상큼하지 않겠는가?

그러므로 어여쁜 칸디다와 행복한 발타자어를 잠깐이나마 돌이켜보도록 하자.

모슈 테르핀 교수는 여느 때는 '어떤 일에도 놀라지 않는다'[92]라는 금언에 따라 오래오래 전부터 이 세상 어떤 일에도 놀란 적이 없는, 계몽되고 세상 경험이 많은 사내였다. 하지만 이제 지혜를 모조리 잃어버리고 갈수록 더욱더 놀랄 일만 생기자, 급기야 자신이 한때 정부의 자연부를 지휘했던 모슈 테르핀 교수가 확실한지, 아직도 머리를 높이 들고 두 발로 걸어다니고 있는 게 분명한지 더이상 모르겠다고 하소연했다.

먼저 교수를 놀라게 했던 일은 발타자어가 프로스퍼 알파누스

---

92 라틴어 '닐 아드미라리'(Nil admirari)는 어떤 일에도 놀라지 않는 지혜를 말한다. 제논과 데모크리토스가 이를 현자의 특성이라 말했으며, 피타고라스는 이에 도달하는 것을 철학의 목표로 삼았다고 한다. 이러한 견해는 플라톤의 입장과 상반된다. 플라톤은 놀라움(admirari)을 철학의 출발점으로 생각했으며 아리스토텔레스도 이에 동조했다.

의사를 백부라고 소개하고, 의사가 증여 문서를 보여주며 발타자어가 케레페스에서 한시간 거리에 있는 시골 저택과 이에 딸린 숲, 밭, 초원의 소유자가 되었음을 알린 것이었다. 재산목록에 귀중한 가구며 금은괴까지 기재되어 그 가치가 제후의 보고寶庫를 훨씬 뛰어넘는 것을 본 교수는 두 눈을 믿을 수 없었다. 다음으로 교수를 놀라게 했던 일은 치노버가 누워 있던 화려한 관을 발타자어의 손잡이 안경으로 들여다보자 치노버 대신이란 아예 없었으며 거칠고 성깔 있는 작다리만 있었을 뿐이고, 이 작다리를 지혜롭고 현명한 치노버 대신으로 다들 착각했다는 듯한 느낌이 갑작스레 든 것이었다.

하지만 모슈 테르핀이 더없는 놀라움에 빠진 것은 프로스퍼 알파누스가 시골 저택을 두루 구경시키며 도서관과 그밖의 매우 경이로운 물건을 보여주었을 뿐 아니라, 희한한 동식물로 몇가지 매우 상큼한 실험을 손수 해 보였을 때였다.

자신의 자연 연구는 전혀 쓸모없으며 자신이 알에 갇혀 매우 눈부시고 찬란한 마법 세계에 들어와 있는 듯한 생각이 교수에게 들었다. 교수는 이러한 생각에 매우 불안해져 마침내 어린아이처럼 한탄하며 울었다. 발타자어가 교수를 곧바로 드넓은 포도주 곳간으로 데리고 갔고, 거기에서 교수는 윤기 나는 술통과 번쩍이는 술병을 보았다. 발타자어는 이렇게 말했다. 제후의 포도주 곳간에서보다 여기에서 더 훌륭하게 연구하고, 아름다운 정원에서 자연을 충분히 탐구할 수 있으시겠지요.

이 말에 교수는 마음이 진정되었다.

발타자어의 결혼식은 시골 저택에서 거행되었다. 발타자어와 친구 파비안, 풀허, 다들 칸디다의 눈부신 아름다움과 드레스와 태도 전체에서 배어나는 마법 같은 매력에 깜짝 놀랐다. ── 정말로 마법이 칸디다를 감싸고 있기도 했다. 로자벨베르데 요정이 모든 원한을 잊고 로젠쇤 수녀 차림새로 결혼식에 참석하여 칸디다에게 손수 드레스를 입히고 더없이 아름답고 찬란한 장미로 장식해주었기 때문이다. 요정이 도와주면 옷차림이 잘 어울릴 수밖에 없다는 것은 누구나 알 것이다. 그뿐 아니라 로자벨베르데는 어여쁜 신부에게 화려하게 번쩍이는 목걸이를 선물했는데, 이 목걸이는 마법을 발휘하여 이를 걸면 리본을 엉터리로 맸다든지 머리 장식이 잘못되었다든지 옷 따위에 얼룩이 묻었다든지 그밖에 어떠한 사소한 일이 있어도 신부가 결코 짜증 내지 않게 되었다. 목걸이 덕택에 이런 능력까지 더해지자 신부의 얼굴에 남다른 아리따움과 명랑함이 가득 퍼졌다.

신랑 신부는 희열에 싸여 가장 높은 천상에 올라 있는 동시에 ── 알파누스의 비밀스럽고 지혜로운 마법이 훌륭히 작용했던 터라 ── 이곳에 모인 소중한 친구들을 여전히 둘러보며 말을 나눌 수 있었다. 프로스퍼 알파누스와 로자벨베르데 두 사람은 더없이 아름다운 기적을 일으켜 결혼식을 찬란히 빛냈다. 가는 곳마다 덤불과 나무에서 달콤한 사랑의 노랫소리가 울려 퍼졌으며, 산해진미와 크리스털 술병으로 그들먹한 식탁이 은은히 빛나며 솟아올랐고, 술병에서는 최상품 포도주가 쏟아져 나와 하객들의 핏줄마다 인생의 열정을 부어 넣었다.

밤이 찾아들자 무지개가 불꽃을 너울거리며 정원 위를 가로질러 걸리고 은은히 빛나는 새와 곤충이 이리저리 날아다녔는데, 이 날짐승들이 날개를 흔들 때마다 수많은 불꽃이 흩뿌려지더니, 불꽃들은 갖은 어여쁜 모습으로 끝없이 변모하며 공중에서 춤추고 너풀거리다가 덤불숲으로 사라졌다. 그러면서 숲의 노랫소리는 갈수록 더 크게 울려 퍼졌고, 밤바람이 불어와 신비스럽게 살랑거리며 달콤한 향기를 풍겼다.

발타자어와 칸디다와 친구들은 알파누스가 강력한 마법을 부린 것을 알아챘으나, 모슈 테르핀은 얼근하게 취하여 껄껄껄 웃으며 이 모든 것이 제후의 오페라 무대 장식가이자 불꽃놀이 제작가가 대담하기 짝이 없게 꾸민 짓이라고 말했다.

종소리가 공기를 가르며 울렸다. 번쩍거리는 황금 풍뎅이가 하늘하늘 날아 내려오더니 프로스퍼 알파누스의 어깨에 내려앉아 무언가 나직이 귀에 속닥거리는 듯했다.

프로스퍼 알파누스가 자리에서 몸을 일으켜 진지하고 엄숙히 말했다. "친애하는 발타자어 — 어여쁜 칸디다 — 여러 친구여! — 이제 때가 되었네 — 로토스가 부르는구려 — 나는 떠나야겠네."

그러고선 신랑 신부에게 다가가 나직이 말을 건넸다. 발타자어와 칸디다 두 사람은 사뭇 가슴이 미어졌다. 프로스퍼는 두 사람에게 갖가지 유익한 가르침을 주는 듯 보였으며, 이윽고 두 사람을 열렬히 얼싸안았다.

그런 뒤 로젠쉰 수녀에게 몸을 돌려 수녀와도 나직이 말을 나누었다 — 아마도 수녀는 의사에게 마법과 요정에 관련된 일을 당부하고, 의사는 이를 기꺼이 받아들이는 듯했다.

그사이 작은 크리스털 마차가 공중에서 내려왔다. 은은히 빛나는 잠자리 두 마리가 마차에 매어져 있었고, 순은색 꿩이 이 잠자리들을 몰고 있었다.

"잘 있으시오 — 잘 있으시오!" 프로스퍼 알파누스가 이렇게 소리치고 마차에 올라타 불꽃을 너울거리는 무지개 너머로 치솟아오르자, 마차는 드높은 공중에서 작게 반짝이는 별처럼 보이다가 마침내 구름 뒤로 모습을 감추었다.

"아름다운 몽골피에 열기구[93]로군." 모슈 테르핀은 이렇게 드르 렁거리고 포도주 기운에 사로잡혀 깊은 잠에 빠졌다.

── 발타자어는 스승 프로스퍼 알파누스의 가르침을 되새기고 경이로운 시골 저택 재산을 잘 활용하여 아닌 게 아니라 훌륭한 시 인이 되었으며, 프로스퍼가 어여쁜 칸디다에게 도움이 될 것이라 칭송했던 이 저택의 특성들이 그 진가를 남김없이 입증했을 뿐 아 니라 칸디다는 로젠쇤 수녀가 결혼식에서 선물한 목걸이를 한번도 벗지 않았으므로, 세상의 어느 시인이 예쁘고 젊은 아내와 함께 맛 보았던 것보다 훨씬 행복한 결혼 생활을 만끽하며 온갖 희열과 영 화를 누리게 되었다.

동화 「키 작은 차헤스, 위대한 치노버」는 이제 정말로 완전히 행 복하게 끝난다.

---

93 프랑스의 형제 발명가 조제프미셸 몽골피에(Joseph-Michel Montgolfier, 1740~1810)와 자끄에띠엔 몽골피에(Jacque-Etienne Montgolfier, 1745~99)가 1782년 최초로 공중에 띄우는 데 성공한 열기구.

스퀴데리 부인
Das Fräulein von Scuderi

루이 14세 시대의 이야기

쌩또노레 가(街)¹에 있는 작은 저택에, 우아한 시를 쓰는 것으로 명성이 높으며 루이 14세²와 맹뜨농 부인³의 총애를 받는 막달렌 드

1 주인공 스뀌데리 부인이 사는 쌩또노레 가와 금세공사 까르디야끄가 사는 니께즈 가는 루브르 궁전 근처에 있다.

2 루이 14세(1638~1715, 재위 1643~1715)는 1661년부터 '태양왕'으로서 베르사유 궁전에서 독자적으로 통치했다. 유럽 절대주의의 대표자이다.

3 프랑수아즈 도비녜 맹뜨농 후작 부인(Françoise d'Aubigné, marquise de Maintenon, 1635~1719)은 루이 14세의 정부(情婦)였으며, 왕비 마리떼레즈(Marie-Thérèse, 1638~83)가 사망하자 국왕의 두번째 부인이 되었다. (하지만 이 결혼은 신분 차이 때문에 공식으로 발표되지도, 인정받지도 못했다.) 부인은 1651년 스물다섯살 연상의 시인이자 소설가인 뽈 스까롱(Paul Scarron, 1610~60)과 결혼하여 빠리 상류사회 인사들과 교류하게 되었다. 이 무렵 후일 루이 14세의 정부가 된 몽떼스빵 부인(Françoise-Athénaïs, marquise de Montespan, 1641~1707)을 알게 되었다. 1669년 루이 14세와 몽떼스빵 부인 사이에 첫아이가 태어나자 몽떼스빵 부인의 청탁으로 아이의 가정교사로 임명되었다. 1673년 루이 14세가 아이를 적자로 인정하고 궁정에 살게 하면서 가정교사로서 궁정에 출입하게 되었고, 국왕이 부인의 노고를 높이 평가하여 막대한 하사금을 내리자

스뀌데리 부인[4]이 살았다.

1680년 가을이었을 것이다 — 이슥한 자정 무렵 누군가 문을 어찌나 힘껏 마구 두드려대는지 온 복도가 쩌렁쩌렁 울릴 지경이 었다. — 부인의 작은 집에서 요리사이자 청지기이자 문지기 노릇을 도맡은 바띠스뜨는 주인마님의 허락을 얻어 시골 누이의 결혼식에 갔으므로, 집 안에 깨어 있는 사람이라곤 막달렌의 몸종 마르띠니에르 혼자뿐이었다. 두드리는 소리가 끊이지 않자, 마르띠니에르는 바띠스뜨가 집을 비웠으니 자신과 부인을 지켜줄 사람은 아무도 없다는 데 생각이 미쳤다. 당시 빠리에서 자행되던 침입, 절도, 살인 따위의 온갖 범죄가 머리에 떠올랐다. 어떤 무뢰배가 집을 지킬 사람이 없다는 것을 알아채고 문밖에서 날뛰고 있으며, 이들을 안으로 들이기라도 하면 틀림없이 주인마님을 해코지하려 들 것이라는 생각이 들었다. 그래서 방 안에 틀어박힌 채 바들거리고 주뻣거리며 바띠스뜨와 그 누이의 결혼식을 싸잡아 원망하고 있었다. 그동안에도 문이 떠나가라 두드리는 소리는 그칠 줄 몰랐고, 사이사이 이렇게 외치는 목소리가 들리는 듯

1674년 빠리 서부의 맹뜨농 지역을 영지로 구입했다. 1678년 국왕은 부인에게 맹뜨농 후작 부인이라는 칭호를 내렸고, 이로써 몽떼스빵 부인의 질투를 사게 되었다. 맹뜨농 부인과 몽떼스빵 부인은 아이들의 양육에 관해 옥신각신 다투는 일이 많아졌다. 1670년대 말 루이 14세는 여가의 많은 시간을 맹뜨농 부인과 보내면서 정치, 종교, 경제를 논의했고, 부인은 모든 중요한 결정에 영향을 미쳤다. 1683년 왕비 마리떼레즈가 사망하자 1685/86년 겨울 루이 14세와 비밀 결혼을 올렸다. 루이 14세는 사망할 때까지 맹뜨농 부인과 함께 살며 매일 부인의 처소를 찾았다.

4 막달렌 드 스뀌데리(Magdaleine de Scudéri, 1607~1701)는 프랑스의 작가로서 기지 넘치는 시와 교양 있는 생활 및 대화 방식을 담은 연애-역사소설을 발표했다. 인간 행동 방식에 대한 심리적 관찰을 담은 『대화록』(*Conversations*, 1680년 이후)도 유명하다.

싶었다. "문 좀 열어요, 제발, 문 좀 열라고요!"이윽고 마르띠니에르는 두려움을 억누르며 촛대에 불을 붙여 들고 복도로 달려갔다. 거기서는 문을 두드리는 사내의 목소리가 똑똑히 들렸다. "제발, 문 좀 열어요!" '정말이지,' 마르띠니에르는 생각했다. '강도라면 이렇게 말하지 않겠지. 어느 쫓기는 사람이 주인마님께 숨겨달라고 부탁하려는 것일지도 몰라. 주인마님은 누구에게나 자비를 베푸시니까. 그렇지만 조심해야 해!' 몸종은 창문을 열고 워낙에 걸걸한 목소리를 어떻게든 남자 목소리처럼 내려고 애쓰며 아래를 향해 외쳤다. 게 누구이기에 이슥한 밤에 문에서 이리도 소란을 부리는 거야? 온 집안을 잠에서 깨우는 거야? 은은한 달빛이 막 먹구름을 뚫고 새어 나오자, 기다란 은회색 외투로 몸을 휘감고 챙 넓은 모자를 눈썹까지 깊이 눌러쓴 인물이 눈에 띄었다. 몸종은 이제 아래 있는 사내에게 잘 들리도록 더욱 큰 목소리로 소리쳤다. "바띠스뜨, 끌로드, 삐에르, 일어나 살펴봐라. 어떤 건달이 우리 집 문을 부서져라 두드리는지!" 그러자 부드러우면서도 하소연하는 듯한 목소리가 아래서 들려왔다. "아, 마르띠니에르, 사랑스러운 부인, 아무리 목소리를 감추려 해도 당신인 줄 알아요. 바띠스뜨가 시골에 가서 당신과 주인마님만 집에 있다는 것도 알고요. 마음 놓고 제게 문을 열어주세요. 두려워할 것은 아무것도 없어요. 당신 마님께 드릴 말씀이 있어요. 지금 당장." "무슨 엉뚱한 생각을," 마르띠니에르가 대답했다. "한밤중에 마님을 만나겠다고요? 아는지 모르겠지만, 마님은 한참 전에 주무시러 가셨고, 이제 단잠이 들었으니 절대 깨울 수 없어요. 마님 연배에는 첫잠을 달게 주무셔야 하니까." "저는 다 알고 있어요," 사내가 아래서 말했다. "당신 마님이 쉬지 않고 쓰고 계시는 『끌렐리』

[5]라는 소설 원고를 막 옆으로 밀어놓으셨고, 지금은 내일 맹뜨농 후작 부인 댁에서 낭독할 시행을 쓰고 계시다는 걸 말이에요. 마르띠니에르 부인, 애원합니다. 자비를 베풀어 문을 열어주세요. 한 불행한 사내를 파멸에서 구해낼 중대한 일이라는 걸 아셔야 해요. 그 사내의 명예와 자유, 아니, 목숨이 제가 당신 마님을 만나야만 하는 바로 이 순간에 달려 있다는 것을 아셔야 해요. 당신 마님께 도움을 간청하러 온 한 불행한 사내를 당신이 몰인정하게 문밖으로 내쫓았다는 것을 마님이 아시게 되면, 당신에게 결코 노여움을 풀지 않으리라는 것을 명심하세요." "하지만 댁은 왜 이 아닌 밤중에 와서 우리 마님의 동정심에 호소하려는 거예요? 내일 날이 밝거든 다시 와요." 마르띠니에르가 아래에 대고 말하자 사내가 대답했다. "운명이 벼락처럼 살기를 품고 우리를 내리쳐 파멸시킬 때, 밤낮과 시간을 가리던가요? 구할 수 있는 시간이 한순간밖에 남지 않았는데 도움을 미뤄도 되나요? 문을 열어주세요. 이 비참한 사내를 두려워하지 마세요. 의지할 데 없고, 온 세상에 버림받고, 무시무시한 운명에 쫓기며 시달리다가 당신 마님께 눈앞의 위험에서 구해달라고 간청하러 왔을 뿐이에요!" 마르띠니에르는 아래 서 있는 사내가 이렇게 말하며 마음속 깊은 괴로움에 못 이겨 신음하고 흐느끼는 소리를 들었다. 그 소리는 젊은이의 음색을 띠고 있었고, 부드러우면서도 가슴속 깊이 파고들었다. 마르띠니에르는 마음속이 미어지는 느낌에, 더 길게 생각지 않고 열쇠를 가져왔다.

....

5 스뀌데리 부인의 인기 소설 『끌렐리』(*Clélie*)는 1654~60년에 열권으로 출간되었다. 「스뀌데리 부인」이 1680년에 시작하는 것으로 설정되어 있으므로 호프만의 『끌렐리』 언급은 시간적으로 착오이다.

문을 열기가 무섭게, 외투로 온몸을 가린 인물이 득달같이 안으로 들어오더니 마르띠니에르를 제치고 복도로 들어서며 사납게 소리쳤다. "당신 마님에게 데려다줘요!" 마르띠니에르는 깜짝 놀라 촛대를 높이 들었다. 촛불의 희미한 빛이 죽은 듯 창백하고 무시무시하게 일그러진 젊은이의 얼굴을 비추었다. 사내가 외투 자락을 펼치자 앞섶에 비수의 반짝이는 손자루가 삐져나와 있는 것을 보고 마르띠니에르는 소스라치게 놀라 바닥에 주저앉을 뻔했다. 이자는 두 눈을 번득이며 아까보다 더 사납게 소리쳤다. "당신 마님에게 데려다달라고요!" 마르띠니에르는 주인마님이 급박한 위험에 처했다는 것을 깨달았다. 지금까지 경건하고 자애로운 어머니처럼 받들었던 주인마님에 대한 사랑이 마음속에서 더욱 활활 불타올라 스스로도 믿기 어려울 만큼 용기가 치솟았다. 그래서 열어두었던 자기 방문을 재빨리 닫고 문앞을 가로막으며 힘차고 굳세게 말했다. "정말이지 여기 집 안에서의 미친 듯한 행동이 저기 밖에서의 애처로운 말과 아주 딴판이군요. 그 말에 내가 너무 섣부르게 동정심을 품었다는 것을 이제야 알겠어요. 댁은 마님을 만나서도 안 되고 만나지도 못할 거예요. 사악한 마음을 품고 있지 않다면, 낮 시간을 마다할 까닭이 없다면, 내일 다시 찾아와서 용건을 말해요. ─ 지금은 집에서 나가요!" 사내는 나직이 한숨을 내쉬고 마르띠니에르를 무시무시한 눈초리로 뚫어지게 바라보더니 비수를 붙들었다. 마르띠니에르는 마음속으로 목숨을 하느님께 맡긴 채, 꿋꿋한 자세를 잃지 않고 대담하게 사내 눈을 쏘아보았다. 마님을 만나러 가려면 반드시 지나야 하는 방문에 몸을 더욱 바싹 붙였다. "당신 마님에게 가게 해달라고 말했잖아요!" 사내가 다시 한번 소리쳤다. "마음대로 해요," 마르띠니에르가 대답했다. "나는 이

322

자리에서 물러서지 않을 테니, 해코지를 시작했으면 끝장을 보고요. 댁네 흉악한 공범들처럼 댁도 그레브 광장[6]에서 치욕스러운 죽음을 당할 거예요.""하," 사내가 소리쳤다. "당신 말이 맞아요, 마르띠니에르 부인! 내가 무기를 차고 있으니 흉악한 도적이나 살인범처럼 보이는 게지. 하지만 내 공범들은 처형되지 않았어요. 처형되지 않았다고." 이렇게 말하고 엄청난 두려움에 사로잡힌 부인을 야멸차게 노려보며 비수를 꺼냈다. "하느님!" 마르띠니에르는 찔려 죽는구나 생각하며 소리쳤다. 하지만 그 순간 거리에서 무기가 절그럭거리는 소리와 말발굽 소리가 들렸다. "기마경찰대야 — 기마경찰대. 살려줘요, 살려줘!" 마르띠니에르가 소리쳤다. "무시무시한 여자 같으니, 당신은 나의 파멸을 바라는구려 — 이제 다 끝났어요, 다 끝났어! — 받아요! — 받아서 이걸 마님에게 건네줘요, 오늘이든지 — 내일이든지, 편한 대로 — " 이렇게 나직이 웅얼거리며 사내는 마르띠니르에게서 촛대를 낚아채 촛불을 끄고 두 손에 작은 함을 쥐여줬다. "부디 이 함을 마님에게 전해줘요." 사내는 이렇게 소리치고 집 밖으로 뛰쳐나갔다. 마르띠니에르는 바닥에 쓰러졌다. 가까스로 몸을 일으켜 어둠속을 더듬어 방으로 돌아오자마자, 기진맥진하여 아무 소리도 내지 못하고 안락의자에 주저앉았다. 그때 문 자물쇠에 꽂아두고 온 열쇠가 잘깍대는 소리가 들렸다. 문이 닫히더니, 나직한 발소리가 조심조심 방으로 다가왔다. 마법에 걸린 듯 꼼짝달싹하지 못하고 마르띠니에르는 소름 끼치는 순간을 기다렸다. 하지만 얼마나 가슴을 쓸어내렸던가? 문이 열리자, 충직한 바띠스뜨의 모습이 침상 등불 불빛에 비쳐 한눈에 들어

---

6 오늘날 빠리 시청 광장이다. 이 광장은 당시 처형장으로 이용되었다.

왔다. 바띠스뜨는 시체처럼 창백한 얼굴로 안절부절 어쩔 줄 몰라 했다. "도대체," 이렇게 말을 꺼냈다. "제발 말해줘요, 마르띠니에르 부인, 무슨 일이 있었지? 두려워요! 두려워! ─ 뭔지는 모르겠지만, 뭔가에 억지로 이끌려 어제저녁 결혼식에서 떠나왔어요! ─ 우리 집 앞길로 접어들면서 이렇게 생각했지요. 마르띠니에르 부인은 얕은 잠이 들었겠지. 내가 나직하고 조심스레 집 문을 두드려도 알아듣고 들여보내줄 거야. 그때 대규모 병력의 순찰대가 다가왔어요. 완전무장 한 기병과 보병이었어요. 나를 멈춰 세우더니 놓아주지 않더군요. 다행히 나를 잘 아는 기마경찰대 경위 데그래가 거기 있었어요. 기마경찰대가 내 코밑에 등불을 들이밀자, 데그래가 말했어요. '이봐, 바띠스뜨, 한밤중에 어디 다녀오는 길인가? 집에 가만히 있으면서 잘 지켜야지. 이 지역은 위험하거든. 우리는 오늘밤 한건 크게 올릴 것 같아.' 당신은 모를 거예요, 마르띠니에르 부인, 이 말을 듣고 제가 얼마나 가슴이 철렁했는지. 그러고선 문지방을 넘어서려는 참에 온몸을 가린 사내가 손에 반짝이는 비수를 들고 뛰어나오더니 나를 나동그라뜨렸어요 ─ 집 문은 열려 있었고 열쇠는 자물쇠에 꽂혀 있었지요 ─ 말해봐요, 이 모든 게 어찌된 일이에요?" 엄청난 두려움에서 벗어난 마르띠니에르는 방금 일어난 일을 낱낱이 설명했다. 마르띠니에르와 바띠스뜨 두 사람은 집 복도로 나가, 낯선 사내가 도망치며 바닥에 내던진 촛대를 발견했다. "안 봐도 알겠군요." 바띠스뜨가 말했다. "우리 마님이 강도질이나 살해까지 당할 뻔했어요. 당신 말대로라면, 그 사내는 당신 혼자서 마님과 있으며, 마님이 글을 쓰느라 아직 잠들지 않았다는 것까지 알고 있었어요. 분명히 빌어먹을 도둑이나 강도 떼예요. 악마 같은 흉계를 실행하는 데 필요한 모든 사정을 교활하게 알아낸 뒤 집 안 깊숙이 뚫고 들어오는 자들 말예요. 마르띠니에르 부인, 이 함은 쎈 강의 가장 깊은 곳에 던져버리는 게 좋을 것 같아요. 흉악한 악한이 우리 착한 마님의 목숨을 노리지 않을 것이라고, 뚜르네 노후작이 모르는 사람에게 받은 편지를 뜯자마자 그런 변을 당했듯 마님이 함을 열자마자 쓰러져 죽지 않을 것이라고 누가 보장하겠어요!……" 오랫동안 의논한 끝에 두 충직한 하인은 다음 날 마님에게 모든 일을 이야기하고, 조심해서 열면 괜찮을 것이므로 수수께끼 같은 함도 건네주기로 했다. 두 사람은 수상한 낯선 자가 나타난 상황을 곰곰이 생각한 뒤, 자신들 멋대로 처리해서는 안 되며 주인마님에게 그 해결을 맡겨야 하는 어떤 특별한 비밀이 숨어 있을지 모른다고 여겼다.

바띠스뜨가 염려하는 데는 그럴 만한 이유가 있었다. 바로 그 당시 빠리는 흉악무도하고 잔혹한 범죄의 온상이었고, 바로 그 무렵 지옥의 악마 같은 발명품이 이런 범죄에 더없이 손쉬운 수단을 제공하기도 했던 것이다.

독일인 약사이자 당대의 가장 뛰어난 화학자인 **글라저**[7]는 화학에 종사하는 자들이 으레 그랬듯 연금술 실험에 몰두했다. 현자의 돌[8]을 발견하는 게 목표였다. 엑실리라는 이름의 이딸리아인이 글라저의 제자로 들어왔다. 하지만 엑실리에게 연금술은 단지 구실에 지나지 않았다. 글라저는 유독 성분을 이용하여 큰돈을 벌고자 했던

<hr />

7 크리스토퍼 글라저(Christopher Glaser, 1615~78?)는 스위스 바젤 출신의 빠리 궁정 약사였다.

8 수은 따위의 값싼 금속을 금이나 은 따위의 비싼 금속으로 바꿀 수 있는 물질을 말한다. 이 물질은 생명의 묘약으로 회춘이나 불사에 특효라고 여겨지기도 했다.

반면, 엑실리는 이런 성분을 혼합하고 증류하고 정제하는 방법만 알아내려 했다. 엑실리는 마침내 미세한 독극물 조제에 성공했다. 이 독극물은 냄새도 맛도 없고, 단박에 죽이든 서서히 죽이든 인간의 신체에 전혀 흔적을 남기지 않아서 아무리 의술 좋고 학식 있는 의사라도 속아 넘어가 독살이라는 것을 알아채지 못하고 자연사로 여기기 마련이었다. 엑실리는 이렇게 조심해서 행동했음에도 독극물 매매 혐의를 받아 **바스띠유 형무소**[9]에 갇혔다. 곧이어 같은 감방에 고댕 드 쌩뜨크루아 대위가 수감되었다. 대위는 브랭비예르 후작 부인[10]과 오랫동안 정을 통하여 후작 부인 가문에 치욕을 안겨 줬다. 후작이 아내의 불륜을 못 본 척 넘기자, 부인의 친정아버지인 빠리 민정관 드뢰 도브레는 불륜에 빠진 한쌍을 떼어놓기 위해 체포 명령을 내려 대위를 구금할 수밖에 없었다. 열정이 넘치지만 지조가 없고, 경건한 척하지만 어려서부터 갖은 악습에 물들고, 질투심에 불타며 복수심에 이를 갈던 대위에게 엑실리의 악마 같은 비법보다 더 반가운 것은 없었다. 이 비법은 대위에게 모든 적을 없앨 수 있는 힘을 안겨주었다. 대위는 엑실리의 열렬한 제자가 되어 이내 스승 못지않은 실력을 쌓은 터라, 바스띠유에서 석방된 뒤에도 혼자서 작업을 계속할 수 있었다.

브랭비예르는 방종한 여자에 지나지 않았으나, 쌩뜨크루아로 인해 괴물이 되었다. 쌩뜨크루아의 도움을 받아 가족을 차례차례 살해한 것이다. 노년의 아버지를 돌봐야 한다고 야비하게 위선을 부

---

9 빠리의 악명 높은 국립 형무소이다. 프랑스대혁명 당시인 1789~90년 철거되었다.
10 마리 마들렌 브랭비예르 후작 부인(Marie Madeleine, marquise de Brinvilliers, 1630~76)은 아버지와 두 오라비를 독살하고 (소설 내용과 달리 여동생 독살은 미수에 그쳤다) 1676년 7월 16일 그레브 광장에서 처형되었다.

려 아버지 집에 머물면서 먼저 아버지를, 다음으로 두 오라비를, 마지막으로 여동생을 독살했다. 아버지는 복수심에 못 이겨, 오누이는 엄청난 유산을 노리고 죽인 것이었다. 여러 독살 사건에서 그 무시무시한 실례를 찾아볼 수 있듯, 이런 종류의 범죄는 억누를 수 없는 열정으로 바뀌기 쉽다. 화학자가 자기만족을 위해 실험을 하듯, 독살자들은 종종 별다른 목적 없이 순전히 재미 삼아, 그 생사에 아무 관심도 없는 사람을 닥치는 대로 살해한다. 오뗄 디외 병원[11]에서 가난한 사람 여럿이 돌연사하자, 브랭비예르 부인이 경건하고 자비롭다는 칭송을 받고자 그곳에서 매주 빵을 나눠주곤 했는데 그 빵에 독이 묻어 있었던 게 아닌가 하는 의심이 뒤늦게 일었다. 어쨌든 부인이 비둘기 고기 파이에 독을 발라 집에 초대한 손님에게 대접한 것은 틀림없는 사실이었다. 드 귀에 경과 많은 다른 손님이 이 지옥의 식사에 희생되었다. 쌩뜨크루아, 하수인 라 쇼세[12], 브랭비예르는 오랫동안 이 소름 끼치는 범행을 베일 속에 감쪽같이 감출 수 있었다. 하지만 이 타락한 인간들이 아무리 야비하게 간계를 부려도 무슨 소용이 있겠는가. 하느님은 이승에서 범죄자들을 심판하기로 결정했으니! ─ 쌩뜨크루아가 조제한 독극물은 매우 미세하여, 조제할 때 새어 나온 가루(빠리 시민은 이를 '상속의 가루'라고 불렀다)를 한모금이라도 들이마시면 즉사를 피하지 못했다. 따라서 쌩뜨크루아는 작업할 때 얇은 유리 마스크를 썼다. 어느날 완성된 독가루을 약병에 넣는데 이 마스크가 벗겨져 떨어졌고, 쌩뜨크루아는 미세한 독가루를 들이마시기 무섭게 쓰러져 죽었다. 상속자 없이 사망한 까닭에, 법원은 유산을 봉인하러 서둘

---

11 노뜨르담 대성당 옆에 있는 병원이다.
12 독살 사건 공범 라 쇼세(La Chaussée)는 1673년 3월 사형선고를 받았다.

러 달려왔다. 그때 잠긴 상자 안에서 흉악한 쌩뜨크루아가 독살에 이용한 갖가지 악마 같은 도구뿐 아니라, 브랭비예르 부인의 편지가 발견되었다. 이들의 범행은 의심할 여지가 없었다. 부인은 리에주[13]의 수도원으로 도망쳤다. 기마경찰대 장교 데그래가 파견되어 부인을 추적했다. 데그래는 사제로 변복하고 부인이 숨어 있는 수도원에 들어갔다. 이 무시무시한 여자에게 연애를 걸어 교외의 으슥한 공원에서 남몰래 만나자고 유혹하는 데 성공했다. 공원에 도착하자마자 부인은 데그래의 부하들에게 포위되었다. 사제인 줄 알았던 연인이 순식간에 기마경찰대 장교로 변신하더니, 공원 밖에 대기하고 있던 마차에 부인을 올려 태웠고, 마차는 부하들의 호위를 받으며 곧장 빠리로 출발했다. 라 쇼세는 이미 참수된 뒤였고 브랭비예르 부인도 같은 운명을 맞이했다. 처형 뒤에 부인의 시신은 불태워져 그 재가 공중에 흩날렸다. 아무 처벌도 받지 않은 채 적과 친구를 가리지 않고 은밀한 살인 무기를 겨누던 이 괴물이 세상을 뜨자, 빠리 시민은 안도했다. 하지만 흉악한 쌩뜨크루아의 무시무시한 기술이 계승되었음이 이내 밝혀졌다. 혈연 ── 사랑 ── 우정으로 맺어진 긴밀한 관계에, 살인은 눈에 보이지 않는 음험한 유령처럼 몰래 스며들어 쥐도 새도 모르게 불행한 희생자를 냈다. 오늘은 혈색 좋고 건강하던 자가 이튿날 병들고 쇠약해져 비틀거렸고, 의사들은 갖은 묘방을 써도 이자를 죽음에서 구해내지 못했다. 부귀 ── 수입 좋은 직위 ── 아름다운데다 어리기까지 한 아내 ── 이런 복을 누리면 죽음으로 내몰리기 십상이었다. 더없이 지독한 불신 때문에 더없이 성스러운 인연도 끊겼다. 남편은 아내가 ── 아

---

13 벨기에 동부 왈롱 지역의 중심 도시이다.

버지는 아들이 — 누이는 오라비가 무서워 몸을 떨었다. — 친구를 불러 식사를 대접하면 음식에도 포도주에도 손대지 않았고, 여느 때는 웃음과 농담이 넘치던 곳에서도 위장한 살인자가 없는지 사나운 눈초리로 두리번거렸다. 가장들은 겁에 질려 멀리 떨어진 지역까지 가서 먹거리를 산 다음 아무 더러운 부엌이나 찾아가 손수 요리했다. 자신의 집에서 악마 같은 배신을 당할까 두려워서였다. 하지만 때로는 아무리 조심하고 주의해도 소용없었다.

갈수록 혼란이 커지자, 국왕은 이를 잠재우기 위해 특별재판소를 설치하여 이 은밀한 범죄의 조사와 처벌을 전담하게 했다. 이른바 화형 재판소[14]로서 바스띠유에서 멀지 않은 곳에 소재했고, 라 레니[15]가 재판소장이 되었다.

라 레니가 아무리 열심히 수사해도 얼마 동안 아무 성과가 없자, 노련한 데그래에게 범죄의 비밀 소굴을 찾아내라는 임무가 맡겨졌다. — 빠리 근교 쌩제르맹에는 라 부아쟁[16]이라는 노파가 살았다. 노파는 점술과 강신술로 먹고살았고, 공범 르 싸주와 르 비구뢰의 도움을 받아 마음이 여리지도, 쉽게 속지도 않는 자들까지 공포와 경악에 빠뜨렸다. 하지만 이게 다가 아니었다. 노파는 쌩뜨크루

---

14 프랑스어로 '샹브르 아르당뜨'(Chambre ardente)이다. 이는 '불타는 방'이란 뜻인데, 이런 명칭이 붙은 것은 방에 컴컴하게 장막을 치고 횃불이나 촛불로 불을 밝힌 뒤 신문을 진행했기 때문으로 추정된다. 1535년 신교도(위그노파) 박해를 위한 특별권한 비상 재판소로 프랑수아 1세(1494~1547) 때 최초로 설치되었다. 1667년 빠리의 독살 사건 규명을 위해 루이 14세가 설치한 화형 재판소는 주요 범죄자들을 처벌한 뒤 1680년 공식 해체되었다.

15 니꼴라가브리엘 드 라 레니(Nicolas-Gabriel de La Reynie, 1625~1709)는 빠리 경찰청 소속이었다.

16 라 부아쟁(La Voisin, 1640?~80)은 청부 살인을 하기 위해 여러차례 '상속의 가루'를 사용했으며, 1680년 2월 22일 공개 화형되었다.

아와 마찬가지로 엑실리의 제자였던지라, 쌩뜨크루아 못지않게 미세하고 흔적 없는 독극물을 조제했다. 그리하여 악독한 아들이 유산을 일찍 물려받도록, 방종한 아내가 애젊은 남편을 새로 얻도록 도왔다. 데그래가 노파의 비밀을 파헤치자 노파는 모든 것을 자백했고 화형 재판소에서 화형을 선고받아 그레브 광장에서 처형되었다. 노파의 집에서는 노파의 도움을 받았던 사람의 명단이 발견되었다. 처형에 처형이 거듭되었을 뿐 아니라, 명망 높은 인사들까지 무거운 혐의에 시달렸다. 나르본의 대주교인 추기경 봉지는 자신이 연금을 지불해야 할 교인들 모두를 짧은 시간에 돌연사시킬 수단을 구하기 위해 라 부아쟁을 찾아갔다는 의심을 받았다. 명단에 이름이 오른 부이용 공작 부인, 쑤아송 백작 부인도 악마 같은 노파와 결탁했다는 혐의로 기소되었고, 제국 귀족 원수인 프랑수아 앙리 드 몽모랑시부뜨빌, 뤽상부르 공작[17]도 혐의에서 벗어나지 못했다. 화형 재판소는 공작에게까지 공소를 제기했다. 공작이 바스띠유에 자진 출두하자 루부아[18]와 라 레니는 증오에 불타 6피트 깊이의 암굴에 공작을 수감했다. 공작이 비난받을 만한 행동을 하지 않았다는 사실이 남김없이 밝혀지기까지는 여러달이 걸렸다. 공작은 르 싸주에게 단 한번 찾아가 별점을 쳤을 뿐이었다.

맹목적 집념에 사로잡힌 재판소장 라 레니가 무모하고 잔혹하게 전횡을 부린 게 분명했다. 재판소는 완전히 종교재판소의 성격

---

17 프랑수아앙리 드 몽모랑시부뜨빌, 뻬네뤽상부르 공작(François-Henri de Montmorency-Bouteville, duc de Piney-Luxembourg, 1628~95)은 군사령관이자 원수였다.

18 프랑수아미셸 르 뗄리에 루부아 후작(François-Michel le Tellier, marquis de Louvois, 1641~91)은 1668년부터 전쟁 장관이었으며 1677년 프랑스 수상이 되었다. 루이 14세의 총신으로 국왕의 정책에 결정적 영향을 미쳤다.

을 띠어갔다. 사소한 혐의만 있어도 가차 없이 투옥시켰고, 사형을 구형받고 무죄를 입증하려면 행운에 맡겨야 할 경우도 많았다. 그런데다 라 레니는 생김새가 볼썽사납고 마음씨가 음흉했던 까닭에, 이자를 재판소장으로 임명하여 복수나 보호를 맡겼던 사람들에게마저 이내 미움을 사게 되었다. 부이용 공작 부인은 라 레니에게 신문을 받으면서 악마를 본 적이 있느냐는 질문에 이렇게 대답했다. "바로 이 순간 악마를 보고 있는 것 같군요!"

그레브 광장에 죄인과 피의자의 피가 강물처럼 흐르자 마침내 은밀한 독살은 점점 줄어들었지만, 다른 종류의 범행이 발생하여 새로이 경악을 불러일으켰다. 강도떼가 빠리에 있는 보석을 모조리 손에 넣기로 작심한 듯 보였다. 값비싼 보석이 구입하자마자, 어디에 보관하든 감쪽같이 사라졌다. 더욱 기막힌 일은, 누구든 저녁에 보석을 차고 나갔다가는 큰길이나 집 안 어두운 복도에서 강탈이나 살해까지 당하는 것이었다. 가까스로 목숨을 건진 자들은 이렇게 말했다. 주먹이 벼락처럼 머리를 내리쳤어요. 실신했다 깨어나보니 다 털린 채 습격받은 데가 아닌 곳에 누워 있었어요. 피살자가 거의 날마다 거리나 집 안에 쓰러져 있었고, 이들은 한결같이 똑같은 치명상을 입고 있었다. 비수로 가슴을 찔렸는데, 의사들의 판단에 따르면 쥐도 새도 모르게 살해된 까닭에 희생자는 틀림없이 비명도 지르지 못하고 바닥에 쓰러졌으리라는 것이었다. 루이 14세의 흥청망청한 궁정에서 은밀한 연애에 빠져 가끔은 값비싼 선물을 손에 들고 밤늦게 연인에게 몰래 찾아가지 않은 자가 어디 있겠는가? ─강도떼는 유령과 결탁이라도 한 듯, 이런 발걸음을 언제 하는지 훤히 알고 있었다. 불행한 희생자는 사랑의 행복을 누리려 했던 집에 다다르지 못할 때도 있었고, 연인의 문지방이나

문 앞에서 쓰러져 연인이 피투성이 시신을 보고 기겁하게 하는 때
도 있었다.

경찰청장 아르장송[19]이 빠리 백성 누구든 수상한 기미가 보이면
다 잡아들이라고 명령해도 소용없었고, 라 레니가 펄펄 뛰면서 자
백하라고 윽박질러도 소용없었고, 경계와 순찰을 강화해도 소용없
었다. 범인의 흔적은 찾을 수 없었다. 철통같이 무장하고 등불 든
하인을 앞장세워 조심하는 것만이 얼마간 도움이 되었다. 하지만
돌팔매질로 하인을 겁주어 쫓아낸 뒤 주인을 살해하고 강탈하는
사례가 생겨났다.

기이하기 짝이 없었다. 보석 거래가 가능할 만한 모든 장소를 샅
샅이 수색해도 강탈당한 보석은 그림자도 비치지 않았고, 따라서
추적할 만한 단서를 전혀 찾을 수 없었다.

데그래는 자신의 계책마저 강도떼가 줄곧 피해 가자 분노로 피
가 끓었다. 자신이 순찰 중인 구역은 어디든 무사했으나, 어떤 사악
한 일도 예상치 못했던 다른 구역에서 부유한 자들이 강도 살인에
희생되었다.

데그래는 자신의 분신을 여럿 만들자는 묘안을 생각해냈다. 걸
음새, 몸가짐, 말투, 체구, 얼굴이 영락없이 비슷하여, 부하들조차
누가 진짜 데그래인지 알 수 없게 하는 것이었다. 그동안 데그래
자신은 목숨을 걸고 홀로 비밀 매복처에 숨어 염탐했고, 이 사람
저 사람에게 값비싼 보석을 들고 가라고 지시한 뒤 멀리서 지켜봤
다. 이자들은 습격받지 않았다. 이 묘책도 강도떼는 꿰뚫어 보고 있
었다. 데그래는 절망에 빠졌다.

---

19 마르끄 르네 드 뽈미 아르장송(Marc René de Paulmy Argenson, 1652~1721)은
루이 14세 통치 당시에 빠리 경찰청장이었다.

어느날 라 레니 재판소장에게 데그래가 찾아왔다. 얼굴이 창백하게 일그러지고 넋이 나가 있었다. "뭐 새로운 정보가 있나? ─ 단서를 찾아냈나?" 재판소장이 데그래에게 소리쳤다. "아 ─ 존경하는 소장님," 데그래는 분에 못 이겨 더듬거리며 말을 꺼냈다. "아, 존경하는 소장님 ─ 어젯밤에 ─ 루브르 궁전 근처에서 라 페르 후작이 제 눈앞에서 습격받았습니다." "잘됐군!" 라 레니는 기뻐 환호성을 질렀다. "드디어 잡았어! ─" "오, 제 말을 먼저 들으시지요." 데그래가 쓸쓸하게 미소 지으며 말을 잘랐다. "어떤 일이 있었는지 먼저 들어보시죠. ─ 저는 루브르 근처를 지켜 서서, 가슴에 증오를 불태우며 저를 조롱했던 악마가 나타나기를 기다렸습니다. 그때 한 인물이 조심스러운 걸음으로 줄곧 뒤를 돌아보며, 제가 있는 것을 눈치채지 못한 채 제 바로 옆을 지나쳤습니다. 은은한 달빛 아래 보니 라 페르 후작이더군요. 후작이 그곳을 지나리라 예상했었고, 살금살금 누구에게 가는지도 잘 알았습니다. 후작이 저를 지나 열에서 열두걸음이나 옮겼을까요, 한 괴한이 땅에서 솟아나듯 뛰쳐나오더니 후작을 때려눕히고 덮쳤습니다. 살인범을 제 손으로 붙들 기회가 찾아온 데 저는 깜짝 놀랐습니다. 분별없이 큰 소리를 지르며, 매복처에서 냅다 뛰어나와 괴한에게 덤벼들려 했습니다. 그 순간 외투 자락에 발이 걸려 고꾸라져버린 겁니다. 사내가 바람을 타고 날듯이 도망치는 것을 보고 저는 벌떡 일어나 뒤따라 달렸습니다 ─ 그러면서 호각을 불었습니다 ─ 멀리서 부하들이 호루라기로 응답했습니다 ─ 거리가 떠들썩해졌습니다 ─ 무기가 절그럭거리는 소리와 말발굽 소리가 사방에서 들렸습니다. '여기다 ─ 여기야 ─ 데그래다 ─ 데그래야!' 저는 거리가 떠나가라 외쳤습니다 ─ 사내는 제 눈을 속이려고 이리 ─ 저리──길을 바꿨지만, 밝은 달빛 아래 저는 사내를 놓치지 않았습니다. 니께즈 가[20]에 이르자 사내는 기력이 다한 듯 보였고 저는 한층 기운을 냈습니다──사내는 기껏해야 열다섯걸음 앞에서 달리고 있었습니다." "그자를 따라잡았군──자네가 그자를 붙잡았고, 부하들이 달려왔겠지." 라 레니는 데그래가 도주하는 살인범이기라도 한 듯 데그래의 팔을 붙들고, 두 눈을 번쩍이며 소리쳤다. "열다섯걸음," 데그래가 가쁜 숨을 몰아쉬며 나직한 목소리로 말을 이었다. "열다섯걸음 앞에서 사내는 길옆 어둠으로 뛰어들더니 담벼락으로 사라졌습니다." "사라졌다고?──담벼락으로?──자네 미쳤나?" 라 레니는 두걸음 뒤로 물러서 두 손으로 머리를 감싸 쥐며 소리쳤다. "소장님," 데그래가 괴로운 생각에 시달리는 사람처럼 이마를 문지르며 말을 이었다. "원하신다면 저를 미친놈이라고, 허깨비나 보는 어리석은 놈이라고 부르셔도 좋습니다. 하지만 저는 사실 그대로 말씀드렸습니다. 제가 담벼락 앞에 멍하니 서 있는데, 부하 여럿이 헐레벌떡 달려왔습니다. 몸을 일으킨 라 페르 후작도 긴 칼을 빼 들고 함께 달려왔습니다. 우리는 횃불을 붙여 들고 담벼락을 이리저리 더듬었지만 문이나 창문이나 구멍의 흔적은 찾을 수 없었습니다. 뜰을 에워싼 튼튼한 돌담이었는데, 이 담벼락이 둘러쳐져 있는 저택에는 혐의를 찾아보려야 찾아볼 수 없는 사람들이 살고 있었습니다. 오늘도 저는 이곳을 샅샅이 살펴봤습니다.──악마가 우리를 가지고 노는 겁니다." 데그래의 이야기는 빠리에 널리 퍼졌다. 사람들의 머릿속은 마술이니, 강신술이니, 라 부아쟁과 르 비구뢰와 악명 높은 사제 르 싸주가 악마와 맺은 결탁이

─────────────────

20 1853년 없어진 거리이다. 쌩또노레 가에서 멀지 않은 곳에 있다. 1800년 12월 24일 나뽈레옹 폭탄 암살 미수 사건이 벌어진 곳으로 유명하다.

니 따위의 생각으로 가득 찼다. 타고난 천성상 우리 인간은 이성에 의지하기보다 초자연적이고 경이로운 것에 빠지는 성향이 강한 터라, 사람들은 데그래가 분에 못 이겨 뱉은 말을 곧이곧대로 받아들여, 악마에게 영혼을 팔아넘긴 흉악한 자들을 악마가 정말로 지켜주고 있다고 믿었다. 데그래가 겪은 사건이 갖가지로 제멋대로 윤색되었음은 쉽게 짐작할 수 있다. 소름 끼치는 악마가 데그래 앞에서 땅속으로 꺼지는 모습을 담은 목판 삽화를 곁들여, 이를 소재로 한 소설이 간행되어 시내 곳곳에서 판매되었다. 이는 백성에게 공포를 불어넣고 부하들의 용기마저 앗아가기에 충분했다. 부하들은 이제 부적을 목에 걸고 성수를 뿌린 뒤 바들거리고 주뼛거리며 거리를 헤매고 다녔다.

아르장송은 화형 재판소의 수사가 실패로 돌아갔음을 깨닫고서, 범죄자 추적과 처벌 권한이 더욱 확대된 재판소를 설치하여 새로운 범죄에 대처해야 한다고 국왕에게 진언했다. 국왕은 화형 재판소에 이미 너무 많은 권한을 주었다고 생각했으며, 피에 굶주린 라레니가 수없이 주도한 잔혹한 처형에 충격을 받았던 까닭에, 이 제안을 일언지하에 거부했다.

그래서 이 문제에 국왕의 관심을 일깨우기 위해 다른 수단이 강조되었다.

국왕은 오후마다 맹뜨농 후작 부인의 집에 머무르며 밤늦게까지 대신들과 정사를 논의하곤 했다. 이곳에 있던 국왕에게 위험에 빠진 구애자들의 이름으로 시 한편이 전달되었다. 구애자들은 이렇게 하소연했다. 기사도를 다하기 위해 저희는 연인에게 값비싼 선물을 들고 가야 하지만, 그때마다 목숨을 걸어야 합니다. 기사답게 맞싸우며 연인을 위해 피 흘리는 일은 명예이자 기쁨일 것입니다. 하지만 채 방비할 겨를도 없이 살인자에게 비열하게 습격받는 것은 이도 저도 아닙니다. 사랑과 기사도의 찬란한 북극성인 루이 국왕이시여, 밝은 빛을 비추시어 칠흑 같은 어둠을 흩뜨리시고 그 안에 숨은 암흑의 비밀을 밝혀내시옵소서. 숱한 적을 때려눕혔던 신과 같은 영웅이시여, 이제 승리에 빛나는 칼을 뽑아, 헤라클레스[21]가 레르네의 뱀을, 테세우스[22]가 미노타우로스를 물리쳤듯, 모든 사랑의 환희를 집어삼키고 모든 기쁨을 뼈저린 고통과 애끓는 슬픔으로 바꾸는 저 위험한 괴물을 무찌르소서.

이 시의 주제는 매우 진지했지만, 언어는 재치와 위트가 넘쳤다. 구애자들이 연인에게 남몰래 살금살금 찾아가면서 두려움에 떤다든지, 이런 두려움 때문에 사랑의 환희나 기사도를 다하려는 아름다운 모험심의 싹이 모조리 짓밟혀버리는 상황을 묘사할 때 특히 그러했다. 더욱이 말미는 루이 14세에 대한 거창한 찬사로 끝났으므로 국왕은 이 시를 매우 흐뭇한 기분으로 읽어내릴 수밖에 없었다. 다 읽은 뒤에도 종이에서 눈을 떼지 못한 채 맹뜨농 부인에게 재빨리 몸을 돌려 큰 목소리로 시를 다시 한번 읽어주고, 그런 다음 유쾌하게 웃으며 위험에 빠진 구애자들의 소원을 어떻게 생각하는지 물었다. 언제나 진지한 마음을 잃지 않고 언제나 경건한 기색을 잃지 않는 맹뜨농 부인은 이렇게 대답했다. 은밀하고 금지된 애정 행각은 특별히 보호할 가치가 없사오나, 무시무시한 범죄자를 근절할 특별한 조처는 아마 필요할 것이옵니다. 이런 애매한 대

---

21 그리스 신화에서 헤라클레스는 제우스의 아들이며, 열두가지 영웅적 과업으로 유명하다. 그중에는 레르네의 늪지대에 사는 머리 아홉 달린 뱀 히드라를 물리친 일도 포함된다.

22 그리스 신화에서 테세우스는 아테네 왕 아이게우스의 아들로서 아리아드네의 도움을 받아 크레타 섬의 황소 인간 미노타우로스를 물리친다.

답에 만족지 못한 국왕이 종이를 접어 들고 다른 방에서 집무 중인 국무 비서에게 돌아가려던 참이었다. 옆으로 눈길을 돌려보니, 스뛰데리 부인이 눈에 띄었다. 스뛰데리 부인은 방에 들어와 맹뜨농 부인 옆 작은 안락의자에 앉아 있었다. 국왕은 스뛰데리 부인에게 다가갔다. 국왕의 입과 볼에 감돌다가 사라졌던 유쾌한 미소가 다시 환하게 피어났다. 스뛰데리 부인 바로 앞에 멈춰 서서 시를 다시 펼치며 국왕은 부드럽게 말했다. "후작 부인은 우리 사랑에 빠진 신사들의 기사도에 관해서는 아무것도 알고 싶지 않은가보오. 내 질문에 모호하게 대답하는데, 이것이야말로 금지된 행동 아니겠소. 하지만 스뛰데리 부인, 그대는 시로 표현한 이 청원서를 어떻게 생각하시오?" 스뛰데리는 경의를 표하며 안락의자에서 일어났다. 품위 있는 노부인의 창백한 두 볼에 저녁노을처럼 홍조가 스쳤다. 부인은 가볍게 절하고 눈을 내리뜬 채 말했다.

"도둑을 두려워하는 연인은
사랑할 자격이 없나니."

이 몇 마디에 넘치는 기사도 정신에 국왕은 깜짝 놀랐다. 끝없는 장광설을 담은 시도 빛을 잃었다. 국왕은 두 눈을 번쩍이며 소리쳤다. "쌩드니[23]에게 맹세컨대, 그대 말이 옳소, 부인! 죄 있는 자뿐 아니라 죄 없는 자까지 잡아들이는 맹목적 조처로 기사답지 못한 행동을 보호하려 들어서는 아니 되지. 아르장송과 라 레니에게 본분을 다하라 하시오!"

---

23 쌩드니(Saint Denis)는 250년경 다른 여섯 명의 주교와 함께 로마에서 갈리아로 파견되어 빠리에 최초의 기독교 교구를 설립했다.

이튿날 마르띠니에르는 주인마님에게 지난밤 일어난 일을 이야기하며, 그 당시 벌어진 잔혹한 범죄를 더없이 생생하게 들려주고선, 바들거리고 주뼛거리며 수수께끼 같은 함을 부인에게 건네주었다. 마르띠니에르뿐 아니라, 창백한 얼굴로 두렵고 불안하여 벙거지만 만지작거리며 구석에 서 있던 바띠스뜨도 거의 입을 떼지 못했고, 조심조심 함을 열어보라고 부인에게 애절히 간곡히 당부할 뿐이었다. 스뀌데리 부인은 비밀 함을 손으로 들어보고 살펴보더니, 미소 지으며 말했다. "너희 둘 다 유령이라도 보는 것 같구나! — 내가 부유하지 않다는 것은, 살인까지 하며 훔칠 만한 보물이 내 수중에 없다는 것은 저 밖에 있는 흉악한 암살자들도 알고 있다. 너희 말마따나, 이자들은 나나 너희 못지않게 집 안을 속속들이 들여다보고 있으니 말이다. 내 목숨을 노리고 있다고? 누가, 무엇 때문에 일흔셋이나 된 이 노파를 죽이려 하겠느냐? 내가 지은 소설에 나오는 악한이나 잡배 말고는 누구도 괴롭혀본 적이 없는데, 아무도 시기하지 않는 고만고만한 시 나부랭이나 쓰고 있는데, 물려줄 재산이라고는 가끔 궁정에 갈 때 입는 예복과 잘 제본되고 단면에 금박을 입힌 책 수십권 말고는 아무것도 없는데! 그리고 마르띠니에르, 네가 낯선 사내의 모습을 제아무리 무시무시하게 묘사하더라도, 나는 그자가 해코지할 생각을 품고 있었다고 믿을 수 없구나.

자! — "

부인이 튀어나온 강철 단추를 눌러 함 뚜껑이 달가닥 열렸을 때, 마르띠니에르는 세걸음 뒤로 물러서고 바띠스뜨는 나직이 아! 신음하며 주저앉을 뻔했다.

보석이 알알이 박힌 황금 팔찌 한쌍과 목걸이 하나가 번쩍거리며 함에서 나오자, 부인은 얼마나 깜짝 놀랐던가! 부인은 패물을 꺼냈다. 부인이 목걸이의 경이로운 세공에 입을 다물지 못하는 동안 마르띠니에르는 값비싼 팔찌에서 눈을 떼지 못하며 연신 소리쳤다. 허영심 많은 몽떼스빵 부인도 이런 보석은 가져보지 못했을 거예요. "하지만 속셈이 뭐지? 왜 이것을 보낸 거지?" 스뀌데리가 말했다. 그 순간 함 바닥에 접힌 쪽지가 놓인 게 눈에 띄었다. 스뀌데리는 쪽지에서 꿍꿍이속을 알아차릴 수 있기를 못내 바랐다. 그러고서 내용을 다 읽자마자, 바들거리는 손에서 쪽지를 떨구었다. 만감이 서린 눈길로 허공을 바라보더니 거의 졸도하듯 안락의자에 도로 쓰러졌다. 마르띠니에르와 바띠스뜨가 깜짝 놀라 부인에게 달려들었다. "오," 부인은 눈물에 목이 메어 소리쳤다. "이런 모욕이, 이런 끔찍한 치욕이! 이 나이에 이런 일이 생기다니! 내가 분별없는 철부지처럼 어리석고 경솔한 짓을 저지른 것일까? ── 오, 하느님, 농담 삼아 던진 말을 이렇게 소름 끼치게 왜곡할 수 있다니! ── 덕성과 경건함을 지키며 어려서부터 나무랄 데 없이 살아온 나를 악마와 결탁한 범죄에 연루시키다니!"

부인은 손수건을 눈에 대고 서럽게 눈물짓고 흐느꼈다. 마르띠니에르와 바띠스뜨는 몹시 당황하고 불안하여, 한없이 괴로워하는 주인마님을 어떻게 달래야 할지 가늠하지 못했다. 마르띠니에르는 불길한 쪽지를 바닥에서 집어 들었다.

거기에는 이렇게 쓰여 있었다.

도둑을 두려워하는 연인은
사랑할 자격이 없나니.

존경하는 귀부인, 우리는 약하고 비겁한 자에게 강자의 권리를 행사하여 보물을 빼앗음으로써 이 보물이 무가치하게 낭비되는 일을 막고 있는 자들입니다. 부인은 예리한 기지로 우리를 혹독한 박해에서 구해주었습니다. 우리가 감사의 표시로 드리는 이 보석을 받아주시면 고맙겠습니다. 이것은 우리가 오랫동안 구할 수 있던 것 중에 가장 고귀한 보물입니다. 고결하신 부인, 부인은 지금 드리는 것보다 훨씬 아름다운 패물로 치장해야 마땅하겠지만 말입니다. 앞으로도 우의를 아끼지 않고 자애로운 마음으로 우리를 기억해주시기 바랍니다.

보이지 않는 이들 올림

　　"이럴 수가 있을까," 스뀌데리 부인은 얼마간 기운을 차린 뒤 소리쳤다. "이렇게 파렴치하고 뻔뻔스러울 수가 있을까! 이렇게 야비하게 비웃을 수가 있을까!" 햇빛이 창문의 진홍색 커튼 사이로 밝게 비치자, 탁자 위 열린 함 옆에 놓여 있던 보석들이 불그레한 빛으로 반짝거렸다. 스뀌데리는 이를 보고 기겁하여 얼굴을 가리며, 피살자의 피가 묻어 있는 무서운 패물을 당장 치우라고 마르띠니에르에게 일렀다. 마르띠니에르는 곧바로 목걸이와 팔찌를 함에 넣고 뚜껑을 잠근 뒤, 이렇게 말했다. 보석을 경찰청장에게 넘겨주는 게 가장 좋겠어요. 젊은 사내가 겁에 질린 모습으로 나타나 함을 건네주었다고 낱낱이 털어놓고요.

　　스뀌데리는 자리에서 일어나 말없이 천천히 방 안에서 서성였다. 어떻게 해야 할지 곰곰이 생각하는 듯했다. 그러더니 바띠스뜨에게 가마를 대령하라 이르고, 마르띠니에르에게는 당장 맹뜨농 후작 부인에게 가야겠으니 옷을 가져오라 말했다.

후작 부인이 방에 혼자 있는 때를 잘 알고 있었으므로, 그 시간에 맞춰 가마를 타고 갔다. 보석함도 품에 안고 갔다.

　평소 기품이 넘치며 나이가 많은데도 사랑스럽고 아리땁기 그지없던 스뀌데리 부인이 창백하게 일그러진 얼굴로 휘청거리며 걸어 들어오자, 후작 부인은 몹시 놀랐음에 틀림없었다. "도대체 무슨 일이 있었어요?" 후작 부인은 겁에 질린 가엾은 스뀌데리를 보고 소리쳤다. 스뀌데리는 넋이 나가 몸도 제대로 가누지 못하고, 후작 부인이 내미는 안락의자에 얼른 앉으려고만 들었다. 마침내 말할 기운이 돌아오자 이렇게 이야기했다. 위험에 빠진 구애자들의 청원서에 별생각 없이 농담으로 대꾸한 댓가로 얼마나 지독하고 도저히 삭일 수 없는 모욕을 당했는지 모릅니다.

　후작 부인은 자초지종을 속속들이 들은 뒤 이렇게 말했다. 부인은 기묘한 사건을 너무 심각하게 생각하고 있어요. 흉악한 패거리가 아무리 비웃어도 경건하고 고귀한 마음을 해칠 수는 없답니다. 그러면서 말끝에 보석을 보여달라고 부탁했다.

　스뀌데리는 함을 열어 후작 부인에게 넘겨줬고, 귀중한 패물을 본 후작 부인은 놀라움에 탄성을 터뜨리지 않을 수 없었다. 목걸이와 팔찌를 꺼내 들고 창가로 다가가 이 보석들을 햇빛에 이리저리 비춰보기도 하고, 섬세한 황금세공을 눈앞에 바싹 들이대고 목걸이를 엮은 작은 고리 하나하나가 얼마나 경이로운 솜씨로 세공되었는지 찬찬히 들여다보기도 했다.

　별안간 후작 부인은 스뀌데리 부인에게 몸을 돌리더니 이렇게 소리쳤다. "부인, 혹시 아세요? 이 팔찌와 황금 목걸이를 세공할 수 있는 사람은 르네 까르디야끄밖에 없다는 것을 말이에요." 르네 까르디야끄는 당시 빠리에서 가장 숙련된 금세공사로서, 당대에 기예가 가장 뛰어나면서도 가장 기묘한 인물로 손꼽혔다. 키는 작달막한 편이었지만 어깨가 떡 벌어지고 체구가 단단하고 근육질인 까르디야끄는 오십줄에 훌쩍 접어든 나이에도 청년 못지않은 기운과 민첩성을 자랑했다. 이렇듯 예사롭지 않은 뚝심은 숱이 많고 불그레한 곱슬머리와 다부지고 번쩍이는 얼굴에서도 느껴졌다. 까르디야끄가 정직하고 사심 없고 솔직하고 악의 없고 항상 남을 도우려 하는 고결한 사람으로 빠리에 널리 알려졌기에 망정이지, 그러지 않았다면 두 눈은 가늘고 움푹 들어가고 녹색으로 번득이는데다 눈빛마저 심상치 않아 음흉하고 사악한 꿍꿍이가 있다는 의심을 받기 십상이었을 것이다. 앞서 말한 대로 까르디야끄의 기예는 빠리에서뿐 아니라 아마도 당대에 가장 뛰어났을 것이다. 보석의 성질을 훤히 꿰뚫었으며, 어떻게 가공하고 상감해야 하는지 잘 알았다. 그리하여 처음에는 눈에 띄지도 않던 보석이 까르디야끄의 공방을 거치면 찬란한 광채로 빛났다. 어떤 주문이든 닥치는 대로 다 받았고, 수고에 터무니없이 못 미쳐 보일 만큼 매우 낮은 가격을 불렀다. 그런 다음 쉬지 않고 작업했다. 공방에서는 밤낮으로 망치질 소리가 끊이지 않았다. 수공이 거의 마무리될 무렵 갑자기 모양이 성에 차지 않거나 보석 세팅이나 작은 고리가 깜찍하지 않다고 생각될 때가 가끔 있었다 ── 그러면 지금까지 작업한 것을 도가니에 던져 넣고 처음부터 새로 시작했다. 이렇게 하여 어떤 세공이든 완벽하고 비길 데 없는 걸작이 되어 주문자를 깜짝 놀라게 했다. 하지만 주문자가 완성된 세공품을 찾아오는 것은 하늘의 별 따기였다. 까르디야끄는 끝없이 핑계를 대면서 주문자를 한주 또 한주, 한달 또 한달 기다리게 했다. 공임을 두배로 쳐주겠다고 해도 소용없었다. 까르디야끄는 약정한 가격보다 한푼도 더 받으려 하지 않았다. 주문자의 성화에 못 이겨 마침내 보석을 내줘야 할 때면 더없이 못마땅한 기색과 마음속에 끓어오르는 분노를 감추지 못했다. 고가의 보석에 매우 섬세하게 금세공을 하여 가격이 수천에 이를지 모를 매우 값비싸고 귀중한 세공품을 내놓아야 할 경우에는, 미친 듯 돌아다니며 자신과 작품과 주위의 모든 것을 저주했다. 하지만 누군가 뒤에서 달려와, "르네 까르디야끄, 내 신부를 위해 아름다운 목걸이를 만들어주지 않겠어요? ──내 애인을 위해 팔찌를 만들어주지 않겠어요?"라고 크게 외치면, 까르디야끄는 갑자기 멈춰 서서 가는 눈으로 사내를 바라보고 손을 마주 비비며 이렇게 묻는 것이었다. "보석을 좀 볼까요?" 사내는 보석함을 품에서 꺼내고 말한다. "이 보석입니다. 그다지 희귀한 것은 아니고 평범한 것이지만 당신이 손대면⋯⋯" 까르디야끄는 말허리를 자르고 사내 손에서 보석함을 가로채 보석을 꺼낸다. 아닌 게 아니라 그리 가치 있지는 않다. 그렇지만 까르디야끄는 보석을 햇빛에 비추어보고 사뭇 기뻐하며 소리친다. "오호, 오호 ── 평범한 것이라고요? ── 천만에요! ── 어여쁜 보석이에요 ── 찬란한 보석이에요, 제게 맡겨만 주십시오! ── 돈 몇푼을 아끼지 않으시겠다면 보석을 몇점 더 끼우고 싶은데요. 당신의 눈에 사랑스러운 태양처럼 반짝이게 될⋯⋯" 사내가 말한다. "당신에게 모든 것을 맡기겠어요, 르네 명인, 공임은 원하는 대로 드리겠습니다!" 그러면 이 사내가 부유한 시민이든 궁정의 고위 관리이든 가리지 않고, 까르디야끄는 세차게 몸을 날려 사내의 목을 껴안고 입 맞추고, 이제 다시 살맛 나며 작업은 일주일 뒤에 끝날 것이라고 말한다. 부랴부랴 집으로 달려와 공방으로 들어가 망치질하기 시작하고, 일주일 뒤 걸작이 완성된다. 하지만 이를 주문한 사내가 찾아와 약정한 약간의 공임을 기꺼이 지불하고 완성된 보석을 찾아가려 하자마자 까르디야끄는 짜증 내고 불퉁거리고 까탈 부린다. "하지만 까르디야끄 명인, 생각 좀 해보세요, 내일이 제 결혼식입니다." "당신 결혼식이 나와 무슨 상관이지요? 이주일 뒤 다시 와서 다 됐는지 물어보시오." "보석은 완성되었고, 돈은 여기 있습니다. 저는 보석을 가져가야 해요." "다시 말하죠. 보석에 손볼 곳이 아직 많아서 오늘은 내주지 못해요." "다시 말하겠어요. 원한다면 공임을 두배 지불할 용의도 있어요. 하지만 보석을 선선히 내놓지 않으면 아르장송의 부하들을 이끌고 곧 다시 오겠어요." "사탄이 달구어진 집게 수백개로 네놈을 잡아 지지고, 목걸이에 수백 킬로그램을 매달아 네놈 신부를 목 졸라 죽이기를!" 이렇게 말하며 까르디야끄는 보석을 신랑 가슴 주머니에 쑤셔 넣고 팔을 붙잡아 문밖으로 내던져 층계 아래로 굴러떨어지게 한다. 그러고서 가엾은 젊은이가 손수건으로 코피를 막으며 절뚝절뚝 집 밖으로 나가는 것을 창문으로 내다보며 악마처럼 웃는다. ─ 도저히 설명할 수 없는 일도 있었다. 까르디야끄는 어떤 작업을 열광하며 떠맡았다가, 느닷없이 주문자에게 찾아와 성모마리아와 모든 성인을 부르며 자신이 맡은 작업을 면제해달라고 애원하기도 했다. 마음속 깊이 동요한 기색을 고스란히 내비치며, 더없이 가슴 아프게 넋두리하고 흐느끼고 눈물짓기까지 했다. 국왕이나 백성에게 더없이 존경받는 여러 인물이 까르디야끄에게 소품이라도 얻어보려고 큰돈을 내놓았지만 아무 소용 없었다. 까르디야끄는 국왕의 발치에 엎드려 국왕의 일을 맡지 않도록 자비를 베풀어달라고 간청했다. 맹뜨농 후작 부인이 어떤 주문을 해도 거절했다. 라신[24]에게 선사하고 싶으니 예술의 상징이 장식된 작은 반

─────────

24 장 라신(Jean Racine, 1639~99)은 프랑스 고전주의 작가이며, 『올리드의 이피게니』(*Iphigénie en Aulide*, 1674) 『페드르』(*Phèdre*, 1677) 등의 희곡으로 유명하다.

지를 만들어달라고 부탁하자, 까르디야끄는 징그럽고 무서운 표정을 지으며 한사코 거부했다.

"장담하건대," 따라서 맹뜨농은 이렇게 말했다. "장담하건대, 누구의 주문으로 이 보석을 만들었는지 알아보기 위해 까르디야끄에게 사람을 보내더라도, 까르디야끄는 이곳으로 오려 하지 않을 거예요. 내가 주문할까 염려스럽고 나를 위해서 일을 아예 맡고 싶지 않기 때문이지요. 얼마 전부터 쇠고집을 꺾은 듯하기는 해요. 들은 바로는 지금은 예전보다 더 열심히 일하고 세공품을 곧바로 내준다고 하니까요. 그렇지만 매우 못마땅해하며 외면하는 것은 여전하다고 해요." 스뀌데리는 보석을 되도록 빨리 적법한 소유자 손에 돌려주는 것이 급하다고 생각했으므로, 이렇게 말했다. 명인에게 급히 전갈을 보내어, 일을 맡기려는 게 아니라 보석에 관해 자문을 구하려 한다고 알리는 것이 좋겠습니다. 후작 부인이 맞장구쳤다. 까르디야끄에게 사람을 보내자, 까르디야끄는 이미 오고 있기라도 했던 듯 얼마 지나지 않아 방 안에 들어왔다.

까르디야끄는 스뀌데리를 보더니 깜짝 놀란 듯했다. 예상치 못한 일에 갑자기 충격받은 사람처럼 마땅히 지켜야 할 예법을 깜빡 잊고, 먼저 이 기품 있는 귀부인에게 허리 숙여 정중하게 절하고 그런 다음에야 후작 부인에게 몸을 돌렸다. 후작 부인은 진녹색 상보가 덮인 탁자에서 반짝이는 패물을 가리키며 불쑥 물었다. 이것이 당신 작품인가요? 까르디야끄는 패물에 눈길을 던지기 무섭게, 후작 부인의 얼굴을 뚫어져라 바라보며 팔찌와 목걸이를 그 옆에 있는 함에 재빨리 쓸어 담은 뒤 함을 세차게 밀쳤다. 벌건 얼굴에 볼

항상 맹뜨농 부인의 후원을 받았다.

썽사나운 미소를 번뜩이며 이렇게 말했다. "아닌 게 아니라, 후작 부인, 이 세상에 저 말고 다른 금세공사가 이런 보석을 상감할 수 있다고 한순간이라도 믿는 사람이 있다면, 르네 까르디야끄의 솜씨를 잘 모르는 게지요. 두말할 나위 없이 이것은 제 작품입니다." "그렇다면 말해주세요," 맹뜨농 부인이 말을 이었다. "누구의 주문으로 이 보석을 만들었지요?" "제가 필요해서 만들었습니다." 까르디야끄가 대답했다. 맹뜨농 부인과 스뀌데리 부인은 깜짝 놀라 까르디야끄를 바라보았다. 맹뜨농 부인은 의심에 가득 찼고, 스뀌데리 부인은 이 일이 어떻게 될지 불안한 예감에 휩싸였다. "그래요," 까르디야끄가 말을 이었다. "그래요, 후작 부인. 부인께서는 기이하게 생각하시겠지만, 사실이 그렇습니다. 아름다운 작품을 만들기 위해 저는 최고의 보석을 수집하여 그 어느 때보다 더 부지런히 더 꼼꼼하게 즐거운 마음으로 작업했습니다. 그런데 얼마 전 이 보석이 제 공방에서 수수께끼처럼 사라졌습니다." "하느님, 감사합니다." 스뀌데리 부인이 기쁨에 눈을 번득이며 소리쳤다. 어린 소녀처럼 빠르고 날래게 안락의자에서 일어나 까르디야끄에게 걸어가더니, 어깨에 두 손을 얹으며 이렇게 말했다. "받으세요, 받으세요, 르네 명인. 흉악한 강도떼에게 빼앗긴 당신의 재산을 다시 받으세요." 그러고선 보석을 어떻게 얻게 되었는지 자세히 이야기했다. 까르디야끄는 두 눈을 내리뜨고 말없이 모든 이야기를 들었다. 이따금 들릴 듯 말 듯 "음! ─ 그렇군요! ─ 아! ─ 오호, 오호!"라고 내뱉었고, 두 손으로 뒷짐을 지기도 했다가 턱이나 볼을 가볍게 어루만지기도 했다. 스뀌데리가 말을 마치자, 까르디야끄는 그동안 떠오른 사뭇 생뚱맞은 생각과 맞싸우는 듯했다. 무언가 결심을 굳히기 어려운 듯 보였다. 이마를 문지르고, 한숨짓고, 솟구치는 눈물을 훔치려고 두 눈에 손을 가져다 댔다. 마침내 스뀌데리가 내놓은 함을 붙잡더니 천천히 한쪽 무릎을 꿇고 이렇게 말했다. "고귀하고 고결하신 부인, 운명은 이 보석을 부인에게 내렸습니다. 이제야 비로소 알겠습니다, 제가 작업하는 동안 부인을 생각했다는 것을, 부인에게 드리려고 작업했다는 것을 말이지요. 이 보석은 제가 오래전부터 만들었던 것 중에 가장 훌륭한 것이오니 받아서 차고 다니십시오." "이봐요, 이봐요." 스뀌데리가 유쾌하게 농담하듯 대답했다. "무슨 엉뚱한 생각을 하는 거예요, 르네 명인? 번쩍거리는 보석으로 요란하게 치장하는 게 이 나이에 어울리겠어요? ─무슨 까닭에 나에게 이렇게 값비싼 선물을 하는 거예요? 가세요, 가세요, 르네 명인. 내가 퐁땅주 후작 부인[25]만큼 아름답고 부유하다면, 아닌 게 아니라 보석을 내놓지 않았을 거예요. 하지만 이 메마른 팔에 화려한 팔찌가, 이 주름진 목에 번쩍이는 목걸이가 다 뭐예요?" 그동안 까르디야끄는 몸을 일으켜, 스뀌데리에게 함을 계속 내민 채, 넋이 나간 듯 사나운 눈빛으로 이렇게 말했다. "부인, 자비를 베푸시어 보석을 받아주십시오. 부인의 덕성과 높은 공덕을 제가 얼마나 마음속 깊이 공경하는지 부인께서는 모르실 겁니다! 변변찮은 선물이지만 제 마음속 생각을 보여드리려는 성의로 여기시고 받아주십시오." 스뀌데리가 여전히 머뭇거리자 맹뜨농이 함을 까르디야끄의 손에서 잡아채며 말했다. "하늘에 걸고 말하건대, 부인, 부인은 나이가 많다고 입버릇처럼 되뇌지만, 나나 부인에게 나이가 무슨 상관이며 무슨 짐이 되나요? ─부인은 지금 눈앞의 달콤한 열매를 받고 싶으면서도 손을 내밀지 못하고 부끄러워하는

─────────

25 퐁땅주 후작 부인(Marquise de Fontange, 1661~81)은 루이 14세의 정부로서, 매우 아름다웠지만 지성과 예의가 부족하며 사치스럽고 거만했던 것으로 알려져 있다.

어린 소녀처럼 행동하고 있잖아요. ─우직한 르네 명인의 청을 물리치지 말고, 다른 수많은 사람이 아무리 황금을 바치며 부탁하고 간청해도 얻을 수 없는 선물을 기꺼이 받으세요……"

맹뜨농 부인이 스뀌데리에게 함을 떠넘기는 동안 까르디야끄는 털썩 무릎을 꿇고 ─스뀌데리의 치마와 두 손에 입 맞추고 ─신음하고 ─한숨짓고 ─눈물짓고 ─흐느끼고 ─벌떡 일어나 ─미친 듯 허둥지둥 자리에서 뛰쳐나가며 안락의자와 탁자를 넘어뜨려, 도자기며 유리잔이 와장창 깨졌다.

스뀌데리가 소스라치게 놀라 소리쳤다. "도대체 저 사람 왜 저러는 거지요?" 하지만 후작 부인은 기분이 매우 밝아져 전에 없이 짓궂게 깔깔 웃더니 이렇게 말했다. "알겠어요, 부인. 르네 명인이 부인을 죽도록 사모하여, 참된 기사도의 올바른 관습과 오래된 예법에 따라 값비싼 선물로 부인의 마음을 얻으려는 거예요." 맹뜨농은 애타는 구애자에게 너무 잔인하게 굴지 말라고 채근하며 농담을 이어갔고, 스뀌데리는 타고난 재치를 한껏 펼치며 갖가지 즐거운 상상의 물결에 휩쓸려들어 이렇게 말했다. 이렇게 정성을 다한다면야 마침내 마음을 줄 수밖에 없겠지요. 나무랄 데 없는 귀족 출신으로 나이 일흔셋에 금세공사의 신부가 되었다는 듣도 보도 못한 선례를 세상에 남길 수밖에요. 맹뜨농 부인은 신부 화관을 엮어주겠으며, 풋내기 아가씨는 훌륭한 주부의 의무를 잘 모를 테니 그것도 가르쳐주겠다고 자청하고 나섰다.

마침내 스뀌데리는 후작 부인의 집을 떠나려고 자리에서 일어났다. 보석함을 도로 건네받자, 언제 웃으며 농담을 했느냐는 듯 또다시 매우 진지한 표정을 짓고, 이렇게 말했다. "하지만, 후작 부인, 저는 이 보석을 결코 차지 않을 거예요. 사정이 어쨌든, 이 보석은 사악한 패거리의 손에 들어간 적이 있어요. 그자들은 악마같이 뻔뻔스럽게, 심지어 악마와 저주받을 결탁을 하고서 강도와 살인을 저지르고 있지요. 반짝이는 패물에 피가 묻어 있을 것 같아 오싹해요. ── 솔직히 털어놓자면, 까르디야[17]의 태도도 기묘할 만큼 두렵고 섬뜩하게 느껴져요. 이 모든 일 뒤에 뭔가 으스스하고 무시무시한 비밀이 숨겨져 있다는 불길한 예감을 떨칠 수 없어요. 하지만 모든 일의 세세한 상황을 사뭇 똑똑히 눈앞에 그려보아도 비밀이 어디에 숨어 있는지, 정직하다 못해 우직한 르네 명인이, 이 착하고 경건한 모범 시민이 사악하고 저주받을 일과 무슨 상관이 있는지 도저히 짐작할 수 없어요. 그렇지만 이것만은 분명해요. 저는 이 보석을 결코 차고 다니지 않을 거예요.”

후작 부인은 이렇게 말했다. 양심을 너무 깨끗이 하려는 듯하군요. 이에 스뀌데리가 부인께서 제 입장이라면 양심상 어떻게 하시겠어요,라고 묻자 후작 부인은 진지하고 단호하게 대답했다. “보석을 차고 다니기보다는, 쎈 강 저 멀리 던져버리겠어요.”

스뀌데리는 르네 명인과의 만남을 사뭇 매력 있는 시행에 담아, 다음 날 저녁 맹뜨농 부인의 방에서 국왕에게 읽어주었다. 아마도 스뀌데리는 르네 명인을 희화하여 섬뜩한 예감의 오싹함을 말끔히 씻어내고, 유서 깊은 귀족 출신이자 나이 일흔셋인 노파가 금세공사의 신부가 된 모습을 우스꽝스럽고 생생하게 묘사할 수 있었던 듯하다. 아무튼 국왕은 배를 움켜쥐고 웃으며 이렇게 잘라 말했다. 부알로데프레오[26]가 임자를 만났구려. 스뀌데리의 시야말로 지금까지 들은 시 중에 가장 익살스럽소.

---

26 니꼴라 부알로데프레오(Nicolas Boileau-Despréaux, 1636~1711)는 유명한 문학 이론가로서 1674년 『시학』(*L'Art poétique*)을 출간했다.

여러달이 지난 뒤, 어느날 스뀌데리가 몽땅시에 공작 부인[27]의 유리 마차를 타고 뽕 뇌프 다리[28]를 건너던 때였다. 유리창 달린 우아한 마차가 새로 발명된 무렵이라, 이런 마차가 거리에 나타나면 호기심에 가득 찬 백성이 몰려들곤 했다. 뽕 뇌프 다리에서도 넋을 잃은 군중이 몽땅시에의 마차를 에워싸고 말들의 발걸음을 가로막기에 이르렀다. 그때 스뀌데리에게 난데없는 욕설과 저주가 들리더니, 한 사내가 주먹을 휘두르고 팔꿈치로 제기며 빽빽한 무리를 헤치고 다가오는 것이 보였다. 사내가 가까이 오는 동안, 스뀌데리는 이 젊은이의 죽은 듯 창백하고 슬픔에 잠긴 얼굴과 쏘아보는 눈초리를 마주 보았다. 젊은이는 팔꿈치와 주먹으로 세차게 앞길을 헤치고 마차의 문까지 다가오며 부인을 뚫어져라 바라봤고, 문을 잡아채 홱 열어젖히더니 스뀌데리 품에 쪽지를 던지고, 팔꿈치질과 주먹다짐을 주고받으며 왔던 길로 사라졌다. 스뀌데리 옆에 있던 마르띠니에르는 이 사내가 마차 문에 나타나자마자 기겁하여 비명을 지르더니 정신을 잃고 마차 쿠션에 털썩 쓰러졌다. 스뀌데리가 줄을 잡아당기고 마부에게 소리쳐 알리려 하였으나 소용없었다. 마부는 악령에라도 사로잡힌 듯 말에 채찍질했고, 말은 주둥이에 거품을 물고 몸부림치며 뒷발로 일어섰다가 마침내 따가닥따가닥 우레 치듯 달려 다리를 건넜다. 스뀌데리가 기절한 하녀에게 취각제를 쏟아붓자, 하녀는 마침내 눈을 뜨더니 바들바들 몸을 떨고 진저리 치며 주인마님에게 매달려 두려움과 무서움이 가득한 창백

---

27 쥘리 뤼신 당젠 몽땅시에 공작 부인(Julie Lucine d'Angennes, duchesse de Montansier, 1607~71)은 1661년부터 왕자와 공주의 가정교사였다.
28 쎈 강의 다리로 루브르 궁전 남동쪽에 있다. 쌩또노레 가와 니께즈 가에서 멀지 않다.

한 얼굴로 간신히 이렇게 내뱉었다. "도대체! 이 무시무시한 사내는 무엇을 바라는 거지요? ─아! 이자가 그 사람이에요, 그 으스스한 밤에 보석함을 마님께 가져왔던 바로 그 사람이에요!" 스퀴데리는 어떤 해코지도 없었고, 쪽지 내용부터 알아보는 게 급하다고 일러주며 가엾은 하녀를 다독거렸다. 종이를 펼치니 이렇게 쓰여 있었다.

부인께서 막아줄 수 있었던 어떤 기구한 운명이 저를 나락에 빠뜨리고 있습니다! ─아들이 어머니 곁을 떠나지 못하고 뜨거운 효성에 불타며 빌듯이, 부인께 애원합니다. 제게 받으신 목걸이와 팔찌를, 어떤 구실을 붙여서라도 ─뭔가 고쳐주거나─ 바꿔달라고 르네 명인에게 보내십시오. 부인, 부인의 안녕과 부인의 목숨이 여기에 달려 있습니다. 모레까지 그렇게 하지 않으면, 제가 부인 집에 들어가 부인 눈앞에서 자결하겠습니다.

"분명한 사실은," 스퀴데리가 쪽지를 읽은 뒤 말했다. "이 수수께끼 같은 사내가 정말 흉악한 도둑이나 살인범 패거리일지는 몰라도, 나를 해코지할 생각은 없다는 것이야. 이자가 그날밤 나와 이야기할 수 있었다면, 기묘한 사건이나 신비로운 상황을 내가 똑똑히 알 수 있었을지 누가 알겠느냐. 지금은 그 일에 관해 내가 어렴풋이라도 짐작해보려고 갖은 궁리를 다 해도 소용없지만 말이야. 사정이 어쨌든, 이 종이에 쓰인 대로 하겠어. 이 불길한 보석에서 벗어나기 위해서라도 말이야. 이 보석이 꼭 악마의 사악한 부적처럼 생각되거든. 까르디야끄는 보석을 돌려받으면 오랜 습관대로 쉽사리 다시 내놓지 않을 것이야."

스뀌데리는 바로 다음 날 보석을 들고 금세공사를 찾아가려고 했다. 하지만 온 빠리의 문인이 시, 희곡, 일화를 들고 이날 아침 부인에게 몰려오기로 약속이라도 한 듯했다. 라 샤뻴[29]이 비극의 한 장면을 완성하고 이제 라신을 넘어설 것이라고 약빠르게 장담하자마자, 라신이 들어와 어느 국왕의 비장한 연설로 라 샤뻴의 코를 납작하게 만들었고, 건축학 박사 뻬로[30]가 루브르 궁전의 주랑에 관해 끝없이 떠드는 것이 듣기 싫은지, 부알로는 비극 이론을 끄집어내어 깜깜한 하늘을 밝히는 폭죽처럼 쏘아 올렸다.

한낮이 되었을 때 스뀌데리는 몽땅시에 공작 부인에게 가야 했으므로 르네 까르디야끄 명인을 찾아가는 일은 다음 날로 미뤄야 했다.

스뀌데리는 기이한 불안감에 시달렸다. 젊은이가 줄곧 눈앞에 어른거렸고, 마음속 깊이 어렴풋한 기억이 일었다. 이 얼굴이며 이 이목구비를 전에 본 적이 있는 듯했다. 불길한 꿈 때문에 한잠도 잘 수 없었다. 불행한 젊은이가 나락에 빠지며 구해달라고 손을 내밀었는데 경솔하게도, 벌받아 마땅하게도, 그 손을 붙잡아주지 않은 듯 여겨졌다. 어떤 불길한 사건을, 어떤 끔찍한 범죄를 막는 것이 자신의 책임인 듯 생각됐다. ── 아침이 밝자마자 옷을 차려입고 보석함을 들고 금세공사에게 찾아갔다.

까르디야끄가 사는 니께즈 가로 백성이 밀려들어 집 문 앞에 모

---

29 장 드 라 샤뻴(Jean de la Chapelle, 1651~1723)은 희곡 작가로 라신을 모방했다.
30 끌로드 뻬로(Claude Perrault, 1613~88)는 의사이자 건축가로 루브르 궁전의 동쪽 익랑 앞면을 설계했다. 동생 샤를 뻬로(Charles Perrault, 1628~1703)는 부알로 데프리오와 이른바 '신구논쟁'(Querelle des Anciens et des Modernes)을 벌였다. 부알로가 『시학』에서 고전문학의 탁월성을 강조한 데 맞서 샤를 뻬로는 근대문학이 더 우월하다고 주장했다.

여 있었다 — 외치고 소리치고 고함치며 — 안으로 밀고 들어가려 하는 것을, 집을 에워싸고 있는 기마경찰대가 힘겹게 저지하고 있었다. 시끌벅적 떠들썩한 가운데 성난 목소리들이 이렇게 외쳤다. "흉악한 살인범을 찢어발겨라, 갈아 뭉개라!" 마침내 데그래가 수많은 병력을 이끌고 나타났고, 이들은 빽빽한 인파를 헤치고 길을 터나갔다. 집 문이 열리고 사슬에 묶인 사내가 붙들려 나와, 분노한 군중이 더없이 끔찍한 저주를 퍼붓는 가운데 질질 끌려갔다. — 스퀴데리가 놀라움과 무서운 예감에 반쯤 정신이 나가 이를 바라보는 순간, 비명 소리가 귀청 떨어지게 들려왔다. "앞으로! — 앞으로 가세요!" 스퀴데리가 넋이 나가 마부에게 소리치자, 마부는 능란한 솜씨로 재빨리 고삐를 움직여 빽빽한 인파를 흩뜨리고 나아가 까르디야끄의 집 문 바로 앞에 멈춰 섰다. 그곳에서 스퀴데리는 데그래를 보았는데, 눈부시게 아름다운 젊은 아가씨가 머리가 풀어지고, 옷자락이 헤쳐지고, 들끓는 두려움과 애끓는 절망이 가득한 얼굴로 데그래의 발치에 엎드려서 무릎을 끌어안고 더없이 무시무시하며 가슴이 찢어지는 듯 고통스러운 목소리로 외치고 있었다. "저이는 죄가 없어요! — 저이는 죄가 없어요!" 데그래와 부하들이 아가씨를 잡아떼고 바닥에서 일으켜 세우려 아무리 애써도 소용없었다. 마침내 드세고 우악스러운 사내가 투박한 손으로 두 팔을 잡아 억지로 데그래에게서 떼어내어 끌고 갔으나, 어설프게 발을 헛디디며 아가씨를 놓치는 바람에 아가씨는 돌계단에 굴러떨어져 — 아무 소리 없이 죽은 듯 거리에 쓰러져 있었다. 스퀴데리는 더이상 보고 있을 수 없었다. "도대체 무슨 일이에요? 여기 무슨 일이 있는 거예요?"라고 외치며 문을 급히 박차고 마차에서 내렸다. — 백성이 품위 있는 부인에게 경의를 표하며 길을 비켰다. 동정심 많은 아낙네 몇몇이 아가씨를 일으켜 계단에 앉히고 취각제로 이마를 문지르는 것을 보며, 스뀌데리는 데그래에게 다가가 방금 던진 질문을 다그치듯 되풀이했다. "무시무시한 일이 일어났습니다." 데그래가 말했다. "르네 까르디야끄가 오늘 아침 비수에 찔려 살해된 채 발견되었습니다. 제자 올리비에 브뤼송이 살인범입니다. 그자는 방금 감옥에 이송되었습니다." "이 아가씨……?" 스뀌데리가 소리쳤다. "……는," 데그래가 끼어들었다. "까르디야끄의 딸 마들롱입니다. 흉악한 살인범의 연인입니다. 이제 눈물짓고 울부짖으며 올리비에는 죄가 없다고, 아무 죄가 없다고 연신 소리치고 있지요. 이 여자는 사건의 진상을 알 겁니다. 따라서 저는 이 여자도 꽁시에르주리 감옥[31]으로 보낼 수밖에 없습니다." 데그래는 이렇게 말하며 고소하다는 듯 음흉한 눈길을 아가씨에게 던졌고, 이 눈길에 스뀌데리는 온몸이 떨렸다. 아가씨는 나직이 숨 쉬기 시작했지만 아무 소리도 움직임도 없이 눈 감고 누워 있었으며, 사람들은 아가씨를 집으로 들여보내야 할지 깨어날 때까지 더 지켜보고 있어야 할지 알 수 없었다. 스뀌데리는 마음속 깊이 동정심이 북받쳐 눈물을 글썽이며 이 순진무구한 천사를 내려다보았다. 데그래와 그 부하들이 오싹하게 느껴졌다. 그때 계단을 내려오는 소리가 쿵쿵 나직이 들렸다. 까르디야끄의 시신을 옮기고 있었다. 스뀌데리는 재빨리 결심을 굳히고 크게 소리쳤다. "내가 이 아가씨를 데리고 갈 테니 나머지 일을 잘 처리해주세요, 데그래!" 맞장구치는 소리가 웅얼웅얼 나직이 백성 사이에 퍼졌다. 아낙네들이 아가

---

31 빠리 최초의 궁전이며, 14세기 말 궁전이 루브르로 이전하며 감옥으로 사용되기 시작했다. 프랑스대혁명 당시 마리 앙뚜아네뜨(Marie Antoinette, 1755~93)도 이곳에 수감되었다.

씨를 일으켜 세우자 모두 그리로 달려들었고, 수많은 손길이 있는 힘을 다해 아낙네들을 도왔다. 아가씨는 공중에 떠가듯 마차로 옮겨졌다. 사람들은 이 품위 있는 부인이 죄 없는 아가씨를 피에 굶주린 재판소에서 구해냈다며 입을 모아 찬사를 보냈다.

마들롱은 여러시간 동안 의식을 잃고 꼼짝 않고 누워 있었으나, 빠리에서 가장 유명한 의사 쎄론이 갖은 노력을 기울여 마침내 정신이 돌아왔다. 의사가 시작한 일을 스뀌데리가 마무리했다. 스뀌데리가 희망의 따사로운 빛줄기를 아가씨의 마음속에 흠뻑 비추자 마침내 아가씨는 눈물을 폭포처럼 흘리며 마음을 털어놓았다. 가슴 깊이 파고드는 괴로움에 못 이겨 하염없이 흐느끼느라 이따금 목이 메어 말이 막혔지만 무슨 일이 일어났는지 빠짐없이 이야기했다.

자정에 방문을 나직이 두드리는 소리에 잠에서 깨니 올리비에의 목소리가 들렸어요. 아버지가 위독하니 어서 일어나라고 재촉하는 거였어요. 저는 소스라치게 놀라 벌떡 몸을 일으켜 문을 열었지요. 올리비에는 창백하고 일그러진 얼굴로 식은땀을 뻘뻘 흘리며 손에 등불을 들고 휘청휘청 걸어 공방으로 갔어요. 저도 따라갔지요. 그곳에서 아버지는 눈을 멍하니 뜨고 드러누워 숨을 헐떡거리며 죽음과 싸우고 있었어요. 저는 흐느끼며 아버지에게 달려들었어요. 그때야 셔츠에 피가 묻어 있는 것을 알아챘어요. 올리비에는 저를 살며시 떼어내고, 아버지의 왼쪽 가슴 상처를 향유로 씻은 다음 붕대로 감으려 했어요. 그동안 아버지는 의식을 되찾았고, 헐떡거림도 멈추었어요. 저와 올리비에를 애정 어린 눈길로 번갈아 바라보더니, 제 손을 붙잡아 올리비에의 손에 올려놓고 두 사람 손을 힘껏 쥐었어요. 저와 올리비에, 우리 두 사람은 아버지 침상 옆에 무릎을 꿇었지요. 아버지는 귀청 찢어지게 소리 지르며 벌떡 몸을 일으키더니, 다시 풀썩 쓰러져 숨을 몰아쉬고 돌아가셨어요. 우리 두 사람은 큰 소리로 흐느끼며 슬퍼했지요. 올리비에는 이렇게 이야기했어요. 스승님의 지시에 따라 함께 밤길을 나서야 했어. 스승님이 칼에 찔리는 것을 눈앞에서 보았지. 치명상을 입지는 않았다고 생각했기에, 천근만근 같은 스승님을 있는 힘을 다해 집으로 메고 온 거야. 동이 트자마자, 같은 집에 사는 이웃들이 이층으로 올라왔어요. 간밤에 쿵쿵거리는 소리며 소란스레 울고불고 흐느끼는 소리를 들었던 거지요. 우리는 여전히 슬픔을 가누지 못하고 아버지의 시신 옆에 무릎 꿇고 있었어요. 그때 떠들썩한 소리가 들리더니 기마경찰대가 들이닥쳤어요. 올리비에를 스승의 살인범이라고 감옥으로 끌고 갔어요. 이제 마들롱은 사랑하는 연인 올리비에가 얼마나 덕성 높고 경건하고 진실한지 설명을 덧붙여 듣는 이의 가슴을 미어지게 했다. 올리비에는 스승을 친아버지처럼 공경했어요. 아버지도 그 사랑에 고스란히 보답했고요. 가난뱅이였지만 진실하고 심성이 고결한데다 솜씨도 뛰어났기에 사위로 점찍었지요. 마들롱은 마음속 깊이에서 우러나는 모든 이야기를 했으며, 이렇게 말을 맺었다. 올리비에가 아버지의 가슴을 비수로 찌르는 것을 두 눈으로 봤더라도, 저는 이를 사탄이 만든 환영이라고 여길 거예요. 올리비에가 그런 무시무시하고 소름 끼치는 범죄를 저지를 수 있다고 믿지 않을 거예요.

스퀴데리는 마들롱이 이루 말할 수 없는 고통에 시달리는 것을 보고 가슴이 한없이 미어져 가엾은 올리비에가 무죄라는 쪽으로 생각이 기울었다. 그래서 이리저리 수소문해보니, 마들롱이 스승과 제자의 친밀한 관계에 관해 이야기한 말은 모두 사실이었다. 같은 집이나 옆집에 사는 이웃들은 올리비에를 예의 바르고 경건하고 진실하고 부지런한 행실의 귀감이라 입을 모아 칭송했다. 아무도 올리비에에게서 나무랄 만한 점을 찾지 못했다. 소름 끼치는 범죄를 저지르지 않았느냐고 물으면, 누구나 어깨를 으쓱하며 이렇게 말했다. 이해할 수 없는 일이에요.

스퀴데리가 들은 바에 따르면, 올리비에는 화형 재판소에 서자 더없이 꿋꿋하고 떳떳하게 살인 혐의를 부인하며 이렇게 주장했다. 스승님이 거리에서 습격받아 쓰러지는 것을 눈앞에서 보았습니다. 아직 숨이 붙어 있던 스승님을 집으로 메고 갔습니다. 그곳에서 스승님은 이내 돌아가셨습니다. 이 역시 마들롱의 이야기와 들어맞았다.

스퀴데리는 마들롱에게 무시무시한 사건의 상황을 미주알고주알 물어보았다. 스승과 제자가 싸운 적이 있느냐? 아무리 선량한 사람이라도 가끔 욱하는 성미가 눈먼 광기처럼 도지면 여느 때는 결코 하지 않을 듯한 행동까지 저지르는 법이다. 올리비에가 혹시 이런 욱성은 없었느냐? 이렇게 꼼꼼하게 캐물었다. 하지만 마들롱은 세 사람이 마음속 깊은 사랑으로 모여 살며 얼마나 화목하고 행복한 가정을 이루었는지 열띠게 이야기했고, 그럴수록 사형이 구형된 올리비에에 대한 의심은 점점 사라져갔다. 모든 사정을 꼼꼼하게 살펴보며, 무죄임이 분명한 모든 정황을 무시하고 올리비에가 까르디야끄의 살인범이라고 전제해보았다. 하지만 아무리 궁리해보아도 범행 동기를 알아낼 수 없었다. 이 무시무시한 범죄는 어느 모로 보나 올리비에의 행복을 깨뜨릴 터였기 때문이다. "올리비에는 가난하지만 솜씨가 좋았어. ── 유명한 명인의 호감을 샀고, 그 딸을 사랑했으며, 명인은 올리비에의 사랑을 축복해주었어.

행복과 풍요가 평생 열려 있었어! ──어찌 된 영문인지는 하느님만 아시겠지만, 올리비에가 분노에 사로잡혀 은인이자 아버지를 덮쳐서 살해했다고 치자고. 범행 뒤에 그리 천연덕스레 행동하려면 얼마나 악마같이 위선을 부려야 하겠어!" 올리비에의 무죄를 굳게 확신하며 스뀌데리는 어떤 댓가를 치르더라도 이 죄 없는 젊은이를 구해내기로 마음먹었다.

국왕의 은총에 호소하기 전에, 재판소장 라 레니를 찾아가 올리비에가 무죄임이 분명한 모든 정황을 깨우쳐주는 게 가장 좋을 것 같았다. 그러면 재판소장의 마음속 깊이 피고인에게 유리한 확신이 생겨나고, 이 확신이 재판관들에게 배어들어 바람직한 결과를 낳을 듯싶었다.

스뀌데리가 국왕에게도 매우 존중받는 귀부인인 만큼 라 레니는 이에 걸맞게 최대한 경의를 표하며 부인을 맞이했다. 그런 뒤 스뀌데리가 이 무시무시한 범행, 올리비에와 까르디야끄 부녀의 관계, 올리비에의 성격에 관해 일러주는 모든 말을 조용히 들었다. 스뀌데리는 눈물까지 이따금 흘리며 일깨우고 타일렀다. 재판관이라면 누구나 피고인의 적이 되어서는 안 됩니다. 피고인에게 유리한 정황을 빠짐없이 살펴야 합니다. 라 레니의 엷다 못해 심술궂은 미소만이 재판소장이 이 하소연에 귀 막고 있지는 않다는 것을 보여줄 뿐이었다. 마침내 부인이 기진맥진하여 눈물을 닦아내며 입을 닫자, 라 레니가 말문을 열었다. "부인, 부인은 마음이 고결한 분답게 사랑에 빠진 젊은 아가씨의 눈물에 가슴이 미어져 이 아가씨가 늘어놓은 말을 고스란히 믿으실뿐 아니라, 이런 무시무시한 범행이 있으리라고는 상상치도 못하십니다. 하지만 뻔뻔스러운 위선의 탈을 벗기는 데 익숙한 재판관들은 다릅니다. 문의하는 사람에게마다 형사재판의 절차를 설명하는 게 아마도 제 직무는 아니겠지요. 부인, 저는 제 의무를 다할 것이며 세간의 평판에 신경 쓰지 않을 것입니다. 악당은 사형과 화형밖에 모르는 화형 재판소 앞에서 바들바들 떨 것입니다. 하지만 고결하신 부인, 저는 부인께 비정하고 잔인한 괴물로 여겨지고 싶지 않습니다. 그러므로 하늘이 도우사 징벌을 받게 된 저 젊은 악한이 저지른 살인죄를 몇마디로 간추려 똑똑히 설명드리겠습니다. 그러면 부인은 예리한 지혜를 가다듬어 온화한 마음을 거두어들일 것입니다. 부인에게는 명예가 되지만 저에게는 전혀 걸맞지 않은 그런 마음 말입니다. ─그러니까! ─아침에 르네 까르디야끄가 비수에 찔려 살해된 채 발견되었습니다. 제자 올리비에 브뤼송과 딸 말고는 아무도 곁에 없었습니다. 올리비에의 방에서 발견된 여러 물건 중에는 아직 피가 마르지 않았으며 찔린 상처에 꼭 들어맞는 비수가 있었습니다. 올리비에는 이렇게 진술했습니다. '까르디야끄는 밤에 제 눈앞에서 칼에 찔려 쓰러졌습니다.' '강도에게 살해당한 건가?' '그건 모르겠습니다!' '너는 까르디야끄와 동행했다. 살인자를 막을 수 없었는가? ─붙잡을 수는? 도와달라고 소리칠 수는 없었는가?' '스승님은 저보다 열다섯에서 스무걸음쯤 앞서갔습니다. 저는 뒤따라갔습니다.' '도대체 왜 그만큼 떨어져 갔는가?' '스승님이 그렇게 하라고 했습니다.' '까르디야끄 명인은 그 이슥한 밤에 거리에 무슨 볼일이 있었는가?' '그건 말할 수 없습니다.' '지금까지 까르디야끄는 밤 9시 이후에 집에서 나온 적이 한번도 없지 않은가?' 여기서 올리비에는 말문이 막혔습니다. 당황하고 한숨짓고 눈물 흘리고 모든 성인을 부르며 맹세하기를, 까르디야끄는 그날밤 정말 밖에 나갔다가 죽임을 당했다고 했습니다. 하지만 잘 알아두십시오,

부인. 까르디야끄는 그날밤 집을 떠나지 않은 것이 분명하게 입증되었습니다. 따라서 까르디야끄가 자기와 함께 밖에 나갔다는 올리비에의 주장은 새빨간 거짓말입니다. 집 문에는 열고 잠글 때마다 날카로운 소음을 내는 묵직한 자물쇠가 채워져 있습니다. 게다가 문짝들이 움직일 때는 돌쩌귀에서 삐걱대고 끼익대는 소리가 듣기 싫게 나며, 현장검증에서 입증된 바에 따르면 이 굉음은 집의 맨 위층까지 울립니다. 맨 아래층, 그러니까 집 문 바로 옆에는 나이 많은 명인 끌로드 빠트뤼가 가정부와 함께 살고 있습니다. 가정부는 여든살이 다 되었지만 아직 정정하고 팔팔합니다. 이 두 사람은 까르디야끄가 여느 때와 마찬가지로 그날밤 9시에 층계를 내려와 시끄럽게 문을 잠그고 빗장을 지른 뒤, 다시 이층으로 올라가더니 큰 소리로 저녁기도문을 읽은 다음, 문을 쾅 닫고 아마도 침실로 들어가는 소리를 들었습니다. 노인들이 대개 그러하듯 끌로드 명인은 불면증에 시달리고 있습니다. 그날밤에도 눈을 붙일 수 없었지요. 그래서 9시 30분쯤 되었을 때, 가정부는 복도를 지나 부엌에 들어가 촛불을 붙여 온 뒤, 오래된 연대기를 들고 끌로드 명인과 함께 탁자에 앉았습니다. 가정부가 연대기를 읽는 동안, 노인은 생각에 골똘히 빠진 채 안락의자에 앉았다 금세 다시 일어나, 조용히 느릿느릿 방 안을 왔다 갔다 하며 졸음과 잠을 불러들이려 했습니다. 자정까지 사방이 고요하고 잠잠했습니다. 그때 위층에서 다급한 발소리, 무거운 짐이 바닥에 떨어지는 듯 쿵 하는 소리, 바로 뒤이어 나직한 신음 소리가 들렸습니다. 두 사람은 기이한 두려움과 불안감에 싸였습니다. 방금 자행된 무시무시한 범죄의 오싹한 기운을 느꼈습니다. ─ 날이 밝자 어둠속에서 벌어진 일이 훤히 밝혀졌습니다." "하지만," 스뀌데리가 끼어들었다. "제가 자초지종을 자세히 이야기해드렸는데요, 이 악마 같은 범죄의 동기는 도대체 무엇이었을까요?" "음," 라 레니가 대답했다. "까르디야끄는 가난하지 않았습니다 ─ 귀중한 보석을 소유하고 있었습니다." "하지만," 스뀌데리가 말을 이었다. "딸이 모두 물려받지 않나요? ─ 소장님은 올리비에가 까르디야끄의 사위가 될 것이라는 사실을 잊었군요." "올리비에는 아마도 장물을 배분해야 했거나 어쩌면 청부 살인을 한 게 틀림없습니다." 라 레니가 말했다. "장물을 배분해요? 청부 살인을 해요?" 스뀌데리가 소스라치게 놀라 물었다. "부인은," 재판소장이 말을 이었다. "알아두셔야 합니다. 올리비에의 범행은 지금까지 온 빠리를 공포에 떨게 한 비밀과 관련되어 있습니다. 이 비밀이 베일에 깊이 싸여 있었기에 올리비에는 여태까지 그레브 광장에서의 처형을 모면할 수 있었습니다. 재판소의 모든 감시와 수사와 탐문을 비웃으며 쥐도 새도 모르게 아무 처벌도 받지 않고 범행을 일삼았던 저 흉악한 패거리와 올리비에는 한패임이 분명합니다. 올리비에 사건으로 모든 진상이 백일하에 드러날 것이고 ─ 드러나야만 할 것입니다. 까르디야끄의 상처는 큰길이나 집 안에서 살해되거나 강탈당했던 자들이 입은 상처와 비슷합니다. 결정적으로 중요한 사실은, 올리비에 브뤼송이 구금된 이후 모든 살인강도 행위가 중단되었다는 것입니다. 거리는 밤에도 낮처럼 안전해졌습니다. 올리비에를 이 살인강도떼의 두목으로 추정하기에 충분한 증거입니다. 아직도 자백하려 하지 않는데, 그렇게 고집을 피우더라도 입을 열게 할 방법이 있습니다." "마들롱은요!" 스뀌데리가 소리쳤다. "마들롱은, 저 진실하고 죄 없는 비둘기는요!" "아," 라 레니가 표독스레 미소 지으며 말했다. "아, 마들롱이 공모하지 않았으리라는 법도 없지요. 마들롱에게 아버지가 무슨 상관이겠습니까, 살인범만 생각하며 눈물 흘리는데." "무슨 소리를 하는 거예요!" 스퀴데리가 외쳤다. "있을 수 없는 일이에요. 아버지를! 이 아가씨가!" "아," 라 레니가 말을 이었다. "아, 하지만 브랭비예르를 생각해보세요! 제가 부인의 품에서 아가씨를 빼앗아 꽁시에르주리 감옥으로 집어넣을 수밖에 없게 되더라도 저를 용서하십시오." 무시무시한 의심에 스퀴데리는 등골이 오싹해졌다. 이 무서운 사내 앞에서는 어떤 진실도 덕성도 배겨낼 수 없을 듯했다. 이 사내는 깊고 은밀한 생각까지 엿보아 살인과 살인죄를 찾아내는 듯싶었다. 스퀴데리는 일어섰다. "인정을 보이세요." 스퀴데리가 불안해하고 힘겹게 숨 쉬며 입 밖에 낼 수 있었던 말은 이것뿐이었다. 재판소장이 의례적 예의를 갖추어 층계까지 배웅했다. 층계를 내려가려던 참에, 영문은 모르겠지만 어떤 기이한 생각이 스퀴데리에게 떠올랐다. "불행한 올리비에 브뤼송을 한번 볼 수 있겠습니까?" 부인은 재빨리 몸을 돌려 재판소장에게 이렇게 물었다. 재판소장은 미심쩍은 표정으로 부인을 바라보더니 얼굴을 찡그리며 몸에 밴 역겨운 미소를 지었다. "분명," 그러고선 이렇게 말했다. "고결하신 부인, 분명 부인은 우리 눈앞에 실제로 일어난 사건보다 부인의 감정과 마음속 소리를 더 믿으면서 올리비에가 무죄인지 유죄인지 몸소 살펴보려 하시는군요. 범죄의 어두운 서식처가 두렵지 않으시다면, 사악함의 참모습을 낱낱이 보는 게 끔찍하지 않으시다면, 두시간 뒤에 꽁시에르주리 감옥의 문을 부인께 열어드리겠습니다. 부인께서 그 운명을 동정하고 계신 올리비에를 부하들이 면회시켜드릴 것입니다."

아닌 게 아니라 스퀴데리는 젊은이가 유죄라고 도저히 믿을 수 없었다. 모든 정황이 올리비에에게 불리했으며, 이토록 결정적인

물증이 있는 한 세상 어느 재판관도 라 레니와 다르게 판단하지 않았을 테지만, 마들롱이 스뀌데리 눈앞에 생생하게 보여주었던 행복한 가정의 모습은 어떤 지독한 의심도 빛을 잃게 만들었다. 스뀌데리는 마음속 깊이 거부감을 일으키는 일을 믿기보다는, 차라리 불가사의한 비밀이 있다고 생각하고 싶었다.

올리비에게 그 불길한 밤에 일어났던 일을 다시 한번 빠짐없이 이야기하게 하고, 재판관들이 더이상 살펴볼 가치가 없다고 여긴 탓에 아직 풀어내지 못한 비밀이 있다면 힘닿는 데까지 이를 파고들어볼 생각이었다.

꽁시에르주리 감옥에 이르자 스뀌데리는 크고 밝은 방으로 안내되었다. 얼마 지나지 않아 사슬이 절그럭거리는 소리가 들렸다. 올리비에 브뤼송이 불려왔다. 하지만 브뤼송이 문안으로 들어오자마자 스뀌데리는 기절하여 쓰러졌다. 다시 정신이 들었을 때 올리비에는 사라지고 없었다. 스뀌데리는 자신을 마차로 데려다달라고 불같이 성화했다. 당장, 당장 흉악한 범죄자의 소굴에서 벗어나고 싶었다. 아! ─ 올리비에 브뤼송이 바로 뽕 뇌프 다리에서 쪽지를 마차에 던져 넣은 자이며, 보석이 담긴 함을 가져온 자라는 것을 스뀌데리는 첫눈에 알아봤다. ─ 이제 의혹은 씻은 듯 걷혔고, 라 레니의 무시무시한 추측이 고스란히 확인되었다. 올리비에 브뤼송은 무서운 살인강도떼와 한패이며, 스승을 살해한 것도 분명했다! ─ 그런데 마들롱은? ─ 마음속 감정을 믿었다가 이렇게 발등을 찍히기는 난생처음이었다. 예전에는 지상에 악마 같은 힘이 숨어 있다고 믿어본 적도 없었는데 이제 이 힘에 붙들려 꼼짝달싹 못하며, 진실을 알아낼 수 없는 데 절망했다. 마들롱도 소름 끼치는 살인죄에 공모하고 가담했을 수 있다는 무시무시한 의심이 치밀었다. 인간의 정신은 어떤 모습이 떠오르면 부지런히 물감을 찾아 이 모습에 갈수록 진하게 색칠하기 마련인지라, 스뀌데리도 범행의 모든 정황과 마들롱의 행동을 꼬치꼬치 짚어보며 이러한 의심을 더욱 굳혀주는 많은 사실을 찾아내었다. 지금까지는 무죄와 결백의 증거로 여겼던 수많은 사실이 흉악한 범죄와 계획된 위선을 입증하는 근거로 보였다. 가슴 찢어지는 듯 흐느끼며 피눈물을 쏟은 것은 연인이 사형당할까 두려워서가 아니라 ── 본인이 형리에게 처형당할까 무서워서였을 것이다. 가슴에 품어 기르고 있는 이 뱀을 곧바로 떨쳐내야겠다고 작정하며 스뀌데리는 마차에서 내렸다. 방으로 들어가자마자, 마들롱이 발치에 엎어졌다. 하느님의 천사도 이보다 진실한 두 눈을 가질 수 없을 만큼 순결한 눈으로 부인을 올려다보며 들썩거리는 가슴에 두 손을 모은 채 도와달라고, 달래달라고 흐느끼고 간청했다. 스뀌데리는 겨우 마음을 가다듬고 되도록 진지하고 차분한 목소리를 내려 애쓰며 이렇게 말했다. "나가거라 ── 나가거라 ── 살인자가 뻔뻔스러운 범행의 댓가로 정당한 형벌을 받는다는 생각으로나 마음을 달래라 ── 너마저 살인죄에 시달리지 않도록 성모마리아께서 지켜주시기를." "아, 이제 다 끝났군요!" 이렇게 목청껏 소리치며 마들롱은 기절하여 바닥에 쓰러졌다. 스뀌데리는 마르띠니에르를 불러 아가씨를 돌보라 이르고, 다른 방으로 들어갔다.

마음속이 갈가리 찢기고 이 세상 모든 일에 염증을 느낀 스뀌데리는 악마 같은 속임수로 가득 찬 세상에 더이상 살고 싶지 않았다. 덕성과 진실을 굳게 믿으며 이렇게 오래 살게 하다가 지금껏 인생에 밝은 빛이 되었던 아름다운 환상을 이 나이에 이르러 깨뜨려버리다니, 자신을 모질게 비웃는 듯한 운명이 원망스러웠다.

마르띠니에르에게 이끌려 나가면서 마들롱이 나직이 한숨짓고 한탄하는 소리가 들렸다. "아! ─ 부인도 ─ 부인도 잔인한 인간들에게 속으셨어. ─ 가련한 나 ─ 가엾고 불쌍한 올리비에!" 이 소리가 스뀌데리의 가슴에 파고들자 마음속 깊은 곳에서 수수께끼 같은 예감이, 올리비에의 무죄에 대한 믿음이 새로이 솟아났다. 종잡을 수 없는 감정에 부대끼며 스뀌데리는 넋이 나간 듯 소리쳤다. "내 목숨을 앗아갈지도 모를 이 무시무시한 사건에 어떤 지옥의 정령이 나를 끌어들였단 말인가!" 이 순간 바띠스뜨가 창백하고 겁에 질린 얼굴로 안으로 들어와, 데그래가 밖에 와 있다고 알렸다. 끔찍했던 라 부아쟁 재판 이후 데그래가 어느 집에 나타난다는 것은 무언가 괴로운 기소를 당할 것이라는 확실한 전조였다. 따라서 바띠스트가 질겁하자 부인이 상냥하게 미소 띠고 물었다. "무슨 일이냐, 바띠스뜨? ─ 그렇구나! ─ 스뀌데리란 이름이 라 부아쟁의 명단에 올랐구나?" "도대체," 바띠스뜨가 온몸을 벌벌 떨며 대답했다. "어떻게 그런 말씀을 하실 수 있습니까. 하지만 데그래가 ─ 무시무시한 데그래가 얼마나 꺼림칙하게, 얼마나 막무가내로 재촉하는지 모릅니다. 지체 없이 마님을 만나야겠다고 합니다." "그렇다면," 스뀌데리가 말했다. "그렇다면 데그래를 곧장 안으로 모셔라. 너는 그자가 그리 무서울지 몰라도, 나는 전혀 두렵지 않다." "재판소장님께서," 방에 들어온 데그래는 이렇게 말했다. "라 레니 재판소장님께서 저를 부인께 보내며 한가지 부탁을 드리라고 했습니다, 부인. 소장님이 부인의 덕성과 용기를 모르신다면, 사악한 살인죄를 백일하에 밝힐 마지막 수단이 부인의 손에 달려 있지 않다면, 화형 재판소뿐 아니라 우리 모두를 긴장시키고 있는 이 사악한 재판에 부인께서 일찍이 관심을 보이지 않았다면, 재판소장님은 부인께서 이 부탁을 들어주시리라 기대하지도 않았을 것입니다. 올리비에 브뤼송은 부인을 만난 뒤 반쯤 미쳐버렸습니다. 한때 거의 자백할 듯 보였는데, 이제 다시 그리스도와 모든 성인을 부르며 까르디야끄 살해에 아무런 죄가 없다고 맹세하고 있습니다. 자신은 죽어 마땅하므로 기꺼이 사형당하겠다고 하면서 말입니다. 잘 알아두십시오, 부인, 마지막에 덧붙인 말로 미루어 브뤼송은 또다른 범죄에 가책받고 있는 게 분명합니다. 하지만 아무리 알아내려 해도 한마디도 입 밖에 내지 않습니다. 고문하겠다고 협박해도 아무 효과가 없었습니다. 브뤼송은 부인과 면담하게 해달라고 우리에게 간청하고 애원합니다. 오직 부인에게만, 부인 혼자에게만 모든 것을 털어놓겠답니다. 부인, 바라옵건대 브뤼송의 자백을 들어주십시오." "뭐라고요!" 스뀌데리는 몹시 격분하여 소리쳤다. "나더러 피에 굶주린 재판소의 수족 노릇을 하라고요! 저 불행한 사내가 나를 믿는 것을 이용하여 그자를 사형대로 보내라고요? ― 그렇게는 못합니다, 데그래! 브뤼송이 흉악한 살인범일지라도, 그렇게 야비하게 뒤통수치는 일은 할 수 없습니다. 나는 그자의 비밀을 아무것도 알고 싶지 않습니다. 알게 되더라도 고해성사를 들은 듯 내 마음속에 묻어둘 것입니다." "어쩌면," 데그래가 희미하게 미소 지으며 덧붙였다. "어쩌면 부인, 브뤼송의 말을 들으면 생각이 바뀔지도 모릅니다. 부인께서는 재판소장님께 인정을 보이라고 말씀하지 않으셨습니까? 소장님은 인정을 베풀고 있습니다. 브뤼송의 어리석은 요구를 들어줌으로써, 지금까지 미뤄왔던 고문을 결행하기 전에 마지막 방법을 써보려는 것이니까요." 스뀌데리는 깜짝 놀라 자기도 모르게 움찔했다. "아시겠지요," 데그래는 말을 이었다. "고귀하신 부인, 부인이 오싹함과 역겨움에 사로잡혔던 저 깜깜한 감옥에 다시 찾아가주기를 바라는 게 아닙니다. 고요한 한밤중에 사람들의 이목을 피해 올리비에를 자유인처럼 부인 집으로 데려오겠습니다. 감시는 하겠지만 엿듣지는 않을 것이므로, 브뤼송은 거리낌 없이 모든 것을 부인께 고백할 수 있을 것입니다. 부인은 이 가련한 자를 두려워할 필요가 없습니다. 그것은 제가 목숨을 걸고 보증합니다. 브뤼송은 부인 이야기를 할 때면 애틋한 존경심을 보입니다. 고약한 운명 때문에 부인을 일찍 만나지 못하여 자신이 죽음에 빠지게 되었을 뿐이라고 잘라 말합니다. 브뤼송이 부인께 털어놓는 사실 중에서 부인이 원하는 만큼만 우리에게 말해주시면 됩니다. 우리가 부인께 더 많이 말하라고 강요할 수 있겠습니까?"

스퀴데리는 깊은 생각에 잠겨 아래를 내려다보았다. 어떤 무시무시한 비밀을 해결하라고 자신에게 요구하는 숭고한 힘을 따라야 할 듯했다. 뜻하지 않게 얽혀든 이 경이로운 그물망에서 빠져나올 길이 없을 듯싶었다. 스퀴데리는 돌연 마음을 굳히고 위엄 있게 말했다. "하느님이 나에게 침착함과 꿋꿋함을 주시기를. 브뤼송을 데려와요. 내가 그자와 이야기하지요."

브뤼송이 보석함을 가져온 날과 마찬가지로, 자정에 스퀴데리의 집 문을 두드리는 소리가 났다. 밤에 사람이 찾아오리라는 것을 알고 있던 바띠스뜨가 문을 열었다. 희미한 발소리와 나직한 중얼거림을 듣고 브뤼송을 데려온 감시병들이 집 복도에 배치되어 있음을 눈치채자, 스퀴데리는 등골이 오싹하고 서늘해졌다.

마침내 방문이 조용히 열렸다. 데그래가 들어왔고, 사슬에서 풀린 올리비에 브뤼송이 단정한 차림으로 그 뒤에 따라왔다. "여기," 데그래가 경의를 표해 절하며 이렇게 말했다. "여기, 브뤼송을 데려왔습니다, 고결하신 부인!" 그러고선 방을 떠났다.

브뤼송은 스뀌데리 앞에 무릎을 꿇더니 하염없이 눈물을 흘리며 마주 모은 두 손을 간청하듯 들어 올렸다.

　스뀌데리는 창백한 얼굴로 아무 말도 하지 못하고 브뤼송을 내려다보았다. 근심과 뼈저린 고통으로 이목구비가 찌푸려지고 일그러져 있었지만, 젊은이의 얼굴에는 더없이 진실한 마음에서 우러난 순결한 표정이 빛났다. 브뤼송의 얼굴을 오랫동안 뜯어볼수록 스뀌데리에게 어떤 사랑하는 사람에 관한 기억이 새록새록 떠올랐지만, 그게 누구인지 똑똑히 생각나지는 않았다. 모든 오싹함이 사라지면서 까르디야끄의 살인범이 눈앞에 무릎 꿇고 있다는 사실도 잊고, 스뀌데리는 차분하게 호의를 보이며 몸에 밴 우아한 어조로 말했다. "자, 브뤼송, 나에게 무슨 할 말이 있지요?" 브뤼송은 무릎 꿇은 채, 깊고 애틋한 서글픔에 젖어 한숨을 내쉰 뒤 이렇게 말했다. "오, 고결하고 존경하는 부인, 저에 대한 기억을 씻은 듯 잊으셨습니까?" 스뀌데리는 브뤼송을 더욱 눈여겨 살펴본 뒤, 이렇게 대답했다. 당신의 이목구비가 내가 사랑했던 사람과 닮았다는 것은 알아챘어요. 그렇게 닮은 까닭에 내가 살인범에 대한 역겨움을 이겨내고 차분히 당신 말을 듣고 있는 거예요. 브뤼송은 이 말을 듣고 몹시 상심하여 재빨리 몸을 일으키더니 음울한 눈길을 바닥에 떨군 채 한걸음 물러섰다. 그런 뒤 나직한 목소리로 말했다. "부인께서는 안 귀오를 까맣게 잊으셨습니까? ─ 안의 아들 올리비에입니다 ─ 부인께서 무릎에 올려놓고 흔들어주셨던 아이가 지금 부인 앞에 서 있습니다." "오, 하느님!" 스뀌데리가 두 손으로 얼굴을 감싸며 안락의자에 주저앉았다. 스뀌데리 부인은 이렇게 기겁한 데는 그럴 만한 사연이 있었다. 안 귀오는 영락한 시민의 딸로서 어려서부터 스뀌데리의 집에서 자랐다. 어머니가 사랑하는 자식을 기르듯, 스뀌데리는 안을 애지중지 정성스레 키웠다. 안이 성인이 되었을 때 끌로드 브뤼송이라는 잘생기고 예의 바른 젊은이가 나타나 이 아가씨에게 구혼했다. 끌로드는 솜씨 좋은 시계공으로서 빠리에서 벌이가 좋을 것이 분명했고, 안도 끌로드를 진심으로 사랑하였으므로, 스뀌데리는 아무 주저 없이 양녀의 결혼을 승낙했다. 두 젊은이는 살림을 차리고 조용히 행복하게 오순도순 살았으며, 어여쁜 엄마를 빼닮은 잘생긴 사내아이가 태어나 이 천생연분을 더욱 단단히 맺어줬다.

스뀌데리는 어린 올리비에를 금이야 옥이야 하며, 몇시간이고 며칠이고 엄마 품에서 빼앗아 어루만지고 쓰다듬었다. 사내아이는 자연스레 스뀌데리에게 길들어 엄마만큼이나 스뀌데리와 함께 있기를 좋아했다. 삼년이 흘렀다. 다른 시계공들이 브뤼송을 시기한 탓에 브뤼송의 일감은 나날이 줄더니, 마침내 입에 풀칠할 수조차 없을 지경에 이르렀다. 그러자 브뤼송은 아름다운 고향 제네바를 그리워했고, 스뀌데리가 힘닿는 데까지 돕겠다고 약속하며 붙들어 말리는데도 세 식구는 제네바로 이사했다. 안은 양모에게 몇번 편지를 보냈지만 곧 소식이 끊겼다. 스뀌데리는 세 식구가 브뤼송의 고향에서 행복하게 사느라 지나간 시절이 더이상 생각나지 않으려니 여길 수밖에 없었다.

브뤼송이 아내와 아이를 데리고 빠리를 떠나 제네바로 떠난 지 어느덧 스물세해가 흘렀다.

"오, 이럴 수가," 스뀌데리가 얼마간 정신을 가다듬고서 소리쳤다. "오, 이럴 수가! ─ 네가 올리비에라고? ─ 내 딸 안이 낳은 아들! ─ 그런데 지금!" "아마도," 올리비에가 차분하고 침착하게 말했다. "아마도, 고귀한 부인이시여, 부인이 상냥한 엄마처럼 쓰다

듣고, 무릎에 앉혀 까부르며 군것질거리를 입에 넣어주고, 더없이 사랑스럽게 이름을 불러주신 사내아이가 젊은이로 성장한 뒤 소름 끼치는 살인죄로 기소되어 부인 앞에 서게 되리라고는 꿈에도 생각지 못하셨겠지요. ― 저는 잘못을 저질렀습니다. 화형 재판소에 범죄 혐의로 기소받아 마땅합니다. 하지만 형리의 손에 죽을지라도 죽은 뒤 구원받기를 바라기에 장담하거니와, 저는 어떤 살인죄도 저지르지 않았습니다. 불행한 까르디야끄은 제 손아귀에, 제 범행으로 죽은 것이 아닙니다." 올리비에는 이렇게 말하면서 벌벌 떨고 비틀거렸다. 스뀌데리는 아무 말 없이 올리비에 옆에 놓여 있는 작은 안락의자를 가리켰다. 올리비에는 천천히 주저앉았다.

"저는 부인과의 면담을," 올리비에가 말을 이었다. "하늘이 내린 마지막 은총이라 여기고 준비할 시간이 충분히 있었습니다. 무시무시하고 듣도 보도 못한 불운을 부인께 이야기할 수 있을 만큼 차분함과 침착함도 되찾았습니다. 미처 예상치 못한 비밀을 제가 털어놓아 부인께서 놀랍다 못해 등골이 오싹하더라도, 자비를 베푸시어 제 말을 차분히 들어주십시오. ― 가엾은 제 아버지가 빠리를 떠나지 않았으면 얼마나 좋았을까요! ― 제네바에 살던 때를 되돌아보자면, 슬픔을 가누지 못하는 부모님의 눈물을 맞으며 알아듣지도 못하는 부모님의 한탄에 덩달아 눈물 흘렸던 생각이 납니다. 부모님이 가난에 찌들어 비참하기 짝이 없게 살았다는 것은 나중에야 똑똑히 느끼고 뚜렷이 깨달았습니다. 아버지는 모든 희망을 잃었습니다. 깊은 근심에 기운이 꺾이고 마음이 짓눌려 돌아가셨습니다. 저를 어느 금세공사의 제자로 들여보낸 바로 뒤였습니다. 어머니는 부인 말씀을 많이 하셨습니다. 부인께 모든 일을 하소연하려고 하셨지요. 하지만 비참하게 살다 보니 실의에 빠졌습니

370

다. 그뿐 아니라 치명상 입은 마음을 갉아먹기 마련인 그릇된 수치심까지 도져 결심을 실행하지 못했습니다. 아버지가 돌아가신 지 몇달 지나지 않아, 어머니도 뒤따라 세상을 떠났습니다." "가엾은 안! 가엾은 안!" 스뀌데리가 괴로움에 휩싸여 소리쳤다. "하느님께 감사와 찬미를 드립니다. 저세상에 가신 덕에, 어머니는 사랑하는 아들이 치욕의 낙인이 찍혀 형리 손에 처형되는 것을 보지 않아도 되니까요." 올리비에는 사납고 무시무시한 얼굴로 허공을 올려다보며, 이렇게 큰 소리로 외쳤다. 밖이 소란스러워지더니 감시병들이 이리저리 움직이는 소리가 들렸다. "오호, 오호," 올리비에가 비웃음 지으며 말했다. "데그래가 부하들을 깨우고 있군요. 제가 여기서 달아날 수 있기라도 한 듯이요. ── 하지만 계속 이야기하겠습니다! ── 제 스승은 저를 혹독히 대했습니다. 제가 곧 가장 뛰어난 일솜씨를 보였고 마침내 스승까지 훨씬 능가했는데도 말입니다. 언젠가 한 낯선 사람이 공방에 찾아와 패물을 몇가지 사 간 적이 있었습니다. 이자는 제가 작업한 아름다운 목걸이를 보더니 상냥한 표정으로 제 어깨를 두드리고, 목걸이에서 눈을 떼지 못한 채 이렇게 말했습니다. '이봐, 이봐, 젊은 친구, 이건 정말 뛰어난 작품이야. 르네 까르디야끄 말고는 자네를 능가할 만한 사람을 나는 정말 알지 못하네. 까르디야끄는 사실 이 세상 최고의 금세공사이지. 자네는 까르디야끄에게 가야 하네. 까르디야끄도 자네를 기꺼이 받아들여줄 거야. 자네만이 까르디야끄의 정교한 작업을 도울 수 있고, 오직 까르디야끄에게만 자네는 한수 배울 수 있네.' 낯선 사람의 말이 제 영혼을 파고들었습니다. 제네바에서 한시도 편안히 지낼 수 없었던 저는 이곳을 떠나야 한다는 생각에 휩싸였습니다. 마침내 스승에게서 벗어날 수 있었습니다. 빠리로 왔지요. 르네 까르디야끄는 저를 차갑고 무뚝뚝하게 맞았습니다. 저는 뜻을 굽히지 않고 아무리 하찮은 일이라도 좋으니 맡겨만 달라고 했습니다. 작은 반지를 만드는 일을 얻었지요. 제가 반지를 가져가자, 까르디야끄는 두 눈을 번득이며 저를 뚫어지게 바라보던군요. 제 마음속을 들여다보고 싶은 듯했습니다. 그런 뒤 이렇게 말했습니다. '자네는 쓸 만하고 착실한 제자야. 우리 집에 들어와 공방에서 일을 거들게. 급료는 두둑이 줄 테니까. 자네도 나와 일하는 데 만족하게 될 걸세.' 까르디야끄는 약속을 지켰습니다. 까르디야끄 집에 온 지 몇주가 지나도록 마들롱은 보지 못했습니다. 제 기억이 틀리지 않는다면, 마들롱은 당시 시골에 사는 까르디야끄의 한 아주머니 집에 머물러 있었지요. 마침내 마들롱이 왔습니다. 오, 하느님! 제가 이 천사를 보는 순간, 저에게 무슨 일이 일어났는지요! ─ 저만큼 사랑에 빠진 사람이 있었을까요! 그런데 이제! ─ 마들롱!"

올리비에는 서글퍼 말을 잇지 못했다. 두 손을 얼굴 앞으로 모으고 서럽게 흐느꼈다. 걷잡을 수 없는 괴로움에 사로잡혔다가 마침내 안간힘을 다해 이를 이겨내고, 말을 이었다.

"마들롱은 상냥한 눈길로 저를 바라보았습니다. 공방에 찾아오는 일이 잦아지더군요. 마들롱이 저를 사랑한다는 것을 알아채고 저는 기쁨에 젖었습니다. 마들롱의 아버지가 눈에 불을 켜고 지켜봤지만, 우리는 가약을 맺듯이 몰래 손을 맞잡곤 했습니다. 까르디야끄는 아무것도 눈치채지 못한 듯했습니다. 저는 까르디야끄의 호감을 얻고 명인이 되면 마들롱과의 결혼 승낙을 받으려 했습니다. 어느날 아침 일을 시작하려는데, 까르디야끄가 제게 다가왔습니다. 험상궂은 눈초리에 부아가 치밀고 업신여기는 빛이 가득했습니다. '자네 도움이 더이상 필요 없네,' 이렇게 말을 꺼내더군요.

'당장 집에서 나가서 다시는 내 눈앞에 나타나지 말게. 자네를 더이상 여기 둘 수 없는 이유는 말하지 않아도 알겠지. 가난뱅이 주제에 못 오를 나무를 왜 쳐다보는 거야!' 대꾸를 하려 하자, 까르디야끄는 우악스러운 손아귀로 저를 붙들어 문밖에 내던졌습니다. 저는 나동그라져 머리와 팔을 심하게 다쳤습니다. ──분노가 북받치고 뼈저린 고통에 가슴이 갈가리 찢어져 그 집을 떠났습니다. 이윽고 쌩마르땡 교외 끝 언저리에서 선량한 지인을 만나, 이 사람의 다락방에서 함께 묵게 되었지요. 저는 한시도 편안히 쉬지 못했습니다. 밤에는 까르디야끄의 집을 살금살금 맴돌았습니다. 어쩌면 제 한숨과 하소연을 들은 마들롱이 아무도 모르게 창에서 내려다보며 말을 건넬지 모른다고 생각하면서요. 마들롱을 구슬려 실행에 옮기고 싶은 온갖 대담한 계획이 제 머릿속에 떠올랐습니다. 니께즈 가 까르디야끄의 집에는 높은 담벼락이 둘러쳐져 있고, 이 담벼락의 벽감들 안에는 다 부서져가는 낡은 돌조각상이 세워져 있습니다. 어느날 밤 저는 한 조각상 옆에 바싹 붙어 선 채 집 창문을 올려다보고 있었습니다. 담벼락에 에워싸인 뜰 쪽으로 난 창문이었습니다. 까르디야끄의 공방에 느닷없이 불이 켜지는 것이 보였습니다. 때는 자정이었고, 여느 때 까르디야끄가 이 시간에 깨어 있던 적은 없었습니다. 까르디야끄는 9시 종이 울리면 으레 잠자리에 들었거든요. 두려운 예감에 가슴이 두근거렸습니다. 집 안으로 뛰어들어야 할 어떤 사건이 일어난 게 아닌가 생각했습니다. 하지만 불빛은 금세 다시 사라졌습니다. 저는 조각상에 다가서서 벽감 안으로 몸을 밀어 넣었습니다. 하지만 조각상이 살아나기라도 한 듯 마주 미는 힘을 느끼고서 화들짝 놀라 뒷걸음쳤습니다. 조각상이 천천히 돌더니 그 뒤에서 한 시꺼먼 인물이 빠져나와 나직한 발소리를 내며 거리를 걸어가는 모습이 밤의 어스름 속에 보였습니다. 저는 펄쩍 뛰어 조각상에 몸을 숨겼습니다. 조각상은 아까처럼 담벼락에 바싹 붙어 있었지요. 어떤 마음속 힘에 이끌린 듯, 저도 모르게 살금살금 이 인물을 뒤따라갔습니다. 성모마리아상이 있는 곳에서 이 인물은 뒤를 돌아보았습니다. 성모상을 비추는 밝은 등불 불빛에 그 얼굴이 환하게 드러났습니다. 까르디야끄였습니다! 알 수 없는 두려움이, 수수께끼 같은 오싹함이 저를 덮쳤습니다. 마법에라도 걸린 듯, 저는 유령 같은 몽유병자의 ─ 뒤를 ─ 밟을 수밖에 없었습니다. 저는 스승이 몽유병자라고 생각했습니다. 환영이 잠자는 사람을 홀린다는 보름날은 아니었지만 말입니다. 마침내 까르디야끄는 옆길로 접어들어 깊은 어둠속으로 사라졌습니다. 귀에 익은 숨죽인 헛기침 소리를 듣고, 저는 까르디야끄가 어느 집 입구에 숨어들었음을 알아챘습니다. '왜 저러는 거지, 뭘 하려는 거지?' 깜짝 놀라 이렇게 중얼거리며 집 담벼락에 몸을 바싹 붙였습니다. 얼마 지나지 않아 빛나는 깃털 장식 모자를 쓴 한 사내가 박차를 찰그랑거리고 콧노래를 흥얼거리며 나왔습니다. 호랑이가 먹이를 덮치듯, 까르디야끄는 매복처에서 뛰어나와 사내에게 달려들었고, 사내는 숨을 헐떡거리며 순식간에 바닥에 쓰러졌습니다.

저는 무서워 비명을 지르며 달려갔습니다. 까르디야끄는 쓰러진 사내에 올라타 있었습니다. '까르디야끄 스승님, 무엇을 하시는 거예요?' 저는 크게 소리쳤습니다. '망할 놈의 자식!' 까르디야끄는 이렇게 부르짖더니, 번개처럼 빠르게 제 곁을 스쳐 지나 사라졌습니다. 넋이 나가 다리를 후들거리며 저는 쓰러진 사내에게 다가갔습니다. 사내 옆에 무릎을 꿇고 어쩌면 이자를 구할 수 있으리라 생각했지만, 사내는 숨이 완전히 끊어져 있었습니다. 엄청난 두려움에 사로잡혀 기마경찰대가 저를 둘러싸고 있는 것도 눈치채지 못했습니다. '또 한 사람이 악마의 손에 목숨을 잃었군 — 이봐, 이봐 — 젊은이, 여기서 뭐 하고 있는 거야? — 너도 강도떼와 한패야? — 이리 와!' 이들은 중구난방 지껄이며 저를 붙들었습니다. 저는 더듬더듬 이렇게 말했습니다. 나는 이런 소름 끼치는 범죄를 저지를 만한 인물이 못됩니다. 가던 길을 편안히 가게 해주십시오. 그러기가 무섭게 누군가 제 얼굴에 불빛을 비추더니 비웃으며 소리쳤습니다. '금세공사의 제자 올리비에 브뤼송이로군. 정직하고 성실한 명인 르네 까르디야끄 공방에서 일하는 자야! — 그래 — 이 친구가 거리에서 사람을 죽이는 범인이로군! — 그러고도 남아 보여 — 시신 옆에서 슬퍼하다가 체포되는 것까지 참으로 살인범다워. — 어떻게 된 거야, 젊은이? — 겁먹지 말고 이야기해봐.' '바로 제 눈앞에서,' 저는 말했습니다. '어떤 사내가 이 사내에게 달려들어 칼로 찔러 쓰러뜨리고, 제가 크게 비명을 지르자 번개처럼 달아났습니다. 저는 쓰러진 사내를 아직 구할 수 있을지 살펴보려 했을 뿐입니다.' '안됐지만, 젊은 친구,' 여럿이 시신을 들어 올리는 가운데 누군가 말했습니다. '이자는 죽었어. 이번에도 비수에 가슴을 찔렸군.' '악마 같으니,' 다른 누군가 말했습니다. '그저께처럼 우리가 또 한발 늦었어.' 이들은 이렇게 말하며 시신을 메고 떠나갔습니다.

　제 기분이 어땠는지는 말로 옮길 수 없습니다. 어떤 악몽에 시달리는 것은 아닌지 손을 꼬집어보았지요. 그러면 곧바로 잠에서 깨어나 사나운 꿈자리에 화들짝 놀랄 듯싶었습니다. — 까르디야끄가 — 저의 마들롱의 아버지가, 흉악한 살인자라니! — 저는 어떤 집의 돌계단에 풀썩 쓰러졌습니다. 먼동이 밝아오기 시작하자, 화려한 깃털로 장식된 장교 모자가 포장길에 떨어져 있는 게 눈앞에 보였습니다. 제가 주저앉아 있는 바로 그 자리에서 까르디야끄가 저질렀던 살인 행위가 눈앞에 생생히 떠올랐습니다. 저는 소스라치게 놀라 그곳에서 달아났습니다.

당황하여 어쩔 줄 모르고 거의 정신이 나가 다락방에 앉아 있는데, 문이 열리더니 르네 까르디야끄가 들어왔습니다. '도대체 무엇을 원하는 거지요?' 저는 소리쳤습니다. 까르디야끄는 제 말은 들은 체도 하지 않고 가까이 다가와 차분하고 상냥하게 미소를 던졌지만, 제 마음속 역겨움만 돋울 뿐이었습니다. 제가 드러누워 있던 짚 더미 침상에서 몸을 일으키지 못하자, 까르디야끄는 낡아서 다 부서진 의자를 잡아당겨 제 옆에 앉았습니다. '올리비에,' 이렇게 말을 꺼내더군요. '어떻게 지내나, 가엾은 젊은이? 자네를 집에서 쫓아낼 때는, 아닌 게 아니라 볼썽사납게 서둘렀네. 무슨 일을 하든 자네가 여간 아쉬운 게 아니야. 이제 자네가 도와주지 않으면 도저히 완성할 수 없는 일을 맡았네. 다시 내 공방에 와서 일하지 않겠나? ─ 왜 말이 없는가? ─ 그래, 알아, 내가 자네를 모욕했지. 자네가 내 딸 마들롱과 연애하는 것을 알고 내가 부아가 치밀었다는 것은 숨기지 않겠네. 하지만 나중에 곰곰이 생각해보니, 자네가 솜씨 좋고 부지런하고 진실한 만큼 자네보다 나은 사윗감을 바랄 수 없다는 것을 깨달았네. 그러니 나와 함께 가서, 마들롱을 아내로 맞을 방법을 궁리해보게.' 까르디야끄의 말은 제 가슴을 갈가리 찢었습니다. 그 사악함에 온몸이 떨려 아무 말도 할 수 없었지요. '망설여지는가?' 까르디야끄가 번득이는 눈초리로 뚫어져라 쏘아보며 매서운 어조로 말을 이었습니다. '망설여지는가? ─ 어쩌면 오늘은 나와 함께 갈 수 없겠지, 다른 꿍꿍이속이 있을 테니 말이야! ── 데 그래에게 찾아가거나 아르장송이나 라 레니를 만나보려 하겠지. 조심하게, 젊은이, 발톱을 꺼내어 다른 사람을 해치려 하다가 그 발톱에 자네 자신이 붙들려 갈가리 찢기지 않도록.' 이 말에 저는 쌓였던 분노를 왈칵 터뜨렸습니다. '범죄자라면,' 저는 외쳤습니다. '소름 끼치는 범행을 저지른 범죄자라면 방금 당신이 입에 올린 이름들을 두려워하겠지만, 저는 그럴 까닭이 없습니다 ── 저는 그 사람들과 아무 볼일이 없습니다.' '사실은,' 까르디야[77]가 말을 이었습니다. '사실은, 올리비에, 내 밑에서 일하는 것은 자네에게 명예로운 일이야. 나는 당대 가장 유명한 명인이며 그 성실함과 정직함으로 어디서나 존중받고 있으니까. 누구든 나를 악랄하게 비방하려 들다가는 오히려 자신이 크게 화를 입을 걸세. ── 마들롱 이야기를 하자면, 이렇게 털어놓지 않을 수 없네. 내 마음이 누그러진 것은 오로지 그 아이 덕분인 줄 알아야 한다고. 마들롱은 자네를 열렬히 사랑해. 그 여린 아이가 그럴 수 있다고 믿기지 않을 만큼. 자네가 떠나자마자 마들롱은 내 발치에 쓰러져서 내 무릎을 끌어안고 눈물을 펑펑 쏟으며 자네 없이는 살아갈 수 없다고 털어놓더군. 나는 마들롱이 환상에 젖어 있으려니 생각했어. 사랑에 빠진 철부지가 으레 그렇듯, 처음 사귄 애송이가 상냥하게 바라보기만 해도 목숨까지 바치려 든다고 말이야. 하지만 마들롱은 정말로 시름시름 앓았어. 정신 나간 짓은 그만두라고 아무리 구슬려도 자네 이름만 수도 없이 불렀지. 마들롱이 절망에 빠져 있게 하지 않으려면 내가 결국 무엇을 할 수 있겠나? 나는 모든 것을 승낙하고 자네를 오늘 데려오겠다고 어젯밤 마들롱에게 말했네. 그러자 마들롱은 밤새 얼굴이 장미꽃처럼 피어났고, 지금은 사랑의 그리움에 넋이 나가 자네를 기다리고 있다네.' ─ 하느님이 저를 용서하시기를. 저 자신도 어찌 된 영문인지 모르게, 어느새 저는 까르디야끄의 집 앞에 서 있었고, 마들롱은 '올리비에 ─ 나의 올리비에 ─ 나의 연인 ─ 나의 신랑'이라고 큰 소리로 환호하며 저에게 달려들더니 두 팔로 저를 얼싸안아 가슴에 꼭 끌어안았습니다. 저는 더없는 기쁨에 넘쳐 마들롱을 결코, 결코 떠나지 않겠다고 성모마리아와 모든 성인을 부르며 맹세했습니다!"

이 가슴 벅찬 순간을 떠올리던 올리비에는 마음이 울컥하여 말을 잇지 못했다. 스뀌데리는 덕성과 정직함의 귀감으로 여겼던 사내의 범행에 등골이 오싹하여 소리쳤다. "끔찍하여라! ─ 르네 까르디야끄가 우리 평화로운 도시를 그리 오랫동안 도둑 소굴로 만든 살인강도떼와 한패라고?" "무슨 말씀을 하십니까, 부인," 올리비에가 말했다. "살인강도떼라니요? 그런 떼는 없었습니다. 온 도시를 누비며 범행 대상을 찾아 흉악한 범죄를 일삼았던 살인범은 까르디야끄 혼자입니다. 혼자였기에 쥐도 새도 모르게 범행을 저지를 수 있었고, 살인범을 추적하기가 이루 말할 수 없이 힘들었던 것입니다. ─ 제 말을 더 들어주십시오. 그러면 세상에서 가장 흉악하면서도 가장 불행한 인간의 비밀이 밝혀질 것입니다. ─ 제가 스승의 집에서 어떤 상황에 처했을지, 누구나 쉽게 짐작할 수 있을 것입니다. 이미 엎지른 물이라 되돌릴 수는 없었습니다. 저 자신이 까르디야끄의 살인종범이 된 듯한 느낌이 때로 들었습니다. 오로지 마들롱의 사랑에 젖어서만 마음속 깊이 들끓는 고통을 잊었습니다. 오로지 마들롱 곁에서만 이루 말할 수 없는 근심을 얼굴에서 말끔히 지울 수 있었습니다. 스승과 공방에서 일하면서 저는 그 얼굴을 들여다보지 못했지요. 이 무시무시한 인간 가까이 있으면 등골이 오싹해져서 거의 한마디도 말하지 못했습니다. 이자는 성실하고 자상한 아버지, 선량한 시민으로서 모든 덕성을 보이고 있었고, 밤은 이자의 범행을 베일로 가려주고 있었습니다. 경건하고 천사처럼 순수한 딸 마들롱은 아버지를 우상처럼 떠받들고 의지했습니다. 언젠가 악한의 가면이 벗겨지고 징벌이 떨어지면 이 사탄의 사악한 간계에 속아 넘어갔던 마들롱이 얼마나 무시무시한 절망에 빠지게 될까 생각할 때마다, 제 가슴이 찢어지는 듯했습니다. 그렇기 때문에 저는 입을 다물었습니다. 그 결과 제가 범죄자로 몰려 처형된다 할지라도 어쩔 수 없었습니다. 기마경찰대에게 정보를 들을 만큼 들었는데도, 까르디야끄의 범행과 그 동기와 실행 방법은 수수께끼였습니다. 그것도 오래지 않아 다 풀렸지만요. 여느때는 작업하면서 더없이 밝은 기분으로 농담하고 웃곤 하여 제 역겨움을 부추기던 까르디야끄가, 어느날 매우 심각한 얼굴로 생각에 잠겨 있었습니다. 그러더니 자신이 방금 작업하고 있던 패물을 느닷없이 옆으로 내던지는 통에 보석과 진주가 사방으로 흩어졌습니다. 까르디야끄가 벌떡 일어나 말했습니다. '올리비에! ── 우리 두 사람이 이렇게 지낼 수는 없어. 이러한 사이를 나는 견딜 수 없어. ── 데그래와 그 부하들이 제아무리 영리해도 밝혀내지 못한 비밀을 우연히 자네는 알게 되었네. 자네는 내가 밤에 하는 일을 훔쳐봤어. 내가 기구한 운명이 시키는 대로 아무 저항도 하지 못하고 저지르는 일을 말이야. ── 자네도 기구한 운명을 타고났군. 이 운명은 자네에게 내 뒤를 밟고 칠흑 같은 어둠에 몸을 숨기게 했네. 자네 발걸음을 가볍게 만들어, 아주 작은 짐승처럼 소리 없이 걷게 했지. 그래서 아무리 깜깜한 밤에도 호랑이처럼 똑똑히 볼 수 있으며, 거리에서 아무리 작은 소리가 나도 각다귀가 윙윙거려도 들을 수 있는 내가, 자네가 따라오는 것을 눈치채지 못했네. 자네의 기구한 운명이 자네를 공범으로 내게 보내준 게지. 지금 상황에서 자네는 배신할 생각을 할 수 없겠지. 그러니 모든 사실을 알아도 괜찮을 거야.' '나는 결코 당신의 공범이 되지 않을 거야, 위선에 가득한 악한아.' 저는 이렇게 외치려 했지만, 까르디야끄의 말을 듣고 마음속 깊이 무서움에 사로잡힌 나머지 목이 옥죄였습니다. 말은커녕 알아들을 수 없는 소리만 내질렀을 뿐이지요. 까르디야끄는 다시 작업 의자에 앉았습니다. 이마에서 땀을 훔쳐내더군요. 지난날의 기억에 세차게 흔들리는 마음을 추스르기 힘든 듯했습니다. 마침내 까르디야끄는 이야기를 꺼냈습니다. '현인들은 임신한 여성들이 기이한 인상에 영향을 받을 수 있으며, 이런 생생하고 무의식적인 외부 인상이 아기에게 신비로운 영향을 미친다고 흔히 말하지. 나는 사람들에게서 내 어머니에 관한 기묘한 이야기를 들었네. 어머니는 나를 임신한 첫째 달에 다른 아낙네들과 함께 트리아농 궁전[32]에서 열린 화려한 궁정 축제를 구경하러 갔다네. 그때 어머니의 눈길이 한 기사에게 멎었네. 기사는 스페인식 의상에 번쩍이는 보석 목걸이를 걸고 있었지. 어머니는 이 목걸이에서 눈을 떼지 못했어. 번쩍이는 보석을 가지고 싶다는 욕망에 온통 사로잡혔네. 이 보석이 어머니에게 천상의 보물인 듯 보였던 거야. 이 기사는 어머니가 처녀였을 때 어머니의 순결을 노리다가 징그럽다고 퇴짜 맞은 적이 있었지. 어머니는 이 기사를 알아보았지만, 이제 다이아몬드의 빛나는 광채 때문에 이자가 숭고한 존재로, 아름다움의 화신

32 루이 14세가 맹뜨농 부인을 위해 1687/88년 베르사유 궁전 정원에 세운 별장이다. 트리아농 궁전 묘사는 시간적으로 착오이다. 「스뀌데리 부인」은 1680년에 시작하는 것으로 설정되어 있기 때문이다.

으로 보였네. 기사는 동경에 가득 차 불타오르는 어머니의 눈빛을 알아챘네. 이제 예전보다 좋은 기회를 잡았다고 생각했어. 어머니에게 다가와 아는 사람들에게서 떼어내어 으슥한 곳으로 유인했지. 그곳에서 정욕에 불타 어머니를 두 팔로 껴안았고, 어머니는 아름다운 목걸이를 움켜잡았네. 그 순간 기사는 아래로 쓰러지며, 어머니도 함께 바닥에 넘어뜨렸네. 느닷없이 뇌졸중을 일으킨 건지 다른 원인이 있었는지 알 수 없지만, 하여튼 기사는 죽었네. 죽으면서 씰룩이다 굳어버린 시신의 두 팔에서 어머니는 몸을 빼내려 안간힘을 다했지만 아무 소용이 없었네. 죽은 기사는 시력이 사라져 멍한 두 눈을 어머니에게 맞춘 채 어머니와 함께 바닥에서 뒹굴었네. 어머니가 살려달라고 목청껏 외치는 소리가 마침내 멀리서 지나던 행인들에게 들렸고, 이들은 으스스한 난봉꾼의 팔에서 어머니를 구해냈네. 무서움에 질겁한 어머니는 중병을 얻어 몸져누웠지. 어머니도 나도 살지 못할 거라고 사람들은 생각했네. 하지만 어머니는 건강을 되찾았고, 사람들이 생각한 것보다 훨씬 순조롭게 출산했어. 하지만 그 무시무시한 순간 질겁한 게 나에게 영향을 미쳤네. 내 기구한 운명의 별이 떠올라 불티를 내리쏘았고, 이 불티는 내 마음속의 더없이 기이하고 불운한 열정에 불을 붙였네. 아주 어려서부터 나는 빛나는 다이아몬드와 황금 패물을 무엇보다 좋아했네. 사람들은 어린애에게 흔히 나타나는 애착이라 여겼지. 하지만 그렇지 않았네. 어렸을 적부터 나는 손에 넣을 기회만 생기면 황금과 보석을 훔쳤네. 숙련된 전문가 못지않게, 가짜 패물과 진짜 패물을 직감으로 구별했네. 진짜에만 마음이 끌렸고 합금이나 도금은 거들떠보지도 않았어. 아버지의 사정없는 매질이 무서워 타고난 욕망을 내리누를 수밖에 없었지. 하지만 황금과 보석만 만지며 살고 싶어 금세공사를 직업으로 골랐네. 나는 열정을 다해 일했고 곧 이 분야에서 최고의 명인이 되었지. 이제 타고난 충동이 오랜 억눌림에서 벗어나 세차게 솟아오르고, 주위의 모든 것을 집어삼키며 힘차게 넘쳐 흐르는 시기가 시작되었네. 나는 패물을 완성하여 납품하기 무섭게 불안에 빠지고 슬픔을 가눌 수 없어, 잠도 건강도 ── 삶의 의욕도 잃었네. ── 내게 일을 맡긴 사람이 밤낮없이 유령처럼 눈앞에 어른거렸네. 내가 만든 패물로 장식한 모습으로 말이지. 어떤 목소리가 내 귀에 이렇게 속삭였네. '저건 네 거야 ── 저건 네 거야 ── 빼앗아 ── 죽은 사람에게 다이아몬드가 무슨 소용이야!' 마침내 나는 도둑질을 시작했네. 나는 지체 높은 사람들의 집에 드나들 수 있었고, 기회가 생기면 놓치지 않았네. 아무리 자물쇠를 채워도 내 솜씨에는 당할 수 없었지. 내가 작업한 보석은 금세 내 손에 다시 들어왔네. ── 하지만 그래도 불안을 쫓아낼 수 없었네. 아까 말한 목소리가 또다시 들리면서, 이렇게 나를 비웃고 소리쳤네. '오호, 오호, 네 패물을 죽은 사람이 차고 다니는구나!' 어찌 된 영문인지 나도 모르겠지만, 보석을 만들어 넘겨준 사람들에게 나는 이루 말할 수 없는 증오를 품었네. 그뿐 아니었네! 마음속 깊이 이들에 대한 살의가 일어 나 자신조차 온몸이 떨렸네. ── 그 무렵 나는 이 집을 샀네. 집주인과 계약을 마치고 이 방에 함께 앉아 거래 성사를 기뻐하며 포도주를 한병 마셨지. 밤이 되어 내가 떠나려 하는데, 집주인이 말했네. '잘 들으시오, 르네 명인, 당신이 가기 전에 이 집에 숨겨진 비밀을 알려드릴 테니.' 그런 다음 벽에 붙은 붙박이장을 열고, 그 뒷벽을 밀고, 조그마한 방으로 들어가, 몸을 굽히고, 바닥문을 들어 올렸네. 가파르고 조붓한 층계를 내려가 좁다란 문에 이르자, 주인은 이 문을 열고 넓게 트인 뜰로 나갔네. 이제 집주인 노인네가 담벼락에 다가가 볼록 튀어나온 쇠 손잡이를 밀자마자, 담벼락 한부분이 빙글 돌았네. 한 사람이 너끈히 빠져나와 거리에 들어설 수 있을 만한 구멍이 생겼지. 언젠가 자네에게도 이 장치를 보여주겠네, 올리비에. 아마도 이 장치는 예전에 이자리에 있던 수도원의 영리한 승려들이 남몰래 드나들 요량으로 만들었던 것 같아. 겉에만 모르타르와 회를 칠한 나무판에, 역시 나무로 되어 있지만 마치 돌로 만든 듯한 조각상이 길 쪽에 붙어 있었고, 숨겨진 돌쩌귀를 축으로 삼아 이 나무판과 함께 돌아가게 되어 있었지. ─ 이 장치를 보자 내게 음흉한 생각이 떠올랐네. 나 자신도 아직 알 수 없는 어떤 행동을 위해 준비되어 있는 것 같았어. 나는 한 궁정 관리에게 값비싼 보석을 막 납품한 뒤였네. 내가 알기로 오페라 무희에게 선물하려는 것이었지. 나는 엄청난 괴로움에 시달렸네 ─ 유령이 발걸음마다 따라다녔고 ─ 사탄이 속삭이며 내 귀에 들러붙었네! ─ 나는 그 집으로 이사했네. 두려움에 식은땀을 피처럼 흘리며 침상에서 잠을 이루지 못하고 뒹굴었어! 내 보석을 들고 무희에게 몰래 찾아가는 관리의 모습이 머릿속에 떠올랐지. 화가 치밀어 벌떡 일어나 ─ 외투를 걸치고 ─ 비밀 층계를 내려가 ─ 담벼락을 통해 니께즈 가로 나갔네. ─ 관리가 다가오자 나는 와락 덮쳤네. 관리가 비명을 질렀지만 등 뒤에서 끌어안고 비수를 가슴에 찔러 넣었네 ─ 보석은 내 것이 되었지! ─ 이 일을 끝마치자 전에 맛보지 못했던 편안함과 만족감이 마음속 깊이 느껴졌네. 유령은 사라지고, 사탄의 목소리도 없어졌어. 내 기구한 운명이 무엇을 바라는지 이제 알게 됐네. 운명에 굴복하지 않으면 나는 몰락할 수밖에 없었던 거야! ─ 자네는 이제 내 모든 행동의 비밀을 알았네, 올리비에! ─ 내가 어쩔 수 없이 그런 짓을 저질러야 하기는 했지만 그렇다고 인간의 천성이라고들 말하는 동정이나 연민까지 깨끗이 버렸다고 생각지는 말게. 자네는 알지, 보석을 납품하는 게 내게 얼마나 힘든 일인지를, 죽이고 싶지 않기 때문에 주문을 받지 않은 사람이 많이 있다는 것을. 그뿐 아니라 내일 살인을 해서 내 유령을 몰아내야 할 듯한 예감이 들면, 차라리 오늘 호되게 주먹을 휘둘러 내 보석의 주인을 바닥에 쓰러뜨리고 보석을 손에 넣었다는 것을 말이야.' 이 모든 말을 다 하고, 까르디야끄는 비밀의 방으로 저를 데려가 자신의 보석장을 보여주었습니다. 국왕이라도 이보다 더 값비싼 보석장을 가지지 못했을 것입니다. 보석마다 매달린 작은 쪽지에는 누구의 주문으로 작업했으며 언제 절도나 강도나 살인으로 빼앗았는지 세세히 적혀 있었습니다. '자네는 결혼식 날에,' 까르디야끄은 나직하고 엄숙하게 말했습니다. '올리비에, 자네는 결혼식 날에 십자고상에 손을 얹고 나에게 엄숙히 맹세해야 할 걸세. 내가 죽자마자 이 보화를 부서뜨려 가루로 만들겠다고 말이야. 방법은 그때 가서 내가 알려주겠네. 마들롱이나 자네는 말할 것도 없고 어느 누구든 피 묻혀 빼앗은 보물을 넘겨받는 것을 나는 원치 않네.' 이러한 범죄의 미궁에 빠져들어 사랑과 역겨움에, 기쁨과 무서움에 마음이 갈가리 찢긴 저는 저 주받은 자나 다름없었습니다. 어여쁜 천사는 저에게 상냥하게 미소 지으며 이리 올라오라고 손짓하지만, 사탄은 달아오른 발톱으로 저를 움켜잡고 있었습니다. 경건한 천사의 사랑의 미소에는 천상의 모든 행복이 비쳤지만, 그 미소가 저에게는 더없이 모진 고통이 되었습니다. ─ 저는 도망치려 생각했습니다 ─ 자살까지 떠올렸습니다 ─ 하지만 마들롱은! ─ 꾸짖어주십시오, 꾸짖어주십시오, 고결하신 부인, 제가 너무 마음이 약한 탓에, 애정 때문에 범죄에 얽매어 있는데도 이 애정을 세차게 물리치지 못한 것을 꾸짖어 주십시오. 하지만 욕된 죽음으로 그 죗값을 치르려 하지 않습니까? —— 어느날 까르디야끄가 집으로 왔습니다. 전에 없이 기분이 밝더군요. 마들롱을 어루만지고, 저에게 더없이 상냥한 눈길을 던지고, 축제일이나 경축일에만 마셨던 값진 포도주를 반주로 한병 곁들이고, 콧노래를 흥얼거렸습니다. 마들롱이 자리를 뜨고 저도 공방으로 들어가려던 참이었습니다. '이보게, 앉아 있게,' 까르디야끄가 소리쳤습니다. '오늘은 일을 그만하세. 빠리에서 가장 품위 있고 고결한 귀부인의 안녕을 빌며 한잔하세.' 나와 잔을 부딪친 뒤 까르디야끄는 가득 찬 잔을 비우더니 이렇게 말했습니다. '말해보게, 올리비에, 이 시행이 얼마나 마음에 드는지.

도둑을 두려워하는 연인은
사랑할 자격이 없나니!'

맹뜨농 부인의 방에서 부인과 국왕 사이에 일어난 일을 까르디야끄는 이야기했습니다. 까르디야끄는 이렇게 덧붙였습니다. 나는 오래전부터 부인을 누구보다 존경했네. 높은 덕성을 타고난 부인 앞에서는 기구한 운명의 별조차 빛을 잃고 말지. 그러니 내가 만든 가장 아름다운 보석을 부인이 차고 다닌다 할지라도, 어떤 사악한 유령도, 어떤 살의도 내 마음속에 결코 생겨나지 않을 것이네. '잘 듣게, 올리비에,' 까르디야끄가 말했습니다. '내가 무슨 결심을 했는지. 나는 오래전에 잉글랜드의 헨리에타 공주[33]가 차고 다닐 목

---

33 잉글랜드의 헨리에타 앤 스튜어트(Henrietta Ann Stuart, 1644~70) 공주는 잉글랜드 찰스 1세(1600~49)의 막내딸로서 루이 14세의 동생인 오를레앙 공작 필리

걸이와 팔찌를 만들고 여기에 쓸 보석도 손수 구하라는 주문을 받았네. 이 작업은 유례없이 잘되었지. 하지만 내 마음의 보물이 된 보석과 헤어져야 한다는 것을 생각하면 가슴이 찢어졌네. 공주가 불행하게 암살된 것은 자네도 알지. 나는 이 보석을 간직하고 있는데, 이제 내 존경과 감사의 표시로 스뀌데리 부인에게 보내려고 하네. 쫓기는 강도떼의 이름으로 말일세. ─이 보석은 스뀌데리에게 승리의 찬란한 상징이 되겠지만, 데그래와 그 부하들에게는 받아 마땅한 비웃음을 안겨줄 것이네. ─자네가 부인에게 보석을 가져다주게.' 까르디야끄가 부인의 이름을 말하자마자, 부인, 시커먼 베일이 걷히고 저의 행복했던 어린 시절의 밝고 아름다운 모습이 다채롭게 빛나며 다시 떠오르는 듯했습니다. 마음속에 경이로운 위안이 찾아들고, 희망의 빛줄기 앞에서 음울한 기분이 사라졌습니다. 까르디야끄는 자신의 말이 제게 영향을 미친 것을 눈치채고 나름대로 그 까닭을 짐작하려 했습니다. '내 계획이,' 까르디야끄가 말했습니다. '자네 마음에 든 것 같군. 털어놓고 말하자면, 어떤 마음속 깊은 목소리가 이렇게 하라고 내게 명령한 걸세. 이 목소리는 탐욕스러운 맹수처럼 피의 제물을 원했던 목소리와는 전혀 다른 것이야. ─때로 나는 기묘한 기분에 휩싸이네 ─마음속 깊은 두려움과 무서움에 세차게 사로잡히지. 무언가 무시무시한 기운이 머나먼 저세상에서 이 세상으로 오싹하게 날아들고 있는 것 같아서야. 그럴 때면 기구한 운명이 나를 부추겨 저지른 일 때문에, 아무 잘못 없는 내 불멸의 영혼이 죄를 뒤집어쓸 듯한 느낌마저 드네. 언젠가 이런 기분이 들었을 때 아름다운 다이아몬드 왕관을 만

쁘 1세(1661~1701)와 결혼했다. 공주는 스물여섯살에 사망했는데, 남편의 총신이 건네준 독극물로 살해되었다는 소문이 있었다.

386

들어 쌩뙤스따슈 교회의 성모마리아에게 바치기로 작정했지. 하지만 일을 시작하려고 할 때마다 아까 말한 알 수 없는 두려움이 더욱 세차게 들이닥쳐 모든 일을 다 그만두었네. 이제 스뀌데리 부인에게 지금까지 만든 가장 아름다운 보석을 보내자니, 덕성과 경건함의 화신[34]께 겸손하게 예물을 바치고 나를 위해 기도해주시기를 간구하는 듯한 느낌이 드네.' 부인, 까르디야끄는 부인의 생활 습관을 자세히 알고 있었습니다. 깨끗한 함에 넣은 보석을 언제 어떻게 가져다줘야 할지 시간과 방법을 일러주더군요. 저는 온통 기쁨에 젖었습니다. 하늘이 흉악한 까르디야끄를 통해 지옥에서 빠져나올 길을 보여주었기 때문입니다. 버림받은 죄인이 되어 지옥에서 허덕이던 저에게 말입니다. 저는 이렇게 계획했습니다. 까르디야끄가 시키는 대로 하지 않고 부인을 만나 뵈려 했습니다. 안 브뤼송의 아들로서, 부인의 양손자로서, 부인의 발치에 몸을 던지고 부인께 모든 일을 ── 남김없이 털어놓으려 했습니다. 모든 일이 드러나면 가엾고 죄 없는 마들롱이 겪을 이루 말할 수 없는 비참함이 마음에 걸려 부인께서는 그 비밀을 지켜주셨을 테지요. 그렇지만 모든 일을 드러내지 않고도 까르디야끄의 흉악한 범죄를 막을 수 있는 확실한 방법을 드높고 예리한 지혜를 가다듬어 분명 찾아내셨을 것입니다. 어떤 방법을 썼어야 했을까 묻지는 마십시오. 저는 모르니까요 ── 하지만 부인께서 저와 마들롱을 구해주시리라 저는 마음속 깊이 확신했습니다. 성모마리아께서 위로와 도움을 베풀어주시리라 믿었듯 말입니다. ── 부인, 아시다시피 그날밤은 제 의도대로 되지 않았습니다. 저는 다음번에는 잘되리라는 희망을 잃

───────────────────────

34 성모마리아를 말한다.

지 않았습니다. 그때였습니다. 까르디야끄가 느닷없이 쾌활한 기색을 모조리 잃었습니다. 침울하게 서성거리고, 허공을 바라보고, 알아들을 수 없는 말을 중얼거리고, 적을 물리치듯 두 손을 휘둘러 댔습니다. 마음이 사악한 생각에 시달리고 있는 듯했습니다. 아침내내 이런 행동을 멈추지 않더군요. 마침내 작업대에 앉았다가 역정 내며 다시 벌떡 일어나더니, 창밖을 바라보며 정색하고 침울하게 말했습니다. '잉글랜드의 헨리에타 공주가 내 보석을 차고 다녔더라면 좋으련만!' 이 말에 저는 무시무시함에 사로잡혔습니다. 까르디야끄가 제정신을 잃고 다시금 끔찍한 살인 유령에 사로잡혔다는 것을, 사탄의 목소리가 다시금 귀에 들리기 시작했다는 것을 이제 알아챘습니다. 부인의 목숨이 흉악한 암살범에게 위협받고 있다는 것을 눈치챘습니다. 까르디야끄가 보석을 다시 손에 넣는다면, 부인은 목숨을 건질 수 있었습니다. 시시각각 위험이 커져갔습니다. 저는 부인을 뽕 뇌프 다리에서 만났을 때, 마차에 달려들어 간직하고 있는 보석을 곧바로 까르디야끄의 손에 넘겨주라고 애원하는 쪽지를 던져 넣었습니다. 부인께서는 오시지 않았지요. 다음날 까르디야끄가 밤새 눈앞에 떠오른 귀중한 보석 이야기만 늘어놓자 저는 두렵다 못해 절망에 빠졌습니다. 부인의 보석을 말하는 것이라고 생각할 수밖에 없었습니다. 까르디야끄가 무언가 살인계획을 궁리하고 있음이 분명히 느껴졌습니다. 그날밤 실행하기로 작정한 것이 확실했지요. 까르디야끄의 목숨을 해치는 한이 있더라도 부인을 구해야 했습니다. 까르디야끄가 여느 때와 마찬가지로 저녁기도를 마치고 방문을 잠그자마자 저는 창문을 통해 뜰로 내려갔고, 담벼락 구멍으로 빠져나가 가까운 곳의 어두운 그림자에 몸을 감추었습니다. 오래 지나지 않아 까르디야끄가 밖으로 나오더니, 거리를 살금살금 걸어내려갔습니다. 저는 뒤를 밟았습니다. 까르디야끄가 쌩또노레 가로 가자 제 가슴이 떨렸습니다. 까르디야끄는 순식간에 제 시야에서 사라졌습니다. 저는 부인의 집 앞에 숨어 있기로 작정했습니다. 그때 한 장교가 저를 알아채지 못한 채 콧노래를 흥얼거리며 제 곁을 스쳐 지나갔습니다. 제가 우연히 까르디야끄의 살인 행위를 목격했던 당시와 똑같이 말입니다. 그 순간 한 시꺼먼 인물이 불쑥 나타나더니 장교를 덮쳤습니다. 까르디야끄였습니다! 저는 이 살인을 막으려 했습니다. 큰 소리를 지르며 두걸음 — 세걸음 옮겨 그곳으로 갔습니다. 치명상을 입고 헐떡거리며 바닥에 쓰러진 것은 — 장교가 아니라 — 까르디야끄였습니다. 장교는 비수를 손에서 떨구고, 칼집에서 긴 칼을 뽑았습니다. 제가 살인자의 공범이라 생각했는지 칼을 겨누고 저에게 다가오더군요. 하지만 제가 장교에게 신경 쓰지 않고 희생자만 살펴보고 있자 재빨리 서둘러 그 자리를 떠났습니다. 까르디야끄는 아직 숨이 붙어 있었습니다. 저는 장교가 떨어뜨린 비수를 챙긴 다음 까르디야끄를 어깨에 메고 집으로 힘들게 끌고 와서 비밀 층계를 통해 공방으로 올라갔습니다. — 그다음 일은 부인께서 아시는 그대로입니다. 고결하신 부인, 부인께서는 알아채셨겠지요. 제 유일한 범죄라면 마들롱의 아버지를 재판소에 고발하지 않아 그 범행을 끝장내지 못한 것뿐입니다. 저는 어떤 살인 혐의에도 결백합니다. — 무슨 고문을 받더라도 까르디야끄의 범행을 비밀로 감출 것입니다. 하느님은 덕성스러운 딸이 아버지의 소름 끼치는 살인죄를 알지 못하도록 베일로 가려주었습니다. 그런데 이제 와서 과거의 모든 비참한 일을 드러내 딸을 파멸에 이르게 하고 싶지는 않습니다. 세상 사람들이 복수심에 불타 무덤에서 시신을 파내고 형리가 다

문드러진 유골에 치욕의 낙인을 찍게 하고 싶지도 않습니다. ──그건 안 됩니다! ──제 영혼의 연인은 제가 죄 없이 죽었다고 눈물짓겠지만, 시간이 지나면 그 괴로움은 가라앉을 것입니다. 하지만 사랑하는 아버지가 악마같이 무시무시한 범죄를 저질렀다는 것을 알면, 그 참담함은 이겨낼 수 없을 것입니다."

올리비에는 입을 다물고, 이제 별안간 눈물을 쏟으며 스뀌데리의 발치에 엎드려 간청했다. "부인께서는 제 무죄를 확신하시지요──분명히 확신하실 겁니다! ──저를 가엾게 여기시어 말씀해주십시오, 마들롱은 어떻게 지내고 있습니까?" 스뀌데리는 마르띠니에르를 불렀고, 잠시 뒤 마들롱이 달려와 올리비에의 목을 껴안았다. "이제 모두 잘됐군요, 당신이 여기에 왔으니 ──마음이 고귀하신 부인께서 당신을 구할 줄 알았어요!" 마들롱은 연신 이렇게 소리쳤으며, 올리비에는 자신의 운명과 자신에게 닥칠 위험을 모조리 잊고 마음이 날아갈 듯 행복해졌다. 두 연인은 서로를 생각하며 겪은 고통을 더없이 가슴 아프게 서로에게 하소연하고, 또다시 얼싸안고, 다시 만난 기쁨에 눈물 흘렸다.

스뀌데리가 올리비에의 무죄를 진작 믿고 있지 않았더라도, 이제는 결백을 확신하게 되었으리라. 두 연인이 떼려야 뗄 수 없는 천생연분의 행복감에 젖어 이 세상과 자신들의 비참함과 이루 말할 수 없는 고통을 다 잊고 있는 모습을 보았으니 말이다. "아무 죄가 없어!" 스뀌데리는 소리쳤다. "마음이 결백하지 않고서는 저렇게 행복에 젖어 모든 일을 잊을 수 없어!"

아침 햇살이 환하게 창문으로 들어왔다. 데그래가 방문을 나직이 두드리며 이렇게 일깨워줬다. 올리비에 브뤼송을 데려갈 시간이 되었습니다. 더 늦으면 사람들의 이목을 피할 수 없습니다. 사랑하는 연인은 헤어져야 했다.

브뤼송이 집에 들어왔던 순간부터 스뀌데리의 마음을 사로잡았던 불길한 예감이 이제 무시무시한 현실이 되었다. 사랑하는 안의 아들이 아무 죄도 없이 사건에 깊이 연루되어 있었다. 양손자를 치욕스러운 죽음에서 구할 길이 없어 보였다. 스뀌데리는 젊은이의 결기를 높이 샀다. 젊은이는 마들롱을 죽음으로 몰고 갈 비밀을 입 밖에 내느니, 차라리 죄를 뒤집어쓰고 죽으려 했다. 아무리 궁리해보아도 더없이 가엾은 이 젊은이를 잔인한 재판소에서 구해낼 방도가 보이지 않았다. 하지만 곧 자행되려는 천인공노할 불의를 막기 위해 어떤 희생도 마다하지 않겠다고 마음속 깊이 다짐했다. —— 머리를 쥐어짜 갖은 구상과 계획을 세웠다. 어떤 것은 황당하기조차 하여 떠올리기 무섭게 포기했다. 희망의 빛이 하나씩 하나씩 꺼져가자, 스뀌데리는 거의 절망에 이르렀다. 하지만 마들롱은 주저 없고 경건하고 천진난만한 믿음을 철석같이 보이며, 환한 얼굴로 이렇게 말했다. 사랑하는 브뤼송이 모든 혐의에서 무죄판결을 받고 곧 저를 아내로 맞이해 얼싸안을 거예요. 이에 스뀌데리는 가슴이 한없이 미어졌고, 그러면 그럴수록 다시 기운을 내었다.

마침내 무언가 실행할 요량으로 스뀌데리는 라 레니에게 장문의 편지를 썼다. 이런 내용이었다. 올리비에 브뤼송은 까르디야끄의 죽음에 아무 죄가 없음을 더없이 설득력 있게 밝혔습니다. 다만 비밀이 드러나면 순진무구하고 덕성스러운 연인이 파멸할 것이기에, 이 젊은이는 비밀을 무덤까지 품고 가기로 용기 있는 결단을 내리고 재판소에서 진술하지 않고 있을 뿐입니다. 진술만 하면 까르디야끄를 살해했을 뿐 아니라 흉악한 살인범 떼와 한패라는 무시무시한 혐의를 분명 벗을 수 있을 텐데 말입니다. 스뀌데리는 타오르는 열정과 재기 넘치는 언변을 한껏 발휘하여, 라 레니의 완고한 마음을 누그러뜨리려 했다. 몇 시간 뒤 라 레니에게서 이런 답장이 왔다. 올리비에 브뤼송이 고귀하고 고결한 후견인 앞에서 자신의 무죄를 완전히 해명했다니 진심으로 기쁩니다. 올리비에가 범행과 관련한 비밀을 무덤까지 품고 가겠다고 용기 있는 결단을 내렸다는데, 화형 재판소는 그러한 용기를 존중할 수 없으며, 오히려 아주 효과적인 수단을 써서 그 용기를 꺾으려 할 수밖에 없음을 유감으로 생각합니다. 사흘만 지나면 기이한 비밀을 알아내어, 어떤 경이로운 일이 일어났는지 백일하에 밝혀낼 수 있을 것입니다.

무시무시한 라 레니가 어떤 수단으로 브뤼송의 용기를 꺾을 심산인지 스퀴데리는 알고도 남았다. 불행한 젊은이에게 고문을 하려는 것이 분명했다. 엄청난 두려움에 사로잡힌 스퀴데리에게 마침내 어떤 생각이 떠올랐다. 고문을 연기시키기 위해서라도 법률가의 상담을 받는 게 좋을 것 같았다. 삐에르 아르노 당디이는 당시 빠리에서 가장 유명한 변호사였다. 깊은 학식과 폭넓은 이해력뿐아니라 그에 못지않은 정직함과 덕성도 갖추고 있었다. 스퀴데리는 이 변호사에게 찾아가, 브뤼송의 비밀만 빼놓고 되도록 모든 일을 털어놓았다. 당디이가 열정을 다해 죄 없는 젊은이 사건을 맡아줄 것이라 생각했지만, 스퀴데리의 희망은 속절없이 깨졌다. 당디이는 차분하게 모든 말을 들은 뒤 미소 지으며 부알로의 말을 인용하여 대답을 대신했다. "진실은 때로 진실해 보이지 않을 수 있습니다." 당디이는 스퀴데리에게 이렇게 설명했다. 브뤼송에게 불리한 혐의점이 현저히 눈에 띕니다. 라 레니의 사건 심리는 결코 잔인하다거나 성급하다고 할 수 없으며 오히려 철두철미 적법합니다. 라 레니가 달리 행동했더라면 재판관의 의무를 위반하게 되었을 것입니다. 저 당디이는 아무리 솜씨 좋게 변론하더라도 브뤼송을 고문에서 구해낼 자신이 없습니다. 오로지 브뤼송 자신만이, 솔직히 자백을 하거나 아니면 까르디야끄 살인의 정황을 상세히 진술함으로써 고문에서 벗어날 수 있을 것입니다. 이런 진술을 토대로 어쩌면 새로이 수사를 시작할 수도 있겠지요. "그렇다면 저는 전하의 발치에 엎드려 사면을 간청하렵니다." 스뀌데리는 넋이 나가 눈물을 흘리며 반쯤 목이 메인 소리로 말했다. "부디," 당디이가 소리쳤다. "부디 그러지 마십시오, 부인! ── 그것은 마지막 방책으로 남겨두십시오. 이는 한번 실패하면, 두번 다시 사용할 수 없으니까요. 전하는 이런 종류의 범죄자를 결코 사면하지 못하십니다. 그랬다가는 위험을 느낀 백성의 원성이 자자해질 테니까요. 비밀을 털어놓거나, 그밖의 방법으로 브뤼송은 자신에게 몹시 불리한 혐의를 벗을 길을 찾을 수 있을 겁니다. 그때 전하께 사면을 간청하십시오. 그러면 전하께서는 법정에서 어떤 사실이 입증되었는지 따지지 않고, 전하의 마음속 확신에 귀 기울이실 것입니다." 스뀌데리는 경험이 풍부한 당디이의 말에 따를 수밖에 다른 도리가 없었다. ── 깊은 근심에 빠져, 불행한 브뤼송을 구하려면 이제 도대체 어떻게 해야 할지 생각하고 또 생각하며, 스뀌데리가 늦저녁에 방에 앉아 있었는데, 마르띠니에르가 들어오더니 국왕 근위 연대장 미오상 백작이 찾아와 부인을 급히 면담하고 싶어한다고 알렸다.

"죄송합니다," 미오상이 군인다운 예의를 갖추어 절하며 말했다. "이렇게 늦은 시간에 찾아와 불편을 끼치게 되어 죄송합니다, 부인. 군인이라 아무 때나 시간을 낼 수 없었습니다. 하지만 이름 두마디만 들으시면 제 실례를 용서해주실 것입니다. ── 올리비에 브뤼송 때문에 부인께 찾아왔습니다." 스뀌데리는 무슨 말을 하려는지 매우 호기심이 일어 큰 소리로 외쳤다. "올리비에 브뤼송 때문에? 이 세상에서 가장 불행한 젊은이 때문에? ── 이 젊은이와 무슨 상관이 있으시지요?" "그러실 줄 알았습니다." 미오상이 미소지으며 말을 이었다. "부인께서 아끼는 젊은이 이름을 말하기만 해도, 제 말에 귀 기울여주시리라 생각했습니다. 온 세상 사람이 브뤼송의 유죄를 확신하고 있습니다. 부인께서는 무죄라고 생각하고 계신다고 알고 있습니다. 부인께서 피고인의 주장만 믿고 있다고 다들 그러더군요. 저는 다른 근거가 있습니다. 까르디야끄의 죽음에 브뤼송이 무죄라는 것을 저보다 더 확신할 수 있는 사람은 아무도 없습니다." "말씀해보세요. 오, 말씀해보세요," 스뀌데리는 기쁨에 눈을 반짝이며 소리쳤다. 미오상이 힘주어 말했다. "부인의 집에서 멀지 않은 쌩또노레 가에서 늙은 금세공사를 찔러 죽인 것이 다름 아니라 저입니다." "하느님 맙소사, 당신이 ── 당신이!" 스뀌데리가 소리쳤다. "그뿐 아니라," 미오상이 말을 이었다. "부인께 맹세하건대, 부인, 저는 그 일을 자랑스럽게 여기고 있습니다. 까르디야끄는 흉악무도하고 위선적인 악한이며, 한밤중에 남몰래 살인강도 짓을 일삼고도 오랫동안 법망에 걸리지 않았다는 것을 알아두십시오. 이 늙은 악한은 눈에 띄게 불안해하며 제가 주문한 보석을 들고 오더니 누구에게 주려고 이 보석을 주문했느냐고 물어보았고, 제 시종에게는 제가 아무개 부인에게 찾아가는 시간을 사뭇 능청스레 캐물었습니다. 그러자 어찌 된 영문인지 저 자신도 모르겠지만, 제 마음속 깊이 의심이 일었습니다. ── 오래전부터 제 눈길을 끌었던 점이 있습니다. 더없이 끔찍한 약탈욕에 불행하게 희생된 자들이 한결같이 똑같은 치명상을 입었다는 것입니다. 살인범은 단박에 찔러 죽이는 기술을 연습하여 이를 구사하고 있는 것이 분명했습니다. 이 습격만 피한다면 대등하게 맞싸울 수 있었습니다. 이 점에 착안하여 저는 예방책을 세웠습니다. 너무 손쉬운 방법이기 때문에, 다른 사람들이 왜 오래전에 이를 생각지 못하고 위험한 살인범에게 목숨을 빼앗겼는지 의아할 정도입니다. 저는 조끼 안에 가벼운 갑옷을 입었습니다. 까르디야끄는 뒤에서 저를 덮쳤습니다. 우악스러운 힘으로 저를 움켜잡고 칼로 급소를 찔렀지만, 칼끝이 쇠 미늘에 미끄러졌습니다. 이 순간 저는 몸을 빼내어 준비했던 비수로 그자의 가슴을 찔렀습니다." "그런데도 당신은 입을 다물고 계셨군요." 스뀌데리가 물었다. "무슨 일이 일어났는지 재판소에 신고하지 않으셨지요?" "죄송합니다." 미오상이 말을 이었다. "이렇게 말씀드려 죄송합니다. 그렇게 신고를 했다면 저는 파멸하지는 않았더라도 더없이 끔찍한 재판에 휘말렸을 것입니다. 제가 경건함과 덕성의 귀감이자 정직한 까르디야끄를 흉악한 살인 혐의로 고발했다면, 어디서나 범죄의 냄새를 맡는 라 레니가 제 말을 곧이곧대로 믿었겠습니까? 그 정의의 칼끝을 저에게 겨누었다면 어떻게 되었겠습니까?" "그럴 리가요." 스뀌데리가 소리쳤다. "당신의 가문이나 — 당신의 지위로 보아 — " "오," 미오상이 말을 이었다. "뤽상부르 원수를 생각해보십시오. 공연스레 르 싸주에게 별점을 치게 했다가 독살 혐의로 바스띠유에 수감되지 않았습니까? 안 됩니다, 쌩드니에게 맹세컨대, 우리 모두의 목에 칼을 겨누고 미쳐 날뛰는 라 레니에게 제 자유를 한시간도, 제 살점을 한 조각도 넘겨주지 않겠습니다." "하지만 그러면 죄 없는 브뤼송이 처형당하게 되는데도요?" 스뀌데리가 끼어들었다. "죄가 없다고요?" 미오상이 대답했다. "부인, 흉악한 까르디야끄의 공범에게 죄가 없다고 하셨습니까? — 이자가 까르디야끄의 범행을 도왔는데도? 백번 죽어 마땅한데도? ── 천만에요. 정말이지, 이자는 처형당해 마땅합니다. 존경하는 부인, 제가 부인께 사건의 진상을 실토한 것은, 부인께서 저를 화형 재판소의 손에 넘기지 않고도 부인이 아끼시는 젊은이를 위해 제 비밀을 어떤 식으로든 활용할 수 있으리라 생각해서였습니다."

스뀌데리는 브뤼송의 무죄에 대한 확신이 이렇게 분명하게 확인되자 마음속 깊이 기뻐하며 까르디야끄의 범죄를 진작 알고 있는 백작에게 모든 일을 주저 없이 털어놓았고, 당디이에게 함께 가자고 부탁하며 이렇게 말했다. 당디이에게 비밀을 지키겠다는 약속을 받고 모든 일을 털어놓으면, 당디이가 이제 무슨 일을 해야 할지 조언해줄 거예요.

스뀌데리가 모든 일을 속속들이 이야기하자, 당디이는 정황을 다시금 시시콜콜 캐물었다. 특히 미오상 백작에게 이렇게 물었다. 까르디야끄에게 습격받았다고 확신합니까? 올리비에 브뤼송이 시신을 메고 간 자임을 확인할 수 있겠습니까? "달이 밝은 밤이어서," 미오상이 대답했다. "금세공사를 사뭇 잘 알아볼 수 있었습니다. 그뿐 아니라 까르디야끄를 찔러 쓰러뜨린 비수를 라 레니의 집무실에서 보았는데, 그 비수는 제 것이었습니다. 손자루가 섬세하게 장식되어 쉽게 구별할 수 있습니다. 젊은이와 한걸음밖에 떨어져 있지 않았던데다, 젊은이의 모자가 머리에서 벗겨져 있었으므로, 젊은이의 이목구비를 다 보았습니다. 따라서 젊은이를 보면 분명히 다시 알아볼 수 있습니다."

당디이는 잠시 아무 말 없이 아래를 내려다보더니, 이렇게 말했다. "통상적 방법으로는 브뤼송을 사법기관의 손아귀에서 온전히 구해낼 수 없습니다. 브뤼송이 마들롱을 염려하여 까르디야끄가 살인강도라고 지목하지 않으려 합니다. 그러도록 놓아둡시다. 비밀 출구와 훔친 보석 더미를 보여주어 까르디야끄의 범죄를 입증해내더라도, 어차피 공범으로서 사형을 피할 수 없을 테니까요. 금세공사가 실제로 어떻게 살해되었는지 미오상 백작이 재판관들에게 실토하더라도, 결과는 똑같을 것입니다. 고문을 연기시키기 위해 온 힘을 기울이는 수밖에 없습니다. 백작님은 꽁시에르주리 감옥에 가서서 올리비에 브뤼송을 데려오라 하고, 브뤼송이 까르디야끄의 시신을 메고 간 자임을 확인해주십시오. 그런 다음 라 레니에게 가서 이렇게 말하십시오. '쌩또노레 가에서 한 사내가 칼에 찔려 쓰러지는 것을 보았습니다. 저는 희생자 바로 옆에 서 있었습니다. 그때 다른 사내가 뛰어나와 희생자를 굽어보더니 숨이 붙어 있는 것을 알아채고 어깨에 메어 끌고 갔습니다. 올리비에 브뤼송이 그 사내임을 저는 확인했습니다.' 이런 진술을 토대로 브뤼송은 미오상 백작과 대질하여 다시 신문을 받을 것입니다. 그러면 고문이 연기되고 추가 수사가 시작겠죠. 그때 부인께서는 전하께 찾아가 호소하십시오. 부인, 이 일을 얼마나 솜씨 좋게 처리하시는지는 부인의 예리한 지혜에 달려 있습니다. 제 생각으로는 전하께 비밀을 모조리 털어놓는 것이 좋을 듯합니다. 미오상 백작의 진술로 브뤼송의 자백은 입증될 것입니다. 까르디야끄의 집 비밀 수색으로도 이는 아마 확인될 것입니다. 이 모든 사실로 재판소에서 무죄 판결을 받을 수는 없지만, 국왕의 결심에는 영향을 미칠 수 있습니다. 재판관은 처벌할 수밖에 없는 행위일지라도, 국왕은 마음속 깊은 감정에 의거하여 사면을 베풀 것입니다." 미오상 백작은 당디이의 충고를 그대로 따랐고, 당디이가 예견한 대로 모든 일이 진행되었다.

이제 국왕에게 간청하는 것이 문제였는데, 이는 가장 어려운 일이기도 했다. 국왕은 그토록 오랫동안 온 빠리를 두려움과 무서움에 몰아넣었던 무시무시한 살인강도 짓을 브뤼송 혼자서 저지른 줄 알고 있던 터라 브뤼송을 몹시 역겨워하여 이 악명 높은 재판을 넌지시 일깨우기만 해도 노발대발했기 때문이다. 맹뜨농은 국왕에게 언짢은 말은 하지 않는다는 원칙을 고수하며 주선을 한사코 거부했다. 그리하여 브뤼송의 운명은 고스란히 스뀌데리의 손에 달려 있었다. 오랫동안 곰곰이 생각한 끝에 스뀌데리는 어떤 결심을 하고 곧바로 이를 실행에 옮겼다. 두꺼운 비단으로 만든 검은색 드레스를 입고, 까르디야끄의 귀중한 패물로 장식하고, 기다란 검은색 베일을 얼굴에 드리우고, 국왕이 와 있을 시간에 맹뜨농의 집에 나타났다. 품위 있는 부인이 이렇게 엄숙하게 차려입고 고귀한 모습으로 장엄하게 들어서자, 앞방에서 경망하게 방정 떠는 게 몸에 밴 게으른 하인배조차 깊은 경외감에 사로잡혔다. 모두들 공손히 길을 비켰고, 부인이 들어오자 국왕마저 매우 놀라 자리에서 일어나 부인을 맞이했다. 목걸이와 팔찌에서 귀중한 다이아몬드가 번쩍이는 것을 보고 국왕은 소리쳤다. "하늘에 걸고 말하건대, 이것은 까르디야끄의 패물이구려!" 그런 뒤 맹뜨농 부인에게 몸을 돌려 유쾌하게 미소 지으며 이렇게 덧붙였다. "후작 부인, 우리 아름다운 신부가 신랑의 죽음을 슬퍼하는 것을 보시오." "오, 자비로운 전하," 스뀌데리가 끼어들어 농담을 받았다. "괴로움에 싸인 신부라면 이렇게 찬란한 치장을 할 수가 있겠습니까? 천만에요. 저는 이 금세공사와 인연을 완전히 끊었습니다. 이자는 기억나지도 않을 겁니다. 살해되어 제 옆을 지나 끌려가던 그 끔찍한 모습이 가끔 눈앞에 떠오르지만 않는다면요." "뭐라고요," 국왕이 물었다.

"뭐라고요! 부인께서 그자를 보았소, 그 가엾은 인간을?" 스뀌데리는 살인 사건이 발견되었을 당시 우연히 까르디야끄의 집 앞을 지나갔다고 간추려 이야기했다. (브뤼송이 끼어든 일은 아직 말하지 않았다.) 마들롱은 걷잡을 수 없이 괴로워했으며, 이 천사 같은 아이는 자신에게 깊은 인상을 심어주었고, 그래서 백성이 환호하는 가운데 이 가엾은 아이를 데그래의 손에서 구해냈다고 말했다. 차츰차츰 흥미를 고조시키며 라 레니 — 데그래 — 올리비에 브뤼송이 나오는 장면으로 넘어갔다. 더없이 생생하고 박진감 넘치는 스뀌데리의 이야기에 넋을 빼앗긴 국왕은 역겨운 브뤼송의 끔찍한 재판으로 말머리가 바뀌는 것도 눈치채지 못한 채, 아무 말도 입 밖에 내지 않고 이따금 감탄사만 내뱉어 마음속 동요를 드러냈다. 듣도 보도 못한 일에 넋이 나가 미처 생각을 정리하지 못하고 있던 국왕의 발치에, 느닷없이 스뀌데리가 엎드려 올리비에 브뤼송의 사면을 간청했다. "왜 이러시오!" 국왕은 부인의 두 손을 잡아 안락의자에 앉으라고 권하며 외쳤다. "왜 이러시오, 부인! — 부인은 기이한 이야기로 나를 놀라게 했소! — 정말 무시무시한 사건이구려! — 브뤼송의 황당한 이야기가 진실임을 누가 보증할 수 있소?" 이에 스뀌데리가 대답했다. "미오상의 진술이 — 까르디야끄 집의 수색이 — 제 마음속 깊은 확신이 — 아! 불행한 브뤼송에게 자신과 똑같은 덕성이 있음을 알아본 마들롱의 덕성스러운 마음이 이를 보증합니다!" 국왕은 무언가 대답을 하려다 문에서 인기척이 들리자 그리로 몸을 돌렸다. 다른 방에서 집무하던 루부아가 걱정스러운 표정으로 안을 들여다보았다. 국왕은 일어나 루부아를 따라 방에서 나갔다. 스뀌데리와 맹뜨농 두 사람은 이야기가 이렇게 중단된 것을 불길한 조짐으로 여겼다. 국왕은 한번 놀랐던 터라 덧에 또다시 걸리지 않으려 조심할 것이기 때문이었다. 하지만 몇분 뒤 다시 들어와 잰걸음으로 방 안을 몇번 왔다 갔다 하더니, 등에 뒷짐을 지고 스뀌데리 바로 앞에 서서, 얼굴을 마주 보지 않고 자못 나직이 말했다. "마들롱을 만나보고 싶소!" 이에 스뀌데리가 대답했다. "오, 자비로운 전하, 전하는 얼마나 드높은 ― 드높은 행복을 가엾고 불행한 아이에게 베푸시는 것인지요 ― 아, 전하가 손짓만 해도 그 아이는 전하의 발치에 엎드릴 것입니다." 무거운 옷을 입었지만 되도록 잽싸게 문으로 종종걸음 쳐, 밖에 대고 이렇게 소리쳤다. 전하께서 마들롱 까르디야끄를 만나보자고 하신다. 그런 뒤 다시 돌아와 기쁨과 감격에 못 이겨 눈물짓고 흐느꼈다. 스뀌데리는 이런 은총을 예감하고 마들롱을 데려왔으며, 마들롱은 당디이가 써준 짤막한 청원서를 손에 들고 후작 부인의 시녀 방에서 기다리고 있었다. 잠시 뒤 마들롱은 국왕의 발치에 아무 말 없이 몸을 조아렸다. 두려움 ― 놀라움 ― 공손한 경외감 ― 사랑과 괴로움으로 ― 가엾은 마들롱의 핏줄에 피가 들끓어 점점 더 빠르게 흘렀다. 두 볼은 진홍색으로 달아오르고 ― 두 눈에서는 해맑은 눈물이 진주처럼 반짝거리며 비단 같은 속눈썹을 지나 나리꽃같이 아름다운 가슴에 이따금 떨어졌다. 국왕은 천사 같은 아이의 경이로운 아름다움에 놀란 듯했다. 아가씨를 살포시 일으켜 세운 뒤 잡고 있는 손에 입을 맞추려는 듯한 몸짓을 했다. 손을 다시 놓고 가슴이 깊이 미어지는 듯 눈물이 글썽거리는 눈길로 어여쁜 아이를 바라보았다. 맹뜨농 부인이 스뀌데리에게 나직이 속삭였다. "저 어린 아가씨는 라 발리에르 부인[35]을 빼닮지 않았어요? ― 국왕은 더없

---

35 라 발리에르 부인(Madame La Vallière, 1644~1710)은 1661~67년에 루이 14세의 정부였다. 후일 빠리의 까르멜 수녀원에 들어가 36년간 고행하며 살았다.

이 달콤한 추억에 잠겨 있어요. 부인이 이 사건에서 이긴 거예요."
맹뜨농은 매우 나직이 속삭였지만, 국왕이 이 말을 들은 듯했다. 얼굴에 홍조를 띠며 맹뜨농에게 눈길을 던졌다. 그러고는 마들롱이 건네주는 청원서를 읽고서 상냥하고 너그럽게 말했다. "사랑스러운 아가씨, 아가씨가 연인의 무죄를 확신한다는 것을 잘 알겠노라. 하지만 화형 재판소의 소견을 들어보자!" 국왕은 살며시 손짓하여 눈물범벅이 된 어린 아가씨를 물러가게 했다. ― 라 발리에르가 기억난 것이 처음에는 좋은 효과를 내는 듯싶었으나, 맹뜨농이 이 이름을 말하자마자 국왕의 마음이 바뀌었다는 것을 스뀌데리는 눈치채고 깜짝 놀랐다. 국왕은 미색에 빠져 엄중한 법을 희생시키려 한다고 따끔하게 일침을 맞은 듯 느꼈거나, 어쩌면 홀릴 듯 아름다운 모습을 꿈속에서 움켜잡으려던 찰나에 큰 소리에 잠 깨어 이 모습을 가뭇없이 놓쳐버린 듯한 기분이었을지도 몰랐다. 어쩌면 이제는 라 발리에르를 눈앞에 떠올리지 못하고, 루이즈 드 라 미제리꼬르드(이는 라 발리에르가 까르멜 수도원에서 쓰는 이름이었다)가 경건하게 속죄하며 국왕에게 고통을 안겼던 일만 생각나는지도 몰랐다. ― 이제 국왕의 결심을 차분히 기다리는 수밖에 다른 방도가 없었다.

그동안 화형 재판소에서 미오상 백작이 진술한 내용이 알려졌고, 백성은 극단에서 극단으로 쉽사리 휩쓸리기 마련이라, 처음에는 올리비에를 흉악무도한 살인범이라며 저주하고 갈가리 찢어 죽이려 들더니, 처형대에 채 오르기도 전에 야만적 사법기관의 죄 없는 희생자라며 가엾게 여겼다. 이웃 사람들은 이제야 이 젊은이의 덕성 높은 처신, 마들롱에 대한 가없는 사랑, 늙은 금세공사에게 몸과 마음을 다해 품었던 충성심과 복종심을 머리에 떠올렸다. ―

백성은 라 레니의 재판소 앞에 떼 지어 사납게 몰려들어 외쳐댔다. "아무 죄도 없는 올리비에 브뢰송을 내놓아라." 창문으로 돌멩이를 던지기까지 하자 라 레니는 성난 군중을 막아달라고 기마경찰대에 요청해야 했다.

며칠이 지나도록, 스뀌데리는 올리비에 브뢰송의 재판에 관해 아무 소식도 듣지 못했다. 몹시 서글퍼하며 맹뜨농에게 찾아갔으나, 맹뜨농은 이렇게 잘라 말했다. 전하께서는 이 사건에 대해 입을 다물고 계세요. 이 일을 일깨워드리는 것은 바람직하지 않을 듯하네요. 맹뜨농은 야릇하게 미소 지으며 내처 물었다. 어린 발리에르는 어떻게 지내고 있나요? 감수성 예민한 국왕을 맹뜨농 자신은 그 매력을 도저히 이해할 수 없는 영역으로 유인할지 모를 사건 때문에 자존심 강한 맹뜨농 부인이 마음속 깊이 짜증 내고 있다고 스뀌데리는 확신했다. 따라서 맹뜨농에게는 어떤 주선도 기대할 수 없었다.

마침내 당디이의 도움으로 스뀌데리는 다음과 같은 사실을 알게 되었다. 국왕은 미오상 백작을 비밀리에 오랜 시간 접견했다. 그 뿐 아니라 국왕이 가장 신뢰하는 시종이자 대리였던 봉뗑이 꽁시에르주리 감옥에 가서 브뢰송과 면담했으며, 마침내 어느날 밤 이 봉뗑은 여러 부하를 데리고 까르디야끄의 집에 가서 그 안에 오랫동안 머물렀다. 아래층에 사는 끌로드 빠트뤼는 이렇게 잘라 말했다. 밤새 위층에서 쿵쿵거렸지요. 올리비에는 분명히 거기 있었습니다. 올리비에의 목소리를 제 귀로 똑똑히 들었으니까요. 따라서 국왕 자신이 사건의 정황을 알아보도록 했다는 것은 분명했다. 하지만 결심을 오랫동안 망설이는 이유는 알 수 없었다. 라 레니는 입에서 먹이가 빠져나갈까봐 안간힘을 다해 이를 악다물었다. 그리하여 희망의 싹을 모조리 짓밟았다.

거의 한달이 다 지났을 때, 맹뜨농이 스뀌데리에게 이런 전갈을 보냈다. 전하께서 부인을 오늘 저녁 저 맹뜨농의 집에서 보자고 하시네요.

스뀌데리는 가슴이 두방망이질했다. 브뤼송 사건이 이제 결정되리라는 것을 알았기 때문이다. 가엾은 마들롱에게도 이 소식을 전하자, 마들롱은 성모마리아와 모든 성인에게 애타게 이런 기도를 올렸다. 브뤼송이 무죄라는 확신을 전하에게 일깨워주소서.

하지만 국왕은 이 사건을 까맣게 잊은 듯 보였다. 여느 때와 마찬가지로 맹뜨농과 스뀌데리와 유쾌하게 대화를 나누며, 가엾은 브뤼송에 대해서는 일언반구 꺼내지 않았다. 마침내 봉뗌이 나타났다. 국왕에게 다가와 몇마디를 매우 나직이 속삭였으므로, 두 부인은 아무것도 알아듣지 못했다. ─스뀌데리는 마음속이 떨렸다. 국왕이 일어나더니 스뀌데리에게 걸어와 눈빛을 반짝이며 말했다. "축하하오, 부인! ─부인이 아끼는 올리비에 브뤼송이 석방되었소!" 스뀌데리는 눈물을 쏟으며 한마디도 못하고 국왕의 발치에 엎드리려 했다. 국왕이 스뀌데리를 말리며 이렇게 말했다. "자, 자! 부인, 부인이 의회 변호사가 되어 내 소송 사건을 처리해주었으면 좋겠소. 쌩드니에게 맹세컨대, 부인의 언변을 이길 사람은 이 세상에 없소. ─하여튼," 진지한 표정으로 이렇게 덧붙였다. "아무리 덕성의 보호를 받는 자라 해도, 화형 재판소나 이 세상 모든 재판소의 악랄한 기소를 모조리 피할 수는 없는 것 같구려!" 스뀌데리는 이제야 말문이 터져, 끓어오르는 감사의 말을 쏟아냈다. 국왕은 말허리를 끊고 이렇게 알렸다. 내가 부인에게 들을 수 있는 것보다 훨씬 더 뜨거운 감사의 말을, 부인은 집에 가면 듣게 될 것이오. 아마도 이 순간 행복한 올리비에가 사랑하는 마들롱을 얼싸안고 있을 테니. "봉뗌이," 국왕은 이렇게 말을 맺었다. "봉뗌이 부인에게 1000루이[36]를 줄 것이오. 그 돈을 내 이름으로 어린 아가씨에게 지참금으로 주시오. 브뤼송은 그런 행운을 누릴 만한 자격이 없지만, 마들롱과 브뤼송의 결혼을 허락하겠소. 하지만 결혼한 뒤 두 사람은 빠리를 떠나야 하오. 이것이 내 명령이오."

마르띠니에르가 잰걸음으로 스뀌데리를 마중 나왔고, 바띠스뜨가 그 뒤를 따랐다. 두 사람은 기쁨에 빛나는 얼굴로 환호하며 소리쳤다. "브뤼송이 여기 있어요 — 석방되었어요! — 오, 사랑스러운 젊은이들 같으니!" 행복에 젖은 한쌍이 스뀌데리의 발치에 엎드렸다. "오, 저는 알고 있었습니다. 부인만이, 오로지 부인만이 제 신랑을 구해주시리라는 것을요!" 마들롱이 소리쳤다. "아, 제 어머니나 다름없는 부인을 저는 마음속 깊이 믿었습니다!" 올리비에가 소리쳤다. 두 사람은 위엄 있는 부인의 두 손에 입 맞추고 뜨거운 눈물을 하염없이 흘렸다. 그런 다음 다시 얼싸안고, 이렇게 장담했다. 이 순간의 천국 같은 행복이 지난날의 이루 말할 수 없는 고통을 남김없이 보상해주는군요. 그러고선 죽을 때까지 헤어지지 않겠다고 맹세했다.

며칠 뒤 두 사람은 사제의 축복을 받으며 백년가약을 맺었다. 국왕의 명령이 아니었더라도, 브뤼송은 빠리에 머무르지 않았을 것이다. 무슨 일을 하든 까르디야끄가 범죄를 일삼던 무시무시한 시절이 기억날 뿐 아니라, 이미 몇몇 사람에게 알려진 사악한 비밀이 운수 사납게 까발려지면 평화로운 삶이 영원히 깨질 수 있었기

---

36 루이 13세 시대에 처음 주조된 화폐 루이 도르(louis d'or, 황금 7.47그램)의 약칭. 프랑스대혁명 시대에 프랑(franc)으로 대치되었다.

때문이다. 결혼하자마자 브뤼송은 스뀌데리의 축복을 받으며 어린 신부와 함께 제네바로 떠났다. 마들롱의 지참금으로 살림을 넉넉히 장만한데다, 금세공에 보기 드문 솜씨를 타고나고 시민적 미덕까지 두루 갖춘 덕에 브뤼송은 제네바에서 걱정 없이 살 수 있었다. 아버지가 죽을 때까지 이루지 못했던 희망이 브뤼송에게는 다 실현되었다.

브뤼송이 떠나고 일년이 지난 뒤, 빠리 대주교 아를레이 드 샤발롱[37]과 의회 변호사 삐에르 아르노 당디이가 서명한 포고문이 나붙었다. 이런 내용이었다. 한 회개한 죄인이 고해성사의 비밀을 지켜주겠다는 약속을 받고, 그동안 약탈한 보석과 패물 등의 값비싼 보화를 교회에 바쳤노라. 1680년 말경까지 거리에서 살인강도의 습격을 받고 보석을 빼앗겼다면 누구든 당디이에게 신고하라. 빼앗긴 보석에 대한 설명이 발견된 보석과 정확히 일치하고 그밖에 요구의 적법성에 아무 의문이 없을 경우, 보석을 되찾을 것이노라. 살해하지 않고 주먹질로 실신만 시켰다고 까르디야끄의 명단에 기록된 많은 이들이 한 사람 한 사람 의회 변호사 사무실에 찾아와 빼앗긴 패물을 되찾고 적잖이 놀라워했다. 나머지는 쌩뙤스따슈 교회의 재산으로 귀속되었다.

<hr>

37 아를레이 드 샤발롱(Harlay de Chavalon, 1625~95) 대주교는 1685/86년 겨울 루이 14세와 맹뜨농 후작 부인의 비밀 결혼식을 집전했다.

에테아 호프만의 생애와 소설

1. 호프만의 생애

독일 낭만주의 작가 에른스트 테오도어 아마데우스 호프만(Ernst Theodor Amadeus Hoffmann, 1776~1822)은 문학가로, 음악가로, 미술가로 활동한 독일어권 유일의 예술가이다. 문학, 음악, 미술이 포괄된 '보편 예술'(Universalkunst)을 꿈꾸었던 독일 낭만주의의 화신처럼 보인다. 그는 다재다능한 예술적 재능을 발휘했지만, 생계유지를 위해 법원 관리로도 일해야 했다.

베를린 크로이츠베르크 지역 할레토어 묘지에 있는 호프만의 묘비는 그의 생애를 이렇게 요약하고 있다.

E. T. W.[1] 호프만

프로이센의 쾨니히스베르크에서
1776년 1월 24일 출생
베를린에서 1822년 6월 25일 사망
왕실 법원 고문

공직에서도
문학가로도
작곡가로도
화가로도
탁월했다

유년 시절, 학창 시절, 대학 시절, 사법 연수: 쾨니히스베르크-글로가우-베를린(1776~1800)

에른스트 테오도어 아마데우스 호프만은 1776년 1월 24일 프로이센의 쾨니히스베르크(오늘날 러시아의 깔리닌그라드)에서 태어났다. 아버지는 왕실 법원 변호사 크리스토프 루트비히 호프만(Christoph Ludwig Hoffmann, 1736~97)이었고, 어머니는 그의 외사촌 누이 로피

---

1 호프만의 공식 이름은 에른스트 테오도어 빌헬름 호프만(Ernst Theodor Wilhelm Hoffmann)이다. 1804년 징슈필 「즐거운 악사」(Die lustigen Musikanten) 총보 표지에서 처음으로 호프만은 '빌헬름'(Wilhelm)을 '아마데우스'(Amadeus)로 바꾸었다. 모차르트에게 경의를 표하는 뜻에서였다.

자 알베르티나 되르퍼(Lovisa Albertina Doerffer, 1748~96)였다. 두 사람은 1767년 결혼하여 세 아들을 두었는데, 1768년 태어난 맏아들 요한 루트비히(Johann Ludwig)는 후일 나쁜 길에 빠져 금치산 선고를 받고 구빈원에 수용되었고, 1773년 태어난 둘째 카를 빌헬름 필리프(Karl Wilhelm Philipp)는 어릴 적 사망했으며, 셋째가 에른스트 테오도어였다.

에른스트 테오도어가 태어난 지 2년 뒤 부모는 이혼했다. 아버지는 맏아들 요한 루트비히를 데려갔고, 어머니는 에른스트 테오도어와 함께 친정으로 돌아왔다. 외가에는 외할아버지 왕실 법원 변호사 요한 야코프 되르퍼(Johann Jacob Doerffer, 1711~74)가 사망한 뒤 외할머니 로피자 조피아 되르퍼(Lovisa Sophia Doerffer, 1712~1801), 외삼촌 오토 빌헬름 되르퍼(Otto Wilhelm Doerffer, 1741~1811), 큰이모 요하나 조피 되르퍼(Johanna Sophie Doerffer, 1745~1803), 작은이모 샤를로테 빌헬미네 되르퍼(Charlotte Wilhelmine Doerffer, 1755~79)가 살고 있었다.

이곳은 "메마른 황무지" 같았다. 외할머니는 방에 틀어박혀 하느님께 기도하며 천국에 오를 날만 기다렸고, 어머니도 처녀 적 쓰던 방에 들어앉아 있다가 이따금 밖에 나오더라도 몇시간이고 꿈쩍하지 않고 말 한마디 없이 먼 산만 바라봤다. 외삼촌 오토 빌헬름은 법학을 공부하기는 했으나 첫번째 소송에서 낭패를 본 뒤 총각으로 살면서 세상을 멀리했고, 호프만과 거실과 침실을 함께 쓰며 엄격하고 규칙적인 생활을 하도록 훈육했다. 큰이모 요하나 조피도 처녀로 늙었는데 집안에서 유일하게 호프만을 이해하고 돌봐주었으나 호프만의 외로운 마음을 달래주기에는 역부족이었다. 작은이모 샤를로테 빌헬미네는 1779년 24세에 천연두로 사망했다.

호프만은 1782년 쾨니히스베르크의 루터교 학교 부르크슐레에 입학했다. "기이한 외로움"을 느끼며 유년 시절을 보내던 호프만은 1786년 쾨니히스베르크 시장의 조카 테오도어 고틀리프 폰 히펠(Theodor Gottlieb von Hippel, 1775~1843)을 급우로 만나 평생 우정을 이어갔다.[2] 두 친구는 방과 후 호프만의 집에서 모여 라틴어 숙제를 마친 뒤 책을 읽곤 했는데, 그중에는 루소의 『고백록』도 끼어 있었다. 호프만은 어려서부터 음악과 미술에 남다른 재능을 보였다. 1790년 화가 요한 제만(Johann Saemann)에게는 스케치 수업을 받았으며, 대성당 오르가니스트 크리스티안 포트빌슈키(Christian Podbielski, 1740~1809)에게 피아노를 배웠다. 이 덕택에 작곡에 눈이 뜨여[3] 자작곡을 피아노로 히펠에게 연주해주기도 했다.

1792년 호프만은 가문의 전통에 따라 쾨니히스베르크 법과대학에 등록했다. 당시 쾨니히스베르크 대학에서 명성 높던 칸트의 철학 강의는 전혀 듣지 않았던 듯하다. 학업을 신속히 마쳤지만 열성을 다하지 않았고, 시간 나는 대로 음악, 문학, 미술에 몰두했다.

호프만은 하루도 악기 연습을 쉬지 않은 결과 음악 레슨을 할 수 있는 실력을 연마했다. 1793년 아홉살 연상의 도라 하트(Dora Hatt, 1766~1803)라는 여인에게 피아노와 성악을 가르쳤다. 그는 아이가

---

2 히펠은 호프만과 수많은 편지를 주고받았으며, 호프만이 경제적 어려움에 처했을 때 돈을 보내주었을 뿐 아니라 프로이센 사법관청에 공직을 알선해주기도 했다. 히펠은 정치가와 문필가로 활동했으며, 1813년 프로이센 국왕의 재가를 받아 나뽈레옹 점령군에게 저항하라는 호소문 「나의 국민에게!」(An mein Volk!)를 쓰기도 했다.

3 외삼촌 오토는 호프만의 "최초의 음악 선생"이기는 했으나, 연습 시간 엄수, 올바른 연주 기법, 박자의 정확성만을 강조했을 뿐, 호프만의 음악적 재능과 열정을 알아보지 못했다.

다섯인 유부녀였으며 결혼 생활이 불행했던 도라와 열정적인 사랑에 빠졌다. 이런 사실을 비밀에 부치다가 1794년에야 히펠에게 털어놓았고, 히펠은 호프만에게 헤어지라고 권고했다.

1795년 호프만은 루소의 『고백록』, 장 파울(Jean Paul, 1763~1825)의 소설, 로런스 스턴(Laurence Sterne, 1713~68)의 「감상적 여행」, 셰익스피어, 조너선 스위프트(Jonathan Swift, 1667~1745)의 작품을 탐독했으며, 지금은 전해지지 않는 소설 습작 「코르나로, 율리우스 폰 S. 백작의 회고록」(Cornaro, Memoiren des Grafen Julius von S.)과 『신비스러운 사나이』(Der Geheimnisvolle)를 쓰는 데 몰두했다. 히펠에게 이 소설들을 읽어주거나, 갈고닦은 솜씨로 그린 스케치나 캐리커처를 보여주면, 히펠은 비평과 격려를 아끼지 않았다.

1795년 7월 호프만은 1차 사법시험에 합격하여 쾨니히스베르크 고등법원에서 예비 시보 연수를 시작했다.[4] 하지만 도라와의 관계를 청산하지 못하고 괴로워했으며, 그녀가 여섯번째 아이를 임신할 무렵 다른 연적이 나타나자 질투에 못 견뎠다. 1796년 1월 가면무도회에서 연적과 싸움이 벌어지면서 호프만은 체면을 손상하고 도라는 평판이 나빠졌다. 호프만은 쾨니히스베르크를 떠날 수밖에 없었다. 작은외삼촌이자 대부인 요한 루트비히 되르퍼(Johann Ludwig Doerffer, 1743~1803)가 고등법원 고문으로 있는 슐레지엔의 글로가우로 가기로 했다. 그곳에서 예비 시보 연수를 계속하면서 2차 사법시험을 준비할 생각이었다.

호프만은 1796년 6월부터 글로가우의 작은외삼촌 집에서 살았

---

4 당시 프로이센에서는 1차 사법시험에 통과하면 예비 시보(Auskultator)가, 2차 사법시험에 합격하면 판사 시보(Referendar)가, 3차 사법시험을 마치면 배석판사(Assessor)가 되었다.

다. 이 무렵 "죽을 듯한 지루함"과 "공허한 심정"을 하소연하는데, 이는 실연의 고통뿐 아니라, 음악과 문학에 대한 열정이 식어가는 것을 스스로 느꼈기 때문이었다. 그는 첫번째 장편 「코르나로」가 출판 거부를 당했어도 두번째 장편 『신비로운 사나이』를 쓰기 시작했으나 이는 글로가우에서 더이상 진척되지 않고 미완으로 남았다. 음악을 한동안 멀리한 것은, 음악이 도라에 대한 불행한 사랑을 일깨웠기 때문이었다. 1797년 세관원이자 작곡가였던 요하네스 함페(Johannes Hampe)를 사귀며 음악을 계속했으나, 자신은 재능 없는 딜레땅뜨라는 생각이 밀려들었다. 1796년 화가 알로이스 몰리나리(Aloys Molinari, 1772~1831)를 알게 되며 미술에 훨씬 전념하여 글로가우 예수회 교회 벽화를 그리는 일을 도왔다. 1797년 마침내 도라와 헤어졌고, 1798년 외삼촌의 둘째 딸 미나 되르퍼(Minna Doerffer, 1775~1853)와 약혼하면서 예비 시보 연수를 신속히 마치고 건실한 법관이 되고자 했다. 외삼촌이 베를린 최고법원 고문으로 승진했으므로, 외삼촌 가족과 함께 베를린으로 이주할 희망도 보였다. 글로가우에서 마지막 몇달 동안 열심히 공부한 덕택에 1798년 6월 2차 사법시험을 통과했고, 베를린 왕실 법원 판사 시보 연수에 지원하여 8월 이를 허락받았다. 호프만은 베를린으로 이주하기 전 리젠게비르게로 여행을 떠났다. 돌아오는 길에 드레스덴에 들렀는데 이곳 회화 미술관에서 띠찌아노(Tiziano, 1488/1490?~1576), 꼬레조(Correggio, 1494~1534), 라파엘로(Raffaello, 1483~1520)의 회화를 보고 자신이 얼마나 보잘것없는 화가인지 절감했다.

1798년 8월 말 호프만은 베를린에 도착했다. "반년 안에 중대한 시험의 가혹한 시련"을 통과하겠다고 의지를 다졌다. 3차 사법시험에 합격하여 배석판사로 임용되겠다는 각오였다. 하지만 이곳에서는 한가지 목표를 향해 정진하기가 쉽지 않았다. 당시 베를린은 프리드리히 빌헬름 3세(1770~1840, 재위 1797~1840)와 예술에 관심 깊은 루이제 왕비(1776~1810) 치하에서 문화 융성기를 누리고 있었다. 호프만은 연극과 오페라 관람에 빠져들었고, 배우이자 기타리스트로 인기를 누리던 프란츠 폰 홀바인(Franz von Holbein, 1779~1855)과 사귀었다. 호프만은 작곡가로도, 화가로도, 작가로도 아직 무명이었다. 그는 처음부터 다시 배우는 자세로 임했다. 문학에서는 소설을 창작하기보다는 기행문을 서술하는 연습을 했고, 회화에서는 "초보자"처럼 스케치 습작을 했으며, 궁정 악단장 요한 라이하르트(Johann Reichardt, 1752~1814)에게 작곡을 새로 배웠다. 1799년 호프만은 징슈필[5] 「가면」(Die Maske)를 작사 작곡하여 왕실 국립극장장 아우구스트 이플란트(August Iffland, 1759~1814)에게 보냈지만 아무 대답도 듣지 못했다. 호프만은 「가면」 작곡을 마친 뒤에야 3차 사법시험 준비에 착수하여 1800년 3월 우수한 성적으로 합격했고, 5월 포젠(오늘날 폴란드의 포즈나뉴) 법원에 배석판사로 발령받았다.

법원 관리, 해직 관리: 포젠-플로크-바르샤바-베를린(1800~08)

1800년 6월 호프만은 포젠으로 이주했다. 포젠은 1793년 2차 폴란드 분할 이후 프로이센령이 되었고, 주민 대부분은 폴란드인이었다. 호프만은 처음으로 친척의 보호나 감독 없이 살면서, 1801년 괴테의 리브레또를 바탕으로 징슈필 「농담, 간계, 복수」(Scherz, List

---

5 18세기 독일에서 유행했던 민속음악극을 말한다. 민요풍의 노래와 춤을 삽입했으며 가사와 대사로 되어 있고, 희극적 내용을 지닌 것이 특색이다.

und Rache)를 작곡했고,[6] 이는 그해 가을 포젠에서 여러차례 공연되었다. 하지만 이런 성취감도 갈수록 깊어가는 마음의 갈등을 달래주지 못했다. 사촌 누이 미나와의 약혼을 지켜야 한다는 도덕적 의무감을 느꼈으나, 미나를 사랑하지 않는다는 생각이 점점 뚜렷이 들었다. 미나가 더욱 부담스러워진 것은 1802년 초 새로운 사랑에 빠졌기 때문이었다. 호프만은 포젠 시의회 서기였던 폴란드인 미하엘 로러(Michael Rohrer)의 딸 마리아나 테클라 미하엘리나 로러(Marianna Thekla Michaelina Rohrer, 1778~1859)를 알게 되었다. 그는 23세의 "중키에 — 아름다운 몸매, 갈색 머리카락, 청색 눈동자"를 가진 이 여인을 "미샤"(Mischa)라고 불렀다. 5월 초 미나에게 편지를 써서 파혼을 부탁하고, 7월 26일 포젠 수도원 교회에서 미샤와 결혼했다. 4년의 약혼 기간 동안 노처녀가 되어버린 미나는 평생 미혼으로 살았다.

호프만은 이런 결단을 하느라 심리적 압박을 받으면서도, 1802년 2월 사육제 가장무도회에서 장난기가 발동했다. 동료들과 작당하여 포젠의 상류사회, 특히 귀족 장교를 조롱하는 캐리커처를 배포했다. 누구나 배꼽을 잡고 웃었으나, 사령관 아돌프 폰 차스트로브(Adolf von Zastrow) 소장은 자신을 희화한 것을 알아채자마자 웃음이 사라졌다. 이 사건으로 호프만은 값비싼 댓가를 치렀다. 곧 포젠 법원 고문으로 승진할 예정이었는데, 4월 법원 고문으로 승진하기는 했으나 플로크(오늘날 폴란드의 푸오츠크)로 좌천되었다. 이곳

---

6 이 징슈필의 대사와 총보는 호프만 생시에 화재로 유실되었다. 호프만은 1813년 베토벤의 「에그몬트 서곡」(Egmont Ouvertüre)에 관한 비평에서 이 징슈필을 언급했다. 그는 괴테와 같은 위대한 작가의 글에 재능 없는 작곡가들이 곡을 붙이는 일이 많다고 한탄하면서, 예외의 경우로 「농담, 간계, 복수」를 들었다. 자신이 그 작곡가라고 밝히지는 않았다.

은 호프만에게는 "유배지"나 다름없었다.

1802년 8월 호프만은 신부 미샤와 함께 플로크에 도착했다. 인구 삼천명가량의 외딴 도시에는 오페라나 연극 공연은 물론 연주회도 없었다. 독일어 서적이나 잡지도 구할 수 없어 우송받아야 했다. 아무 문화적 자극을 받을 수 없었다. 하지만 그는 예술 창작에 몰두했다. 인생이 걸린 문제였다. 교회음악을 작곡하여 수도원 교회에서 공연하고 음악 이론을 공부했으며, 초상화 스케치를 하고 당시 알려졌던 에트루리아 꽃병 그림을 모사했다. 자신의 실력을 전문가에게 평가받고 싶은 생각에서, 아우구스트 폰 코체부(August von Kotzebue, 1761~1819)가 창간한 『프라이뮈티게』(Der Freimüthige) 지 희극 현상 공모에 「현상」(懸賞, Der Preis)이란 작품으로 응모하여, 당선되지는 못하지만 코체부에게 호평을 받았다.[7] 1803년 늦여름에는 역시 『프라이뮈티게』지 피아노곡 공모에 응모하지만 이번에는 음악 출판가 한스 네겔리(Hans Nägeli, 1773~1836)에게 혹평을 들었다. 『프라이뮈티게』지에서는 실러의 「메시나의 신부」(Braut von Messina)의 합창단 사용을 둘러싸고 치열한 논쟁이 벌어졌는데, 호프만은 「한 수도원 수사가 수도에 있는 친구에게 보내는 서한」(Schreiben eines Klostergeistlichen an seinen Freund in der Hauptstadt)이라는 짧은 비평을 투고하여, 1803년 9월 마침내 자신의 글이 처음으로 인쇄되는 기쁨을 맛보았다. 호프만은 이 무렵 예술가로서 살아남으려고 혼신의 노력을 했다. 플로크에서 "엄청나게 비참하게" 지내면서 인생을 의미 없이 흘려보내는 것을 원치 않았다. 1803년 12월 호프만에게 밝은 빛이 찾아들었다. 곧 바르샤바로 전보될 것

----

7 이 작품은 유실되었으나, 코체부의 심사평에서 그 내용을 유추할 수 있다.

이라는 소식이었다.

바르샤바는 1795년 3차 폴란드 분할로 프로이센에 병합되었다. 이로 인해 정치적·사회적 중심지로서의 역할을 상실했으나, 프로이센 관청과 함께 독일인이 이주하면서 활력을 되찾았다. 1804년 3월 호프만이 바르샤바에 도착했을 무렵에는 한때 사만까지 줄었던 인구가 칠만으로 되돌아왔고, 이로써 프로이센에서 두번째로 큰 도시가 되었다. 호프만은 1804년 5월 히펠에게 보낸 편지에서 바르샤바에 관해 이렇게 썼다. "현란한 세상이다! ─몹시 떠들썩하고 ─몹시 정신없고 ─몹시 거칠고 ─모든 게 뒤섞여 있다 ─어떻게 틈을 내어 글을 쓰고 ─스케치를 하고 ─작곡을 할 수 있을지!" 하지만 시간이 흐르면서 편안함을 느꼈고 예술 창작을 할 겨를도 얻을 수 있었다.

호프만은 바르샤바에 머무는 동안 수많은 작품을 작곡했으며[8] 이를 통해 기교가 뛰어난 작곡가라는 명성을 얻었지만, 다른 지역에까지 유명세를 떨치지는 못했다. 1805년 5월 바르샤바 음악 아카데미 창립에도 참여하여 음악 애호가 연주회 개최와 음악 초보자 이론 및 실습 교육에도 기여했다. 부회장이자 강사로 활동하면서, 아카데미 건물로 사용하기 위해 구입한 므니셰크 궁의 콘서트홀에

----

8 1804년 12월 징슈필 「즐거운 악사」(리브레토: 클레멘스 브렌타노〔Clemens Brentano, 1778~1842〕), 1805년 초 「피아노 소나타 가장조」, 1805년 가을 징슈필 「불청객, 또는 밀라노의 의전 사제」(Die ungebetenen Gäste, oder Der Kanonikus von Mailand, 리브레토: 알렉상드르 뒤발〔Alexandre Duval〕), 1806년 초 「교향곡 내림 마장조」 등을 작곡했고, 1807년 4월 오페라 「사랑과 질투」(Liebe und Eifersucht, 리브레토: 뻬드로 깔데론 데 라 바르까〔Pedro Calderón de la Barca, 1600~81〕, 독일어 번역: 아우구스트 빌헬름 슐레겔〔August Wilhelm Schlegel, 1767~1845〕) 작곡에 착수했다.

벽화를 그리고 여러 방의 실내를 꾸미기도 했다.

바르샤바에서 호프만은 쾨니히스베르크 시절 이웃에 살았던 차하리아스 베르너(Zacharias Werner, 1768~1823)를 다시 만났다. 베르너는 그동안 유명 극작가가 되어 있었고, 호프만은 베르너의 비극 「발트해의 십자가」(Das Kreuz an der Ostsee, 1805) 무대 음악을 작곡하고 그 출판물(1806)의 표지 삽화를 그렸다. 1804년 여름 바르샤바 법원 판사 시보로 전보된 율리우스 에두아르트 히치히(Julius Eduard Hitzig, 1780~1849)와의 만남은 이보다 훨씬 중요했다. 문화계에 인맥이 넓고 방대한 장서를 소유했으며 신간 소식에 밝았던 히치히는 히펠 다음으로 절친한 친구가 되었고, 후일 최초의 호프만 전기 『에테아 호프만의 인생과 유고』(E. T. A. Hoffmann's Leben und Nachlass)를 썼다. 호프만은 가정의 경사도 맛보았다. 1805년 7월 딸이 태어나자, 음악의 수호성인 이름을 따서 체칠리아(Cäcilia)라고 이름 짓고, 플로크에서부터 작업했던 미사곡을 딸에게 헌정했다.

호프만은 정치에는 아무 관심이 없었으며 "당시 정치 지평선에 먹구름이 떠오르는 것을 전혀 알아채지 못하고" 있었다. 1806년 10월 14일 프랑스군은 예나와 아우어슈테트에서 프로이센군을 연파하고 10월 27일 베를린에 입성했다. 프로이센 국왕 프리드리히 빌헬름 3세는 동프로이센으로 피난했다. 11월 28일 프랑스군은 바르샤바에 진주했고, 프로이센 관리들은 즉각 해임되었다. 그중에는 법원 고문 호프만도 끼어 있었다. 법원 관리들은 법원 금고의 현금을 나눠 가질 틈은 있었다. 호프만은 이 돈도 떨어져가자, 아내를 딸과 함께 포젠의 친정어머니에게 보내고 므니셰크 궁의 다락방으로 들어가 작곡에 몰두했다. 1807년 6월 프랑스 관청이 잔류 프로이센 관리들에게 나뽈레옹 충성 서약을 요구하자, 이를 거부하고 6월 중순 베를린으로 떠났다. 프로이센에 대한 애국심 때문이 아니라, 공직의 굴레에서 벗어나 예술가로 비상하고 싶어서였다.

하지만 베를린에서 호프만은 예술로 먹고살아야 했다. 인생의 목적인 음악이 생계 수단이 되어야 했다. 그러자면 작품을 선전하고 판매하고 시장에서 경쟁해야 했다. 그는 오페라 초고, 기악곡, 징슈필, 스케치를 들고 베를린에 왔다. 몇몇 채색 스케치를 출판가에게 헐값에 넘겼으나 대금을 받지 못했다. 이플란트에게 징슈필 「밀라노의 의전 사제」를 보냈으나 아무 대답을 듣지 못했다. 작곡 리스트를 작성하여 자찬하는 편지와 함께 라이프치히 음악의 출판가에게 보냈으나 출판을 거부당했다.

1807년 8월 포젠에서 불행한 소식이 들어왔다. 딸 체칠리아가 사망하고 아내 미샤가 중병을 앓는다는 것이었다. 8월 말 호프만은 『일반 제국 신문』(Der Allgemeine Reichsanzeiger)에 극단장이나 악단장을 맡고 싶다는 구직 광고를 냈다. 밤베르크 극장장 율리우스 폰 조덴 백작(Graf Julius von Soden, 1754~1831)에게 연락이 오기는 했지만, 백작이 쓴 4막의 오페라 리브레또 「불사의 음료」(Der Trank der Unsterblichkeit)에[9] 곡을 붙이는 시험을 거쳐야 했다. 1808년 4월에 들어서야 9월 1일부터 밤베르크 극장 음악단장으로 채용한다는 통지를 받았다. 이 무렵 호프만은 극도의 빈곤에 시달렸다. 1808년 5월에는 히펠에게 이렇게 편지했다. "다섯주 전부터 나는 빵밖에 아무 것도 먹지 못했다 — 이런 적은 한번도 없었다!"

---

9 이 오페라는 작곡된 지 200년이 지난 2012년 4월 28일 에르푸르트 극장에서 페터 P. 파헬(Peter P. Pachel)의 연출로 초연되었다.

악단장: 밤베르크(1808~13)

호프만은 포젠으로 가서 아내 미샤를 데려오고, 1808년 9월 1일 밤베르크에 도착했다. 이곳은 중세풍 도시경관을 띠고 있어서, 18세기 말 젊은 낭만주의자 루트비히 티크와 빌헬름 바켄로더(Wilhelm Wackenroder, 1773~98)가 "낭만주의적" 중세의 정수라고 여긴 도시였다.

호프만은 10월 21일 첫 지휘를 하여 음악단장으로 데뷔했다. 공연은 대실패였다. 관객은 불만스러워 야유를 퍼부었다. '쫓겨난 관리' '음악 딜레땅뜨'에게 무엇을 기대하겠느냐는 선입견도 작용했다. 제1바이올리니스트가 연주자들과 가수와 모의하여 호프만을 배척하자, 호프만은 '음악단장'이란 직함은 유지했으나 실제로는 절반으로 삭감된 급료를 받고 임시직 작곡가로 일하면서 합창곡, 행진곡, 무도곡 등을 써야 했다. 호프만은 이 작업을 음악을 작곡하는 것이 아니라 "덧바르는" 것이라고 한탄했다. 베를린에서 사귀었던 홀바인이 1810년 밤베르크 극단장으로 데뷔한 뒤에야 호프만은 연출가, 극작가, 무대 화가로 의욕적 활동을 보였다. 홀바인과 호프만이 이끄는 밤베르크 극장은 1812년까지 전성기를 구가했다. 깔데론의 작품을 상연하여 독일 최고의 지방 극단이란 명성을 얻었으며, 1811년에는 하인리히 폰 클라이스트(Heinrich von Kleist, 1777~1811)의 희극 「케트헨 폰 하일브론」(Das Kätchen von Heilbronn, 1810년 빈 초연)도 공연했다.

호프만이 이 시기에 작곡한 곡은 스무편가량이 전해진다. 그중에는 최초의 오페라 「오로라」(Aurora, 리브레또: 프란츠 폰 홀바인) 「피아노, 바이올린, 비올론첼로 삼중주」 「독창, 합창, 관현악단을 위한 미제레레」 등이 포함되어 있다.

호프만은 부족한 수입을 보충하기 위해 문필가로 활동 범위를 넓혔다. 대부분의 글은 음악과 관련되어 있었다. 자신이 작곡가 크리스토프 폰 글루크(Christoph von Gluck, 1714~87)라고 생각하는 기이한 음악가에 관한 소설 「리터 글루크」(Ritter Gluck)를 1809년 2월 당시 독일에서 가장 유명한 음악 잡지 『일반 음악 신보』(*Allgemeine Musikalische Zeitung*)에 발표했다. 이 데뷔 소설을 편집장 프리드리히 로흘리츠(Friedrich Rochlitz, 1769~1842)에게 보내면서 신곡들에 대한 비평을 쓰고 싶다고 제안했고, 바란 대로 이 잡지에 음악 비평을 기고하게 되었다. 수년간 스무편 이상의 비평을 게재했는데, 여기에서 다룬 당대의 유명 작곡가 중에는 루트비히 판 베토벤(Ludwig van Beethoven, 1770~1827)도 포함되어 있었다. 호프만은 베토벤의 천재성을 가장 먼저 알아보고 널리 알린 전문가였다. 비평가로서 입지를 굳힌 뒤에는 『일반 음악 신보』에 새로운 소설들을 보냈는데, 이 소설들은 악단장 요하네스 크라이슬러를 중심으로 전개된다. 이 인물은 호프만의 또다른 자아로서, 후일 「황금 항아리」(Der Goldne Topf, 1814) 『수고양이 무어의 인생관』(*Lebensansichten des Katers Murr*, 1820) 등 여러 작품에 등장한다.

호프만은 밤베르크 상류사회의 딸들에게 음악 레슨도 했다. 1808년 11월부터 율리아 마르크(Julia Marc, 1796~1864)라는 열세살의 소녀에게 성악을 가르쳤다. 1810년 말 스무살의 나이 차이를 잊고 이 소녀를 사랑하게 되지만 감정을 내색하지 못하고 일기에만 적어놓았다. 율리아를 "Ktch"[10]라고 부르며 사랑의 "광기"에 시달

---

10 "Ktch"은 클라이스트의 희극 「케트헨 폰 하일브론」의 주인공 케트헨에서 따온 약칭이다. 호프만은 일기에 약칭뿐 아니라 프랑스어, 이딸리아어, 라틴어, 그리

렸다. 1811년 2월 16일에는 이렇게 썼다. "이 낭만적인 기분이 점점 번져간다. 이러다가 재앙이 생기지 않을지 두렵다." 2월 28일에는 이렇게 절망했다. "이 망할 놈의 희한한 기분 — 나 자신을 개처럼 쏘아 죽이지 않으면 미쳐버릴 것 같다!" 1812년에는 아무리 조심해도 감정을 숨길 수 없게 되었다. 1월 20일에는 이렇게 썼다. "그녀는 모든 것을 알거나 느끼고 있다." 2월 3일에는 율리아와 동반 자살할 생각까지 적었다. 3월 율리아의 어머니가 함부르크 부호의 아들 요하네스 그레펠(Johannes Graepel)을 사윗감으로 불러들이자, 질투심에 사로잡혔다. 9월 6일 포머스펠덴에 다 함께 소풍 갔을 때, 호프만은 그레펠에게 욕설을 퍼붓고 율리아의 집에 출입 금지를 당했다. 12월 3일 율리아가 그레펠과 결혼하고 밤베르크를 떠났다. 사랑은 이렇게 끝났지만, 호프만은 율리아에 대한 기억을 여러 작품에 담았다. 이를테면 「황금 항아리」에서 세르펜티나와 베로니카는 율리아와 마찬가지로 눈동자가 청색이며, 주인공 안젤무스의 영명축일은 3월 18일인데 이날은 다름 아니라 율리아의 생일이다.

1813년 3월 18일 호프만은 술친구였던 포도주 상인 카를 프리드리히 쿤츠(Carl Friedrich Kunz, 1785~1849)와 중요한 계약을 맺었다. 출판사 설립 계획을 품고 있던 쿤츠에게 작품 출판권을 준 것이었다. 그리하여 1814년 5월 초 『깔로풍의 환상집』(*Fantasiestücke in Callot's Manier*, 이하 『환상집』과 혼용) 1, 2권이 발간되었고, 그해 가을 3권이, 1815년 초에 마지막 4권이 잇따라 출간되었다.

몇주 뒤 호프만은 밤베르크를 떠났다. 작센의 드레스덴과 라이프치히를 오가며 공연하는 요제프 제콘다(Joseph Seconda) 오페라단

스어 문자, 심지어 상형문자까지 사용했는데, 이는 아내 미샤에게 들키지 않기 위해서였다.

음악단장으로 초빙받아서였다.

예술가: 드레스덴과 라이프치히(1813~14)

호프만이 아내와 함께 1813년 4월 21일 작센으로 출발했을 때, 이 지역은 전란에 휩싸여 있었다. 나뽈레옹은 러시아원정에서 후퇴한 뒤 잔여 병력을 작센에 집결시켰고, 프로이센-러시아-오스트리아 동맹군은 이에 맞서 싸웠다. 나뽈레옹군이 뤼첸에서 동맹군을 격파하자 동맹군은 드레스덴을 떠났고, 5월 8일 나뽈레옹이 군대를 이끌고 드레스덴에 입성했다. 여름 휴전 뒤 8월 26일과 27일 드레스덴에서 전투가 벌어졌고, 나뽈레옹은 독일 영토에서 마지막 대승을 거두었다. 이 전투에서는 사만명 이상의 전사자가 발생했다. 호프만은 전쟁의 참상을 이렇게 일기에 기록했다. "끔찍한 광경, 박살 난 머리 ── 잊을 수 없는 인상. 꿈에서 자주 보았던 일이 현실이 되었다 ── 무섭게 ── 토막 나 갈가리 찢긴 인간들!" 프랑스군은 10월 라이프치히 전투에서 패전한 뒤에도 드레스덴에 몇주 더 머물렀으나 티푸스와 다른 질병이 창궐했고, 11월 11일 프랑스군이 드레스덴에서 후퇴하면서 작센에서 전쟁은 종결되었다.

이 위험한 시기에 호프만은 평생 처음이자 마지막으로 정규직으로 예술에 종사했다. 1813년 5월 25일 라이프치히에서 음악단장으로 활동을 시작했다. 극단은 7월부터 12월까지 드레스덴에서, 그뒤 다시 라이프치히에서 다시 공연했다. 호프만은 서른 편 이상의 작품을 지휘했는데, 그중에는 모차르트의 「돈 조반니」(Don Giovanni) 「마술피리」(Zauberflöte) 등도 포함되어 있었다. 그밖에 『환상집』에 싣기 위해 「황금 항아리」 등의 소설 집필에도 몰두했다. 음악 비평뿐 아니라 밤베르크에서 착수한 오페라 「운디네」 (Undine, 리브레또: 프리드리히 드 라 모트 푸케(Friedrich de la Motte Fouqué, 1777~1843)) 작업도 계속했다. 전쟁의 혼란 속에서도 이렇게 "물 얻은 고기처럼 제 세상 만난 듯" 생산적이고 행복했던 시기는 1814년 제콘다가 불화 끝에 호프만을 해고함으로써 갑자기 끝났다. 호프만은 다시 빈곤에 허덕였다. 『환상집』은 아직 출간되지 않았고, 반나뽈레옹 캐리커처 등의 소출판물로 받은 인세는 보잘것없었기 때문이었다.

1813년 호프만은 드레스덴에서 프로이센의 카를 아우구스트 폰 하르덴베르크(Karl August von Hardenberg, 1750~1822) 수상을 수행하던 친구 히펠을 우연히 만났다. 1814년 여름 히펠은 호프만이 프로이센 사법관청에 복귀하도록 주선했다. 이는 자유로운 예술가로서의 인생이 끝나는 것을 의미했지만, 호프만은 자신의 예술로는 자신과 아내를 부양할 만한 수입을 얻을 수 없음을 절실히 깨닫고 있었다.

왕실 법원 고문, 베스트셀러 작가: 베를린(1814~22)

1814년 9월 호프만은 아내와 함께 베를린으로 이주하여 1822년 사망할 때까지 그곳에서 살았다. 1814년 10월 왕실 법원 직원으로 채용되었으나 처음 반년 동안은 무급이었다. 1816년 5월 1일 왕실 법원 고문으로 형사 심의회에 임명되었다. 호프만은 유능한 법률가였다. 사고와 논리가 분명할 뿐 아니라 근면하고 능률적으로 일했다. 직속상관이었던 왕실 법원 부법원장 프리드리히 폰 트뤼칠러(Friedrich von Trützschler, 1751~1831)는 1817년 초 연례 근무 평가서에서 호프만을 이렇게 칭찬했다. "호프만은 형사 심의회에서 가장 우수하다 할 만하다. (…) 매우 정확하면서도 신속히 작업하는 기술과 법 정신을 깊이 천착하는 재능을 호프만만큼 뛰어나게 겸비한 경우는 드물다."

안정된 직장 생활과 편안한 가정생활을 누리면서, 호프만은 왕성한 예술 활동을 펼쳤다. 처음에는 음악에 힘을 쏟았다. 그는 오페라 「운디네」를 이플란트의 뒤를 이어 왕실 국립극장장이 된 카를 폰 브륄(Carl von Brühl, 1772~1837)에게 보냈다. 베를린 무대미술의 떠오르는 별 카를 프리드리히 싱켈(Karl Friedrich Schinkel, 1781~1841)이 무대 장식을 맡았다. 오페라는 1816년 8월 3일 국왕 생일을 기념하여 초연되어 대성공을 거두었다. 왕실 국립극장에 1817년 7월 화재가 발생할 때까지 열네차례 공연되었다.

이 무렵 호프만은 이미 작곡보다 문필 활동에 더 열성을 보였다. 1814~15년에 간행된 『환상집』은 호프만을 일약 유명 작가로 만들었다. 연감 소설과 문고본 출판가에게 원고 청탁이 쇄도했다. 호프만은 놀랄 만큼 빠른 속도로 소설을 생산했다. 1815년부터 1822년까지 매년 수백페이지씩 써나갔다. 장편 『악마의 묘약』(*Die Elixiere des Teufels*, 1815~16), 중단편집 『밤 풍경』(*Nachtstücke*, 1816~17, 「모래 사나이」(Der Sandmann) 등 수록), 「키 작은 차헤스, 위대한 치노버」(Klein Zaches, genannt Zinnober, 1819), 『브람빌라 공주』(*Prinzessin Brambilla*, 1820), 중단편집 『세라피온의 형제들』(*Serapionsbrüder*, 1819~21, 「호두까기 인형과 생쥐 왕」(Nussknacker und Mausekönig) 「스퀴데리 부인」(Das Fräulein von Scuderi) 등 수록), 『수고양이 무어의 인생관』(1820~21) 『벼룩 대왕』(*Meister Floh*, 1822), 『사촌의 구석 창문』(*Des Vetters Eckfenster*, 1822) 등을 이 시기에 창작했다. 호프만은 특히 여성 독자에게 인기였다. 인세도 올라갔다. 쿤츠에게 『환상집』을 출판할 때는 인쇄용지당 8라이히스탈러를 받았으나 이제 그 여덟배를 요구했다. 인세 수입이 봉급보다 많았다.

그런데도 항상 돈에 쪼들렸다. 무엇보다도 포도주 레스또랑 출입이 끊이지 않았기 때문이었다. 젠다르멘 광장에 있는 '루터와 베그너' 레스또랑에서 저녁마다 때로는 밤늦게까지 친구를 만났다. 이 중에는 인기 배우 루트비히 데프린트(Ludwig Devrient, 1784~1832), 작가 아달베르트 폰 샤미소, 푸케, 바르샤바에서 사귄 히치히 등이 포함되어 있었다.

1818년부터 호프만은 질병에 시달리기 시작하여 수주간 근무나 집필을 할 수 없었다. 더욱이 1819년부터 시국 사건을 심의하면서 또다른 곤경에 빠져들었다. 이해 8월 프로이센, 러시아, 오스트리아의 보수 정부는 카를스바트 결의에서 자유주의 이념 신봉자들을 엄격하게 탄압하기로 결정했다. 이에 따라 9월 프로이센 국왕은 '반역 단체 및 기타 위해 책동 수사를 위한 직속 조사 위원회'를 설치하고 위원장으로 트뤼칠러를 임명했으며, 트뤼칠러는 유능한 부하인 호프만을 위원회에 데리고 갔다. 하지만 호프만은 자신의 신념에 따라 행동했다. 불법으로 탄압받거나 체포된 자들을 여러 표결에서 옹호했다. 특히 체조 운동을 주창한 프리드리히 루트비히 얀(Friedrich Ludwig Jahn, 1778~1852)의 석방을 요구했고, 이 소식을 들은 베토벤은 『대화록』(Das Konversationsheft)에 "호프만(Hoffmann) ── 그대는 간신(Hofmann)이 아니구려"라는 말을 남겼다. 하지만 경찰 국장 카를 알베르트 폰 캄프츠(Karl Albert von Kamptz, 1769~1849), 내무장관 프리드리히 폰 슈크만(Friedrich von Schuckmann, 1755~1834), 법무장관 프리드리히 레오폴트 폰 키르히하이젠(Friedrich Leopold von

Kircheisen, 1749~1825)에게는 적개심을 사게 되었다. 호프만은 자신의 눈앞에서 "비열한 전횡, 뻔뻔스러운 법률 경시, 개인적 원한이 만연하는 데" 분노하며, 법치국가의 원칙을 주장했다. 갈수록 갈등은 고조되었다. 장관들은 호프만을 배제하기 위해 1821년 왕실 법원 최고 상소 심의회로 승진시켰다. 이 무렵 호프만은 이미 장편 동화 『벼룩 대왕』을 집필 중이었다. 1822년 초 이 작품이 경찰국장 캄프츠의 선동가 탄압을 풍자하고 있다는 소문이 떠돌자, 캄프츠는 이 장편 동화에 대한 검열에 착수하여 공무 기밀 누설 혐의로 호프만을 기소했다.[11]

호프만은 처벌받지 않았다. 국왕이 지시한 신문도 호프만의 자택에서 이루어졌다. 다리에서 시작된 마비 증세가 전신에 퍼졌기 때문이었다. 호프만은 더이상 거동할 수도 글을 쓸 수도 없었다. 하

---

11 『벼룩 대왕』에서 추밀 궁정 고문관 크나르판티는 여성 납치범을 잡으러 프랑크푸르트에 나타난다. 하지만 실종 신고된 여성은 한명도 없으며, 따라서 납치범 수사를 계속할 필요도 없다. 시의원이 크나르판티에게 "범행이 있어야 범인도 있을 것 아니냐고 일깨워"주자 크나르판티는 이렇게 대답한다. "범인을 찾아내기만 하면 범행은 자동적으로 드러나오. 피고가 완강하게 부인하는 까닭에 주요 기소 사항을 입증할 수 없더라도, 일천하고 분별없는 판사가 아니라면 이것저것 들쑤시고 조사하여 피고에게 아무 죄든 뒤집어씌우고 구속할 수 있을 것이오." '납치 책동' 조사 담당관 크나르판티는 주인공 페레그리누스 튀스를 납치범으로 구속하려 한다. 페레그리누스가 일기장에 "오늘은 시간만 죽였다"(mordfaul)라고 썼으며 "죽였다"(mord)라는 단어에 밑줄이 세번 쳐져 있는 것을 알아내고 크나르판티는 "오늘 아무 살인도 저지르지 못한 것을 후회하는 것보다 살인 성향을 더 분명히 드러내는 말이 있겠소?"라고 말한다.
경찰국장 캄프츠는 크나르판티가 자신을 가리키는 것임을 알아챘다. 실제로 1819년 베를린에서 선동 책동 혐의로 구속된 대학생 구스타프 아스페루스(Gustav Asverus)의 일기에는 "시간만 죽였다"라는 단어가 나오며, 빨간색 연필로 밑줄이 두번 쳐져 있다(밑줄은 아마도 캄프츠가 아스페루스에게 불리한 부분을 표시하기 위해 친 듯하다). 바로 이 문구를 『벼룩 대왕』에 사용한 것은 공무 기밀 누설에 해당한다고 캄프츠는 주장했다.

지만 "죽기 전에는 살아 있기를 결코 멈추지 않"았다. 대필자를 고용하여 구술을 시작했다. 구술을 매우 즐거워하며 히치히에게 이렇게 말하기조차 했다. "손과 발이 마비되어 있더라도 그런대로 견딜 만하겠어 — 계속 구술해서 작업할 수만 있다면 말이야." 『사촌의 구석 창문』 등 마지막 소설이 이렇게 나왔다. 1822년 6월 25일 오전 11시 호프만은 구술하다가 숨을 거두었다.

호프만은 생전에 인기 작가로 명성을 날렸으나 평단에서는 엇갈리는 평가를 받았다. 비평가들은 호프만의 서사 재능을 인정하기는 했으나, 그의 작품에 나타나는 어처구니없는 유령, 그로떼스끄한 묘사를 비판했다. 호프만 사후 5년 뒤 괴테는 이런 세평을 다시 한번 확인했다. 그는 호프만의 『밤 풍경』에 "병에 시달리는 남자의 병든 작품"이 실려 있다고 말했다. 괴테의 이런 견해는 독일에서 호프만 작품 수용에 선입견으로 작용했다. 호프만의 작품을 대체로 호평했던 하인리히 하이네(Heinrich Heine, 1797~1856)조차 "호프만의 작품은 스무권 분량의 무시무시한 공포의 비명에 다름 아니다. (…) 호프만 『환상집』의 보라색 불길은 천재의 불꽃이 아니라 열병의 불꽃이다"라고 썼다.

그뒤 독일에서 호프만 작품은 별다른 반향을 불러일으키지 못했지만, 외국에서 열광적으로 수용되었다. 포(Edgar Allen Poe, 1809~49), 도스또옙스끼(Fyodor Mikhailovich Dostoevsky, 1821~81), 보들레르(Charles Pierre Baudelaire, 1821~67), 발자끄(Honoré de Balzac, 1799~1850) 등이 호프만의 소설에 매료되어 영향을 받았다. 프랑스에서는 호프만을 환상과 그로떼스끄의 대가로 여겼고, 러시아에서는 심리묘사 기술을 높이 평가했다.

호프만의 문학작품은 그가 문학보다 훨씬 더 열성을 기울였던 분야에 가장 큰 영향을 미쳤다. 독일에서는 이미 1838년 로베르트 슈만(Robert Schumann, 1810~56)이 피아노 환상곡「크라이슬레리아나」(Kreisleriana, 1838)로 호프만에게 경의를 표했다. 프랑스에서 자끄 오펜바흐(Jacques Offenbach, 1819~80)는 호프만의 소설들을 이용하여 오페라「호프만 이야기」(Les Contes d'Hoffmann)를 창작하고 1881년 빠리에서 초연했다. 차이꼽스끼(Pyotr Ilich Tchaikovsky, 1840~93)는「호두까기 인형과 생쥐 왕」을 바탕으로 발레곡「호두까기 인형」(Shchekunchik, 1892)을 작곡하여 1892년 쌍뜨뻬쩨르부르그에서 초연했다. 호프만은 음악작품이 아니라 문학작품을 통해 음악계에도 길이 이름을 남겼다.

2. 호프만의 작품세계

「황금 항아리」

「황금 항아리」는 1813년 11월부터 1814년 2월 사이에 드레스덴에서 집필되었다. 1814년 밤베르크의 카를 프리드리히 쿤츠의 출판사에서 『깔로풍의 환상집』의 3권으로 초판이 발간되었고, 1819년 개정판이 출간되었다.

『깔로풍의 환상집』은 호프만의 첫 작품집으로, 1814년부터 1815년까지 총 네권이 잇따라 나왔다.[12] '깔로풍'이란 프랑스 화

---

12 1권(1814)에는「리터 글루크」「크라이슬레리아나」1~6번,「돈 후안」(Don Juan) 등이, 2권(1814)에는「개 베르간차의 최근 운명에 관한 소식」(Nachricht

가 자끄 깔로(Jacques Callot, 1592~1635) 스타일이란 뜻이다. 깔로는 당대에 환상적인 그림으로 유명하여, 크리스토프 마르틴 빌란트(Christoph Martin Wieland, 1733~1813) 등도 깔로풍을 시도해보려 했다. 호프만은『깔로풍의 환상집』에서 일상적인 것을 "잘 아는데도 왠지 낯설게" 보이게 하고, "일상생활의 아무리 비천한 것도 (…) 낭만적 독창성의 은은한 빛 속에 드러"내고자 했다.

호프만은「황금 항아리」에 '현대의 동화'라는 부제를 붙였다. 이는 모차르트의「마술피리」(1791년 빈에서 초연)와 비슷한 동화적 플롯을 가지고 있다.「황금 항아리」에서 대학생 안젤무스가 시련을 이겨내고 세르펜티나와 가약을 맺듯이,「마술피리」에서 주인공 타미노 왕자는 모든 시험을 통과하고 아름다운 파미나 공주와 결혼한다. 이 시험을 부과하는 현자 자라스트로는 린트호르스트 문서관장과 유사하며, 이에 맞서 싸우다 땅속으로 사라지는 밤의 여왕은 라우어 노파와 흡사하다.

그러나「황금 항아리」는 그림 형제가 수집한 민속 동화와는 성격이 다르다. 민속동화는 대개 '옛날 옛적에'로 시작하여 '어디엔선가' 사건이 전개되지만,「황금 항아리」는 시간과 장소가 명확하다. 공간적 무대는 드레스덴이다. 링케 바트 유원지, 코젤 정원, 안톤 정원, 콘라디 가게 등은 집필 당시 실재했다. 슈바르체 성문만 그 1년 전 헐렸을 뿐이다. 시간적 진행도 추적이 가능하다. 예수승천대축일에 시작되어 9월 23일 추분을 거쳐 베로니카의 영명축일

von den neuesten Schicksalen des Hundes Berganza) 등이, 3권(1814)에는「황금 항아리」가, 4권(1815)에는「섣달그믐 날 밤의 모험」(Die Abenteuer der Sylvester-Nacht)「크라이슬레리아나」7~12번 등이 수록되어 있다.

2월 4일에 끝난다. 그밖에, 민속 동화에서는 현실과 환상이 구분되지 않는다. 경이로운 것은 일상적인 것과 마찬가지로 당연하게 여겨진다. 어느 누구도 이를 보고 놀라지 않는다. 이와 달리「황금 항아리」에서는 현실과 환상이 대치한다. 여염집 아낙이나 크로이츠 김나지움 학생 등은 환상적인 것을 보고 기이해하고 두려워한다.

호프만의 동화는 노발리스 등 초기 낭만주의자들의 예술동화와도 차이를 보인다. 낭만주의 예술동화에서 현실은 결국 환상에 통합된다. 노발리스는 이렇게 말한다. "우주는 우리 안에 있지 않은가? 우리는 우리 정신의 깊이를 알지 못한다 ─ 신비스러운 길은 마음속으로 향한다. 세계와 과거와 미래를 포괄하는 영원성은 우리 안에 있으며 다른 곳에 있지 않다." 하지만「황금 항아리」에서는 현실과 환상의 대립이 철저히 유지된다. 호프만은 "신비스럽고 경이롭지만, 평범한 일상생활로 들어가는" 동화를 쓰고자 한다. 따라서「황금 항아리」는『브람빌라 공주』『벼룩 대왕』등과 더불어 현실 동화라고 불린다.

「황금 항아리」에서 현실과 환상의 긴장 관계는 사실과 환몽을 분간하기 어렵기 때문에 더욱 복잡해진다. 어떤 사건을 '숭고한 세상의 경이'로 보아야 할지 평범하고 일상적인 일로 여겨야 할지 알 수 없는 것이다. 이를테면 황금색 실뱀들이 엘베 강 물살을 헤치고 있던 것인지 폭죽의 불꽃이 물에 비쳤을 뿐인지, 린트호르스트 문서관장이 독수리로 변하여 나래를 펼치고 날아갔는지 문서관장의 옷자락이 날개처럼 허공에 펄럭였을 뿐인지 판별하기 어렵다. 현실에서 환상으로 변화가 일어났을 경우 신비로운 마법 때문인지 열병이나 향기나 독주에 취한 탓인지도 판단하기 힘들다.

뒤집어 말하면 동일한 사건을 현실의 시각으로도, 동화의 관점으로도 해석할 수 있다. 동화의 관점에서 대학생 안젤무스를 바라볼 경우 「황금 항아리」는 안젤무스의 발전을 다루고 있다. 대학생은 사랑하는 금록색 뱀 세르펜티나와 결혼하기 위해 린트호르스트 문서관장 집에서 필사를 시작하며, 세속적인 베로니카의 유혹과 사과 장수 노파의 마술에 잠시 현혹되어 크리스털 병에 갇히지만, 진실한 사랑을 입증하여 이를 극복하고 세르펜티나와 아틀란티스로 들어간다. 아틀란티스에서 행복은 시 속에서 사는 것을 말하는데, 이는 안젤무스가 상형문자를 단순히 필사하는 것으로 시작하여 마침내 시인으로 발전했음을 의미한다. 하지만 현실의 시각에서 대학생 안젤무스를 살펴볼 경우 안젤무스의 환상세계는 광기의 결과일 뿐이다. 베로니카는 대학생에게 제정신을 찾아주려고 갖은 노력을 다하지만 안젤무스는 세르펜티나에 현혹되어 환각에서 헤어나지 못한다. 청동 문고리가 사과 장수 노파의 얼굴로 변했다고 느낀 것은 편집증적으로 추적망상에 사로잡힌 탓이며, 크리스털 병에 갇혔다고 생각한 것은 조현병으로 운동신경이 마비되어 온몸이 굳었기 때문이다. 대학생은 "엘베 강 다리에 서서 강물을 들여다보고 있으면서" "유리병에 갇혀 있다고" 생각하는 장면을 마지막으로 작중에서 사라진다. 안젤무스가 들어간 곳은 아틀란티스, 물에 잠긴 대륙이다. 대학생은 엘베 강 다리에서 뛰어내려 익사한 것은 아닐까? 이미 둘째 야경에서 안젤무스가 실뱀을 보고 물에 뛰어들려는 것을 사공이 말린 적도 있었다.

부연하자면, 「황금 항아리」에서 묘사되는 현실은 오히려 환상에 가깝다. 1813년 당시 드레스덴은 작중에서처럼 평화로운 도시가 아니었다. 4월 호프만이 드레스덴에 도착했을 때 도시는 나뽈레옹 군에 포위되어 있었다. 5월 8일 나뽈레옹군이 드레스덴에 입성하여 11월 10일 퇴각할 때까지, 프로이센-러시아-오스트리아 동맹군과 치열한 전투가 벌어졌다. 호프만 자신도 다리에 유탄을 맞았으며, 엄청난 사상자가 발생했다. "프랑스군이 길거리에서 더없이 비참하게 죽어가는 것을 보는 것은 흔한 일이었다"라고 호프만은 회고했다. 유원지는 짓밟히고, 가로수는 베어졌다. '링케 바트 낙원'은 존재하지 않았다. 이런 현실은 베로니카의 여자 친구 앙겔리카가 약혼자인 장교에게 소식이 없다고 말하는 장면을 제외하고는 작중에 반영되어 있지 않다.

그 대신 아득한 과거로 거슬러 올라가 신화가 펼쳐진다. 첫번째 신화는 셋째 야경에서 린트호르스트 문서관장이 이야기한다. 정신의 명령에 따라 물에서 세상이 창조된다. 자연에서도 생명이 탄생한다. 골짜기 한복판의 시커먼 언덕에 햇빛이 비치자 불꽃나리가 태어난다. 불꽃나리는 숭고하게 살기를 열망하여 해의 아들 포스포루스와 사랑에 빠지고, 불길에 휩싸여 죽으면서 낯선 존재가 생겨난다. "이 불티는 사념"이다. 다시 말해 의식이다. 자연의 비천한 감각을 상징하는 흑룡이 이 낯선 존재를 붙잡아 다시 불꽃나리로 변화시킨다. 하지만 불꽃나리는 포스포루스에게도 자연에게도 소외된다. 이는 인간 조건을 보여준다. 우리는 의식 때문에 태곳적 자연과의 조화에서 분리되며, 감각 때문에 숭고한 정신적 목표에도 도달하지 못한다. 포스포루스가 흑룡을 물리침으로써 불꽃나리는 이러한 상태에서 벗어난다. 자연과 정신이 사랑 속에 다시 합일된다.

두번째 신화는 여덟째 야경에서 세르펜티나가 이야기한다. 주인공은 린트호르스트 문서관장의 모습을 띠고 있는 살라만더이다. 살라만더는 사랑에 빠져 초록뱀을 불사르며, 이에 절망하여 정원을 망가뜨리고 아틀란티스에서 추방된다. 원초 상태를 기억하며 자연의 경이를 이해하지만, 불행한 시대에 인간으로 태어나 인생의 곤경을 견뎌내야 한다. 이러한 소외에서 벗어나는 도정에서 살라만더는 흑룡의 날개 깃털과 사탕무가 교미하여 태어난 노파와 대결한다.[13]

두 신화를 바탕으로 대학생 안젤무스를 주인공으로 한 동화가 전개된다. 안젤무스는 인간의 원초적 조화를 어렴풋이 기억하고 있다. "천진난만한 시적 심정"을 가지고 있는 것이다. 상상력이 풍부하기에 세르펜티나를 사랑하고 동경한다. 안젤무스는 문서관장의 장서실에서 필사를 시작한다. 린트호르스트와 마찬가지로 역경을 겪고 크리스털 병에 갇히지만, 마침내 세르펜티나와 결혼하고 아틀란티스로 들어간다. 황금 항아리에서 불꽃나리가 피어오르며, 이는 안젤무스가 시인이 되어 자연의 조화에 대한 '깨달음'을 얻었음을 상징한다.[14]

....
13 린트호르스트 문서관장과 라우어 노파는 선과 악을 대표하여 결투를 벌이지만, 유사성도 간과할 수 없다. 린트호르스트 문서관장은 때로 괴팍하고 성마르며 "뭇사람을 심술궂게 놀려대며 고소해"한다. 그의 목소리를 들으면 대학생은 "야릇하게 골수에 사무쳐 등골이 오싹해"진다. "마르고 주름진 얼굴의 앙상한 눈구멍에 깊숙이 들어박힌 두 눈이 번득번득 뚫어지게 쏘아보"면 대학생은 소름마저 돋는다. 이는 라우어 노파의 역겨운 외모를 보고서 여간해서는 무서움을 타지 않는 베로니카가 등골이 서늘해지는 것과 마찬가지이다. 린트호르스트와 라우어 노파는 선한 마술과 악한 마술을 부리지만, 현실과 환상을 잇는 매체로 거울을 이용하는 점도 비슷하다. 노파의 금속 거울에는 안젤무스의 모습이 나타나며, 문서관장의 보석 반지에서 나온 빛살은 거울을 이루어 세르펜티나를 보여준다. 황금 항아리의 윤나는 표면도 거울 역할을 한다.
14 호프만은 황금 항아리에 이러한 시적 상징성을 부여했지만, 처음에는 '황금 요

그런데 마지막에 린트호르스트 문서관장은 아틀란티스에서 안젤무스의 행복은 "시 속에서 사는 것"이라고 일러준다. 환상 속으로 은둔했다는 뜻이다. 이는 크로이즈 김나지움 학생과 법관 시보가 일상에 안주하여 크리스털 병에 갇혀 있는 상태나, 헤르브란트 서기관이 현실에 집착하여 출세만 화제로 삼으며 꿈속에서조차 잃어버린 서류를 찾는 태도에 못지않게 편향적이다. 따라서「황금 항아리」에서 긍정적 인물은 안젤무스도 헤르브란트도 아닌 화자뿐이라고 말할 수 있다. 화자는 현실 아닌 현실, 현실 너머 동화, 동화 속의 신화를 "휘익휘익 구불구불 빙글빙글" 넘나들고 오르내린다. 시점을 계속 바꾸고, 시간·공간·줄거리의 통일성을 해체하고, 현실과 상상의 경계를 허무는 마법을 보여준다.

「모래 사나이」

「모래 사나이」는 수고(手稿)가 전해진다. 이는 1815년 11월 16일 "밤 1시"에 쓰여졌다고 적혀 있다. 11월 28일 호프만은 이 원고를 베를린의 출판인 게오르크 라이머(Georg Reimer, 1776~1842)에게 보냈고, 이는 1816년 중단편집『밤 풍경』1권의 첫번째 소설로 출간되었다(하지만 출판 연도는 1년 뒤인 1817년으로 표시되어 있다).

『밤 풍경』은 호프만의 두번째 작품집이다. 총 두권으로 구성되어 있으며, 권당 네편의 소설이 수록되어 있다.[15] '밤 풍경'이란 원

강'을 염두에 두었다고 한다. 호프만은 1813년 8월 19일 출판인 쿤츠에게 이렇게 편지한다. 안젤무스는 "보석이 가득한 황금 요강을 혼수품으로 받습니다 ─ 그 안에 처음 오줌을 누자, 긴꼬리원숭이로 변합니다."

15 1권에는「모래 사나이」「이그나츠 데너」(Ignaz Denner)「G. 시의 예수회 교회」(Die Jesuiterkirche in G.)「상투스」(Das Sanctus)가, 2권에는「버려진 집」(Das

래 회화 장르 명칭으로서, 횃불이나 촛불이 비치는 밤 장면을 강렬한 명암 대비로 묘사한 그림을 일컫는다. 이미 장 파울이 이 개념을 문학에 적용한 바 있으며, 호프만은 이를 이용하여 "인간 영혼의 어두운 측면을 성찰"하고자 했다.

「모래 사나이」는 「황금 항아리」와 구조가 유사하다. 또다시 주인공 대학생이 두 여성 사이에서 갈등을 겪는다. 클라라는 이성적으로 사고하며, 올림삐아는 낯설고 유혹적이다. 이 기이한 여성은 물리학 교수 스빨란짜니의 딸로서, 세르펜티나가 린트호르스트 문서관장의 딸인 것과 비슷하다. 나타나엘은 안젤무스처럼 "시적인 영혼"을 가지고 있다고 말해진다.

따라서 나타나엘을 주위 사람보다 더 많이 더 깊이 꿰뚫어볼 수 있는 까닭에 친구와 연인에게 이해받지 못하고 스스로 고립을 선택하여 환상 속에서 파멸하는 예술가로 볼 수도 있다. 하지만 그보다는 어렸을 적 입은 정신적 외상이 성인이 되자 광기로 발전한 정신병 사례로 여기는 게 설득력 있을 것이다.

반면에 클라라는 '명료한, 분명한'이라는 뜻의 이름 그대로 계몽주의의 화신으로 간주할 수 있다. 클라라는 환상을 배격한다. "몽상가나 환상가는 클라라를 만나면 곤욕을 치"른다. 모든 비현실적인 것의 원인을 설명할 수 있다고 믿는다. 나타나엘이 외부의 운명적 힘이 자신에게 닥치고 있다고 생각하자, 클라라는 "무섭고 겁나는 일은 모두" 나타나엘의 "마음속에서만 일어났고, 실제 외부 세계와는 아무 관련이 없"다고 잘라 말한다. 이렇듯 "명료하고 분별

öde Haus) 「장자상속」(Das Majorat) 「서약」(Das Gelübde) 「돌 같은 마음」(Das steinerne Herz)이 실려 있다.

력 있는 지성을 지니고" 있기 때문에 "차갑고 감정 없고 고지식하다는 핀잔을" 듣지만, 이와 정반대로 "밝고 거리낌 없고 천진난만한 아이처럼 상상력이 넘치면서도, 웅숭깊고 여자답게 상냥"하다고도 말해진다.

이러한 모순되는 묘사는 화자의 서술 태도에서 연유한다. 화자는 "실제 인생보다 더 기묘하고 희한한 것은 없으며, 시인은 이 인생을 광택 없는 거울에 비친 듯 흐릿하게밖에 그려낼 수 없다"고 말한다. 그러면서 사건을 직접 서술하기보다 나타나엘과 클라라의 편지를 소개하고,[16] 그뒤에도 다른 사람의 말이나 생각이나 소문을 전하기 일쑤이다. 특히 나타나엘은 감각과 기억에 환각과 착각이 뒤섞인 인물이어서, 나타나엘의 시점에서 서술되는 사건은 진상을 파악하기 거의 불가능하다.

이를테면 나타나엘이 어렸을 적 모래 사나이라 여겼던 **변호사 코펠리우스와 청우계 행상 꼬뽈라**가 동일 인물인지 아닌지 매우 모호하다. 코펠리우스와 꼬뽈라는 이름도 외모도 행동도 비슷하며, 스빨란짜니와 꼬뽈라가 올림삐아를 차지하려고 맞싸우는 서재에서 코펠리우스의 목소리가 들리더니 스빨란짜니는 코펠리우스가 자동인형

---

16 화자는 나타나엘의 "희한하고 기묘"한 인생사를 이야기하고자 한다. 이를 생생하게 보여주고 싶어 "뜻깊고 참신하며 인상 깊"은 첫머리를 찾으려 하며, 세 가지 가능성을 검토하지만 모두 마음에 들지 않는다. 민속 동화처럼 "옛날 옛적에"로 시작한다면 독자는 초자연적 사건을 나타나엘의 망상이 아니라 실제로 일어난 일로 여길 것이다. 사실적 보고처럼 "지방 소도시 S에 아무개가 살았다"라고 시작한다면, 독자는 모든 사건을 이성과 논리로 이해하여 초자연적인 요소가 배제될 것이다. "'썩 꺼져버려!' 청우계 행상 주세뻬 꼬뽈라를 보자마자 대학생 나타나엘은 노여움과 무서움에 사로잡힌 사나운 눈초리로 소리쳤다"로 시작한다면 화자에게뿐 아니라 독자에게도 "우스꽝스럽"게 느껴질 것이다. 그래서 편지 세통을 소개하여 "윤곽"을 잡은 뒤 이에 "색을 칠해보"려 한다.

을 빼앗아갔다고 말한다. 따라서 대학생 나타나엘은 코펠리우스와 꼬뺄라가 동일 인물이라고 확신하지만, 대학생이 들은 소리는 환청에 지나지 않을 수 있다. 클라라는 이를 나타나엘의 망상의 산물이라고 단정한다. 이런 혼란스러운 묘사 덕택에 호프만은 "코펠리우스/꼬뺄라를 애매모호하게 만드는 데 대가다운 (…) 솜씨를 보였다"라는 평가를 오늘날 받고 있다.

하지만 프로이트(Sigmund Freud, 1856~1939)는 「두려운 낯섦(언캐니)」(Das Unheimliche)이라는 논문(1919)에서 왜 눈에 대한 공포가 나타나엘의 아버지의 죽음과 긴밀히 연결되고, 모래 사나이가 중요한 순간마다 사랑의 방해자로 등장하여 나타나엘을 친구와 연인에게서 갈라놓고, 두번째 연인인 아름다운 인형 올림삐아도 파멸시키며, 되찾은 클라라와 행복한 결합을 눈앞에 두고 있을 때 나타나엘을 자살에 이르게 하는지 설명하기 위해, 모래 사나이/코펠리우스/꼬뺄라를 동일 인물이라고 가정한다.

프로이트는 코펠리우스가 어린 나타나엘의 눈을 뽑으려 하는 것은 거세를 의미한다고 여기며(눈을 잃는 것은 소포클레스의 『오이디푸스왕』에서도 알 수 있듯이 거세를 뜻한다) "손과 발을 잡아 뺐다가 이곳저곳에 다시 끼워 넣"는 것 역시 거세를 암시한다고 생각한다. 프리드리히 셸링(Friedrich Schelling, 1775~1854)의 정의에 따르면 "두려운 낯섦이란 비밀로 감춰져 있어야 하는 것이 드러나 나타난 모든 것"인데, 나타나엘이 ── 그뿐 아니라 독자가 ── '두려운 낯섦'을 느끼는 것은 억압되어 있던 거세 콤플렉스가 모래 사나이/코펠리우스/꼬뺄라를 통해 계속 나타나기 때문이라고 주장한다.

나아가 프로이트는 코펠리우스와 나타나엘의 아버지는 어린이의 양가적 감정 때문에 상반되는 부분으로 분열된 아버지의 모습이라고 말한다. '나쁜' 아버지인 코펠리우스는 나타나엘의 눈을 뽑으려 하며, '좋은' 아버지인 실제 아버지는 이를 말린다. '나쁜' 아버지가 죽었으면 좋겠다는 어린이의 억압된 소망은 '좋은' 아버지의 죽음으로 실현된다. 이런 분열된 아버지의 모습은 꼬뽈라와 스빨란짜니 교수에서 재현된다. 코펠리우스와 실제 아버지가 신비스러운 화덕에서 작업했듯이, 꼬뽈라와 스빨란짜니 교수는 함께 올림삐아를 만들었다. 스빨란짜니는 올림삐아의 아버지라고 일컬어지기도 한다. 따라서 스빨란짜니는 올림삐아의 '좋은' 아버지이고 꼬뽈라는 '나쁜' 아버지라고 간주할 수 있다. 꼬뽈라/스빨란짜니 교수는 코펠리우스/나타나엘의 아버지의 환생인 것이다.

이제 프로이트는 코펠리우스/꼬뽈라가 나타나엘의 아버지이자 올림삐아의 아버지이며 코펠리우스가 어린 나타나엘을 자동인형처럼 다뤘던 사실을 지적하며, 올림삐아는 나타나엘의 분신이라고 해석한다. 스빨란짜니 교수는 코펠리우스가 나타나엘의 눈알을 훔쳐 올림삐아에게 끼우려 한다고 이해할 수 없는 말을 하는데, 이것도 올림피아가 나타나엘의 분신이라는 반증이다. 따라서 나타나엘의 올림삐아에 대한 사랑은 '나르시시즘적'이라 말할 수 있으며, 이런 사랑에 빠진 사람은 실제 사랑의 대상에게 소외받을 수밖에 없다.

프리드리히 키틀러(Friedrich Kittler, 1943~2011)는 프로이트가 간과했던 사실을 언급한다. 호프만이 그린 스케치에서 코펠리우스는 나타나엘의 아버지를 굽어보며, 나타나엘의 아버지는 몸을 조아리고 코펠리우스를 맞이한다. 코펠리우스는 '남성적 권력의 속성'

을, 나타나엘의 아버지는 '여성적 복종의 속성'을 띠고 있다. 따라서 나타나엘이 코펠리우스와 자신의 아버지의 작업을 훔쳐보는 행위는 어린이가 아버지와 어머니의 성관계를 훔쳐보는 것을 의미한다. 이러한 **훔쳐보기**는 나타나엘이 올림삐아를 망원경으로 훔쳐보는 것과 마지막 장면에서 옆에 있는 클라라를 망원경으로 엿보는 것으로 이어지며, 두 경우 모두 나타나엘은 광기에 빠져든다.

훔쳐보기에서 **눈/망원경의 모티프**가 중요한 역할을 한다. 눈은 외부 현상과 사건을 바라보는 인지 기관이자, 마음속 상태를 드러내는 '영혼의 거울'이다. 나타나엘은 인식 기능에 심각한 장애를 보인다. 이를테면 약혼자 클라라를 "이 생명 없는 망할 놈의 자동인형"이라고 부르는 반면, 올림삐아가 자동인형임은 오랫동안 알아채지 못한다. 특히 환각 증세가 심하다. 꼬뽈라가 안경을 꺼내놓으며 환유적 의미로 "알흠다운 눈깔"이라고 말하자, "수많은 눈알이 눈빛을 번득이고 씰룩씰룩 움찔대며" 자신을 "올려다보"는가 하면 "이글대는 눈빛이 갈수록 사납게 솟아나 뒤섞이며 핏빛 빛줄기를" 자신의 "가슴에 쏘아"댄다고 느낀다. 이런 착시 현상은 꼬뽈라에게 구입한 눈/망원경을 통해 더욱 악화된다. 올림삐아의 눈은 처음에는 "희한할 만큼 멍하고 생기 없어 보였"으나 "망원경으로 더욱더 자세히 들여다보자 (…) 두 눈에서 달빛이 보얗게 솟아나오는"듯하고, "그제야 비로소 시력에 불이 붙은 듯, 눈빛이 갈수록 생기 있게 타"오른다.

올림삐아의 두 눈에는 나타나엘의 동경과 열정이 반사된다. 나타나엘은 올림삐아에게 이렇게 고백한다. "내 온 존재가 되비치는 웅숭깊은 마음이여." 시각적 반영뿐 아니라 청각적 반향도 일어난다. 나타나엘은 "올림삐아의 목소리는 다름 아닌 자신의 마음에서 울려 나오는"듯하다고 느낀다. 지크문트에게는 이렇게 말한다. "오직 올림삐아의 사랑 속에서만 나는 나 자신을 되찾을 수 있어."

나타나엘은 자신의 소망을 투사한 올림삐아가 나무 인형에 지나지 않으며, 자신의 '영혼의 거울'인 올림삐아의 눈이 없어지고 그 자리에 눈구멍만[17] 시커멓게 파여 있는 것을 알아채고 첫번째 광기에 사로잡힌다. 이 장면은 나타나엘이 망원경으로 클라라를 보면서 광기에 빠져들어 "나무 인형아, 돌아라"라고 소리치고 "알흠다운 눈깔"을 외치며 죽어가는 마지막 장면에서 반복된다.

결말에서 화자는 클라라가 "평화로운 가정에서 행복을 찾았다"고 말하지만, 이는 고스란히 믿기 힘들다. 코펠리우스가 나타나 부부를 갈라놓고 가정을 파멸시키기 이전부터 '모래 사나이'는 동화 속에 자리 잡고 가정을 위협하기 때문이다. 클라라는 이 모든 악몽을 "큰 소리로 웃어 쫓아"낼 수 있다고 자신했지만 마지막에 "웃"은 사람은 코펠리우스였다.

코펠리우스는 직업이 변호사로서 위압적 권력 체제의 화신이다. "유행이 지난 잿빛 코트에 역시 한물간 조끼와 바지를 걸치고" "보석 버클이 달린 구두를 신고" 가발에 머리 주머니를 찬 외모는 나뽈레옹 몰락 이후 부활한 앙시앵 레짐을 상징한다. 이는 구체제가 개인 생활에까지 억압적으로 개입하여 행복한 미래를 약속하는 결혼 생활마저 좌절시키고 있음을 보여준다.

---

17 이 눈을 앗아간 코펠리우스(Coppelius)/꼬뽈라(Coppola)의 이름은 이딸리아어 'coppa'에서 유래했으며, 이는 '컵'이란 뜻이지만 '눈구멍'이란 의미로도 쓰인다.

「키 작은 차헤스, 위대한 치노버」

원제가 「치노버라 불리는 키 작은 차헤스」(Klein Zaches, genannt Zinnober, 이하 「차헤스」)인 이 작품은 1818년 5월이나 6월에 집필이 시작되어 1819년 베를린의 페르디난트 뒤믈러 출판사에서 출간되었다. 호프만은 이를 "기가 막힌 책"(superwahnsinniges Buch)이라 불렀고, 한 편지에서는 "내가 쓴 것 가운데 가장 유머러스한 동화"라 말했다.

이 동화에는 1815년 빈 회의를 거쳐 유럽 사회가 앙시앵 레짐으로 회귀하던 시대상이 반영되어 있다. 프로이센에서는 1806년부터 1815년까지 국정 개혁안이 반포되어 계몽 정치를 도입했으나, 이는 사상의 자유와 관용 정신을 설파했던 초기 계몽주의 정신을 상실하고 국가적·경제적 이익을 위해 인간을 철저히 수탈하기 위한 절대주의 체제의 수단으로 전락하였다. 이성을 사용하여 인간을 억압에서 해방시키려던 이상[18]을 실현하기는커녕 합리주의에 근거한 착취 체제를 구축하여 후일 전체주의국가 출현의 토대까지 닦아놓았던 것이다.

후기 절대주의와 도구적 이성의 결탁의 실상을 호프만은 「차헤스」에서 신랄하게 폭로한다. 여기에 나오는 작은 제후국은 데메트리우스, 파프누티우스, 바르자누프 제후가 대를 이어 다스린다. 데

---

18 칸트는 1784년 「계몽주의란 무엇인가에 대한 답변」에서 이렇게 말했다. "미성숙 상태는 이성이 결여되어서가 아니라 다른 사람의 지도 없이 자신의 이성을 사용할 수 있는 결단이나 용기가 결여되어서 생기는 것이다. 그렇다면 이러한 미성숙 상태의 책임은 스스로에게 있다. 알려고 노력하라! 너 자신의 이성을 사용하는 용기를 가지라! 이것이 계몽주의의 표어이다."

메트리우스 제후 치하에는 "제후가 나라를 다스린다는 것은 누구나 알았지만, 정부가 있다는 것은 아무도 전혀 느끼지 못했"다. 하지만 파프누티우스 제후는 정권을 물려받자마자 안드레스 대신의 진언을 받아들여 계몽 정치를 도입하고 철저히 실리주의적인 정책을 실행하며 요정 추방을 관철한다. 그리하여 제후는 절대 권력을 강화하는 듯하지만 사실은 안드레스 대신의 조종대로 움직인다. 바르자누프 대신 치하에는 치노버의 등장과 몰락 동안 지배자의 우둔함, 허영심, 무능력과 굽실거리기 바쁜 궁정 시종들의 비굴함 등이 극명하게 드러난다. 치노버에게 훈장을 달아줄 방법을 찾기 위해 전전긍긍하는 훈장 위원, 철학자, 과학자의 행태는 더없이 우스꽝스럽다. 제후의 시의는 치노버의 죽음을 지나치게 복잡한 인과관계를 동원하여 설명한다. 공리주의가 이기주의로 변질되는 모습은 케르페스 대학의 모슈 테르핀 교수에서 나타난다. 교수는 자연과학의 진리를 탐구하는 게 아니라 일상의 자연현상을 설명하는 데 그치지만 딸 칸디다를 교환 대상으로 삼아 출세를 추구하는 기회주의적 태도를 보이며 마침내 "자연부 총무처장"으로 임명되어 온갖 진기한 짐승과 희귀한 술을 맛본다.

호프만은 '유용성'만을 지향하는 체제에 초자연적이고 '경이로운' 세계를 대비시킨다. 하지만 동화 세계 역시 조화로움을 상실했다. 이 세계를 대표하는 프로스퍼 알파누스 의사와 로자벨베르데 요정은 더이상 원초적 순진무구함을 간직하고 있지 않다. 로자벨베르데 요정은 부엌에서 감자를 훔쳐 먹은 소년에게 입이 닫히지 않는 지나친 벌을 내린다. 알파누스 의사는 마법을 믿지 않는 파비안을 호되게 혼내어 "핼쑥하고 ― 일그러지고, 희망 없이 고통만 가득한 얼굴로" 앓아눕게 만든다. 이들의 마법 세계는 소시민적 특성까지 띠고 있다. 의사와 요정은 마법 대결을 펼친 뒤에 커피를 즐기며, 의사가 발타자르와 칸디다에게 물려준 마법의 저택에서는 더없이 편리하게 요리와 빨래와 청소를 할 수 있다.

그밖에 로자벨베르데 요정이 차헤스를 변모시킨 것은 '외면의 상태가 내면의 상태를 결정한다'는 계몽주의적 사고에 바탕을 두고 있다. 요정은 차헤스의 죽음을 보고 이렇게 말한다. "내가 어리석었던 거지. 너에게 선사한 아름다운 겉모습이 네 마음속을 환하게 비추어, 이렇게 말해줄 목소리를 일깨울 것으로 생각했으니. '실제의 너는 사람들이 보는 너와 달라. 너는 몸도 성치 않고 깃털도 나지 않았으면서 다른 사람의 날개에 올라타 출세하고 있는 거야. 그러니 이 사람 못지않게 되려고 노력하라고!'" 다른 사람들이 자신을 쾌남아라고 여기지만 자신이 실상은 그렇지 않음을 깨닫고 주위에서 생각하는 만큼 멋지게 되려고 차헤스가 노력하기를, 다시 말해 외면적 현상과 내면적 가치의 차이를 인식하여 현상이 본질로 변화하기를 로자벨베르데 요정은 원했던 것이다. 이렇듯 계몽 정치가 관철된 체제에서는 요정마저 계몽 이론에 감염되어 있음을 이 동화는 보여준다.

호프만은 『브람빌라 공주』 서문에서 「차헤스」는 "익살스러운 생각을 느슨하고 편안하게 풀어간 이야기"일 뿐이며 "아무런 특별한 욕심 없이 한순간 즐거울 수 있도록 가볍게 던진 농담"이라고 말한 바 있다. 하지만 이 예술동화에는 호프만이 살던 당시뿐 아니라 근대 이후의 모든 통제 체제에 대한 통렬한 비판이 담겨 있다. 2008년 장편소설 『탑』(Der Turm)으로 독일 도서 협회 문학상을 수상한 우베 텔캄프(Uwe Tellkamp)는 2007년『프랑크푸르트 알게마이너 신문』에 기고한 글에서 동독이 파푸누티우스의 제후국을 연상시킨다고 회고하며, "〔동독〕 문제에 관한 훌륭한 문헌의 원조는 (악)몽이 창궐하여 현실로 변하는 작품을 쓴 호프만"이라고 말한 바 있다.

「스퀴데리 부인」

「스퀴데리 부인」은 1818년 연초부터 가을 사이에 집필되어, 1819년『사랑과 우정에 바치는 1820년 문고본』(*Taschenbuch für das Jahr 1820. Der Liebe und Freundschaft gewidmet*)으로 출간되었으며, 1820년『세라피온의 형제들』3권에 다시 수록되었다.

『세라피온의 형제들』은 1819년부터 1821년까지 베를린의 게오르크 라이머의 출판사에서 발간되었다. 이미 잡지와 문고본으로 나왔던 소설과 동화에 새로운 작품을 추가한 선집으로, 총 네권으로 구성되어 있고 각권은 2장章으로 구분된다.[19] 여기에서 호프만

19 1권에는 「은자 세라피온」(Der Einsiedler Serapion) 「고문관 크레스펠」(Rat Krespel) 「페르마타」(Die Fermate) 「문학가와 작곡가」(Der Dichter und der Komponist)/「세 친구의 인생 단편」(Ein Fragment aus dem Leben dreier Freunde) 「아서코트」(Artushof) 「팔룬 광산」(Die Bergwerke zu Falun), 「호두까기 인형과 생쥐 왕」이, 2권에는 「가수 경연」(Der Kampf der Sänger) 「유령 이야기」(Eine Spukgeschichte) 「자동인형」(Die Automate), 「총독과 총독 부인」(Doge und Dogaresse)/「신구 교회음악」(Alte und neue Kirchenmusik) 「포도주 통 제조 명인 마르틴과 도제들」(Meister Martin der Küfner und seine Gesellen) 「낯선 아이」(Das fremde Kind)가, 3권에는 「한 유명한 남자의 인생 소식」(Nachricht aus dem Leben eines bekannten Mannes) 「신부 선택」(Die Brautwahl) 「섬뜩한 손님」(Der unheimliche Gast)/「스퀴데리 부인」「도박꾼의 운」(Spielerglück) 「B 남작」(Baron von B.)이, 4권에는 「씨뇨르 포르미까」(Signor Formica) 「차하리아스 베르너」

은 이른바 '세라피온의 원칙'을 표방한다. 이 원칙은 내면 세계와 외부 세계의 '이원성'을 일깨우며, "하늘의 사다리를 밟고 숭고한 세상으로 올라가더라도, 사다리 받침대는 일상생활에 고정되어 누구나 뒤따라 올라갈 수 있어야 한다"고 강조한다. 작가는 창작하면서 환상뿐 아니라 현실도 고려해야 하며, 그래야 독자의 공감도 얻을 수 있다는 것이다.

호프만은 「스뀌데리 부인」을 쓰면서 요한 크리스토프 바겐자일(Johann Christoph Wagenseil, 1633~1705)의 『뉘른베르크 연대기』(Nürnberger Chronik, 1697)에 나온 실제 사실을 사용했다고 밝혔다. (여기에서도 사내들이 밤에 연인에게 찾아가다 도둑에게 습격을 받자, 이를 막아달라고 국왕에게 청원서를 보내며, 스뀌데리는 도둑을 두려워하는 자는 사랑할 자격이 없다고 말한다.) 하지만 까르디야끄 이야기는 자신의 상상의 산물이라고 주장했다. 따라서 이 소설은 "역사적 사실을 기초로 구성되었지만 상상의 세계로 올라가므로, 진정으로 세라피온적이라 일컬을 수 있다".

(Zacharias Werner) 「환영」(Erscheinungen)/「사물의 관련성」(Zusammenhang der Dinge) 「소름 끼치는 이야기」(Eine grässliche Geschiche) 「미적 취미의 차 모임」(Die ästhetische Teegesellschaft) 「왕의 신부」(Die Königbraut)가 실려 있다.
이 작품집은 친구 사이인 테오도어, 오트마, 질베스터, 빈첸츠, 시프리안, 로타어가 허구의 작가로 등장하여 작품들을 서로 발표하고 토론하는 형식을 취하며, 이들의 여덟번의 모임이 매번 1장씩 8장을 이룬다. 이 허구의 친구 모임은 호프만을 중심으로 한 실제 문학 모임을 모델로 삼은 것으로, 오트마는 히치히, 질베스터는 카를 빌헬름 잘리체 콘테사(Carl Wilhelm Salice Contessa, 1777~1825), 빈첸츠는 다비트 코레프(David Koreff, 1783~1851), 테오도어, 시프리안, 로타어는 호프만 자신을 가리킨다고 여겨진다. 이 모임에는 그밖에 히펠, 푸케, 샤미소 등도 참석했다. 모임 이름을 '세라피온의 형제들'이라 정한 것은 이들이 오랫동안 헤어졌다 다시 모인 1818년 11월 14일이 세라피온 성인의 축일이었기 때문이다.

「스뀌데리 부인」은 **탐정소설**의 구조를 지니고 있다. 먼저, 연쇄살인 사건이 벌어지며 이는 소설 마지막에 이르러서야 해결된다. 다음으로, 엉뚱한 사람이 의심을 산다. 결백한 올리비에가 혐의를 받는 반면 범인 까르디야끄는 용의 선상에 오르지 않는다. 마지막으로, 탐정이 활동한다. 경찰이 아니라 시인 스뀌데리 부인이 새로운 사실을 수집하고 범인을 추적한다. 소설 구조는 분석적이다. 수수께끼 같은 살인이 먼저 제시된 뒤 나중에 이를 파고든다. 긴장감을 높이려고 사건 순서를 뒤바꾸기 일쑤이다. 진행 상황의 원인을 밝히기 위해 과거를 회상하여 현재와 연결시킨다.[20] 주요 줄거리가 진행되는 가운데 종속 줄거리(올리비에의 이야기)가 삽입되며, 이 종속 줄거리에 또다시 종속 줄거리(까르디야끄의 이야기)가 끼어들어, 마침내 사건이 규명된다.

하지만 전형적 탐정소설과 차이도 보인다. 스뀌데리 부인은 외부인으로 사건에 접근하는 게 아니라 개인적으로 사건에 연루되어 있다. 조사 방식도 합리적이고 분석적이라기보다 직관적이고 감정적이다. 사건은 부인의 적극적 수사보다는 관련자들의 예상치 않

---

20 사건을 시간순으로 정리하면 다음과 같다. 까르디야끄 어머니의 다이아몬드 사건 ─ 안 귀오가 스뀌데리 부인의 양녀가 되고 올리비에가 출생함 ─ 안 귀오가 올리비에와 함께 제네바로 이주 ─ 까르디야끄가 금세공사가 됨 ─ 까르디야끄가 기구한 운명의 부름에 따르기 위해 비밀 문이 있는 집을 구입 ─ 까르디야끄가 살인을 시작 ─ 올리비에가 까르디야끄의 제자로 들어감 ─ 스뀌데리 부인이 궁정에서 보석 도둑에 관해 언급 ─ 올리비에가 부인에게 보석 상자를 가져옴 ─ 올리비에는 까르디야끄가 부인을 살해할 것이라 믿고 부인에게 경고 ─ 까르디야끄가 미오상 백작에게 살해됨 ─ 부인이 금세공사의 집에 찾아가 보니 까르디야끄는 죽었고 올리비에는 체포됨 ─ 부인은 마들롱을 집에 데려옴 ─ 국왕에게 올리비에 사면을 얻어냄 ─ 올리비에와 마들롱이 빠리를 떠나 제네바로 이주.

은 고백으로 해결된다.

화가, 조각가, 금세공사 등 예술가는 작품을 완성한 뒤 이를 다른 사람에게 넘겨주기 싫어하는 경우가 종종 있다. 예술 작품은 말하자면 자신의 인격의 일부이며 수많은 시간과 노력과 애정을 들여 생겨났기에 이를 판매하거나 내어주면 자기 정체성의 일부를 상실한다고 생각하고 끔찍스럽게 여기는 것이다. 이런 까닭에 어떤 예술가는 구매자 명단과 판매 작품 목록을 작성하거나 심지어 자신의 작품 재구입 권리를 계약에 명시하여 자신의 예술품을 직접 관리하고 있다는 감정이라도 느끼고자 한다. 이런 병적인 증상을 심리학에서는 '까르디야끄 증후군'이라고 부른다. 「스뀌데리 부인」에서 보석 구매자를 남몰래 찾아가 살해하고 이렇게 되찾은 보석을 자신의 보석장에 보관하는 까르디야끄에서 이름을 따온 것이다.

까르디야끄는 밤과 낮의 생활이 전혀 다른 이중인격자이다. 낮에는 "성실하고 자상한 아버지, 선량한 시민으로서 모든 덕성을 보이"지만, 밤에는 출생 전 어머니의 다이아몬드 집착증 때문에 "기구한 운명"을 타고나 무시무시한 범죄를 일삼는다. 까르디야끄의 자아분열은 시민으로서의 생활과 예술가로서의 활동이 괴리되어 있다는 증거이다.

스뀌데리 부인은 이와 다른 예술가상을 보여준다. 부인은 궁정 예술에 안주하여 현실과 동떨어져 지냈지만, 2행시를 계기로 실제 사건에 연루되면서 예술이 현실과 관련을 맺게 된다. 부인은 국왕에게 사면을 요청하기 위해 일종의 연극을 연출한다. "검은색 드레스를 입고, 까르디야끄의 귀중한 패물로 장식하고" 국왕에게 나타나

그간의 사정을 탐정소설 형태로 이야기한다. 국왕은 "더없이 생생하고 박진감 넘치는 스퀴데리의 이야기에 넋을 빼앗"긴다. 스퀴데리는 현실에서 출발하여 환상적 연출과 서술로 국왕의 관심을 불러일으킨다. 다시금 일상과 예술의 이원성이 강조되며, 이를 통해 독자의 호응을 얻어야 한다는 세라피온의 원칙이 입증된다.

「스퀴데리 부인」에서는 선한 인물과 악한 인물이 선명하게 대조되고 권선징악으로 끝나는 동화의 특성이 나타나지만, 그 이면에는 현실 비판이 숨어 있다. 경찰의 무능한 수사를[21] 조소하고 화형 재판소의 무자비한 "전횡"[22]을 폭로할 뿐 아니라 특히 절대주의 왕정 체제에 회의를 표명한다. 루이 14세가 지배하던 시대는 절대주의의 전성기였다. 국왕의 권력은 무한했고 국왕은 법 위에 군림했다. 국왕이 법이었기 때문이다. 국왕은 최종 결정 권한이 있었고 아무 해명 없이 결정을 번복할 수 있었다. 이 소설에서 태양왕은 우유

---

21 이 소설에서 경찰은 까르디야끄의 보물이 없어졌을 때만 살인이 발생한다는 단서를 포착하지도 못하고, 데그래가 추적하던 살인범이 까르디야끄 집 근처에서 사라졌다는 사실에도 주목하지 않는다. 금세공사가 자신의 보석을 내놓기 싫어한다는 것은 온 도시가 아는 사실이고, 이러한 태도가 바뀌어 이제 세공품을 주문자에게 제때 내준다는 것을 맹뜨농 후작 부인도 전해 듣고 있는데, 오로지 경찰만 모르고 있다. 미오상 백작조차 경찰보다 앞서 까르디야끄를 의심하여 비수를 가슴에 준비하고 다니고, 결국 스퀴데리 부인이 사건을 해결한다.

22 화형 재판소는 "완전히 종교재판소의 성격을 띠어"가고 "사소한 혐의만 있어도 가차 없이 투옥시"킨다. 국왕조차 "화형 재판소에 이미 너무 많은 권한을 주었다"고 생각하며 "피에 굶주린" 재판소장 "라 레니가 수없이 주도한 잔혹한 처형에 충격을 받"는다. 부이용 공작 부인은 신문을 받으면서 라 레니를 거리낌 없이 "악마"라고 부른다. 스퀴데리 부인은 라 레니 앞에서는 "어떤 진실도 덕성도 배겨낼 수 없을 듯"하며 이 사내는 "깊고 은밀한 생각까지 엿보아 살인과 살인죄를 찾아내는 듯싶"다고 느낀다.

부단한 인물로 그려진다. 합리적 사고를 하기보다는 아첨이나 감정에 이끌려 결정을 내리기 일쑤이다.[23] 이러한 여러 비판은 루이 14세 시대를 향한 것이라기보다는 프리드리히 빌헬름 3세 치하의 프로이센을 겨냥한 것이며, 특히 국왕은 최고 통치권자라지만 이렇게 쉽사리 영향을 받을 수 있다면 주위 인사의 농간에 따라 움직이는 꼭두각시에 지나지 않음이 밝혀진다.

* * *

하인리히 하이네는 1836년 「낭만파」(Die romantische Schule)에서 이렇게 말하고 있다. "호프만은 지금 독일에서 유행은 아니지만, 예전에는 인기였다. (…) 솔직히 말하면 호프만은 노발리스보다 더 중요한 작가이다. 노발리스는 그가 창조한 이상적 인물들과 함께 항상 파란 하늘에 떠돌지만, 호프만은 그가 만든 기이한 인간들과 함께 이 세상 현실을 항상 단단히 붙들고 있다. 거인 안타이오스[24]가 어머니 대지에 발을 디디고 있을 때는 천하무적이었지만 헤라클레

---

23 이러한 사실이 백성에게 널리 알려졌기에 "위험에 빠진 구애자들"은 국왕에게 청원서를 보내면서 국왕에 대한 "거창한 찬사"를 끼워 넣는다. 스퀴데리 부인도 국왕이 감상에 이끌리는 약점을 활용한다. 국왕에게 올리비에의 사면을 청원하러 갈 때, 라 발리에르 부인을 빼닮은 마들롱을 데리고 가서 국왕에게 옛 정부를 떠오르게 하여 원하는 결정을 얻어내려 한다. 하지만 라 발리에르 부인에 대한 추억 때문에 올리비에를 풀어줄 것 같다는 맹뜨농 부인을 말을 들었는지, 국왕은 결정을 미룬다. "미색에 빠져 엄중한 법을 희생시키려 한다"는 비난을 듣고 싶지 않은 듯하다.

24 바다의 신 포세이돈과 대지의 여신 가이아 사이에서 태어났다. 헤라클레스는 거인의 힘이 대지의 여신 가이아에게서 나온다는 것을 알아채고 거인을 땅에서 들어 올려 몸통을 졸라 죽였다.

스가 공중으로 들어 올리자마자 힘을 잃었듯이, 시인도 현실의 땅에 발붙이고 있으면 힘세고 강하지만, 도취하여 파란 하늘에 떠돌아다니자마자 무력해진다."

　마지막으로 번역의 긴 여정에 함께해준 분들에게 감사를 전한다. 번역 작업을 처음부터 끝까지 지켜보며 격려와 충고를 아끼지 않고 방대한 원고를 세밀히 정리해주신 권은경 선생님, 프랑스어 번역본과 면밀히 대조하여 애매한 부분을 꼼꼼히 지적하고 역자의 부족한 필력을 공들여 보완해주신 홍상희 선생님, 독일어 원본과 철저히 비교하여 생각지 못한 오류를 바로잡아주신 윤안나 선생님께 감사드린다. 부디 독자들도 이 책을 통해 호프만의 매력을 새로이 발견할 수 있기를 바라는 마음을 전한다.

황종민(독문학자, 번역가)

작가연보

1776년	1월 24일 프로이센의 쾨니히스베르크에서 왕실 법원 변호사 크리스토프 루트비히 호프만과 로비자 알베르티나 되르퍼 사이에서 출생.
1778년	부모 이혼. 아버지는 형 요한 루트비히를 데려가고, 호프만은 어머니와 함께 외갓집에 입주.
1782년	쾨니히스베르크 루터교 학교인 부르크슐레 입학(1792년 졸업).
1786년	테오도어 고트리프 폰 히펠을 처음 만나 평생 우정을 이어감.
1790년	대성당 오르가니스트 크리스티안 포드빌스키에게 피아노 수업. 화가 요한 제만에게 스케치 수업.
1792년	쾨니히스베르크 법과대학 입학(1795년 졸업).

1793년	아홉살 연상의 유부녀 도라 하트와 사랑에 빠짐.
1795년	7월, 1차 사법시험 합격. 쾨니히스베르크 고등법원에서 예비 시보 연수.
1796년	3월 13일, 어머니 사망. 6월부터 글로가우의 작은외삼촌 요한 루트비히 되르퍼의 집에 거주. 화가 알로이스 몰리나리를 알게 됨.
1797년	세관원이자 작곡가였던 요하네스 함페와 사귐. 4월 27일, 아버지 사망. 도라와 마지막 만남.
1798년	작은외삼촌의 둘째 딸 미나 되르퍼와 약혼. 6월, 2차 사법시험 통과. 8월 말, 외삼촌 가족과 함께 베를린으로 이사. 궁정 악단장 요한 라이하르트에게 작곡 수업. 배우이자 기타리스트인 프란츠 홀바인과 사귐.
1799년	징슈필 「가면」(Die Maske) 작곡.
1800년	3월, 3차 사법시험 합격. 6월, 포젠으로 이주.
1802년	연초에 마리아나 테클라 미하엘리나 로러(약칭 미샤)를 알게 됨. 2월, 사육제에서 풍자 캐리커처로 물의를 일으킴. 4월, 플로크로 좌천됨. 5월 초, 미나와 파혼. 7월 26일, 미샤와 결혼. 8월, 미샤와 플로크에 도착.
1803년	9월 9일, 『프라이뮈티게』지에 음악 비평 「한 수도원 수사가 수도에 있는 친구에게 보내는 서한」(Schreiben eines Klostergeistlichen an seinen Freund in der Hauptstadt) 게재.
1804년	3월, 바르샤바 도착. 율리우스 에두아르트 히치히와 사귐. (히치히는 후일 최초의 호프만 전기를 집필함.) 12월, 징슈필 「즐거운 악사」(Die lustigen Musikanten) 작곡.
1805년	차하리아스 베르너와 친교. 징슈필 「즐거운 악사」 바르샤바 공연. 5월, 바르샤바 음악 아카데미 창립 참여. 7월, 딸 체칠리아 탄생.

1806년	11월 28일, 프랑스군 바르샤바 진주. 프로이센 관청 해산.
1807년	1월, 미샤와 딸 체칠리아는 포젠의 친정으로 떠남. 6월, 베를린 도착. 베를린에서 곤궁한 생활 시작. 8월 중순, 딸 체칠리아 포젠에서 사망.
1808년	4월 중순, 밤베르크 극장 음악단장으로 초빙됨. 6월 9일, 베를린 출발. 포젠에서 미샤를 데려옴. 9월 1일, 밤베르크 도착. 10월 21일, 첫 공연 실패. 음악단장에서 사실상 해임.
1809년	2월, 음악가 소설 「리터 글루크」(Ritter Gluck)를 음악 잡지 『일반 음악 신보』에 게재. 3월 30일, 포도주 상인 카를 프리드리히 쿤츠를 알게 됨. (쿤츠는 후일 호프만의 첫 소설집을 출간함.)
1810년	프란츠 홀바인이 밤베르크 극단장으로 데뷔. 호프만은 연출가, 극작가, 무대 화가로 활동. 밤베르크 극장의 전성기. 특히 홀바인/호프만의 깔데론 연출로 유명해짐.
1811년	성악 교습 학생 율리아 마르크와 사랑에 빠짐.
1812년	마르크를 향한 격정의 절정기. 미샤의 질투. 호프만은 광기에 빠질까 두려워함. 율리아와의 동반 자살을 생각함. 자연철학과 '동물 자기론'에 몰두. 9월 6일, 포머스펠덴 소풍에서 물의를 빚어 율리아 집에 출입을 금지당함. 9월 19일, 「돈 후안」(Don Juan) 집필 시작. 12월 3일, 율리아가 상인 요하네스 그레펠과 결혼.
1813년	2월, 드레스덴과 라이프치히에서 활동하는 요제프 제콘다 오페라단 음악단장으로 초빙됨. 3월18일, 쿤츠와 출판 계약. 4월 25일, 드레스덴 도착. 프로이센의 하르덴베르크 수상을 수행하던 친구 히펠을 만남. 5월 8일, 나뽈레옹군 드레스덴 입성. 8월 26~27일, 드레스덴 전투 목격. 10~11월, 프로이센-러시아-오스트리아 동맹군에 포위되어 전염병이 창궐하고 기아에 시달리던 드레스덴에

서 오페라 공연 지휘. 11월 11일, 나뽈레옹군 드레스덴에서 퇴각.

1814년 2월 15일,「황금 항아리」(Der goldne Topf) 완성. 2월 16일, 제콘다와의 불화로 음악단장에서 해고됨. 다시금 생활고에 시달림. 3월 5일,『악마의 묘약』(*Die Elixiere des Teufels*) 집필 시작. 5월 초,『깔로풍의 환상집』(*Fantasiestücke in Callot's Manier*) 1, 2권 출간. 7월 6일, 히펠이 예기치 않게 방문하여 프로이센 관직 복귀 권유. 8월 5일, 오페라「운디네」(Undine) 완성. 9월, 프로이센 법무부가 무급 복직을 제시하자 이를 받아들임. 9월 26일, 베를린 도착. 히치히를 다시 만남. 푸케, 샤미소, 티크 등을 알게 됨.『깔로풍의 환상집』이 선풍적 인기를 얻어, 문학 모임에서 인기 손님이 됨.

1815년 연감 소설과 문고본 출판가로부터 원고 청탁 쇄도. 브렌타노, 아이헨도르프와 알게 됨. 7월 1일, 젠다르멘마르크트 근처 타우벤가 31번지에 집을 임대하여 사망할 때까지 거주. 인기 배우 루트비히 데프린트와의 우정 시작. 9월,『악마의 묘약』1권 출간.

1816년 5월 1일, 왕실 법원 고문으로 형사 심의회에 임명됨. 5월,『악마의 묘약』2권 출간. 8월 3일, 오페라「운디네」초연(무대 장식: 카를 프리드리히 슁켈). 두번째 작품집『밤 풍경』(*Nachtstücke*) 출간.

1817년 7월 27일, 오페라「운디네」마지막 공연. 7월 29일, 베를린 왕실 국립극장 화재 발생.

1818년 연초에 중병을 앓음. 여름에 고양이를 구입하여 '무어'라는 이름을 붙임. 10월,「스퀴데리 부인」(Das Fräulein von Scuderi) 완성. 11월 14일 세라피온 모임을 재결성. (호프만 이외에 히치히, 콘테사, 코레프 등이 참여.)

1819년 1월,『깔로풍의 환상집』2판 출간. 오페라「운디네」에서 운디네 역을 맡은 요하나 오이니케를 정신적으로 사랑. 2월,『세라피온의 형제들』(*Serapionsbrüder*) 1, 2권 출간. 5월, 『수고양이 무어의 인생관』(*Lebensansichten des Katers Murr*) 집필 시작. 7월 중순부터 9월 초순까지 리젠게비르게 지역으로 휴양. 10월 1일 '반역 단체 및 기타 위해 책동 수사를 위한 직속 조사 위원회'에 임명됨. 11월 말, 체조의 아버지 얀이 경찰국장 캄프츠를 모욕 혐의로 고소한 문제로 직속 조사 위원회와 프로이센 정부 갈등. 호프만은 얀을 옹호. 12월, 『수고양이 무어의 인생관』 1권 출간.

1820년 2월, 표결에서 체조의 아버지 얀의 석방을 요구. 초여름 『브람빌라 공주』(*Prinzessin Brambilla*) 집필. 9~10월, 『세라피온의 형제들』 3권 출간.

1821년 8월, 『수고양이 무어의 인생관』 2권 집필 시작. 10월 『세라피온의 형제들』 4권 출간. 10월 8일, 최고 상소 심의회로 승진. 11월 29~30일, 키우던 수고양이 무어가 죽음. 12월 중순, 『수고양이 무어의 인생관』 2권 출간.

1822년 1월 18일, 마지막 발병. 1월 23일, 프로이센 정부가 『벼룩 대왕』(*Meister Floh*) 원고 압수. 경찰국장 캄프츠는 선동가 추적 조롱 및 공무 기밀 누설 혐의로 호프만을 기소하고 엄벌에 처할 것을 요구. 히펠이 호프만을 위해 개입하여 신문 연기. 3월 26일, 유언 뒤 전신 마비. 4월, 『사촌의 구석 창문』(*Des Vetters Eckfenster*) 구술. 『벼룩 대왕』 검열로 삭제된 형태로 출간. 6월 24일, 목까지 마비. 6월 25일 오전 11시 사망. 6월 28일 장례.

고전의 새로운 기준, 창비세계문학

오늘날 우리는 인간의 존엄과 개성이 매몰되어가는 시대를 살고 있다. 물질만능과 승자독식을 강요하는 자본주의가 전지구적으로 확산되면서 현대사회는 더 황폐해지고 삶의 질은 크게 훼손되었다. 경제성장만이 최고의 선으로 인정되고 상업주의에 물든 문화소비가 삶을 지배할수록 문학은 점점 더 변방으로 밀려나고 있다. 삶의 본질을 성찰하는 문학의 자리가 위축되는 세계에서는 가진 자와 못 가진 자 할 것 없이 모두가 불행할 수밖에 없다.

이 시대야말로 인간답게 산다는 것의 의미가 무엇인지 근본적인 화두를 다시 던지고 사유의 모험을 떠나야 할 때다. 우리는 그 여정에 반드시 필요한 벗과 스승이 다름 아닌 세계문학의 고전이라는 점을 강조한다. 고전에는 다양한 전통과 문화를 쌓아올린 공동체의 경험이 녹아들어 있고, 세계와 존재에 대한 탁월한 개인들의 치열한 탐색이 기록되어 있으며, 새로운 세상을 꿈꾸는 아름다운 도전과 눈물이 아로새겨 있기 때문이다. 이 무궁무진한 상상력의 보고이자 살아 있는 문화유산을 되새길 때만 개인의 일상에서 참다운 인간적 가치를 실현하고 근대적 삶의 의미와 한계를 성찰하는 지혜를 얻을 수 있을 것이다.

'창비세계문학'은 이러한 문제의식에서 출발한다. 세계문학의 참의미를 되새겨 '지금 여기'의 관점으로 우리의 정전을 재구성해야 할 필요성이 그 어느 때보다 절실하다. '정전'이란 본디 고정된 목록으로 존재하는 것이 아니라 그때그때 주어진 처소에서 새롭게 재구성됨으로써 생명을 이어가는 것이다. 우리는 먼저 전세계 문학들의 다양성과 차이를 존중하면서 국가와 민족, 언어의 경계를 넘어 보편적 가치에 기여할 수 있는 가능성에 주목하고자 한다. 근대를 깊이 성찰한 서양문학뿐 아니라 아시아와 라틴아메리카, 중동과 아프리카 등 비서구권 문학의 성취를 발굴하고 재평가하는 것 역시 세계문학의 지형도를 다시 그리려는 창비의 필수적인 작업이 될 것이다.

여러 전집들이 나와 있는 세계문학 시장에서 '창비세계문학'은 세계문학 독서의 새로운 기준이 되고자 한다. 참신하고 폭넓으면서도 엄정한 기획, 원작의 의도와 문체를 살려내는 적확하고 충실한 번역, 그리고 완성도 높은 책의 품질이 그 기초이다. 독서시장을 왜곡하는 값싼 유행과 상업주의에 맞서 문학정신을 굳건히 세우며, 안팎의 조언과 비판에 귀 기울이고 독자들과 꾸준히 소통하면서 진정 이 시대가 요구하는 세계문학이 무엇인지 되묻고 갱신해 나갈 것이다.

　1966년 계간『창작과비평』을 창간한 이래 한국문학을 풍성하게 하고 민족문학과 세계문학 담론을 주도해온 창비가 오직 좋은 책으로 독자와 함께해왔듯, '창비세계문학' 역시 그러한 항심을 지켜나갈 것이다. '창비세계문학'이 다른 시공간에서 우리와 닮은 삶을 만나게 해주고, 가보지 못한 길을 걷게 하며, 그 길 끝에서 새로운 길을 열어주기를 소망한다. 또한 무한경쟁에 내몰린 젊은이와 청소년들에게 삶의 소중함과 기쁨을 일깨워주기를 바란다. 목록을 쌓아갈수록 '창비세계문학'이 독자들의 사랑으로 무르익고 그 감동이 세대를 넘나들며 이어진다면 더없는 보람이겠다.

2012년 가을
창비세계문학 기획위원회
김현균 서은혜 석영중 이욱연 임홍배 정혜용 한기욱

창비세계문학 62

모래 사나이

초판 1쇄 발행 / 2017년 11월 6일

지은이 / E. T. A. 호프만
옮긴이 / 황종민
펴낸이 / 강일우
책임편집 / 권은경 홍상희
조판 / 황숙화 박아경
펴낸곳 / (주)창비
등록 / 1986년 8월 5일 제85호
주소 / 10881 경기도 파주시 회동길 184
전화 / 031-955-3333
팩시밀리 / 영업 031-955-3399 편집 031-955-3400
홈페이지 / www.changbi.com
전자우편 / lit@changbi.com

한국어판 ⓒ (주)창비 2017
ISBN 978-89-364-6462-2 03850